U0457114

Aesthetics and Poetics

美学与诗学

——张晶学术文选

张 晶 著

第四卷

中国社会科学出版社

图书在版编目(CIP)数据

美学与诗学：张晶学术文选：全6卷/张晶著.—北京：中国社会科学出版社，
2017.5

ISBN 978 - 7 - 5161 - 6184 - 5

Ⅰ.①美…　Ⅱ.①张…　Ⅲ.①古典诗歌 - 诗歌研究 - 中国 - 文集②美学 - 中国 -
古代 - 文集　Ⅳ.①I207. 22 - 53②B83 - 092

中国版本图书馆 CIP 数据核字(2015)第 117585 号

出 版 人	赵剑英	
责任编辑	曲弘梅	
责任校对	张晓东	
责任印制	戴　宽	

出　　版	中国社会科学出版社	
社　　址	北京鼓楼西大街甲 158 号	
邮　　编	100720	
网　　址	http://www.csspw.cn	
发 行 部	010 - 84083685	
门 市 部	010 - 84029450	
经　　销	新华书店及其他书店	

印刷装订	北京君升印刷有限公司
版　　次	2017 年 5 月第 1 版
印　　次	2017 年 5 月第 1 次印刷

开　　本	710 × 1000　1/16
印　　张	195.5
字　　数	3595 千字
定　　价	498.00 元（全六卷）

目　录

（第四卷）

诗 词 曲

诗 与 禅

诗词审美

文学史与古代文论

诗 词 曲

豪犷哀顿与冷峻沉著[*]

——试论苏舜钦诗的艺术风格

一

历来论者都认为豪迈奔放是北宋诗人苏舜钦诗歌风格的基本特征，这几乎是众口一词。苏舜钦的知友、北宋诗文革新的核心人物欧阳修评价苏舜钦的诗文风格是"雄豪放肆"，他在《答苏子美离京见寄》中写道："是以子美（舜钦字）辞，吐出人辄惊。其于诗最豪，奔放何纵横。"宋人魏泰在谈到苏诗时也认为其风格是"以奔放豪健为主"（魏泰《临汉隐居诗话》）。不必一一胪举，从这些评语之中不难见出，前人基本是以雄放豪健来概括苏诗风格的。

然而，中国诗史上以豪放风格著称的决非苏舜钦一人。李白、韩愈、苏轼等大诗人的诗风难道不是都属豪放范畴吗？同是豪放，苏舜钦又有着怎样与众不同的特点呢？我以为是否可以这样加以区别：李白是"黄河之水天上来"的奔放气势与"举杯邀明月"的飘逸神采的结合，可用"豪逸宕丽"概括之；韩愈诗则是"垠崖划崩豁，乾坤摆雷硠"似的豪横；而苏轼，可说是"水枕能令山俯仰，风船解与月徘徊"似的豪逸。至于苏舜钦，我以为"豪犷"二字差近之。豪，就是气魄阔大，无拘无束；犷，就是刚猛勇悍，无所顾忌。在苏舜钦的诗作之中，这种豪犷的风格特征颇为引人注目。表现在内容上，充满着一种奋不顾身的气概。揭露与抨击时弊无所避讳，那些表达驱敌报国之志的篇什，则激荡着甘洒热血于疆场的一往无前的精神；在语言上，多用劲语、狠语，表现出诗人疾恶如仇的思想特质。诗人愤世疾邪，敢怒敢骂，"时发愤闷于歌诗，至其所激，往往惊绝"（《湖州长史苏君

* 本文刊于《文学遗产》1985 年第 2 期。

墓志铭》），因而产生了"间以险绝句，非时震雷霆，两耳不及掩，百痾为之醒"（《答苏子美离京见寄》）的社会效果。这也便是"犷"的特质。

苏舜钦的诗在豪犷之中又深深渗透了悲凉的色彩，使之又呈现出沉郁的风致。这是由于诗人生活的时代本身便充满了无数的悲剧。内忧外患，危机重重，举目四望，没有令人欢欣之处，普天之下，尽皆使人忧怀之事。"怆事涕泫泫，悯时叹喈喈。"（《检书》）这位以天下为己任又兼"心膂血气"（《上集贤文相书》）的诗人怎能不悲从中来呢？不由不带着沉重的叹息、悲怆的热泪泼洒他的诗句。《大雾》诗中那种凝重的气氛、黯然的"沉忧"是充溢于他的许多诗中的。悲与壮的融合构成了苏诗风格的基调。苏舜钦在《题杜子美别集后》中概括杜诗风格为"豪迈哀顿"，这可谓知人之言。伟大诗人杜甫以那种"穷年忧黎元，叹息肠内热"的博大胸怀，感受那"风尘澒洞"的乱世景象，自己又"支离东北""飘泊西南"，半生辗转于颠沛流离之中，故而创作出那些"沉郁顿挫"的动人诗作来。杜诗"沉郁顿挫"的风格，的确包含着熔豪迈、哀顿于一炉的美学特征。苏舜钦的思想与杜甫大有相通之处，有宏大的政治抱负，"少慷慨有大志"[1]，表现出强烈深厚的爱国情怀，积极参与范仲淹、杜衍等人的进步的政治革新活动。诗人以敏锐的政治嗅觉，洞察了许多隐伏着的危机，他在诗文之中不遗余力地揭露时弊，对于那些昏庸腐朽、营私祸国的官僚政客们给予狠戾凶悍的抨击斥骂；另一方面，他预感到国家的危难前途，在诗中表现了浓重的悲慨。他在杜诗里找到了知音，受着杜诗的绝大感染，精神实质上，苏诗实在是可以在杜诗中找到一脉相承的渊源关系的。这里不妨略改一字，以"豪犷哀顿"来概括苏舜钦本人诗风的基本特征倒是颇为合适的。那么，我们就来体味一下苏诗这种豪犷哀顿的风格特征是如何体现在《沧浪集》中的。

（一）表情方式：直抒峥嵘之胸臆，喷薄悲愤之激情

"诗者，情动于中而形于言。"[2] 在诸种文学体裁中，诗歌最能集中地表达作者的情感。"感人心者，莫先乎情"，缺少情感、"平典似道德论"的诗，难以拨动人们的心弦，不能引起读者的审美快感，也起不到应有的社会作用。苏诗的感情因素则颇为强烈，诗句之中，我们可以感受到诗人那澎湃的激情，在充荡着、回旋着；同时，我们也会感受到诗人情感的热度，似乎在炙烤着

---

① （元）脱脱等：《宋史》卷442《苏舜钦传》，中华书局1975年版，第13073页。
② 《毛诗序》，见（清）阮元等《十三经注疏》，中华书局1980年版，第270页。

我们的身心。同样是情之所钟，诗人所采取的表情方式各有不同。或直抒胸臆，激情如瀑；或含蓄曲折，不露意脉。苏诗大部分属于前者。豪犷哀顿的风格特征首先在表情方式上突出地表现出来。苏诗不是九曲回肠般的"堆垒""吞咽"，而是飞流直下似地"喷涌""奔进"。不讲求弦外之音、味外之旨，却激情冲荡，灼热感人。激切，是苏诗表情上的重要特点。诸如这类诗句：

> 奸凶喜欺罔，放意快目前。虎狼嚼生人，自适甘且鲜。烈士共剑起，忿发如危弦。人理已不胜，神报岂泯然，惊呼彻上帝，洒血透九泉。扪舌不敢语，咄咄徒自怜。（《苦调》）

诗中宣泄着何等愤激不平的情绪啊！短短十数句诗却几番跌宕，透露出思想情感的急剧翻腾与愤懑。诗人用极度的语言来喷吐悲慨，表现出对现实社会的绝望与否定。而在《城南感怀呈永叔》一诗中，诗人怒不可遏地直斥权贵们只顾营私，不恤民瘼：

> 高位厌粱肉，坐论挽云霓。岂无富人术，使之长熙熙？我今饥伶俜，悯此复自思：自济既不暇，将复奈尔为！愁愤徒满胸，嵘嵘不能齐。

慷慨怒容似在眼前，切齿之声宛在耳畔。诗人揭露出那些脑满肠肥的权贵置百姓生死于不顾的丑恶面目，对他们喷吐出满胸"愁愤"的火焰。他毫不掩饰、毫不委曲地直抒这种情绪。

我们不妨通过比较更为深入地品味一下苏诗这种激情喷薄的表情方式。比如同是反映人民疾苦、揭露社会黑暗的作品，出自不同诗人之手，其表情方式与审美效果是迥异其趣的。试读苏舜钦的好友、北宋著名诗人梅尧臣这样两首诗：

> 无能事耕获，亦不有鸡豚。烧蚌晒槎沫，织蓑依树根。野芦编作室，青蔓与为门。稚子将荷叶，还充犊鼻裈。（《岸贫》）

> 日击收田鼓，时称大有年。滥倾新酿酒，包载下江船。女髻银钗满，童袍毳毵鲜。里胥休借问，不信有官权。（《村豪》）

这两首诗，一写岸民之赤贫，一写豪绅之巨富。诗人未露声色，仅是客观而具体地把画面呈现在人们面前。对贫民的哀悯，对村豪的憎恶是隐在形象之中的。读上去似很平和，却使人从画面中自然产生或怜或憎的强烈情感。苏诗则不然，虽也构写画面，但画面本身就已充满浓烈的情感色彩，浸着泪水或喷着火舌。同时，诗人在画面之外，常常直接抒发自己的情感，表明自己对现实的态度。他用强烈的感情来感染读者，或哭或骂，尽情喷涌。欧阳修在《水谷夜行诗》中形象地评价苏、梅诗风之异：

> 子美气尤雄，万窍号一噫。有时肆颠狂，醉墨洒滂霈。譬如千里马，已发不可杀。盈前列珠玑，一一难拣汰。梅翁事清切，石齿漱寒濑。……有如妖韶女，老自有余态。近诗犹古硬，咀嚼苦难嘬。又如食橄榄，真味久愈在。

这里准确地概括了苏、梅二人诗风及其表情方式的不同特征。梅诗在质朴平实中见真意，往往有意控制自己情感的强度；苏诗则是极力加重感情的强度，不可遏制地喷放出激情。但这不等于说苏诗的表情方式便是赤裸裸的情感倾泻而不融于形象，相反地，诗人激切情感的传达大多是通过活跃的形象实现的。情感的激切导致形象的活跃，而活跃的形象则饱浸激切的情感。如《夜闻秋声感而成咏》一诗中，情感的悲郁寄寓于"八月天气肃，万物日已阑。庭前两高桐，夜籁如哀弦"的形象描写之中。反言之，这些艺术形象并非自然物象的写生，而是诗人以其极为悲郁的心情去感受自然的产物。诗人峥嵘胸臆的抒发、悲愤情感的喷薄，是和形象的构写融合在一起的。

（二）艺术境界：雄奇多姿，飞动壮美

苏诗风格之豪犷尚表现于艺术境界的创造之中。诗人创造的艺术境界，多是富有壮美感与崇高感的，有着奇崛、雄劲、阔大、飞动等特点，有着蓬勃的生命力，突出地体现着苏诗的基本风格特征。

首先，我们不难领略到苏诗艺术境界这样一个特点，既奇崛怪异而又磅礴狂宕，描绘出大自然的无限威仪，反映出诗人心弦的强烈悸动，给人以惊心动魄之感：

> 苍崖六月阴气舒，一霆暴雨如绳粗。霹雳飞出大壑底，烈火黑雾相奔趋。人皆喘汗抱树立，紫藤翠蔓皆焦枯。逡巡已在中天吼，有如上帝

来追呼。震摇巨石当道落，惊噪时闻虎与狃。俄而青巅吐赤日，行到平地晴如初。回首绝壁尚可畏，吁嗟神怪何所无。（《往王顺山值暴雨雷霆》）

这首诗的境界几近于韩愈的《陆浑山火》。诗人描写了暴雨惊雷的可怕景象，既是气势磅礴又是光怪陆离的。诗人用了极度夸张的手法与浓重的色彩，把这境界渲染得凶猛可惧。诗人甚至调动了上帝、神怪这些超现实的事物来加重艺术境界的怪异色彩。这种奇崛怪异、磅礴狂宕的艺术境界在其他诗人的作品中是罕见的。

苏舜钦创造艺术境界的另一个特点是阔大壮丽、雄奇恣肆。《扬子江观风浪》一诗，通过对风浪的描写，抒发"水能载舟，亦能覆舟"的感慨，表现出对统治危机的预感。这里只是欣赏一下诗中境界的阔大雄奇：

> 日落暴风起，大浪得纵观。凭陵积石岸，吐吞天外山。霹雳左右作，雪洒六月寒。

诗人把风浪描绘得气势吞天，境界阔大而奇丽。怒涛击岸，吐吞高山，用霹雳来形容怒涛之巨响，用雪来比拟白浪滔天的景象，更使人感到风浪的威慑力量。此外，苏诗中还有许多诗句创造出十分宏阔的境界。如写江天之浩茫："白烟覆地澄江阔，皎月当天尺璧孤。"（《宿华严寺与友生会话》）"涛面白烟昏落月，岭头残烧混疏星。"（《松江长松未明观渔》）境界都是十分阔大雄浑、极见气势的。诗人又常从俯瞰角度来写视野之阔："江外山从林下见，城中人向渡头归。"（《扬州城南延宾亭》）"危构岩峣出太虚，坐看斜日堕平芜。"（《宿华严寺与友生会话》）寥寥几笔便勾勒出阔大苍茫的景象。

苏诗艺术境界的一个普遍特点是动感。诗人常常描写出动荡飞腾的景象，使诗充满了活力。如这样的诗句：

> 修水崩腾落云端，倾入群山自萦转。山回水抱三百里，邑号西安俯千涧。四时夹涧花濛濛，数步行人不相见，但闻千舸万马横阵来，石激惊湍自相溅。（《黄雍于西安修水之侧起佚老亭以奉亲》）

诗人把这名不见经传的修水写得声势雄壮，动荡飞腾，又颇有顿挫之势，充满飞动的气韵。不仅是水，诗人甚至让笔下的礁石也奔腾起来："山前森列战白浪，犹似百万铁马群。雨昏浪打岁月古，千株万穴僵复奔。"（《和菱礁石歌》）诗人把礁石雕成踊跃欲奔的群像，赋予它们以虎虎生气，写水，势如千舸万马、横阵而来，写石，怒战白浪、虽僵犹奔。一山一水，一水一石，在诗人手中都活跃起来。

诗人是如何创造出这些壮美之境的呢？这里试分析一下苏诗赖以创造艺术境界的想象与比喻两种主要艺术手法的特色。

苏诗艺术境界的壮美，很重要的因素来源于想象的奇突。所谓奇突，便是出乎常识，令人难测。"夜中岩下埋斗杓"（《太行道》），北斗星被埋在了岩谷之下，诗人用这样奇突的意象来形容太行峭壁之高，涉想十分奇妙。夏日苦热，诗人想象到："欲擘青天开，腾身出寥廓。"（《依韵和胜之暑饮》）一般地说，人们可以想象上天，而苏舜钦则出人意料，翻进一层，擘开青天，跳出宇宙之外来摆脱酷暑的折磨。不仅是奇，苏诗的想象又往往是瑰异多彩的，如《答梅圣俞见赠》，用想象之辞来表达读梅作后的感受：

> 自觉异平居，恍惚忘世故，迥如出泥途，熏涤失臭污。衣之青霞裙，饮以紫蕊露。軿轩驾飞黄，蹀躞上夷路。

这是一种类乎游仙的想象。诗人读了梅氏赠诗，觉得脱略了世俗的尘垢，而领略了仙境的美好，瑰异的想象给诗的境界增添了飘逸之美。

比喻也是诗人用来创造艺术境界的重要手段。苏舜钦所用的比喻也颇见独到之处。"断岸如崩山，远树若奔马"（《出京后舟中有作》），"箴言尚在耳，铿如环佩随"（《尹子渐哀辞》），这些比喻的特点是新奇贴切而富有动感。有谁说过树如奔马呢？诗人在这里十分生动地反映出人的感觉，扁舟顺流而下，岸上的远树，飞快地向后倒去，因以奔马形容之，衬出舟行之速。诗人又把箴言在耳，比喻成像环佩一样久在耳边铿然作响，把言语这种抽象之物，通过声音的联系，化成了具体可见而又优美动人的事物，贴切而又极新奇。这两个比喻又都富于动感，骏马之奔驰与环佩之在耳，都是活动着的，一则雄健有力，一则深隽有味。再就是苏诗比喻的深刻性，往往在喻体中寄寓了超越形象自身的深厚内涵。如"归来悲痛不能食，壁上遗墨如栖鸦"（《哭曼卿》），这个比喻产生了双重意义。一是墨迹形如栖鸦，生动、贴切而又极形象，再则乌鸦本是一种哀鸟，这个比喻极大地加重了诗的悲哀，表达出诗人对亡友石曼卿的沉痛追念。"男儿生世间，有如绝壑松"

（《送李生》），这个比喻含义更深。以松喻男儿本不新鲜，而"绝壑之松"便非同一般了。正如下面两句说的那样："误为风雷伤，不与匠石逢。"虽是栋梁之材却不遇知己，只是遭受雷击火伤，冷落于山野之间。这不仅写出李生的人品与处境，同时带着诗人的自我感受，又可说是正直有为的贤能之士很普遍的遭际，形象之中，有很大概括意义。苏诗这些比喻，对于创造雄奇多姿、飞动壮美的艺术境界起了重要作用，而这种艺术境界，又鲜明地体现着豪犷哀顿的风格特征。

（三）语言特色：猛悍如雷火，锐利似剑戟

语言是文学的第一要素，艺术风格是由作品语言来体现的。苏诗那种豪犷哀顿的风格特征，在诗歌语言上得以十分充分的表现。这里粗浅地分析一下苏诗语言上的几个特征，使我们对苏诗风格有一个更为直观的认识。

猛悍。由于诗人感情的激愤，内容的尖锐，苏诗语言有着奋不顾身的猛悍气概。他疾恶如仇，对丑恶事物的抨击怒骂毫不留情，因而他诗中的语言，尤其是政治批判诗的语言，往往是猛悍如霹雳电火，锐利似锋刃剑戟，这在历代诗人中是罕见的。如在《猎狐篇》中，诗人描写象征着邪恶之辈的"老狐"被打死的场面，语言狠戾非常：

> 钩牙作巨颡，髓血相溃沫。喘叫遂死矣，争观若期会。何暇正丘首，腥臊满蓬艾。数穴相穿通，城堞几隳坏。久纵此凶妖，一旦果祸败。皮为榻上藉，肉作盘中脍。

语言的狠戾痛快淋漓地表达出诗人对"老狐"的极度愤恨，表现出正义力量严惩邪恶的大快人心。又如："奸谗囚大幽，上压九昆仑。"（《夏热昼寝感咏》）"喋血麋羌戎，胸胆森开张，弯弓射檿枪，跃马扫大荒。"（《舟中感怀寄馆中诸君》）这些诗句，都是异常猛悍的，充满了对奸佞之人及侵略者殊死斗争的气概。

激切。中国古典诗学要求诗歌语言要典雅含蓄。"温柔敦厚"的传统诗教，要求诗人要"颜色温润""情性和柔"，诗歌创作要"乐而不淫，哀而不伤"。苏舜钦则不顾这些，为了抒发胸中的悲愤，抨击社会上的丑恶事物，他决不为了典雅温柔而使诗歌丧失锋芒。苏诗的语言是十分激切的："谤气惨不开，中者若病疫。"（《过濠梁别王原叔》）"举杯欲向口，荆棘生咽喉。"（《哭师鲁》）"贱生瞿凶丧，日与死亡逼。羁危困猜嫌，动步畏蛇

蛾。"（《送施秀才》）"失足落坑窞，所向逢戈矛。"（《舟至崔桥士人张生抱琴携酒见访》）这些诗句激切悲愤，迥异乎典雅温柔的诗学规范。

新奇。苏舜钦常常使用一些突破正常感觉经验的词语，使人观感一新甚至十分惊诧。如："徒使肠胃沸"、"裂耳发浩歌"、"宾车塞破甘泉坊"、"直恐溃烂肠与脬"、"去兴草茁不可薅"等。这些词语造成的意象令人骇然。这当然也是为了表达诗人那种悲愤情感之需要。

上述几方面所举的这些例子，都是加强语言的力度，写到了十二分，这样便构成了总的语言风格，感情强烈而有刺激性。苏诗没有那种温柔典雅的"中和之音"，却是对诗的传统势力的大胆挑战、大胆变革，诗人在有意识地追求着诗的解放。在诗歌创作上的这种倾向，是与诗人政治改革派的精神状貌相表里的。

二

豪犷哀顿是苏诗风格的主要特征，但难于以之概括其全部。当你读完《沧浪集》后，不仅有烈火般的激情在炙烤着你，山洪般的气势在冲荡着你，也有泠泠作响的山间幽泉让你谛听，也有悠悠而来的余韵让你品味。苏舜钦一部分诗作中呈现的另一种风貌，便是多见于近体诗中的那种冷峻清幽、忧愤沉著的格调。这是一种冷却了的、凝固了的激愤之情。清人刘熙载觉察到了这种变调的音响，他说："子美雄快，令人见便击节，然雄快不足以尽苏。"① 这种自身风格上的差异，是诗人生活道路的转折及思想感情的变迁、深化在诗歌创作中的反映，同时，也是由于诗歌体裁不同而造成的某种差异。古体诗形式较为自由，如胡应麟所言"错综阖辟，素无定体"。适于抒写奔腾不羁的激情，而近体诗限于格律，含蓄整炼，长于凝聚压缩。豪犷哀顿是一部《沧浪集》的主旋律，而诗人也不时地弹奏出许多冷峻清幽、忧愤沉著的变奏曲。诗人有时仰天长啸，壮怀激烈，有时又徜徉于池边林下，低回感伤。或如怒涛巨澜、奔流直泻，或如波底漩涡，忧怀弥深。"铁骑突出刀枪鸣"的铿锵之音与"幽咽泉流冰下滩"的凝重低吟是交织汇流在一起的。后者从表面上看来较前者舒缓平和，内里辄如"地火在运行"。南宋诗人刘克庄称苏诗"及蟠曲为吴体，则极平夷妥帖"②，固然看到了苏

---

① 王气中：《艺概笺注》，贵州人民出版社 1980 年版，第 207 页。
② （宋）刘克庄：《后村诗话》，中华书局 1983 年版，第 72 页。

诗风格的不同侧面，但还只是着眼于这类作品语言形式上的较为平稳，而未能认识其思想内涵的忧愤沉郁。

苏舜钦这些貌似平缓、实则郁愤更深的篇什，多作于贬居吴中之时。这个时期诗人对现实有了更为清醒、更为深刻的认识，冷静地谛视与思考社会、人生。贬谪生涯使诗人远离了朝廷却亲近了大自然，吴中的山光水色、朝晖夕阴都源源地奔凑到诗笺之上；他心中的不平之气又难于平息，常在自然题材的描写之中透出忧愤的感慨，形成了冷峻沉著的格调：

> 春阴垂野草青青，时有幽花一树明。晚泊孤舟古祠下，满川风雨看潮生。（《淮中晚泊犊头》）

这首诗是诗人遭贬之后，乘舟经淮水赴吴中途中所作。乍看上去，这只是一首色调明丽的写景绝句，实际上却寓含深意。"野草青青"反衬着"幽花一树"，更显其傲岸、倔强，独擅其美。诗人似乎是借"幽花"的形象，抒写心中对迫害他的权奸小人的蔑视以及那种虽被贬放却自信自我人格的高洁光朗昭然可鉴的心情。而风雨观潮，又形象地反映出诗人心灵深处的悸动，饱经政治风雨的颠扑摧折，痛定思痛，不免"梦觉尚心寒"。我们再读另一首诗：

> 南湾晚泊一徘徊，小径山间佛寺开。石势向人森剑戟，滩光和月泻琼瑰。每伤道路入时序，但屈心情入酒杯。夜籁不喧群动息，长吟聊以寄余哀。（《晚泊龟山》）

在这清冷幽寂之中，诗人的心情难以平静，他胸中的忧愤是深广的。那向人"森剑戟"的狼牙怪石，不正是世上邪恶势力的剪影吗？诗的格调是冷峻而沉郁的。

《题花山寺壁》则写得富于哲理，耐人寻味：

> 寺里山因花得名，繁英不见草纵横。栽培剪伐须勤力，花易凋零草易生。

诗人托物咏怀，感愤于贤能之士常受迫害摧残，而邪曲奸佞之辈却易于得势，在政治生活中由切肤之痛而得到的认识，都通过对花与草的咏叹不露痕迹地哲理化了。诗人用滴血的心灵在呼吁：像剪伐恶草那样芟除邪恶，像栽培鲜花一样来扶植进步正义的力量。诗的寓意正在于此。

在描写自然景物的作品中，由于某些物象触发了诗人的身世之感，遂使有的篇什也染上了悲伤黯淡的色调：

> 娇騃人家小女儿，半啼半语隔花枝。黄昏雨密东风急，向此飘零欲泥谁？（《雨中闻莺》）

这首诗写风雨之中闻啼莺。莺在风雨中的飘零触发了诗人的伤感，他不由得想到自己的坎坷遭际、贬放生涯，于是，便把这种时常涌出来的愁怀融进了莺的形象之中。把莺啼喻为"娇騃人家小女儿"的嘤嘤泣语，真是绝妙至极。在暮晚、雨密、风急之中，莺在飘零着，叫着，这是写莺还是在写诗人自己？已经无法分清，物与我在这里已经高度融合了，飘零摇落的意绪渗透了优美可爱的自然形象，这时悲剧美又和优美糅合为一了。当然，这类诗在苏诗中比重极小，在意义与价值上，无法与他那些大气磅礴的政治批判诗相比，但它们反映出诗人思想性格的一个侧面、艺术风格的一个侧面。

然而，诗人没有流于颓丧。"雄豪尚余勇"，他的诗仍闪着凛凛的寒光，在悲凉之中不失壮气。如《览照》一诗：

> 铁面苍髯目有棱，世间儿女见须惊。心曾许国终平虏，命未逢时合退耕。不称好文亲翰墨，自嗟多病足风情。一生肝胆如星斗，嗟尔顽铜岂见明。

这首诗不妨看作是苏诗冷峻沉著风格的代表性作品。在诗中，我们看到诗人在贬谪之中爱国热情并未稍减，意志依然是刚强不屈的。人们或许以为这位诗人被贬窜多时，一定是"形如槁木，心如死灰"了，及至见了诗人必会吃惊：面容虽然未免憔悴，但双目依然是那样炯炯有光。我们由此而探视诗人的心灵，虽然饱经磨难，他的理想之火并未熄灭，坚信国家一定能战胜外敌侵略，所可嗟叹的是自己壮志难酬。正是由于这种坚定信念的支撑，诗人嘲笑那些庸人凡夫：你们是不能理解我心地的明亮光洁的。在这里，我们看到了诗人那种无论顺逆之境都难以变易的性格美。

总起来看，这类诗作不再是奔腾澎湃倾泻无余的，而是在言语之外，寄托了深沉的人生感慨，在凝练的笔触之间，寓含了更大更重的思想与情感的容量，艺术风格更多地趋向于冷峻沉著。

三

诗人为什么能够形成这种以豪犷哀顿为主而兼冷峻沉著的艺术风格呢？为什么苏诗会呈现出那种壮中寓悲、悲中含壮的美学特征呢？这是值得深思的问题。首先，这是有着深刻的时代因素的。诗人感情的悲愤激切，很大的成分来源于宋代社会政治的刺激。宋代结束了长期战乱而复归一统，开国之初万象俱新，经济、文化均有很大发展，正处于大有可为之时，有理想有才能的士大夫跃跃欲试，准备施展身手，干一番宏图伟业。然而由于宋代统治者既定国策的致命弱点，宋王朝转瞬之间又出现种种危机，上下腐败因循，陷于无可为的境地。于是，那些有志之士感到失望、抑郁、茫然。曾经主持庆历革新的范仲淹那"明月高楼休独倚，酒入愁肠、化为相思泪"（《苏幕遮》）的词句，未始没有四顾茫然的孤独之感。随着国势的衰颓、金兵的进逼及至半壁河山的沦丧，那些爱国志士心中的悲愤抑郁也就更为强烈。陆游的"丈夫五十功未立，提刀独立顾八荒"（《金错刀行》）、辛弃疾的"闲愁最苦，休去倚危栏，斜阳正在、烟柳断肠处"（《摸鱼儿》），都是这种悲愤心情的流露。随着国势愈加艰危，这种色彩愈加浓重。苏舜钦生活在危机重重的时代，有治世之才却不得发而救急难，这不能不使这样一个爱国志士扼腕切齿。总之，豪犷哀顿也好，冷峻沉著也好，苏诗的风格是产生于这种时代土壤之上的。

苏诗风格的形成还有其内因，这就是诗人思想性格的因素。苏舜钦是以气质豪放著称的，同时也十分易于激动，情绪动辄达到"沸点"。他说自己："舜钦性不及中庸之道，居常慕烈士之行。"（《启事上奉宁军陈侍郎》）这的确道出了他本人的性格特点。他为人行事是不顾及什么"中庸之道"的，激昂慷慨如烈火腾烧。欧阳修评论他："子之心胸，蟠曲龙蛇，风云变幻，雨雹交加。"（《祭苏子美文》）刘克庄称苏诗："轩昂不羁，如其为人。"[①] 这把苏诗风格与他的个性特征联系起来了。确乎如此，苏诗那种喷薄奔迸的表情方式、飞动雄奇的艺术境界以及猛悍锐利的诗歌语言，都与诗人的豪犷气质密不可分。

苏舜钦思想性格中弥足珍贵的是刚正倔强，不媚流俗，这使苏诗有了峭劲刚健的凛然风骨。诗人性格耿介，常常触怒那些邪曲之人："自顾屯钝姿，

---

① （宋）刘克庄：《后村诗话·前集》卷2，中华书局1983年版，第23页。

出语少姿媚。"（《和韩三谒欧阳九之作》）因而，"低摧朝市间，所向触谤怒"（《答梅圣俞见赠》）。但他不改初衷，坚持自己的刚正态度："鄙性背时向，处世介且迂。自固以为节，人皆指为愚。"（《送闵永言赴荆门》）其实，这种"介且迂"的处世态度与他对政治革新所持的坚定立场很有关系。诗人倘若对那些腐朽的权贵、营私舞弊的官僚温和一些，不那样激烈地指责抨击，就不会遭致如此严重的政治迫害，但他决不逢迎媚世，决不向腐朽势力妥协。《城南归值大风雪》这首诗就是诗人那种"富贵不能淫、威武不能屈、贫贱不能移"的刚正气节的极好写照，诗人向那象征着腐朽势力的"大风雪"凛然宣言："胸中肝胆挂铁石，安能柔媚随良媒。世人诈饰我尚笑，今乃复见天公乖。应时降雪固大好，慎勿改易我形骸!"如果说，"安能摧眉折腰事权贵，使我不得开心颜"，表现了李白傲然不羁、追求解放的精神特征，那么，这里所表现的，则是苏舜钦刚直不阿、坚定不移的性格特质。豪放激昂的气质与刚直不阿的个性，是苏舜钦诗歌艺术风格形成的内在因素。

苏舜钦诗的艺术风格是现实主义创作精神与浪漫主义艺术手法结合的产物。就其作品的基本倾向而言，苏诗无疑是深刻地体现着现实主义创作的基本精神的，苏诗的主要作品不是折光地反映现实生活，而是直接揭示出诗人所生活的那个时代的风貌，直接反映当时的重大事件，如《庆州败》《感光》等作品，我们可以明显感到，诗中那种强烈的时代脉搏。苏诗中对社会生活本质化的反映，对人民悲惨生活状况的真实描绘，对时弊所作的深刻批判，都说明苏舜钦的诗歌创作是深刻地贯穿着现实主义的基本精神的，这点毋庸置疑。但仅说明这点还不够，应该看到，在贯穿着现实主义精神的诗歌创作之中，除现实主义的艺术表现方法之外，诗人又运用了许多浪漫主义的艺术表现手法，如前所述，诗人创造了那些雄奇、怪异、壮美多姿的艺术境界，有着那么多奇幻瑰异的想象、奇特难以逆料的比喻及夸张等手法，把对现实的态度用超现实的方式表达得更为深刻而奇警，使苏诗风貌显得格外瑰奇多彩。另外，那种激越的情感因素，使苏诗具有了浓烈的抒情性，这也是浪漫主义艺术的一种表现。总之，现实主义精神与浪漫主义手法的结合，形成的苏诗创作的独特之处。进而言之，给苏诗带来与他人不同的风格特征的，更多的是浪漫主义的表现手法。在苏诗中，现实主义倾向是基本的、主导的、渗透于苏诗总体的，它譬如一株合围大树的汲取大地乳汁的深厚根基，而浪漫主义表现手法的运用，则使这棵大树的枝头绽满奇葩。

李白乐府因革探[*]

　　李白的乐府诗，可称是文人拟古乐府之巅。乐府诗中之有李白，犹如词中之有苏东坡，无事不可入，无意不可写，恢宏高远，境界大开。无论思想内容抑或艺术形式，都有高度的价值与成就。李白乐府诗多方继承而又大力创新，熔百家于一炉，形成了独特卓异的风格特征。詹锳先生说："太白乐府，或模旧制，或创新篇；因革之端，往往可指。"[①] 本文尝试浅析一下李白乐府诗的"因革之端"，即继承与创新的关系，以期更为深入地认识李白乐府诗在乐府文学发展源流中的地位与意义。

　　李白之前，文人拟古乐府篇什之富，几可充栋。乐府文学约始于两汉。汉武帝时立"乐府"官署，其职在于采集诗歌，被之管弦以入乐，后世遂以乐府收集保存之诗为"乐府"。给乐府带来经久不衰之生命力的是所谓"俗乐"，即与贵族庙堂诗歌"雅乐"相对而称的"里巷歌谣"。这些民歌"感于哀乐，缘事而发"，真实而生动地反映了汉代的社会现实。艺术上语言通俗，形式活泼，叙事性强，感人肺腑，对后世文学影响深远，沾溉弥多。从魏晋时代开始，文人学士便群起而仿效古乐府，以古题作新辞，称之为"拟作"。其原因大概如王国维所说的那样："文体通行既久，染指遂多，自成习套，豪杰之士亦难于其中自出新意，故遁作他体，以自解脱。"[②] 呆板的旧形式写滥了，乐府便成为文人骚客寻求作品生机的新领域。

　　建安时期，文人拟作乐府初兴。曹氏父子与建安文士"往往以乐府叙汉末事"（《古诗选·五言诗凡例》），反映社会现实，抒写诗人胸臆，颇具佳作。其风格大体是慷慨悲凉。然曹操、曹植乐府之作辞采华赡，已启六朝华丽柔婉之端。降及两晋以后，文人拟古乐府数量虽众，却乏感人之作。近

---

　　[*]　本文刊于《吉林大学社会科学丛刊》，吉林大学学报编辑部 1983 年版。
　　①　詹锳：《李白诗论丛·李白乐府探源》，作家出版社 1957 年版，第 203 页。
　　②　（清）王国维：《人间词话》，人民文学出版社 1960 年版，第 218 页。

人罗根泽先生评价南朝文人拟古乐府说："其格调摹仿古昔，其字句力求美丽，虽不能谓全无情感，然大半皆为作乐府而作乐府，非为感情需要而作乐府。……读仿效者，则虽不尽味同嚼蜡，然亦难得若何感动。"① 读南朝文人一些拟古乐府，感到罗氏的评价基本上是中肯的。在六朝绮靡纤丽的诗风之中，能别树一帜的刘宋时期的大诗人鲍照，他的《拟行路难十八首》，文辞非不华美，却慷慨健劲，深寓忧愤之情。鲍照的乐府诗对李白影响颇深，沈德潜便说过："明远（鲍照字）乐府，如五丁凿山，开人世所未有。后太白往往效之。"②

拟古乐府至李白，获得了充分的发展，崭新的活力。"太白于乐府最深，古题无一弗拟。"③ 太白全集中，乐府诗编为 4 卷，计 149 首，所拟乐府古题近 120 个。太白乐府诗沿用古题，决非单纯模拟，而是在古题之下阐发新意，广为创造，大量吸收了古乐府中的菁华，抛弃了许多糟粕。拟古乐府这一形式，在李白手中，得以高度的发挥与开拓，展现出奇丽多姿的风采。继承与创新（所谓"因"与"革"）在李白乐府诗中，是浑融无间地统一着的。那么，李白是如何处理这种因革关系的呢？我们只有在对李白乐府篇什的具体分析之中，方可寻得答案。

李白乐府诗中有一类作品，集中地反映出诗人善于把继承与创新完美地结合起来的特点。这就是那些以物喻人、托物言情之作。在这些作品中，诗人往往改造古辞中的艺术形象而形成独具新意的完整的艺术形象，以人格化的精神气质和性格特征，赋予动物形象，来寄托诗人胸中遥深的感慨。

《天马歌》在这方面颇具代表意义。这一题目是汉乐府古题，本属《郊庙歌辞·郊祀歌》，其性质是供帝王祭祀之用的庙堂雅乐。《天马歌》古辞二首的内容则是"皆以歌瑞应"之物的④。《汉书·武帝纪》载："元鼎四年（公元前 113 年）秋，马生渥洼水中，作《天马之歌》。""太初四年（公元前 100 年）春，贰师将军李广利斩大宛王首，获汗血马来，作《西极天马歌》。"这便是《天马歌》两首古辞的写作背景。

为进行比照，将汉郊祀歌中的两首《天马歌》录于下：

① 罗根泽：《乐府文学史》，东方出版社 2012 年版，第 113 页。
② （清）沈德潜：《古诗源》，中华书局 2006 年版，第 211 页。
③ （明）胡震亨：《唐音癸签》，上海古籍出版社 1981 年版，第 87 页。
④ 《李诗通》，见（明）胡震亨《唐音癸签》，上海古籍出版社 1981 年版。

太一况，天马下，霑赤汗，沫流赭。志俶傥，精权奇。
籋浮云，晻上驰。体容与，迣万里，今安匹，龙为友。

（《天马歌》）

天马徕，从西极，涉流沙，九夷服。天马徕，出泉水。
虎脊两，化若鬼。天马徕，历无草，径千里，循东道。
天马徕，执徐时，将摇举，谁与期？天马徕，开远门，
竦予身，逝昆仑。天马徕，龙之媒，游阊阖。观玉台。

（《西极天马歌》）

这两首《天马歌》，想象奇幻，形象生动，气势雄健，汉帝国的强盛气象溢于字里行间，在郊庙歌辞中确实是有生气的难得佳作。其中《西极天马歌》对天马形象的刻画，出神入化，骏逸非凡，对李白《天马歌》影响更大。但它们毕竟是"称述功德"的庙堂文学，没有诗人的性情在其中，也无更深的含意。以其创作目的而言，是为所谓"祥瑞"之物而写的赞歌，无非是"君权神授""天人感应"那套荒谬理论的形象化显现。

再看李白《天马歌》：

天马来出月支窟，背为虎文龙翼骨。嘶青云，振绿发，兰筋权奇走灭没。腾昆仑，历西极，四足无一蹶。鸡鸣刷燕晡秣越，神行电迈蹑恍惚。天马呼，飞龙趋，目明长庚臆双凫。尾如流星首渴乌，口喷红光汗沟朱。曾陪时龙蹑天衢，羁金络月照皇都。逸气稜稜凌九区，白璧如山谁敢沽？回头笑紫燕，但觉尔辈愚。天马奔，恋君轩，駷跃惊矫浮云翻。万里足踯躅，遥瞻阊阖门。不逢寒风子，谁采逸景孙。白云在青天，丘陵远崔嵬。盐车上峻坂，倒行逆施畏日晚。伯乐剪拂中道遗，少尽其力老弃之。愿逢田子方，恻然为我悲。虽有玉山禾，不能疗苦饥。严霜五月凋桂枝，伏枥衔冤摧两眉。请君赎献穆天子，犹堪弄影舞瑶池。

很明显，诗人在天马形象中，寄寓了自己的复杂情感。天马形象，也即诗人自我形象。从这首诗的情调看，当为李白被"赐金放还"、离开长安后不久所作。天马的雄骏神异，正隐喻着诗人的稀世奇才；天马之嘲笑紫燕，正是诗人蔑视庸碌之辈、志趣高远的胸臆的抒写，天马之老而见弃，暗示着诗人

先受玄宗器重、后遭冷遇的坎坷遭际；天马之恋君轩，正包含着李白眷恋朝廷的复杂情感。天马之与李白，李白之与天马，在诗中浑然一体。诗人化身为天马，天马的一举一动、一奔一驰都是诗人情感的外在表现。诗人把自己的人格赋予天马，因此，诗人的际遇、诗人的幽愤、诗人的渴望，都在天马形象中体现出来。

　　这首诗在艺术创作上也颇具特色。它以汉郊祀的《天马歌》为蓝本，塑造了雄奇骏逸、飞腾无羁的天马形象。这个形象不是一般的比兴材料，而是诗人以满腔激情灌注于其中而塑造成的十分完整、极为生动的艺术形象。它栩栩如生、呼之欲奔。诗人用长庚星比喻天马之眼，以流星比喻其尾，背则虎文，毛则绿发，全是些奇异非凡的比喻。这形象是飞动无羁的，它纵横驰骋，跨天历海，无所束缚，充分表现了李白追求精神解放的个性特征，也展示了李白积极浪漫主义创作方法塑造形象的高度成就。我们不妨通过比较来看李白塑造形象的独特性。杜甫也刻画了许多马的形象，如写大宛马："胡马大宛名，锋棱瘦骨成。竹批双耳峻，风入四蹄轻。所向无空阔，真堪托死生。骁腾有如此，万里可横行。"（《房兵曹胡马》）同样是有所寄托的，但与李白笔下的天马形象相比较，风格迥然各异。杜甫笔下的"胡马"，真实可见，而李白笔下的"天马"，则是神奇难摹的。那昂首天外的气概，那睥睨一切的神采，都给人以十分新鲜的感受。这个天马形象是独特的，非太白不能写出；但同时，这个天马形象又能引起许多有为之士的共鸣，怀才不遇或力尽见弃的贤才们在天马身上看到了自己的影子，它反映了封建政治制度下的一个普遍问题。因此，萧士赟评《天马歌》云："此篇盖为逸群绝伦之士不遇知己者叹，亦自伤其不用于世，而求知于人也欤！"[1] 天马形象正是这种贤才难遇知己的普遍性与李白个人遭际的特殊性的统一。

　　李白不但改造了古辞中的天马形象，还点化了原诗中的许多词语。如："虎脊两，化若鬼"（古辞中语）——"背为虎文龙翼骨"（李诗），"竦予身，逝昆仑"（古辞中语）——"腾昆仑，历西极，四蹄无一蹶"（李诗），"籋浮云"（古辞中语）—"骙跃惊矫浮云翻"（李诗）；等等。这种点化是自然无迹的，对于刻画新的天马形象起了重要作用。胡震亨说："凡太白乐府，皆非泛然独造。必参观本曲之词与所借用之词，始知其源流之自，点化夺换之妙。"[2] 然而，诗人并未拘束于原诗的语言形式，而是大胆创新，以

---

① 转引自詹锳《李白全集校注集释汇评》第 3 卷，百花文艺出版社 1996 年版，第 380 页。
② （宋）杨齐贤等：《分类补注李太白诗》，国家图书馆出版社 2004 年版。

三五七言错综的句式，来表现自己豪迈奔腾的激切情感。《天马歌》的语言形式，充分体现出太白乐府这种继承与创新相融合的特点。

再如《设辟邪伎鼓吹雉子斑曲辞》，古题为《雉子斑》，属"鼓吹曲辞·汉镜歌"。雉的形象本身体现着耿介的性格。李善《文选》注："薛君韩诗章句曰：耿介之鸟也。"[1]《礼记·正义》："或谓雉鸟耿介，被人所获，必自屈折其头而死。"《雉子斑》古辞语言较为晦涩、零乱，难以寻绎这种意义。梁陈间文人拟作的《雉子斑辞》，则是平庸肤浅、离题甚远。而李白的《雉子斑辞》，却以精美洗练的语言描写了雉的形象："喔咿振迅欲飞鸣。扇锦翼，雄风生。"雉的形象跃然纸上，给人的感受是雄健而美丽，生气勃勃，英姿焕发。"乍向草中耿介死，不向黄金笼下生"，何等警策，写出了雉的内在性格之美。这是雉而非鹦鹉、麻雀，惟雉才有此性格。更重要的在于，诗人在此中所抒写的正是自己的情怀，所刻画的正是自己的性格特征。"一生傲岸苦不谐"，"安能摧眉折腰事权贵"，这种傲岸耿介、蔑视权贵的精神是贯穿李白的诗作和一生的。

此外，《白鸠辞》、《野田黄雀行》、《双燕离》等诗，都把人格化的性格赋予动物，从中抒发自己的感触。在这些诗中，物我合一，深有寄托。

李白不仅善于抒写那种豪放俊逸、天马行空式的壮美诗章，而且善于创作清新细腻、婉丽含蓄的幽美小诗。前者如庐山瀑布，飞流直下，拓人视野，荡人胸怀；后者如月夜芳蕊，含蕴优美，境界高华，其味无尽。李白开辟了十分广阔的美学领域，把壮美和幽美这样迥然不同的审美范畴，统一在奇丽多姿的《太白集》中。

李白反对六朝那种绮靡软媚、雕缋满眼的诗风，崇尚纯真自然。在《古风》第一首中说："自从建安来，绮丽不足珍。"话说得未免笼统而绝对化，但这只代表李白总的审美要求，在创作实践中，他却从六朝文学中汲取了宝贵的养料，不仅谢朓、鲍照、庾信等大诗人为他所倾慕、学习，六朝的乐府民歌更给他的作品灌注了无限生机。李白的乐府小诗脱化于南朝乐府民歌，而又高于它们，深得南朝乐府的清新俊秀，而又抛弃了那些芜杂庸俗的成分。

南朝乐府民歌，在宋人郭茂倩所编《乐府诗集》中皆属"清商曲辞"，基本上都是民间情歌。这些作品主要表现了市民阶层的爱情意识。作品风格

---

[1]　（西晋）潘岳：《射雉赋》，见（南朝·梁）萧统《文选》，商务印书馆1936年版，第185页。

婉转妩媚，清新自然。它们出自不知名的平民之口，感情真挚，发自肺腑。南朝乐府民歌确实有着"慷慨吐清音，明转出天然"（《大子夜歌》）的特点。

然而，对南朝乐府民歌要进行辩证的分析。所存留之乐府民歌，多是当时乐府机构为了南朝那些荒淫腐朽的统治者的声色之娱而采集收存的，思想性较强的作品寥若晨星，大多数仅限于描写男欢女爱与离愁别思，社会意义不大，其中有些作品不无庸俗、色情的成分。在这些民歌之中，感情纯洁、表达含蓄、意境优美者为其上乘，有很高的艺术价值。如《子夜春歌》一首："夜长不得眠，明月何灼灼。想闻欢唤声，虚应空中诺。"在月光和幻觉之中表现这位青年女子的刻骨相思，尤其是想望至极而产生错觉的生动描写，格外优美动人。有些作品则格调平庸，露骨地描写男女交欢的情态，使人有厌恶而无美感。试举二例："绿揽迕题锦，双裙今复开。已许腰中带，谁共解罗衣。"（《子夜歌》）"碧玉破瓜时，相为情倾倒。感郎不羞郎，回身就郎抱。"（《碧玉歌》）这类作品，不能不令人感到情调庸俗，词语尘下。

李白在学习南朝乐府民歌创作乐府小诗时，借鉴了那些优美的语言和意境，扬弃了那些庸俗、色情的因素，创造出缠绵悱恻而又优美动人的乐府小诗。

李白的《静夜思》早为大家所熟谙：

床前明月光，疑是地上霜。
举头望明月，低头思故乡。

南朝乐府民歌中有《子夜秋歌》一首：

秋夜入窗里，罗帐起飘飏。
仰头看明月，寄情千里光。

可以看出，李白《静夜思》是受后者意境的启迪而创作的。明月如霜，意象十分鲜明而洁净；而对故乡的缕缕思念，就融在这如霜的月光之中了。它之所以较《子夜秋歌》更为人们所喜爱所传诵，我以为是这样的缘由：《秋歌》的"仰头看明月，寄情千里光"，是怀念情人的，而《静夜思》是怀念故乡的。对于欣赏者来说，有羁旅于外、思念故乡之生活体验的人比有思念情人之生活体验的人更为广泛，因而，更易引起人们的共鸣；再者，"寄情千里光"是有意识的，而"低头思故乡"有更多的下意识性，这种触发如同"不思量、自难忘"一样，更为深挚感人。

李白乐府小诗中，有很多是写男女相思之情的。这类作品，更能体现出诗人剔除糟粕、汲取精华的"因革"特色。南朝乐府民歌中此类作品多是通过谐音、双关之类的修辞法来倾诉相思之情，李白则善于寓深情于美境之中。描绘出十分清美的境界，让相思之情消融在这境界之中而又流溢其外。再试作比较。南朝乐府《子夜秋歌》中有这样两首：

> 风清觉时凉，明月天色高。
> 佳人理寒服，万结砧杵劳。

> 白露朝夕生，秋风凄长夜。
> 忆郎须寒服，乘月捣白素。

这两首诗都是写思妇在寒秋月下，为远行在外的丈夫捣衣，料理寒服，意境都很感人。而李白的《子夜吴歌》其三，与此题材相同，而在艺术上则是"更上一层楼"的。原诗如下：

> 长安一片月，万户捣衣声。
> 秋风吹不尽，总是玉关情。
> 何日平胡虏，良人罢远征？

没有一句"怜""思"之类的话，但对"良人"的怀念，却化成了秋风这种可感之物，飞向玉门关外的征戍之地，这种情何其长、何其深呵！月色与捣衣声，既有画面，又有声音，融为一体，牵动人们多少思念。更主要的，诗人不是在写一个思妇的怀念，而是千家万户对征人的怀念。这反映了唐代社会一个重大的社会问题，使诗具有了丰富而深厚的内涵。而"何日"之盼，既表现了思妇与"良人"团聚的渴望，更反映了人民对和平生活的强烈向往。这种境界，是南朝民歌不可同日而语的。又如：

> 渌水明秋日，南湖采白蘋。
> 荷花娇欲语，愁杀荡舟人。

诗人写出了明丽的秋光，娇羞的荷花，而荡舟人面对着荷花在愁什么呢？诗中没说，这个画面外的含蕴，要我们思而得之。以古人语评之："风神摇漾，一语百情。"（马位《秋窗随笔》）可见含蕴之多。再如《玉阶怨》：

> 玉阶生白露，夜久侵罗袜。
> 却下水精帘，玲珑望秋月。

李白此诗，很明显地受谢朓《玉阶怨》的影响。谢朓《玉阶怨》：

> 夕殿下珠帘，流萤飞复息。
> 长夜缝罗衣，思君此何极。

李诗的意境脱化于谢诗，但更为含蓄深婉。没有说站了多久，而露湿罗袜却暗示出伫立之久，这长久的伫立中含有多少哀怨与期待。也没有写思君，而"玲珑望秋月"，心中又是何等愁苦。全诗无一"怨"字，而怨情却从字里行间四溢而出。

　　李白的乐府小诗为什么能产生如此高华深远的意境呢？我以为主要是情感的纯净高尚。意境是主客观的统一体，情与景的有机融合才构成意境。而情的因素在意境中起主导作用。有高尚真挚之情，才能产生优美高洁的意境。情若卑污，不能设想会有意境之优美高洁。如果说南朝乐府中格调较卑的作品，是世俗化的感情，即没有摆脱实际性爱要求的感情贯穿其中；而李白乐府诗中的感情则是经过提炼、净化的感情。换言之，李白是从审美角度来创造意境的。同时，李白又是有深切的生活体验作为基础、真实而细腻地揭示人物内心情感的，"如入思妇、劳人之心"。因而，李白乐府小诗境界高华而又真挚动人。

　　李白乐府诗篇，"因"与"革"两个方面浑融地统一在作品之中。而"因"是为了"革"，重要的在于李白对乐府文学发展所作出的巨大贡献。胡震亨曾言读太白乐府有三难："不先明古题辞义源委，不知夺换所自；不参按白身世遭遇之概，不知其因事傅题、借题抒情之本指；不读尽古人书，精熟离骚、选赋及历代诸家诗集，无由得其所伐之材与巧铸灵运之路。"①胡氏这段话可以说明这样几个问题：一，李白拟古乐府大多有所渊源、善于

---

① （明）胡震亨：《唐音癸签》，上海古籍出版社1981年版，第87页。

继承前代乐府文学的瑰宝；二，李白非为作乐府而作乐府，而是因事傅题、借题抒情，有深刻的现实内容，有真情实感；三，李白对乐府诗的创新，是建立在熔铸百家的基础之上的，而且这种创新与继承之间浑然一体，"巧铸灵运"，了无痕迹。胡氏之语，笔者权且借作用为本文的收束吧！

绮而有质艳而有骨[*]

——初唐歌行略论

一

初唐时期，诗坛上一个令人瞩目的现象，便是歌行体篇什的大量涌现，形成了唐代歌行体诗发展的第一个洪峰。

"歌行"之名，由来既久。汉乐府歌诗便多以"歌""行"名其篇什，如《降神歌》《天马歌》《饮马长城窟行》《东门行》等。"歌"似乎多"用乎宗庙社稷、事乎山川鬼神"的郊庙歌辞，"行"则多用于"饥者歌其食，劳者歌其事"[①]的民间吟唱。后来演为歌行一体，不再有这种用途上的差异。歌行体诗，音节、格律、句式都较为自由解放。形式采取五言、七言、杂言的古体，纵横捭阖，富于变化。进而可言，歌行这种体裁，在诗歌诸体中是最活跃的、因此也最易于发展。"歌行"，在汉代是被之管弦、配以律吕的。"歌"自然是由人歌唱的，而"行"本身就是乐曲之意。所谓"行者，曲也"。可见，歌行一体与音乐有着极密切的血缘关系。但是在其发展流变之中。歌行体诗逐渐脱略了音乐的拘挛。而至唐代，歌行一体，虽然尚属乐府范畴，但基本上是以徒歌的面目出现的。从语言形式上看，两汉乐府中的歌行作品，多是三、五言或杂言，而纯为七言者则自建安时期曹丕方始。但七言歌行在此后很长的时期内并未得以充分发展。在魏晋南北朝漫长的几百年中，只有鲍照唱出了遒丽激昂的慷慨高歌，而在更多的时候，歌姿舞态、绮粉香罗成了它常见的内容。这类篇什，描写是细腻的，辞采是华

---

 * 本文刊于《中州学刊》1987年第6期。

 ① （汉）何休：《春秋公羊传》，见中华书局编辑部编《汉魏古注十三经》，中华书局1998年版，第118页。

美的，可是格调却往往是卑琐的。直至初唐时期，歌行体诗才解开了身上缚着的锦绣丝绦，冲出了小朝廷的后花园，走向了广阔的世界。一旦挣脱了贵族的指掌约束，它便勃发出无穷的生命活力：它摄写宏阔壮丽的山河城阙，它倾吐平民庶子对王公贵族的怨望与轻蔑，它喷发豪杰贤士的雄心壮气，它揭橥大千世界的日居月诸、川流不息。总之，它和整个世界拥抱在一起。这个时期，歌行体诗以七言句式为主，诗的风貌汪洋恣肆，慷慨淋漓。《春江花月夜》、《代悲白头翁》、《长安古意》、《帝京篇》、《古剑篇》等七言歌行名篇挺秀于其间，异彩纷呈，蔚为大观，不能不令人注目惊叹。"七言歌行，靡非乐府，至唐始畅"①，的确给初唐诗坛别开了一个波澜壮阔、气度恢宏的生面。

二

初唐歌行在风格上总的特征是什么？借用清人薛雪的话来说就是："绮而有质，艳而有骨。"② 在语言上，初唐歌行还带着爱自六朝的遗风，颇为绮丽华美，甚至是有过之而无不及。"四杰"等诗人虽然已经有意识地开始改变齐梁以来"采丽竞繁"的诗风，但一时尚难摆脱这个沉重的因袭。不过初唐的歌行决非六朝绮靡诗风的复沓，深沉感慨、格调高朗的新质因素已使华美的语言形式焕发着异样的光彩。虽然"彩丽竞繁"但并非"兴寄都绝"，而是"骨气端翔，音情顿挫。光英朗练，有金石声"（陈子昂《与东方左史虬修竹篇序》）。以四杰为代表的初唐歌行作者们大都是出身下层的知识分子，一方面有着建功立业的雄心大志，一方面对王公贵族深致不满，因此，作品的格调往往是慷慨豪隽的。虽然绮丽华美，却又迥异于六朝的软媚浮靡，而是深寓感慨、始备风骨。

卢照邻的《长安古意》、骆宾王的《帝京篇》、王勃的《临高台》等篇什，基本主题颇为相近，都描写了京城长安宫阙巍峨、市井繁华的景象，渲染了王公贵族的豪奢淫逸的生活场景，同时又都表现出对豪门贵族的轻蔑、唾弃与批判。比起六朝歌行来，这类作品所反映的社会生活是如此宏阔，读这些诗篇，我们马上会触到当时社会的脉息。这些诗篇，语言风格都是较为

① （明）胡震亨：《唐音癸签》卷3，上海古籍出版社1981年版，第278页。
② （清）薛雪：《一瓢诗话》，见霍松林、杜维沫校注《原诗·一瓢诗话·说诗晬语》，人民文学出版社1979年版，第141页。

华美的，艺术形式都是非常整丽的。如卢照邻在《长安古意》中对长安风情的渲染，可以说是绮丽多姿的。诗人以五彩缤纷的色调、细腻纷繁的描写、典丽工稳的对仗，把长安的繁华景象生动地再现出来。而骆宾王的《帝京篇》同是描写帝京长安，却与《长安古意》同中有异：

> 山河千里国，城阙九重门。不睹皇居壮，安知天子尊。皇居帝里崤函谷，鹑野龙山侯甸服。五纬连影集星躔，八水分流横地轴。秦塞重关一百二，汉家离宫三十六。桂殿嵚岑付玉楼，椒房窈窕连金屋。三条九陌丽城隈，万户千门平旦开。复道斜通鸂鹢观，交衢直指凤凰台。

诗人把长安城放在雄伟河山的背景之下，进行鸟瞰似的宏观勾勒。不但语言很华美，而且气势也十分宏壮，这绝非六朝御用诗人的纤弱笔力所能为的。这类诗篇更有意义之处在于，诗人们又以嘲弄的口吻和富有哲理的诗句，警告那些豪门贵族好景不长、冰山难恃："节物风光不相待，桑田沧海须臾改。昔时金阶白玉堂。即今唯有青松在，寂寂寥寥扬子居，年年岁岁一床书。独有南山桂花发，飞来飞去袭人裾。"（《长安古意》）对于前面所描写的贵族生活，诗人是抱着否定和批判的态度的，就中透露出诗人傲岸倔强、藐视权贵的思想性格。而《帝京篇》在描写了帝京的雄伟壮丽之后，则抒写出下层知识分子身世坎坷、才高运蹇的心灵悸痛："三冬自矜诚足用，十年不调几遭回。汲黯薪逾积，孙弘阁未开。谁惜长沙傅，独负洛阳才。"这里所反映的是许多下层士人的共同命运与悲慨。但是，我们不难感到，在这种悲慨中包藏的不是颓丧，而是不甘冷落、欲建功业的锐意进取之心。

另一类作品主题与此相联系，而着重于表现诗人深沉的内心世界，这类诗感怀尤为深刻，也往往包容着更为积极振拔的志向。这类诗有骆宾王《畴昔篇》、卢照邻《失群雁》《行路难》、郭震的《古剑篇》等。《失群雁》咏叹一个因受伤而失群的大雁的遭遇，以此形象寓托诗人自己悲凉身世的感触。诗中这样写道："虞人负缴来相及，齐客虚弓忽见伤。毛翎频顿飞无力，羽翮摧颓君不识，……惆怅惊思悲未已，裴回自怜中罔极。"与其说是写伤鸟之哀，莫如说是弹奏着诗人心中悲慨的哀曲。卢照邻少年时便"博学善属文"，"初授邓王府典签，后任新都尉"，"既沉痼挛废，不堪其苦，尝与亲属执别。遂自投颍水而死"（《旧唐书》本传）。诗人的一生是非常不幸的。"身欲奋飞病在床"（杜甫《寄韩谏议注》），虽然才华横溢，志向高远，却无缘施展，诗中充满着有志未酬、无可奈何的悲慨。郭震的《古剑篇》借宝剑的废弃来抒发怀才不遇的忧怀，却更多地洋溢着昂扬的激情："龙泉颜色如霜雪，良工咨嗟叹奇绝。琉璃玉匣吐莲花，错镂玉环映明月，……何言中路遭弃捐，零落飘沦古狱边？虽复尘埋无所用，犹能夜夜气冲天。"这一首诗是郭震尚未显达时的作品，表现出一个有为之士的雄才大略与非凡抱负。诗中咏物与抒情浑然一体，句句写剑实则句句写人。使人最受感染激励的便是诗的结句，诗人坚韧的意志、高扬的胸怀都跃然纸上：据说武则天对此诗大为赞赏，后来杜甫也在诗中赞叹道："高咏宝剑篇，神交付冥漠。"（杜甫《过郭代公故宅》）可见这首诗确实有着动人心魄的艺术力量。

初唐歌行中的一些篇什，显示出人们对宇宙认识的新的高度，这类诗有着深隽的哲理意味。以往诗歌中很少涉及的时空问题，在初唐的歌行中成了重要主题之一。诗人们以新奇的目光注视着、从来没有这样凝神地注视着充满无穷奥秘的宇宙空间，并以更为宏观的思维角度把握着川流不息的时间长河。自觉的时空意识，给初唐歌行带来了高度的哲理性。张若虚的《春江花月夜》以及刘希夷的《代悲白头翁》都集中地反映了人们对宇宙的这种新的认识。

著名的《春江花月夜》虽是描写一位青年女子怀念远方爱人的缠绵情思，但诗中的高远境界与哲理思考远远超越了这个传统题材的园囿，它把人们的眼界引向无比广阔的空间，它使人们的精神在冰清玉洁的意境中得以澡雪。诗一开始，就以江水为导线，把人们引向一个无比寥廓而又无比清美的艺术境界："春江潮水连海平，海上明月共潮生。滟滟随波千万里，何处春江无月明。江流宛转绕芳甸，月照花林皆似霰。空里流霜不觉飞，汀上白沙看不见。"诗人似乎又站在地平线上，探询这宇宙的奥秘，它的起点究竟在哪里："江畔何人初见月，江月何年初照人。"诗人又意识到人的一生在无限的时空中是何等短暂渺小啊："人生代代无穷已，江月年年只相似；不知江月待何人，但见长江送流水。"在浩渺无垠的宇宙空间和不可推知起点与终点的时间长流中，人生不过是"寄蜉蝣于天地，渺沧海之一粟"的。更有意义的是，诗人们不仅看到时空之无限，更看到它们是运化不息、无穷发展而不是简单循环的，他们认识到这种不可逆的趋势。刘希夷的《代悲白头翁》便充满了这种思考与慨叹："洛阳城东桃李花，飞来飞去落谁家。洛阳女儿惜颜色，坐见落花长叹息。今年花落颜色改，明年花开复谁在！已见松柏摧为薪，更闻桑田变成海。古人无复洛城东，今人还对落花风；年年岁岁花相似，岁岁年年人不同。"这种对宇宙人生的宏观认识，不仅存在此处所举的一、两首作品之中，而是渗透于许多歌行体篇什里。它使初唐歌行具有了高远宏阔的意境和深刻隽永的哲理意趣。像《春江花月夜》这类诗虽然仍不免带有蚕蜕于南朝宫体的痕迹，却摆脱了宫体的轻浮秾腻，它不再写那种矫揉造作的秋波媚态，而是抒写深沉绵邈的思致。那位望月怀远的女子形象是那样圣洁纯真，这个形象所凭借活动的环境是那样清美高远，诗人的思维空间又是那样宏阔无垠，纵横广延，这是六朝宫体诗所难以望其项背的。无怪乎闻一多先生对《春江花月夜》给予那样高的评价，称之为"宫体诗的自赎"。

初唐歌行辞采华美，却又兼备风骨，也就是说有了充实深厚的内容与刚健高扬的风格。究其本源，主要在于时代精神的逆转、诗歌题材的扩大、诗人情感的健康等方面。前人有的认为，"四杰"等初唐诗人还是沿袭齐、梁的余波绮丽，轻靡之弊，无甚变化，如清人刘熙载就认为："唐初四子沿陈、隋之旧，故虽才力迥绝，不免致人异议。"[1] 宋人刘克庄也曾说过："唐初王、杨、沈、宋擅名，然不脱齐梁之体。"[2] 其实，这种看法未免失之皮相。"四杰"的作品在艺术形式上有继承齐梁绮丽诗风之处，但内里却诞生了齐梁诗歌所不曾有过的刚健俊爽的新质，王世贞则较为全面地评价了"四杰"的创作，他一方面也看到"四杰词旨华靡，沿陈、隋之遗"，另一方面，他更认识到"四杰"诗作的佳处所在："气骨翩翩，意象老境，故超然胜之。"[3] 胡应麟也指出"照邻《古意》、宾王《帝京》，词藻富者故当易至，然须寻其本色乃佳。"[4] 这种本色也就是风骨。胡震亨具体指出这种"本色"："王子安（王勃）虽不废藻饰，如璞含珠媚，自然发其彩光。盈川（杨炯）视王微加澄汰，清骨明姿，居然大雅。范阳（卢照邻）较杨微丰，喜其领韵疏拔，时有一往任笔不拘整对之意。义乌（骆宾王）富有才情，兼深组织，正以太整且丰之故，得擅长什之誉，将无风骨有可窥乎！"[5] "四杰"之中，只有杨炯少歌行之作，卢、骆、王皆以七言歌行擅誉于诗坛，陆侃如、冯沅君十分重视"四杰"在七言歌行发展中的重要地位："七古正式成立之功应该归之四杰。""七言古诗的兴盛，其原因自然非常复杂，而

① 王气中：《艺概笺注》，贵州人民出版社 1980 年版，第 175 页。
② （宋）刘克庄：《后村诗话·前集》卷 1，中华书局 1983 年版，第 6 页。
③ （明）王世贞：《艺苑卮言》，见胡震亨《唐音癸签》卷 5，上海古籍出版社 1981 年版，第 44 页。
④ （明）胡应麟：《诗薮》，上海古籍出版社 1958 年版，第 49 页。
⑤ （明）胡震亨：《唐音癸签》，上海古籍出版社 1981 年版，第 44 页。

四杰提倡之功却是不可埋没的。"①（冯、陆二位先生所言"七古"，我以为即是七言歌行）那么，"四杰"的歌行体杰作无疑是可以代表初唐歌行的一般成就的。这种成就的突出之处便是在华美辞采之中包容的遒劲风骨和丰厚质素。借"绮而有质，艳而有骨"加以概括，庶几得之矣！

<h2 style="text-align:center">三</h2>

从六朝来，向盛唐去，初唐歌行的作者们正是站在这个历史的交叉点上。从齐梁到盛唐，社会审美意识发生了重大变化，诗坛风气也随之翕然一变。在这种转变的过渡之中，初唐歌行是由六朝歌行到盛唐歌行之间的中介。这个中介所起的积极作用是非常重要的。没有初唐歌行对齐梁诗风的突破，便不会有盛唐歌行那种深沉浑厚而又壮美多姿的风貌。

初唐歌行的作者们是有意识地、积极地致力于诗风革新。"四杰"等人对齐梁诗风深致不满，他们除了在创作实践中努力地充实健康而深刻的情感外，在理论上则明确地批判齐梁诗风的余弊。杨炯在《王勃集序》中介绍王勃的革弊之志："尝以龙朔初载，文场变体，争构纤微，竞为雕刻。糅之金玉龙凤，乱之朱紫青黄，影带以徇其功。假对以称其美，骨气都尽，刚健不闻，思革其弊，用光志业。"杨炯又赞及王勃革新诗风之功："积年绮碎，一朝清廓，翰苑豁如，词林增峻，反诸宏博，君之力焉。"词语之间，或许不无溢美，但却可以明显看到，"四杰"诸人不满于"骨气都尽，刚健不闻"的软媚诗风，力主改以革除，而开创"气骨翩翩"、刚健宏博的新诗风。"思革其弊"，正是初唐歌行诗风转变的主观因素。"四杰"的诗歌主张与创作实践，正是陈子昂诗文革新号角的先声。只是由于他们自身的创作实践尚未完全摆脱沉重的历史因袭，因而，他们的主张就未能产生像陈子昂那样振聋发聩的影响。然而，无疑地，他们的努力有着极为重要的意义，初唐歌行为盛唐歌行开了一个良好的、雄阔的端绪。李白的豪迈俊逸、杜甫的沉郁顿挫、高适的雄浑苍劲、岑参的瑰丽奇特……组成了盛唐歌行雄壮多姿的交响乐，而初唐歌行则是这部交响乐的洪亮的前奏。

---

① 陆侃如、冯沅君：《中国诗史》，百花文艺出版社 2008 年版，第 236 页。

审美价值与社会价值的交融[*]

——温庭筠乐府诗简论

温庭筠是花间词派的代表作家，同时也是晚唐著名诗人。温、李（商隐）并称，可见温氏在当日诗坛名声颇盛。诸体之中，温氏尤长于乐府歌诗。集中计有乐府篇什五十余首，占其全部创作的六分之一左右。这些诗作，其意象表层华美绰约，给人以镂金错彩的印象，绮艳秾丽的感观。论者因此往往忽略了温诗精华中蕴藏的丰厚内涵，不能看到诗人在"金缕玉衣"之下所掩着的沉重而炽热的诗心，而认为温诗"只是堆砌一些绮丽香艳的词藻来叙述灯红酒绿的放荡生活"[1]，或者认为"带有浓厚的唯美主义倾向，实际是齐梁绮艳诗风在新的历史条件下的产物"[2]。这种颇有代表性的观点，实际上未必公允。温庭筠的乐府创作表明：诗人对许多社会问题有较为深刻的反映，以诗歌独有的艺术手段给予审美形式的表现。诚然，温诗是绮丽华美的，但它并非"唯美"的。仔细读来，许多篇什不乏深隽的社会意义。而且，温诗的社会价值与审美价值交融于艺术的冶炉之中，在美的追求、美的表现过程中寄寓了深刻的思考。我们不妨对温庭筠乐府诗中审美价值与社会价值的交融，作一点"蜻蜓点水"似的考察，以期引起研究者们进一步认识温氏乐府诗价值的兴趣。

—

由于史传和笔记留下的某些记载以及人们对温诗的表面化理解，温庭筠

---

* 本文刊于《文学评论》1987 年第 5 期。

① 中国社会科学院文学研究所编：《中国文学史》第 3 册，人民文学出版社 1982 年版，第484 页。

② 游国恩等主编：《中国文学史》第 2 册，人民文学出版社 1963 年版，第 226 页。

给人们留下的印象似乎是个混迹于秦楼楚馆、耽于"作侧辞艳曲"的轻薄士子、无行文人。《旧唐书》本传称他"士行尘杂，不修边幅，能逐弦吹之音，为侧艳之词"①。其实，视温庭筠为全无忧国忧民之肝肠，这实在是很大的误解。诗人出身于儒学世家，其先祖温彦博即为初唐名相，诗人自身亦颇多济世之志，只是宦途坎壈，未能施展宏愿。"永为干世之心，厥有后时之叹"，可以说是诗人胸中峥嵘块垒的写照。温氏乐府中很有一些咏史之作，借南朝兴废之迹，讽当世腐朽之实，对晚唐统治者穷极奢靡而不知亡国在即的昏庸，给予痛心的、深刻的讥刺与警喻。这类作品主要有《春江花月夜词》、《达摩支曲》、《雉场歌》等篇。

这类借古讽今的咏史之作在审美创造上有着明显的特征，可以把这种特征简言之为"以美写丑"。在诗中，用以构成整体美学效应的基本元素是意象，诗歌的整体美学效应是靠一连串的意象迭加或组合来实现的。然而，个体意象和全诗的整体美学效应之间的关系，决不是简单地相加，按照完形心理学的经典格言来说："部分相加，不等于全体"。诗歌由意象构成，但一经形成一首完整的诗作，就作为一个整体的审美结构存在，产生了一种崭新的美学价值，而未必是作为其元素的个体意象的审美属性之和。温氏乐府的咏史篇什，在审美创造上突出地体现着这样的规律。诗人以杰出的艺术才华、细腻华美的笔触，创造出一系列颇具审美价值的意象，这些意象作为个体存在是十分优美的，但它们作为系统的要素存在于诗中，依特定的结构关系组合成一个意象序列。这首诗作为一个系统给读者的整体效应不仅"不等于各部分的总和"，而且产生了美的对立物——丑。读者在欣赏温氏这类作品时，首先观照的是优美动人的个体意象，然而读完全诗，由艺术作品的形象结构所唤起的"场效应"却是丑。我们可以从《春江花月夜词》中体会这种审美创造的特征：

> 玉树歌罢海云黑，花庭忽作青芜国。秦淮有水水无情，还向金陵漾春色。杨家二世安九重，不御华芝嫌六龙。百幅锦帆风力满，连天展尽金芙蓉。珠翠丁星复明灭，龙头劈浪哀笳发。千里涵空照水魂，万枝破鼻团香雪。漏转霞高沧海西，玻璃枕上闻天鸡。蛮弦代雁曲如语，一醉昏昏天下迷。四方倾动烟尘起，犹在浓香梦魂里。后主荒宫有晓莺，飞来只隔西江水。

① （后晋）刘昫等：《旧唐书·温庭筠传》，中华书局1975年版，第5079页。

　　诗人有意采用了这个历来表现宫体主题的乐府古题，深刻地却又是不动声色地嘲讽了隋炀帝重蹈陈后主荒淫亡国覆辙的历史丑剧。实际上是对晚唐昏君的棒喝。史乘载："《春江花月夜》、《玉树后庭花》、《堂堂》并陈后主所作，后主常与宫中女学士及朝臣相和为诗，太常令何胥又善于文咏，采其尤艳丽者，以为此曲。"① 可见，《春江花月夜》与《玉树后庭花》一样，首创之时，完全是为了淫靡腐朽的宫廷生活之需要。初唐诗人张若虚用这个乐府古题写下了充满了"更夐绝的宇宙意识"、"更寥廓更宁静的境界"的传世名篇，而其主题仍是思妇离人之情。闻一多先生称其为"宫体诗的自赎"，"超过了一切的宫体诗有多少路程的距离"②，温庭筠则巧妙地利用了这个宫体诗题，将其由对腐朽糜烂的宫廷生活的得意表现转为犀利的嘲讽与批判。这种嘲讽和批判不是靠诗人的大发议论，也不是靠勾画昏君的丑态，而是在一系列"深美闳约"的意象连结与转换中完成和实现的。

　　如果表面化地认识作品，就会产生这样的误解：这首诗绮错婉媚，而没有什么社会讽喻意义可言。如果从结构分析的整体性目光来把握诗作，就会更多地着眼于意象之间的结构关系，从整体的美感效应中意识到作品深层潜在着的讽喻意义。这首诗的前四句实际上是暗讽隋炀帝刚刚灭陈，陈朝亡国的祸水又向隋室漫浸而来。"玉树"句用墨彩为整个意象序列涂抹了一个浓重的底色，续后用"花庭"的变化来暗示陈亡。诗人没有描绘断壁残垣，更没有涂写刀光剑影，却仅是用"玉树后庭"这个与陈朝亡国之耻密切相连的象征性意象加以表现。后主的"花庭"忽然间长满了离离荒草，这样来写后主的亡国恐怕是更为含蓄、更富特性的。用"忽"字关合，使色彩倏然一转，使读者从意象中体味到陈朝亡国之速。意象之间给读者的刺激信号并不强烈，色彩明丽而柔和，但含意深远。"秦淮"二句，写隋蹈陈辙，完全是用含蕴丰富的意象表现的。秦淮之水又涌向金陵，这决非一般的背景或环境的渲染衬托，而是一种隐喻，亡国的祸水刚淹没了陈后主的宫廷，又涌向了取代它的隋王朝。接着诗人剪接了隋炀帝举帆淫游的一连串镜头，就意象个体的本身而言，是极能引起审美愉悦的。无数锦帆鼓满东风，在运河上浩荡前行，直如巨大的金芙蓉漫天绽开，意象的壮丽辉煌是罕有其比的。珠翠满船，如夜空繁星闪耀明灭，更使人联想到"珠翠"所指代的无数美

　　① （后晋）刘昫等：《旧唐书·音乐志二》，中华书局1975年版，第1062—1063页。
　　② 闻一多：《唐诗杂论》，上海古籍出版社2006年版，第16页。

女的青春面容。诗人又写了龙舟上的音乐之美,"哀筝"、"蛮弦代雁"等各种乐声交织在一起,雄壮与幽丽相得益彰。不仅有视觉、听觉的美感,而且加之以"万枝破鼻团香雪"嗅觉之美,在把隋炀帝乘龙舟大举淫游扬州的豪华场面用许多富艳丰美的意象形容之后,又通过意象的转换写出了隋炀帝荒淫而致亡国的丑恶的必然结局。结尾的意象之中,其内涵意蕴又是两个层次:"所指"的表层含义是说陈后主的厄运马上就要飞临隋炀帝头上。但这本是既往史实,诗人却用了这样一个"未然型"的意象来表现一个更深层次的含义:晚唐统治者如果再荒淫下去,像陈后主、隋炀帝那样自作自受的惨剧也马上就要降临头上。如前所述,这首诗的个体意象是极为华美的,给人以多姿多彩的审美快感。但诗人要显现的却是荒淫误国之丑,意在于彼而不在于此。美与丑是对立统一的审美范畴,它们处于矛盾的同一体中,可以依一定的条件,向其对立面转化。在特定的艺术处理之下,对丑的形象的描绘,可以产生美的效应;同样,对美的形象的渲染,可以得出丑的结果。温庭筠用美的意象迭加,来达到揭露丑的创作目的。这种由美到丑的途径是什么呢?那就是意象系统内部的特定结构方式。诗人对诗歌内部结构的处理方式,实际上是借助读者对陈、隋这段历史的广泛了解来实现创作目的的。用结构主义方法来看,与作品的内部结构一样,社会历史的大系统也以一定的功能特点,组成结构框架,作品的"符号系统"正与社会历史系统的结构相对应。对于作品的"内部结构"来说,社会历史系统的结构没有这种"内部结构"与"外部结构"的对应,就无法沟通其所指与能指之间的象征意义。正因为一般读者对陈后主、隋炀帝荒淫亡国的历史丑剧是尽人皆知的,所以在阅读此诗时便会自觉不自觉地以这种外部结构作为参照系列。诗人很清楚这一点,他在诗中不诉诸议论,而是通过许多优美意象的迭加,更为含蓄地实现诗的讽喻功能。在这首诗里,诗人于意象转换的关键链节,使用了含意颇深的象征、暗喻意象,暗度陈仓,不露声色,把隋炀帝豪奢至极、重蹈陈亡覆辙的蠢行揭示出来,并给予了辛辣的讥讽——这种讥讽是以历史对隋炀帝的惩罚本身来实现的。

温庭筠乐府诗中这类篇什的个体意象,具有很高的审美价值。诗人并未因为作品的创作目的是为了讽喻而放弃对个体意象的审美追求。毫无疑问,从诗人的写作初衷到作品的整体功能,都是对骄奢淫逸而弗知亡国之祸临头的统治者的规讽、箴诫乃至棒喝,但他不是采取"意激而言质"的艺术表现形式，不是"枯燥无味地记录个别的不幸事件和社会现象"①，而是在一种全身心浸入的审美态度中创造个体意象，极大地提高了诗歌局部的直觉美感。诗人绝不使每个渲染美、创造美的机缘失之交臂，而是用一支五彩诗笔使尽可能多的意象闪耀着足够的动人魅力。这是温庭筠的创作个性，是他迥异于其他诗人的地方。为了加强说明，除了上面引析的《春江花月夜词》，还可以举出许多篇什来印证这一点。如《雉场歌》讥刺南朝齐东昏侯到处设置猎场致使"郊郭四民皆废业，樵苏路断"②的害民行径，诗人的否定态度是很明显的，但他把射猎的场面写得充满美感："芰叶萋萋接烟曙，鸡鸣埭上梨花露，彩仗锵锵已合围，绣翎白颈遥相妒。雕尾扇张金缕高，碎铃素拂骊驹豪。绿场红迹未相接，箭发铜牙伤彩毛。"诗的意象五彩缤纷，生动优美，而且动静相辅，人们如果仅是观照这些意象，便只是得到审美的享受，不会引起反感。而诗人在结尾处写道："城头却望几含情，青苗春芜连古苑"，读者才恍然大悟，诗人的用心原来在此处。把射猎场面渲染得那么美，却为的是揭露射猎者害民的恶果。田野荒芜的意象使全诗的意象序列产生了"丑"的整体效应。在温诗之中，个体意象的审美价值与全诗作为一个系统的讽喻功能是极和谐地交融在一起的。个体意象愈美，全诗的讽喻意义也就愈深刻。

二

温诗的被误解，更多的是诗中的女性世界。温氏乐府写了那么多美丽的女性，而且写得充满魅力。诗人为她们创造了华美的环境，赋予了她们绝丽的风采，因而被人们目为与宫体诗人一般无二。权威性的文学史著作对温诗不加具体分析，便判定温诗是齐梁绮艳诗风的余绪，只是在写"灯红酒绿的放荡生活"，轻轻一笔带过便打入另册。其实如果认真地读懂诗人那些描写女性形象的乐府，从直接感受中得出自己的认识，而不是以他人之是非为是非，便会看到，温庭筠诗中女性形象的刻画，虽然笔触秾丽，却决非如南朝宫体诗那样，仅是为了满足卑污低下的精神需要来刻画女人的妖冶情态，而是着意于表现封建社会妇女不幸命运的社会悲剧，代她们写出心灵的哀

---

① 〔德〕恩格斯：《诗歌和散文中的德国社会主义》，见《马克思恩格斯全集》第4卷，中共中央编译局译，人民出版社1958年版，第237页。

② （南朝·梁）萧子显：《南齐书》卷7《东昏侯纪》，中华书局1975年版，第103页。

怨。我敢肯定地说，温氏乐府中是没有用淫邪、色情的笔调去描写女性的，相反，诗人极力去表现那些被损害的女性的高洁美好的心灵，表现她们性格中的美质。

在封建时代里妇女备受摧残，而女性的一个特殊阶层——歌妓舞女们，在所承受的巨大痛苦之上蒙着一层欢乐的外衣，悲怆的泪水只能倒流回心田；边塞战争的筛角更是牵动着无数思妇泣泪成血地翘首遥望；没有音讯的商船撕扯着一颗颗破碎的少妇之心……千千万万女性心灵身世的创痛，酿成了中国封建社会一个广阔而富有特征的巨大悲剧。温庭筠蔑视礼法、狂放不羁，在仕途上又是沉沦下僚、"坎坷终身"，这使他更多地接触了下层妇女，"同是天涯沦落人，相逢何必曾相识"！诗人的坎坷遭际使其对那些遭逢不幸而苦痛难言的女性充满了真挚的同情与关注；诗人又雅擅音乐，"善鼓琴吹笛，云有弦即弹，有孔即吹"①，他常常为歌妓们所唱的曲子填写歌词，这使他与那些"红颜薄命"的女子的命运联系在一起。诗人用自己的心去体察、去感应，用诗笔打开这些女性积满苦水的心灵之窗，使我们听到了来自那个阴晦世界的一些柔弱而悲凄的哀曲。

这类诗在审美创造上的特征可称为"以美写怨"。诗的个体意象优美、富丽、绰约，给人以强烈的审美享受。但是，诗人通过优美的个体意象的特定组合，使整个意象序列表现出的美感效应是悲凄哀怨的。诗人极少直接揭示人物的内心世界，而是透过华美的表层意象使"她"心底痛苦的潜流汩汩地泛溢出来。与温词相比，温氏乐府中的女性形象由画面走向了浮雕，由"二维空间"变成"三维空间"，更富有个性特征，如《张静婉采莲曲》、《夜宴谣》、《舞衣曲》、《懊恼曲》等篇什都是通过极美的意象，表现出妇女命运的悲剧性，意象表层愈美，悲剧效应愈强。试读一下《张静婉采莲曲》：

> 兰膏坠发红玉春，燕钗拖颈抛盘云。城西杨柳向娇晚，门前沟水波粼粼。麒麟公子朝天客，珂马珰珰度春陌。掌中无力舞衣轻，剪断鲛绡破春碧。抱月飘烟一尺腰，麝脐龙髓怜娇娆。秋罗拂水碎光动，露重花多香不销。鸂鶒交交塘水满，绿萍金粟莲茎短。一夜西风送雨来，粉痕零落愁红浅，船头折藕丝暗牵，藕根莲子相留连。郎心似月月易缺，十五十六清光圆。

---

① （元）辛文房撰，舒宝璋校注：《唐才子传》卷 8，中州古籍出版社 1987 年版，第 341 页。

　　这首诗的个体意象十分优美动人，但全诗的整体效应是哀怨深沉的。《张静婉采莲曲》是乐府古题，传为南朝羊侃所创，张静婉系羊氏舞伎中之佼佼者。《南史》载："羊侃字祖忻，泰山梁甫人。善音律，自造《采莲》、《棹歌》两曲。姬妾列侍，穷极奢靡。有舞人张静婉腰围一尺六寸，时人咸推能掌上舞。"① 诗人借这个古题来写舞女心灵的悲剧，既与这一题目的传统主题有联系，又能翻出新意，显示出主人公命运的普遍意义。主人公是一位姿容绝丽、舞姿非凡的舞女，诗人用娓娓的笔调写出了她怨抑而又不无留恋的复杂的情感世界。那位"麒麟公子"把她当作玩弄取娱的对象，似乎也对她百般恩爱，而这种恩爱不过如飘风骤雨，转瞬即逝，女主人公却被"公子"骗去了挚爱，渴望"恩爱"能够天长地久，当公子抛开了她，她望着池塘中双双嬉游的水鸟，悲叹着这"怜"的短暂，自伤不幸的遭际竟如一夜风雨摧败于地的落红。然而，她还留着一丝眷怀，回味着那虚幻的"爱"的某种温馨。这是一个美好而柔弱、怨抑而矛盾的心灵。诗人没有直接描述她的哀怨之情，而是用一系列很美的意象来完成一个整体化的表现。诗人把女主人公描绘得态浓意远、娇美无比，又用杨柳的柔姿，沟水的波纹等环境因素来烘衬其美。对于主人公的舞姿，诗人则从美的效果上来进行表现。"剪断蛟绡"、"麝香龙髓"，用这些极珍异的礼物赠予她，足见女主人公舞态之妙绝一时，摄人心魂。这正如莱辛所说的："凡是不能按照组成部分去描绘的对象，荷马就使我们从效果上去感觉到它。诗人啊，替我们把美所引起的欢欣、喜爱和迷恋描绘出来吧，做到这一点，你就已经把美本身描绘出来了！"② "莲茎短"一句，诗人用六朝民歌中惯用的谐音手法，暗示了主人公命运的转折。接下去，诗人没有直接描写"公子"抛弃了她，而是用一夜风雨摧落鲜花的意象给予象征的表现。这个意象所指的含蕴，远远大于女主人公一个人的命运悲剧，可以说是封建制度下广大妇女不幸遭际的缩影。这是全诗意象序列转折的关键链节，在优美的意象特定组合下，产生出深沉而复杂的哀怨效应，是这类作品的共同特点。《懊恼曲》的哀怨效果更加强烈，这首诗的主题与《孔雀东南飞》相近，表现了一个青年女子不屈服于封建社会势力的迫害，至死不渝地追求理想的爱情。诗人用这样的意象来表现爱的坚贞："三秋庭绿尽迎霜，唯有荷花守红死。"用迎霜的庭绿来反衬荷花的执着。荷花的意象凄艳绝丽，充满了悲剧性的美感。荷花之死，

---

① （唐）李延寿：《南史》卷63《羊侃传》，中华书局1975年版，第1543页。
② ［德］莱辛：《拉奥孔》，朱光潜译，人民文学出版社1982年版，第120页。

象征着美好事物的破灭，具有动人心魄的艺术魅力。在诗的结尾处，诗人用这样几个连续性的意象来表现主人公的怨恨："悠悠楚水流如马，恨紫愁红满平野。野土千年怨不平，至今烧作鸳鸯瓦"。在色彩斑斓之中透出强烈的怨愤之情。

从这些篇什中我们不难看出，诗人描写女性形象的作品，意象表层虽然秾丽芳泽，但却旨在揭示被损害的女性的心灵悲剧，代她们吐出胸中的怨抑不平，并且表现那些红颜薄命的女性的善良纯净之精神世界。从意象表层来看，似乎近于齐梁绮艳淫靡之作，但其整体效应则与齐梁艳体迥然各异。齐梁艳体之轻浮艳冶，温氏乐府之深沉哀婉，并不是难以区别的。人们对温诗的误解，主要是表面地、机械地、简单地分析作品，而不是从作品的意旨、作品的深层、作品的整体美学效应来考察所致。

三

温诗乐府中尚有一类作品，直接触及社会问题，社会意义更为突出，如《塞寒行》、《遐水谣》直接反映边塞战争带给百姓的莫大苦难，对征夫思妇的生死离别寄予了极深的同情：而在《烧歌》之中，诗人感愤于统治者的重赋聚敛，写出了"谁知苍翠容，尽作官家税"这样具有极大容量的精警诗句，这类诗的社会价值是非常明显的。然而，即使是在这类直接揭示社会问题、代人民唱出痛苦心声的篇什之中，诗人也还是不放弃审美追求的。为了诗作的整体效应，诗人把个体意象写得富有各种不同的美感，如《塞寒行》写塞外征战的气象，个体意象极具悲壮、肃杀、苍凉之美："燕弓弦劲霜封瓦，朴簌寒雕睥平野，一点黄尘起雁喧，白龙堆下千蹄马。河源怒触风如刀，剪断朔云天更高，晚出榆关逐征北，惊沙飞进冲貂袍。"塞外的苍茫寥廓、征战的寒苦悲壮，都在诗人笔下得到了传神的体现。诗的意象的确是美的，但决非前述咏史、写女性篇什中的富艳柔丽之美，而是肃杀苍凉之美。寒霜覆满瓦片，而将士却绷紧了手中弓弦，意象表层虽然未及将士，但作为艺术符号，这个意象虽然只写出了燕弓，却在读者头脑中唤起了完整的艺术形象：在寒霜覆盖的塞外，出征的壮士手执劲弓。接着，诗人的笔触移到天空之中，一个凶猛的"寒雕"盘旋睥视着平野，这既是对环境的描写，也是对壮士精神状态的烘衬。"一点"两句，在动态上把出征部伍的气势渲染出来，"河源"四句则极写风物之肃杀。这些意象旨在表现边塞战争条件之艰辛，但却决不枯乏，而是充满寥廓、苍凉、肃杀的美感。接下去，意象序列到了转换的关键链节，"心许凌烟字不灭，年年锦字伤离别。彩毫一画竟何荣，空使青楼泣成血"，这里的转折使全诗的整体效应充满了强烈的悲剧色彩。战士出塞远征，在苦寒之中还有着建功立业的幻想，因而使苦寒的征戍生活蒙上了一层雄壮的气氛。然而，诗人把笔触移到思妇身上，写出了泣血盼望征夫的思妇形象，极深刻地揭示出功名富贵的虚妄难凭，图画凌烟阁的愿望是海市蜃楼般的泡影，整个意象序列所产生的整体效应极有社会意义。《烧歌》写南方烧畲的场景，意象序列的很多环节是颇为壮美的："微红夕如灭，短焰复相连。差差向岩石，冉冉凌青壁。低随回风尽，远照檐茅赤。"但邻翁"倚锸欲潸然"的一番诉说，使"新年春雨晴，处处赛神声"的欢乐，反而跌入了"仰面呻复嚏，鸦娘咒丰岁，谁知苍翠容，尽作官家税"的悲愤的漩涡之中。那些个体意象的壮丽、清新之美，极深厚地助长了痛恨官府赋税的整体效应。这类篇什的社会价值在意象表层结构就突出地显示出来，而个体意象的美感为诗中充满强烈社会意义的整体效应增添了许多艺术感染力。

四

　　苏联美学家斯托洛维奇的一段话对我们认识温诗的价值不无启示作用："艺术价值不是独特的自身闭锁的世界，艺术可以具有许多意义：功利意义和科学认识意义，政治意义和伦理意义。但是如果这些意义不交融在艺术的审美冶炉中，如果它们同艺术的审美意义折衷地共存并处而不有机地纳入其中，那么作品可能是不坏的直观教具，或者是有用的物品，但是永远不能上升到真正艺术的高度。"① 可以说，温庭筠乐府诗的价值也正在于审美价值与社会价值的统一与交融。诚然，温诗的意象表层是华美绮丽的，有着很高的审美价值，但它并不因为其有审美价值就缺少社会价值，二者之间不是排他的关系。相反，温诗是把审美价值与社会价值很完美地交融在一起了。由于温诗表层结构是极富美感的，有些论者便据此斥之为"唯美"；由于温诗写了许多舞女宫姬，有些论者便把他与南朝宫体诗人相提并论。这无非是因为温庭筠没有在诗的表层结构中直接地涂写人民的疾苦，抨击腐朽朝政而已。但由此而否定温诗的社会价值，那未免是轻率的结论。温诗的社会价值

---

① ［苏］列·斯托洛维奇：《审美价值的本质》，凌继尧译，中国社会科学出版社1984年版，第167页。

是潜藏在较深的层次，通过全诗的整体效应得到实现的。华美的形式和深厚的内容不但不相悖谬，而且是以独特的艺术把握方式，有机地交融在一起的。认识温诗价值的方法，关键在于整体性和穿透性的把握。

结构主义美学的基本原则之一就是整体性。无论结构主义有着怎样的弊病与先天不足，但它的整体结构观念对我们的文学研究却极有方法论上的参考价值。它有助于我们在分析文学现象时摆脱某种思维局限。发现作品作为一个系统（结构），而产生的不同于作品局部元素属性的新质，结构主义美学强调研究对象的整体美学效应，认为一个"美学对象应被看成一个整体"，因为"只有作为一个整体，它才能履行作为一个符号的功能，而且也只有作为一个整体，它才能从社会角度被理解"[①]。一首诗、一部小说、一部戏剧、一篇散文，按照思想内容、艺术特色等方面，进行提取式的元素分析，固然可以说得甲乙丙丁头头是道，但往往只见局部不见全体，只抓住了一些条条，使充满生气的一部作品，分解成几根骨头，几条筋。而如果我们能够首先把握到作品的整体美学意蕴，然后再进一步分析作品的局部元素在整体中的作用以及它们之间的关系，也许会得到一些新的认识。所谓整体，也就是把一部作品作为一个系统进行研究。以诗为例，一首诗便是一个自足的系统。诗的个体意象就是这个系统的要素，要素之间是依特定的结构关系而有机地组合在一起的，那么，"诗歌作品形成了一个功能结构，它们各个要素只能在此统一的框架之内才能理解"[②]，尤其是对温庭筠的乐府诗来说，很多社会价值不是表现在如白居易新乐府诗那样"其辞质而径"、"其言直而切"的直接呼吁之中，诗人极少出面议论，而是利用乐府诗长于叙事的特点，让意象通过启承转合，把事物的规律、人物的命运呈现出来。表面看来，温诗绮错婉约，远没有元白新乐府那样强烈的社会政治意义，实际上，温诗的社会价值往往就是在优美意象的特定结构关系之中蕴含的。因此，整体性地把握，把温诗当作系统的序列和组合来研究，就显得更为必要。

那么，"穿透性"（这个概念系笔者臆造）把握又何所云谓呢？笔者想以此来说明诗歌研究中应透过意象表层来抓住诗的深层底蕴。表层结构和深层结构是结构主义理论的一对基本范畴。这本来是结构主义语言学家乔姆斯基转换—生成语法理论的理论基石，后来被其他结构主义者推而广之成了结

---

① ［比］布洛克曼：《结构主义：莫斯科－布拉格－巴黎》，李幼蒸译，商务印书馆1980年版，第78页。

② 同上书，第75页。

构主义的基本概念。顾名思义，"表层结构"是现象的外部关系，"深层结构"现象的内部关系。结构主义美学则称之为"内在叙述的层次与表现的层次"①，引入这对概念不是为了硬套在温诗的分析上，而是为了说明对诗歌意蕴的深层次把握。结构主义的所谓"深层结构"是指一种先验的、历时性积淀的结构层次，是人类心灵的一种无意识的机制或能力所建立的，文学创作的深层结构则是作者心灵在创作过程中无意识赋予的，也是欣赏者的心灵在欣赏过程中无意识地感受到的。② 我们不妨在比较浅显的意义上利用"创造性地误解"这个概念。诗歌创作有独特的艺术规律、独特的表现手段，因而有独特的美学效应。那么，我们欣赏诗歌也应"以意逆志"，运以独特的艺术把握能力，方能"得其环中"。就中国古典诗歌的特性看，笔者拈出"意象"作为分析诗歌的元素，诗歌不妨可以看作以意象为基本单位的有"一个特殊结构法则的重层复合体"③，所谓诗的"表层结构"，就是诗的个体意象之间的外部组合方式。然而，诗歌的意蕴虽然依赖于这种外部关系得以存在，但决不停留在这个表层，因为诗人并非以意象所描绘的事物本身为创作目的，而旨在表现一种情感，起码是一种情绪，意象派大师庞德曾对意象作了如下的界定："意象"不是一种图像式的重视，而是"一种在瞬间呈现的理智与感情的复杂经验"，是一种"各种根本不同的观念的联合"④。作为艺术符号的意象，不过是诗人情感的载体。意象何以能够含蕴诗人的情感呢？这就涉及诗人的艺术表现手法。象征、隐喻（中国传统诗艺的比、兴之类）等手法，都只是为了实现这种含蕴。因此，我以为诗歌的"深层结构"就是诗人情感的走向，这种情感的走向的主要内容是对社会性事物的情感态度。所谓"穿透性"把握无非是说透过意象表层的组合关系，直接把握到诗人的情感走向，从而也就估量出诗歌的社会价值高下如何。对于像白居易讽谕诗那种情感态度极为鲜明的作品，"穿透性"把握不是很紧要的，因为，诗人的情感溢于意象表层，无须"穿透"；对于温庭筠的乐府篇什，在欣赏分析的时候，就格外需要这种"穿透力"，否则就可能错误地估计诗人的情感走向，炫目于诗中色彩斑斓的意象表层，对于诗中的社会价值视而不见，甚至作出相反的判断。

---

① 季红真：《文学批评中的系统方法与结构原则》，《文艺理论研究》1984 年第 3 期。

② 夏基松：《当代西方哲学》，黑龙江出版社 1983 年版，第 331 页。

③ ［比］布洛克曼：《结构主义：莫斯科－布拉格－巴黎》，李幼蒸译，商务印书馆 1980 年版，第 71 页。

④ ［美］韦勒克、沃伦：《文学理论》，刘象愚等译，三联书店 1984 年版，第 202 页。

五

诗毕竟是诗。诗人观察世界的目光，表达对客观事物的情感、方式都是诗的。马克思提出"艺术掌握世界的方式"的命题，对于文学研究有着哲学层次的极大指导意义。在艺术的天地里，任何思想都应该是艺术化了的，诗歌的艺术价值，如斯托洛维奇所分析的有审美价值和社会价值，而且强调二者应该是交融的。笔者则进一步认为，诗中的社会价值应该是审美化的，社会价值应该从审美价值中映射出来。温庭筠乐府诗的审美价值突出地表现在意象之美上，而且，温诗的意象美有着鲜明的个性特征。关于温诗意象序列的转承组合关系以及社会价值与审美价值的交融，前面已有论述，这节文字主要想讨论作为诗歌意象系统中基本元素的个体意象之创造特征。整体与部分，是辩证统一的关系。结构主义强调整体性，强调结构和组合关系是对的，但片面地夸大这一端而否定另一端，割断两者之间的辩证联系，这又滑向了形而上学，这里对温诗个体意象做一点表现方法上的探索，以弥补结构分析方法之不足。

温庭筠个体意象的创造特征在于：

其一，温诗意象极富色调美。诗人善于运用不同的色调来创造意象，温诗给人的观感不仅色彩斑斓，而且有鲜明的对比度。略举几例便可看出这种特征在温诗中的普遍性。"渺茫残阳钓艇归，绿头江鸭眠沙草"（《昆明治水战词》），"江风吹巧剪霞绡，花上千枝杜鹃血"（《锦城曲》），"三秋庭绿尽迎霜，唯有荷花守红死"（《懊恼曲》），"锦雉双飞梅结子，平春远绿窗中起"（《吴苑行》）。这些意象绚烂多彩，而且色调之间对比鲜明却又十分和谐，这些意象的创造颇似油画的色块涂抹，而不类于国画的线条勾勒。中国古典诗、画似乎有同样的审美旨趣，喜欢淡远、清逸的艺术境界。画论讲究"气象萧疏，烟林清旷"的艺术风格，诗歌也更推崇浑然天成、"不劳于妆点"的自然之美，其主导倾向亦是趋于幽远、深邃的艺术趣尚。温氏乐府的审美旨趣似乎异于是。以画为喻，它不是淡雅清寂的国画，而是五色相宣的油画。温诗极善于在文字符号中调配色彩，使作品的意象结构所唤起的鉴赏者大脑皮层的场效应是极富色彩之美的画面。由于特定的诗歌题材范围，如写舞女，写宫人的哀怨以及讽刺帝王的荒淫亡国，这些明丽绚烂的彩绘非但没有减弱全诗悲或丑的整体效应，反而有机地强化了这种效应。诗人不是单纯地在诗中涂抹色彩，而是赋予这些色彩以感情的生命，使之充盈着动人的艺术感染力。如"恨紫愁红满平野"（《懊恼曲》），"镜里见愁愁更红"（《莲蒲遥》），"五陵愁碧春萋萋"（《湖阴词》），"粉痕零落愁红浅"（《张静婉采莲曲》），把"愁""恨"等抽象的感情内涵，直接赋予鲜明的色彩形式，所产生的美学效应是非常强烈的。马克思曾指出："色彩感情是一般审美感情中最大众化的形式"①，温诗的意象充满了这种"色彩感情"，的确是极易得到鉴赏者的理解，引起审美愉悦的。

其二，温庭筠的乐府诗，虽然意象中充满色彩美感，但它并不呆板粘着，并不显得堆砌、质实，而善于化实为虚，使意象具有一种灵动之美。诗人往往使意象处于一种不定质的形态之中，给人以飘忽空灵的感觉。写轻盈美妙的舞姿："抱月飘烟一尺腰"（《张静婉采莲曲》）；写夜中的群山："夜深天碧乱山姿"（《水仙遥》）；写水的柔美："水极晴摇泛艳红"（《晚归曲》）；写月的朦胧："阶前碎月铺花影"（《生祺屏风歌》）。经过诗人的陶铸，有些本来是较定型的事物，也变得飘动空灵，"宝剑黯如水"（《侠客行》）就是这种例子。诗人也善于创作清空寥远的意境，如"万里孤光含碧虚"（《水仙遥》），"楼前澹月连江白"（《湘东宴曲》），"吴江淡画水连空，三尺屏风隔千里"（《吴苑行》），都使意象生发成寥远而含蕴的境界。

其三，诗人常常于具象和抽象的巧妙转递之间创造意象，这也是温诗某些意象富有空灵之美的重要因素。如："藕肠纤缕抽轻春"则是只可感觉而不赋具体形态的，从"藕肠"之中抽出了轻盈美妙的春天，这个意象就是通过具象与抽象的交合显示其空灵之美的。前面所论温诗赋色彩以感情的生命，都是这种具象与抽象的交合，这就使意象"意""象"俱足，更为丰富地鲜明地体现诗人的感情走向。高尔基曾说："我所理解的'美'，是各种材料——也就是声调、色彩和语言的一种结合体，它赋予艺人的创作——制造品——以一种能影响情感和理智的形式。"②温氏乐府的意象的确可以看作是这样"一种结合体"。它以独特的审美形态感染读者，它是充满色彩而又洋溢着感情生命的美。

单就温庭筠的乐府诗发这样一通洋洋洒洒的议论，并不意味着温诗的成就高于其他大诗人。无论是审美价值抑或社会价值，温诗都不能与李、杜等大家之作相颉颃。温氏乐府之中，的确也不乏平庸、浮浅之作。这里重点分

---

① ［苏］列·斯托洛维奇：《审美价值的本质》，凌继尧译，中国社会科学出版社 1984 年版，第 73 页。

② ［苏］高尔基：《高尔基文学论文选》，孟昌译，人民文学出版社 1958 年版，第 263 页。

析的，是其中最有成就的一些篇章。温氏乐府有独特的成就，这是不能否认的。过去一直认为其没有思想价值，又炫目于它的华美形式，便遽然扣上一顶"唯美主义"的帽子，丢在故纸堆中无人问津，这未必是可取的做法。笔者有感于它的被冷落弃置，找来研读一番，居然有了上述那些想法，又兼之感慨通行的分析方法的某些不足，拟换一点"旁门左道"的手段试着分析一下。"醉翁之意不在酒"，温氏乐府本身似乎并非这篇小文的终极目标。在诗歌分析方法上是否能有一点各自的探索？分析方法、角度若能各辟新径，似乎可以得出不少新的认识或结论。是耶，非耶，期待着有识者的评判。

因难以见巧：黄庭坚的诗美追求[*]

千百年来的褒贬毁誉，对于北宋大诗人黄庭坚来说，也许是一种历史的殊宠。山谷的诗作与诗论留给后人的争议直到今天也并未了结，相反地，思维方式的更新和超越，把这个古老的话题引入了崭新的天地。就黄庭坚的诗论而言，如果仅是盯在"夺胎换骨""点铁成金""无一字无来处"来做翻案文章，未必能翻出多少新的"花样"。山谷的诗论决非仅此一端，它的内容很复杂，"夺胎换骨"之类只是其间的中介环节，倘若选择一个新的视点，把山谷诗论作为一个整体进行透视，也许不难得出一点新的认识。

一

山谷究竟追求的是怎样的诗美，易言之，就是把怎样的诗歌审美形态作为他的创作理想或审美标准？对这个问题的回答，用山谷自己的话进行概括是很恰当的，那便是"因难以见巧"。

所谓"因难以见巧"，简单说来，就是要走这样一条崎岖艰难的艺术道路：以前人留下的大量诗学遗产为"材料因"，以谨严的诗学法度为"形式因"，以创作主体的"陶钧"为"创造因"，通过艰苦的艺术追求而达到奇崛浑然、但又近于"平淡"的诗美境界。众所周知，山谷是极重诗的法度、规矩的。他强调"句法""句眼"，主张诗歌应该是"无一字无来处"，赞扬苏轼"句法提一律，坚城受我降"（《子瞻诗句妙一世……》），倡导用典使事，这些都是山谷重法度的具体内容，但这并不是诗人的终极目的，诗人的终极目的是从这条布满荆棘的路到达奇崛而又浑然的诗美境界。

山谷虽然讲求使事用典，讲求"句眼""句法"，却又鄙视雕琢斧凿，推尊"不烦绳削而自合"的诗歌风貌。他要遍采百家。但倘"百家"槎枒

* 本文刊于《辽宁师范大学学报》（社会科学版）1988 年第 5 期。

于诗中，形成支离破碎的状态，则为诗人所不取。他所规慕的是陶渊明与杜甫的诗。陶诗简淡自然，但其中化用古语典故极多，不过浑然无迹，读者难于察觉。譬如《归园田居》其一中"狗吠深巷中，鸡鸣桑树巅"二句，化用汉乐府《相和曲·鸡鸣》中"鸡鸣高树巅，狗吠深宫中"（《乐府诗集》）两句，仅易二字，就使陶诗平添了许多田园生活的韵味。再如《归园田居》其三"种豆南山下，草盛豆苗稀"两句，看似天机自得、毫无假借，实际上是化用了汉人杨恽《报孙会宗书》中"田彼南山，芜秽不治。种一顷豆，落而为萁"的诗意，使这首诗有了更深一层的意蕴。但陶诗用典已臻化境，"羚羊挂角、无迹可求"。所用典故完全融化于白描式的诗境之中，难以剥离。山谷对陶渊明极为倾慕，多次劝导同仁与后学要以陶诗和杜诗为诗学圭臬。《赠高子勉》诗云："拾遗句中有眼，彭泽意在无弦。顾我今年六十，付公以二百年。"在《与王庠周彦书》中说："所寄诗文，反复读之，如对谈笑。意所主张，甚近古人，但其波澜枝叶不若古人耳。意亦是读建安作者之诗与渊明子美所作，未入神尔。"山谷倡导学杜，是人们所理解、所熟知的。按着惯常的理解，江西派之所以标举杜诗，是因为杜诗法度井然，可从而学之；而李白、韩愈等诗人，都因才大气高而成大家，其诗如天马行空，无从窥入，作为江西诗派"三宗"之一的陈师道便是这样看的，他在《后山诗话》中说："学诗当以子美为师，有规矩可学，退之于诗本无解出，以才高而好尔。渊明不为诗，写其胸中之妙尔。学杜不成，不失为工，无韩之才与陶之妙，而学其诗，终为乐天尔。"[①] 黄庭坚评之："余评李白诗，如张乐于洞庭之野，无首无尾，不主故常，非墨工槃人所可拟议。"[②] 实际上，如欲达到老杜的成就，岂止是规矩绳墨而已？作为江西诗派的代表人物的山谷，其诗歌成就是远在江西诸人之上的，元遗山"论诗宁下涪翁拜，未作江西社里人"（元好问《论诗绝句三十首》其二十八），正是抒写这种感慨！山谷之既学杜又慕陶，以陶、杜为诗之高的，其用意不止于规矩法度，使事用典，而是要通过高难度的句法安排、典故成语的巧妙化用，来达到"不烦绳削而自合"的浑成境界。山谷所追求的不是由"直寻"，或云"直抒性灵"来达到自然浑成的境界，他要走另一条路，要从前人留下的"诗材"中辟出一片新的天地，这是一条嶙峋嵯峨之路。因此，山谷一方面强

---

① （宋）陈师道：《后山诗话》，见何文焕《历代诗话》，中华书局1981年版，第304页。
② （宋）黄庭坚：《题李白诗草后》，见《黄庭坚全集》第2册，四川大学出版社2001年版，第656页。

调古人的绳墨规矩，力倡文章必在行文布置上谨严，认为作诗应该"用一事如军中之令，置一字如关门之键"①；另一方面，则又标举"无斧凿之痕"的佳作，在《与王观复书》中，山谷论诗云："所寄诗多佳句，犹恨雕琢功多耳。但熟观杜子美到夔州后古律诗，便得句法简易而大巧出焉，平淡而山高水深，似欲不可企及。文章成就更无斧凿痕，乃为佳作耳。"② 山谷又说："好作奇语，自是文章病。但当以理为主，理得而辞顺，文章自然出群拔萃。观杜子美到夔州后诗、韩退之自潮州还朝文章，皆不烦绳削而自合矣。"③ 这种"不烦绳削而自合"，正是山谷所要追求的。山谷之所以陶、杜并举，也正是指向这种浑然的诗境。宋人朱弁论江西诗云："西昆体句律太严，无自然态度，黄鲁直深悟此理，乃独用昆体工夫而造老杜浑成之地，……此禅家所谓更高一着也。"④ 朱氏可谓一语中的，道出了山谷诗论的实质所在。对此，郭绍虞先生的理解极为透彻："是则朱氏之取于山谷者，亦正以其虽矜用事而归宿所在，仍以浑成自然为主耳。"⑤ 这种"浑成自然"的境界，正是山谷欲"见"之"巧"。需要强调说明的是，仅仅是要达到浑成自然的境界，那还不是山谷之所以为山谷，钟嵘、司空图、苏轼、严羽的诗学追求原都如此，山谷之所以为山谷，正在于"因难"——通过把前人留下的"诗材"融入自己的艺术感受的高难度锤炼，来"见巧"——达到浑成自然的审美境界。

二

"因难"，这种高难度的艺术锤炼的具体方法是什么？主要是所谓"夺胎换骨""点铁成金"。这是每个谈及山谷诗论的人都很难回避的，也是论者争议的焦点。金人王若虚讥之为"特剽窃之黠耳"⑥，此后山谷便戴上了"剽窃蹈袭"的帽子，近几十年间的文学史教科书里，黄山谷更是以"形式

---

① （宋）黄庭坚：《跋高子勉诗》，见《豫章黄先生文集》卷26，四部丛刊初编本，第298页。

② （宋）黄庭坚：《与王观复书》，见《豫章黄先生文集》卷19，四部丛刊初编本，第202页。

③ 同上书，第201页。

④ （宋）朱弁：《风月堂诗话》，见（宋）惠洪、朱弁、吴沆《冷斋夜话·风月堂诗话·环溪诗话》，中华书局1988年版，第112页。

⑤ 郭绍虞：《宋诗话考》上卷，中华书局1979年版，第50页。

⑥ （金）王若虚：《滹南遗老集》卷40，中华书局1985年版，第257页。

主义"诗风的代表出现，近时翻案文章虽联翩而至，做了许多较切实际的评价，但我仍觉得不够准确和全面。"夺胎换骨""点铁成金"，是山谷实现其艺术追求的主要方法。山谷在《答洪驹父书》第二首中说："自作语最难，老杜作诗、退之作文，无一字无来处，盖后人读书少，故谓韩杜自作此语耳。古之能为文章者，真能陶冶万物，虽取古人之陈言入于翰墨，如灵丹一粒，点铁成金也。"① 这便是山谷所说的"点铁成金"，惠洪《冷斋夜话》则称述山谷的"夺胎换骨"之法："诗意无穷，人之才有限，以有限之才，追无穷之意，虽渊明少陵不能尽也。然不易其意，而造其语，谓之换骨法；规模其意，形容之，谓之夺胎法。"②

"点铁成金"也好，"夺胎换骨"也好，总的精神在于"以故为新"。也就是取古人陈言作为原料，熔化陶钧，用以抒写诗人自己的艺术感受，拓出新的审美境界。对于江西诗派的末流而言，"夺胎换骨"之说，未始不是蹈袭前人的借口，然而在山谷这里，却与剽窃蹈袭有质的区别。山谷是极力主张艺术的独创性的。所谓"随人作计终后人，自成一家始逼真"③，所谓"听它下虎口箸，我不为牛后人"④，要求闯出一条独特的艺术道路来，而不蹈人足迹，是山谷所孜孜以求的。倘若仅是"剽窃之黠"，却又在中国诗史上占据了颇为重要的地位，那是不可思议的。作为对有宋诗风影响极大的诗人，山谷的艺术个性是十分突出的。山谷虽倡学杜，却能"离而去之以自立"⑤，自成一家之目。"夺胎换骨""点铁成金"，是采掇前人陈言，融入己诗，目的是抒写自己的诗情，而不在于模拟古人。"材料因"虽然采撷于前人，"创造因"却在诗人的胸中。把"诗材"熔成诗作的，是诗人从现实生活中触发的独特艺术感受。在这种艺术感受的"陶冶"之下，古人之陈言化成了诗境的有机成分，它所获得的意蕴不是古人的，而是诗人自己的。山谷所说的"陶冶"二字至关重要，如果不经过"陶冶"熔炼，而将古人陈言直接纳入诗中，就只能是"獭祭鱼"，饾饤堆垛。

"夺胎换骨""点铁成金"的方法，目的在于以熟取生，在人们所熟悉

---

① （宋）黄庭坚：《答洪驹父书》，见《豫章黄先生文集》卷19，四部丛刊初编本，第204页。

② （宋）惠洪：《冷斋夜话》，四库丛刊本，第243页。

③ （宋）黄庭坚：《题乐毅论后》，见《豫章黄先生文集》卷28，四部丛刊初编本，第311页。

④ （宋）黄庭坚：《赠高子勉》，见《豫章黄先生文集》卷12，四部丛刊初编本，第106页。

⑤ （清）方东树：《昭昧詹言》，人民文学出版社1961年版，第18页。

的意象之中翻空出奇，造成崭新的境界。援用前人之语，却又另生新意。对于欣赏者来说，前人之语所生成的审美表象本来是熟悉的，但经过诗人点化陶钧、改变了原来陈熟的意象，而生成新的意象，这种熟中取生的方法，尤能引起人们的审美兴趣。从审美心理学的角度看，人的审美知觉能力和敏感性同眼前的"图式"与心中熟悉的"图式"之间的差异程度有关。在完全熟悉的事物面前，审美主体可能失去对此事物的知觉敏感，而处于"熟视无睹"的心意状态，对于那些完全陌生的"图式"，审美主体也很可能无动于衷，难以引起兴趣。只有那些与主体所熟悉的图式有所不同，但又可以看出与它们有一定联系的事物，才能引起审美主体的敏感。正如滕守尧先生所说："只有那些不是与心中的图式完全雷同和完全无关的形式、即与内在图式具有一定差异性的图式，才能引起人的敏锐的知觉。'差异原理'不仅适用于普通知觉。同样也适用于审美知觉。……只有那些在我们熟悉的传统中经过大胆创新的艺术形式才会引起我们极大的兴趣和敏锐的知觉。"①　"夺胎换骨"、"点铁成金"的成功之作，所取得的正是这样一种审美效应。"古人陈言"在审美主体心中留下的是较为熟悉的图式——意象，但经过诗人的陶钧熔炼，呈示于诗中的意象与原来的意象有关却又不相雷同，而是构成了内涵层次更深的新的意象。这对于审美主体来说，无疑是具有了更大的诱惑力与刺激性。山谷的佳作正是具备了这样的审美机制。山谷诗往往拈前人诗语入诗，而又由其意而另拓诗境，给人以"柳暗花明"之感。如《登快阁》一诗中"落木千山天远大，澄江一道月分明"二句，虽用杜诗"落木"、谢朓"澄江"字面，但所创造的境界不是杜甫《登高》的衰飒悲凉，也不是谢朓《晚登三山还望京邑》的绮丽平静，诗人在这里创造的是一种寥廓高远、充满透明感的境界。

《寄黄几复》诗中："我居北海君南海，寄雁传书谢不能"两句，上句用《左传》中字面，与原意迥不相侔，却极为真切地传写出诗人与黄几复的深情。下句所用典故更是尽人皆知，诗人却又转加之"谢不能"，使诗意陡然一转，拓进一层，十分奇警。山谷用前人诗材，多于意境上进行转换。

山谷诗"以故为新"的另一个特点是如钱锺书先生所说："就现成典故比喻字面上，更生新意；将错而遽认真，坐实以为凿空。"②　如"王侯须若缘坡竹，哦诗清风起空谷"、"蜂房各自开户牖"、"白蚁战酣千里血"，都是

---

①　滕守尧：《审美心理描述》，中国社会科学出版社 1985 年版，第 60 页。
②　钱锺书：《谈艺录》，中华书局 1984 年版，第 23 页。

这类写法。"既比竹，故堪起风，蚁既善战，故应飞血；蜂窠既号'房'，故亦'开户'。"① 就比喻之象令生新意，使诗灵动新异，引人入胜。

使事用典的关键在于用诗人自己的诗意来统摄熔化事典。诗人自己的诗意是从独特的感受中生发的，带有强烈的艺术个性，那么，无论怎样化用前人之语，只要是为诗人的诗意所贯穿，就不害其为充满真情实感、勃发艺术个性的好诗。正如王安石所说："诗家病使事太多，盖皆取其与题合者类之，如此乃是编事，虽工何益？若能自出己意，借事以相发明，情态毕出，则用事虽多，亦何所妨。"② 王安石对使事用典的看法确为的论。关键不在于用事多少，而在于是否以诗人自己的诗意来熔冶贯穿之。杨万里认为山谷用事之妙，就在于借用古人语，而出之于己意，他说："诗家借用古人语，而不用其意，最为妙法。如山谷猩猩毛笔是也。猩猩喜着屐，故用阮孚事；其毛作笔，用之钞书，故用惠施事；二事皆借人以咏物，初非猩猩毛笔事也。"③ 在《和答钱穆父咏猩猩毛笔》这首诗中，诗人拉来"几两屐""五本书"来咏猩猩毛笔，与古人之意无涉，而全然出之以己意，却使这样一个很狭窄的题材得到了出人意料的拓展。

要达到浑成自然的境地，这种"夺胎换骨""点铁成金"的途径，比起"直寻"、不假使事用典来，或许有更大的难处，是一条布满荆棘的艺术道路，要在这样的路上履险如夷，需要很高的艺术才能。金人王若虚讥朱弁"用昆体功夫而造老杜浑成之地"之论："予谓用昆体功夫，必不能造老杜之浑全；而至老杜之地者，亦无事乎'昆体'工夫，盖二者不能相兼耳。"④ 王氏之论虽然旨在诋讥山谷，却也从旁说明了山谷所选择的艺术道路是崎岖艰险的。而山谷恰恰是要通过这种险途来达到浑成的艺术境界。他论述诗歌创作说："试举一纲而张万目，盖以俗为雅，以故为新。百战百胜如孙吴之兵，棘端可以破镞，如甘蝇飞卫之射，此诗人之奇也。"⑤

诗人把这种"以俗为雅，以故为新"的诗法，比做像神箭手甘蝇、飞卫那种经过艰苦修炼而达到的"棘端可以破镞"的高妙技艺，可见，他所主张的"以故为新"，绝非是蹈袭搬弄"古人之陈言"，而是一番艰苦的艺术锤炼熔冶，然后达于高妙之境。

---

① 钱锺书：《谈艺录》，中华书局1984年版，第23页。
② （宋）蔡天启：《蔡宽夫诗话》，见郭绍虞《宋诗话辑佚》，中华书局1980年版，第419页。
③ （宋）魏庆之：《诗人玉屑》，中华书局1959年版，第156页。
④ （金）王若虚：《滹南遗老集》卷40，中华书局1985年版，第258页。
⑤ 任渊等：《黄庭坚诗集注》，中华书局2003年版，第441页。

三

　　使人颇感兴味的是，与江西诗派格格不入、自称是"说江西诗病，真取心肝刽子手"①的诗论家严羽，曾把"入神"视为诗歌创作的"极致"，他说："诗之极致有一，曰入神。诗而入神，至矣，尽矣，蔑以加矣！"而在诗歌理论上受到他激烈抨击的江西派鼻祖黄庭坚，也同样强调"入神"，在《赠高子勉诗》中云："妙在和光同尘，事须钩深入神。"②那么，"入神"这个概念的内涵，在这两种对立的诗论中，究竟有没有相同之处？联系在哪里？差异又在何处？应该说，在沧浪诗论与山谷诗论中同样出现了"入神"的概念，并非偶然的邂逅，而是一种必然的遇合。彼此之间联系的纽带是唐代大诗人杜甫。"入神"或云"有神"，作为中国古代诗学的独特审美范畴，往往是指天机骏发、兴象玲珑、超越形似而蕴满悠然远韵的审美境界。严羽以李杜为"诗而入神"的典范，"惟李杜得之，他人得之盖寡也"，依笔者理解，严氏所谓"入神"，也就是他的"透彻之悟"，具体而言，就是他所标举的"盛唐诸人惟在兴趣，羚羊挂角，无迹可求。故其妙处透彻玲珑，不可凑泊，如空中之音，相中之色，水中之月，镜中之象，言有尽而意无穷"③。这是严羽的诗美理想所在，只有在诗中呈现出这种境界，方可称为"入神"。在整个《沧浪诗话》中，我们不难看出，严羽一直以李杜作为诗美理想的范型。他推崇李杜为"论诗以李杜为准，挟天子以令诸侯也"。李白我们且不谈，杜甫是与黄庭坚诗歌精神上联系最为直接的诗人了，黄庭坚堪称有宋一代杜甫诗歌艺术最有代表性的继承者，杜甫的两句名言"读书破万卷，下笔如有神"集中地道出了自己的创作经验。"读书破万卷"是指从大量的书本材料中汲取诗材和艺术营养（这里没有谈诗歌创作的另一个重要因素，就是从现实生活中触发的艺术感受）；"下笔如有神"则是指进入创作过程中那种文思迅敏、万象腾踔的心态，并由此种心态而形成的浑然天成、毫无缀合痕迹的诗歌审美境界。"读书破万卷"与"下笔如有神"是一种因果联系，没有万卷诗书的诗材储备和艺术修养，便不可能创造出"入神"的诗境。杜甫之诗，熔铸百家，转益多师，包罗宏富，集

---

①　郭绍虞：《沧浪诗话校释》，人民文学出版社1961年版，第251页。
②　（宋）黄庭坚：《赠高子勉》见《豫章黄先生文集》卷12，四部丛刊初编本，第106页。
③　郭绍虞：《沧浪诗话校释》，人民文学出版社1961年版，第26页。

历代诗人之大成，化用前人隽语入己之枢机，难以穷尽；然其使事用典巧铸灵运、毫无痕迹，所成诗境"浑涵汪茫，千汇万状"，正如严羽所说，臻于"入神"之极致。黄庭坚对杜甫的钦慕一则在于"无一字无来处"、"取古人之言入于翰墨，如灵丹一粒，点铁成金"，同时更在于杜诗那种"不烦绳削而自合"、"文章成就更无斧凿痕"的浑成境界。正是在于此处，山谷与沧浪的"入神"是相近的，杜诗的审美境界，同为山谷、沧浪所规慕。但是沧浪所突出强调的是"透彻之悟"的"诗成后境界"，山谷诗论给江西派留下的"不二法门"则重在"以俗为雅，以故为新，夺胎换骨，点铁成金"，给后人影响最大的，也在于这一点。至于他的诗论中"欲造老杜浑成之地"的目的与要素，则往往被人忽略。实际上，舍其一端，都不是山谷之为山谷。"妙在和光同尘，事须钩深入神"的含意也无非是说，使事用典的妙处在于能够"和光同尘"——不露剑拔弩张、槎枒支离之态，而应是经过陶钧"钩深"，达到"入神"的境地。说来说去，既重诗法、用典，又重成诗后的"浑成"，这才是整个的山谷！

　　然而，山谷要"因难以见巧"，走一条艰险崎岖的艺术道路，以攀上诗美的峰巅毕竟又不同于严羽等人所主张的艺术道路，最后所要造就的浑成诗境，虽然都可以说是"入神"，但审美形态是不同的。山谷诗所追求的是一种艰奥之美。山谷诗歌的意象，由于内在的艰奥和曲折，给读者的欣赏过程增添了紧张程度，也提供了更多的意蕴。山谷诗雄拗奇峭，意象峥嵘。同时，在诗句之中有着更为密集的意蕴，这是需要高难度的艺术技巧的所在，"浅易的美"更能引起较高层次的审美趣味所在。

　　综上所述，"因难以见巧"，确实是黄庭坚对诗美的追求。他选择这样一条艰险崎岖的艺术道路，其目的并不在于这种艺术道路本身，而是要达到"平淡而山高水深"、"不烦绳削而自合"的诗美境界。但这种境界毕竟又带着山谷独有的特点。

试论苏轼贬谪时期的思想与创作[*]

宋代大诗人苏轼，在政治斗争的漩涡之中，度过了他的后半生。屡遭贬谪的生涯，使他饱经了磨难。然而，无论是黄州贫厄，还是岭南瘴雨，都不能使他在精神上摧折颓唐。他以旷达乐观、随缘自适的人生态度，笑傲人间是非，战胜逆境所带来的忧患。这种人生态度不仅使他顽强地战胜贬谪生活中的贫病交困，而且使他的诗词创作有了一种独特的审美意味。这种人生态度的思想来源颇为复杂，儒、道、释的一些主要观念都在其中起着重要作用。泛淡儒、道、释三家融合，未必能揭示出苏轼人生态度的特异之处；而要真正把握苏轼面对贬谪生活的人生态度之特质，应该认识其中各种思想成分的具体作用。

儒家的兼济是苏轼终其一生的精神基石。无论是为官于朝，或是作州于外，苏轼都密切关注时局，并常常用诗文表现自己对朝政的看法。他在杭州、徐州等地当地方官时，更是为百姓做了许多实事，深受百姓爱戴。离别徐州时"吏民攀援，歌管凄咽"，可以看出苏轼是以"大济苍生"为己任的。在被贬期间，他在政治上备受打击，没有置喙于朝政的权利，这种情形下，苏轼思想成分中的儒家成分已经淡化为一种底色，而佛家、道家的思想方法却得到了大大的强化。佛、道思想并没有使苏轼归于寂灭空无，而是成为他解脱现实苦难的思想工具。他借助于佛、道思想方法，形成一种独特的人生观，高扬心灵的作用，泯灭外间事物的差异，求得内心的平衡。苏轼的人生态度不期然而然地在作品中生成了独特的韵味。苏轼诗词创作的审美特征与他的人生态度有着深刻的内在联系，从后者入手来探索前者，不失为一条蹊径。

---

* 本文刊于《中州学刊》1990 年第 6 期。

一　寓世而超世

在遭受贬谪的日子里，苏轼不仅在政治上遭到打击，而且生计艰窘。但他以自己那倔强而豁达的个性照射生活，因而，那些写在贬所的篇什，往往充满着十足的审美意味。一方面，身在其中，备尝艰辛，有着他人所不能替代的独特体验；另一方面，又像旁观者一样，以悠然的心境进行观照，升腾着精神的超越。体验的深切与心灵的超然交融在一起。苏轼有《初到黄州》一诗：

> 自笑平生为口忙，老来事业转荒唐。
> 长江绕郭知鱼美，好竹连山觉笋香。
> 逐客不妨员外置，诗人例作水曹郎，
> 只惭无补丝毫事，尚费官家压酒囊。

"乌台诗案"险些要了苏轼的性命，现在大难不死，贬作黄州团练副使，等于是戴罪发配。诗人却把黄州的环境写得很美，其中带着较浓的主观色彩。他之所以把黄州的风物写得很美，是因为他以一种诗情的体味赋予贬谪生涯，在忧烦中得以解脱。《东坡》这首诗也明显地表现出这种对生活的审美化态度：

> 雨洗东坡月色清，市人行尽野人行。
> 莫嫌荦确坡头路，自爱铿然曳杖声。

诗人躬耕于东坡，自然免不了手足胼胝之苦，加之政治上的风刀霜剑，换一个人，总免不了要一诉悲苦之情。即使是故作旷达之语，怨艾之气也是难以掩抑的。苏轼所领略的人生况味，则别是一番天地。月色洒满东坡的荦确山路，诗人踽踽独行，吟味、欣赏着自己的曳杖之声。在深刻的人生体验中，显示出一个怡然自得的诗人形象。诗人是以一种诗意的或者说是审美化的态度来处理辛劳困顿的贬谪生活的。诗人高扬心灵之光，淡化现实的痛苦，以达观而倔强的个性涵盖生活。但诗人并不虚构一个桃花源式的理想世界，而是将现实生活诗意化，无限扩张自己心灵的作用，来使自己得到解脱与超越。寓身物中，超然物外，可以说是他人生态度的一个重要内容。在《超然台记》中，苏轼集中地表述了一种人生态度：

> 凡物皆有可观。苟有可观，皆有可乐，非必怪奇伟丽者也。餔糟啜醨，皆可以醉，果蔬草木，皆可以饱。推此类也，吾安往而不乐？夫所为求福而辞祸者，以福可喜而祸可悲也。人之所欲无穷，而物之可以足吾欲者有尽。美恶之辨战乎中，而去取之择交乎前，则可乐者常少，而可悲者常多，是谓求祸而辞福。夫求祸而辞福，岂人之情也哉！物有以盖之矣。彼游于物之内，而不游于物之外；物非有大小也，自其内而观之，未有不高且大者也。彼挟其高大以临我，则我常眩乱反复，如隙中之观斗，又乌知胜负之所在？是以美恶横生，而忧乐出焉，可不大哀乎！……余之无所往而不乐者，盖游于物之外也。（着重号为笔者所加）

这篇虽非写于贬谪黄州、岭南时期，而作于密州任上，但政治失意的心态是基本相同的。这种"游于物外"的思想方法，在他的贬谪生活中，起了较大的支撑作用。游，并非身游，而是心游。"游于物外"，并非说脱离尘俗的生活，而是说心灵要超然乎尘俗之上，不以贫富穷达为意。苏轼认为，如果把自己的目光局限于所置身的事物之中，就会"眩乱反复"，而只有使自己的目光能在事物之外的角度来反观自身，即所谓"游于物之外"，才能"无往而不乐"。苏轼的这种"超然"的人生态度，是以不脱离尘俗生活为特征的。

苏轼对于生活的这种态度是其作品审美品格的能源。只有使心灵超越于生活之上，回过头来谛视生活，才能得到美的感悟。陷溺于自己利害的计较之中，是无美可言的。苏轼对于现实生活尤其是艰窘的贬谪生涯采取"超然物外"的观照方式，使他的目光带有了审美性。

佛家以"性空"观念为理论根基，认为万事万物（"万法"）都是因缘和合而成，无有"自性"，都处在生起、变异、坏灭的过程之中，流迁不居，变幻无常，事物的这种"无自性"，也便是佛家所谓"空"。换言之，"空"并非一无所有，而是说虚幻不实，如镜中花、水中月。"诸法虚妄如梦"，是通俗而概括的表述。苏轼借"空"观以视人生，"人生如梦""人生如寄"之类的看法形成了他思想的一个显著特征。在贬谪生活中，他更是以此自相开解。反正人生不过是一场梦幻，穷达、贵贱都如过眼烟云。在《次韵王廷老退居见寄》诗中，诗人写道："回头自笑风波地，闭眼聊观梦幻身。"在诗人看来，风波险恶不过聊供一笑，人的自身都不过如梦如幻，无真实可言，身外之物就更无所谓了。佛教认为，人本身也不过是"五蕴"和合而成，也是无自性的，苏轼这种"身如梦幻"的人生观直接导源于佛教。在《念奴娇》"大江东去"这首词中，苏轼以"惊涛拍岸，卷起千堆雪"的长江赤壁为背景，重现了当年周瑜大败曹操的雄壮历史活剧，勾画出杰出的历史人物周瑜的英俊形象。但词人所兴发的感慨并不在此，而在于"人生如梦，一樽还酹江月"。"千古风流人物""一时多少豪杰"尽管业绩非凡，也只能被"浪淘尽"。人生是空幻的，与这些豪杰相比，苏轼觉得身贬黄州也就可以恬然自安了。《前赤壁赋》写曹操"一世之雄"的形象何等气派："舳舻千里，旌旗蔽空，酾酒临江，横槊赋诗。"何等气派！接着"而今安在哉"这一跌，便使之堕入了虚无。

　　将自身、人生都视为如梦如幻，才能从现实痛苦中解脱出来。因此，"人生如梦"的观念乃是精神超越的思想依据。然而，苏轼人生态度中的精神超越又是以不离尘俗为其特点的。无论何等艰窘的生活环境，苏轼都能在谛视反观中得到精神上的超越。这种思想方法同样是深受佛学影响的。小乘佛学把"出世间"与"世间"绝对地对立起来，用"出世间"来否定"世间"。大乘佛学则沟通"世间"与"出世间"，主张"空"与"色"是统一的。"色不异空，空不异色，色即是空，空即是色"①，这就填平了世俗生活与佛境的天堑。大乘佛学中，主体心灵的作用得到了极大的扩张。禅宗之所以高扬主体心灵，主张"我心即佛""自性即佛"，成佛即是对自身佛性的觉悟。禅宗之所以在士大夫中拥有广大市场，就是这种无须抛舍尘俗生活，只需心灵的超越即可达于佛境的简便途径所产生的吸力。身寓于物中，心超于物外，是其"不二法门"。苏轼借用了这种思想方法，参与进他特定的人生态度中来。"平生寓物不留物，在家学得忘家禅"②，正说明了他的人生态度与佛理的内在联系。不过，禅宗的世俗化倾向是为了不舍弃尘世的物欲享受，而苏轼"寓世而超世"的人生态度，则主要是在精神领域里消弭贬谪的痛苦。他不是与艰窘困厄的环境抗争，也不幻想逃离其中，而是在体验痛苦情境的同时，便分出一个精神上的"东坡居士"，来超然地返照生活。

---

　　① 《般若波罗蜜多心经》，见任继愈《佛教经籍选编》，中国社会科学出版社 1985 年版，第 15 页。

　　② （宋）苏轼：《寄吴德仁兼简陈季常》，见张春林编《苏东坡全集》，中国文史出版社 1999 年版，第 218 页。

二　齐物与随缘

苏轼濡染释、道，少有宗教目的，而在于看轻外物，抵御磨难。"学佛老者，本期于静而达"①，在纷扰与困厄中保持心境的恒定、渊静与达观的态度，吸收释道精神，正可有资于此。在这个目的下，释、道的一些观念相通于苏轼的人生态度之中。如道家的齐物思想与佛家的"万法皆空"的观念就被苏轼所融会参照。《庄子·齐物论》集中表述了道家创始人庄子的齐物思想。"是亦彼也，彼亦是也。彼亦一是非，此亦一是非。果且有彼是乎哉？果且无彼是乎哉？彼是莫得其偶，谓之道枢，枢始得其环中，以应无穷，是亦一无穷，非亦一无穷也。"庄子学派强调事物彼此之间都是互相联系、互为条件的，任何事物都不能脱离其他事物单独存在，事物又是不断变化，又是可以互相转化的，因而没有恒定的是非标准，全然是相对的。这一点与佛家思想深有相契之处。佛教以"缘起"论为基石，认为所有事物都是因缘和合而成，都没有自身的质的规定性，而都是"空"的。"空"才是万物的共同本质。禅宗则认为，佛性遍于一切有情甚至无情。"众生是佛""无情有性"即是此谓。"青青翠竹，总是法身；郁郁黄花，无非般若"②，这种洋溢诗情的禅家话头，形象地告诉人们：佛性遍于万法。

苏轼深受"齐物"思想的濡染，并以此作为处理人生的方法论。从齐物的观点来看，贵贱、穷达、祸福、寿夭，都没有什么区别。"以道观之，物无贵贱"，关键在于主体心灵的价值判断。"以趣观之，同其所然而然之，则万物莫不然；因其所非而非之，则万物莫不非。"③ 苏轼在《醉白堂记》中，借对韩琦的称誉表达自己的人生态度："公既不以其所有自多，亦不以其所无自少，将推其同者而自托焉。方其寓形于一醉也，齐得丧，忘祸福，混贵贱，等贤愚，同乎万物，而与造物者游，非自比于乐天而已。"④ 他在诗中写道："台阁山林本无异，故应文字不离禅。"（《次韵参寥寄少游》）处身台阁、参与机要与山林野放，贬抑在外，从齐物的观点看没有多大区别，诗人以此而自我解脱。诗人更以"空"观物，万事万物皆视为空幻如

---

① 苏轼：《答毕仲举书》见《苏轼文集》中华书局1986年版，第1672页。
② （宋）普济：《五灯会元》，中华书局1984年版，第157页。
③ （清）王先谦：《庄子集解》，中华书局1987年版，第174页。
④ （宋）苏轼：《醉白堂记》，见张春林编《苏东坡全集》，中国文史出版社1999年版，第585页。

梦。那么，随缘自适乃是最惬意的度日之法了。在赴黄州贬所途中，诗人吟道："黄州在何许，想象云梦泽。吾生如寄耳，初不择所适。但有鱼与稻，生理已自毕。"（《过淮》）这是对贬谪生活中忧患之自找解脱，这种旷达之情是支撑他的后半生的。"我生百事常随缘，四方水陆无不便。"（《和蒋夔寄茶》）。无论在什么地方，苏轼都能处之泰然。在惠州，初食荔枝，诗人欣然写道："我生涉世本为口，一官久已轻莼鲈。人间何者非梦幻，南来万里真良图。"（《四月十一日初食荔枝》）为了生计，宦游在外，家乡观念似已淡漠，反觉南贬万里是来到了好去处，这分明是一种自我开解。"吾闻君子，蹈常履素，晦明风雨，不改其度。"① 随缘自适的人生态度，使诗人在贬谪中保持了自己的人格，抵御了生活风雨的侵袭，它与佛家的"万法皆空"的观念有深刻的渊源关系，而在苏轼的具体思想构成中，所起的作用未必是完全消极的。

三　流迁与永恒

在贬谪生涯中，苏轼用以抵御人生风雨、战胜逆境的，是精神的超越，而苏轼追求心灵的超然物外，并非仅仅为了解脱忧患对心灵的重压，同时也希冀达于更高的精神境地，在物我两忘中达于永恒。庄子提出"物化"思想，用"庄周梦蝶"的故事来表现物我界限消解，万物融合为一的境界，"天地与我并生，而万物与我为一"（《庄子·齐物论》），这是一种永恒的境界。苏轼希望能够达到身与物化、"同乎万物，而与造物者游"的境界。这自然是永恒的，但这种永恒是在瞬间的内省中感悟到的。苏轼记述他在黄州安国寺所得到的体验时说："得城南精舍，曰安国寺。有茂林修竹，陂池亭榭，间一二日，辄往焚香默坐，深自省察，则物我两忘，身心皆空，求罪垢所从生而不可得。一念清净，染污自落，表里倏然，无所附丽，私窃乐之。"② 这确乎是诗人体悟到的"得大自在"的境界。

然而，万象更迭，人事流转，一切事物都在不停的生灭变化中，每个人都存在于接连不断的"刹那"即瞬间中。苏轼对此感受很敏锐，他多次叹惋人生的流动不居。"那知梦幻躯，念念非昔人"（《再过常山和息年留别

---

① （宋）苏轼：《孟嘉解嘲》，见邓立勋编校《苏东坡全集·中》，黄山书社1997年版，第113页。

② （宋）苏轼：《黄州安国寺记》，见《苏轼文集》，中华书局1986年版，第392页。

诗》），人是一刻不停地变化着的。佛家讲"刹那生灭"，认为事物都在永远的成住坏空的变化过程中。"念念无常"，一切事物都在迁流转变、不断代谢之中，苏轼深受这种思想影响。在《百步洪》中，诗人写道："我生乘化日夜逝，坐觉一念逾新罗。纷纷争夺醉梦里，岂信荆棘埋铜驼。觉来俯仰失千劫，回视此水殊委蛇。"在另一首诗中，诗人又写道："须臾便堪笑，万事风雨散。"（《乔太博见和复次韵答之》）都是慨叹事物与人生处在不断的变幻之中。

人生处在须臾变化之中，而宇宙则是永恒的。诗人寓身于变化飞逝的时光之流，却追慕宇宙的永恒，以此得到精神的超越。"寄蜉蝣于天地，渺沧海之一粟。哀吾生之须臾，羡长江之无穷。挟飞仙以遨游，抱明月而长终。知不可乎骤得，托遗响于悲风。"（《前赤壁赋》）这是个痛苦而难以解决的人生矛盾。人生之短暂与宇宙之无穷，引起了多少代人的求索。苏轼给自己找到了一个自我解脱的答案："客亦知夫水与月乎？逝者如斯，而未尝往也；盈虚者如彼，而卒莫消长也。盖将自其变者而观之，则天地曾不能以一瞬；自其不变者而观之，则物与我皆无尽也，而又何羡乎？"（《前赤壁赋》）苏轼给自己找到的是一个"二律背反"式的方法。从变的观点看，天地万物没有一瞬间停息自己的运动；从不变的观点看，万物与人类都是无穷无尽的。这样，在有限的、变幻着的自我与无限的、永恒的宇宙之间，就找到了一条精神通道。苏轼在《前赤壁赋》中以水和月为例，旨在说明事物在变中寓含着不变，在流迁中即包容了永恒。这里正是借用了"物不迁论"的思想方法来认识事物的。

四　心灵的涵盖

在贬谪生涯中，苏轼更多地汲取佛、道思想，形成了独特的人生态度。这种人生态度投射在他的诗词创作中，又产生了独特的审美意味。苏轼的人生态度是以重内心轻外物为特点的。无论是寓世而超世，还是齐物与随缘，或者是在流迁中追求永恒境界，都须高张主体的作用。超越，始终是心灵的超越。忘却世间风雨，人生忧患，靠的是心灵的高蹈。在海南，苏轼写道："胸中有佳处，海瘴不能腓。"（《和王抚军座送客》）只要胸中逍遥自在，瘴烟蛮雨也不能侵袭诗人。"齐物"并非"物齐"，而是主体无视其差别，"美恶在我，何与于物"，完全以主观作为价值判断的依据。诗人当然并非不知道高官显宦的尊贵，朱门粱肉的惬意，但他身处蹇厄，远贬山巅水涯，失去了这些享受，于是便故意无视穷达、贵贱之别。要从认识论的角度讲，其实质自然是主观唯心主义的。但这里是不宜从认识论来判断苏轼的，他靠这套思想方法在贬谪生活中自寻乐趣。所谓随缘自适，也正是靠主体心境的恒定，以不变应万变。"试问岭南应不好？却道，此心安处是吾乡"（《定风波》），只要"此心安处"，无论到什么去处都无所谓，以心灵的高扬淡化外间事物给主体带来的精神痛苦，这是苏轼人生态度的突出特征。苏轼在贬谪时期的诗词创作，主观色彩颇为浓重。诗人的个性烙印，在作品中表现得很明显。无论是黄州、惠州，还是琼州、儋州，这些贬所的生活环境都很不方便，苏轼本身又戴罪贬放，他的诗词创作似乎该是多凄苦之音；实际的情形则相反，由于诗人独特的人生态度使然，在创作中以一种诗意的目光谛视生活，因而也获得了审美的超越。苏轼的诗词创作不以意象创造为目的，而侧重于抒写诗人的主观体验。诗人以心灵涵盖外物，即使构写物象，也是被摄人主观体验的抒写之中。诗人在黄州曾写下《正月二十日与潘、郭二生出郊寻春……》这篇名作，诗云："东风未肯入东门，走马还寻去岁村。人似秋鸿来有信，事如春梦了无痕。江城白酒三杯醉，野老苍颜一笑温。已约年年为此会，故人不用赋招魂。"意象的构写不侧重于客观而侧重于主观，尤其是颔联的比喻更是极为精警地道出了诗人的人生体验。这种极富理趣的比喻，集中地表现出诗人对人生的理解深度，有鲜明的个性特征。又如栖居海南时所作《东亭》一诗："仙山佛国本同归，世路玄关两背驰。到处不妨闲卜筑，流年自可数期颐。遥知小槛临廛市，定有新松长棘茨。谁道茅檐劣容膝，海天风雨看纷披。"诗中不乏意象描写，但都旨在表达诗人那种随缘自适、笑傲风雨的人生态度。虽然茅檐劣陋，仅可容膝，但诗人却不以为意，笑看海天风雨。这其中有着极为深刻的人生体验，同时也充满了诗人的个性色彩。当然苏诗有些篇什过多说理，略觉枯涩。而无论怎样，都是以浓重的主观色彩涵盖外物的。

即使是在被贬谪的痛苦处境中，苏轼仍以寓世而超世的态度处理生活。他以诗意的眼光来看自己所处的环境。因此，苏轼在贬所的篇什往往流溢着一种悠然自适的气韵。荒远闭塞的环境，贫厄失意的生活，往往被诗人赋予了亲切而高远的诗意，使作品带有十足的审美意味。前面所举的《初到黄州》、《东坡》等作，都是这方面的例子。在惠州，诗人写下《纵笔》一绝："白头萧散满霜风，小阁藤床寄病容。报道先生春睡美，道人轻打五更钟。"诗人此时已是衰病老翁，且身贬荒远，而依然是怡然自得。"春睡美"一句，把诗人那种倔强、达观的个性生动地凸现出来。

　　在琼州至儋州的路上遇雨，诗人把山间风光写得雄壮活跃、有声有色："幽怀忽破散，永啸来天风。千山动鳞甲，万谷酣笙钟。安知非群仙，钧天宴未终。喜我归有期，举酒属青童。急雨岂无意，催诗走群龙。梦云忽变色，笑电亦改容。应怪东坡老，颜衰语徒工。久矣此妙声，不闻蓬莱宫。"（《行琼儋间，肩舆坐睡，梦中得句云：千山动鳞甲，万谷酣笙钟。觉而遇清风急雨，戏作此数句》）这种对山间风雨的描写，充满奇思妙想，完全是诗人那高远乐观的胸臆感受的结果，心灵的高扬决定了诗的基调。

关于词的起源[*]

　　词是中国古典诗歌发展过程中分蘖出的一种独特诗体，它与音乐关系甚深，初起之时，它本是为了配乐而歌的歌词，因而也叫"曲子词"。对于词这种新兴诗体的灿烂成就，人们是没有异议的；而关于词的起源问题，却仍有种种说法，莫衷一是，并未得到一致的认同，这个问题有待于进一步深入探讨。本文欲概括前说，并提出自己的看法。

　　关于词的起源，概而言之，大体上有两种说法。一种认为，词虽起于唐人，但其母体，却是六朝乐府。持这种观点的论者的根据在哪里呢？一是说乐府诗也被之管弦，配乐演唱；二是因为六朝乐府大都也有长短参差之句，而句式的长短不齐，正是词在体式上的最显著的特征，词又称"长短句"，即可见此；三是因为六朝乐府中多是"梁、隋君臣颂酒赓色之所作"，词旨华靡，与唐季宋初那些"娱宾遣兴""剪红刻翠"的婉媚之词，在格调上是一样的。持这种观点的论者自宋朝始便代有其人，到明代，后七子之一王世贞即说："词者，乐府之变也。"[①] 清人徐釚把这个意思说得更为清楚明白："填词原本乐府。自《菩萨蛮》以前，追而溯之，梁武帝《江南弄》、沈约《六忆》诗，皆词之祖。"[②] 另一种观点，则认为词的起源在于唐人的近体律诗、绝句。持这种观点的论者多举《竹枝词》、《杨柳枝词》、《凉州歌》、《伊州歌》这些与七绝体式相类的词调为其论据。词有若干别名，如"曲子词"、"长短句"、"乐府"、"诗余"、"琴趣"等便是。如果说"乐府"这个别名代表了前一种观点的意思，那么，"诗余"这个别名在某种意义上代表了后一种观点的含蕴。

　　考察词的起源，离不开它的音乐基础。词是合乐之作，它的兴起是和当

---

[*] 本文刊于《文史知识》1990年第9期。

① （明）王世贞：《艺苑卮言》，见唐圭璋《词话丛编》，中华书局1986年版，第385页。

② （清）徐釚：《词苑丛谈》，中华书局2008年版，第1页。

时的音乐紧紧联系在一起的，故而也称为"倚声"。尽管对于词的起源问题尚有许多争议，但有几个基点是已经得到统一认识了的，这就是词赖以兴起的音乐基础是"燕乐"。如夏承焘先生说："词所配合的音乐主要的是当时的'燕乐'。"① 施议对说："填词所倚之声，歌词所合之乐，是隋唐以来兴盛的燕乐。"② 在这一点上，几乎是没有异议的，这是一个无可争辩的事实。因而，要实事求是地把词的起源问题谈清楚，应该从这样的基点上入手。

　　燕乐（也作"宴乐"），是兴起于隋唐之际、融合汲纳了西域胡乐的新型乐种。在中国古典音乐史上，雅乐、清乐、燕乐是三大音乐体系，各自划分了一个音乐时代。先秦的古乐称为"雅乐"，《诗经》中的雅、颂，即是配合雅乐的诗歌。汉魏六朝的音乐，称为清乐，为六朝乐府诗配的乐曲，都是清乐。隋、唐之际，则以燕乐为乐坛主流。所谓"燕乐"，也就是燕饮时所用之乐，为国家礼乐所必备。隋朝文帝时奏七部乐，炀帝时改为九部，这九部乐为：清乐、西凉、龟兹、天竺、康国、疏勒、安国、高丽、礼毕。唐初沿隋旧制，奏九部乐；至太宗时，加"燕乐""高昌乐"，删除礼毕乐，成为十部乐，而以"燕乐"为第一部。在十部中，燕乐作为一部，是狭义的燕乐，同时，十部乐的总名又称为燕乐，以区别于传统的雅乐。可见，燕乐正是中外音乐融合的产物。燕乐在唐代获得了正统地位，成为皇家音乐，社会上也都以燕乐为时尚。"长短句"是配合燕乐唱的歌词。那么，从这个角度看，说六朝乐府诗是词的直接源头，便觉不妥。乐府诗与词虽然都是以合乐为其特征和必要条件的，但二者所合之乐并非一个系统。"以先王之乐为雅乐，前世新声为清乐，合胡部者为宴乐。"③ 这几个音乐系统分得很清楚。六朝乐府诗所配的乐是清乐，词所配的乐是燕乐，并非同源。

　　论者又以乐府诗题来比附词牌，这也是似是而非的。乐府诗题，并不标志曲调，而基本上是以主题来分的，如《薤露行》、《蒿里行》，乃是挽歌。崔豹《古今注》云："《薤露》、《蒿里》泣丧歌也。本出田横门人，横自杀，门人伤之，为作悲歌。言人命奄忽，如薤上之露，易晞灭也。亦谓人死魂归于蒿里。至汉武帝时，李延年分为二曲，《薤露》送王公贵人，《蒿里》送士大夫庶人。使挽枢者歌之，亦谓之挽歌。"曹操的《蒿里行》便是哀伤于因董卓之乱"旧土人民，死丧略尽"（曹操《军谯令》）的惨象；《薤露行》

---

① 夏承焘：《唐宋词欣赏》，浙江古籍出版社 2003 年版，第 4 页。

② 施议对：《词与音乐关系研究》，中国社会科学出版社 1985 年版，第 1 页。

③ （宋）沈括：《梦溪笔谈》，时代文艺出版社 2001 年版，第 53 页。

则是悲念皇室后族所遭受的杀戮。《燕歌行》这一乐府古题多是言"时序迁换，行役不归，妇人怨旷无所诉也"（《乐府解题》）。乐府诗题对诗的字数、句数、韵律并无固定要求，而词牌则标志着一个固定的乐谱，对字数、句数、韵律都有固定的要求，却不要求一定的主题、题材、内容。当然，某些词牌适于表现某一类感情的情形是有的，如《满江红》、《贺新郎》等词调适于表达慷慨悲壮的情感；而《浣溪沙》、《踏莎行》等小令宜于表现含蓄温婉的感情。这也只能是大略的差异，决无固定的要求。因此，乐府诗题与词牌似同而实异，并无内在之联系。就诗与乐之关系而言，乐府诗是先有了诗歌，为乐府官署所搜集，按辞配曲，"被之管弦"，乐是适应诗的；词则是先有曲谱，按词调的要求写辞，"倚声填词"。因而，说乐府诗是词的直接源头，恐难令人信服。

词与乐府诗之间也还是存在着某种联系的，从诗歌体裁的发展源流来看，中国古典诗歌经历了四言——五言——七言的历程，而在汉魏六朝乐府诗中，出现了许多三、五、七言参差混杂的篇什，造成一种错落之美。如论者常举以为例的梁武帝的《江南弄》："众花杂色满上林，舒芳耀绿垂轻阴。连手躞蹀舞春心。舞春心，临岁腴，中人望，独踟蹰。"徐勉《迎客曲》："丝管列，舞席陈，含声未奏待嘉宾。罗丝管，舒舞席，敛袖嘿唇迎上客。"这样一些篇什，三、五、六、七杂陈，形成杂言的体式。而作为词在形式上的一个根本特点——长短句，如果没有上述的杂言体的过渡，是不可能的。词与汉魏六朝乐府诗的这点"姻亲"，应该联系起来认识，而不必因为乐府诗并非词的直接源头而否定这种句式上的联系。

说词是唐人律、绝的嬗化，尤其说词起于唐人绝句，能够解释词的一部分来源，如一些文人小令，但难以囊括全部。有些小令，为绝句添字而演成，有些几乎就是律、绝而稍加变化，如《清平调》、《渔歌子》之类。这类词可能是文人作者为了配合某个特定的乐曲，而将律、绝的句式稍加变化，填写而成。可以猜测，这是词体起源的一部分。而一个不可忽视的事实是，词并不等同于"声诗"。词与声诗之间关系至密，很容易混为一谈。如王维的《阳关三叠》，配乐而歌，风靡一时。王昌龄、高适、王之涣旗亭画壁赌唱，传为诗坛佳话。人们往往把它们作为词的开端，其实它们都是声诗。当时，声诗与词是并存着的。李清照在《词论》中指出："乐府（指词）声诗并著，最盛于唐。"张炎则说："自隋唐以来，声诗间为长短句。"① 都是把词与"声诗"，析而为二了。张炎的话也很可给我们以启发，他说"声诗间为长短句"，无疑是认为声诗中有一部分变成了词。可以认为，在燕乐流行之际，既有以五、七言近体诗入乐的声诗，又有"依曲拍为句"的直接以长短句合乐的"曲子词"。那么，长短句的合乐歌词，大致可以说，除绝句外另有源头。

我们应该把目光转向民间。中国文学史上，一种诗体初兴，多是萌于民间，后为文士所摄取，渐臻完善、成熟，四言、五言、七言，莫不如此。燕乐之于隋唐，不复限于宫廷与豪门贵族，而是作为流行音乐普及于民庶，成了雅乐之外俗乐的总称。民间因以长短句句式的里巷歌谣来配燕乐演唱。敦煌曲子词中的民间制作，便显露出这种初级形态的痕迹。如有名的《菩萨蛮》："枕前发尽千般愿，要休且待青山烂。水面上秤锤浮，直待黄河彻底枯。白日参辰现，北斗回南面。休即未能休，且待三更见日头。"这首民间词，原始质朴，很明显地表现出早期民间词的特点。民间词的长短句，则与民间歌谣由来已久的长短句式一脉相承。民间歌谣不受形式拘挛，可长可短，自由地表达思想感情，有很大的伸缩性和活力。长短句式在民谣中是早已有之的。如隋朝大业中童谣云"桃李子，鸿鹄绕阳山。宛转花林里。莫浪语，谁道许"等，都是长短句式。较早的一些词调如《竹枝》、《杨柳枝》、《捣练子》、《潇湘神》等，都来自民间。郭茂倩叙《竹枝》来源时说："《竹枝》本出于巴渝。唐贞元中，刘禹锡在沅湘，以俚歌鄙陋，乃依骚人《九歌》作《竹枝》新辞九章，教里中儿歌之，由是盛于贞元、元和之间。"② 《潇湘神》则原是潇湘一带民间祭湘妃的曲子。可见，民间创作当是词的一个很重要的源头。

燕乐是中外糅合之乐，隋代开始"太常雅乐，并用胡声"，当是燕乐的开端。而燕乐的成熟是在初、盛唐之际。从史乘记载的情况看，太宗时期燕乐已作为十部乐之首，当是很成熟的了。以理揆之，配合燕乐而唱的词的成熟，自然晚于燕乐而成。又知很大一批词调名称是玄宗时教坊曲演变而成，而首操《竹枝》、《杨柳枝》、《渔歌子》等词调作词的词人刘禹锡、白居易、张志和等，都是中唐时人，可见，词的正式成熟当在中唐时期。而《全唐五代词》所著录的盛唐之前的文人词，基本上都是绝句，很难称为真正意义上的词。署名为李白的《菩萨蛮》《忆秦娥》两首词，在体式上已是

---

① （宋）张炎：《词源》，见唐圭璋《词话丛编》，中华书局1986年版，第255页。
② （宋）郭茂倩：《乐府诗集》卷81，中华书局1979年版，第1140页。

完全成熟，而这个时期这样的词又绝无仅有，因此，更大的可能是后人托名，而不像盛唐时所能为之。如果说，词的成熟在中唐时期，那么，它的滥觞，大约是在燕乐兴起的初盛唐之际吧。词人们一开始试图以绝句配燕乐，但其整齐的形式不很适应婉转复杂的燕乐，遂加减字数，衍为与绝句相近的长短句。而民间词则以其源自歌谣的自由度很大的长短句式崛起，于是被文人们所仿效、改造，使词的创作蔚成大观。

陶诗与魏晋玄学[*]

一　小引

　　陶渊明存诗仅仅一百多篇，而他对中国诗史、对士大夫精神状态所产生的影响，却大得令人难以置信。研陶成果可谓汗牛充栋，但绝没有穷尽陶诗风光。套一句话来说，真是说不完的陶渊明。

　　如此渊深乃至有些神秘的陶渊明，只取艺术的视角一隅是难以把他看得透彻的。我以为倘若变换一下视角，用哲学的窥镜来观照一番，也许会别有洞天。魏晋时代是中国哲学的黄金时代，是一个思辨的时代。以宇宙本体为根本论题的玄学，大大提高了当时人们的哲学思维水平，玄学的一些重要命题，带来了思想方法上的革命。魏晋时期的美学思潮，基本是以玄学为其哲学基础的。生活于晋、宋时期的陶渊明，自然也是难逃玄风之浸染的，陶诗中多有道家的、玄学的概念涌现其间便是明证，但这只是最表层的因素。哲学对文学的影响倘若仅止于这个层面，陶渊明就不成其为陶渊明了，至多是一个平庸的玄言诗人。关于陶渊明与玄学的某些关系，一代学术大师陈寅恪先生已有深刻论述（见《陶渊明之思想与清谈之关系》），逯钦立先生也就《形影神》等作品加以阐发，当今学者也不乏精辟之见。但问题的关键在于我们应该如何认识文学与哲学的关系？我们的探索不应该停留于文学与哲学的一般性联系上，譬如在作品中找到一些哲学术语、范畴，作为二者联系的例证；也不能仅仅说明是作者的思想中有哪些哲学成分。从哲学的视角观文学，其着眼点还在文学上。应该注意考察哲学的一些重要范畴、命题是通过怎样的渠道进入文学创作的？又使创作的艺术思维方式发生了怎样的变化？等等。用这种眼光来看陶诗与玄学的关系，可以发现玄学思维在陶诗风貌的

　　* 本文刊于《文学评论》1991 年第 2 期。

形成中起着非常重要而深微的作用。让我们慢慢道来。

二　"委运乘化"与随机的审美创造方式

　　《饮酒》其五中的"采菊东篱下，悠然见南山"是顶有名的诗句。它如此受到读者钟爱，究竟好在哪里，妙在何处？这是个引人深思的问题。苏东坡于此别具慧眼："因采菊而见山，境与意会，此句最有妙处。近岁俗本皆作'望南山'，则此一篇神气都索然矣。"① 苏门学士晁补之进一步把意思挑明了："本自采菊，无意望山，适举首而见之，故悠然忘情，趣闲而累远，此未可于文字精粗间求之。"② 苏、晁把这两句诗的妙处揭示得恰到好处，依笔者来看，这便是随机的审美创造方式。也就是并不事先预定诗的主题，然后再寻求物象进行寓托，而是在大自然和社会生活中随所感触，靠偶然性的契机创造审美意象。所谓"境与意会"，是说创作主体的"意"与客体之"境"邂逅相遇，而非有意地寻求。这种偶然触发而获得的审美意象，比起那类"两句三年得，一吟双泪流"的苦吟产物，更富有审美情韵。宋人叶梦得评价谢灵运的名句"池塘生春草，园柳变鸣禽"的一段话深得其妙，他说："此语之工，正在无所用意，猝然与景相遇，借以成章，不假绳削，故非常情所能到。诗家妙处，当须以此为根本，而思苦言难者，往往不悟。"③ 钟嵘在其名作《诗品》中所说的"古今胜语，多非补假，皆由直寻。"④ 也认为好的诗作应该是从生活、大自然的变幻中，直接地捕捉诗思，这当然也就包含有"随机性"的意思。这种随机的审美创造方式，当然不能说是唯一的方式，也不能将随机性视为审美创造的本质特征，但它确实使审美创造臻于妙境。这种审美创造的随机性，在中国古典美学中多有论及。这个问题与灵感问题有关联，但绝不等同于灵感问题，而是审美意境的创造方式。我们姑且名之曰"随机论"。"随机论"认为，主体之意与客体之境的偶然遇合，是意境创造的最佳方式。苏洵说："无意乎相求，不期而相

　　① 李之亮：《苏轼文集编年笺注·诗词附9》，巴蜀书社2011年版，第175页。
　　② （宋）晁补之：《题陶渊明诗后》，见傅云龙、吴可主编《唐宋明清文集》第1辑《宋人文集》卷3，天津古籍出版社2000年版，第1830页
　　③ （宋）叶梦得：《石林诗话》卷中，见（清）何文焕《历代诗话》，中华书局1981年版，第426页。
　　④ 陈延杰：《诗品注》，人民文学出版社1961年版，第4页。

遭，而文生焉。"①谢榛说："诗有天机，触物而成，虽幽寻苦索，不易得也。"②宋人张戒则说："诗人之工，特在一时情味，固不可预设法式也。"③这类论述尚有许多，在中国古典美学中非常丰富。它不同于灵感理论之处在于，后者的着眼点在于创作主体，而前者则是主客体在随机遇合中获得意境。这种随机的布美创造方式，使作品具有不可取代的个性化特征，同时有着特定的情境和原生态的生命感。

何止于"采菊东篱下，悠然见南山"是"境与意会"而偶然得之的产物，陶诗里以这种方式创造出的审美意象是很多的。宋人陈师道说得颇得要领："渊明不为诗，写胸中之妙尔。"④读陶诗给人的感觉是，诗人并非有意为诗，而如同是诗人的心灵之泉，被外物所触发而汩汩流出一样。诗人在诗中所抒写的都是彼时彼地的特定情境，而诗中的意象，也往往是当时"境与意会"的绝妙之物。"微雨从东来，好风与之俱"（《读山海经》其一），捕捉住了在"微雨"、"好风"中的瞬间感受；《归园田居》中的风物描写："方宅十余亩，草屋八九间，榆柳荫后檐，桃李罗堂前。暧暧远人村，依依墟里烟。狗吠深巷中，鸡鸣桑树巅"，也是将充满生机的田舍风物"定格"在诗中。其他如"蔼蔼堂前林，中夏贮清阴"（《和郭主簿》）、"平畴交远风，良苗亦怀新"（《癸卯岁始春怀古田舍》其二）、"有风自南，翼彼新苗"（《时运》）、"道狭草木长，夕露沾我衣"（《归园田居》其三），这些洋溢着大自然生命力的妙境，决非苦思而得，而是诗人以对自然、对躬耕生活的满怀欣悦来感受外物，随机而得的。

这种随机的审美创造方式与玄学思想果真有什么联系吗？人们对此不禁要画一个大大的问号。而我认为，这是与诗人的玄学自然观有深刻的联系的。玄学中有服膺自然一派。魏晋玄学的"自然"是一个重要的哲学范畴，是指天地万物本然的样态。"自然"的观念源于道家哲学。《老子》二十五章中说："人法地，地法天，天法'道'，'道'法自然。"陈鼓应《老子注译及评介》解释说："自然一词，并不是名词，而是状词。也就是说，'自然'并不是指具体存在的东西，而是形容自己如此的一种状态。"又指出《老子》中关于'自然'一词的运用，都不是指客观存在的自然界，乃是指

① 曾枣庄、金成礼：《嘉祐集笺注》卷14，上海古籍出版社1993年版，第412页。
② （明）谢榛：《四溟诗话》卷2，中华书局1985年版，第23页。
③ 陈应鸾：《岁寒堂诗话笺注》卷上，四川大学出版社1990年版，第50页。
④ （宋）陈师道：《后山诗话》，见何文焕《历代诗话》，中华书局1981年版，第304页。

一种不加强制力量而顺任自然的状态。（"自然"也是一个本体论范畴，这将在下节重点论及。）魏晋玄学中的"自然派"，继承了老庄哲学中纯任自然、反对人为的思想，用自然来否定名教。嵇康明确地提出了"越名教而任自然"的命题，来反对统治者的虚伪礼教，而主张顺任自然。嵇康等人所提倡的"自然说"包含了客观的物质运动不以人的主观为转移的意思，如他说："音声有自然之和，而无系于人情。"（《声无哀乐论》）通过强调乐律的客观性表达了这种自然观；但嵇康倡"自然"，又包含了"服食养生"的内容，在《养生论》中说："修性以保神，安心以全身，爱憎不栖于情，忧喜不留于意，泊然无感而体气和平。又呼吸吐纳，服食养生，使形神相亲，表里俱济也。"这是以全身保神为自然之道。生活于东晋的陶渊明则发展改造了旧自然说，而在哲学上持一种新自然观。陈寅恪先生在《陶渊明之思想与清谈之关系》一文中对此有精辟之论。其精要处如说："盖其己身之创解乃一种新自然说，与嵇、阮之旧自然说殊异，惟其仍是自然，故消极不与新朝合作，虽篇篇有酒，而无沉酒任诞之行及服食求生之志。"[①] 陶渊明的人生观可以概括为"委运乘化"，这也是其新自然观的核心。运化，也即自然之变化。中国古代哲学以变化为宇宙之常则，故有"大化"这样一个范畴。《荀子》中说："阴阳大化，风雨博施。""大化"即指自然的变化。庄子认为，万物的变迁乃是宇宙之规律："万物化作，萌区有状，盛衰之杀，变化之流也。"（《庄子·天道》）晋人伪托之《列子》也强调"化"乃是必然规律："生者不能不生，化者不能不化，故常生常化。常生常化者，无时不生，无时不化，阴阳尔，四时尔。"（《天瑞篇》）"委运乘化"，即委顺自然，听凭事物的变化，进一步说，就是投身于这种宇宙万物的变化迁流之中。这种"委运乘化"的人生观，在陶诗中到处可见。诗人既反对那种"真风告退，大伪斯兴"的虚矫名教，也鄙视那种导养性命、服食吐纳的惜生之求，而是完全以一种"不忮不求"、听任自然的态度，投身于宇宙万物的迁流变化。在《形影神》组诗中，诗人最为明确地表示了自己委运乘化的人生态度："甚念伤吾生，正宜委运去。纵浪大化中，不喜亦不惧。应尽便须尽，无复独多虑。"面对生死诗人无所挂怀，完全是听凭自然造化，对那些以生死为虑、汲汲于求仙或养生之举，诗人置之一哂。在诗的小序中说："贵贱贤愚，莫不营营以惜生，斯甚惑焉。故极陈形影之苦，言神辨自然以释之。"邱嘉穗《东山草堂陶诗笺》评此诗云："陶公有些卓识，

---

① 陈寅恪：《陈寅恪集·金明馆丛稿初编》，三联书店2001年版，第220—221页。

其视白莲社中人胶胶于生死者，正不值一笑耳。"委运乘化的思想在其他诗作中也多有表露："穷通靡攸虑，憔悴由化迁。"（《岁暮和张常侍》）"聊且凭化迁，终返班生庐。"（《始作镇军参军经曲阿》）"形迹凭化往，灵府长独闲。"（《戊申岁六月中遇火》）"迁化或夷险，肆志无窊隆。"（《五月旦作和戴主簿》），等等。

"委运乘化"的人生态度随变而适，不喜不惧，决不刻意地追求什么，也不躲避什么，而是坦然受之。诗人用这种"委运乘化"的人生态度，进行审美观察，写作诗歌，便有了境与意会、偶然得之的随机审美创造方式。诗人在《归去来兮辞》中的最后几句"登东皋以舒啸，临清流而赋诗。聊乘化以归尽，乐夫天命复奚疑"，形象地说明了"委运乘化"之人生观与随机的审美创造方式之间的联系。乐天命、乘大化，随顺自然，徜徉于大自然的山水之间，随感而赋诗。一切都是那样自然而然，没有矫情，没有勉强。朱熹说得好："渊明诗所以为高，正在不待安排，胸中自然流出。"这种"自然流出"的诗，与"委运乘化"的人生态度是同一机杼的。

三　"复得返自然"：本体回归与审美投入

清人沈德潜论陶云："陶诗胸次浩然，其有一段渊深朴茂不可到处。"[①] 应该说，沈氏的艺术感觉是相当准确的。陶诗冲淡洒落，看似简古质素，但越读越觉博大渊深，决不拘于字面所构成的"图式化外观"，而似乎吐纳天地之气、联属万象之表。刘熙载评陶之《读山海经》云："言在八荒之表，而情甚亲切，尤诗之深致也。"[②] 又有人说："惟渊明诗如混沌元气，不可收拾。"[③] 都见出陶诗的博大渊深的特征。

这博大渊深的境界，在很大程度上来自于诗人对宇宙本体的回归追求。陶诗处处倡"自然"，而"自然"这个范畴，一方面是"自然而然"的状态，魏晋玄学中以郭象为代表的"独化"一派，侧重发挥了这方面的含意，建立了"独化论"的学说体系。另一方面，"自然"也有宇宙本体的内涵。"人法地，地法天，天法道，道法自然"，是说道以自然为其法则，"自然"

① （清）沈德潜：《说诗晬语》卷上，见霍松林、杜维沫校注《原诗·一瓢诗话·说诗晬语》，人民文学出版社 1979 年版，第 207 页。

② 王气中：《艺概笺注》，贵州人民出版社 1980 年版，第 165 页。

③ （清）厉志：《白华山人诗说》，见北京大学中国文学史教研室选注《魏晋南北朝文学史参考资料》下册，中华书局 1962 年版，第 466 页。

也因之获得了本体的意义了。在道家哲学中，道是"渊兮似万物之宗"的宇宙本体范畴。"道"本身，也有主宰万物的法则的内涵。张松如先生认为，老子的道"大体说它有两个意思：一，有时是指物质世界的实体，亦即宇宙本体；二，在更多场合下，是指支配物质世界或现实事物运动变化的普遍规律"①。在魏晋玄学中，"自然"这个范畴，也有这两方面的含义，王弼解释"自然"说："自然者，无称之言，穷极之辞也。"② 无疑是以本体来阐释自然的。在另一处又说"万物以自然为性"，又以"自然"为法则、规律。阮籍说"天地生于自然，万物生于天地"（《达庄论》），则是在宇宙本体的意义上使用"自然"这个概念的。玄学乃"玄远之学，玄学所讨论、思考的中心是宇宙本体问题"。正如汤用彤先生所言：魏晋玄学"已不复拘拘于宇宙运行之外用，进而论天地万物之本体……常能弃物理之寻求，进而为本体之体会。舍物象，超时空，而研究天地万物之真际"③。玄学讨论的中心是"本末有无"等问题，即有关天地万物存在的根据问题。从汉代哲学究心于宇宙构成，到魏晋玄学探求宇宙本体，是中国哲学发展史的一大跃迁，大大提高了人们的思辨水平。魏晋时期的思想家，都从各个角度思考关于宇宙本体等方面的问题。陶渊明的诗歌中，则屡屡表现出回归本体的向往之情，他的躬耕，并非本质，而是回归自然本体的一种形式。

陶渊明所要回归的，并非是纯然形而上的逻辑意义的宇宙本体，而是体现在罕受人为矫厉的自然山水中的本然状态。它在自然山水中律动，却又不等同于具体存在的自然物，而有着万物本体的属性。诗人常常用"自然"这个范畴来指代它。"返自然"是诗人的精神皈依。从这个角度来看，我们可以对为人熟知的《归园田居》其一提出新的解释。诗人是把"自然"这个本体作为精神故乡的，"性本爱丘山"之"丘山"，意蕴绝不止于实指，而是象征着真朴的生存状态。诗人把自己的出仕视为暂时的误落尘网，而把回归自然本体的怀抱看作是最终的归宿。诗人所做的一切都是在"回归"。"羁鸟恋旧林，池鱼思故渊"，有着明显的象征意味，可以概括地表证诗人的整个心态。鱼跃于渊泽，鸟翔于林莽，本是自由自在、最无拘束的，因而古人常以鸢飞鱼跃比喻那种活泼自在的情状。"久在樊笼里，复得返自然"，诗人把仕途生活视为困于囚笼，而自己本是"自然"中人，现在归耕，乃

---

① 张松如：《老子说解》，吉林人民出版社1981年版，第6—7页。
② （魏）王弼：《老子道德经注》，中华书局2008年版，第65页。
③ 汤用彤：《汤用彤学术论文集》，中华书局1983年版，第233页。

是回归于本然状态。

这种"回归"意识（姑且如此称之），在陶诗中处处泛溢而出，成为一种基本意向。《归园田居》其三中"衣沾不足惜，但使愿无违"，这个"愿"，便是回归自然本体之愿。"云鹤有奇翼，八表须臾还。"（《连雨独饮》）"山气日夕佳，飞鸟相与还。"（《饮酒》其五）"日入群动息，归鸟趋林鸣，啸傲东轩下，聊复得此生。"（《饮酒》其七）这么多"归鸟"的意象，难道是偶然的吗？对这类意象的理解，当然不能停留于意象表层，认为只是描写了飞鸟归巢；也不能认为仅是归耕意愿的象喻，因为"归耕"本身并非目的，而只是回归本体的手段。诗人所要回归的，是最终的"自然"本体，是精神的故乡。《饮酒》其四借"失群鸟"的意象，表现了诗人这种迷而后返的心灵历程。诗云："栖栖失群鸟，日暮犹独飞。徘徊无定止，夜夜声转悲。厉响思清远，去来何依依。因值孤生松，敛翮遥来归，劲风无荣木，此荫独不衰。托身已得所，千载不相违。"失群之鸟，夜中徬徨，无有定止，这是诗人在出仕过程中那种迷乱心境的写照。而最后得归于"孤生松"，并且产生了"托身已得所，千载不相违"的归宿心理，当然是在归耕以后所产生的，但这种归宿心理绝非只是归隐田园而已，而是精神上栖息于本体的满足感。从这个观点看，四言诗《归鸟》是诗人向往本体的整体象征。从这首诗中可以看出"回归"意向决非止于田园归耕，而是精神上的最终归宿。诗中有"和风不洽，翻翻求心"、"岂思天路，欣返旧栖"等句，可见诗人是以求得心之向往者为本意的。同样，《归去来兮辞》就其表层来看，是抒发其解去彭泽令挂冠归里的欣悦之情，就其深层看，则是回归精神故里的超越性感受，"云无心以出岫，鸟倦飞而知还"、"善万物之得时，感吾生之行休"都是心灵回归的抒发。在一百余首诗中，有如此之多的"归"、"返"、"还"，不难说明，回归本体是陶诗的一种基本意向。

我们说"自然"在魏晋玄学中是一个本体范畴，这一点，无论是王弼所说的"无名之言、穷极之辞"，抑或嵇康等人提出的"越名教而任自然"，都足资证明。然而，在玄学中具有本体论意义的范畴还有"无"、"道"等，"自然"比起"无"、"道"来，显得不那么"纯粹"，陶渊明为什么要用它来作为本体的代称呢？这是因为，"自然"这个范畴，一方面有超越具体存在的宇宙本体意义，而不等同于自然界的万物，另一方面，它又不脱离自然界的万物，而是包蕴、体现在万物之中。它像大自然的精灵、魂魄一样在自然万物中跃动着，通过投身于、栖息于与尘俗世界相对立的自然界，就可以亲近、回归宇宙本体。因此，这个自然界又非纯然"形而上"的，而是普遍存在于万物之中的，"自然"一方面有本体意义，另一方面则有制约万物之法则的意义，也就是自然而然，不受人为扭曲之意，陶渊明所说的"自然"，也包含这种意思。"质性自然，非矫厉所得"（《归去来兮辞》），诗人以"自然"这种含义来否定虚伪的名教与恶浊的官场。"自然"作为宇宙法则指事物的迁流变化，也即所谓"大化"，诗人以"自然"为本体，也表达了他"委运乘化"的人生态度。

陶渊明对自然本体的回归，使他产生了与自然物态的审美投入关系。魏晋其他诗人作品中，也多有自然景物的描写，包括玄言诗，也不乏山光水色，但这些景物描写却基本上是外在于诗人的。即使如谢灵运这样的山水诗大家，山水景色也只是诗人的描摹对象，并未产生主客体合一的境界。而陶诗则不然。诗人对于自然山水，有一种审美的投入感。在诗人的眼中、心目中，大自然的万物都是宇宙本体的体现与荷载，诗人以整个身心投入自然山水，与之融为一体，就可以回归于宇宙本体。诗人在诗中屡次言及"任真"，就是要在山水景色中与自然本体融而为一：《饮酒》其五中"此中有真意，欲辨已忘言"，就是在山水之境中所体验到的自然本体。所谓"真"，也即"自然"。《庄子·渔父》中说："真者，所以受于天也，自然不可易也。故圣人法天贵真，不拘于俗。"即可为此注脚。陶诗中的自然景物决非纯然客观的描摹，而是染上了鲜亮的主体色彩，有一种生命感，达到了物我合一的境界。如"众鸟欣有托，吾亦爱吾庐。……微雨从东来，好风与之俱"（《读山海经》）、"流目视西园，晔晔荣紫葵"（《和胡西曹示顾贼曹》）、"朝霞开宿雾，众鸟相与飞"（《咏贫士七首》其一）、"翩翩新来燕，双双入我庐"（《拟古九首》其三）。这些意象之中，都贯注着诗人的情感与宇宙间的生气。诗人是以自己的性灵赋予了物象的，因此，陶诗虽然语言淡素，却远远超越了汉诗的质实与南朝诗歌的藻饰，也超越了情与景的分立。陶诗的博大渊深、空灵充盈，与诗人对自然本体的回归意识及审美上的投入感是密切不可分的。

四　"得意忘言"：陶诗的象征意蕴

"言意之辨"是魏晋玄学的一个基本论题。王弼的"得意忘言"之说，更是建立其玄学体系的基本方法。"言意之辨"的哲学论争，曾大大促进了中国古代文论中意象、意境理论的发展。对于陶诗来说，"得意忘言"的思想方法，是形成其充满象征意蕴与空灵境界的主要因素。

　　《周易》系辞中说："子曰：书不尽言，言不尽意。"王弼则依其"本无"论的基本观点，作《周易略例·明象》，进一步发挥了这一思想，倡"得意忘言"之说。王弼云："夫象者，出意者也。言者，明象者也，尽意莫若象，尽象莫若言。言生于象，故可寻言以观象；象生于意，故可寻象以观意。意以象尽，象以言著。故言者所以明象，得象而忘言；象者，所以存意，得意而忘象。……忘象者，乃得意者也；忘言者，乃得象者也。得意在忘象，得象在忘言。"看上去，这段话与一般倡"言不尽意"之论者殊有不同。"言不尽意"有否定言的意思，而"得意忘言"则是建立在言可明象、象可表意的逻辑基础上的。但两者最根本的共同点在于：意是本体，言是表征。魏晋玄学的根本问题是宇宙的本体，因此，"本末有无"是其根本的论题。"言意之辨"正因为与此密切相关，才成为玄学的重要论争。王弼是"本无论"的代表人物。"天下之物，皆以有为生。有之所始，以无为本。将欲全有，必反于无也。"① 无是万有之本源，有是无的体现或作用。王弼的"意"，对"言"而言，也是一种本末体用的关系。而且，王弼在言意之间又加了"象"这个要素，象成为言、意的中介。这里面就指出了语言的显象功能。通过语言描述，在人们的头脑中诱发想象，生成表象，这个表象传达着言说者的"意"。也就是说，语言的表意性，是要靠转换生成表象来实现的。把"象"纳入语言思维的轨道，这是王弼的重大贡献。在王弼看来，"言"、"象"的目的都是"得意"，言、象都是"得意"之具，"得意"之时，必须忘言忘象。这是一种与"意"融而为一的体验境界。这种"意"有本体的意义。是难以用语言来明确规定的。正如汤用彤先生所说："玄贵虚无，虚者无象，无者无名。超言绝象，道之体也。……故玄学家之贵无者，莫不用得意忘言之义以成其说。"② 意是难以言说、无法完全表述的，但是可以通过语言的造象使人们进入体验境界。这大概是王弼"得意在忘象，得象在忘言"之说的意思吧。

　　陶渊明可谓深通"得意忘言"之道，并且创造性地运用了象征的手法，使陶诗产生了深远博大的蕴含和空灵的意境。最能证明他这种意识的就是"此中有真意，欲辨已忘言"的名句，再如《赠羊长史》诗中所说的"言尽意不舒"也是如此。渊明胸次浩然，泛溢着对自然之道的欣然之喜与皈依之情，每有触物便流而为诗，而诗人之意会则是难以言表的。因而渊明为诗

① （魏）王弼：《老子道德经注》，见《王弼集》，中华书局1980年版，第110页。
② 汤用彤：《汤用彤学术论文集》，中华书局1983年版，第218页。

也从不穷形尽相地刻镂物态。陶诗多有山水景物描写，却决然不同于颜、谢之作。谢灵运写山水诗极为有名，为开一代风气之诗人，其山水描绘精工细腻、颇得其妙，然却情景分立，景自景，情自情。颜延之更以"错彩镂金"、"雕镂太过，不无沉闷"招议者微词。其实，工于物象刻画而短于性灵发抒是当日诗坛之大势。渊明则不然，议论也好，写景也好，都是胸中之"意"的自然流泻，触处生春，毫不矫情。渊明诗中的景物描写，都是饱含着诗人之"意"的。也正因为这种"意"会通于自然本体，因而是难以言说、难以明确表述的，诗人才更多地使用了象征手法来创造诗境。前文提到的那些"归鸟"的意象（见《归鸟》、《归园田居》、《连雨独饮》、《岁暮和张常侍》、《饮酒》其五及其七、《归去来兮辞》等）、池鱼的意象，都象征着对于自然本体的回归渴求；青松的意象（见《饮酒》其八"青松在东园"）、秋菊的意象（见《饮酒》其七"秋菊有佳色"）、幽兰的意象（见《饮酒》第十七"幽兰生前庭"）等，象征着诗人高洁卓异的人格志趣。"新苗"的意象（见《时运》中"有风自南，翼彼新苗"及《癸卯岁始春怀古田舍》二首中"平畴交远风，良苗亦怀新"）象征着得自然之滋育抚爱的心灵喜悦。总之，陶诗中用作象征的意象是比比皆是的。陶诗并不直抒其意，而是以象托意，陶诗中的形象又多半不是具体的实景，而是"渊明之生活或心灵的一种象喻"（叶嘉莹语），有着很明显的象征性。它远远超越意象表层的自然含义，而是托出了诗人的无尽之意。

象征是以具体可感的形象来表现普遍性的意义。我们不妨用黑格尔的话来表述象征："象征一般是直接呈现于感性观照的一种现成的外在事物，对这种外在事物并不直接就它本身来看，而是就它所暗示的一种较广泛较普遍的意义来看。因此，我们在象征里应该分出两个因素，第一是意义，其次是这意义的表现。意义就是一种观念或对象，不管它的内容是什么，表现是一种感性存在或一种形象。"① 然而，象征所表现的，绝不止是抽象的观念，而是包含着许多难以言说的意蕴。这一点，黑格尔称之为"暧昧性"，荣格则说"它意味着某种对我们来说是模糊、未知和遮蔽的东西"②。是的，象征的意象所喻托的，并非仅是某一种观念，而是一种极为复杂、难以揭载的内涵，反过来说，这种内涵又是以一种观念作为主导的，这是象征意蕴的浅

---

① ［德］黑格尔：《美学》第 1 卷，朱光潜译，商务印书馆 1979 年版，第 10 页.
② ［瑞士］荣格等：《人类及其象征》，张举文、荣文库译，辽宁教育出版社 1988 年版，第 1 页。

层部分，如我们在前面给陶诗中"归鸟""新苗"等意象所作的简明揭载，而它的深层部分，则是无法阐明而只能体验的。正如梁宗岱先生所说："所谓象征是借有形寓无形，借有限表无限，借刹那抓住永恒，使我们只在梦中或出神的瞬间所瞥见的遥遥的宇宙变成近在咫尺的现实世界，正如一个蓓蕾蕴蓄着炫煌芳菲的春信，一张落叶预奏那弥天漫地的秋声一样。所以它所赋形的、蕴藏的，不是兴味索然的抽象观念，而是丰富、复杂、深邃、真实的灵境。"① 陶诗中的象征何尝不是如此！它们并不仅是表征了诗人某一方面的思想、意志，而是托出了诗人体验到自然本体时一种定向化的心境，其蕴含是十分丰富与深邃的。在它的意蕴浅层，有明确的情感定向，而在它的意蕴深层，则大大超越了这种定向，而展开一个渊深广阔的体验世界。"真想初在襟，谁谓形迹拘？"（《始作镇军参军经曲阿》）可以作为理解陶诗象征的一把总的钥匙。"真想"，也就是有然意趣，是诗人与自然本体拥抱而体验到的内在情怀，这是远非形迹可以拘泥、也远非文字所全能吐露的，诗人只是以象征性的意象逗出其中消息。"山气日夕佳，飞鸟相与还"，一方面是即景点染，另一方面，"飞鸟"又有鲜明的象征性。诗人将回归到自然怀抱那无垠的欣悦宁静之情，投射进"山气""飞鸟"的意象之中，这一片体验的境界，远非笔墨所能形诸的。"平畴交远风，良苗亦怀新"，也是有象征性的，苗何以怀新？它负载了诗人那种骀荡于自然抚育之中的甘饴之情，在这意象之中，我们难道仅仅是看到了苗儿的舒张而没有其他令人心动的东西吗？渊明深会"言不尽意"、"得意忘言"之理，自言"好读书，不求甚解；每有会意，便欣然忘食"（《五柳先生传》）。这种"会意"，决非言语可达的知性概念，而是一种"豁然有悟"的体验。我们读陶诗，浅一层说，不能满足于留连其景物描写，因为这远非陶之特征；深一层说，不能满足于仅以观念性的东西来理解诗中象喻，那恐怕也有负于诗人的深广情怀了。最好是默默地体验诗人指点给我们的那一片境界，庶几可以离诗人稍近一些。

玄学人物不滞于物象，而能在自然的鸢飞鱼跃中体会到"宇宙的心灵"。所谓"会心处，不必在远，翳然林木，便自有濠濮间想"②，所谓"从山阴道上行，山川自相映发，使人应接不暇。若秋冬之际，尤难为

---

① 梁宗岱：《诗与真·诗与真二集》，外国文学出版社 1984 年版，第 70 页。
② 余嘉锡：《世说新语笺疏》，中华书局 1983 年版，第 143 页。

怀"①，所谓"江山辽落，居然有万里之势"②，都表现出以末体本的思维特点，这与王弼的"寻言观意"是一致的。宗白华曾说："晋人以虚灵的胸襟、玄学的意味体会自然，乃能表里澄澈，一片空明，建立最高的晶莹的美的意境。"③又说："晋人之美，美在神韵。神韵可说是'事外有远致'，不沾滞于物的自由精神。"④这便是玄学的美学化。晋宋之际，山水诗崛起，自然物象大量涌入诗人笔底，玄言诗人也往往借自然景物之描写发玄学感慨。但大多数诗人（包括大诗人谢灵运）基本上是以自然景物为描摹对象的，情与景在诗中大体上是一种并列的组合。陶诗有一些篇什也不无这种倾向，但总的说来极少自然景物进行静态摹写，而拈来自然景物都是"陶写性灵之具"。陶诗名篇中自然景物的意象都是"心灵化"的，都是诗人主体世界的感性呈现。尤其是象征性意象，都是为着表征、透露出诗人"真意"——那一片渊深广阔的体验世界的，因而，绝不作穷形尽相的铺排、刻画，如谢灵运的那些山水诗。

与一般沾滞于物象的山水诗相比较，陶诗显得一片空灵、神观飞越，这要放在诗歌发展史中才能见出它的意义。大致而言，陶以前之诗基本上是质实的，没有脱离对于对象的摹写，缺少神韵感；而盛唐诗歌使诗的神韵感达到峰巅，"其妙处透彻玲珑，不可凑泊，如空中之音，相中之色，水中之月，镜中之象，言有尽而意无穷"⑤。往前追溯，陶诗颇有开路之功。陶诗的空灵富有神韵，在很大程度上是来自于这种象征性手法的。而"言不尽意"、"得意忘言"的玄学命题，则是陶诗象征性手法的哲学基础。

五　小结

陶诗被人说得太多，笔者似乎没有资格、没有必要再来谈论陶诗。也许是"醉翁之意"吧，我这篇文章的终极目的似乎不止于陶诗本身，朦胧中想找一条别的什么路径来看文学，来看诗史。于是，便选择了哲学的视角来看陶诗。其实，儒学对陶渊明的影响是很深刻的，大乘佛学对陶渊明又何尝没有濡染之力？而我为什么偏偏选择了玄学？这是因为，在有些方面玄学的

① 余嘉锡：《世说新语笺疏》，中华书局 1983 年版，第 172 页。
② 同上书，第 166 页。
③ 宗白华：《美学散步》，上海人民出版社 1981 年版，第 179 页。
④ 同上书，第 185 页。
⑤ 郭绍虞：《沧浪诗话校释》，人民文学出版社 1961 年版，第 26 页。

命题转化为人们的审美思维，从而直接改变了诗的艺术表现方式，这一点，在陶诗中的表现是最明显的。本文所要做的，是在对陶诗与玄学关系的分析中，考察一下某些哲学观念是如何转化为艺术思维方式的。这是一条生疏的路，坎坷多于坦夷，但我愿意从一个不同的角度，看到较为别致的景观。

论花间派在词史上的地位[*]

花间派声名不佳，在文学史上每每受到尖锐的指责，认为这派词人不关心民间疾苦只写男欢女爱，辞藻华丽，设色秾艳，流于靡荡，词格卑弱。宋代大诗人陆游曾深刻指出："方斯时，天下岌岌，生民救死不暇，士大夫乃流宕至此。可叹也哉！或者出于无聊故耶！"（《花间集跋》）从文学的社会功能着眼，这种批评是有深刻意义的，可谓一针见血！但是，换一个批评视角，从词学艺术的发展来看，花间词在词史上的地位便是不可忽视的了。花间词对词体的完善有很大的贡献，它丰富了词的表现方法，改变了词在初起时的粗糙质野，使词发展到一个新的阶段，对宋词的发展具有决定性的导向作用。对于花间词史上的地位，应该有一个较为切实的考察。

敦煌曲子词是词的民间阶段和初起阶段，正如吴熊和先生所指出的那样："敦煌曲的特殊价值，在于它提供了词曲这种新兴文艺样式的民间状态与初期状态。"^① 这种词的民间状态与初期状态，首先表现在线性的抒情方式和平板的意象关系上。敦煌词是草创时期的标本，一般说来，较为浑朴自然，直抒胸臆，以一种直线式的结构方式来吐露创作主体的情感世界，譬如《云谣集》里的《凤归云》"闺怨"一词：

> 征夫数载，萍寄他邦，去便无消息，累换星霜，月下愁听砧杵，拟塞雁行。孤眼鸾帐里，枉劳魂梦，夜夜飞飏。　　想君薄行，更不思量。谁为传书与，表妾衷肠。倚槛无言垂血泪，暗祝三光。万般无那处，一炉香尽，又更添香。

这首词中所抒发的感情内容是颇为具体实在的。作者把自己的所思所念和盘

---

* 本文刊于《辽宁师范大学学报》（社会科学版）1991 年第 3 期。
① 吴熊和：《唐宋词通论》，浙江古籍出版社 1985 年版，第 167 页。

托出，意脉十分显明，思绪之间几无间隔，意象之间的联结也较为平板，很少有跳跃性。总的来说，是质实而缺乏神韵。这在敦煌词中是颇有代表性的。人们所熟知的《菩萨蛮》"枕前发尽千般愿"，更是连发六桩誓愿，一股脑地将自己的情感倾泻而出。

花间词因多写闺阁之情、绮罗之态而遭人诟病，但仔细读来，虽然柔婉纤丽，却极少浅薄轻浮之作，而往往是在柔婉中寓悲郁的。花间词多是描绘人物情态与渲染外在环境，但却不是为了满足感官的刺激，而是指向人物的内心世界。由于是以外在的环境和人物情态来写写心曲，因此，便使词的抒情方式显得委婉深曲，迥然有别于敦煌词的直白，也有别于中唐文人词的明秀。我们不妨举温庭筠的名作《菩萨蛮》为例："小山重叠金明灭，鬓云欲度香腮雪，懒起画蛾眉，弄妆梳洗迟。　　照花前后镜，花面交相映。新贴绣罗襦，双双金鹧鸪。"这首词描绘了女性华美的环境，又通过女子慵懒无聊的情态，来表现她寂寞的心境。上片便是着意刻画女主人公晨起妆残而又懒于梳洗的情态，下片一开始便通过她"照花前后镜"的动作来表现她的感伤。"花面交相映"，正是她"如花美眷，似水流年"的生动写照，花之娇艳寓含着花的凋零。女子感叹着自己盛年独处，辜负青春。衣上所贴鹧鸪成双成对，正是反衬女子之孤寂。以此为契机，女子由原来潜意识状态的寂寞心境发省为有明确意识活动的孤独感。这首词没有直接的抒情，没有内心世界的剖白，但是环境与人物情态的刻画，都表现出女子孤独寂寞的情感天地。

花间词所表现的人物情感，不像敦煌词那样质实具体，进一步虚灵化，往往是用物象来烘染某种情感，而不具体指实。人们读花间词，只是徜徉于美的意象之中，却难以弄清词的具体背景。因而，这就使人们觉得隐约曲折，带有一种朦胧之感。如张泌的《临江仙》："烟收湘渚秋江静，蕉花露泣愁红。五云双鹤去无踪。几回魂断，凝望向长空。　　翠竹暗留珠泪怨，闲调宝瑟波中。花鬟月鬓绿云重。古祠深殿，香冷雨和风。"再如薛昭蕴《浣溪沙》："红蓼渡头秋正雨，印沙鸥迹自成行，整鬟飘袖野风香。　　不语含嚬深浦里，几回愁煞棹船郎，燕归帆尽水茫茫。"这类词作可以代表花间词的表情特征，不再是质实具体的，而是将某种感情审美意象化。正如《栩庄漫记》中对张泌《临江仙》的评价："全词亦极缥缈之思，不落凡俗。"这"缥缈之思"越来越明显地体现在词的创作之中。从总体上看，诗所表达的情感内容较为具体者多，又往往是对一些事件或自身经历有感而发，因而，比较起来易于索解，因而，对于诗人生平之考证及作品之系年，往往据其诗中线索而定；词则很难提供这样的线索，大多数的词，是词人某种情绪的物化，较为虚灵缥缈，难以具体考索其本事。北宋以后的词，大致有着这种特点。而花间词最先同时也最明显地体现了这种特点。从诗的那种情感内容较为具体到词的情感内容较为虚灵，花间词起了重要的转折作用。

与诗相比，词的意象性大大增强了。诗中有些成分并非意象化的，而是叙说性成分更多。譬如杜甫的《北征》、"三吏"、"三别"等。叙说性成分占了很大比重。这也便是"赋"的手法。词则不然。大多数的词主要是靠意象组合在一起的，叙说性成分被大大地略去，而且意象基本上都是富有很强的美感的。中唐的文人词意象尚较疏淡，如张志和的《渔歌子》、白居易的《忆江南》、韦应物的《调笑令》等；敦煌词的意象则较为朴野或俗艳，缺少艺术上的高度锤炼。写女子之美则云："两眼如刀，浑身似玉，风流第一佳人。"（《内家娇》）"青丝髻绾脸边芳，淡红衫子掩酥胸。"（《柳青娘》）写仕宦之难则云："数年学剑攻书苦，也曾凿壁偷光露。堑雪聚飞萤，多年事不成。每恨无谋识，路远关山隔。权隐在江河，龙门终一过。"抒情直露，意象带有原生态的朴质。花间词在一个很高的起点上使词更富有意象性，这就开创了宋词中以意象的转换来表达感情的明显特征。温庭筠的词作结构绵密，意向密集度大，意象之间略去了许多关联的、叙述的环节，而是以意象的转换来创造词境、抒写心曲的。如《菩萨蛮》："水晶帘里玻璃枕，暖香惹梦鸳鸯锦。江上柳如烟，雁飞残月天。　　藕丝秋色浅，人胜参差剪。双鬓隔香红，玉钗头上风。"此词全以意象叠合而成。几组意象之间有明显的转换，但又省略了关连成分，给读者以更多的"游移视点"，在欣赏时审美主体必须调动能动的想象来填充许多空白。几组意象间跳跃极大，使人们在文本阅读时产生了诸多不同的理解。陈廷焯在《白雨斋词话》中说"江上"二句"全是梦中情况，便觉绵邈无际"，有人则认为是场景的转移。这种意象叠加的方式在《花间集》中是普遍存在的。即使是较为疏淡的韦庄词，也大多是以意象的叠加来创造词境的。如《谒金门》："春漏促，金烬暗挑残烛。一夜帘前风撼竹，梦魂相断续。　　有个娇娆如玉，夜夜绣屏孤宿。闲抱琵琶寻旧曲，远山眉黛绿。"再如《河传》："锦浦，春女，绣衣金缕，雾薄云轻，时节正是清明，雨初晴。　　玉鞭魂断烟霞路，莺莺语，一望巫山雨。香尘隐映，遥见翠槛红楼。黛眉愁。"比起温词来，韦词是较为疏朗的，然而，意象性也是很强的。其他如牛峤、张泌、牛希济等词人，更加接近于温庭筠多是用意象叠加的方式来构造词境。这种意象的强化趋势，对于宋词发展是有深刻影响的。

与诗比较，词有着浓重的"装饰化"倾向。这里所说的"装饰化"，是指作者以色泽纤浓的笔致来创造词境，使词中所描绘的环境、人物都给人以典丽浓艳的感受。相比之下，诗的语言较为淡素，更加切近于生活原色，而词的语言则似乎经过较大程度的"装饰"，给人的美感更为强烈。王国维曾以"画屏金鹧鸪"来形容温庭筠的词品，颇能得其仿佛。花间词在所写的场景总是很华丽浓艳的，人物服饰、环境也大都富丽堂皇，这在温词中表现得最为突出。如《菩萨蛮》"宝函钿雀金鸂鶒，沉香阁上吴山碧。杨柳又如丝，驿桥春雨时。　　　画楼音信断，芳草江南岸。鸾镜与花枝，此情谁得知"，再如《更漏子》"柳丝长，春雨细，花外漏声迢递。惊塞雁，起惊乌，画屏金鹧鸪。　　　香雾薄，透帘幕，惆怅谢家池阁。红烛背，绣帘垂，梦长君不知"，都很典型地显现出这种"装饰化"倾向。花间词色彩浓丽，景致描绘典雅精致，"画屏"、"红烛"、"兰缸"、"画桡"等词汇渲染出富丽的环境。过去从阶级分析出发，认为是写贵族妇女的生活环境，实际上，未必都是写什么贵族妇女，而是这派词人特有的笔法。这种"装饰化"倾向对词的审美形态有很深远的影响。一般说来，词的意象都有较强的"装饰化"倾向。写窗则云"琐窗"，写门则云"绮户"，写船则云"画桡"、"画舸"，写鞍则云"雕鞍"、"绣鞍"，形成一种定式。这种倾向是直接导源于花间词风的。北宋词坛以婉约为正宗，这是人们所认同的。婉约词以优美为审美形态，这也是无疑义的。小令词主要是写男女恋情、离愁别恨的，免不了一番"昵昵儿女语"，因为北宋前期晏几道、欧阳修、秦观、柳永、张先等人的词作，都是柔婉细腻的。直至苏轼的豪放词一出，才有揭响入云，黄钟大吕，可使"关西大汉，执铁板"而歌之。而在花间词之前，敦煌曲子词词风较为粗犷，颇有阳刚豪宕之气。即使是抒写爱情的，也是较为质朴率直的，如前所举之《菩萨蛮》"枕前发尽千般愿"。在题材上，敦煌曲子词所反映的社会生活十分广泛，战争、徭役、羁旅、别离、伎情、豪侠等多方面题材都出现于曲子词中，正如王重民先生在《敦煌曲子词集叙录》中所说：

> 今兹所获，有边客游子呻吟，忠臣义士之壮语，隐君子之怡情悦志，少年学子之热望和失望，以及佛子之赞颂，医生之歌诀，莫不入调。

词境之开朗与题材之广阔，也是敦煌词风格较为粗犷的原因之一。如果都是男女恋情的，恐怕就会是另一番风貌了。《花间集》五百余首词虽然也有描写边塞风物、戍边苦寒之作，也有怀古咏史、抒写兴亡之感的篇什，然而，绝大多数是写恋情的，风格也较一致，都是柔婉细腻的。北宋词风以婉约为宗，花间词也是"始作俑者"。

词是诗的大家族的一员，而逐渐地走上独立抒情的发展道路，越来越成熟，与一般诗体的面貌有了很大分野。从词的初兴到全盛，从刚刚脱胎于诗到骨骼成熟，有一个很长的发展过程。敦煌曲子词可以视为词初起时的样态标本，还带着一种原生态的稚拙；而词后来由广阔的社会现实遁入闺阁，由粗放而走向雅化，花间词起着关键的过渡作用。当然，这个过程中南唐词人也颇有功于词史，尤其是冯延巳和李煜的词，在宋代更有深广的影响。"开北宋一代风气"，但在前述一些重要问题上，花间词派起了更为重要的作用。我们在认识花间词消极的负面效应的同时，应该探索花间词在词的发展史上的艺术影响，客观评价花间词的历史地位，这样，对于词学研究可以提供有益的借鉴。

历史的回音[*]

——唐代金陵怀古诗

今日的南京，古时的金陵，素以江山雄丽、人文荟萃而名满华夏。在中国封建社会的发展历程中，金陵（建业、建康）有着十分重要的历史地位。它怀抱长江，龙蟠虎踞，经济发达，物产殷富，是中国古代当然的南方政治、经济、文化中心。而金陵作为六朝故都，又是王朝兴衰更迭的见证。数百年间，走马灯似地改朝换代，必然留下许多历史的遗训可以供人沉思。面对着昔日的宫殿遗迹，诗人们吟出了许多怀古的佳什。在金陵的怀古诗中，又尤以唐代诗人的作品为最多、最好。据并不精确的统计，在唐诗中，以金陵怀古为题材的诗作便有近百首之多，而且，绝大多数是中晚唐诗人的手笔。这本身便是令人深思的。唐代社会以"安史之乱"为转折点，开始走下坡路，从中唐到晚唐，王朝的气数一天不如一天，藩镇割据，宦官擅权，皇帝往往是废立由人，朝臣如履薄冰。大唐的国运只剩下一丝余晖了。文人墨客们面对着金陵的六朝遗迹，想到了那些亡国之君当年的豪奢，也想到他们结局的悲惨，不能不思考历史的兴废原因，也不能不联想到唐王朝的结局正是六朝的后辙。由眼前的六朝遗迹所产生的感应是带着强烈的悲哀的。这些金陵怀古之作，并非仅仅是"发思古之幽情"的产物，而是融贯着深沉的历史意识。

一　时空并置：历史与现实的交错

怀古诗，顾名思义即是咏怀古迹，它必然会涉及历史。怀古诗大多就古代的遗迹而发兴，再由眼前的古迹将笔触探去，它往往把眼前景物与历史感怀掺杂在一起。唐代的金陵怀古诗，则往往把六朝遗迹的荒冷景象和昔日的

＊ 本文刊于《古典文学知识》1991 年第 5 期。

繁华映衬在一起，将时空的过去维度与现在维度叠合，将眼前的荒冷寂寥作为前景，而让六朝的豪奢情形从中透射出来，而诗人常常以一个意象作为结合过去与现在的枢机。如中唐著名诗人刘禹锡的《金陵五题》便体现出这种构思特征。其中第一首《石头城》云："山围故国周遭在，潮打空城寂寞回。淮水东边旧时月，夜深还过女墙来。"诗人先写"石头城"这六朝遗址的"寂寞"。一切都是眼前之景，一切又都带着历史的回音。山、城、潮汐，既是眼前之景，也是旧时风物，而昔日之繁华与今朝之清冷，尽在不言之中。联结过去与现在的关键意象是"旧时月"，当年曾映照着秦淮河畔那歌舞管弦、绿樽红袖的月轮，如今却在凄冷的深夜里悄然地移过女墙。历史的变迁，王朝的兴废，无限感慨都在其中。白居易对此诗倍加赞赏，说："'潮打空城寂寞回'，吾知后之诗人不复措词矣。"《乌衣巷》也通过"堂前燕"的迁徙，寓含人世之沧桑。诗云："朱雀桥边野草花，乌衣巷口夕阳斜。旧时王谢堂前燕，飞入寻常百姓家。"这首诗在构思上与前诗有共同之处，先描写了朱雀桥、乌衣巷等六朝士族豪门聚居之处今日的萧条冷落，第三句便以"堂前燕"作为枢机，联结古今。六朝大士族堂前的燕子，飞进了今日寻常百姓之家，这在现实时空中是不可能的，岂有如此"长寿"之燕？而在审美时空中却是神韵十足的。"堂前燕"的意象，成为一个移动着的"高光点"，把历史与现实叠映起来，昔日繁华与今日的冷落形成强烈的反差，从而兴发了深刻的兴亡之感。刘禹锡论诗言"片言可以明百意"，此句足以当之。"旧时月"、"堂前燕"这类意象，有着同样的功能，都是由现实回溯历史、由历史移到现实的枢机，我称之为移动着的"高光点"，它使审美主体的视点既不固定于历史、也不固定于现实，而是游动着的，它贯通、比照着历史与现实，成为"游移视点"。这种构思方式多见于怀古绝句，也可以说是形成了一种怀古绝句的构思模式。晚唐诗人杜牧的名篇《泊秦淮》的构思方式与此相近。诗云："烟笼寒水月笼沙，夜泊秦淮近酒家。商女不知亡国恨，隔江犹唱后庭花。"在这首诗中，"后庭花"成为联结古今的枢机。《玉树后庭花》乃是陈朝的亡国之君也即南朝的最后一个皇帝陈叔宝所作的歌曲，后人将其视为亡国之音的代表。这首诗通过"后庭花"这样的听觉意象，联结古今，兴发亡国之思，同时，也暗含对唐王朝前途的隐忧。

　　这类金陵怀古诗，把历史与现实糅合一起，使过去维度与现在维度的时空并织交错，以一个联结古今的意象来起关合作用，这个意象，往往是诗中的"常项"，作为古今不变的元素存在于诗中；而其他意象则往往作为变项，表征着历史的沧桑变化而存在于诗中。

金陵怀古中的律诗与古诗，也多以历史与现实的并置交错，深致兴亡之慨，诗中也往往以六朝的繁华与今日荒凉两重意象来启喻读者。所不同的是，绝句多数是有一个联结古今的意象，在全诗中起着枢机作用，而律诗则是以若干意象关合古今。如果说，我们前面所举的绝句是"焦点透视"的话，那么，金陵怀古中的律诗和古诗则是"散点透视"。在两个以上的意象中，同时展开历史到现实的变迁。如大诗人李白的名篇《登金陵凤凰台》："凤凰台上凤凰游，凤去台空江自流。吴宫花草埋幽径，晋代衣冠成古丘。三山半落青天外，二水中分白鹭洲。总为浮云能蔽日，长安不见使人愁。"这首诗是诗人天宝年间被排挤离开长安之后，南游金陵所作。凤凰台为南朝刘宋时期所建，李白登台俯瞰江南形胜，怀古伤今，感念南朝史事，忧愤于自己被邪佞所排挤，起首两句便通过当年"凤凰来仪"的盛象与眼下"凤去台空"的冷落并置，显现出历史的沧桑之变，这是一个透视点，"吴宫"与"晋代"两句，各自成为另一个透视点。当年东吴的宫廷楼苑，今已荒芜；长满野花野草，掩住了当年的御道；东晋时的衣冠风流，当年何等潇洒，而今都已成荒丘。这二个透视点，都将历史变迁，纳入主体视界。以当年繁华作为背景，将眼前荒凉作为前景，有力地突现了历史的沧桑变化，抒写了胸中感怀。

再如晚唐诗人李群玉的《秣陵怀古》、许浑的《金陵怀古》，都在若干透视点上将六朝豪华与现实的荒冷并置在一起，不是通过一个意象来显现兴亡变迁，而是通过几个不同的意象，构成多侧面的立体变化，将昔盛今衰的时世迁移，演示得更加充分。罗曼·英加登曾这样说过："悲伤一下子就确定了抒情之'我'的现在，他就在这个现在中吟诵着诗句。这仿佛不是抒情之'我'进入过去，相反，是过去在一瞬间复活了，好像是对现在的回声，和'现在'正在发生的事情融合为一体。这里显示出诗人很高的艺术性，这个过去尽管非常遥远并且只用了几个无足轻重的细节勾勒出来，仍然以其特有的、非常生动的情感色彩给读者很深的印象，并且为展开它那给人以深刻印象的忧郁情思构成必要的背景。"① 对金陵怀古诗中的优秀之作，正可以作如是观。

---

① ［波兰］罗曼·英加登：《对文学的艺术作品的认识》，陈燕谷、晓未译，中国文联出版公司 1988 年版，第 139—140 页

二 审美意象包蕴的历史反思

在唐代金陵怀古诗中，诗人们凭吊古迹，思考着历史的兴亡规律与教训，包蕴了很多的理性反思。但是，唐人并未剥落表象，进行意象议论，而是以丰满而富有神韵的意象包蕴着这种历史的反思。在不少优秀的篇什中，这种饱含理性思致的句子，从完整的审美境界中脱颖而出，成为一种自然的发露，而非抽象的演绎。

刘禹锡的金陵怀古之作不仅数量多（近 10 篇），而且情韵隽永，思致深刻，又时有警策之语。如《金陵怀古》："潮满冶城渚，日斜征虏亭。蔡洲新草绿，幕府旧烟青。兴废由人事，山川空地形。后庭花一曲，幽怨不堪听。"这首诗先写了金陵风物，"冶城"与"征虏亭"都是金陵富有代表性的地方，有许多六朝掌故，最容易唤起深邃的怀古之思。"潮满"，寓人迹之寥落，"日斜"，含情境之萧索。"蔡洲"，在南京市西南江中，东晋时桓玄曾在此屯兵。"幕府"系山名，在燕子矶之西，长江边上，王导曾建幕府于此，故而得名。前四句诗点出的四个地方都是金陵形胜，而且多与六朝人物的历史活动有关。当年，六朝的风云人物如桓玄、王导等，在这些地方曾威震天下，而今却早已灰飞烟灭。金陵有长江天堑为屏障，历代统治者以为靠虎踞龙蟠的险要地热便可固若金汤，长保无虞，因而不修国事，只图享乐，却一个个迅速覆灭，落了个遗恨千载。联用四个意象使读者在无意识中已有了一种夷陵迁替之感。这四句是为后面的议论蓄势，也使读者有了心理准备。那么，"兴废由人事，山川空地形"的精辟议论，便显得水到渠成，十分自然。诗人在这里对历史兴亡的原因做了精当的概括：王朝的兴废取决于人事。山川险要是不足为凭的。这是一种在直观审美意象中升华出的理性反思，是篇中之警策，或如方回所说"乃一篇之断案也"。靠了前面的意象，这两句议论才有了沃土，而前面的意象又由于这两句议论得到了升华。"后庭"两句则是用具有象征意义的意象来呈现了亡国的缘由，因而显得尤为深刻。

刘禹锡的《西塞山怀古》有着更为深邃而丰富的理性反思。西塞山是当年东吴的江防要塞，但不论它如何坚固，也不能抗拒结束分鼎局面、实现全国统一的历史潮流。当年，西晋的益州刺史王濬受晋武帝之命，造大楼船，东下伐吴。王濬水师顺流东下，直取建康，吴主孙皓投降，完成了统一大业。诗的前四句，即写王濬伐吴的情景。诗的五六两句"人世几回伤往事，山形依旧枕寒流"，诗人开始发出情感浓重的感慨，意蕴非常丰富，而结尾两句点出反思历史的根本所在："今逢四海为家日，故垒萧萧芦荻秋。"指出当今乃是四海一家的一统天下，东吴那样的割据政权，只能落得个可悲的结局。此处，诗人的情感很复杂，其理性反思的意向也不是单一的。对于东吴的覆灭，诗人并未给予"幸灾乐祸"式的嘲讽，而是伤感于其亡国的深刻教训，写出了东吴灭亡的悲剧性；另一方面，这种悲剧性则正是历史的必然要求。诗人站在国家要求统一的角度来谛视历史的，他认为，东吴的覆亡是不可避免的，这种悲剧性，只是一种可怜的悲剧性。诗人慨叹南朝的兴废，总结出山川险要不足凭恃的历史教训，同时又站在历史的必然要求一边，反对割据，维护民族的统一，这实际上是针对中唐时期的现实危机而发的，这也是作者对于那些妄图拥兵自重、割据一方的藩镇军阀的一种警告。这首诗的理性反思的意向不是单一的，其复杂性是蕴含在丰满的意象中的。

唐代金陵怀古诗，有的是用意象孕育议论，有的只是用审美意象来呈现理性思索，而诗的本身似乎都是客观描绘。但创作实际却可能相反，是诗人以深刻的理性洞察来创造意象。如李商隐的《齐宫词》，杜牧的《泊秦淮》等诗，所呈现给读者的，没有抽象的观念，而全是意象化的审美客体，读者在进行审美鉴赏的同时，便会油然得出关于历史兴亡规律的启悟。这是一种对历史规律的审美把握下的创作。宋人严羽曾说过："诗有词理意兴。南朝人尚词而病于理；本朝人尚理而病于意兴；唐人尚意兴而理在其中。"[1] 唐人金陵怀古诗的佳处恰在于此。

三　意象的主体性倾向

我们读唐人的金陵怀古诗，会看到这样的现象：诗中所描写的金陵风物，大都带着衰飒、荒凉、凄迷、寥落的特征。如刘禹锡的"万里长城坏，荒营野草秋"、"山围故国周遭在，潮打空城寂寞回"，许浑的"葛蔓交残垒，芒花没后宫。水流箫鼓绝，山在绮罗空"……诗人笔下的金陵风物，竟都是如此荒冷、衰飒，似乎一片残破景象。人们不禁要问：唐时的金陵果真如此吗？金陵在六朝时极尽繁盛，歌舞绮筵，凤树龙阁，帝都之盛，商埠之隆，自然是于史昭昭的。而到了唐代，果真就衰败不堪了吗？实际情形并非如此。唐代的政治中心移至长安，但金陵仍是南方最重要的商业城市，繁

---

[1]　郭绍虞：《沧浪诗话校释》，人民文学出版社 1961 年版，第 148 页。

华依旧。那么，诗人们为什么把金陵风物写得如此荒寂呢？这只能从主体心态上进行解释。诗人面对六朝遗址，想到当年金陵之盛，想到六朝君主一个个覆亡，心中所兴发的感受自然是十分苍凉的。这就使得诗人们在抒发怀古之思的时候，专门寻找较为冷清的物象，进行意象创造。悲凉的情感体验，使景致都带上黯淡凄冷的光环。由此可以看出，金陵怀古诗的意象有较强的主体性倾向。诗人们多是选择月色、黄昏、野草、寒树之类的意象来构筑境界，因为这类意象能够更有力地渲染荒冷的氛围，表达出主体的历史兴亡感。创作主体本身的浓重的忧患意识，决定着作者的审美意识异常敏感地捕捉特有的意象，投射出历史兴废之感。

诗人们面对金陵的六朝遗迹，一方面兴发起历史兴亡感，另一方面，也由时世的迁移，王朝的兴废，自然地联想到人世的翻覆沧桑，产生一种白云苍狗般的身世之慨。因而，金陵怀古中的佳作，不仅具有深邃的历史感，同时，也抒写了人生的困惑与迷茫，有了更深一层的内蕴。对于人生存在的叩问，也许更能拨动人们的心弦。许浑诗中"登阁愧漂梗，停舟忆断蓬。归期与归路，松桂海门东"（《金陵阻风登延祚阁》）的诗句，便是从六朝的残迹中感到了人生的如梦如幻，充满了身世飘零之感。这些都是从怀古中兴发的，因而使金陵怀古诗的悲剧气氛更加浓重。崔涂的"千古是非输蝶梦，一轮风雨属渔舟"、"何必登临更惆怅，此来身世只如浮"，罗隐的"冷烟轻澹傍衰丛，此夕秦淮驻断蓬"，都是用虚空的意象，表现诗人对人生的困惑。这些诗句，往往使人感到浩茫和难言的惆怅。唐代后期，知识分子再没有初盛唐时期那种昂扬振拔的精神状态，而是在风雨飘摇中感到末世的悲哀。唐王朝的没落是不可逆转的，这种颓局直接影响了士大夫们的心态。越是到了末世，就越有"身世浮沉雨打萍"的感觉。王朝的没落，直接影响着士大夫们的人生前景，因而，一种无以依托、宛如断蓬飘梗的人生感受，便充溢于许多士大夫心中。金陵怀古诗中的许多篇什，都潜流着这种深沉广漠的悲哀。这也是金陵怀古诗中主体性倾向的重要内涵。

四　影响

唐代的金陵怀古诗是特定时代的产物，也是金陵文化的特定产物。我们应在历史与文化的坐标上来认识它的价值。六朝咏叹金陵的诗作，多是描写金陵的繁华秀丽，如谢朓"江南佳丽地，金陵帝王州"等诗句，便可代表六朝咏金陵诗的典型格调。唐代，人们对六朝三百余年王朝更迭的历史还是记忆犹新的。同时，唐人又站在历史的陵岸上，拉开了时间的距离，有条件总结历史兴亡的规律，探索六朝在短期内覆亡的原因。更为要紧的是，中唐以后，唐王朝的现实危机使诗人们带着更为强烈的忧患意识来观照六朝的兴衰史事。咏叹六朝，实际上正是喻示唐王朝的黯淡前景，借历史之"酒杯"，浇现实之"块垒"，有鲜明的现实感。

金陵怀古诗又是一种独特的文化现象。它产生于以金陵为代表的东南文化圈中，处处映带着东南文化的悠久历史。诗中的古迹、景物，都是一个文化代码，每个后面，都有一串故事，含着久远的历史变迁。六朝的咏金陵诗，便极少有这种文化积淀。

宋词中的金陵怀古之作，最明显地继承了唐人金陵怀古诗的精神。王安石的《桂枝香·金陵怀古》、周邦彦的《西河·金陵怀古》、贺铸的《水调歌头·台城游》等作，无论是在主题上、还是在意象创造上，都继承了唐人的金陵怀古诗，有些篇什连语言也是隐括唐人的。宋、元、明、清都不乏金陵怀古咏叹之作，尤其是王朝交替之际，这类作品就更多。然而总的说来，成就不及唐人，流传之作也远没有唐人多。唐代的金陵怀古诗，体现了唐诗的艺术成就，有高度的审美价值和社会价值。读着这些篇什，我们听到历史的钟声在回荡，同时也看到金陵变迁的沧桑风云。

山谷词初论*

作为一代诗人，黄庭坚在中国诗史上产生了颇为深远的影响，也留下了显赫的声名。无论是赞誉还是讥弹，都不能否认他的这种影响与声名的存在。然而在词坛上，他的地位就无法与他在诗史上的地位相比拟了。尽管如此，黄庭坚的词作还是有着独特的思想内涵与美学风貌的。这种情形会给我们的词学研究，带来某种启示。黄庭坚历来主张艺术上的开拓创新、戛戛独造，倡导"自成一家始逼真"。在词的创作上，他同样是不甘做"牛后人"的。他的词作显示出与众不同的个性。

一　山谷词的情感内蕴

黄庭坚自号山谷道人，词集名为《山谷琴趣外篇》，完整的存词 180 余首。山谷一生，坎坷多于坦夷，大半时间浮沉于政治斗争的漩涡之中。在政治上与苏轼共进退，被打入"元祐党籍"，后半生屡遭贬谪。坎坷漂泊的人生历程，在他的词作中勾勒出了一个鲜明的轨迹。如果说，山谷于诗刻意为之，汲汲于某种诗格的创造，过多的典实往往淹没了心灵的音波，那么，他的词却因为是"诗之余事"，随意抒写，而使其胸襟得以祖露。

山谷为词，没有给自己套上禁锢手足的创作窠臼，没有囿于北宋词坛那种依红偎翠、恋情离思的题材藩篱，而是勇于超越雷池，任情抒写，寄寓人生的感慨，记录贬谪的生涯，描绘大千世界的风光，倾吐积郁不平的胸臆，总之，山谷词的题材是较为广阔而非狭窄局促的。山谷词真实地反映了他的思想面貌，描绘出心灵波动的曲线，把抒情主人公的自我形象无所隐遁地映现出来。

通读山谷词作，可知其大部分篇什作于贬放之后。黔南、宜州，风霜摧

抑，岁月不居，他的词作记载着思想发展的辙迹。山谷思想，大致可视为儒、道、释三家的融合体。而这三家在山谷思想中的汇流交叉点在于重视自我内心修养而看轻外间事物。他主张"修心养性"以之为人生之根本，并把它比喻为大树的根基，把一般知识、文字工夫喻为枝叶。这种"修心养性"的主张，很明显地是以儒家思想为基点的，与宋代理学的"心性论"是同出一辙的。在被贬以后，词中常常表现为对人生的怀疑、视之如梦幻的态度。为了解脱烦恼，他努力地想用旷达乐观的人生哲学帮助自己度过苦厄的岁月。虽然如此，谪居异乡、投荒万里的黯淡心情仍然是难以掩抑消退的。尽管山谷想摆脱这种凄苦的心境，以及时行乐、狂放自适来抵御涌动在心灵深处的那种悲慨，而悲慨却常常不由自主地溢于纸上。另一方面，尽管是在逆境之中，词人的性格却更加孤傲倔强、不肯随波逐流，来投合世俗，在山谷词中表现为傲岸不谐的峻骨豪气。这些，可以说是山谷词中所表现出的基本思想内蕴。

山谷贬谪后的词作，思想情调是苍凉悲慨与狂放自适的糅合。如写在黔南的《采桑子》一词："投荒万里无归路，雪点鬓繁，度鬼门关。已拼儿童作楚蛮。　黄云苦竹啼归去，绕荔枝山，蓬户身闲。歌板谁家教小鬟。"老境已至，却仍抛身贬所，儿孙后代也不免在此成为"楚蛮"了。词人何等盼望遇赦"归去"。"归去"的杜鹃之啼"绕荔枝山"的想象，极为真挚地传达出词人的痛苦心境。《醉蓬莱》（"对朝云叆叇"）一词中这样数句："万里投荒，一身吊影，成何欢意。""尽道黔南，去天尺五，望极神州，万里烟水。""杜宇声声，催人到晓，不如归是。"所抒发的情感与前一首是完全相同的，只是更为不堪、更为凄楚。

词人又是如何解脱这种痛苦忧伤纠缠的呢？放达自适，随遇而安，笑傲磨难，成了他的法宝。道家哲学中"齐万物、等生死"的人生观，佛家"四大皆空"的世界观以及儒家穷达自如的人生态度的融合，便成了"祛寒避邪"、摆脱烦恼的灵丹妙药。如《拨棹子》一词："归去来，归去来，携手旧山归去来。有人共、月对尊罍。横一琴，甚处不逍遥自在。　闲世界，无利害。何必向、世间甘幻爱。与君钓，晚烟寒濑。蒸白鱼稻饭，溪童供笋菜。"词中表现出山谷随遇而安的处世态度。"归去来"，很明显是深受陶渊明的归耕田园，在思想上很大成分是接受了儒家的"固穷"思想，为了自己的高尚人格理想，不惜牺牲较为优裕的物质生活，回到乡里甘受贫寒之苦。"贫富常交战，道胜无戚颜"，为了一种人格理想，不能苟合于浊世，宁可苦寒于乡间。山谷的被贬自然是被迫的，他不过是无可奈何中以陶潜来慰勉自己。正因为是无可奈何，所以需要用佛、道的补药。山谷是佛教禅宗的信徒，是上了《五灯会元》中禅宗传世的谱系的，甚得黄龙派大师的青睐，他的诗、词、文中不时地流露出佛教思想的深刻影响。在佛教看来，众生之所以不能超脱生死俗缘，关键是对世界有所贪爱求取。"爱为秽海"，成了罪恶的渊薮。而世界的一切都是"空"的，也就是虚幻不实的。"爱"自然也是徒劳的，如水中月、镜中花一般。因此，佛教主张随缘自适、随遇而安的生活态度。山谷这首词，正是以这种思想为主导的。苏轼写在黄州贬所的《定风波》词中"一蓑烟雨任平生"、"也无风雨也无晴"的情调，与山谷这首词是相通的。而从整体看来，山谷词所表现的抑郁不平更浓于放达自适，而苏轼的旷达超逸，则把心灵底层的忧思愁绪，稀释到十分微薄的程度，这也许是二者的不同之处。

　　山谷感到人间是充满风波的，世俗是危机四伏的，因而他十分钟爱自然。这一点也可能与他所受的禅宗思想影响有关。禅宗是深喜山林自然的，似乎在大自然的一草一木中都蕴含着佛性。"青青翠竹，尽是法身；郁郁黄花，无非般若"，这几句禅家名言对诗人也是影响深远的。山谷以他的词笔来写大自然的清美，这完全是经过了词人心灵净化之后的大自然。如《念奴娇》一词："断虹霁雨，净秋空，山染修眉新绿。桂影扶疏，谁便道，今夕清辉不足。万里清天，姮娥何处，驾此一轮玉。寒光零乱，为谁偏照醽醁。　　年少从我追游，晚凉幽径，绕张园森木。共倒金荷，家万里，难得尊前相属。老子平生，江南江北，最爱临风笛。孙郎微笑，坐来声喷霜竹。"这首词境界之奇逸高旷，与东坡之《水调歌头》（"明月几时有"）十分相近。词人首先描画出秋山晚景的明丽风姿，继而描写了清辉万里的寥廓夜空。词人驰骋奇丽的想象：嫦娥驾着月轮周行于万里青天。在如此清风明月之夜，词人临风听笛，该是忘怀了一切世间的烦恼吧！在澄净空明的高华境界之中，词人的灵魂得到了净化。

　　山谷崇尚一种"超轶绝尘"之美，而反对"尘俗"的倾向。这在当时代表着士大夫阶层的审美趣尚，且对宋元文人画的审美意识有相当的影响。山谷对于他所赏爱的艺术品，常常赞以"无一点尘俗气"，如他赞赏苏轼的《卜算子》词和姨母李夫人所画墨梅，皆是。这一首《念奴娇》所创造的境界，鲜明地体现了这种审美观。再如《洞仙歌》一词的上阕："月中丹桂，自风霜难老。阅尽人间盛衰草。望中秋，才有几日，十分圆，霎风雨，云表常如永昼。"也创造了一种高华清雄的境界。"月中丹桂"，岂不是词人性格的象征？它脱离了尘俗的庸俗、卑琐，寄寓着词人那种倔强耿介、不惧风霜的精神气质。

　　读唐宋诗既多，有这样的感受：笼统地说，对于生活，唐诗较为"投入"，而宋诗则多超脱，对生活似有一种冷眼谛视之感。宋诗中多有这种冷静的主人公的影子，对于自己所处的境遇，对于自己所描绘的艺术境界，也采取一种超然、返照的态度，一副"冷眼向洋"、洞照一切的样子。这种情形，恰以苏黄为代表。苏轼的诗作多有这份清醒超然，山谷诗亦多冷眼谛视之态。而对宋词，我则不敢用这个观点来概括，但是，《念奴娇》、《洞仙歌》却颇有如此神姿。尤其是"月中丹桂"的意象，似乎俯视大地人生，"阅尽人间盛衰草"，不正是一双超然凌空、鸟瞰谛视的"眼睛"吗？这种新的倾向由山谷带进词里，给词坛带来了一种清冷的幽韵。

二　疏宕而沉郁的表情方式

　　婉约诸名家的写法，大都以含蓄宛转、细密典丽见长。你看，晏殊词"温润秀洁"、"和婉明丽"，柳永词"细密妥溜"，小山词"娉娉袅袅，如挽嫱施之袂"……足见婉约派的共同路数。惟山谷词不然，他不循此径，别开一路，以疏宕明快见称。山谷不是以细针密线缝制那些雅丽精绝的词章，而是以疏宕超逸之笔，表现胸中积郁的情感。唐代司空图的《二十四诗品》中有"疏野"一品，较为接近我们所说的"疏宕明快"。《疏野》品云："惟性所宅，真取弗羁。拾物自富，与率为期。筑室松下，脱帽看诗。但知日暮，不辨何时。倘然自适，岂必有为。若其天放，如是得之。"① 所谓疏宕明快，大致是真率自然，不假雕饰。不以细密为结构原则，往往较为自由疏松。婉约派表情达意的方式，往往是以景物烘染开端，首先描写环境，然后一层层地展示人物动态、心理，而心理活动又多是渗透于景物之中，隐含不露。大小晏、秦观等词人，都用这种章法写词。山谷不去步趋婉约派章法，而是"我笔写我心"，以真情实感统之，把自己的感受、心情作为结构线索。如《鹧鸪天》一词："万事令人心骨寒，故人坟上土新干。淫场酒肆狂居士，李下何妨也正冠。　　金作鼎，玉为餐，老年亦失少年欢。茱萸菊蕊年年事，十日还将九日看。"平心而论，这首词的格调并不高，没有更多的思想价值，较浓厚地流露出封建士大夫的某种风气。但它的表情方式是疏宕明快的，以情语振起，以深切的感慨贯穿始终。词中基本上没有景

---

① 郭绍虞：《诗品集解》，人民文学出版社1963年版，第28页。

语，而是直接抒发自己的郁愤之情。当然，山谷词中也有许多篇什描写环境，渲染景物，但也都是任凭感情驱遣，随意所之的。

山谷词虽然疏宕明快，但又深含沉郁之致。"沉郁"虽然表现为一种风格特征，但更多的是由感情的悲慨所致。山谷屡遭贬谪，心中积郁不平，对社会、人生都有很深的感慨和认识，使其词作呈现出外疏宕而内沉郁的特征。如《定风波》："万里黔中一漏天，屋居终日似乘船。及至重阳天也霁，催醉，鬼门关外蜀江前。　　莫笑老翁犹气岸，君看，几人黄菊上华巅。戏马台南追两谢，驰射，风流犹拍古人肩。"谪居黔南，是在绍圣二年（1096）以后。山谷在《谪居黔南十首》中有这样两首绝句："相望六千里，天地隔江山。十书九不到，何用一开颜。""病人多梦医，囚人多梦赦。如何春来梦，合眼在乡社。"可见山谷当时心境之黯淡悲凉。上举这首词，以狂放的笔调，写出了内心深沉的痛苦忧郁，外似旷达，实则沉郁，近于杜甫《曲江三章章五句》一类作品的风格。

冯煦在《宋六十一家词选·例言》中曾指出山谷词"疏宕"的特点，而夏敬观《手批山谷词》中又指出"山谷重拙"的特点，可以说他们都是颇具慧眼的，能够见出山谷词的独特之处，而且甚中肯綮。实际上，山谷词是兼有疏宕与沉郁的特征的。山谷词虽然疏宕明快，但并不粗疏浅陋，而是寓深意于其中。清人刘熙载也认为："黄山谷词用意浑至，自非小才所能办。"[1] 这话说得好，可谓搔着痒处了。看上去并不典雅富丽的山谷词，却是蕴含深厚的，读来自感厚重，与当时词坛上占主流的婉约词风是颇相径庭的。夏敬观所说的"重拙"，也很值得玩味，道出了易为我们忽略的问题。"拙"字不可小觑，它代表着一种新的审美倾向。"拙"本来是中国传统人生哲学的一个范畴，与"巧"相对。"巧"指机诈谀世之心、人为矫饰之貌，而"拙"则是指浑朴自然、未经雕饰的本然状态。陶渊明曾把"拙"作为一种人生准则，因而有"守拙归园田"的诗句。对于这位真淳的躬耕诗人来说，"拙"是不可或失的人格箴言。后来，"拙"逐渐演化为中国艺术特有的审美范畴。宋元文人画把"拙"作为价值范畴，追求笔墨的生拙。在这种审美倾向中，黄庭坚起了很大作用。黄庭坚作为著名的书画鉴赏家，评价书画都以"拙艳为尚"。论书法云："凡书要拙多于巧，近世少年作字，如新妇子妆梳，百种点缀，终无烈妇态也。"（《山谷文集》）论画亦云："余初未尝识画，然参禅知无功之功，学道而知至道不烦，于是观画悉知其

---

① 王气中：《艺概笺注》，贵州人民出版社1980年版，第316页。

巧、拙、工、俗、造微入妙。然此岂可为单见寡闻者道哉？"① 主张无意地、自然而然地于"拙"中见出画的奥妙。

山谷词的审美倾向是与此一致的，颇具"生拙"的特点，与典雅富丽的婉约词风是相左的，给词坛带来了一种清新之气。

三　雅词杂糅俗语的语言特色

山谷词在语言上也与众不同。词中语汇十分丰富，有传统的典雅词汇，也有大量的方言俗语，山谷把这些糅合起来，创造出生新的语言特色。同时，山谷在词中故意造成一种拗折的语言形势，来表现突兀不平的思想感情。

山谷词中有些是语言较为典雅工丽的，如《清平乐》："春归何处，寂寞无行路。若有人知春去处，唤取归来同住。　　春无踪迹谁知，除非问取黄鹂。百啭无人能解，因风飞过蔷薇。"这首词通过寻觅春的踪迹，来抒写伤春意绪，语言典雅工致，可以说是词的"本色语"。山谷词的许多篇什则是将方言俗语和文学语言糅为一体的，如《卜算子》："要见不得见，要近不得近。试问得君多少怜，管不解、多少恨。　　禁止不得泪，忍管不得闷。天上人间有底愁，向个里，都诸尽。"词中"管不解"、"个里"、"忍管"等都是民间俗语。这些都是常见的口头语言。这些词汇的运用，使词作变得活泼亲切，感情表达得更为具体准确。山谷有些词作则有过多地使用地区局限性颇大的方言俗语的倾向。如《丑奴儿》词中有这样几句："傍人尽道，你管又还鬼那人吵，得过口儿嘛。直勾得、风了自家。是即好意也毒害，你还甜杀人了。怎生申报孩儿。"这首词人为地造成了语言上的隔阂，如果不是操这种方言的当地人，恐怕很难全然理解词的意思。

方言俗语如果用得恰到好处，会使人感到亲切朴实，清新自然，给人以娓娓如述的感觉。山谷词中有一部分收到了这种艺术效果。而上面这首词，因为用了过多的生僻方言，使人难于索解，不但不能构成优美动人的意象，反而有碍于读者的欣赏思维活动。山谷主张"以俗为雅"，这种艺术主张的实行，在词中产生了上述两种效果。

山谷词在语言上的另一特点，是善于锤炼生新之语作为词句的关键，使词显得精警劲健。如《减字木兰花》（"中秋无月"）词中"醉送月衔西岭

---

① （宋）黄庭坚：《山谷题跋》卷3，中华书局1985年版，第25页。

去"一句，"衔"字何等新奇有趣，使整个画面活了起来，有了一种活跃着的生命感。再如《诉衷情》里"山泼黛，水挼蓝"之句，"泼"、"挼"二字也把山水写成了有灵之物，活泼明丽。山泼洒着黛色，水揉动着蔚蓝的锦缎，真是一幅极美的水墨丹青！

山谷还善于运古人诗句入词，凭借读者对诗句含意的理解，来深化词的意蕴。如《水调歌头·游览》中的结句："醉舞下山去，明月逐人归"，便是化用李白《下终南山过斛斯山人宿置酒》中的起句"暮从碧山下，山月逐人归"，使人感到那种太白式的飘逸。《定风波》中"自断此生休问天"一句，用杜甫《曲江三章章五句》中的原诗句。杜诗表现了不肯向命运屈服的倔强性格，山谷在词中正是突出了这点。《鹧鸪天》（"西塞山前白鹭飞"）一首，敷演了唐人张志和《渔歌子》全词，表现出词人那种不慕功名、随遇而安的思想情调。

山谷胸次峥嵘，颇多郁愤之慨。为了抒发自己的胸中块垒，他往往故意造成语言上拗折跌宕的峻急之势。如《醉落魄》几首的起句："陶陶兀兀，尊前是我华胥国，争名争利休莫莫。""陶陶兀兀，人生无累何由得。杯中三万六千日，闷损旁观，自我解落魄。"这种奇突不平的语势，正是为了适应昂藏不平的胸臆抒发。跌宕拗折的语势与郁愤块垒的胸臆之间，有着明显的同构关系。

山谷词的语言，孤立地看，没有那么典丽圆熟，往往给人以生新拗折的感觉。这是不属于正宗婉约词的传统的。然而惟其如此，黄山谷打破了婉约词的语言范式，改变了那种甜熟的老路，造成了一种词学艺术上的"陌生化"，使人们觉得新颖别致，造成了审美感受上的新鲜性。

四　山谷词在北宋词坛上的地位

北宋词坛，词家济济，创作出难以胜数的璀璨词章，形成了词学创作的峰巅。那么，在北宋词坛上，山谷词应该占有一席怎样的地位，这需要给予客观而公允的评价。

与黄同时的诗人陈师道，把黄庭坚与秦观在词坛上的地位抬得至高无上，推许为一代宗师。他说："今代词手，惟秦七、黄九耳，唐诸人不逮也。"① 应该指出的是，这种推崇是不够客观的。山谷词固然颇有佳作、不

---

① （宋）胡仔：《苕溪渔隐丛话》，人民文学出版社1962年版，第33页。

乏名篇，但整体看来，菁芜杂存，艺术上也并非炉火纯青，足以领袖词坛。这种评价未免过誉，甚至连秦观也难当此语。

　　陈师道以秦、黄并称，似乎两家风格相近。李清照在《词论》中也认为，词"别是一家，知之者少。后晏叔原（几道）、贺方回（铸）、秦少游、黄鲁直始能知之"。李清照的词学观是奉婉约为正宗的，对苏轼词则以"句读不葺之诗"讥弹之。在这里，李清照是把黄庭坚作为知词"别是一家"的词人而归入婉约一流的。这也许并不太切合山谷词的实际情形。山谷词在很大程度上摆脱了婉约派的词学香传，而更为接近于苏轼豪放词的作风。山谷词的高处在于他以健朗峭劲、疏宕豪逸的风貌，给人以清新的富有创造力的美感。晁无咎评苏黄词时说："东坡词多不谐音律，然居士词横放杰出，自是曲子中缚不住者。黄鲁直间作小词，固高妙，然不是当行家语，自是著腔子唱好诗。"（《复斋漫录》引）所谓"当行家语"，就是指合乎婉约派词学要求的表现手法和语言风貌。从这里可以看出苏黄词风的某种相近之处。不受音律的束缚，是苏、黄词的一个共同特点。

　　从词境来看山谷同的佳作之境，高华阔大，净美超逸，如《念奴娇》（断虹霁雨）、《水调歌头》（瑶草一何碧）等篇什，把大自然写得清美壮丽，健朗高华，给人以超绝的审美感受。这是由词人的心胸孕化含咏出的自然形象地表现出词人那种"超轶绝尘"的审美趣尚。

　　山谷词中有许多篇什，透露出词人倔强不羁的性格、块垒峥嵘的胸臆，拗折奇突，颇具风骨，这些都近于豪放而疏于婉约。夏敬观《手批山谷词》中说："曩疑山谷词太生硬，今细读，悟其不然。超远绝尘，独立万物之表，驱风驭气，以与造物者游，东坡誉山谷之语也，吾于其词亦云。"这个评价是很能说明山谷词风特点的。山谷词较为接近于东坡那种驾风驭电、横放杰出的豪放词堂庑。

　　然而，山谷词与东坡词相比，不能不说还颇有距离。东坡词清雄豪迈，如万斛泉源不择地而出，那样舒展自如，又是那样博大深厚。而山谷词与之相比，则较为尖新刻促，气局不足，毕竟略逊一筹。同婉约派诸名家相比，山谷词也自有它的优劣之处。山谷词没有晏、秦诸人那样表情细腻深曲，语言整炼工秀，结构严密而层次井然。有些方言俗语过于生僻，远不及李清照那种融口语入词成就之高。

　　应该看到，山谷词从美学风格、表情方式、语言特点诸方面都敢于独辟蹊径，冲破传统的婉约词园囿。尽管山谷词的成就并不那么高超，但它意义不在于本身，而在于词体风格的发展史。文学艺术的发展演进，以旧范式的不断被破坏、新范式的不断被建立为特征，没有这种新旧范式之间的更迭，就没有文学艺术的向前发展。对于北宋词来说，山谷提供了破坏旧范式的契机与因素，给词坛带来了生新之气，但他尚未能够建立起一种新的范式，新范式的创立，是由苏、辛来完成的。对于山谷本人来说，这也许不无遗憾，但他又确乎是"以余事做词人"的，况且，他的艺术个性决定了山谷词的面目。

"诚斋体"与宋诗的超越[*]

一

宋诗自辟蹊径，形成了与唐诗迥然不同的特征。同时，宋诗在其发展历程中也是几经曲折蜕变，各个发展阶段之间既有内在的联系，又有鲜明的变化。北宋中期以后，以黄庭坚为代表的"江西诗风"，对宋诗的发展有十分深广的影响，其流风余韵广被南渡前后的诗坛。当时的诗坛宿将，鲜有不是由"江西家数"入门的，或深或浅地都打着"江西派"的痕迹。然而，江西诗派讲究使事用典、"诗眼""句法"、"点铁成金"的一套诗学法门，一方面培养了许多诗人，另一方面又使许多富有创造精神的诗人渐而不满于这种窠臼，创造出新的诗风。对江西诗风的扬弃与否定，更根本的动因在于内在的蜕变，这种内在的蜕变的力量甚至大于来自外部的批判与攻讦。在理论上代表这种内在蜕变的是吕本中的"活法"说；而在创作实践上最能体现这种蜕变的，要数南宋大诗人杨万里所开创的诗风——"诚斋体"了。南宋前期"从江西入而不从江西出"的诗人绝非杨万里一人，如曾几、陆游等都是。但是，最能代表宋诗转机的，当以杨万里为最。南宋诗论家严羽在《沧浪诗话》中，历数以作家为代表的"诗体"时，南宋时期仅举了"陈简斋体"、"杨诚斋体"。而陈与义只能算是半个南宋人，他的诗风也还是基本上属于"江西"的圈子，所以严羽在"陈简斋体"下面有小注云："亦江西诗派而小异。"而在"杨诚斋体"下注云："其初学半山后山，最后亦学绝句于唐人。已而尽弃诸家之体，而别出机杼，盖其自序如此也。"严羽从杨万里的自序中概括出这段小注，也代表了他的看法，认为杨氏是先学前贤后来自成一家。这是杨万里创作道路的简要概括。我们不妨稍为具体地看一下

　＊ 本文刊于《文史知识》1993 年第 4 期。

杨万里的创作道路与"诚斋体"的内涵。

二

杨万里（1124—1206），字廷秀，号诚斋，江西吉安人。绍兴二十四年
（1154）进士，历任漳州、潮州等地知州，后入朝为秘书监等职。为人秉性
耿直，遇事敢言，倪思评价他："学问文采，固已绝人；乃若刚毅狷介之
守，尤为难得！夫其遇事辄发，无所顾忌，虽未尽合中道，原其初心，思有
补于国家，至惓惓也！"① 可见诚斋之刚直耿介。有《诚斋集》130 卷，其
中存诗 4200 余首。诚斋将他各阶段所写的诗依次编为七个诗集：《江湖集》
《荆溪集》《西归集》《南海集》《朝天集》《江西道院集》《退休集》。七集
显示诚斋的诗风是在不断变化着的，每集都有各自的风貌，展示出诚斋在创
作道路上的不断探索、追求。

杨万里学诗先从江西派入手，曾经认认真真地学过江西法门。而江西法
门是教人依傍古人的。黄庭坚本人一方面主张"夺胎换骨"、"点铁成金"，
另一方面又讲"自成一家始逼真"，以一种在借鉴中开拓的精神创立了江西
诗派，但江西末流则主要是讲诗法规矩，而缺少创造性。杨万里在创作实践
中悟到了"自作诗中祖"的真谛。于是"悔其少作"，在《江湖集序》中
说："予少作有诗千余篇，至绍兴壬午（1162）七月皆焚之，大概江西体
也。"从这次焚诗可以看出他对江西诗风的"反叛"。在《荆溪集序》中，
诗人叙述自己的学诗历程说："予之诗，始学江西诸君子，既又学后山（陈
师道）五字律；既又学半山老人七字绝句；晚乃学绝句于唐人；学之愈力，
作之愈寡。"后来在官任上勤于政事，无暇学诗，却常有诗兴叩问："其夏
之官荆溪，既抵官下，阅讼牒，理邦赋，惟朱墨之为亲，诗意时往日来于予
怀，欲作未暇也。戊戌三朝，时节赐告，少公事，是日即作诗。忽若有悟，
于是辞谢唐人及王、陈、江西诸君子，皆不敢学，而后欣如也！试令儿辈操
笔，予口占数首，则浏浏焉无复前日之轧轧矣。自此，每过午，吏散庭空，
既携一便面，步后园，登古城，采撷杞菊，攀翻花竹，万象毕来，献予诗
材，盖麾之不去，前者未雠，而后者已迫，涣然未觉作诗之难也。"学"江
西诸君子"也好，学唐人、后山、半山也好，都是依傍前贤，在别人的篱
笆下面，而当诗人在与大自然的直接亲合之中获得了取之不尽、用之不竭的

---

① （宋）周密：《癸辛杂识》，中华书局 1988 年版，第 23 页。

诗材，诗的灵感便如泉源汩汩而来，天机自得，用不着再向前人的书本中去讨生活。"江西法门"的实质是以前人的文化遗产作为诗材来源，依傍于诗法窠臼；而"诚斋体"则是"外师造化，中得心源"，直接在大自然的朝晖夕阴中汲取诗思，获得创作灵感。在创作中不落窠臼，自出机杼，开创了一种清新活泼的新诗风。

三

"诚斋体"的作风可以概括为一句话：以"活法"为诗。这是诚斋生活、创作的当时与稍后的诗人们有定评的。周必大评杨诗云："诚斋万事悟活法。"（《次韵杨廷秀诗制寄题朱氏涣然书院》）诚斋的好友诗人张镃："今谁得此微妙法？诚斋四集新板开。我尝读之未盈卷，万汇纷纶空里转。笔端有口古来稀，妙悟奚烦用力追。"①　"造化精神无尽期，跳腾踔厉即时追。目前言句知多少，罕有先生活法诗！"②　南宋著名诗人刘克庄说："后来诚斋出，真得所谓活法、所谓流转圆美如弹丸者，恨紫微公（吕本中）不及见耳。"（《江西诗派小序》）可见，人们的评价是很一致的。

"活法"本是吕本中提出来的，吕本中在《夏均父集序》中说："学诗当识活法。所谓活法者，规矩备而能出于规矩之外，变化不测而亦不背于规矩也。是道也，盖有定法而无定法，无定法而有定法。知是者，则可以语活法矣。"③　所谓"活法"，并非是对法的抛弃，而是在自由地驾驭法的基础上超越法，因而首先要"规矩备"，要全面地、熟练地掌握诗歌创作的规矩法度。然而，"活法"又强调一个"活"字，也就是不能死于法下。只有纯熟地驾驭了法，才能从心所欲不逾矩，变化莫测，游刃有余，从而进入一种艺术创造的自由境界。"诚斋体"是"活法"为诗的最佳典范。周汝昌先生概括"诚斋体"的最佳特征有新、奇、活、快、风趣、幽默、层次曲折、变化无穷等方面。笔者则从另外的角度略作申说。

"诚斋体"意味着抛开书本这个"拐棍"，直接在大自然和现实生活中获得诗兴。杨万里有诗云："山思江情不负伊，雨姿晴态总成奇。闭门觅句

---

① （宋）张镃：《南湖集》，中华书局1985年版，第42页。
② 同上书，第129页。
③ （宋）刘克庄：《夏均父集序》，见刘方喜《中华古文论释林·南宋金元卷》，北京大学出版社2011年版，第12页。

非诗法，只是征行自有诗。"（《下横山滩头望金华山》其二）诗人不满于陈后山那种"闭门觅句"的构思方法，而主张融身心于大自然中，物我两忘，以一种审美态度观照自然，大自然便会呈现诗思。在诚斋诗中，大自然被诗人赋予了人的灵性，十分亲切活泼。诗人写山："岭下看山似伏涛，见人上岭旋争豪。一登一陟一回顾，我脚高时他更高。"（《过上湖岭望招贤江南北山》）写春光："拂花红露溅春衣，柳外春禽睡未知。天借晴光与桃李，更将剩彩弄游丝。"（《春晓》）写夕阳映山："好山万皱无人见，都被斜阳拈出来！"（《舟过谢潭》）这不是单纯的"拟人化"，而是一种"人化的自然"，自然物象与审美主体融而为一了。

改变了那种依傍前贤、在书本中找诗材的思维定式，在与大自然的遇合中获取诗思，便形成了触处生春、随机感发的审美创造方式，这是"诚斋体"的构思特点。这种随机感发的构思方式，更为符合审美本质。南宋诗论家叶梦得评价"池塘生春草，园柳变鸣禽"这两句大谢名句时所说"此语之工，正在无所用意，猝然与景相遇，借以成章，不假绳削，故非常情所能到。诗家妙处，当须以此为根本，而思苦言难者，往往不悟"[①]，正可说明"诚斋体"的这种构思特点。诚斋有诗云："学诗须透脱，信手自孤高。衣钵无千古，丘山只一毛。句中池有草，字外目俱蒿。可口端何似，霜螯略带糟。"（《和李天麟二首》其一）所谓"透脱"，就是不执着、不拘泥，应物随机，这样，信手写来，就能达到"孤高"的境界。这种随机感发的构思方式，使得诗人能够抓住千变万化着的事物之个性特征，写出不可重复的诗美境界，自然而然地破弃拘执，不落窠臼。如"急下柴车踏晚晴，青鞋步步有沙声。忽逢野沼无人处，两鸭浮沉最眼明"（《丁亥正月新晴晚步》），"寒草动暖芽，晴山余雨姿，水日亦相媚，蠻纹生碎晖"（《人日诘朝从昌英叔出谒》）等诗境，都是极为独特的"这一个"，决非"闭门觅句"所能得到！

与此密切联系的，诚斋诗善于捕捉事物的瞬间变幻，把事物在某一顷刻的特定情景摄入诗中。钱锺书先生在比较陆游和杨万里诗时指出诚斋诗的这种特征："放翁善写景，而诚斋善写生。放翁如画图之工笔，诚斋则如摄影之快镜，兔起鹘落，鸢飞鱼跃，稍纵即逝而及其未逝，转瞬即改而当其未

---

① （宋）叶梦得：《石林诗话》卷中，见（清）何文焕《历代诗话》，中华书局1981年版，第426页。

改，眼明手捷，踪矢蹑风，此诚斋之所独也。"① 元人方回则称诚斋诗"飞动驰掷"（《南湖集》卷首方回《读张功父南湖集》诗并序）。杨万里是常常把事物正在发展变幻着的"最富有孕育性的那一顷刻"② 采撷为诗的意象的。如"油窗着雨无不湿，东风忽转西风急"（《晓经藩蓠》）、"春风略不扶人醉，月到梅花最末梢"（《晚饮》）等诗句，都是将自然景物变幻中的某一顷刻的特定情景，"定格"在诗中，孕育着变化的动势。诚斋诗还极善于写事物的动态，创造出飞动的意象。如写舟上看山："上得船来恰对山，一山顷刻变多般。初堆翠被百千折，忽拔青瑶三两竿。"（《阊门外登溪船》）写淮河波浪："清平如席是淮流，风起雷奔怒不休。一浪飞来惊破胆，早知只要打船头。"（《雨作抵暮复晴》）这些诗句都勾勒出迅捷飞动的画面，成为"诚斋体"的一个特点。

"诚斋体"在当时确实是令人耳目一新。实际上，"诚斋体"是以一种内在的否定性力量崛起在诗坛上，使逐渐僵锢的宋诗迸发出活跃的新元素。

四

江西诗风弥漫于两宋诗坛多年，沾溉了许多诗人，形成了一代创作风会，为宋诗特征的确立起了很大作用。但是江西末流之弊使得宋诗越来越缺少新鲜活跃的生命力，那种依傍于古人门墙，斤斤于"句眼""诗法""资书以为博"的作风，引起越来越强烈的不满，从理论上抨击江西诗风的也越来越多，越来越猛。严羽作《沧浪诗话》批评江西诗风："以文字为诗，以才学为诗，以议论为诗。""多务使事，不问兴致；用字必有来历，押韵必有出处，读之反复终篇，不知着到何处。"③ 严羽自称《诗话》"其间说江西诗病，真取心肝刽子手"④。张戒《岁寒堂诗话》也是不遗余力地针砭江西之弊。在创作界很多诗人都是"从江西入不从江西出"的，陈与义、吕本中等诗人本来都是江西宿将，南渡之后都颇改诗风。曾几（茶山）本是江西后劲，后来也写了许多不同于江西诗风的作品。南宋四大诗人尤袤、杨万里、范成大、陆游，几乎都是先从学江西入手，后来自创风格的。这些

① 钱锺书：《谈艺录》，中华书局1984年版，第118页。
② ［德］莱辛：《拉奥孔》，朱光潜译，人民文学出版社1979年版，第83页。
③ 郭绍虞：《沧浪诗话校释》，人民文学出版社1961年版，第26页。
④ 同上书，第251页。

诗人诗风的变化，都是来自江西诗派内部的蜕变。扭转江西末流之弊，使宋诗产生新的、原生态的美质，由必然走向自由，实现一次不寻常的超越，是时代的需求，也是南宋诗坛的发展走向。这种新的超越，当然是许多诗人共同努力的结果，并非一个诗人的翰墨所能毕奏其功。然而，最能代表宋诗这种走向的却应该说是"诚斋体"。因为，依傍书本与诗法造化是对立的两极，要克服前者带来的萎弱，必然求助于后者，"努力要跟事物——主要是自然界——重新建立嫡亲母子的骨肉关系，要恢复耳目观感的天真状态"①。杨诚斋在这方面是最优秀的诗人。要克服苦吟力索、死于法下所带来的僵锢，最好是改换构思方式，变"闭门觅句"为随机感发，触处生思。杨万里在这方面又是最得其中奥妙，"诗如得句偶然来"（《宿兰溪水驿前》），这是其他诗人所无法企及的。要祛除随人作计、堕入窠臼所带来的陈腐，最好是"尽弃诸体"、"自作诗中祖"，杨万里在这方面最得自家风流，创造出异常鲜明的身家面目。"传宗传派我替羞，作家各自一风流。黄陈篱下休安脚，陶谢行前更出头"（《跋徐恭仲省翰近诗》其三），该是何等的自信！"诚斋体"并非没有毛病，杨万里也不是南宋第一大作家，但他的风格非常鲜明，他的创作道路也最为典型地显示出宋诗变化的轨迹。宋诗在"江西派"这棵老树上长出新芽，焕发出生机，走进了"柳暗花明又一村"的新境界，"诚斋体"可谓与力匪浅。所以说，不了解"诚斋体"，便不足以知南宋诗的新转机。

---

① 钱锺书：《宋诗选注》，人民文学出版社 1958 年版，第 180 页。

乐府的变异：曹植诗的抒情主体[*]

从汉乐府到魏晋南北朝乐府歌诗，发生了深刻而明显的变异，变异是在不同的层面上展开的。建安时期，则是乐府诗变异的关捩。建安文学领袖人物曹氏父子都以乐府诗擅场，曹操的四言乐府高标超俗，曹丕的七言乐府创为新体，而曹植乐府篇什，更以五言为主体，不惟篇什繁复，且更多新创，对于魏晋南北朝乐府文学的影响至为深广，在一定意义上说，曹植的乐府诗代表了乐府变异的趋势。

一

曹植乐府诗，计有 41 篇，郭茂倩《乐府诗集》收录其 33 篇，曹植乐府中，以五言居多，约占四分之三，而且多为名篇，以五言乐府成就最著。萧涤非先生所论："迄建安曹氏父子出，而五言遂成为诗坛定体焉。"② 其中又以子建之功最伟。

曹植乐府，一部分是用乐府古题来写新词，所谓"以旧曲，翻新调"，如《蒿里行》、《薤露行》、《平陵东行》、《来日大难》、《怨歌行》等；另一部分则自为新调，如《美女篇》、《白马篇》、《名都篇》、《远游篇》、《驱车篇》、《种葛篇》等。而这两种情形，都表现出曹植在乐府歌诗创作中的极大创造性。

建安诗歌有强烈的抒情性，这恐怕是建安诗歌与汉诗相比的一个突出特点。刘勰《文心雕龙·时序》论建安有名言云："观其时文，雅好慷慨。良由世积乱离，风衰俗怨。并志深而笔长，故梗概多气也。"③ 实际上指出建

---

* 本文刊于《云南师范大学学报》（哲学社会科学版）1993 年第 5 期。

② 萧涤非：《汉魏六朝乐府文学史》，人民文学出版社 1984 年，第 23 页。

③ 范文澜：《文心雕龙注》，人民文学出版社 1958 年版，第 673—674 页。

安文学的这种情感特征。曹植的诗作，突出地体现了这种特征。曹植出身于王侯之家，从小深受其父曹操的宠爱，被认为是"最可定大事"。而曹植生于乱世，长于军中，在曹操影响下，早怀雄心壮志，曾言："吾虽薄德，位为藩侯，犹庶几戮力上国，流惠下民，建永世之业，流金石之功，岂徒以翰墨为勋绩，辞赋为君子哉！"① 曹丕即位后，对子建多所迫害，屡徙封地，名为藩王，实为羁囚，而子建却念念不忘建功立业，报效国家："固夫忧国忘家，捐躯济难，忠臣之志也，今臣居外，非不厚也，而寝不安席，食不遑味者，伏以二方未克为念。"② 而此种抱负之不可能实现，遂令子建转生慷慨不平之情，溢于字里行间。子建自述云："余少而好赋，其所尚也，雅好慷慨。"所谓"慷慨"，正是激荡扬厉的情感。建安诗歌整体上都有"慷慨"的抒情特质，曹操《短歌行》亦自道其"慨当以慷，忧思难忘"，刘勰又称建安诗歌"慷慨以任气，磊落以使才"（《文心雕龙·明诗》）。可见"慷慨"确乎是以概括建安诗歌的情感特质了，而曹植之诗，又是最具此种特征的。

　　曹植的乐府歌诗，继承并融合汉代乐府民歌与文人古诗的传统，形成了独特的风貌，有着强烈的抒情性，充分展露诗人感宕慷慨、悲愤抑郁的情怀。有些篇什是直接抒发诗人主体情志的，如《怨歌行》、《箜篌引》、《薤露行》、《豫章行》等；更多的篇什则是以比兴手法来抒写诗人的襟怀，如《美女篇》、《七哀》、《弃妇篇》等。这类篇什，艺术表现角度最为复杂，但又都充分展现了"这一个"的独特抒情主体。这些又是乐府诗的历史性进步。在曹植手里，乐府进入了一个崭新的时代。

二

　　曹植的乐府歌诗与汉乐府有着深刻的因革关系。

　　众所周知，汉代乐府以民歌为主，而且多是叙事性篇什。由于汉代统治者采集歌谣在很大程度上在于政治的、社会的目的，如《汉书·艺文志》所说："自孝武立乐府而采歌谣，于是有赵代之讴，秦楚之风，皆感于哀乐，缘事而发，亦可以观风俗、知薄厚云。"既然乐府采诗的目的是为了考

---

　　① （魏）曹植：《与杨德祖书》，见（清）丁晏纂《曹集铨评》卷5，文学古籍刊行社1957年版，第146—147页。

　　② （魏）曹植：《求自试表》，同上书，第105页。

察政教得失，那么，乐府歌诗亦自然是以叙事体篇什为主了。

汉代乐府民歌直接揭露社会问题，如刺美地方郡守，写孤儿、病妇、鳏夫、流民、士卒的痛苦生活，截取了一幅幅社会生活的横断面，把当日的社会生活图景摄入诗中，这也适应了朝廷的采诗标准。这些篇什又大都是叙事体，如《病妇行》、《孤儿行》、《十五从军征》、《战城南》、《平陵东》等，都以叙事体来勾勒社会生活画面。

然而，汉乐府民歌极少完整地描述一个事件的始末，更没有一代历史风云的"史诗"，而多是撷取生活中某一断片、某一场景，加以充满感情色彩的叙写，在叙事体中又有浓郁的抒情因素，如《妇病行》：

> 妇病连年累岁，传呼丈人前，一言当言，未及得言，不知泪下一何翩翩："属累君两三孤子，莫我儿饥且寒。有过慎莫笪笞，行当折摇，思复念之！"乱曰：抱时无衣，襦复无里。闭门塞牖，舍孤儿到市。道逢亲交，泣坐不能起，从乞求与孤买饵。对交啼泣，泪不可止。"我欲不伤悲不能已"，探怀中钱持授交。入门见孤儿，啼索其母抱。徘徊空舍中，"行复尔耳！弃置勿复道。"

这首诗写病妇临终嘱托丈夫照管孤儿的情景，另一段写丈夫无力照顾孤儿，孤儿无衣无食，啼索母抱，并没有完整的故事情节，但却写得伤心惨目、声泪俱下，虽是叙事体，但抒情因素相当浓重。其他如《孤儿行》、《东门行》、《平陵东》等都是如此。诚如葛晓音先生所说："它们在形式上虽是叙事的，而基本语调仍是抒情的。可以说这是汉乐府叙事诗的主要艺术特征。"① 这个说法是很准确的。

汉诗的另一重要成分便是文人五言诗，可以《古诗十九首》为代表。文人五言诗更多地从对客观生活的叙写，而转向诗人的主体世界。《古诗十九首》都是抒写诗人内心的感慨不平。如仕宦的蹇偃、人生的坎坷、生命的短暂等。诗人以省净清新的语言，道出深切的人生体验，如："生年不满百，常怀千岁忧。昼短苦夜长，何不秉烛游？"（《生所不满百》）"人生寄一世，奄忽若飙尘；何不策高足，先据要路津？无为守贫贱，坎坷长苦辛。"（《今日良宴会》）"青青陵上柏，磊磊涧中石；人生天地间，忽如远行客。"（《青青陵上柏》）都不再用乐府的叙事体，而径自抒发诗人内心的

---

① 葛晓音：《汉唐文学的嬗变》，北京大学出版社 1990 年版，第 8 页。

情感体验，《古诗十九首》都是地道的抒情诗。

《古诗十九首》可以看作是从乐府歌诗得到直接的乳育，还保留着民歌那种真率自然的风格，抒发感情也是淋漓尽致的。然而，它们毕竟是出身文人之手，比起民歌的质野来，《古诗十九首》显得非常优美、凝练、精美，从诗歌史的发展而言，无疑是一种很大的进步。

在抒情性这点上，文人五言诗大大发挥诗歌"吟咏情性"的功能。进一步使中国诗歌走上了弱于叙事而强于抒情的道路。而且，汉代文人五言的抒情，显得直率天然，毫无造作，正如明人许学夷所说："汉魏五言，本乎情兴，故其体委婉而语悠圆，有天成之妙。"①

汉代文人五言诗，尤其是《古诗十九首》，确有此种特点。

曹植的乐府歌诗，正是参融了汉乐府民歌与文人五言诗，而又加以创造，形成了独特的风格体貌。

曹植乐府中的一部分是古题乐府，如《薤露行》、《平陵东》等，这类篇什开文人拟古乐府之先河，使乐府传统得以流传光大，又以乐府精神灌注于文人创作之中。而乐府在曹植手中又有了很大的更新改造，最主要的，当使乐府诗从一般的民间歌谣，变而为充分展示个性化抒情主体的吟唱，从情韵上又保留了乐府风调。萧涤非先生说：

> 两汉乐府，虽亦有文人诗赋，然大部皆采自民间，今所存《相和歌辞》是也，故其中多社会问题之写真，而其风格亦质朴自然，斯诚乐府之正则也。至魏三祖陈王，乃大变汉词而出以己意，"以旧曲，翻新调"。《蒿里》《薤露》，汉之挽歌也，魏武以之哀时，而陈思又以之抒怀。②

萧先生准确地道出了曹植乐府对于汉乐府来说的嬗变。曹植借乐府旧题，来抒发一己的情怀，这个变化是很清晰的。谨以《薤露行》为例。

《薤露行》系古之挽歌。崔豹《古今注》曰："《薤露》、《蒿里》泣丧歌也，本出田横门人，横自杀，门人伤之，为作悲歌。言人命奄忽，如薤上之露，易晞灭也。亦谓人死魂魄归于蒿里。至汉武帝时，李延年分为二曲，《薤露》送王公贵人，《蒿里》送士大夫庶人。使挽枢者歌之，亦谓之挽

---

① （明）许学夷：《诗源辨体》，人民文学出版社 1987 年版，第 45 页。
② 萧涤非：《汉魏六朝乐府文学史》，人民文学出版社 1998 年版，第 25 页。

歌。"杜预则云："送死《薤露》歌即丧歌，不自田横始也。"《薤露行》的
古辞云："薤上露，何易晞，明朝更复落，人死一去何时归。"

　　古辞慨叹生命之危浅，如薤上之露一样易于晞灭，是一首简单却又极易
感人的挽歌。曹操拟作《薤露行》，是借古题时事，辞曰："惟汉廿二世，
所任诚不良。沐猴而冠带，知小而谋强。犹豫不敢断，因狩执君王。白虹为
贯日，己亦先受殃。贼臣持国柄，杀主灭宇京。荡覆帝基业，宗庙以燔丧。
播越西迁移，号泣而且行。瞻彼洛城郭，微子为哀伤。"这里评述汉灵帝任
用何进谋诛宦官，智短虑浅，导致董卓专权的史实。其《蒿里行》更为有
名，描绘董卓之乱、军阀争斗所造成的悲惨景象："铠甲生虮虱，万姓以死
亡。白骨露于野，千里无鸡鸣。生民百遗一，念之断人肠。"在客观叙写中
寄托了诗人的沉痛之情。而整体上看，曹操这类乐府篇什还主要是以叙事笔
法来反映当日社会图景的。当然，其间又有着强烈的情感因素以及高屋建瓴
的深刻史识。

　　曹植拟作《薤露行》，则转向自己的内在世界，抒发他对人生的认识与
感慨，辞曰：

　　　　天地无穷极，阴阳转相因。人居一世间，忽若风吹尘。愿得展功
　　勤，输力于明君。怀此王佐才，慷慨独不群。鳞介尊神龙，走兽宗麒
　　麟。虫兽犹知德，何况于士人。孔氏删诗书，王业粲已分。骋我径寸
　　翰，流藻垂华芬。

曹植这首《薤露行》，向人们展示了诗人丰富的精神宇宙。他从"人居一世
间，忽若风吹尘"这种人命危浅的人生经验中，得出的不是消极颓废、及
时行乐的论调，而是建功立业、流藻垂芬的人生价值观。诗人自期甚高。怀
王佐之材，慷慨不群，但愿戮力上国，流惠下民，建立不世之功，这也是曹
植一贯的人生观。这首诗在感叹人生如寄的思想方面以及诗的语言、情韵上
有《古诗十九首》的影子，但诗的主题却迥然不同，洋溢着以儒家事功思
想为灵魂的积极精神。汉乐府民歌中有《长歌行》一首云："青青园中葵，
朝露待日晞，阳春布德泽，万物生光辉。常恐秋节至，焜黄华叶衰。百川东
到海，何时复西归。少壮不努力，老大徒伤悲！"以万物的盛衰变化，联想
到人应努力进取，成为千古名篇，至理名言，其中的人生价值观是十分积极
乐观的。曹植的《薤露行》似乎也深受其影响。但是，汉乐府民歌还是泛
泛的人生慨叹，也谈不到情感的深度与独特性。曹植的《薤露行》便不同

了。它有着独特的、深重的情感，体现出抒情个性。

再如《怨歌行》。汉代有班婕妤《怨歌行》一首云：

> 新裂齐纨素，鲜洁如霜雪。裁为合欢扇，团团似明月。出入君怀袖，动摇微风发。常恐秋节至，凉飙夺炎热。弃捐箧笥中，恩情中道绝。

《汉书·外戚传》称班婕妤为飞燕所谮，遂求养太后于长信宫，诗盖为此而作。全诗以团扇为整体比兴，抒写"遭弃捐"的哀怨，此诗甚得钟嵘好评，列之于上品，称曰："团扇短章，辞旨清捷，怨深文绮。"①

曹植以《怨歌行》为题，创为乐府诗云：

> 为君既不易，为臣良独难。忠信事不显，乃有见疑患。周公佐成王，金滕功不刊。推心辅王室，二叔反流言。待罪居东国，泣涕当留连。皇灵大动变，震雷风且寒。拔树偃秋稼，天威不可干。素服开金滕，感悟求其端。公旦事既显，成王乃哀叹。吾欲竟此曲，此曲悲且长。今日乐相乐，别后莫相忘。

这首《怨歌行》，显然为诗人直抒胸中怨艾之作，尽管其间以周公为喻，而明显是自拟，"忠而被谤，信而见疑"，诗中充溢着这种忧愤。正如刘坦之所言："子建在雍丘时，常自愤怨抱利器而无所施，上疏求自试；明帝既不报。及徙东阿，甚于路人，入侍左右，承答至问，其所冬，召诸王朝，此诗之作，其在入朝之后，燕享之时乎？子建于明帝为叔父，故借周公之事陈古以讽今，庶其有感焉。"② 曹植以《怨歌行》旧题来自抒怨悱，在内在精神上与班姬之诗殊为同调；而其怨悱之深广，于诗中勃然溢出。

曹植乐府与汉乐府有直接的承继关系，有些篇什甚至是脱胎于汉乐府，最明显的是《美女篇》之于《陌上桑》，然而，即使如此，曹植也决非单纯模拟，也是借美女盛年不嫁来比拟诗人自己的处境与气节，其后半篇云："借问女何居，乃在城南端。青楼临大路，高门结重关。容华耀朝日，谁不希令颜。媒氏何所营，玉帛不时安。佳人慕高义，求贤良独难。众人徒嗷

---

① 陈延杰：《诗品注》，人民文学出版社 1961 年版，第 19 页。
② 黄节：《汉魏乐府风笺》卷 13，人民文学出版社 1958 年版，第 164 页。

嗷，安知彼所观。盛年处房室，中夜起长叹。"诗人以美女自托，抒写心中的复杂情感，这是很显然的。《陌上桑》通过罗敷对使君的揶揄，活画出使君的丑恶面目，旨在揭露汉朝州郡官吏的劣行，因而，主要是叙事体的；而曹植《美女篇》尽管在人物刻画上明显脱胎于前者，但其旨归却在于抒写内心世界，从客观转向主观，由叙事或一般人生感慨转向诗人主体的独特抒情，当是曹植乐府之于汉乐府所产生的变异之要义。

<h2 style="text-align:center">三</h2>

汉乐府民歌大多来自于民间，虽有相当浓厚的抒情因素，却毕竟是以社会生活的断片观政教得失，又加之是零散采撷的，很少见到诗人作为抒情主体的特性，而曹植的乐府歌诗，因为都有主名，又充分地抒发了诗人的内心世界，因而综观其乐府之什数十篇，可以突出地感受到诗人作为抒情主体的完整存在，这个抒情主体在一些名篇中得到充分的显现，它是闪烁着独特的个性的，同时又是博大而渊深的。朱自清先生说得极透辟：

> 汉献帝建安年间（196—219），文学极盛，曹操和他的儿子曹丕、曹植是文坛的主持人；而曹植更是个大诗家，这时乐府声调已多失传，他们却用乐府旧题，改作新词，曹丕、曹植兄弟尤其努力在五言体上，他们一班人也作独立的五言诗。叙游宴，述恩荣，开后来应酬一派。但只求明白诚恳，还是歌谣本色，就中曹植在曹丕做了皇帝之后，颇受猜忌，忧患的情感，时时流露在他的作品里，诗中有了"我"，所以独成大家。[1]

这个"我"，被朱先生点中要害。"我"，正是本文所表现的抒情主体、在曹植乐府中，这个"我"是鲜明的，又是多侧面的。

通观曹植乐府歌诗，"我"是以各种面目、各种角度再现出来的，决非千篇一律，有的篇什是以寓言化的方式来抒写胸中郁愤，如《野田黄雀行》，悲愤于好友被曹丕杀害而自己无力救助，如朱积堂所说："自悲友朋在难，无力援救而作。……风波以喻险患，利剑以喻济难之权。"[2] 雀陷网

---

① 朱自清：《经典常谈》，三联书店1981年版，第104页。
② 黄节：《汉魏乐府风笺》卷12，人民文学出版社，1958年版，第153页。

罗，比拟友人被害，而少年拔剑捎罗，黄雀得飞，是诗人的幻想，现实中无法救助友人，只好托之以这种浪漫想象。《白马篇》以"白马游侠"的形象来表达自己"捐躯赴国难，视死忽如归"的壮烈情怀。《美女篇》由托言"盛年处房室"的美女来表达自己的孤高志节。《七哀》则以"愁思妇"的抒情角度，委婉缠绵地道出了遭到皇帝猜忌、弃捐的凄苦之情。恰如清人丁晏所评："此其望文帝悔悟乎？结尤凄婉。"①

有些篇什则是以物寄兴，却十分深切地写出诗人内心的苦痛与焦虑。《吁嗟篇》、《浮萍篇》分别以转蓬、浮萍的意象，表达出诗人屡徙封地、如同流徙的处境与心情。"流转无恒处，谁知吾苦艰。愿为中林草，愿与株荄连。"这种放逐感、漂泊感该是何等沉痛。丁晏评之云："痛心之言，伤同根而见灭也。"②《浮萍篇》的意旨与之相近，而更充满了被疏离的怨尤之情。

曹植乐府的抒情角度、方式各异，但都是指向自己的内在宇宙。诗人的"我"是充满个性的，是深沉的、浩茫的。在其乐府歌诗中处处勃动着一个被放逐的、痛苦的灵魂。比起汉乐府来，曹植乐府的抒情主体是完整而鲜明的。

四

钟嵘在其论诗名著《诗品》中，对曹植诗推崇备至：

> 其源出于国风。骨气奇高，词采华茂，情兼怨雅，体被文质，粲溢今古，卓尔不群。嗟乎！陈思之于文章也，譬人伦之有周、孔，鳞羽之有龙凤，音乐之有琴笙，女工之有黼黻。俾尔怀铅吮墨者，抱篇章而景慕，映余晖以自烛。故孔氏之门如用诗，则公干升堂，思王入室，景阳、潘、陆，自可坐于廊庑之间矣。

在整部《诗品》里，可以说这是无尚之评价了。以钟嵘的标准来衡量，曹植诗可谓"至矣，尽矣，蔑以加矣"。钟嵘对五言诗的审美标准，在于"骨气"与"词采"的完全融合。在他看来，曹植的五言诗"骨气奇高，辞采

---

① （清）丁晏纂：《曹集铨评》卷5，文学古籍刊行社1957年版，第57页。
② 同上书，第68页。

华茂"，是一种理想之美了。"骨气"亦即我们所说的"建安风骨"，刘勰称建安诗歌"梗概而多气"，此之谓也。而"辞采华茂"，是魏晋南北朝时期盛行的审美标准与艺术追求。如钟嵘评价刘桢所说："其源出于古诗，仗气爱奇，动多振绝。真骨凌霜，高风跨俗，但气过其文，雕润恨少。然自陈思以下，桢称独步。"①"曹刘"并称，而钟嵘认为刘逊于曹，不在于缺乏风骨，刘桢诗的风骨堪称高峻，"真骨凌霜，高见跨俗"，评价不谓不高，可论及词采，却远逊于曹植，所以要置于曹下。

曹植乐府诗的词采，与汉乐府相比，真可以说是华美流丽。汉代乐府语言较为朴野，带有很强的民间口语气息。最典型的如《上邪》、《有所思》等，一片天真质朴，决无藻饰。《古诗十九首》出于文人之手，形式更为整饬，语言更加细腻优美，但仍与民歌有血脉相通，给人以天成之感。曹植的乐府诗，在语言方面显然是更为琢炼华美，正如明人胡应麟所说："子建《名都》、《白马》、《美女》诸篇，辞极赡丽，然句颇尚工，语多夸饰，视东西京乐府天然古质，殊自不同。"② 这确乎是曹植乐府之于汉乐府的重要变异，如《美女篇》描写美女："美女妖且闲，采桑歧路间。柔条纷冉冉，落叶何翩翩。攘袖见素手，皓腕约金环。头上金爵钗，腰佩翠琅玕……"《仙人篇》写仙游境界："仙人揽六著，对博太山隅。湘娥抚琴瑟，秦女吹笙竽。玉樽盈桂酒，河伯献神鱼……"《驱车篇》写泰山之雄峻："……隆高贯云蜺，嵯峨出太清。周流二六侯，间置十二亭。上有涌醴泉，玉石扬华英……"这类诗句可以代表曹植诗语言的基本风格。陈祚明论道："子建既擅凌厉之才，兼饶藻组之学，故风雅独绝。"可谓的论。

"词采华茂""语多致饰"，是中国古典诗歌艺术形式美发展的必然过程，在魏晋时期以曹植为代表，对偶、韵律、语言色彩，都得到高度重视，"五色相宣，八音朗畅"③，这对整个中古诗歌发展有十分深远的影响。在"词采华茂"方面，魏晋南北朝的大多数诗人都攒行于此道，越加重视形式美感，只是"骨气奇高"的诗人却如凤毛麟角，实不多见。从汉代乐府到六朝乐府，经过了深刻的变异过程，曹植是其转捩的关键所在。

---

① 陈延杰：《诗品注》，人民文学出版社 1961 年版，第 21 页。
② （明）胡应麟：《诗薮》，上海古籍出版社 1958 年版，第 29 页。
③ （清）沈德潜：《古诗源》，中华书局 2006 年版，第 97 页。

论散曲的"当行本色"*

一

散曲是诗、词的发展、新变。它既有着诗歌大家族的共同审美特性,也有着不同于诗、词的"当行本色"。

诗、词、曲是中国古典诗歌发展、嬗变的不同形态,词、曲的产生与繁荣,无疑使古老的中华诗歌不断注入新的生机。明人何良俊说:"诗变而为词,词变而为歌曲,则歌曲乃诗之流别。"① 明确指出曲是诗的"流别"。明人王世贞进而从入乐的角度论述了元散曲在诗史上的地位:"《三百篇》亡而后有骚、赋,骚、赋难入乐而后有古乐府,古乐府不入俗而后以唐绝句为乐府,绝句少宛转而后有词,词不快北耳而有北曲,北曲不谐南耳而后有南曲。"② 王世贞提出了这样的问题:就是诗史的发展嬗变是与"入乐"的需要有密切关系的。同时,他也从"入乐"的角度描述了诗、词、曲的嬗替轨迹。著名戏曲理论家王骥德进一步从诗乐关系上来描述这种发展历程。他说:"曲,乐之支也。自《康衢》、《击壤》、《黄泽》、《白云》以降,于是《越人》、《易水》、《大风》、《瓠子》之歌继作,声渐靡矣。'乐府'之名,昉于西汉,其又有《鼓吹》、《横吹》、《相和》、《清商》、《杂调》诸曲。六代沿其声调,稍加藻艳,于今曲为近。入唐而以绝句为曲,如《清平》、《郁轮》、《凉州》、《水调》之类;然不尽其变,而于是创为《忆秦娥》、《菩萨蛮》等曲,盖太白、飞卿辈,实其作俑。入宋而词始大振,署曰'诗

---

* 本文刊于《吉林大学社会科学学报》1996年第1期。

① (明)何良俊:《曲论》,见中国戏曲研究院编《中国古典戏曲论著集成》第4册,中国戏剧出版社1959年版,第6页。

② (明)王世贞:《曲藻》,同上书,第55页。

余'，于今曲益近，周待制、柳屯田其最也；然单词只韵，歌止一阕，又不尽其变。而金章宗时，渐更为北词，如世所传董解元《西厢记》者，其声犹未纯也。入元而益漫衍其制，栊调比声，北曲逐嬗盛一代。"① 王骥德把"曲"作为一个源远流长的传统加以考察，并着重指出了词、曲之间的渊源与流变关系。

散曲又被称为"词余"，这个名称显然是表达了曲最近于词的观点。的确，曲与词之间存在着明显的共同特征。从形式上看，散曲与词都是长短句的句式，顺应诗歌发展更趋语体化的趋向，也更符合诗歌合乐的要求。同时，从音乐上也可以找到词和曲的渊源关系。《中原音韵》记载曲有 12 宫 235 个曲调，出自大曲的有 11 调，出自唐宋词调的有 75 调，出自诸宫调的有 28 调。曲调出自于词调有几种不同的情形：一是曲牌与词牌从名目到格调全然相同，这就是说，有些牌调以前词中就有，曲作家又用它来写散曲；二是有的词曲格律相同，只是名称有异，如词中的《促拍丑奴儿》，曲中则称《青杏儿》，其格律全然相同，想必它们之间一定会有某种渊源关系的；三是曲牌与词牌名称相同，而格律又全然不同，如《朝天子》、《满庭芳》、《落梅风》、《感皇恩》、《蓦山溪》等。还有一些异同之处不一而足，这些都说明散曲与词之间的一些内在渊源关系。

然而，散曲并非词之子遗，而是诗体的又一次革新，又一次拓展。王骥德曾言："词之异于诗也，曲之异于词也，道迥不相侔也。诗人而以诗为词也，文人而以词为曲也，误矣。"② 说诗、词、曲之间"道迥不相侔"，未免有些绝对化，也与前面所引述的他那段话不无矛盾之嫌，但他斩截痛快地指出曲有不同于诗、词的特征，又不失为"截断众流"之言。

二

从原本上说，曲是诉诸人们的听觉的，主要的不是要求"看懂"，而是要求识字的、不识字的都能"听懂"。明快自然，不事雕琢，少用典故，接近口语，是曲的特征。明人凌濛初曾指出："曲始于胡元，大略贵当行不贵藻丽。其当行者曰'本色'。盖自有此一番材料，其修饰词章，填塞学问，

① （明）王骥德：《曲律》，见中国戏曲研究院编《中国古典戏曲论著集成》第 4 册，中国戏剧出版社 1959 年版，第 55 页。
② 同上书，第 159 页。

了无干涉也。"① 凌濛初的概括是相当准确的，话虽不多，却说到了关键之处。

首先，在语言上，散曲以明快自然的通俗语言为"当行本色"，用的多是浅近口语，这与诗词语言有明显的差别。明代著名戏曲理论家李渔对此有精彩之论。他说："曲文之词采，与诗文之词采非但不同，且要判然相反。何也？诗文之词采贵典雅而贱粗俗，宜蕴藉而忌分明；词曲不然，话则本之街谈巷议，事则取其直说明言。凡读传奇而有令人费解，或初阅不见其佳，深思后得其意之所在者，便非绝妙好词，不问而知为今曲，非元曲也，元人非不读书，而所制之曲绝无一毫书本气，以其有书而不用，非当用而无书也，后人之曲则满纸皆书矣。元人非不深心，而所填之词皆觉过于浅近，以其深而出之以浅，非借浅以文其不深也，后人之词则心口皆深矣。"② 李笠翁所说之"曲"，主要是指元曲中的杂剧，亦即明代的"传奇"。而元曲中的杂剧与散曲的语言特色是一致的。笠翁明确揭橥曲之"词采"的本色乃是"贵显浅"，主要是采撷"街谈巷议"之民间俗语。笠翁认为曲的"词采"与"诗文之词采"应有不同的审美标准："初阅不见其佳，深思而后得其意之所在者"，倘在诗、词之中，恐怕恰是佳作，而在曲中则"便非绝妙好词"。同一语言风貌，在不同体裁中却受到不同的评价，则因各自有其"当行本色"。其实，诗、词也有各自的"当行本色"。晏殊的"无可奈何花落去，似曾相识燕归来"，小山的"落花人独立，微雨燕双飞"，在词中是"绝妙好词"，而它们原本都在律诗中用过，却鲜为人知，湮没无闻。"移植"至词里，才焕发了光彩照人的魅力，有了不朽的生命，此乃是人们熟知之例。曲与诗、词在语言上的这种差异，则是更为明显的。

笠翁论曲，推"元曲"为审美范型，为最高艺境，因有"今曲"、"元曲"之别。他曾以此为分野而辨析汤显祖的《牡丹亭》。他认为《惊梦》、《寻梦》"二折虽佳，犹是今曲，非元曲也"。那么，"今曲"与"元曲"的区别何在？在于前者令人"不易索解"，后者则十分明快，到口即消。笠翁具体分析道："《惊梦》首句云：'袅晴丝吹来闲庭院，摇漾春如线'。以游丝一缕，逗起情丝，发端一语，即费如许深心，可谓惨淡经营矣。然听歌《牡丹亭》者，百人之中有一二人解出此意否？若谓制曲初心并不在此，不

---

　　① （明）凌濛初：《谭曲杂札》，见中国戏曲研究院编《中国古典戏剧论著集成》第4册，中国戏剧出版社1959年版，第253页。
　　② （清）李渔：《闲情偶寄》，浙江古籍出版社2011年版，第9页。

过因所见以起兴，则瞥见游丝，不妨直说，何须曲而又曲，由晴丝而说及春，由春与晴丝而悟其如线也？若云作此原有深心，则恐索解人不易得矣。索解人既不易得，又何必奏之歌筵，俾雅人俗子同闻而共见乎！其余'停半晌，整花钿，没揣菱花，偷人半面'，及'良辰美景奈何天，赏心乐事谁家院'，'遍青山，啼红了杜鹃'等语，字字俱费经营，字字皆欠明爽。此等妙语，止可作文字观，不得作传奇观。"笠翁所举上述文字，都是颇具艺术魅力的典雅之辞，从案头文字的角度看，不能不谓之"绝妙好词"；而笠翁则认为"字字俱费经营，字字皆欠明爽"，则是从"传奇"——曲的角度和眼光来看的。笠翁又举《牡丹亭》中另一些"最为赏心者"的曲词如"看你春归何处归？春睡何曾睡，气丝儿怎度的长天日！""梦去知他实实谁，病来只送得个虚虚的你。做行云，先渴倒在巫阳会"（《诊祟》），等等，认为"此等曲则纯乎元人"，其佳处正在于"以其意深词浅，全无一毫书本气也"①。这也即是他所推崇的元曲的语言特色。在这方面，散曲与杂剧是基本一致的。

我们不妨从散曲的作品中感受一下这种语言特征。如卢挚的《沉醉东风·闲居》："雨过分畦种瓜，旱时引水浇麻，共几个田舍翁，说几句庄稼话。瓦盆边浊酒生涯，醉里乾坤大，任他高柳清风睡煞。"他如商挺的《步步娇·祝愿》、关汉卿的〔双调·沉醉东风〕等。这些散曲作品都体现出散曲的语言"本色"，近乎"老妪能解"的显浅口语，而较少"书本气"。散曲中也有一些较为雅化的语言，典雅含蕴，如元好问的〔双调·小圣乐〕（《绿叶阴浓》），杨果的〔越调·小桃红〕（《碧湖湖上柳阴阴》）等，与前面所述卢挚等人的散曲相比，有雅俗之别。但这类作品只是散曲中的别派支流，更近于词，表露出散曲初始阶段由词到曲的过渡痕迹，亦可视为"以词为曲"。散曲语言显浅通俗最为突出的如杜仁杰的套曲《耍孩儿·庄家不识勾阑》、睢景臣的《哨遍·高祖还乡》等作。如《高祖还乡》中揭皇帝老儿的底："你身须姓刘，你妻须姓吕，把你两家儿根脚从头数。你本身做亭长耽几盏酒，你丈人教村学读几卷书，曾在俺庄东住，也曾与我喂牛切草，拽坝扶锄。"有着明显的俗语化倾向。而这正是借着"代言体"的叙述观点加以渲染的。作者以"乡下佬"的口气来写，使散曲的俗语化倾向显得鲜明而强烈。这种设为普遍"庄家"的"代言体"在诗、词中颇为罕见，在词中几乎从未见过；在诗中尽管有如杜甫的《无家别》、白居易的《新丰折

---

① （清）李渔：《闲情偶寄》，浙江古籍出版社 2011 年版，第 10 页。

臂翁》等，从诗的语言来看，算是通俗易晓的；而与散曲中这类作品相比，在俗语化方面，不免"小巫见大巫"了。

需要申足的一点是，散曲的语言"本色"虽然"贵显浅"，但语浅不等于意浅，而恰恰应是"意深词浅"。散曲中思想性、艺术性融合完美的佳什，则是"以其深而出之以浅"，以浅显通俗之语表深刻警世之意。《高祖还乡》那种以谐谑通俗的庄户人口语深刻揭露了最高统治者无赖本质的惊人力量且无须多说，另如《天净沙·秋思》用明白如话的语言把天涯漂泊的游子之情表达得何等细致入微！张可久的〔中吕·红绣鞋〕《天台瀑布寺》讽刺世道人心之险恶又是何等精警，张养浩的〔山坡羊〕《潼关怀古》以俯瞰历史的卓越识见揭示了人民群众在封建统治下的悲剧命运。这些篇什在语言上都是颇为显浅的，但立意又深致隽永。散曲中也不无"一味显浅而不知分别，则将日流粗俗"① 之作，但这既非主流，也非高境，真正在文学史中经得住淘炼而闪烁光彩的则是词浅意深的散曲名什。

在抒情方式上，诗、词大部分以含蓄蕴藉为审美标准。从诗论家的眼光来看，"韵外之致"、"弦外之音"、"言有尽而意无穷"的隐微曲折之美受到了普遍的认同。对诗的欣赏吟玩，总以一唱三叹、韵致无穷是其妙处所在。词学更重婉约含蓄，以之为"当行本色"。正如宋代词论家张炎所说："簸弄风月，陶写性情，词婉于诗。"② 在正统词学观念之中，婉约清丽乃其正宗，而对苏轼等词家的豪放词风，则认为"虽极天下之工，要非本色"③。在抒情的含蓄蕴藉、曲折深婉这方面，词之于诗是有过之而无不及的。这在南宋后期张炎、王沂孙、周密等人的词中表现得尤为明显。王国维不喜南宋诸人之词，主要是认为"隔"。如评白石、梦窗、梅溪诸家"写景之病，皆在一隔字"，"虽格韵高绝，然如雾里看花，终隔一层"④。所谓"隔"，无非是说隐微曲折过了头，然在词中，仍不失为"本色"。

散曲的抒情方式则异于是，散曲抒情要明快直捷，给人以强烈的感染与打动。刘永济先生曾论及元曲特征说："至若沉著痛快，哀感顽艳，固词曲所同尚，而曲尤得力于痛快顽艳者独多，其有风流蕴藉，含蓄不尽者，要已不能出词家之牢笼，遂亦不能称曲家之独造。"⑤ "曲家之独造"，主要在于

① （清）李渔：《闲情偶寄》，浙江古籍出版社 2011 年版，第 11 页。
② （宋）张炎：《词源》，见唐圭璋《词话丛编》，中华书局 1986 年版，第 263 页。
③ （宋）陈师道：《后山诗话》，见何文焕《历代诗话》，中华书局 1981 年版，第 309 页。
④ （清）王国维：《人间词话》，人民文学出版社 1960 年版，第 211 页。
⑤ 刘永济：《元人散曲选》，上海古籍出版社 1981 年版，第 130 页。

其"痛快顽艳"的风格，而形成这种风格，主要是因其抒情明快奔迸，也便是刘永济先生所称的"豪辣"。"豪辣者，气高而情烈，其言也，喷薄铦锐，鞭辟入里之谓也。"① 也就是说，散曲的抒情，以"喷薄铦锐"特点，同时又极有力度，"鞭辟入里"。关汉卿的名作《一枝花·不伏老》就是非常典型的。作者把他那与世不谐的满腔郁愤一股脑喷薄出来，用"我是个蒸不烂、煮不熟、捶不扁、炒不爆、响当当一粒铜豌豆"的生动比喻，淋漓尽致地表现了自己的顽强性格。他如马致远〔双调·蟾宫曲〕："咸阳百二山河，两字功名，几阵干戈？顷废东吴，刘兴西蜀，梦说南柯。韩信巧兀的般证果，蒯通言那里是风魔？成也萧何，败也萧何，醉了由他！"从中可以看出散曲抒情明快直捷的特点，作者以很强的情感力度抒写胸臆，不是以隐微曲折、归趣难求的"言外之意"使人吟味再三，而是以畅达明快的方式直抒胸臆，使人受到强烈的感染与震撼。王骥德曾论散曲的抒情功能说："晋人言：'丝不如竹，竹不如肉！'以为渐近自然。吾谓：诗不如词，词不如曲，故是渐近人情。夫诗之限于律与绝也，即不尽于意，欲为一字之益，不可得也。词之限于调也，即不尽于吻，欲为一语之益，不可得也。若曲，则调可累用，字可衬增，诗与词，不得以谐语方言入，而曲则惟吾意之欲至、口之欲宣，纵横出入，无之而无不可也，故吾谓：快人情者，要毋过于曲也。"② 王骥德认为曲的抒情功能有大过于诗、词之处，便是最能使"人情"得到淋漓痛快的抒发，同时也使欣赏者得到审美愉快。因为诗、词难于尽意，而曲却可以纵意所如、无之不可。李渔也对曲的抒情功能有透彻论述。他说："文字之最豪宕，最风雅，作之最健人脾胃者，莫过于填词（按：这里指曲的创作）一种。若无此种，几于闷杀才人，困死豪杰。予生忧患之中，处落魄之境，自幼至长，自长至老，总无一刻舒眉，惟于制曲填词之顷，非但郁藉以舒，愠为之解，且尝僭作两间最乐之人，觉富贵荣华，其受用不过如此……非若他种文字，欲作寓言，必须远引曲譬，酝藉包含，十分牢骚，还须留住六七分；八斗才学，止可使出二三升，稍欠和平，略施纵送，即谓失风人之旨，犯佻达之嫌，求为家弦户诵者，难矣，填词一家，则惟恐蓄而不言，言之不尽。"③ 笠翁指出了曲与诗、词等体裁在抒情方面

---

① 刘永济：《元人散曲选》，上海古籍出版社 1981 年版，第 127 页。

② （明）王骥德：《曲律》，见中国戏曲研究院编《中国古典戏曲论著集成》第 4 册，中国戏剧出版社 1959 年版，第 160 页。

③ （清）李渔：《闲情偶寄》，浙江古籍出版社 2011 年版，第 24 页。

的观念差异，诗、词等"他种文字"以含蓄蕴藉为标准，有儒家的诗教观念的约束在其间，所谓"温柔敦厚"，所谓"发乎情止乎礼义"，都要求作家"乐而不淫，哀而不伤"，表现在艺术风格上便是含蓄蕴藉。而散曲创作中较少儒家诗教的约制，就内容而言，极少有对官场、名教等表示价值认同的。相反，大量的作品是揭露官场恶浊、宦海险恶，表达抒发的是普遍的弃世情绪。对功名的否定，在散曲中到处可见。概而言之，散曲中突出地体现出非儒家的思想倾向，而在艺术上也不受儒家诗教的约束，以淋漓酣畅、畅达明快的抒情方式来表达作者的情感。

诗、词、曲都运用赋、比、兴的艺术表现手法，但由散曲的抒情特性决定，对赋、比、兴的运用有着与诗词不同的特点。以词而言，词学家们大略认为在词中是比、兴多于赋。如沈祥龙说："诗有赋比兴，词则比兴多于赋。或借景以引其情，兴也；或借物以寓其意，比也。盖心中幽约怨悱，不能直言，必低回要眇以出之，而后可感动人。"① 清人江顺诒也说："词深于兴，则觉词异而情同，事浅而情深。"② 为了达到含蓄婉约、意在言外的审美效应，词更多的使用"兴"的表现方法。曲则不然，曲不但不避直言，反而追求一种明快通俗的风貌，使人能当下明白，在语言上的"贵浅不贵深"③，决定了曲多采用赋、比而罕用兴体。

刘熙载《艺概》云："词如诗，曲如赋。"④ 可以给我们以启悟。"曲如赋"不止谓文体之相通处，更重要的在于铺叙、铺排的表现方法在曲、赋之间的共同处。从艺术表现手法来说，"赋"有两个意义：一为直言，二为排比铺陈。散曲中大量运用的是"赋"的手法，一者直抒胸臆，不加隐曲；另则极尽铺排渲染，说尽说透。套数中的名作如关汉卿的〔南吕·一枝花〕《不伏老》，睢景臣的〔般涉调·哨遍〕《高祖还乡》，杜仁杰的〔般涉调·要孩儿〕《庄家不识勾阑》，马致远的〔般涉调·要孩儿〕《借马》，〔双调·夜行船〕，贯云石的〔南吕·一枝花〕《丽情》，等等，都是极尽铺排渲染之能事的。小令亦如此，多用赋的手法，或者赋比兼用。如张养浩的〔中吕·山坡羊〕："休学谄佞，休学奔竞，休学说谎言无信。貌相迎，不实诚，纵然富贵皆侥幸。神恶鬼嫌人又憎。官，待怎生；钱，待怎生！"可以

---

① （清）沈祥龙：《论词随笔》，见唐圭璋编《词话丛编》，中华书局1986年版，第4048页。
② （清）刘熙载：《艺概》，上海古籍出版社1978年版，第118页。
③ （清）李渔：《闲情偶寄》，浙江古籍出版社2011年版，第12页。
④ 王气中：《艺概笺注》，贵州人民出版社1980年版，第363页。

有把握地说，赋是散曲中最基本的表现方法。

比如，在散曲中的运用不仅特多，而且往往不同于诗、词之中的用法，元曲中有许多"诡喻"，尤可见出曲中用比的特异。所谓"诡喻"就是设喻奇特，匪夷所思，力求惊人。如乔吉的〔水仙子〕："纸糊锹轻吉列枉折尖，肉膘胶干支刺有甚粘！酷葫芦嘴古邦佯装欠，接梢儿虽是诮，抱牛腰只怕伤廉，性儿神羊也似善，口儿蜜钵也似甜，火块也似情忺。"比喻颇为新奇，绝无俗滥之感。对于人们常用的一些比喻，曲作家也往往翻空出奇，另出新意。如张可久的〔朝天子〕中有"寿过颜回，饱似伯夷，闲如越范蠡"几句，令人惊诧不已。颜回早夭，伯夷饿死于首阳山，而曲作家偏说颜回之"寿"，伯夷之"饱"，这的确是令人难以料想的。在诗文中，"尖新"、"纤巧"为人们所忌，但在曲中却不回避，而且往往刻意求之，以求能唤起听众的审美兴趣。李渔曾指出："纤巧二字，行文之大忌也，处处皆然，而独不戒于传奇一种。传奇之为道也，愈纤愈密，愈巧愈精。词人忌在老实，'老实'二字，即纤巧之仇家敌国也。然纤巧二字，为文人鄙贱已久，言之似不中听，易以'尖新'二字，则似变瑕成瑜。其实尖新即是纤巧，犹之暮四朝三，未尝稍异。同一话也，以尖新出之，则令人眉扬目展，有如闻所未闻，以老实出之，则令人意懒心灰，有如听所不必听。日有尖新之文，文有尖新之句，句有尖新之字；则列之案头，不观则已，观则欲罢不能；奏之场上，不听则已，听则求归不得。尤物足以移人，'尖新'二字，即文中之尤物也。"① 李渔的见解颇为独到，同时也是其艺术体验之总结，"传奇"正是元杂剧之流亚，在"当行本色"上与散曲同属一类。诡喻，也就是尖新纤巧之手法，足以引动人们的审美兴趣。

散曲中也多用博喻。博喻也称为"连贯比"，就是用多种比喻来表现同一个描写对象。诗词中时有博喻手法的运用，如韩愈的《南山》，苏轼的《百步洪》，贺铸的《青玉案》，但相对于散曲而言却是很少的。曲中的博喻却大量存在，造成了一种特殊的、强烈的艺术效果。如马致远〔双调·夜行船〕："看密匝匝蚁排兵，乱纷纷蜂酿蜜，急攘攘蝇争血"，连用了三个非常新颖的比喻"蚁排兵"、"蜂酿蜜"、"蝇争血"来形容世人为了功名利禄你争我斗，不可开交。同一组套曲中的《江水儿》，也使用了博喻"人生百年如过隙，暗里流年度。似晓露红莲香，落日夕阳暮，没可里使心干受苦"来形容人生的短暂。元代后期散曲名家乔吉颇善运用博喻手法，如他写吴江

---

① （清）李渔：《闲情偶寄》，浙江古籍出版社 2011 年版，第 27 页。

垂虹桥："飞来千丈玉蜈蚣，横驾三天白螮蝀。凿开万窍黄云洞，看星低落镜中。"（〔双调·水仙子〕）连用数个比喻，把垂虹桥写得十分奇伟壮观。著名的少数民族散曲作家薛昂夫的一首小令〔正宫·塞鸿秋〕，用博喻手法来表现人生的感慨："功名万里忙如燕，斯文一脉微如线，光阴寸隙流如电，风霜两鬓白如练。尽道便休官，至今寂寞彭泽县。"连用四个比喻，从各个角度来写人生的辛劳艰难。博喻手法的运用在散曲中十分普遍，这又与"赋"之铺陈有关系。散曲中多用铺陈渲染之法，而博喻，亦可视为比喻之连锁铺排，也可以说是赋与比的媾和。

使事用典是中国古典诗歌艺术的一个要素，在诗词中是颇为讲究的。曲以浅显明快为尚，不提倡使事用典。但实际上，曲并不一般性地回避排斥用典，而是在明白如话的词语中融化了好多典故的。然而，曲中的用典要求能够使人一听就懂，一望便知，不费琢磨。曲中所用事典多是熟悉的，人们易于接受的东西。如"宋玉悲秋愁闷，江淹梦笔寂寞"（白朴〔小石调·恼煞人〕），"弹破庄周梦，两翅驾东风"（王和卿〔仙吕·醉中天〕），"楚大夫行吟泽畔，伍将军血污衣冠"（张养浩〔双调·沽美酒兼太平令〕），"除彭泽县令无心做，渊明老子达时务"（郑光祖〔正宫·塞鸿秋〕），"想当日子房公会觅全身计，一个识空便抽头的范蠡"（周文质〔越调·斗鹌鹑〕），等等。散曲中所用典故多是此类为人熟知者。王骥德论曲中使事用典时说："曲之佳处，不在用事，亦不在不用事。好用事，失之堆积；无事可用，失之枯寂。要在多读书，多识故实，引得的确，用得恰好，明事暗使，隐事显使，务使唱去人人都晓，不须解说。又有一等事，用在句中，令人不觉，如禅家所谓撮盐水中，饮水乃知咸味，方是妙手。"① 这的确是曲中使事翻典的高致，也是曲之"当行本色"所决定了的。

三

在中国诗歌史上，元曲是一次新的开拓，新的解放。刘永济先生云："其体制之成，首在解放词体。"② 纵览诗史，亦可以说是诗歌内部活力的再生。

---

① （明）王骥德：《曲律》，见中国戏曲研究院编《中国古典戏曲论著集成》第 4 册，中国戏剧出版社 1959 年版，第 127 页。

② 刘永济：《元人散曲选》，上海古籍出版社 1981 年版，第 127 页。

从本质意义上说，散曲带有明显的"俗"的特质，也可以笼统地划入"俗文学"的范畴。郑振铎先生作《中国俗文学史》，即以元代的散曲为其重要的组成部分。但这种"俗"，并非庸俗、劣俗，也不完全等同于诗词领域中所规避的"俗"，而是以其民间性、大众性和原生性为内涵的。

俗与雅相对，同时也是互补的。雅俗的交替更迭，构成了文学史上的矛盾运动。一种文学样式往往是先从民间崛起，带有"俗"的特点，后来为文人学士所染指，愈加定型化、典雅化，但也愈加失去活力，愈加远离大众。于是，又有新的文学样式再从民间崛起，为文学史注入新的活力。从乐府诗到词再到曲，都体现着这种规律，只是曲有着更为突出的"俗"的特点，在民众之中扎根极深。散曲作家虽然多是文人，但相对而言，他们的作品仍然有着鲜明的俗文学色彩的。其间原因颇为复杂，无暇深论，此间仅简要指出一点，那便是：散曲是生长于北方文化土壤之中，适应于金、元胡乐及"北人"的审美趣味的。明人王世贞曾言："曲者，词之变。自金、元入主中国，所用胡乐，嘈杂凄紧，缓急之间，词不能按，乃更为新声以媚之。"① 从入乐的角度讲，这是很有道理的。胡乐"嘈杂凄紧"，与中原音乐有急缓之别。词的格律难以适应胡乐，于是"更为新声"的散曲便应运而生。读散曲篇什，吟其声韵，确感更为急促繁密。散曲在表现手法上多用铺排，似与此不无关系。

再从"北人"的审美趣味看，王世贞也有评论："大抵北主劲切雄丽，南主清峭柔远，虽本才情，务谐俚俗。"② 北人性情伉直，喜痛快淋漓之语，对那种讲求"弦外之音"、"韵外之致"的隐微曲折的风格，未必乐于欣赏，元曲的明快畅达的"本色"与北人的性情及趣味之间岂无瓜葛可寻？

---

① （明）王世贞：《曲藻》，见中国戏曲研究院编《中国古典戏曲论著集成》第 4 册，中国戏剧出版社 1959 年版，第 25 页。

② 同上。

初唐歌行与诗风嬗变*

初唐诗坛上一个令人瞩目的现象，就是歌行体诗的大量涌现，它们有着从六朝至盛唐诗风嬗变的重要诗史价值。其中一些名篇系诗之精品，如《春江花月夜》、《代悲白头翁》、《长安古意》、《帝京篇》、《古剑篇》等，皆为不朽之杰作。这些诗作气象雄阔，辞采瑰奇，意境高远，一方面映射出唐王朝上升时期的气象，一方面也表现了初唐时期士大夫的精神世界，明代诗论家王世贞指出："七言歌行，靡非乐府，然至唐始畅。"① 道出了歌行体诗勃兴于唐的现象。

歌行体诗，原属乐府系统。汉乐府歌诗便多以"歌"、"行"名其篇什。如《燕歌行》、《短歌行》、《长歌行》、《艳歌行》、《饮马长城窟行》等等。"歌"自然是由人歌唱的，而"行"本身就是乐曲之意。所谓"行者，曲也"。歌行一体以其音乐性强而有强大的生命力。在其发展流变之中，歌行体模糊了乐府与非乐府的界限，但音声朗练、谐婉浏亮却一直是歌行体的"当行本色"。

从语言形式上看，两汉乐府中的歌行诗，多是三、五言或杂言，唯有曹丕的《燕歌行》为纯粹的七言。此后很长时间内，七言歌行并未得以长足发展。在魏晋南北朝诗坛上，唯有鲍照的七言乐府最为遒丽健举，但他并不以"歌行"名其七言之作。而七言歌行以曹丕《燕歌行》为滥觞，语多华艳绮丽，在南北朝时期颇能体现此时的诗坛风会。略举一二以见其形貌。沈约《四时白纻歌》之一《春白纻》云："兰叶参差桃半红，飞芳舞縠戏春风，如娇如怨状不同，含笑流眄满堂中，翡翠群飞飞不息，愿在云间长比翼。佩服瑶草驻容色，舜日尧年欢无极。"梁武帝的《河中之水歌》："河中

* 本文刊于《文史知识》1996 年第 12 期。

① （明）王世贞：《艺苑卮言》，见（清）丁福保《历代诗话续编》，中华书局 1983 年版，第960 页。

之水向东流，洛阳女儿名莫愁。莫愁十三能织绮，十四采桑南陌头。十五嫁为卢家妇，十六生儿字阿侯。卢家兰室桂为梁，中有郁金苏合香。头上金钗十二行，足下丝履五文章。珊瑚挂镜烂生光，平头奴子擎履箱。人生富贵何所望，恨不早嫁东家王。"以此作为六朝时期七言歌行的代表，可知其词旨华靡，笔力纤弱，而体制相对来说较为短小。

歌行在初唐时期大放厥采，一些著名诗人大都染指于此，尤以"四杰"所撰最为集中。且在七言歌行的成熟、定型上有更大贡献。王勃有《秋夜长》、《临高台》、《采莲曲》，骆宾王有《帝京篇》、《畴昔篇》、《艳情代郭氏答卢照邻》等，卢照邻有《长安古意》、《行路难》、《失群雁》等，只有杨炯没有七言歌行传世。明人胡应麟述七言歌行之沿革云："建安以后，五言日盛。晋、宋、齐间，七言歌行寥寥无几，独《白纻歌》、《行路难》时见文士集中，皆短章也。梁人颇尚此体，《燕歌行》、《捣衣曲》诸作，实为初唐鼻祖。陈江总持、卢思道等，篇什浸盛，然音响时乖，节奏未协，正类当时五言律体。垂拱四子，一变而精华浏亮，抑扬起伏，悉协宫商，开合转换，咸中肯綮。七言长体，极于此矣。"① 胡氏这段话把七言歌行的嬗变轨迹描述得颇为清楚，指出了"四杰"在七言歌行发展中的重要作用。初唐时期，七言歌行进一步吸收声律学的成果，音声浏亮谐婉，音乐性大大增强，而且颇富变化，可谓声色大开。"至王、杨诸子歌行，韵则平仄互换，句则三五错综，而又加以开合，传以神情，宏以风藻，七言之体，至是大备。"② 可见七言歌行体诗在初唐时期达到了新的高度。

初唐歌行在风格上总的特征是什么？可以借用前人的话概括为：绮而有质，艳而有骨。在语言辞采上，还带着六朝的遗风，颇为华美，所谓"时带六朝锦色"。然而，初唐歌行绝非是六朝歌行的复沓，而是将其提升到了一个新的境界。篇制宏阔、格调高朗、感慨深沉、气象雄壮，是其新质因素。明人许学夷高度概括为："绮靡者，六朝本相；雄伟者，初唐本相也。"③ 以此说明六朝歌行与初唐歌行之差异，甚为精当。

卢照邻的《长安古意》、骆宾王的《帝京篇》、王勃的《临高台》等什，基本主题十分相近，都描绘了帝京长安繁华壮丽的景象，着力渲染了王公贵族的豪奢生活场景，生动地写照出初唐社会的风貌。在这些诗篇中，诗

---

① （明）胡应麟：《诗薮》，上海古籍出版社1958年版，第46页。
② 同上。
③ （明）许学夷：《诗源辨体》卷12，人民文学出版社1987年版，第165页。

人基本都是采用全景俯瞰的视点进行描写，境界十分雄阔，这是六朝歌行中绝然没有的。如《帝京篇》的开头："山河千里国，城阙九重门。不睹皇居壮，安知天子尊。皇居帝里崤函谷，鹑野龙山侯甸服。五纬连影集星躔，八水分流横地轴。秦塞重关一百二，汉家离宫三十六。桂殿嵌岑对玉楼，椒房窈窕连金屋。三条九陌丽城隈，万户千门平旦开……"这是很有代表性的。《长安古意》、《临高台》等诗也都将帝京的辉煌巍峨呈现在人们面前。

与此相对应的，是这类诗中对贵族与市井生活的渲染，如同一幅珠光宝气、五色斑斓的市井风俗画。这里有王侯贵人的"宝盖雕鞍"、有市井游侠的横行、有娼家女子的"含娇含态"、有禁军军官的夜饮狂欢……写尽长安的多姿多彩。不能否认，诗人在描写这些东西时有意无意地流露出欣羡之情。而在这种色彩斑斓的描绘之后，又继之以冷峻的超越，指出这种生活转瞬即逝，不可能长久保有。"自言歌舞长千载，自谓骄奢凌五公。节物风光不相待，桑田碧海须臾改。昔时金阶白玉堂，即今唯见青松在"（《长安古意》）；"莫矜一旦擅豪华，自言千载长骄奢，倏忽抟风生羽翼，须臾失浪委泥沙"（《帝京篇》）；"娼家少妇不须颦，东园桃李片时春。君看旧日高台处，柏梁铜雀生黄尘"（王勃《临高台》），可以看出这几位诗人所表达的意思是一样的，是对豪华生活的否定，对其价值的消解。

与此密切联系的，便是抒情主人公的形象作为市井豪奢生活的对立力量在诗中的出现，有的是直接出现，有的是隐含其间。如《长安古意》中"寂寂寥寥扬子居，年年岁岁一床书。独有南山桂花发，飞来飞去袭人裾"，就直接出现了抒情主人公形象，表现了对贵族生活的轻蔑与对士人价值的自我认同。《帝京篇》中的结尾"已矣哉，归去来，马卿辞蜀多文藻，扬雄仕汉乏良媒。三冬自矜诚足用，十年不调几遭回。汲黯薪逾积，孙弘阁未开。谁惜长沙傅，独负洛阳才"，也是直接出现了抒情主人公形象，只是更多了慷慨不平之气。而王勃的《临高台》之结尾"君看旧日高台处，柏梁铜雀生黄尘"，则是通过对于贵族生活的价值否定，呈现了一个原本并未直接出现的抒情主体。

如果说《长安古意》、《帝京篇》等篇什还是以描绘帝京长安的雄壮繁华为主，而在此同时又予以消解，表现了感士不遇的慷慨之气与价值自我认同，那么，另一类作品与此相联系，则着重于表现诗人的主体世界。这类作品如骆宾王的《畴昔篇》，卢照邻的《行路难》、《失群雁》，郭震的《古剑篇》等。《失群雁》咏叹一个因受伤而失群的大雁的遭遇，托物言志，寓托诗人自己悲凉身世的感慨。《行路难》中吟咏道："巢倾枝折凤归去，条枯叶落任风吹。一朝零落无人问，万古摧残君讵知。"这无疑是诗人自慨身世。郭震的《古剑篇》借宝剑的废弃来抒发怀才不遇的忧伤，却又更多地洋溢着激情："龙泉颜色如霜雪，良工咨嗟叹奇绝。琉璃玉匣吐莲花，错镂金环映明月。……何言中路遭弃捐，零落飘沦古狱边。虽复尘埋无所用，犹能夜夜气冲天。"此诗是郭震尚未显达时的作品，表现了一个有为之士的雄才大略与非凡抱负。

初唐歌行中还有一些著名篇章，显示出诗人对于宇宙认识的新的高度，有深刻的哲理意味。时空问题在以前的诗歌中并未引起更多的注意，而在初唐歌行中却成为十分引人注意的主题。如王勃的著名短歌《滕王阁》"滕王高阁临江渚，佩玉鸣鸾罢歌舞。画栋朝飞南浦云，珠帘暮卷西山雨。闲云潭影日悠悠，物换星移几度秋。阁中帝子今何在，槛外长江空自流"，即有宏阔的时空意识。诗人面对滕王阁，想到的是"物换星移"的迁替，时空的转换。"初唐短歌，子安《滕王阁》为冠"①，足见其具有很大代表性。张若虚的《春江花月夜》以及刘希夷的《代悲白头翁》，都是以其悠远的时空感而产生了高华境界与哲理意味的。《春江花月夜》虽是描写一个女子怀念远方游子的缠绵情思，但诗中的高朗境界与哲理思考远远超越了这个传统题材的园囿，把人们的眼界引向无比广阔的空间。"江畔何人初见月？江月何年初照人？人生代代无穷已，江月年年只相似。不知江月照何人，但见长江送流水。"诗人似乎站在地平线上，探询这宇宙时空的奥秘。在浩茫无垠的宇宙空间和无法推知起点与终点的时间长流中，人生不过是"渺沧海之一粟"的。诗人们不仅看到了时空之无限，更看到它们的运化不息，不可逆转。刘希夷的《代悲白头翁》便充满了这种哲理认知。面对暮春落花，诗人慨叹道："洛阳城东桃李花，飞来飞去落谁家。洛阳女儿好颜色，坐见落花长叹息。今年花落颜色改，明年花开复谁在！已见松柏摧为薪，更闻桑田变成海。古人无复洛城东，今人还对落花风。年年岁岁花相似，岁岁年年人不同。"闻一多先生称之为"泄露了天机"，又说："所谓泄露天机者，便是悟到宇宙意识之谓。"②闻先生所热情称颂的张、刘诗中的"宇宙意识"，正是初唐歌行诗的高致所在。

初唐歌行辞采华美秾丽，却又内蕴风骨，有了更为高华的境界与刚健的风格。用刘勰的话来形容，便是"藻耀而高翔，固文笔之鸣凤也"（《文心

---

① （明）胡应麟：《诗薮》，上海古籍出版社1958年版，第47页。

② 闻一多：《唐诗杂论》，上海古籍出版社2006年版，第16页。

雕龙·风骨》）。前代论者对"四杰"等初唐诗人颇有讥议，如刘熙载就认为"唐初四子沿陈、隋之旧，故虽才力迥异，不免致人异议"①。我以为此种看法不够全面公允。"四杰"等人的作品有继承齐梁绮丽诗风之处，但内里却生长出刚健俊爽的新质。王世贞的看法较为允当，他一方面看到"四杰词旨华靡，沿陈、隋之遗"，另一方面他更认识到其长处在于"翩翩意象，老境超然胜之"②。借"绮而有质，艳而有骨"加以概括，庶几得之矣！

纵览诗史，歌行体诗真正达到顶峰，成就最高者乃在盛唐李、杜、高、岑诸公，尤以李、杜最为杰出。如杜之《哀江头》、《洗兵马》、《古柏行》等，李之《将进酒》、《西岳云台歌送丹丘子》、《庐山谣寄卢侍御虚舟》等，高之《燕歌行》、岑之《白雪歌》、《走马川行》等，皆为歌行中不朽之杰作。许学夷评价盛唐歌行云："开元天宝间，高岑二公五七言古，再进而为李杜二公。李杜才力甚大，而造诣极高，意兴极远，故其五七言古体多变化，语多奇伟，而气象风格大备，多入于神矣。"③极推盛唐歌行。而再往后看，白居易的《长恨歌》、《琵琶行》、元稹的《连昌宫词》也都是歌行中的极品。而在歌行诗的发展流变过程中，初唐歌行的重要意义是应该看到的。从六朝来，到盛唐去，初唐歌行的作者们正是站在历史的交叉点上。从齐梁到盛唐，社会审美意识发生很大变化，诗坛风气也为之翕然一变。就歌行而言，初唐乃是由六朝至盛唐的过渡或中介，为盛唐歌行开了一个良好的、雄阔的端绪。如果说盛唐歌行是一部雄壮多姿的交响乐章，那么，初唐歌行乃是其洪亮的前奏曲。杜甫称"王扬卢骆当时体"（《戏为六绝句》），这"当时体"恰恰是历史地认识"四杰"的诗风。子美之言，不是很值得玩味吗？

---

① 王气中：《艺概笺注》，贵州人民出版社 1980 年版，第 175 页。

② （明）王世贞：《艺苑卮言》，见（清）丁福保《历代诗话续编》，中华书局 1983 年版，第 1003 页。

③ （明）许学夷：《诗源辨体》，人民文学出版社 1987 年版，第 189 页。

论叶梦得的诗学思想[*]

一

在众多诗话之中，有一部颇富理论价值的诗话尚未得到足够的重视，这便是宋人叶梦得的《石林诗话》。对于《石林诗话》，郭绍虞先生曾题诗一首："随波截流与同参，白石沧浪鼎足三。解识蓝田良玉妙，哪关门户逞私谈。"（《题〈宋诗话考〉效遗山体得绝句二十首》其六）这首绝句不仅高度评价了《石林诗话》的重要地位，认为它与《沧浪诗话》、《白石道人诗说》鼎足三立，是宋代最重要的诗话之一，而且还提炼出《石林诗话》的理论精核，不啻是解读《石林诗话》的一把钥匙。所谓"随波截流与同参"，正是概括了《石林诗话》诗学思想的要旨。

叶梦得尝借禅语论诗的三种情境。《石林诗话》卷上云："禅宗论云间有三种语：其一为随波逐浪句，谓随物应机，不主故常；其二为截断众流句，谓超出言外，非情识所到；其三为涵盖乾坤句，谓泯然皆契，无间可伺。其深浅以是为序。余尝戏谓学子言，老杜诗亦有此三种语：但先后不同。以'波漂菰米沉云黑，露冷莲房坠粉红'为涵盖乾坤句；以'落花游丝白日静，鸣鸠乳燕青春深'为随波逐浪句；以'百年地僻柴门迥，五月江深草阁寒'为截断众流句。若有解此，当与渠同参。"① 这段话看似漫漫道来，实则不妨视为石林诗学思想的总关节。"随波逐浪"、"截断众流"、"涵盖乾坤"，是代表禅宗云门家风的有名"三句"。云门文偃的弟子德山缘密禅师云："我有三句示汝诸人：一句涵盖乾坤，一句截断众流，一句随波

* 本文刊于《江海学刊》1997 年第 1 期。
① （宋）叶梦得：《石林诗话》卷上，见（清）何文焕《历代诗话》，中华书局 1981 年版，第 406 页。

逐浪。"（《五灯会元》卷十五）这是此"三句"出处。就禅家本意而言，所谓"涵盖乾坤"句，意思是以一句包括一切妙理；"截断众流"句，意思是以一句破尽知见。"随波逐浪"句，则是引导学人随机接缘。总的精神是简捷明快。叶梦得对"云门三句"的阐释并非佛学的还原，而是一种借用，他的阐释是在诗学层面上进行的，这是我们在读解《石林诗话》时所应注意到的。他以"随物应机，不主故常"来诠释"随波逐浪句"，意思是诗人随机感发而生诗兴，以人与自然相触遇中诞生的艺术生命来冲破"死法"。以"超出言外，非情识所能到"释"截断众流句"，尤有特定的美学内涵尝以之指诗"言外之意"的独特性，是一般诗论家在谈及"言外之意"这种诗歌特有的审美属性所从未言及的。以"泯然皆契，无间可伺"来释"涵盖乾坤句"，指诗境浑然一体，无迹可寻。从表层看，"云门三句"分别比拟诗的三种意境，而其深层实际上说明了诗歌创作从构思方式到最高境界的三个层次。

二

"随波逐浪"，固然可以视为作诗之一途，但叶梦得是以之为最佳的构思方式的。北宋诗坛江西诗风盛行，讲究"诗法"、"句眼"，重在使事用典，强调词前立意，形成了一些较为固定的创作模式，最典型的当属黄庭坚的"夺胎换骨"法。北宋江西一派诗人的诗论也多集中在"诗格"、"诗眼"上。叶梦得倡"随波逐浪"，正是要从诗歌创作的构思方式上冲破这种诗风。他认为最佳的构思方式决非在故典上生发，亦不在于预设主题，先拟立意，而应是情景之间的"猝然相遇"。

《石林诗话》中有一段在我看来相当重要的言论，足以作为"随波逐浪"的充分阐释："'池塘生春草，园柳变鸣禽'，世多不解此语之工，盖欲以奇求之耳。此语之工，正在无所用意，猝然与景相遇，借以成章，不假绳削，故非常情所能到。诗家妙处，当须以此为根本，而思苦言难者，往往不悟。"① 这段话实可以视为叶梦得诗歌创作论最集中的表述。叶氏在这里借对谢灵运《登池上楼》中名句"池塘生春草，园柳变鸣禽"的评析上升到对诗歌创作构思方法的根本观念。这两句究竟妙在何处？"工"在哪里？论

---

① （宋）叶梦得：《石林诗话》卷上，见（清）何文焕《历代诗话》，中华书局 1981 年版，第 426 页。

者于此聚论纷纭，从各个角度论证它是何等奇特。叶梦得则提出了他不同寻常的独创性解释，他认为这两句名诗的妙处并不在于"奇"，而在于诗人并无预先的立意，而是情与景之间猝然相遇而生成的"天籁"。叶氏决不仅是在评论大谢诗，更重要的是揭开了文学作品独具艺术魅力的奥秘所在，同时也指出了一些佳作的不可重复性的原因。虽是从对大谢名句的评价出发，但作者的意旨绝不是一般的点悟，而是升华到诗歌创作艺术构思规律这一层面上进行论述。

　　这种诗歌构思方式的根本性质在于随机性的审美感兴。审美创造的主体并不是先预设主题，然后再寻找物象进行比附，而是主体之"情"与外在之"景"在随机触发感遇中获得了诗的审美意象。因其是在"猝然相遇"中的感兴，是二种不可重复的特定情境，因而，这种情境下诞生的审美意象是难以重复的，是不可有二的"这一个"。与这种主张"情景猝然相遇"的创作论相联系，叶梦得最为欣赏、推崇的是"天然工妙"的艺术风格，而鄙薄"用巧太过"的人为雕琢矫饰。他指出："诗语固忌用巧太过，然缘情体物，自有天然工妙，虽巧而不见刻削之痕。"叶梦得并不是一般性地反对艺术加工，主张纯粹"天然"状态，恰恰相反，他是提倡一种更高级的艺术加工，能够藏"巧"于"拙"，看上去自自然然，如同"天工"，不觉其雕琢，但其实是一种更高的"巧"。这从他所称赏的诗作来看，就会得到进一步的证实。他说："老杜'细雨鱼儿出，微风燕子斜'，此十字殆无一字虚设。雨细著水而为沤，鱼常上浮而淰，若大雨则伏而不出矣。燕体轻弱，风猛则不胜，唯微风乃受以为势，故又有'轻燕受风斜'之语。至'穿花蛱蝶深深见，点水蜻蜓款款飞'，'深深'若无'穿'字，'款款'若无'点'字，皆无以见其精微如此。然读之浑然，全似未尝用力，此所以不碍其气格超胜。"这其实是叶梦得最为推崇的诗境。诗首先要"气格超胜"，诗的创作，不应是"主题先行"，"意在词前"，或者捃撦他人而为己诗，而应是诗人心灵的小宇宙和客观世界的大宇宙风云际会，感荡摩戛，人与自然融而为一，这样方能有"气格"。但在叶梦得的心目中，"气格超胜"并非是粗糙本然的，而要有精微的艺术加工，最后又要达到"绚烂至极，归于平淡"的境界。杜甫《水槛遣心》中"细雨鱼儿出，微风燕子斜"这类诗句，在叶梦得这里是理想的范型，根本之处还在"缘情体物"，以审美主体的情感来观照、提摄事态物理，而造就浑然之境。

　　叶梦得主张情景适会、猝然相遇的诗歌构思方式，认为这是艺术个性的根本，那么，他反对窘于一律，死于法下，句句规模古人，牵强用事等诗坛的"流行病"，便是必然的了。江西诗派以学杜相号召，但其末流却满足于外在的模仿，未得真髓。叶梦得对此指出："此老（杜甫）独雍容闲肆，出于自然，略不见其用力处。今人多取其已用字摹仿用之，偃蹇狭陋，尽成死法。不知意与境会，言中其节，凡字皆可用也。"此语可谓道着要害。杜甫的好诗是在当时的特定情境下"意与境会"、自然而然地创作出来的，宋代的杜诗模仿者则放弃现实情境的感发，而专取杜诗字面来模仿，因而只能死于法下。使事用典是宋代诗学极为重视的一个问题，江西诗派强调诗中尽量多用事典，黄庭坚最为赞赏的便是"无一字无来处"。叶梦得对这个问题的看法是："诗之用事，不可牵强，必至于不得不用而后用之，则事词为一，莫见其安排斗凑之迹。"叶梦得反对为了用事而用事，而主张在最为必要的时候用事，又要使事用典与诗的辞采、境界浑然一体，而不显出支离槎枒的痕迹，这方是成功的"用事"。很显然，这也是针对江西诗弊而发的。

三

如果说前面所言是叶氏所谓"随波逐浪句"的诗学内涵，那么，"截断众流"与"涵盖乾坤"或可以看作由此而生发的诗歌审美境界。二者既有不同的诗学内涵，又有相当密切的内在联系。叶梦得以"超出言外，非情识所到"来阐释"截断众流"，在诗学思想中是别有深意的。"截断众流"作为禅家语是指证悟的彻底性，《传灯录》云："同在佛所闻说一味之法，然证有浅深。譬如兔马象三兽渡河，兔渡则浮，马渡及半，象彻底截流。"很明显，这里是以"香象渡河，彻底截流"来比喻彻底的顿悟。"截断众流"这个喻象的本身，就给人以很大的力度感。什么是"截断众流句"？在诗学上来说就是"超出言外"的浑灏美感，进而言之，则是诗的字句层面之后所弥漫着的审美境界。所谓"言外之意"、"韵外之致"等相近的诗学命题，在一般性的理解中，就是指诗歌文字表层文字、意象之外的难以明言的审美蕴含，它是与"言不尽意"的传统哲学命题难以分开的。但叶梦得对"言外"说又加入"非情识所到"的内涵，则明显是从审美鉴赏的角度所作的规定。诗的"言外之意"，是一般性的类型情感与识度所难以体验到的，易言之，应是审美主体以一种通于天地造化的博大深广胸怀方能体验到的。那么，对于诗歌文本的要求，就是应该有一种通于大道、天人一体的浑灏境界，这是叶梦得对于"言外之意"的美学内涵的新补充。再则，叶氏既以"超出言外"来诠释"截断众流"，回过头来，"截断众流"也可以比拟"超出言外"的某种特质，那就是"真力弥满"的力度感。也就是说，"超出言外"的应是那种"截断众流"式的审美张力、审美势能，恰如后来王船山所谓"无字处皆诗"、"墨气所射，四表无穷"①。"涵盖乾坤"与此密切相关，也可以视为最深的一层境界。叶梦得明确讲这三句"其深浅以是为序"，他是把"涵盖乾坤"置于最深一层的。"泯然皆契，无间可伺"，指诗中那种无迹可寻、浑然一体的境界，同时，又指诗的深广底蕴以及"真力弥满"、"咫尺万里"的审美势能。叶梦得以杜诗《秋兴八首》中的名句"波漂菰米沉云黑，露冷莲房坠粉红"来说明之，颇能得其真趣。"涵盖乾坤"与"截断众流"是一而二、二而一的，往往彼此难分，但这是比前一层更深广、更富有包蕴性的境界。

我们不妨从叶梦得对诗人及其创作的具体批评中窥见其诗学思想的指向所在。对于宋代诗人，叶氏最为推崇王安石。《石林诗话》中论及半山诗，最多嘉许之言。但他所称赞的主要是"荆公晚年诗"，对其早年之作颇有微词。如说"王荆公少以意气自许，故诗语惟其所向，不复更为涵蓄"，"王荆公晚年诗律尤精严，造语用字，间不容发。然意与言会，言随意遣，浑然天成，殆不见有牵率排比处"。叶梦得把荆公前后期诗风加以比较，显然是不满其前期诗作的，原因是诗人意向过于显豁，不够含蓄，直道胸中事，缺少言外意；而对荆公晚年诗，则推崇备至，认为是宋诗中艺术成就最为上乘的。之所以如此推崇，是在于他认为荆公晚年诗已造炉火纯青之境，"尽深婉不迫之趣"，浑然天成，又多言外之意。

叶梦得认为，既有言外之意，又有"咫尺万里"之势，二者融为一体，方能成为气象雄浑的佳作。他说："诗人以一字为工，世固知之，惟老杜变化开阖，出奇无穷，殆不可以形迹捕。如'江山有巴蜀，栋宇自齐梁'，远近数千里，上下数百年，只在'有'与'自'两字间，而吞纳山川之气，俯仰古今之怀，皆见于言外。"这里从对杜诗的评价中表达了上述思想。叶梦得所论述的，正是"真力弥满"的审美势能，将无尽之时空都吸摄进极精炼的诗句中，这也即宗白华先生所说的"壮阔幽深的宇宙意识、生命情调"②，而这种审美势能又必然是见于言外的。在这种观念中，叶梦得更强调诗的审美势能的雄浑有力，"见于言外"的余蕴也应具有这种雄浑有力的

---

①　（清）王夫之：《姜斋诗话》卷2《夕堂永日绪论·内编》，见戴鸿森《姜斋诗话笺注》，人民文学出版社1981年版，第138页。

②　宗白华：《美学散步》，上海人民出版社1981年版，第73页。

特质。他又说："七言难于气象雄浑，句中有力，而纡徐不失言外之意。自老杜'锦江春色来天地，玉垒浮云变古今'与'五更鼓角声悲壮，三峡星河影动摇'等句之后，尝恨无复继者。韩退之笔力最为杰出，然苦意与语俱尽。《和裴晋公破蔡州回》诗所谓'将军旧压三司贵'，非不壮也，然意亦尽于此矣，不若刘禹锡《贺晋公留守东都》云'天子旌旗分一半，八方风雨会中州'，语远而体大也。""语远体大"，正是叶梦得所最为欣赏的。"语远"与"体大"，又是密切联系在一起的。叶氏所崇尚的理想诗境，乃是气象雄浑、笔力雄杰而又富于言外之意的。

"随波逐浪"、"截断众流"、"涵盖乾坤"这三句可以大致概括石林诗学思想的基本内容，它们之间实际上又是融合为一的。用我们的话试以表述，叶梦得倡导这样一种诗学思想：诗人不以"思苦言难"、"预设法式"的方式进行构思，而是在与客观外境的接触中，情景猝然相遇，在随机感兴中孕育诗的审美意象。诗的艺术形式的琢炼应藏于天然工妙的形态之中，诗的审美境界雄浑自然，语言雄杰有力，具有"咫尺万里"、"墨气四射"的审美势能，而又颇富言外之意。

四

叶梦得的诗学思想，是中国诗学长河中的一个浪峰。对前，包含着深长的渊源承受，对后，则产生了广泛深远的影响。

叶梦得"情景猝然相遇"的创作论，深受钟嵘《诗品》中"直寻"说的启示。钟嵘在《诗品序》中说："'思君如流水'，既是即目，'高台多悲风'，亦惟所见；'清晨登陇首'，羌无故实，'明月照积雪'，讵出经史？古今胜语，多非补假，皆由直寻。颜延之、谢庄尤为繁密，于时化之，故大明、泰始中，文章殆同书抄。"① 钟嵘对南朝文学中那种"殆同书抄"的作法、风气施以强烈的针砭，认为真正的好诗，都是诗人直接感受现实的结果，这便是所谓"直寻"。叶梦得最为服膺这个观点，他说："余每受此言简切，明白易晓，但观者未尝留意耳。"所谓"猝然与景相遇"，乃是"直寻"说的继承与发挥。

不仅如此，叶梦得这种"情景猝然相遇"的创作论，也是对南北朝、唐宋时期有关审美感兴论的发展与总结。刘勰《文心雕龙·物色》篇中那

---

①　陈延杰：《诗品注》，人民文学出版社 1961 年版，第 4 页。

著名的赞语"山沓水匝，树杂云合。目既往还，心亦吐纳。春日迟迟，秋风飒飒。情往似赠，兴来如答"①，正是描述情景遇合的创作心态。写于唐代的《文镜秘府论》也有类似论述："感兴势者，人心至感，必有应说，物色万象，爽然有如感会。"可见，对审美感兴的重视，是中国诗论的一脉传统。叶梦得没有停留于原来感兴论的说法上，而是更为突出了诗歌创作中情与景这对最重要的范畴，又进一步强调了这种审美感兴的偶然性、随机性，这在感兴论的发展历程中具有重要理论意义。

叶梦得强调诗作要有"言外之意"，推崇"深婉不迫之趣"，明显与司空图的诗学思想一脉相承。司空图论诗最喜"不著一字，尽得风流"的含蓄之美，认为诗的意境应是"近而不浮，远而不尽，然后可以言韵外之致耳"（《与李生论诗书》），又引戴叔伦的话来表达自己的诗学观："戴容州云：'诗家之景，如蓝田日暖，良玉生烟，可望而不可置于眉睫之前也'。象外之象，景外之景，岂容易可谈哉？"（《与极浦谈诗书》）叶梦得论诗亦主"超出象外"，并称"司空图记戴叔伦语云'诗人之词，如蓝田日暖，良玉生烟'，亦是形似之微妙者，但学者不能味其言耳"。可见，叶氏主张"超以象外"，在很大程度上是瓣香于司空图的。

叶梦得的诗学思想对于后世的诗学发展产生了重要影响。郭绍虞先生所说"白石沧浪鼎足三"，不仅说明《石林诗话》在宋代诗话中所占的重要地位，而且揭示了三者之间的关系。严羽《沧浪诗话》最主要的方法论特征是"以禅喻诗"，他用禅的"妙悟"来比拟诗的"妙悟"。这种"以禅喻诗"，在很大程度上是得益于石林的启示的。从北宋以来，"以禅喻诗"在诗论界不乏其人，吴可、龚相、赵蕃等人的《学诗诗》都以禅悟喻诗。然严羽是以一套禅学范畴来整体性地表述他的诗学思想，这一点，在他之前要首推叶梦得。叶氏以"云门三句"论诗，是《石林诗话》的精髓，在"以禅喻诗"的方法论上，可以说严羽是继承叶梦得而集大成的，严羽论诗，最尊盛唐，他推崇盛唐诸公"既笔力雄壮，又气象浑厚"（《答吴景仙书》)，也与《石林诗话》的观点有一脉相承的关系。

南宋著名词人、诗论家姜夔的《白石道人诗说》是宋代诗话中的杰出之作，白石论诗，标举四种"高妙"："一曰理高妙，二曰意高妙，三曰想高妙，四曰自然高妙。"以"自然高妙"为诗之极诣，所谓"自然高妙"，是"非奇非怪，剥落文采，知其妙而不知其所以妙"，这可以说是白石的诗

---

① 范文澜：《文心雕龙注》，人民文学出版社 1958 年版，第 695 页。

美理想所在。这种观点，其实也是受石林启发而来的。如前所述，石林论诗最重自然，以"天然工妙，虽巧而不见刻削之痕"为尚，推重杜甫在于其为诗"出于自然"。对于前人的论诗之语，独爱"初日芙蕖"的话头，对于"初日芙蕖"，进而释为"非人力所能为，而精彩华妙之意，自然见于造化之妙"，足见自然之美在石林诗论中的重要地位，白石正是继承了这一点，使之成为一种最高的审美范畴。

在宋代，诗话从初始时的随笔性质到南宋时以《沧浪诗话》为代表的系统诗论，《石林诗话》起了承前启后的作用。诗话在其初始阶段，以欧阳修《六一诗话》为代表，作者在《诗话》中掇零拾遗，记载掌故、佚事，多是随笔偶得，如郭绍虞先生所言："诗话之体当始于欧阳修，欧式以前非无论诗之著，即其亦用笔记体者。"① 诗话在其发展过程中逐渐剥落了这种性质，而终于形成如《沧浪诗话》那样的有系统的诗学思想，有核心审美范畴的成熟形态，其中《石林诗话》在这种转换中起着枢机作用。《石林诗话》也具体评点、鉴赏了许多诗人的作品，但这些议论并非"散珠"，作者以前述的基本诗学思想贯穿之，并且升华到诗歌创作的根本规律上来认识，这就使诗话在随笔的形态中有了完整的骨骼和理论的灵魂。

叶梦得诗学思想的影响不止于此。明代前后"七子"的诗论，大多间接受其沾溉，尤其是谢榛《四溟诗话》中关于诗歌创作情景关系的精辟论述，与叶梦得诗论有内在的相承关系。王夫之的"现量"说、王国维的"境界"说，都程度不同地吸收了叶梦得一些重要的诗学观念。

① 郭绍虞：《宋诗话考》，上海古籍出版社 1979 年版，第 1 页。

中晚唐怀古诗的审美时空[*]

中晚唐时期，诗坛上一个令人注目的现象是怀古题材的作品大量出现，刘禹锡、许浑、杜牧、李商隐、李群玉、温庭筠等，都创作了一些怀古名篇，构成了文学史上的一种景观，本文不拟泛论中晚唐怀古诗的内容与成就，而是将触角伸向其内在的审美结构，侧重探索中晚唐怀古诗给我们的突出感受——审美时空感。

一　时空感：作为怀古诗的第一审美要素

怀古，就是咏怀古迹，诗人借古迹以发兴，生发历史兴亡之感。正如方回所说："怀古者，见古迹而思古人其事，无他，兴亡贤愚而已。"① 诗人写作怀古诗，并非单纯为了发思古之幽情，而是站在现实的陵岸上，去俯视历史的幽谷。诗人用自己的眼光、自己的体验，烛照历史的情境，面对眼前的古迹，投入冷峻的反思，使历史和现实沟通起来，在历史中映出现实，在现实中反观历史，使他们的作品有了深重的历史感，同时又有了敏锐的现实感。

现实是一种时空，历史又是一种时空，它们之间的距离，既是遥远的，又是亲近的，在怀古诗人（姑且这样称谓）这里，它们相遇了，重合了，进入了诗人创造的时空隧道，合而为完整的审美时空。并非单纯的历史，也并非单纯的现实，诗人用审美意象架起了一座伸缩自如的桥梁，将历史与现实缩合在一起。怀古诗，是充满着时空张力的艺术世界。

诗歌的审美境界以时空感为主要形式，这是不难理解的。审美境界既表现为一种时间流程，又表现为一种空间展开，这两者又是不可分割的，以孟

　＊　本文刊于《北方论丛》1998 年第 4 期。
　①　（元）方回：《瀛奎律髓》，上海古籍出版社 1986 年版，第 78 页。

浩然的《宿建德江》为例："移舟泊烟渚，日暮客愁新。野旷天低树，江清月近人。"这首小诗创造了一个朦胧清美的月夜之境，而这个境界又如一幅水墨画的卷轴次第展开，时间因素就包含在这次第展开之中。

诗境中的时空不同于现实时空，也不同于心理时空，而是超越于二者之上的审美时空。现实时空是客观存在的时空形态，心理时空是主体对时空的心理感受形态，而审美时空则是艺术创造主体在艺术作品中所创造的时空形态。现实时空有确定的标准加以度量，多少天、多少小时、多少分钟，几立方米、几平方米等等，这毋庸解释。心理时空则有很大的相对性。

"一日不见，如隔三秋"，是心理时间的表述，"心远地自偏"是心理空间的颖悟，可以说，相对性是心理时空的基本特征。审美时空则是美本身的存在形式，是艺术作品提供给人们的审美感知所栖息、所徜徉的灵境。它虽然不同于现实时空，心理时空，但又是以现实时空为参照、以心理时空为基础的。

任何诗歌的境界都以时空形式存在，而咏史诗、怀古诗的时空要素格外突出。诗人或于荧荧灯下读史乘而感慨万千，或临斑斑残碑而思越千古，或见白发宫女而伤时世迁替，或睹残垣青草而叹王朝废兴……诗人把它们凝聚为诗的审美境界，这境界本身就有着巨大的时空幅度与张力。"观古今于须臾，抚四海于一瞬"① 的时空特征于此最著，在过去与现在、历史与今天之间，诗人没有一点阻隔，他驰骋自由的遐思，往来于古今之间，一会现身于往古的情境，一会儿又沉思于现实。如果要举例子，陈子昂的《登幽州台歌》则是现成的，登上幽州台，诗人以他黄钟大吕般的声音叩问历史与苍穹："前不见古人，后不见来者。念天地之悠悠，独怆然而涕下。"这怀古诗的绝唱，包含着无限的时空张力。诗人独立苍茫，将历史与未来都绾合于笔下。这是最为鲜明的例子。而大多数咏史、怀古诗都以巨大的时空幅度与极强的时空张力给读者以特殊的审美感受的。是否可以说时空感是咏史、怀古诗的第一审美要素。

二　中晚唐怀古诗的时空特征

唐代社会以"安史之乱"为转捩点，由如日中天的鼎盛时期渐至夕阳

① （西晋）陆机：《文赋》，见（南朝·梁）萧统选，（唐）李善注《文选》，商务印书馆1936 年版，第 350 页。

衰草的末世光景。从中唐至晚唐，大唐的气数一天不如一天，藩镇割据，宦官专权，社会矛盾此伏彼起，衰象日著，诗人是时代的神经，他们十分敏锐地感受到了王朝下滑、日趋没落的辚辚车音。当他们看到那些印刻着历史兴亡的残垣断壁，念及往日的繁华与今日的寥落，不能不思索历史兴亡的原因。尤其是对统治者的荒淫误国以至败亡，诗人们是有着共同认识的，于是，诗人们将过去与现在、历史与今天的变迁陵替，熔成了一个个具体的审美意象。

中晚唐的怀古诗，为了表现世事的沧桑陵替，往往以特定的古迹为意象载体，将这个古迹的今昔叠映在一起。这方面以题咏金陵古迹的怀古诗最为突出。诗人以金陵的某一古迹为意象载体，把六朝遗迹的荒冷景象和过去的繁华映衬在一起，将时空的过去维度与现在维度叠合。著名诗人刘禹锡的怀古精品，很典型地体现出这种时空特征，诗中所演示的是同一场所的双重时空。如《金陵五题》中的《石头城》："山围故国周遭在，潮打空城寂寞回。淮水东边旧时月，夜深还过女墙来。"这首诗的意境实际上是双重时空的。山、城、潮汐，既是眼前之景，也是旧时风物。联结过去与现在的关键意象是"旧时月"，当年曾映照着秦淮河畔那歌舞管弦、绿樽红袖的月轮，如今却在凄冷的深夜里悄然移过女墙。现在的时空是前景，过去的时空隐含于其中，深邃的历史感寓含于诗境。白居易倍加赞赏此诗说："'潮打空城寂寞回'，吾知后之诗人不复措词矣。"《乌衣巷》也有类似的时空特征。"朱雀桥边野草花，乌衣巷口夕阳斜，旧时王谢堂前燕，飞入寻常百姓家。"这首绝句也通过"堂前燕"的流转，寓含人世之沧桑。朱雀桥，乌衣巷，在六朝时都是大士族的聚居之地，而今却成了寻常人家。堂前燕作为枢机，联结古今。旧日的繁华与今日的冷清（"野草花"、"夕阳斜"），构成了双重时空，杜牧的名篇《泊秦淮》："烟笼寒水月笼沙，夜泊秦淮近酒家。商女不知亡国恨，隔江犹唱后庭花。"在这首诗中，"后庭花"成为联结古今的枢机，通过"后庭花"这样的听觉意象，联结古今，兴发亡国之思。

如果说，这些怀古绝句，多数是以一个意象来联结古今，将过去和现在两重时空结合在一起，那么，律诗则是以若干意象来关合古今，诗歌意境所体现的时空感就更为复杂。如许浑的《登故洛阳城》："禾黍离离半野蒿，昔人城此岂知劳！水声东去市朝变，山势北来宫殿高。鸦噪暮去归古堞，雁迷寒雨下空壕。可怜猴岭登仙子，犹自吹笙醉碧桃。"《姑苏怀古》："宫馆余基辍棹过，黍苗无限独悲歌。荒台麋鹿争新草，空苑凫鹥占浅莎。吴岫雨来虚槛冷，楚江风急远帆多。可怜国破忠臣死，日日东流生白波。"都是以一组意象来写古都洛阳、姑苏的今昔变迁。昔日的豪华繁盛与今日的荒冷凄迷，在各个意象中得以叠映，构成了整体组合式的两重时空。

在中晚唐怀古诗中，诗人多将现实与历史糅合在一起，使过去和现在的两重时空并置叠映。有的篇什是以一个意象来关合古今，有的则以一组意象来实现这种审美功能。

三　中晚唐怀古诗的时空透视

借用绘画中的"透视"概念来说明诗的内在审美结构，可以使我们更多地领悟诗的立体感与动态性。而我们一般所谓"透视"，都是指空间透视，也即是由主体的视点出发所看到的对象的层次感、空间感。西方绘画习惯于焦点透视，画家的眼睛从固定角度集中于一个透视的焦点；而中国画则更多的是散点透视。画家面对云蒸霞蔚、生机盎然的山水景物，往往以"三远法"为取景原理。所谓"三远"，是宋人郭熙所提出的透视法，他在《林泉高致》中说："山有三远：自山下而仰山巅，谓之高远；自山前而窥山后，谓之深远；自近山而望远山，谓之平远。"画家从各个角度进行透视，其目光由低而高、由前而后、由近而远，这也便是散点透视。[①] 这种透视方法，不仅体现在绘画之中，而且在诗歌创作中也有类似的观照方式。正如韩林德同志所说："一个民族持何种观照世界方式，是持直线式的'焦点透视'，还是持曲线式的'流观'，归根结底，受该民族的哲学思想和美学思维支配。"[②] 中国诗画有内在的共同美学特质，在观照方式上是可以得到印证的。从中晚唐怀古诗中的律诗来看，诗人往往从多个视点上来观照古今的迁替，通过几个不同的意象表现盛衰之感。如李商隐的《览古》："莫恃金汤忽太平，草间霜露古今情。空糊赪壤真何益，欲举黄旗竟未成。长乐瓦飞随水逝，景阳钟堕失天明。回头一吊箕山客，始信逃尧不为名。"吴融《过九成宫》："凤辇东归二百年，九成宫殿半荒阡。魏宫碑字封苍藓，文帝泉声落野田。碧草新沾仙掌露，绿杨犹忆御炉烟。升平旧事无人说，万叠青山但一川。"这些都并非以一个意象来显现古今变迁，而是同时用一组意象组成复合式结构，将历史沧桑、王朝盛衰展示出来。

中晚唐的怀古绝句，如前面所举刘禹锡、杜牧等诗人的精品，多是以一

---

① 以上观点参见韩林德《境生象外》，生活·读书·新知三联书店1995年版。
② 韩林德：《境生象外》，生活·读书·新知三联书店1995年版，第105页。

个关键意象来联结古今，寓含同一场景的盛衰迁替。诗人在这类诗中也并非采取"焦点透视"，而是用"流观"的观照方式进行艺术构思的。这个关键的意象，并非"焦点"，而是形成了一个流动的"高光点"，往来于过去与现在之间。如"堂前燕"、"旧时月"，都是诗人以"流观"的方式所创造的主要审美意象。它们一面来自于历史的深处，一面又活在现实的背景中。

这就涉及"时间透视"的概念。空间可以透视，时间亦可透视。"时间透视"意味着什么？简而言之，就是主体沿着时间维度而产生的记忆直观的变化。这个概念的首倡者是著名现象学美学家英加登，他在《对文学的艺术作品的认识》一书中，以专章论述了文学的艺术作品的具体化中的"时间透视"问题，并且置之于审美活动中十分重要的地位。英加登这样阐释道："时间透视和空间透视相类似，在知觉中，但是也在关于某些时间中的过程以及它们发生的时间阶段的记忆中，它们的'时间外观'（它们在这些外观中出现）的'时间形式'中存在着一种奇怪的歪曲和变化，当我们经验这些被歪曲的和改变的时间形式（直接在它们的图式化外观之中）时，我们在直观中赋予这些被感知的过程和时间阶段以适当的'未歪曲的'时间形式。"①我们以为，在诗的审美时空中，时间透视的功能是重要的，也是必然的。时间透视要有一个稳定的视点，这个视点就是诗人自己的视点。诗人将自己的回忆或历史体验凝为审美意象，或刹那而千古，让遥远的历史在诗中飞驰而过；或将历史的某一片刻复活、呈现，敞亮于人们的视域之中。如"三百年间回晓梦，钟山何处有龙盘"（李商隐《咏史》），"千年事往人何在，半夜月明潮自来"（刘沧《长洲怀古》），"昔人从逝水，有客吊秋风。何意千年隔，论心一日同"（戴叔伦《湘中怀古》）等怀古之什，都将千古光阴，融入诗人"一念"之中，使诗歌有了相当大的时空幅度。有时则是诗人将一些历史片断，凝聚为具体的审美意象，敞亮于诗中。如"越兵驱绮罗，越女唱吴歌。宫尽燕声少，台荒麋迹多。茱萸垂晓露，菡萏落秋波。无复君王醉，满城罍翠蛾"（许浑《重经姑苏怀古》），"吴王宫殿柳含翠，苏小宅房花正开，解舞细腰何处往？能歌姹女逐谁回？"（杜牧《悲吴王城》），"玄武湖中玉漏催，鸡鸣埭上绣襦回。谁言琼树朝朝见，不及金莲步步来"（李商隐《南朝》）。这些意象，是诗人的历史体验所呈现出来而加以审美化创造的。英加登论述时间透视时又说："一个过去的事件或

---

① ［波兰］罗曼·英加登：《对文学的艺术作品的认识》，陈燕谷、晓未译，中国文联出版公司1988年版，第112页。

过程或一个过去时间的阶段，必须总是从一个时间的'角度'来回忆，它同被回忆的东西之间保持着或大或小的现象距离，而且它总是在移动。由于'角度'的变化，被回忆的过程或事件可以从不同的方面显示自己。有时候是事件的一个阶段，有时候是另一个阶段被更明确的回忆起，而其他阶段却似乎消失在混沌之中。"① 前面所举怀古诗中的审美意象就是那些被更明确地回忆起的历史片断，诗人加以意象化创造，使之敞亮于人们的审美经验中，而其他的阶段都使之处于遮蔽状态。这也便是"时间透视"的美学效用。

应该指出的是，中晚唐的怀古诗中的时间透视与空间透视，并非单列并行的，而是将两个向度融为一体，时间的纵深也即是空间的展开。指出这一点，由此看到中晚唐怀古诗在时空感上的特出之处。中国古典诗歌在这方面并非从来如此的。在其初始阶段，人们的时空意识还是单向度的，时间感与空间感大体是分开的。越到后来，对于时空统一的认识就越加深入。在唐诗之中，时空感是高度一体化的。怀古诗尤为如此。如"溪云初起日沉阁，山雨欲来风满楼"（许浑《咸阳西楼晚眺》），"英雄一去豪华尽，惟有青山似洛中"（许浑《金陵怀古》），"长空澹澹孤鸟没，万古销沉向此中"（杜牧《登东游原》），"龙舟东下事成空，蔓草萋萋满故宫"（杜牧《隋宫春》）等等，都是既有深邃的时间感，又有广远的空间感的，时间的变迁与空间的展开往往是由同一个意象来实现其功能的。因此，这些怀古诗便有着更为丰富的审美信息与蕴含。

四 特定的意象群与时空审美内容

我们读中晚唐怀古诗，会看到这样的情形：诗人在诗中所着意创造的意象，往往是古时极为繁华豪奢的所在，今日却相当荒冷、衰飒、寂寞。如"汉寿城边野草春，荒祠古墓对荆榛。田中牧竖烧刍狗，陌上行人看石麟。华表半空经霹雳，碑文才见满埃尘，不知何日东瀛变，此地还成要路津"（刘禹锡《汉寿城春望》），"旧宅秘荒草，西风客荐苹。凄凉回首处，不见洛阳人"（戴叔伦《过贾谊宅》），"哪堪更向荒城过，锦雉惊飞麦陇春"（罗邺《经故洛城》）等等。从这些篇什可以看出中晚唐怀古诗意象创造的

---

① ［波兰］罗曼·英加登：《对文学的艺术作品的认识》，陈燕谷、晓未译，中国文联出版公司1988年版，第120页。

基本色彩，是灰暗荒冷的。诗中所描写的景物，最突出的特征是无主性。荒台、野草、古墓、麋鹿，故垒、禾黍……它们的共同点在于无人问津。这正是怀古诗的悲凉所在，也构成了中晚唐怀古诗特定的意象群。

诗人们所咏叹的古迹所在，较为冷落荒凉，与昔日的繁华相对比未免冷清，这也是较为客观的，符合情理的；但怀古诗这种普遍的荒冷灰暗的色彩，落寞无主的悲凉氛围，却不能不说带有很强的主体倾向。这些特定的意象之中渗透着诗人浓重的情感体验。面对古迹，面对历史，面对衰微的时代，诗人们不能不时常留恋大唐鼎盛时期的繁华，也就不能不悲慨于时下的日趋衰落，心灵的敏感受到外物的触引，发而为诗，自然也就悲从中来了。

面对古迹，诗人的感悟是一种对历史的解读。一块倒卧草丛中的断碑，一座夕阳中惨淡的古墓，一段石坍砖朽的故都墙基，在诗人眼前，正如一页页斑驳字迹的史书，诗人在与历史对话，与古人对话。古迹是客体，诗人是主体。诗人面对古迹的感怀，是一种主客体的交流。怀古，离不开诗人的感怀。而诗人对于这页史书的解读，首先是以诗人的"前理解"为基础的。正如海德格尔所主张的那样，理解不可能是纯然客观的，理解本身还受制于决定着它的"前理解"。诗人在咏怀古迹之前的感悟与对历史的解读，很大程度要产生于"前理解"基础之上。这种"前理解"又是有着深深的时代印痕的。对古迹的感悟，对历史的解读，诗人最突出的感怀便是王朝盛衰的变迁。那史志般的古迹，向诗人诉说着一个王朝曾经拥有的繁华与豪奢，同时也向诗人捧现出这个王朝灭亡后的余烬。诗人所联想到的，恐怕首先是当朝的历史命运了。历史兴亡感、盛衰感，便成为诗人"前理解"的普遍内涵。

在这种心态中，诗人采撷入诗的意象，多是禾黍、野草、寒树、荒台之类，无论是有意识的还是下意识的，入诗的意象多是经过了诗人的过滤与选择。而真正进入诗歌整体语境的意象，在诗人的创造过程中又在诗人的心海中加以漂染，形成了荒冷清寂的普遍性色彩。

其实，面对秋风荒草中的断碑古城，诗人所感悟的不仅是王朝的兴废盛衰，更深层的还有人生的存在困境的悲哀，这当然是与衰世的没落感联系在一起的，但对于诗人来说，恐怕是更为重要、更为本真的问题。荒台断碑不过是当年穷尽人间欢乐的枯骨，昔日的倾国之丽早已化作了腐草的萤火，沧海桑田，世事陵替，在历史的变迁中，人是何等的微渺，后来苏轼用"寄蜉蝣于天地，渺沧海之一粟"的名言所表达的正是这种体悟。这些古迹，如同一个个醒目的问号，拨动着诗人的灵魂。时间的无情，历史风沙的销蚀，使那些"固若金汤"的都城夷为一片废墟，人的存在，又怎能与万古不竭的时空抗衡呢！怀古诗中的深层意蕴，更多的是诗人的生命体验与存在困惑。从这个角度来看，"人事几回伤往事，山形依旧枕寒流"（刘禹锡《西塞山怀古》），"英雄一去豪华尽，惟有青山似洛中"（许浑《金陵怀古》），"万古荣华旦暮齐，楼台春尽草萋萋。君看陌上何人墓，旋作红尘送马蹄"（许浑《春日古道傍作》）等等，既是理性的颖悟，又是存在的体验。

正因其如此，怀古诗才有了深刻的悲剧性，悲剧性的历史感，悲剧性的美。是的，悲剧性的美，乃是中晚唐怀古诗的真正魅力所在。之所以有如此之多的怀古名什传世，而且嵌入人们的心灵之中，它所具有的悲剧性的美乃是其美学解释的谜底。

时空感在诗中是一种审美形式，但它无法脱离诗的内蕴独立存在。在怀古诗中，诗的审美意象支撑起时空结构。时空结构的内容便是审美意象，审美意象的形式便是时空结构。怀古诗的题材决定了诗人的此在现实与历史之间的互相投射关系，随之而来的便有了更为广阔深邃的时空幅度与相当大的时空张力。中晚唐怀古诗在这方面是典型的。诗人们所咏怀的多为前朝废都、旧日营垒、历代宫阙等最易引发人们的兴亡之感的古迹，诗人的情感内蕴就显得相当沉重，理性反思也格外深刻犀利，这当然与中唐、晚唐的社会境况有千丝万缕的关联，也与诗歌的发展有不小的关系。从怀古题材创作的角度看，中晚唐时期是一个前所未有的峰巅，无论是理思的深刻程度还是作品的审美效应，本期的创作都不容怀疑地达到了新的高度。而审美时空的要素，在中晚唐怀古诗的诸种审美要素中显得尤为突出，给人以强烈的感受，使人纵身历史长河，生发无尽遐想，神游宇宙空间，升腾浩茫壮思。心所绸缪，目所盘桓，乃畅神于历史和宇宙之际，寄慨于王朝的陵替与递嬗之中。

杜甫题画诗的审美标准[*]

题画诗盛于唐代诗坛，一个重要原因是唐代文学艺术的极大繁荣。唐诗的盛况空前自不待言，唐代绘画的发展繁盛，也是灿若云锦，蔚为奇观。就画家而论，艺术成熟的画家多如繁星，仅晚唐张彦远所著《历代名画记》所录便有二百余人，其中如吴道子、王维、李思训等是震烁古今画坛的艺术大师。唐代的绘画艺术，题材领域迅速扩展，题材分类臻于细致。许多画家以毕生精力从事于某种题材的创作，如韩干的画马、戴青的画牛等等。山水画也在此时崛起，并且产生了以王维和李思训为代表的南宗、北宗两大山水画派。在这种艺术繁盛的条件之下，诗人便自觉地在诗中创造画一般的意境，而画家们则努力地在画中表现诗一般的含蕴，诗与画互为滋补，相映生辉。题画诗便应时而得以繁盛了。

使题画诗成熟起来、并成为诗中一个独立的种类的诗人可推杜甫。沈德潜说："唐以前未见题画诗，开此体者，老杜也。"① 话说得有些绝对化，因此有人著文非难这种说法，并举杜甫之前的零星题画篇什为证。我以为题画诗虽不是滥觞于杜甫，但真正使之成为一体、艺术上臻于妙境的，则非此老莫属。杜集中题画诗近 20 篇，相对地说，这是一个颇为可观的数字，更重要的是，诗人在题画诗的艺术手法上匠心独运，大胆创造，为题画诗的发展奠定了良好的基础。

无论水平一般的欣赏者，抑或深得其中三昧的鉴赏家，面对艺术品，总有一个审美标准在左右着自己的艺术鉴赏活动。研究杜甫这样一个伟大诗人的题画诗，不能不探寻他的审美标准。题画诗能够较为鲜明而集中地体现作者的审美标准，因为它总是要对画家的技巧、风格、审美趣味等有所褒贬，

---

　　* 本文刊于《内蒙古师范大学学报》（哲学社会科学版）1999 年第 6 期。

　　① （清）沈德潜：《说诗晬语》卷下，见霍松林、杜维沫校注《原诗·一瓢诗话·说诗晬语》，人民文学出版社 1979 年版，第 245 页。

那么，诗人的审美标准也就由此表现出来了。

反复玩味杜甫的题画篇什，不免得出这样一个认识：瘦硬遒劲，骨气刚健，是杜甫审美标准的一个重要方面。杜甫题咏画马、画鹰的诗中，集中地反映出这一点。

唐以前的绘画，马是常见的题材。到了唐代，画马便成了一个可观的绘画种类，出现了很多专擅画马的画家。其中李绪、陈门、曹霸、韩干、韦偃等都是蜚声画坛、技法高妙的大师。而以韩干为代表，艺术风格有了极大变化。大体说来，韩干之前画马的传统风格是以瘦硬见骨来显示马之神骏的，而韩干画马则是以雄壮肥硕的风格著称于世，这种风格取代了瘦硬风格而占据了主要地位。这是时代的共同审美趣味在绘画上的直接反映。"盛唐风采"在马的雄壮肥硕形象之中，得到了充分的展现。

杜甫的审美标准与审美趣味与此不同，他倾向于瘦硬有骨的艺术风格。他认为能够骁腾万里的骏马，应当是"锋棱瘦骨成"的。在《李鄠县丈人胡马行》中，诗人是这样描写骏马的：

> 头上锐耳批秋竹，脚下高蹄削寒玉。始知神龙别有种，不比俗马空多肉。

称瘦劲之马为"神龙"，多肉肥马为"俗马"，一褒一贬，高下悬殊。在题画诗中，杜甫一直是以此标准来品评画马风格的。在《天育骠图歌》中，诗人充满赞叹地描写画上的天子骏马，同样表现出他的这种标准：

> 吾闻天子之马走千里，今之画图无乃是。是何意态雄且杰，鬃尾萧梢朔风起。毛为绿缥两耳黄，眼有紫焰双瞳方。矫矫龙性含变化，卓立天骨森开张。伊昔太仆张景顺，监牧神驹阅清峻。遂令大奴字天育，别养骥子怜神骏。当时四十万匹马，张公叹其材尽下。故独写真传世人，见之座右久更新……①

诗人盛赞这匹天育骏马，称其"意态雄杰"、"神骏"。而这匹画马，分明是骨相峥嵘、笔触劲健的。诗中叙太仆张景顺喜瘦劲有神之马，简阅众马唯取"清峻"，这实际上是诗人的趣味。杜甫又通过张太仆之口，以御厩四十万

---

① （清）仇兆鳌：《杜诗详注》第1册，中华书局1979年版，第253页。

匹马"其材尽下"，来烘托陪衬这匹天育骠骑的"神骏"，这充分说明，杜甫是十分推崇瘦硬健劲的画法的。《韦讽录事宅观曹将军画马图歌》称赞曹霸画马的气势雄健：

> 今之新图有二马，复令识者久叹嗟。此皆战骑一敌万，缟素漠漠开风沙。其余七匹亦殊绝，迥若寒空动烟雪。霜蹄蹴踏长楸间，马官厮养森成列……

诗人又以当年玄宗的宝马衬托此画上之马："腾骧磊落三万匹，皆与此图筋骨同。"这是值得注意的，诗人以"筋骨"来称美曹霸画马，也以此形容"腾骧磊落"的天子骏马的体态，正说明诗人认为瘦硬见骨是画马的上乘。

非独画马，杜甫题咏画鹰的篇什，同样体现了这种审美标准。《画鹘行》：

> 高堂见生鹘，飒爽动秋骨。初惊无拘挛，何得立突兀。乃知画师妙，巧刮造化窟。写此神俊姿，充君眼中物。乌鹊满樛枝，轩然恐其出。侧脑看青霄，宁为众禽没。长翮如刀剑，人寰可超越。

诗人所赞画鹘的"神俊姿"是"秋骨"竦动，突兀而立，翮如刀剑，又是一副瘦硬健猛的形象。《姜楚公画角鹰歌》中写道："此鹰写真在左绵，却嗟真骨遂虚传。"以"骨"为其代称，足见诗人论画重骨。

与此相反，杜甫认为形象肥硕，会丧失骨气，不能传神，不能表现出诗人所激赏的那种雄健不凡的气质。这种观点，突出地表现在人们所熟知的《丹青引赠曹将军霸》一诗中。在这首诗里，杜甫以凌云健笔再造了曹霸所画玉花骢马的艺术形象：

> 先帝御马玉花骢，画工如山貌不同。是日牵来赤墀下，迥立阊阖生长风。诏谓将军拂绢素，意匠惨淡经营中。须臾九重真龙出，一洗万古凡马空。……玉花却在御榻上，榻上庭前屹相向。至尊含笑催赐金，圉人太仆皆惆怅。

诗人如此渲染，还是感到意犹未足，又以韩干画马的肥壮少骨来反衬曹霸画马的骨气奇高：

　　　　　弟子韩干早入室，亦能画马穷殊相。
　　　　　干唯画肉不画骨，忍使骅骝气凋丧？

尚瘦硬有骨、轻肥壮无骨的倾向是明显的。韩干是成就卓异的画马大师，
"初师曹霸，后自独擅"，在美术史上地位颇高。杜甫在《画马赞》中曾把
他大大称赞了一番："韩干画马，毫端有神，骅骝老大，骕䯄清新。……良
工惆怅，落笔雄才。"① 那么，在《丹青引》中又为何讥韩干画马肥而无骨
呢？后人惑而不解之处，也是有人讥诮杜甫没有一定标准的口实。我的理解
如明代王嗣奭所言："干能入室穷殊相，亦非凡手，特借宾形主，故语带抑
扬耳。"② 抑肥硕无骨，扬瘦劲有骨，是诗人本意，其审美标准在此轩轾之
中不是十分显豁吗？

　　然而这种轩轾抑扬引起了轩然大波，招致许多非议。主要是画家和美术
理论家对杜甫的观点深为不满。晚唐张彦远直斥杜甫不懂美术鉴赏："彦远
以杜甫岂知画者，徒以干马肥大，遂有画肉之诮。"③ 今人俞剑华先生则认
为："老杜赞曹霸，认为韩干'画肉不画骨'。赞韩干则又认为'毫端有
神'。彼此之间，似有矛盾，故张彦远直斥为不知画。其实文人习气大都如
此，轻重抑扬之间，并无一定方针，只是为了行文方便，也就顾不得自相矛
盾了。"④ 这两种意见都是笔者不敢苟同的。说杜甫不知画，是不顾起码的
事实，偌多题画诗都足资说明，杜甫于美术鉴赏造诣精深。而俞先生说杜甫
没有一定的审美标准，只是捧甲便说甲好，贬乙来突出甲；待捧乙时又说乙
好，因而自相矛盾，这也未免冤枉了诗人。从上述分析中，我们可以得出肯
定的结论：杜甫的审美标准是鲜明的、一贯的，就是尚瘦硬有骨，轻肥硕无
骨。说杜甫没有标准并不正确。也有人这样解释"弟子韩干"四句诗，以
为能调和矛盾："有人问韩干为何画肉不画骨呢？韩干回答说：'我怎能让
马瘦骨伶仃神气全无呢？'"似乎杜甫也认为瘦劲笔法来画马会使'骅骝气
凋丧'的。这种解释主观愿望是好的：既不抹杀韩干的艺术成就，又不贬
低杜甫的审美标准。但实际上，这正是违背了诗人的初衷，歪曲了杜甫的审
美标准，不可不辨。

────────────

　　① （清）仇兆鳌：《杜诗详注》第 5 册，中华书局 1979 年版，第 2191 页。
　　② （明）王嗣奭：《杜臆》卷 6，上海古籍出版社 1983 年版，第 200 页。
　　③ （唐）张彦远：《历代名画记》卷 9，上海人民美术出版社 1964 年版，第 303 页。
　　④ （唐）张彦远：《历代名画记》，上海人民美术出版社 1964 年版。（俞剑华注《历代名画记》
卷九按语）

　　前面谈到在韩干之前，画马是以瘦硬见骨为传统风格的，这个传统风格相沿既久，视为正道。《宣和画谱》说："且古之画者，有《周穆王八骏图》，阎立本画马，似模展（子虔）郑（法士），多见筋骨，皆擅一时之名。"① 由此可见这一派画法的发展轨迹。当然，古代画马，并非都瘦，如汉代画像石上的马，就是丰满肥壮的。而以瘦劲笔法画马，由《穆王八骏图》为开端，经展、郑这些名家祖述相传，占据了正宗地位。曹霸是三国魏曹髦的后裔，在开元天宝时期，以画马和人物擅名一时。他的画马，风格也是瘦硬一派。汤垕称其画作"笔墨沉著，神采飞动"②。韩干画马，起初是师事曹霸，后来则脱略这种传统风格，自出机杼，开创肥硕雄壮一派画法。韩干为什么能摆脱传统风格的拘囿而自成一家呢？一方面，是盛唐的时代审美趣味的濡染，另一方面，得力于他对现实生活的精细观察和真实反映。开元天宝，国力强盛，名马西来，唐玄宗又十分喜爱大马，御厩中骏马竟多至四十万匹。韩干作为宫廷画师，他不是满足于对前代和当代画马名家的师承、模仿，而是颇为注意从现实中汲取艺术营养，创造新的风格。《宣和画谱》载："时陈闳乃以画马荣遇一时，上令（韩干）师之，干不奉诏。他日问干，干曰：'臣自有师。今陛下内厩马，皆臣师也。'"③ 可见他不刻板地学习别人，而是以活生生的客观事物为师，因而形成了肥硕雄壮的独特风格。这种风格的形成在中国美术史上有重要的意义，它适应着积极地反映盛唐时期社会生活的需要。

　　肯定韩干画马的艺术成就以及他所创造的风格的重要意义，并不是要贬低杜甫的审美标准。但也应指出：杜甫对韩干画马风格的这种评价，具有一定局限性，因而在进行艺术批评时产生了偏颇。但这种审美标准有其产生的土壤和各方面的原因，也有它的积极意义。杜甫对绘画的这种评价准绳与他在诗歌创作中体现出来的美学风格是有所联系的。杜甫把现实主义的诗歌传统发扬光大，达到了前所未有的高峰。他的诗篇是风骨刚健、笔力峭劲的。在美术鉴赏中崇尚瘦劲有骨的风格，与在诗歌创作中显示出的苍劲笔调、峭健骨力不无某种相通之处。

　　杜甫为什么形成这样一种瘦硬遒劲、刚健有骨的审美标准呢？其中原因

---

　　① 岳仁译注：《宣和画谱》，湖南美术出版社 1999 年版，第 287 页。

　　② （宋）汤垕：《画鉴》，见王伯敏、任道斌主编《画学集成》，河北美术出版社 2002 年版，第 693 页。

　　③ 岳仁译注：《宣和画谱》，湖南美术出版社 1999 年版，第 287 页。

是颇为复杂的，主要的似乎在于他的生活遭际、艺术修养这样两个方面。

　　杜甫的审美标准与他的生活道路不能说没有某种很有趣味的联系。诗人本来是抱着"致君尧舜上"的志向来到京城长安的。但长安十年，他却一直得不到汲引，生活困顿，潦倒失意。直到天宝十四载（755）方得一小官。安史之乱爆发后，杜甫被胡兵所掳，羁留在当时被敌人占领的长安，后来冒着生命危险逃至凤翔，在肃宗那里一度做过左拾遗，旋又弃官挈家入蜀，直至客死异乡。杜甫的后半生是在漂泊转徙中度过的，十分艰窘困顿，他不仅看到了人民所受的苦难，而且也亲身饱尝了流离失所、饥寒交迫的苦味。他对人民的艰难生计同情最深，而对权贵们的轻裘肥马不待一言是厌恶反感的。他在《奉赠韦左丞丈二十二韵》中写道："骑驴十三载，旅食京华春。朝扣富儿门，暮随肥马尘。残杯与冷炙，到处潜悲辛"，其心境之辛酸可知。《秋兴八首》其三中，杜甫又悻悻然地写道："同学少年多不贱，五陵衣马自轻肥。"他的不喜肥马，在这里不是透出几缕讯息吗？诗人又有志欲伸，盼望像骅骝骏马一样万里驰骋，像雄鹰猛隼一样搏击蓝天，他常常把自己的理想、志向灌注于骏马雄鹰等艺术形象之中，寄寓自己的意志信念。而善奔腾的马、善搏击的鹰又往往是较为瘦劲勇健的，杜甫之喜欢瘦劲有骨的绘画风格，似乎也可以于此中窥其一二。

　　杜甫的艺术修养也是形成他这种审美标准的重要因素。杜甫更多地濡染的是古典书画艺术，这与杜家"奉儒守官"的思想传统有关。儒家尚古，往往以复古为己任。而唐以前的古典书画艺术，总的倾向是瘦劲清峻。魏晋时代的艺术家往往以"骨"来权衡画作的品流。晋代大画家顾恺之便说："《伏羲》《神农》虽不似今世人，有奇骨而兼美好……《孙武》大荀首也，骨趣甚奇……《三马》，隽骨天奇，其腾踔如蹑虚空，于马势尽善也。"[1] 张怀瓘在评价张僧繇、陆探微、顾恺之这几位画家的高下时说："象人之美，张得其肉，陆得其骨，顾得其神，神妙无方，以顾为最。"[2] 他认为画出骨相是胜于仅得皮肉的。魏晋时期书法也是崇尚瘦硬刚健的，东晋卫夫人所著《笔阵图》中说："善笔力者多骨，不善笔力者多肉，多骨微肉者谓之筋书，多肉微骨者谓之墨猪，多力丰筋者圣，无力无筋者病。"[3] 卫夫人是著名书

　　① （唐）张彦远：《历代名画记》卷5，上海人民美术出版社1964年版，第103页。

　　② （唐）张怀瓘：《画断》，见何志明、潘运告编著《唐五代画论》，湖南美术出版社1997年版，第43页。

　　③ （东晋）卫夫人：《笔阵图》，见华东师范大学古籍整理研究室《历代书法论文选》，上海书画出版社1979年版，第22页。

法家王羲之的老师，这个《笔阵图》所反映出的美学倾向，具有时代的代表性，说明当时的书画艺术是以瘦劲刚健为上乘的。

　　杜甫崇尚瘦劲有骨的书画艺术，是与他的尚古直接相关的。诗人宣称"老夫平生好奇古"①，又称赞唐代画家薛稷的书画为"少保有古风"②。他所作《李潮八分小篆歌》集中表现了他崇尚古典艺术的倾向诗中评价张旭草书时说："吴郡张颠夸草书，草书非古空雄壮。"张旭草书的"雄壮"风格与韩干画马的肥硕风格都是盛唐的时代审美意识的体现。杜甫是凭什么来讥诮张旭草书徒然"雄壮"的呢？理由就是"非古"。而杜甫所激赏的李潮所书八分小篆，是秦汉时通行的字体，在唐代颇有些不合时宜。这种字体是瘦劲刚健的，杜甫这样形容它："况潮小篆逼秦相，快剑长戟森相向。"诗人还在诗中一再申明自己尚骨的标准："苦县光和尚骨立，书贵瘦硬方通神""峄山之碑野火焚，枣木传刻肥失真"，这与"干惟画肉不画骨，忍使骅骝气凋丧"的观点是完全一致的，可以互相印证，也足以说明，杜甫对书画艺术鉴赏的审美标准是瘦硬遒劲，骨气刚健，这是一贯的。读了他的许多题画诗后会得出这样一个较为完整的认识，而仅从一首诗来任意解释，则未必能够准确地把握诗人的原意。

---

① （清）仇兆鳌：《杜诗详注》，中华书局 1979 年版，第 460 页。

② 同上书，第 960 页。

论胡应麟的诗学思想[*]

胡应麟（1551—1602），字元瑞，浙江兰溪人，号少室山人，后又更号为石羊生，是明代中叶的著名诗论家。他的诗学著作《诗薮》，在当时和后世都产生了广泛的影响。胡氏诗论不是停留在一般诗话的感性体悟上，而是有较强的理论系统性，有着基本的诗学范畴作为理论支点，同时，对诗歌发展史的评述也相当完整细密。可以说，对于中国诗学逐渐走向理论化、体系化，胡应麟有着较为重要的贡献。

一

胡应麟著述颇丰，有《少室山房类稿》等，然其诗论集中于《诗薮》一书之中。是书共二十卷，分内外二编。内编系分体总论，外编（包括杂编与续编）则是自周至明、依时代为序，对作家、作品进行评论。《诗薮》相当完整、系统地表达了作者的诗学思想，重点阐发了"体以代变，格以代降"的诗学史观，同时又以"兴象风神"为基本范畴建构了他的诗学体系。

胡应麟非常重视诗的分体，也即诗歌内部的体裁特征。它构成《诗薮》全书的研究框架。内编六卷，分论古体杂言、古体五言、古体七言、近体五言、近体七言、近体绝句这六种诗体的特征与演化，近乎一部简明的分体诗歌史。胡应麟对诗体的基本观念是"体以代变"、"格以代降"。胡氏说："文章自有体裁，凡为某体，务须寻其本色，庶几当行。"^① 这可视为《诗薮》的出发点所在。再看本书开篇处所言："四言变而《离骚》，《离骚》变而五言，五言变而七言，七言变而律诗，律诗变而绝句，诗之体经代变

---

① （明）胡应麟：《诗薮》，上海古籍出版社1958年版，第21页。

也。《三百篇》降而骚，骚降而汉，汉降而魏，魏降而六朝，六朝降而三唐，诗之格以代降也。上下千年，虽气运推移，文质迭尚，而异曲同工，咸臻厥美。国风、雅、颂，温厚和平，离骚、九章，怆恻浓至；东西二京，神奇浑璞；建安诸子，雄赡高华；六朝俳偶，靡曼精工；唐人律调，清圆秀朗，此声歌之各擅也。"这段文字是《诗薮》的"开宗明义"，概括了胡应麟对于诗史的整体看法。胡氏认为诗歌史是一个变化发展的过程，不同时代都有其代表性的诗体。从四言诗到骚体，从骚体到五言古体，从五言古体到七言古体，从七言古体到七言律诗，从律诗到绝句，这是一个不同诗体盛衰兴替的演化过程。胡氏并不认为某一时代的诗绝对地好或绝对地差，而认为各种诗体在不同时代达到了各自的胜境，即所谓"咸臻厥美"。由于不同的诗体在不同时代形成了各自的独特风貌，因而也就造成了不同的时代风格，即所谓"格以代降"。这里的"代降"并非"一代不如一代"，而是指每个时代都有独特的时代风格，如他所说"优柔敦厚，周也；朴茂雄深，汉也；风华秀发，唐也"，分别指出这三个在诗史上颇有典型意义的时代的整体风格，决无是此非彼、扬此抑彼之意。但胡氏从"诗体代变"的观念出发，得出"诗至唐而格备，至于绝句而体穷，故宋人不得不变而之词，元人不得不变而之曲，词胜而诗亡，曲胜而词亡"的结论，认为至唐代各种诗体均已完备，到绝句为止，再无开发之余地，因而唐代是诗歌粲然大备的高峰，同时也是诗歌发展的终结。胡氏的诗学观虽然与七子派有接近之处，但他毕竟是复古主义思潮之外的别派。他虽也推崇盛唐，但并非持"诗必盛唐"的绝对主义观念，而只是相对重视某种诗体在盛唐时期所达到的成就。

正是着眼于诗体，《诗薮·内编》诸卷，对于各种诗歌现象及作品的评价，也全然是从诗歌体裁特征的角度出发的。胡应麟非常注重区别相近体裁的不同特征，如他指出，"骚与赋句语无甚相远，体裁则大不同：骚复杂无伦，赋整蔚有序；骚以含蓄深婉为尚，赋以夸张为工"①，较为客观、准确地道出了两者的区别所在。胡应麟对乐府诗的语言与艺术特征的深入论述，对于中国诗学研究，尤有重要的建设性价值。胡氏揭示了乐府诗在语言上的独特之处，区分很细："诗与文判不相入，乐府乃时近之。《安世歌》多用实字，如慈、孝、肃、雍之类，语之近文者也；《鼓吹曲》多用虚字，如者、哉、而、以之类，句之近文者也。"② 关于文人拟作乐府，诗的内容多

---

① （明）胡应麟：《诗薮》，上海古籍出版社1958年版，第6页。
② 同上书，第15页。

数与原题已经不侔，论者为此多有争议。胡应麟认为只要在声调情韵上合于乐府特征即可，而他所强调的正是乐府诗的当行本色。"但取声调之谐，不必词义之合也。"胡应麟还认为乐府内部的种类也是各有特征、不可混淆的。他说："今欲拟乐府，当先辨其世代，核其体裁。《郊祀》不可为《铙歌》，《铙歌》不可为《相和》，《相和》不可为《清商》。"言下之意，这些乐府种类之间仍有各具特色的差异。胡应麟还具体指明了其特质所系："《郊祀》用实字，愈实愈典；《铙歌》用虚字，愈虚愈奇。"此外，胡氏还对大量的乐府诗作品作了具体的分析评述。在古代诗论著作中，《诗薮》的乐府诗研究是最为系统、深入的。

在古体诗范围内，胡应麟最重五言，但他不是静态地分析五言古诗，而是描述了从四言到五言的发展趋势。在《诗薮·内编》的卷二、卷三中，胡氏重点论述了古体诗的演进趋势，指出："四言不能不变而五言，古风不能不变而近体，势也，亦时也。"[①] 就五言古诗而论，胡氏认为其全盛时期在汉代。胡应麟最为推崇的便是汉诗，对汉诗的评价可以说是"至矣，尽矣，蔑以加矣。"[②] 汉诗的好处究竟在哪里？在胡氏看来，首在其自然浑成，不假雕饰，他评价《古诗十九首》、《孔雀东南飞》时说："不假雕饰，工极天然"[③]。他又比较汉魏之诗云："汉诗自然，魏诗造作，优劣俱见。"[④] 其间褒贬自现，也可看出他评价古诗的标准首在自然天成，这个标准在《诗薮》关于古诗的论述中是反复运用的。

《诗薮》对歌行体诗的研究，在中国诗学史上也是具有独特意义的。在古代诗论著作中，《诗薮》对歌行体的研究最为系统、详密。胡应麟首先对歌行体的概念作了界定，同时对歌行体的渊源进行了辨析。胡氏指出：

---

① （明）胡应麟：《诗薮》，上海古籍出版社 1958 年版，第 23 页。

② （宋）严羽著，郭绍虞校释：《沧浪诗话校释》，人民文学出版社 1961 年版，第 8 页。胡应麟颇为服膺宋代诗论家严羽，许多观点都与严氏诗论有内在的渊源，在这个问题上却与严羽有合有分。在严羽的观念里，"汉魏"是一体化的，都有着自然天成的特点。如说："汉魏尚矣，不假悟也。""汉魏之诗，词理意兴，无迹可求。"（均见《沧浪诗话》）胡应麟则将汉、魏之诗加以区分，认为汉诗自然天成，高妙无迹，而魏诗则已有了人工见巧的痕迹。对于严羽的说法，胡应麟明确地表示了自己的异议："严谓建安以前，气象浑沦，难以句摘，此但可以论汉古诗。若'高台多悲风'、'明月照高楼'、'思君如流水'，皆建安语也。子建、子桓工语甚多，如'丹霞夹明月，华星出云间'、'秋兰被长坂，朱华冒绿池'之类，句法字法，稍稍透露。"在《诗薮》中，扬汉抑魏的倾向性是相当鲜明的。

③ （明）胡应麟：《诗薮》，上海古籍出版社 1958 年版，第 28 页。

④ 同上书，第 30 页。

　　七言古诗，概曰歌行。余漫考之，歌之名义，由来远矣。《南风》、《击壤》，兴于三代之前；《易水》、《越人》，作于七雄之世，而篇什之盛，无如骚之《九歌》，皆七言古所自始也。汉则《安世》、《房中》、《郊祀》、《鼓吹》，咸系歌名，并登乐府。或四言上规风、雅，或杂调下仿《离骚》，名义虽同，体裁则异。孝武以还，乐府大演，陇西、豫章、长安、京洛、东西门行等，不可胜数，而行之名，于是著焉。较之歌曲，名虽小异，体实大同。至长、短、燕、鞠诸篇，合而一之，不复分别。又总而目之，曰《相和》等歌。则知歌者曲调之总名，原于上古；行者歌中之一体，他自汉人明矣。①

　　这里将"歌行"概念的由来作了考辨，同时又指明了歌行体诗的滥觞所在。胡应麟注重从诗体的角度揭明歌行体的特征，主张"寻其本色乃佳"。对于七言歌行的审美特征，胡氏作了形象的表述，指出："凡诸诗体皆有绳墨，惟歌行出自离骚、乐府，故极散漫纵横。""阖辟纵横，变幻超忽，疾雷震霆，凄风急雨，歌也；位置森严，筋脉联络，走月流云，轻车熟路，行也。"② 虽然对歌与行的区分有些牵强，但综而观之，是把歌行体诗的特殊形态、"当行本色"呈示出来了。

　　胡应麟对于歌行体作品作了广泛的研究与阐发。从古歌谣始，直至明代中叶的歌行体诗几乎都有所评论。涉及之广，开掘之宽，可谓是前无古人的。胡氏对歌行的论述，从个案研究而言，在比较之中揭示了作品的风格特征，从诗史而言，又处处将作品置于史的脉络中进行定位，对歌行体的历史发展情态有颇为清晰的描述。如他指出：

　　建安以后，五言日盛，晋、宋、齐间，七言歌行寥寥无几，独《白纻歌》、《行路难》时见文士集中，皆短章也。梁人颇尚此体，《燕歌行》、《捣衣曲》诗作，实为初唐鼻祖，陈江总、卢思道等，篇什浸盛，然音响时乖，节奏未协，正类当时五言律体，垂拱四子，一变而精华浏亮，抑扬起伏，悉协宫商，开合转换，咸中肯綮。七言长体，极于此矣。③

---

① （明）胡应麟：《诗薮》，上海古籍出版社1958年版，第41页。
② 同上书，第48页。
③ 同上书，第46页。

这就把七言歌行从六朝到初唐的发展变迁总结出来，同时也把初唐四杰在歌行体史上的地位予以确定。关于唐代七言歌行的情况，胡应麟一方面对诸家的风格特征加以标示与比较，一方面又从史的角度加以勾勒，他说：

> 唐七言歌行，垂拱四子，词极藻艳，然未脱梁、陈也。张、李、沈、宋，稍汰浮华，渐趋平实，唐体肇矣，然而未畅也。高、岑、王、李，音节鲜明，情致委折，浓纤修短，得衷合度，畅乎，然而未大也。太白、少陵，大而化矣，能事毕矣。降而钱、刘，神情未远，气骨顿衰，元相、白傅，起而振之，敷衍有余，步骤不足。昌黎而下，门户竞开，卢仝之拙朴、马异之庸猥、李贺之幽奇、刘义之狂谲，虽浅深高下，材局悬殊，要皆幽径旁蹊，无取大雅。张籍、王建，稍为真澹，体益卑卑。庭筠之流，更事绮绘，渐入诗余，古意尽矣。①

这里将唐代七言歌行的发展走向与诸家风格结合在一起，经纬纵横，不啻一部简要的唐代歌行诗史略。

对于近体律诗、绝句的评述，最突出地表现出胡应麟的风格学的修养与功力。除了对律诗、绝句作"考镜源流"的工作外，胡氏在《诗薮》中对于大多数诗人的创作风格作了细致入微的辨析，使我们对一些风格面貌相似的诗人有了更为明晰的认识。在这方面，胡应麟表现了非常敏锐而又非常细腻的审美感知力。他认为：

> 五言律体，极盛于唐。要其大端，亦有二格：陈、杜、沈、宋，典丽精工；王、孟、储、韦，清空闲远。此其概也。然右丞赠送诸什，往往阑入高、岑。鹿门、苏州，虽自成趣，终非大手。太白风华逸宕，特过诸人。而后之学者，才匪天仙，多流率易。唯工部诸作，气象嵬峨，规模宏远，当其神来境诣，错综幻化，不可端倪。千古以还，一人而已。②

这里对唐代五言律诗创作大势的概括，虽然较为粗糙，但是道出了其整体格局所在。他对于唐代五律诗人的风格把握是颇为精当的，又能在比较中见出

---

① （明）胡应麟：《诗薮》，上海古籍出版社 1958 年版，第 50 页。
② 同上书，第 58 页。

诗人的艺术个性。如他就一些代表性的诗人而论道："曲江之清远，浩然之简淡，苏州之闲婉，浪仙之幽奇，虽初、盛、中、晚，调迥不同，然五言独造。"① 对于某个诗人的艺术个性，胡氏也有很细微的辨析，如论孟浩然："孟诗淡而不幽，时杂流丽；闲而匪远，颇觉轻扬，可取者，一味自然。"② 这里对孟的五律的把握可以说是相当细致而且准确的。论七绝道："七言绝以太白、江宁为主，参以王维之俊雅，岑参之浓丽，高适之浑雄，李益之神秀，益以弘、正之骨力，嘉、隆之气韵，集长舍短，足为大家。"其中对唐代七绝名家的风格概括是相当准确的。关于七言律诗，胡氏也作了大量的风格概括，他论七律说：

> 王、岑、高、李，世称正鹄。嘉州词胜意，句格壮丽而神韵未扬；常侍意胜词，情致缠绵而筋骨不逮。王、李二家和平而不累气，深厚而不伤格，浓丽而不乏情，几于色相俱空，风雅备极，然制作不多，未足以尽其变。杜公才力既雄，涉猎复广，用能穷极笔端，范围今古，但变多正少，不善学者，类失粗豪。钱、刘以还，寥寥千载。国朝信阳、历下、吴郡、武昌，恢扩前规，力追正始。大要八句之中，神情总会者，时苦微瑕；句语停匀者，不堪颖脱。故谓七言律无第一，要之信不易也。③

这是对七律发展的基本描述。胡应麟对七律名家的风格有所辨析，他说："七言律，唐以老杜为主，参之以李颀之神，王维之秀，岑参之丽；明则仲默之和畅，于鳞之高华，明卿之沈雄，元美之博大，兼收时出，法尽此矣。"④ 这里对唐代和明代几位诗人的七律风格的概括是相当精当的。

二

　　胡应麟的诗论不是一般的感悟，而是有其基本的诗学范畴作为理论支点的。胡应麟说："作诗不过二端，体格声调、兴象风神而已。"他认为诗的

---

① （明）胡应麟：《诗薮》，上海古籍出版社1958年版，第59页。
② 同上书，第68页。
③ 同上书，第83页。
④ 同上书，第83页。

基本要素就是"体格声调"和"兴象风神",且两者相辅相成、缺一不可。"盖作诗大法,不过兴象风神,格律声调。格律卑陬,音调乖舛,风神兴象,无一可观,乃诗之大病。"①"体格声调"本是七子派的主张。前后七子都重视规摹古人作品的体格声调,由此产生了模拟剽窃的流弊。因而,某些论者便提出一些另外的标准补充之,如李梦阳重视"情",王世贞提出"才、思、格、调"之说。但总的说来,他们都是倡导汉唐格调。正是鉴于"格调"说的流弊,胡应麟才又提出了"兴象风神"的诗学概念。

因此"兴象风神"在胡氏诗学中更有自己的特点,在《诗薮》中屡屡用来分析历代诗作。"兴象"作为一个诗学范畴的提出,当推唐代诗论家殷璠。殷璠在其编选的《河岳英灵集》中,以"兴象"用为论诗的基本范畴。他批评齐梁诗风过多注重词采"都无兴象,但贵轻艳";评陶翰诗"既多兴象,复备风骨";论孟浩然诗"无论兴象,兼复故实"。其实,"兴象"作为一个诗学概念,正是"兴"与"象"的融合。这两个术语作为中国古代诗学的基本概念是早已存在的。"象"用今天的理论术语来说就是诗的审美意象;"兴"则是指诗人在外界事物的触动之下,因感生情,所谓"触物以起情"是也。兴、象熔铸为一个诗学范畴,则是指诗歌创作中以自然感发的方式来创造的审美意象。"兴"即感兴,是情与景之间的偶然遇合,而非刻意寻求。恰如宋人叶梦得评谢灵运的名句"池塘生春草,园柳变鸣禽"时所说:"此语之工,正在无所用意,猝然与景相遇,借以成章,不假绳削,故非常情所能到。"② 这也便是"感兴。""兴象"的取象方式也正在于此。它所产生的必然是"无意于工而不工","浑然天成,绝无痕迹"的诗歌意象。他在评价汉诗时屡用"兴象"的概念,如说:"《十九首》及诸杂诗,随语成韵,随韵成趣,辞藻气骨,略无可寻。而兴象玲珑,意致深婉,真可以泣鬼神、动天地。""东西京兴象浑沦,本无佳句可摘,然天功神力,时有独至。"③ 胡氏对"兴象"的标举与对汉代古诗自然风韵的赞赏是一致的,如说:"汉人诗,质中有文,文中有质,浑然天成,绝无痕迹,所以冠绝古今。""无意于工,而无不工者,汉之诗也。""两汉之诗,所以冠绝古今,率以得之无意。"④"得之无意",正是"兴象"的取象方式。

---

① (明)胡应麟:《诗薮》,上海古籍出版社1958年版,第126页。
② (宋)叶梦得:《石林诗话》卷中,见(清)何文焕《历代诗话》,中华书局1981年版。第426页。
③ (明)胡应麟:《诗薮》,上海古籍出版社1958年版,第26页。
④ 同上书,第22页。

"兴象"之外，胡氏更重"风神"。如果说"兴象"更多地以之品评汉诗，那么，"风神"则更多用于形容盛唐之诗。如何理解"风神"，尚须从胡氏的具体诗歌批评中看。他说："绝句之构，独主风神。""盛唐绝句，兴象玲珑，句意深婉，无工可见，无迹可寻。中唐遽减风神，晚唐大露筋骨，可并论乎？"由这些论述可见，"风神"指一种好诗所具有的风华神韵，类于严羽所谓兴趣。

那么，"体格声调"与"兴象风神"的关系如何？大致可以说，前者在诗中，较实；后者在诗外，较虚。两者是一种"虚实结合"的关系。胡应麟说：

> 体格声调，有则可循；兴象风神，无方可执。故作者但求体正格高，声雄调鬯；积习之久，矜持尽化，形迹俱融，兴象风神，自尔超迈。譬则镜花水月，体格声调，水与镜也；兴象风神，花与月也。必水澄镜朗，然后花月宛然；讵容昏鉴浊流，求睹二者？故法所当先，而悟不容强也。①

"体格声调"是"兴象风神"的基础，"兴象风神"是"体格声调"升华。前者为"法"，后者为"悟"，在前者为必然，在后者为自由。没有前者，后者无所附丽，而没有后者，前者很难称其为诗。

三

宋代诗论家严羽的诗学思想对明代诗歌理论有着非常深刻的影响，在许多明代诗论家的诗论中都有沧浪诗说的痕迹。胡应麟的诗学观点有明显的承绪沧浪之处，如他的推崇盛唐、以禅悟论诗以及"兴象风神"说都与沧浪颇多联系。胡氏的诗歌批评很多时候更像是严羽诗歌理论的具体发挥，同时他又有所发展。如严羽在方法论上的突出特征是"以禅喻诗"，胡氏将其贯穿在自己的诗歌批评实践中，而且进一步以禅论诗，从佛禅的角度来发掘诗的意境。他评王维的绝句说："右丞却入禅宗。如'人闲桂花落，夜静春山空。月出惊山鸟，时鸣春涧中。''木末芙蓉花，山中发红萼。涧户寂无人，纷纷开且落。'读之身世两忘，万念皆寂。不谓声律之中，有此妙诠。"② 评

---

① （明）胡应麟：《诗薮》，上海古籍出版社 1958 年版，第 100 页。
② 同上书，第 119 页。

刘长卿的五言律诗谓："刘文房'东风吴草绿，古木剡山深'，'野雪空斋掩，山风古殿开'。色相清空，中唐独步。"① 将王维、刘长卿诗中的禅意、禅境揭示出来，这不妨视为严羽"以禅喻诗"的方法的发展。从"以禅喻诗"到"以禅论诗"虽是同一思路的延续，却在古代诗学的"神韵"说形成过程中起了重要作用。到清代王渔洋系统地建立了"神韵"说的诗歌美学，其具体的批评实践，以禅论诗便是重要的内容。王渔洋"神韵"说在一定程度上可以说是从严羽诗论中变化而来，胡应麟可视为从严羽到王渔洋的中介环节。

严羽认为诗歌有特殊的审美兴趣，而不关乎逻辑思维方式，因而有"夫诗有别材，非关书也；诗有别趣，非关理也"的名言，对于宋人之诗"尚理而病于意兴"颇致不满。胡应麟也认为："曰仙曰禅，皆诗中本色，惟儒生气象，一毫不得著诗。儒者语言，一字不可入诗。"② 这种很是偏颇的观点，显然是从严羽那里绍述而来的。严羽论诗，提倡"不可句摘"的整体气象。如他评论"汉魏古诗，气象浑沌，难以句摘"，"建安之作，全在气象，不可寻枝摘叶"，"《胡笳十八拍》混然天成，绝无痕迹，如蔡文姬肝肺间流出"，③ 所谓"羚羊挂角，无迹可求，故其妙处透彻玲珑，不可凑泊"，也是指这样一种浑然一体的美感。胡应麟全然继承了这种诗美观念，并且以此作为评价诗歌的审美标准，如他对汉诗的称赞正是从这个角度出发的，但他不同意将汉、魏混为一谈，他以浑然天成的整体美赞赏汉诗，多次谈道："汉人诗不可句摘者，章法浑成，句意联属，通篇高妙，无一芜蔓。"④"汉人诗，无句可摘，无瑕可指。"⑤ 对汉魏诗的评价与严氏虽有不同，但其立论依据却是全然一致的。

严羽"以禅喻诗"，主于"妙悟"，并把"妙悟"作为诗与禅相通的关键所在，其重心旨在说明诗歌创作不同于理论文字的特殊审美思维方式。胡应麟对严羽的"妙悟"说颇为赞赏，然而他又看到了空言"妙悟"易于产生的弊病，因此，他对"妙悟"说进行了补充与修正，指出："严氏以禅喻诗，旨哉！禅则一悟之后，万法皆空，棒喝怒呵，无非至理；诗则一悟之后，万象冥会，呻吟咳唾，动触天真。然禅必深造而后能悟；诗虽悟后，仍

---

① （明）胡应麟：《诗薮》，上海古籍出版社 1958 年版，第 74 页。
② 同上书，第 91 页。
③ 郭绍虞：《沧浪诗话校释》，人民文学出版社 1961 年版，189 页。
④ （明）胡应麟：《诗薮》，上海古籍出版社 1958 年版，第 32 页。
⑤ 同上书，第 31 页。

须深造。自昔瑰奇之士，往往有识窥上乘，业阻半途者。"① 严羽"妙悟"说重在强调诗与禅之间的内在相似性，胡氏则在此基础上指出诗与禅之间的区别所在。胡氏所说诗人在悟后仍须深造，看到了诗歌创作在艺术传达方面的复杂性和艰巨性，认为诗人虽有妙悟仍不可放弃继续努力。这样方能不会"业阻半途"。胡氏又引入李梦阳所主张的"法"与"悟"相辅相济，说："汉、唐以后谈诗者，吾于宋严羽卿得一悟字，于明李献吉得一法字，皆千古词场大关键，第二者不可偏废。法而不悟，如小僧缚律；悟而不法，外道野狐耳。"② 其实，这正是谈诗人的灵感、审美直觉与艺术功力的关系问题，在诗歌创作中，这两者是缺一不可的。钱锺书先生相当赞赏这种观点，在《谈艺录》中，他引了胡氏之语后指出："夫悟而曰妙，未必一蹴即至也。乃博采而有所通，力索而有所入也。学诗学道，非悟不进。……人性中皆有悟，必工夫不断，悟头始出。如石中有火，必敲击不已，火光始现。然得火不难，得火之后，须承之以艾，继之以油，然后火可不灭。故悟后亦必继之以躬行力学。罕譬而喻，可以通之说诗。"③ 钱先生的论述使胡应麟的观点得到了进一步的阐扬。由此可见，胡氏有关"妙悟"的看法是对严羽"妙悟"说的补正，似更为全面一些。

胡应麟的《诗薮》是一部颇有特色的诗学著作，它不仅体现了作者的较为完整的诗学思想，同时也显露出作者非常渊博的学识和精深的艺术功力。一般来说，明代的诗人、诗论家与其他时代相比，较为空疏者居多，学养深厚渊博者很少。胡应麟本身便是一位学识广博的学者，《诗薮》中对各种诗体的"考镜源流"工作，作得相当扎实细致。但他又并非"以学问为诗"，而是非常重视诗歌的独特审美特征，全书都重在从各种诗体的"当行本色"来评价作家作品。尤其是对各个时代诗人风格的辨析，相当细致精当，对中国古代诗学中的风格学的建设有重要价值。但也应该指出，胡氏虽以时代论诗，注重各个时代诗歌的整体差别，却只从诗体的递嬗进行阐发，而基本上不顾及时代的社会因素，尽管他也指出影响诗风的因素有所谓"势也，时也"，或云"气运"使然，却都没有具体的分析，止于空泛抽象，这又是胡应麟诗论的局限性所在。但胡氏诗学思想又是中国诗学史上的一笔丰厚的遗产，很值得我们更加深入地进行探索。

---

① （明）胡应麟：《诗薮》，上海古籍出版社 1958 年版，第 25 页。
② 同上书，第 100 页。
③ 钱锺书：《谈艺录》，中华书局 1984 年版，第 98 页。

论李渔的词学思想[*]

李渔是以戏曲理论家著称于文学思想史的，人们很少关注他的词学思想。实际上，李渔是一位具有独到理论建树的词学家。

李渔（1611—1680），字笠鸿，又字谪凡，别署随庵主人、觉道人、觉世稗官、笠道人、笠翁、伊园主人、新亭樵客、湖上笠翁等。世人多以笠翁称之。笠翁原籍浙江兰溪，出生于江苏雉皋（今如皋）。长期居住于杭州、金陵。他是明诸生，入清以后绝意仕进，世事于传奇、小说、诗文创作，以刻书卖文、带领家庭戏班演出为生。

李渔于文学艺术有多方面的卓越建树。作为小说家，他著有小说集《十二楼》、《无声戏》（一名《连城璧》）；作为戏曲家，他著有戏曲集《笠翁十种曲》；作为诗文作家，他著有诗文集《一家言》。在文学批评史、文学思想史上，李渔在戏曲理论、词学理论、小说理论诸方面均有不同凡响的贡献。以词学而论，他的《窥词管见》是一部独具特色、自成体系的词学著作。

《窥词管见》1卷，共22则，存录于唐圭璋先生所编之《词话丛编》。从体例上看，它与一般诗话、词话无异，而从内容上来看，这部词论的价值就非同寻常了。它既非纪事辑佚，亦非品悟鉴赏，而是以一种较为纯粹的理论形态正面表述作者的词学观念。各则之间，并非无联系的板块堆积，而是有着颇为密切的逻辑关系。在词学发展史上，这是具有很重要的意义的，它标志着词学批评进一步的理性自觉，也体现了词学家的思维方式由古典式向现代式转换的趋势。本文拟以《窥词管见》为核心，来考察李渔词学思想之概略。

---

* 本文刊于《词学》第 13 辑，华东师范大学出版社 2001 年版。

一　关于词的本体特征

在中国文学的偌大园囿之中，诗、词、曲作为不同的文学样式而独立存在着，这是有目共睹的事实；而从广义而言，词、曲与狭义的诗又都是诗歌大家族中的血亲姊妹，它们在形式和功能等方面，都有许多共同的东西，与散文、小说、戏剧等体裁构成颇为明显的差异。词、曲的相继出现与兴盛，是一种历史性的现象，亦可视为诗歌这种与远古俱来的文学体裁自身裂变、繁衍、异化的结果。自从词、曲在文学领域中扎稳了阵脚、并且逐渐取得了与诗平起平坐的地位之后，人们便愈加关注诗、词、曲这三姊妹的区别。这种区别主要是指内在特质上的差异，形式方面的某些重合以至在归属上难于确定，诸如此类的问题也是人们讨论的对象，但比较而言，尚属次要。元代以还，诗、词、曲三种样式并存共荣，都已高度成熟，创作领域的斐然成就不断地把这样一些问题提出在文论家面前，即：除去形式之外，诗、词、曲的区别究竟在哪里？应该从什么角度来把握这种区别等等。在词学研究领域，这种问题也经常被提出、被思考着。笠翁的词论，便以此为核心、为出发点，系统地阐述了自己的词学观念。《窥词管见》中的有关论述，都是立足说明词的本体特征的。

李渔对诗、词、曲这几种样式的特征都相当熟悉，他通过与诗、曲的比较来揭示词的本体特征。《窥词管见》的前三则，就是正面论述词的本体特征的。第一则《词立于诗曲二者间》云：

> 作词之难，难于上不似诗，下不类曲，不淄不磷，立于二者之中。大约空疏者作词，无意肖曲，而不觉仿佛乎曲。有学问人作词，尽力避诗，而究竟不离于诗。一则苦于习久难变，一则迫于舍此实无也。欲为天下词人去此二弊，当令浅者深之，高者下之，一俛一仰，而处于才不才之间，词之三昧得矣。①

此可视为笠翁论词之总纲。"词立于诗曲二者间"，这本身就明确了词的性质与其独立的地位。词既区别于诗，亦区别于曲，有着独特的审美属性，有自己的"当行本色"。李渔十分明确地强调词的文体独立，力图划出词与

---

① 唐圭璋：《词话丛编》第 1 册，中华书局 1986 年版，第 549 页。

诗、曲各自的疆域界限。如果要问李渔词论的要旨是什么？这恐怕是首当其冲的一点。

词与诗、曲有密切的亲缘关系，你中有我、我中有你的情形是颇为普遍的。文论家们多有从诗体嬗变的角度来揭示其间的联系，如称词为"诗余"，称散曲为"词余"，都更加侧重于寻求诗、词、曲之间的渊源、嬗替关系。词和曲都以"入乐"为其发生机制，词调、曲调都代表着不同的音乐程式；词与诗之间的联系，从根本上说，也是发生于音乐性上的。因而，文论家谈到词的起源时，一个重要的观点就是认为词起源于乐府诗。如明人王世贞所言："词者，乐府之变也。"① 这是因为乐府在其本来意义上也是合乐的。曲与词在合乐这点上尤为接近。散曲亦称"词余"，显然说明了曲最近乎词的观点。从形式上看，散曲与词都是长短句的句式，又有不少曲牌与词牌名称相同，它们之间有很深的渊源关系。那么，从哪些方面来把握诗、曲的区别，从而揭橥词的本体特征呢？李渔首先从作品的书本知识含量来把握词的"当行本色"。李渔认为，曲（包括杂剧和散曲）的语言应该是相当浅显的，而不应该有"书本子气"。而诗文则可以较为典实深奥。可以有相对较多的"学问"在其中。这主要是因接受对象的不同而形成的文体差异。大致而言，诗文的接受者以文人士大夫为主，曲（尤其是杂剧、传奇）的接受者则更多是文化层次较低的下层群众。李渔特别强调"曲文词彩"应该"显浅"，他所谓"曲文"，主要指戏曲文学，散曲的语言亦连类而及。李渔最为推尊元曲，而元曲中杂剧的语言风格是基本一致的。李渔在《闲情偶寄》中明确指出：

　　曲文之词采，与诗文之词采非但不同，且要判然相反。何也？诗文之词采，贵曲雅而贱粗俗，宜蕴藉而忌分明。词曲不然，话则本之街谈巷议，事则取其直说明言。凡读传奇而有令人费解，或初阅不见其佳，深思而后得其意之所在者，便非绝妙好词，不问而知为今曲，非元曲也。元人非不读书，而所制之曲，绝无一毫书本气，以其有书而不用，非当用而无书也，后人之曲则满纸皆书矣。②

---

　　① （明）王世贞：《艺苑卮言》，见唐圭璋《词话丛编》第 1 册，中华书局 1986 年版，第 385 页。

　　② （清）李渔：《闲情偶寄·词曲部》，浙江古籍出版社 2011 年版，第 9 页。

"曲文"以"显浅"为"当行本色"，散曲语言亦如是。在李渔的观念之中，地道的曲应该是"绝无一毫书本气"的，而是以明快通俗的语言进行艺术表现。李渔认为曲的"词彩"与"诗文之词彩"应有不同的审美标准，"初阅不见其佳，深思而后得其意之所在者"，在诗词中可能是佳什名篇，然在曲中则不能成为"绝妙好词"。

从词的角度来看，李渔认为应取其中，深浅适度。既不要像曲的"空疏"，亦不要像诗那样有"书本气"、"学问气"，也不要像曲那样浅显无文。

这种区别有些绝对化，诗、词、曲总起来说都属于"诗"这个大家族，都应该具有诗的审美属性。与词、曲相比较，诗用典较多，但也不能填塞学问，而要以审美意象、意境来表现诗人的情思。然而，从客观上讲，李渔所指出的区别大致上也还是存在着的。

与此密切相关的是风格上之雅俗。雅俗之争，是词学思想史上的重要问题，也是贯穿于词的发展历程的一条长线。词的主要源头是民间歌曲，故其与生俱来地带着一种"俗气"、"俗味"。词在初始时被认为系"艳科小道"，其担荷的功能主要是书写艳逸之情，这本身亦是"俗"的内涵之一。词被文人士夫染指之后，一方面难于在词的创作中"免俗"，一方面又对"俗"取批判的态度。"复雅"成为宋代以还词学思想的主要倾向。柳永就因其"尘俗"而为当代及后世的词学家所诟病。李清照即讥讽柳词为"词语尘下"，苏轼亦对"柳七郎风味"大不以为然。尚雅、复雅成为主导的词学倾向。曾慥编有词选《乐府雅词》（今存最早的宋人词集），宋人鲖阳居士撰有《复雅歌词》，从这些题目即可见出当日词坛的尚雅倾向。南宋张炎作《词源》，把"雅正"作为词学的最高范畴加以系统总结，大力阐扬，极力倡导"雅词"。李渔对雅俗之争亦取较为中和的态度。他在第二则中强调"词与诗有别"，并认为此乃"词之关键"。他举了一些在"体段"、声律上与诗无异的词调，"如生查子前后二段，与两首五言绝句何异。竹枝第二体、柳枝第一体、小秦王、清平调、八拍蛮、阿那曲，与一首七言绝句无异。玉楼春、采莲子，与两首七言绝句何异"等等，都给学词者提出了难题："凡作此等词，更难下笔。肖诗既不可，欲不肖诗又不能，则将何自而可"，处于一种两难的尴尬之中。李渔对此提出"摹腔炼吻"之法，并从"腔调"上来区分诗、词、曲。他说："诗有诗之腔调，曲有曲之腔调。诗之腔调宜古雅，曲之腔调宜近俗。词之腔调，则在雅俗相和之间。"[1] 何谓

---

① （清）李渔：《窥词管见》，见唐圭璋《词话丛编》第 1 册，中华书局 1986 年版，第 549 页。

"腔调"？似乎很难用现代文艺学的范畴概念来对应之。李渔无非是以戏剧的术语来比拟。如欲强为之说，"文体风格"一语差强可以近之。就文体风格而言，李渔认为诗应偏于"古雅"，曲则应偏于"近俗"，那么，词则取其中道，介乎于雅俗相和之间。这是对宋代以还词学家们一味尚雅、复雅倾向的一种纠偏。词在文人士大夫手里，走着一条渐趋雅化的道路，与之俱生的是词作为新兴文体所本有的生命力及生态美的渐致委顿。于是有更"俗"的曲之崛起。曲之"俗"，正是其鲜活的生命力之显示。对于广义的诗歌发展而言，曲的兴盛是一次新的开拓，新的解放，亦可以说是诗歌内部活力的再生。刘永济先生所云"其体制之成，首在解放词体"①，颇中鹄的。李渔对曲的艺术特征相当谙熟，他主张词之"腔调"的"雅俗相和"，旨在以曲之"俗"掺入词体，扭转了因雅化而使词之生命力趋于委顿的态势，从而注入新的生机。

二　创新与自然：李渔论词之创作

贵创新而鄙因袭，这是许多有个性的文论家的共识，李渔尤为强调文学艺术创作之"贵新"，不仅是论词，而且亦是论曲、论小说的重要标准。如他论述传奇之"脱窠臼"时说："新也者，天下事物之美称也。而文章一道，较之他物，尤加倍焉。戛戛乎陈言务去，求新之谓也。至于填词一道，较之诗赋古文，又加倍焉。非特前人所作，于今为旧，即出我一人之手，今之视昨亦有间焉。昨已见而今未见也，知未见之为新，即知已见之为旧矣。"② 此处虽是论传奇之独创新颖，同时亦是李渔对文学创作之独创性的普遍性认识。此间所云"文章一道"，非指狭义之"文"，乃系文学创作之通称。

李渔论词不惟极重新颖独创，而且对词之"新"作了十分精到、独特的阐发，而非流于泛泛之论。《窥词管见》第五则的专论"词意贵新"，其中有云：

> 文字莫不贵新，而词为尤甚。不新可以不作。意新为上，语新次之，字句之新又次之。所谓意新者，非于寻常闻见之外，别有所闻所

----

① 刘永济：《元人散曲选》，上海古籍出版社 1981 年版，第 127 页。
② （清）李渔：《闲情偶寄》，浙江古籍出版社 2011 年版，第 5 页。

见，而后谓之新也。即在饮食居处之内。布帛菽粟之间，尽有事之极奇，情之极艳，询诸耳目，则为习见习闻，考诸诗词，实为罕听罕睹，以此为新，方是词内之新，非齐谐志怪、南华志诞之所谓新也。……所最忌者，不能于浅近处求新，而于一切古冢秘笈之中，搜其隐事僻句，及人所不经见之冷字，入于词中，以示新艳，高则高，贵则贵矣，其如人之不欲见何？

这段话相当全面而又透彻地阐述了李渔对词之"新"的独到理解。在他看来，一切文学创作都以新颖为贵，这是文学的生命力所在，而对词的创作来说，"新"是更为重要的，如果没有新意，就没有作词的必要了。这就把"新"作为第一位的审美标准突出地提出来了。这样以"新"作为最重要的标准，也是经历了一个很长的历史发展过程的。"新"其实就是艺术个性、艺术独创性。在中国文学思想史的发展过程里，尊重个性、倡导创新的思想长期受到尚古、复古、师古文学观念的压抑，因为后者是根基于儒家诗教的。到近古时期，尊重个性、倡导创新的思想才不可遏制地生长起来。尤其是明代在王学左派的思想影响下而形成的文学解放思潮，强调"性灵"，突出情的地位，随之而起的是对复古思潮的反拨，对独创性的看重。而到明清之际的李渔这里，则将重个性、重独创的思想，提炼为一个"新"字，在其曲论、词论、小说论中加以大力提倡，而尤以其词论中的这段论述最为精辟，最有理论价值。

李渔把词中之"新"分为意新、语新、字句之新。这三者并非是平行的，而是由内及外、由整体到部分的三个层面。"意新"，较易理解，即指立意之新颖。"语新"同"字句之新"则较难区别，李渔本人也没有做出明确的界定。而从李渔的话里分析之，二者还是有所区别的。"语新"当指整体性的语言范式，或即目下所谓"话语系统"，通俗一些说便是词中的语言"调子"。"字句之新"则是词的创作中具体的字、词运用。三者之间，是密切关联而又有所不同的。

李渔对"新"的理解迥异于常。他认为"新"并非在于虚荒诞幻之离奇杜撰，不是脱离日常生活的奇诡怪异，"新"正是在"饮食居处之内，布帛菽粟之间"的日常生活中，关键在于创作主体的独特体验与审美发现。能够通过一些日常生活情景而写出"事之极奇，情之极艳"，这才是真正的"新"。从词中所写之情事看，都是耳目习见习闻者；而同一类题材的表现，却由于作者的创意之新，而感到"罕听罕睹"。事不出于寻常闻见之外，而又能言人所未言，这是李渔理想中的"词内之新"。它并未降低了对"新"的要求与标准，相反地，却是一种极大的提高。这就要求词人不停留于生活的表层现象，而是有深入的、特殊的体验；不是满足于一般性的泛泛认识，而是独具慧心的理解。这样，方能有词中的"意新"。这种"于浅近处求新"，比之"于一切古冢秘笈之中，搜其隐事僻句"的"齐谐志怪、南华志诞之所谓新"，对于创作主体来说，需要更高的审美理解力与审美创造力。

"语新"与"字句之新"不是孤立的存在，而是用来表现"意新"的。作品的立意，是要以语言作为物质媒介来传达的。倘若没有恰切、生动的语言表现，而只是一派陈言，纵然有再新、再好的立意，亦很难使作品成为名篇佳什，因为"意"的创新，在很大程度上是依赖于语言这种物质外壳的。关于"词语字句之新"，李渔也认为并非字句词语冷僻奇奥才算是"新"，而是以通常习见之语为之，只是采取不同于他人的表现方式而已，"或人正我反，人直我曲，或隐约其词以出之，或颠倒字句而出之"，以寻常言语文字，通过上述种种方法，造成"陌生化"的感觉。

李渔还通过词的创作中的"情景"关系来进一步阐述了"好词"（也即"意新"、"语新"之词）的创作发生机制。他认为词人写出当下的情景，最能见出新意，写出好词。他说："作词之料，不过情景二字，非对眼前写景，即据心上说情，说得情出，写得景明，即是好词。情景都是现在事，舍现在不求，而求诸千里之外，百世之上，是舍易求难，路头先左，安得复有好词。"（第八则《词忌有书本气》）李渔将情和景作为最基本的"词料"也即作词的质料，是对中国古典美学史上关于情景关系思想的继承与深化。"情"、"景"在我国美学思想发展中逐渐形成一对较为稳定的范畴，且愈来愈受到理论家们的重视，被视为文学创作（尤其是诗词）的根本要素。情景之间的关系，也愈来愈多地成为文论家所关注的问题。宋代诗论家叶梦得曾这样阐释谢灵运"池塘生春草，园柳变鸣禽"的妙处所在："此语之工，正在无所用意，猝然与景相遇，借以成章，不假绳削，故非常情所能到。诗家妙处，当须以此为根本。"① 叶氏这里把情景猝然相遇而生成诗之意象，作为诗歌创作的"根本"，并指出它是"非常情所能到"的，即艺术独创性之所系。只是叶梦得尚未把"情"与"景"明确地凝结为一对范畴而已。明代的著名诗论家谢榛则进一步明确地将"情景"凝结为一对稳定的诗学

---

① （宋）叶梦得：《石林诗话》卷中，见（清）何文焕《历代诗话》，中华书局1981年版。第426页。

范畴，并与随机感兴的构思方式联系在一起。谢榛说："作诗本乎情景，孤不自成，两不相背。凡登高致思，则神交古人，穷乎遐迩，系乎忧乐，此相因偶然，著形于绝迹，振响于无声也。夫情景有异同，模写有难易，诗有二要，莫切于斯者。"① 谢榛认为，情景两个要素是作诗的根本，二者形成一种不能分离的对待关系。李渔关于情景关系的论述，正是前此的有关情景关系的美学思想的继承与发展。李渔突出地强调了创作中"情景"的当下性。情也好，景也好，都应是创作主体的当下体验、随机感兴。情景之间的当下遇合，是文学作品之"新"因之产生的重要条件。李渔将情景这对范畴引入词学之中，说明了词之"意新"的发生动因。而且，李渔还以"主客"关系来比拟情景，使情景范畴的理论探索有了更深入的进展。李渔说：

> 词虽不出情景二字，然二字亦分主客。情为主，景是客，说景即是说情，非借物遣怀，即将人喻物。有全篇不露秋毫情意，而实句句是情，字字关情者。切勿泥定即景咏物之说，为题字所误，认真做外面去。（第九则《情景须分主客》）

情景关系在李渔这里得到了更为深入的、精辟的分析。情与景在中国古典美学中是一对相互对待、不可分离的范畴，但二者并非全然平行的。李渔指出情景是主客关系，这有非常重要的理论意义。李渔虽然没有西方哲学作为其理论背景，但他提出的"主客"论与西方哲学、美学中的审美主体、审美客体关系的理论是相通的。易言之，李渔的"主客"论是完全可以从美学上的主客体关系的意义上来阐释的。当然，李渔的说法还是在诗学框架之中的，尚未升华到纯粹哲学、美学的层面上；但它又并非一般的词学创作论，而是具有了普遍性的意义，具有了美学理论的价值。

李渔论词"贵新"，以"新"为词的首要价值，但他又主张"于浅近中求新"，反对以"齐谐志怪、南华志诞"一类的虚荒诞幻为新。因此，李渔又主张"词语贵自然"，他觉得在自然平实的风貌中见新奇，才是理想的"好词"。因而他力倡以自然济新奇，指出：

> 意新语新，而又字句皆新，是谓诸美皆备，由《武》而进于《韶》矣。然具八斗才者，亦不能在在如是。以鄙见论之，意之极新，反不妨

---

① （明）谢榛：《四溟诗话》卷3，中华书局1985年版，第41页。

词语稍旧，尤物衣敝衣，愈觉美好。且新奇未睹之语，务使一目了然，不烦思绎。若复追琢字句，而后出之，恐稍稍不近自然，反使玉宇琼楼，堕入云雾，非胜算也。……虽然极新极奇，却似词中原有之句，读来不觉生涩，有如数十年后，重遇故人，此词中化境，即诗赋古文之化境也。当吾世而幸有其人，那得不执鞭恐后。（第六则《词语贵自然》）

在力主"贵新"的同时，李渔便恐词作因之而流于奇诡生涩，故又主张语言风貌上的"自然"。用看上去很平常的语句来表达"极新之意"。从审美接受的角度来考虑，要使欣赏者能够"一目了然"。反之，如果过分雕琢词句，会使本来便极新奇之意，使人难解，"玉宇琼楼，堕入云雾"。那么，人们不禁要问：李渔既主张"语新"，这里又"贵自然"，岂不是自相矛盾？看上去，这两处说法是互相龃龉的，但实际上二者是互为补充的。李渔所谓"词语之新"绝非是要词的语言字句奇诡生涩，只是要不落俗套，以异于他人的方式来表达之。而主张"词语贵自然"，则是说愈是新奇之意，愈要以素朴清新、使人"一目了然"的语言风貌出现。这二者是可以、而且应该统一的。

"自然"在李渔词论中的重要内涵便是使欣赏者易于接受，"一目了然"，"读来不觉生涩"，故而李渔又以"使人可解"为词之要着。他提出：

诗词未论美恶，先要使人可解，白香山一言，破尽千古词人魔障，爨妇尚使能解，况稍稍知书识字者乎！尝有意极精深，词涉隐晦，翻绎数过，而不得其意之所在。此等诗词，询之作者，自有妙论，不能日叩玄亭，间此累帙盈篇之奇字也。有束诸高阁，俟再读数年，然后窥其涯涘而已。（第十则《词要可解》）

词首先要使人可解，方能实现其审美价值，所以李渔非常推崇白居易"老妪能解"的诗学原则。对那种"累帙盈篇奇字"的篇什，李渔是颇不以为然的。"使人可解"是"词语贵自然"的基本要义之一。

"贵自然"的另一要义是"合理"。"理"一是指事物自身的客观规律、本质特征。李渔提出："琢字炼句，虽贵新奇，亦须新而妥，奇而确。妥与确，总不越一理字，欲望句之惊人，先求理之服众。"（第七则《琢句炼字须合理》）从这种认识出发，李渔对同为"蜚声千载上下"的词中名句"云破月来花弄影"与"红杏枝头春意闹"有截然不同的评价。在李渔看来，

"云破"句"最服予心"，因其"词极尖新，而实为理之所有"。而"红杏"句虽甚受词学家之推崇，然却"不能服强项之笠翁"，原因即在其无"理"。李渔对此句极为不满："若红杏之在枝头，忽然加一闹字，此语殊难着解。争斗有声之谓'闹'，桃李争春则有之，红杏闹春，予实未之见也。闹字可用，则吵字、斗字、打字，皆可用矣。……予谓闹字极粗极俗，且听不入耳，非但不可加于此句，并不当见之诗词。"（同上）李渔反感于"红杏枝头春意闹"之句，倒并非有意与一般的词学家意见相左，而主要是认为它不"合理"，也就是不合于事物的客观规律与特征。李渔一定要用这种"物理"来衡诠词作，未必可取，他对"红杏"名句的评价也明显是有主观好恶的偏见在其中，但这又是从其词学观念出发所得出的必然结论。在李渔看来，它太不"合理"、违乎"自然"。

在李渔的词学观念中，"贵新"是最重要的审美价值尺度。但李渔所要求的，并非是奇诡诞幻、生涩隐晦之"新"，而是新与自然的统一。对于艺术的创新理论来说，这是一种更深刻的认识。不仅在词学中给人启示，在艺术美学中也有相当的普遍性意义。

三　李渔词论的几点特色

李渔并非专业词学家，甚至也不以词论擅名，他更多是以戏曲作家、戏曲理论家而著称于世。但他的艺术修养颇为全面，诗、词、曲无不精诣，戏曲、小说的创作与理论都在文学史上占有重要位置。多方面的艺术经验与理论修养使他有着广阔的视野，也使其词论有着与众不同的建树。应该看到，李渔的词论在诸多词学著作中是颇具特色的，很值得重视与探讨。我个人以为，下述几点可以见出李渔词论在词学研究中的特出之处。

1. 理论概括性与可操作性的结合

李渔的词论，不是在感性体悟的层次上评点词作，指摘名句，轩轾各代词家，而是在理性高度上揭示、界定词的本体特征，总结词的创作规律。《窥词管见》作为一部词学著作，从体例上看，与一般词话无异，但从理论的角度上看，它却超越了前此及同期的许多词话，有完整一贯的词学思想，各部分之间有内在的逻辑联系，体现出作者的高度理论概括能力。在诸家词话中，它无疑是一部具有很高理论层次的词论著作。其中提出的一些观点，并不囿于词学的畛域，而是具有较为普遍的美学意义。如前所述之"贵新"与"贵自然"等皆是。

但李渔并非空谈理论，他的词学观点并非由抽象理念演绎而来的。李渔不仅是词论家，同时也是一位相当有成就的词人。他的词集《耐歌词》，存词数百首。李渔的词论是其创作经验的升华。《窥词管见》不仅有很高的理论概括性，而且有着很强的可操作性。对于一些词学问题，他一方面明确提出自己的理论观点，一方面又出具体的作法。如他指出词与曲的区别时说：

> 有同一字义，而可词可曲者。有止宜在曲，断断不可混用于词者。试举一二言之，如闺中人口中之自呼为妾，呼壻为郎，此可词可曲之称也。若稍异其文，而自呼为奴家，呼壻为夫君，则止宜在曲，断断不可混用于词矣。如称彼此二处为这厢、那厢，此可词可曲之文也。若略换一字，为这里、那里，亦止宜在曲，断断不可混用于词矣。（第三则《词与曲有别》）

如讲"词要善于煞尾"（见第十四则）、"前后段必须联属"（见第十六则）、"词不宜用也字"（见第十八则）、"词忌连用数去声或入声"（见第十九则），等等，都是作词中的具体技术性问题，李渔讲得相当切实，便于运用，显示出作者深厚坚实的艺术功力与丰富的创作经验。理论概括性与可操作性的和谐统一，是李渔词论的重要特征。

2. 以比较的方法来界定词的本体特征

前面已经重点谈到李渔致力于词的本体特征的研究，着重揭橥词的"当行本色"。这里我们主要是看李渔用何种方法来从事这种研究的。关于词的本体特征，在李渔词论中是其逻辑起点所在，李渔没有用抽象的理论定义来界定之，而是通过比较的方法来做，主要是词与诗、词与曲的特征比较。作者在第一则《词立于诗曲二者之间》、第二则《词与诗有别》、第三则《词与曲有别》等篇章中，都通过词与诗、曲这两种与词具有亲缘关系的姊妹体裁语言、体段上的种种异同之比较，来呈现出词的"当行本色"。这种比较的方法，相当有效地、可感地揭示了词的本体特征。

3. 艺术辩证法的思维方式贯穿始终

从《窥词管见》中，我们不难看出，李渔的词学思想中有很深刻的辩证法因素。这种辩证性思维是贯穿于其词论的各部分之中的。如他论述"新"与"自然"的关系，就颇具艺术辩证法的思想的。又如他对词鉴古人的看法，既不主张一切都师法古人，也不主张对古人采取虚无的态度。他说："词当取法于古是已。然古人佳处宜法，常有瑕瑜并见处，则当取瑜掷瑕。若谓古人在在堪师，语语足法，吾不信也。"（第四则《古词当取瑜掷瑕》）"取瑜掷瑕"无疑是对待文学遗产的正确态度。这是建立在对古人之词的辩证分析上。关于词的意蕴与其词语表达之间的关系，李渔主张："意之曲者词贵直，事之顺者语宜逆，此词家一定之理。不折不回，表里如一之法，以之为人不无，以之作诗作词，则断断不可有也。"（第十一则《词语贵直》）这里所谈的曲与直、顺与逆的关系，无疑是一种艺术辩证法的运用。李渔在论及词的结尾时，提出"有以淡语收浓词者，别是一法"（第十五则《结句述景最难》），也同样体现了作者的辩证思维。李渔论词，通过辩证的思维方式，使其词学思想达到了相当的深度，蕴含着盘马弯弓式的艺术张力。

李渔的《窥词管见》，是一份宝贵的词学遗产，它所包含的词学思想，颇为丰富而又相当深刻，它一方面来自于词坛的创作实践，一方面又超越词学的层面，具有很高的美学理论意义。在词学发展史上有一席较为重要的地位。因此，进一步发掘李渔词论的理论价值，是很有意义的。

晚唐五代词的装饰性审美特征[*]

在词的发展史上，晚唐五代词有着特殊的地位，对宋词的影响更是十分直接的。在对晚唐五代词的美学理解中，我拈出"装饰性"来作为其独特的审美特征，也许从某种意义上可以更具美学色彩地观照那时词的艺术风貌。在"装饰性"这个命题下，可以展示词作为审美对象的一些独特层面。

关于词的"装饰性"，很多年前袁行霈先生已明确提出，并非我的"独家发明"。袁先生在论述温庭筠词时指出："温庭筠的词富有装饰性，追求装饰效果，好象精致的工艺品。其中引人注目的是斑斓的色彩，绚丽的图案，精致的装潢，以及种种令人惊叹的装饰技巧。……温词就好比一架画着金鹧鸪的美丽精巧的屏风，或者说是屏风上画着的艳丽夺目的金鹧鸪。温词的美是一种装饰美、图案美、装潢美，欣赏温词有时要象欣赏工艺品那样，去欣赏那些精巧细致之处。"① 袁先生对温词的评价真可谓独具慧眼，发人所未发。我以"装饰性"作为这篇文章的基本命题，主要是考虑到从这个角度对文学作品进行审美解读，应该指出这是一种从造型艺术转借而来，其艺术语言并不相同。

一 "装饰性"在诗词的审美批评中的含义

"装饰化"在文学中是一种比喻性说法，在这里指的是诗词中那种以文字的艺术语言创造出的具有装饰效果的意象，它们以鲜明的视觉性、图案化和节奏感在作品中反复出现，成为诗词中一些抢眼的"亮点"，从而也营造出一种整体的艺术氛围。

"装饰性"与装饰艺术是有深厚渊源的，但它当然不是指装饰艺术本身

---

* 本文刊于《文学评论》2005 年第 3 期。
① 袁行霈：《中国诗歌艺术研究》，北京大学出版社 1987 年版，第 322 页。

的一些具体特点，而是从中升发出来的带有普遍性的审美性质。苏联美学家奥夫相尼柯夫等主编的《简明美学辞典》中解释"装饰性"说："（来源于拉丁文 decoro…修饰）。1. 指艺术作品的特殊性质，这类艺术作品是以形式的优雅修饰、人物形象和自然界的美化、细节的精美加工为特色的。2. 指对织物、日用品和建筑物的内部陈设（室内装饰）进行艺术加工和修饰，也就是说，专指装饰艺术。"① 我们这里所取的意思自然是第一种。苏珊·朗格对装饰性的独特理解，是具有很高的美学价值的，她说："那么，什么是装饰呢？它明显的同义词是'添饰'（ornamentaion）'美饰'（embellishment）。但一如大多同义词，它们不完全相等。'装饰'不单纯像'美饰'那样涉及美，也不单纯暗示增添一个独立的饰物。装饰（decora-tion）与'得体'（decorum）为同源词，它意味着适宜、形式化。然而，适宜于什么呢？是什么形式化了呢？一个视觉的表面。优秀装饰的直接效果就是以某种方式使这一表面更易视见。织物的漂亮镶边不仅强化了它的边缘，而且突现了无文饰的布面。而且，一个规则而完整的图案，如果是好看的，就会使这一表相浑然统一，而非姿态纷杂。无论如何，即使取基本的图案也能集中并吸引人们的视线，去观看它所装饰的空间。"② 朗格对装饰性的阐说，一方面是密切结合着装饰艺术的实际，一方面又揭示了它的美学品格，特别适合于说明诗词创作中的装饰性特征。

　　诗词中的"装饰性"审美特征，是以文字作为艺术语言构造出来的。它不具备造型艺术那样的直接可感性，并非附丽于其他物质材料如陶瓷、布匹、铜铁等的表面而呈现于审美主体的视觉，而是指诗人创造出更多色彩鲜明而又互相对比的意象，更多考虑内在构图的完整，使读者在阅读时感受到图案化的内在视像。

二　装饰性在词中的显例

　　如果说这种装饰性特征在词的初起时还没什么更多的显现，而到晚唐时便蔚然而兴，到五代时则成为词创作的一大特征。词人以具有鲜明视觉效果

---

① ［苏联］奥夫相尼柯夫、拉祖姆内依主编：《简明美学辞典》，冯申译，知识出版社 1981 年版，第 31 页。

② ［美］苏珊·朗格：《情感与形式》，刘大基等译，中国社会科学出版社 1986 年版，第 73 页。

的语汇来刻画环境、物体和人物，如同一幅幅图案式的画面，借以强化了词的情感因素。在晚唐五代词中，如"画堂"、"红蜡"、"罗襦"、"琐窗"、"绣袂"、"金缕"等语汇，大量地存在，反复地使用，这是装饰性的突出呈现。最为经典的要数温庭筠的《菩萨蛮》。这首词大家都颇为熟悉，但为从装饰性的角度来说明它，还是引出为好：

> 小山重叠金明灭，鬓云欲度香腮雪。懒起画蛾眉，弄妆梳洗迟。
> 照花前后镜，花面交相映。新帖绣罗襦，双双金鹧鸪。

关于这首词的主旨，无须再加辨析，无非是一女子闺中独处之寂寞而已。然旧说以为从词中所写之环境，系贵家女子，则恐未必。词中环境虽写得金碧堂皇，但通观温词及其乐府，再看看《花间集》中的篇什，便知这不过是温氏及当时词人的一贯手法而已，并非一定是在写什么贵家女子。这种手法，恰恰正在其"装饰性"。我们可以通过对温氏的这首词中一些装饰性语汇的分析，连及其他晚唐五代词中的同类用法，从而看到其普遍性的意义所在。所谓"小山"，盖指女子居室的屏风。屏风的装饰性在晚唐五代词中是非常普遍的，而且基本上都是女子居室环境中的重要标志。所以，晚唐五代词中写女子居处多以"画屏"、"云屏"、"银屏"来点缀，具有典型的装饰性效果。如栩庄评温词云："小山，当即屏山，犹言屏山金碧晃灵也。"① 所言正是。以屏风的图案效果作为女子居处之装饰，以温词为代表，而遍及于晚唐五代词中，如温词中还有"鸳枕映屏山，月明三五夜，对芳颜"（《南歌子》）、"画楼离恨锦屏空，杏花红"（《蕃女怨》）；如韦庄《谒金门》中"有个娇娆如玉，夜夜绣屏孤宿"；牛峤《菩萨蛮》"何处是辽阳，锦屏春昼长"、"画屏重叠巫阳翠，楚神尚有行云意"；张泌《浣溪沙》中的"花月香寒悄夜尘，绮筵幽会暗伤神。婵娟依约画屏人"，等等，都以屏风的明丽图案作为人物的背景。

　　作为人物面容描绘的"蛾眉"，在中国古典诗词中可以是关于美女的传统意象，是作为对于美女的整体形象的指代的用法，但在晚唐五代词中对"蛾眉"的突出描绘，强化了其中对女子人体的装饰性效果已经图案化、模式化，成为诗词中有鲜明视觉效果而又有抽象意味的意象。如韦庄《清平乐》中的"妆成不画蛾眉，含愁独倚金扉"、冯延巳《菩萨蛮》中的"惊

---

① 转引自张璋《全唐五代词》，上海古籍出版社 1986 年版，第 195 页。

梦不成云，双蛾枕上颦"、李煜《清平乐》中"琼窗春断双蛾皱，回首边头。欲寄鳞游，九曲寒波不泝流"，等等。词人还多用"翠黛"、"翠蛾""远山""春山"等形容代指美女容貌，也同样有这种装饰化的作用。如和凝《天仙子》"洞口春红飞蔌蔌，仙子含愁眉黛绿"、冯延巳《鹊踏枝》"低语前欢频转面，双眉敛恨春山远"、顾敻《玉楼春》中的"惆怅少年游冶去，枕上两蛾攒细绿"、魏承班《玉楼春》中的"轻敛翠蛾呈皓齿，莺啭一枝花影里"等。

前引温词下片的"新帖绣罗襦，双双金鹧鸪"，尤其能说明这首词中的装饰性质。女子的绣衣上新帖的是一对金色的鹧鸪，这是最为典型的装饰性图案。李冰若评此词云："'新帖绣罗襦'二句，用十字止说得襦上绣鹧鸪而已。统观全词意，谀之则为盛年独处，顾影自怜；抑之则侈陈服饰，搔首弄姿。"① 其实，词写女子的容貌服饰，镂金错彩，并非一定要从中见出女子身份，而恰恰是开了词的装饰化的风气。清人丁寿田评飞卿词甚有道理，其云："飞卿词每如织锦图案，吾人但赏其调和之美耳，不必泥于事实也。"② 此语最能道出飞卿词的价值所在。"不必泥于事实"，正在于飞卿在词中所写非以写实为其取向，而在于词篇幅所创造出的和谐的、整体的画面，所谓"调和之美"。这种画面不仅在于内在结构的和谐和有机化，更在于它突出的视觉装饰效果，温庭筠、韦庄和其他"花间派"词人的创作大都以此为其特色，即对一些颇具装饰效果的器具、环境等进行精雕细刻，给读者以鲜明的视觉印象。清人王士禛举了几个具体的例子来说明他的看法，他说："花间字法，最着意设色，异纹细艳，非后人纂组所及。如'泪沾红袖黦'、'犹结同心苣'、'豆蔻花间趖晚日'、'画梁尘趖'、'洞庭波浪趖晴天'，山谷所谓古蕃锦者，其殆是耶！"③ 王渔洋之语，最为集中地说明了花间词的"装饰化"倾向，只是他举的例子还不够典型而已。所谓"着意设色"，是云其有意识地为了强化词的装饰效果，对所描写的事物作精心的色彩加工，而且使之在整体上呈现出非常和谐而又自然的样态。所谓"异纹细艳"，是指词作呈现的境像是图案化、纹样化的，而且刻画非常精密艳丽。山谷之语，未知出处，但其意思是谓花间词如具有彩色花纹的锦缎，这

---

① 转引自张璋《全唐五代词》，上海古籍出版社1986年版，第195页。

② 同上书，第199页。

③ （清）王士禛：《花草蒙拾》，见唐圭璋《词话丛编》第1册，中华书局1986年版，第673页。

是说它们具有装饰化的特点。渔洋又说："或问花间之妙，曰：蹙金结绣而无痕迹。"① 将花间词的妙处概括为"蹙金结绣"，同样揭示了其装饰性的美感特征。

三　装饰化特征在唐五代词中的普遍存在

唐五代词装饰性特征，就具体的元素而言，体现为身体装饰、服饰，如前举之蛾眉、绣襦等；还有头饰，如金钿、翠翘等；体现为与人物直接相关的器具、用品，如鸳被、绣衾、鸳枕、鸾镜、罗扇、银釭、兰烛、红烛等；体现为居室环境的，如画屏、绣帐、罗幕、珠帘、珠箔、画堂、画梁、琐窗、朱户、绣户等；体现为整体环境的，如画楼、画阁、画船、兰桡、锦帆等。词人以这些有着浓重的装饰化倾向的意象为其词的"网结"，构织成一个整体的结构。而这些元素，都以明丽的色彩和图案，使人产生强烈的视觉印象。王国维评温词谓："'画屏金鹧鸪'，飞卿语也，其词品似之。"② 拈"画屏金鹧鸪"以为温词的"词品"，是颇可说明温词的装饰化倾向的。"金鹧鸪"是画屏上的图案，也是花间词最为典型的图案之一。

从人物的头饰和服饰来看，金钿、翠翘、凤钗、绣襦、罗襦、绣衣等是晚唐五代词中最为普遍的语汇，而这些的装饰化性质是非常鲜明的。金钿即金花，指女子的首饰；金钿作为头饰，突出其颜色和形状。翠翘，指鸟尾的长羽毛，是带有花纹的，翠翘这词中指做成这种样子的首饰。凤钗，是做成凤形的一种首饰。词人对女子首饰的描写，都是突出其颜色和形状。如温庭筠《菩萨蛮》中的"藕丝秋色浅，人胜参差剪。双鬓隔香红，玉钗头上风"、"翠钗金作股，钗上蝶双舞"，韦庄《浣溪沙》中的"清晓妆成寒食天，柳球斜袅间花钿，卷帘直出画堂前"，和凝《江城子》中的"整顿金钿呼小玉，排红烛，待潘郎"，张泌《浣溪沙》中的"偏戴花冠白玉簪，睡容新起意沉吟，翠钿金缕镇眉心"，李珣《浣溪沙》中的"入夏偏宜淡薄妆，越罗衣褪郁金黄，翠钿檀注且容光"，李璟《应天长》中的"一钩初月临妆镜，蝉鬓凤钗慵不整"，等等，晚唐五代词中描写女子多写头饰，而头饰的描写基本上都是这些语汇。再就是对于女子服饰的描绘，涉及于此，则尽为

① （清）王士禛：《花草蒙拾》，见唐圭璋《词话丛编》第 1 册，中华书局 1986 年版，第 675 页。

② （清）王国维：《人间词话》，人民文学出版社 1960 年版，第 195 页。

绣襦、绣衣等语汇，都强调了服饰的华美和绣图，图案化是其突出特征。如温庭筠《菩萨蛮》中的"金雁一双飞，泪痕沾绣衣"，双飞之金雁，乃是衣上绣的图案。温庭筠《南歌子》中的"手里金鹦鹉，胸前绣凤凰"，魏承班《生查子》中的"羞看绣罗衣，为有金鸾并"，顾夐《浣溪沙》中的"荷芰风轻帘幕香，绣衣鸂鶒泳回塘，小屏闲掩旧潇湘"，另一首《浣溪沙》中的"粉黛暗愁金带枕，鸳鸯空绕画罗衣，那堪辜负不思归"，又如孙光宪《定风波》中的"帘拂疏香断碧丝，泪衫还滴绣黄鹂"，等等。这是晚唐五代词写女子服饰的最基本的模式。写女子服饰必为绣衣，而绣衣上都是有凤凰、鸂鶒、黄鹂等图案的。其间的装饰性质，是再明显不过的了。

与人物关系密切的器具，也都有着明显的装饰性质。如女子用的镜子、罗扇，还有用的灯烛等，在晚唐五代词中也都以颜色和图案的雕画形容之。如温庭筠《女冠子》中的"雪胸鸾镜里，琪树凤楼前"，冯延巳《南乡子》中的"烟锁凤楼无限事，茫茫，鸾镜鸳衾两断肠"、《鹤冲天》中的"晓月坠，宿云披，银烛锦屏帏"，李珣《河传》中的"惟恨玉人芳信阻，云雨，屏帏寂寞梦难成。斗转更阑心杳杳，将晓，银斜照绮琴横"，魏承班《玉楼春》中的"金风轻透碧窗纱，银釭焰影斜"，等等。"鸾镜"是指饰有鸾鸟图案的妆镜，"银釭"即银灯，突出了灯具的耀目光泽。

用品、器具中的装饰性特征，还体现在"鸳被"、"绣衾"、"鸳枕"这类关于卧具的描写中。如温庭筠《南歌子》中的"脸上金霞细，眉间翠钿深。欹枕覆鸳衾"、"扑蕊添黄子，呵花满翠鬟，鸳枕映屏山"，冯延巳《应天长》中的"当时心事偷相许，宴罢兰堂肠断处。挑银灯，扃珠户，绣被微寒值秋雨"，韩偓的《生查子》中的"懒卸凤凰钗，羞入鸳鸯被。时复见残灯，和烟坠金穗"，牛峤《梦江南》中的"红绣被，两两间鸳鸯。不是鸟中偏爱尔，为缘交颈睡南塘，全胜薄情郎"、《感恩多》中的"自从南浦别，愁见丁香结。近来情转深，忆鸳衾"、《菩萨蛮》中的"今宵求梦想，难到青楼上。赢得一场愁，鸳衾谁并头"，顾夐《甘州子》中的"露桃花里小楼深，持玉盏，听瑶琴。醉归青琐入鸳衾，月色照衣襟。山枕上，翠钿锁眉心"，等等。词人用鸳鸯图案的被枕等作为人物的陪衬。

作为人物的室内环境，词人又通常描写绣帐、罗幕、画帘、珠箔等，这也是晚唐五代词中普遍可见的。这种对帘幕之类的烘染，产生着浓重的装饰化效果。这恐怕在词人来说，也是自觉而有意识的。无论是绣帐、画帘，还是绣帏、珠箔，都是带有图案的。如温庭筠《女冠子》中的"霞帔云发，钿镜仙容似雪。画愁眉，遮语回轻扇，含羞下绣帏"，和凝《临江仙》中的

"海棠香老春江晚，小楼雾縠空蒙。翠鬟初出绣帘中，麝烟鸾佩惹苹风"，冯延巳《清平乐》中的"雨晴烟晚，绿水新池满。双燕飞来垂柳院，小阁画帘高卷"、《虞美人》中的"银屏梦与飞鸾远，只有珠帘卷"，孙光宪《浣溪沙》中的"风递残香出绣帘，团窠金舞凤襜襜，落花微雨恨相兼"、《更漏子》中的"红窗青，画帘垂，魂销地角天涯"，等等。

晚唐五代词也多写人物居室的门窗，所用语汇多为绣户、琐窗、朱户，已成为一种固定的模式。如和凝《江城子》："含笑整衣开绣户，斜敛手，下阶迎"，冯延巳《虞美人》："碧波帘幕垂朱户，帘下莺莺语"，李煜《菩萨蛮》："雨雪深绣户，未便谐衷素。宴罢又成空，魂迷春梦中"，徐昌图《木兰花》："沉檀烟起盘红雾，一箭霜风吹绣户"，韦庄《木兰花》："独上小楼春欲暮，愁望玉关芳草路。消息断，不逢人，却敛细眉归绣户"，顾敻《虞美人》："杏枝如画倚轻烟，琐窗前"，等等。这些对门窗的描写，都突出了其装饰性的图案。

晚唐五代词中对于人物居室的描写，在内则常称之为"画堂""画梁"，在外则常称之为"画楼""画阁"，也都是以鲜明的图案性画面来进行渲染的，其装饰化的特点是无须待言的。如温庭筠《更漏子》中的"玉炉香，红蜡泪，偏照画堂秋思"、《蕃女怨》中的"玉连环，金镞箭，年年征战。画楼离恨锦屏空，杏花红"，如冯延巳《临江仙》中的"冷红飘起桃花片，青春意绪阑珊。画楼帘幕卷轻寒"、"云屏冷落画堂空，薄晚春寒无奈，落花风"、《虞美人》中的"画堂新霁情萧索，深夜垂珠箔"，李煜的《喜迁莺》中的"啼莺散，余花乱，寂寞画堂深院"、《菩萨蛮》中的"画堂南畔见，一向偎人颤"、《谢新恩》中的"庭空客散人归后，画堂半卷珠帘"，韦庄《浣溪沙》中的"咫尺画堂深似海，忆来唯把旧书看，几时携手入长安"，冯延巳《采桑子》中的"愁心似醉兼如病，欲语还慵。日暮疏钟，双燕归栖画阁中"，魏承班《玉楼春》中的"寂寂画堂梁上燕，高卷翠帘横数扇。一庭春色恼人来，满地落红几片"、《诉衷情》中的"银汉云晴玉漏长，蛩声悄画堂"、《临江仙》中的"何事狂夫音信断，不如梁燕犹归。画堂深处麝烟微。屏虚枕冷，风细雨霏霏"，毛熙震《小重山》中的"梁燕双飞画阁前。寂寥多少恨，懒孤眠"，孙光宪《浣溪沙》中的"月淡风和画阁深，露桃烟柳影相侵，敛眉凝绪夜沉沉"，等等。词人的观照角度，有时是室内的厅堂，有时是从外面来看女子的居处，但都是将它们写成"雕龙画凤"式的。

词人也常写屋檐、井台，也都是为了烘托人物心理的。这些事物的描写，词人也都是用"雕檐"、"金井"来形容之，如冯延巳《醉花间》中的"月落霜繁深院闭，洞房人正睡。桐树倚雕檐，金井临瑶砌"、《抛球乐》中的"坐对高楼千万山，雁飞秋色满阑干。烧残红烛暮云合，飘尽碧梧金井寒"，李璟《应天长》中的"柳堤芳草径，梦断辘轳金井"，韦庄《更漏子》中的"钟鼓寒，楼阁暝，月照古桐金井"，等等。

词人们还经常在词中描写江南水乡的船，也是以"画船"或"兰桡"、"锦帆"形容之，使之呈现出色彩明丽的图案。这当然也是作为人物的环境而烘衬的。如温庭筠《河渎神》中的"谢娘惆怅倚兰桡，泪流玉箸千条"，和凝《春光好》中的"蘋叶软，杏花明，画船轻。双浴鸳鸯出绿汀，棹歌声"，韦庄《河传》中的"秋光满目，风清露白，莲红水绿。何处梦回，弄珠拾翠盈盈，倚兰桡，眉黛蹙"、《菩萨蛮》中的"人人尽说江南好，游人只合江南老。春水碧于天，画船听雨眠"、《河传》中的"何处，烟雨。隋堤春暮，柳色葱茏。画桡金缕，翠旗高飐香风，水光融"，李珣《临江仙》中的"乘彩舫，过莲塘，棹歌惊起睡鸳鸯。游女带花偎伴笑，争窈窕，竞折团荷遮晚照"、《临江仙》中的"山果熟，水花香，家家风景有池塘。木兰舟上珠帘卷，歌声远，椰子酒倾鹦鹉盏"、《柳含烟》中的"隋堤柳，汴河旁。夹岸绿荫千里，龙舟凤舸木兰香，锦帆张"，孙光宪《菩萨蛮》中的"青岩碧洞经朝雨，隔花俱唤南溪去。一只木兰船，波平远浸天"，等等。这里所写的船只，都画着斑斓美丽的图案。

四　色彩、结构与图案：装饰性的关键

其实，前面所述之体现着装饰化的语汇，在晚唐五代之前的诗词作品中业已大量存在，我们之所以选择了晚唐五代词作为研究对象，是因其超越了个别的、零散的形态，而形成了和谐的结构模式。这也正是装饰美的最重要的美学性质。

装饰艺术以其色彩的秾丽及其对比、纹样有节奏的重叠和图案的有机组合为特点，其实也就是汉语中"文"的概念。《说文解字》云："文，错画也，象交文。"可见"文"的本义就是指纹样的交错组合，其间是颇有装饰性美感的。自然现象本身，就体现出某种装饰性的特征，因而使自然成为主要的审美领域。刘勰于此颇有见地，他在《文心雕龙》开篇的《原道》中说：

文之为德也大矣，与天地并生者，何哉？夫玄黄色杂，方圆体分。日月叠璧，以垂丽天之象；山川焕绮，以铺地理之形，此盖道之文也。仰观吐曜，俯察含章，高卑定位，故两仪既生矣。惟人参之，性灵所钟，是谓三才。为五行之秀，实天地之心。心生而言立，言立而文明，自然之道也。傍及万品，动植皆文。龙凤以藻绘呈瑞，虎豹以炳蔚凝姿。云霞雕色，有逾画工之妙；草木贲华，无待锦匠之奇。夫岂外饰，盖自然耳。①

　　刘勰所说的是"自然之文"，所谓"雕色"、"藻绘"等，都具有装饰性的图案特点，而工艺美术中的装饰艺术，正是从自然的装饰性因素中抽象出来的。文学创作中装饰性特征，则是用文字构织出这种内在的图案化意象。刘勰在《文心雕龙》中的《情采》篇里，又谈道："故立文之道，其理有三：一曰形文，五色是也；二曰声文，五音是也；三曰情文，五性是也。五色杂而成黼黻，五音比而成韶夏，五情发而为辞章，神理之数也。"②"形文"，也就是五色按一定规律构成的图案。"黼黻"即指古代礼服上绘绣的花纹，这是带有明显的装饰性的。
　　装饰艺术的色彩运用是以富于对比的变化而形成具有节奏感的图案的。对于视觉艺术而言，是一个非常重要的因素。艺术理论家贡布里希论述装饰艺术时对于色彩及其在图案中的作用有独到的论述，他认为："在分析视觉效果时如果只限于几何形式而不考虑色彩，那将是一大局限。"③ 贡氏还介绍了化学家谢弗鲁尔发现的"邻色对比法则"，认为"色彩相互作用这一领域充满着使人惊奇的效果"④。从这种角度看，晚唐五代词在文学语言的色彩运用上是非常典型的，因而，也就造成了颇为鲜明的装饰化效果。袁行霈先生即认为造成温词的装饰性的主要方法之一便是"大量使用诉诸感官的秾丽词藻"。袁先生还对《花间集》中所收的66首温词加以统计，"视觉方面，用'红'字达16次之多，如艳红、香红、愁红、红烛、红袖、红粉等等"⑤。袁先生这里所说的，其实也就是作品中的色彩运用。晚唐五代词人

---

　　① 范文澜：《文心雕龙注》，人民文学出版社1962年版，第1页。
　　② 同上书，第537页。
　　③ ［英］E. H. 贡布里希：《秩序感——装饰艺术的心理学研究》，杨思梁等译，湖南科学技术出版社2003年版，第158页。
　　④ 同上。
　　⑤ 袁行霈：《中国诗歌艺术研究》，北京大学出版社1987年版，第322页。

中，温词的色彩明艳自然是有目共睹的，不仅是袁先生所举的"红"，另如"金"、"碧"、"青"等也俯拾皆是。其他还有一些是以事物本身来呈现一种色彩感的，如"凤凰相对盘金缕，牡丹一夜经微雨"（《菩萨蛮》），牡丹以其明丽的红色而与"金缕"相对举，其色彩感非常鲜明。不仅是温庭筠，晚唐五代的其他词人也多是非常注重用明艳的色彩来描绘意象的。李冰若评花间词云其中一派为"镂金错彩，缛丽擅长"，其实就是色彩的明丽。

装饰艺术体现为一种鲜明的秩序感，体现为结构的和谐。贡布里希就是以《秩序感》为书名来论述装饰艺术的。把一幅装饰性艺术作品作为一个整体的东西加以观照，其内在的图案、线条之间形成匀称、重叠的结构，给人以鲜明的视觉印象。晚唐五代词之所以在这方面可以特别提出，最主要的还不是那些装饰性元素如"蛾眉"、"画屏"等的存在，而在于它们按着一定的结构，参杂着组合为一幅完整的和谐的图案。这一点，在温庭筠、韦庄、和凝、冯延巳等人的篇什中体现得是颇为鲜明的。如温庭筠的《菩萨蛮》其十云："宝函钿雀金，沉香阁上吴山碧。杨柳又如丝，驿桥春雨时。画楼音信断，芳草江南岸。鸾镜与花枝，此情谁得知。"《更漏子》："柳丝长，春雨细，花外漏声迢递。惊塞雁，起城乌，画屏金鹧鸪。　香雾薄，透帘幕。惆怅谢家池阁。红烛背，绣帘垂，梦长君不知。"飞卿这类词作可说是晚唐五代词的代表。词中虽然多有如"画屏"、"画楼"、"鸾镜"等装饰性很强的意象，但它们之间并非无序地堆砌在一起的，而是构成了有内在层次感、秩序感的完整结构。汤显祖评温词谓其"得画家三昧"[1]，即是指此。而前举丁寿田所评的"每如织锦图案，吾人但赏其调和之美"，是最中肯綮的。"调和之美"正是指它们有着和谐的内在结构。

在晚唐五代词中时时出现的这些较为典型的装饰性意象，在颜色、形状等方面都是有着鲜明的图案性质的。图案是以内在结构的规律性和节奏感等为其特征的。结构与图案是密不可分的。袁先生指出造成温词的装饰性的方法之一是"构图的精巧"，并举温庭筠《菩萨蛮》中的"小山重叠金明灭，鬓云欲度香腮雪"为最典型的例子。晚唐五代词中往往是这样一些结构元素如"画楼"、"画堂"、"画屏"、"琐窗"、"鸳被"、"蛾眉"等构织出整体的图案的，有的是由外到内，有的则是由内到外，虽然各篇之间多有差异，但其间的层次感和内在关系还是有迹可循的。如顾敻的《玉楼春》：

---

① 李冰若：《花间集评注》，人民文学出版社1993年版，第17页。

"月照玉楼春漏促，飒飒风摇庭砌竹。梦惊鸳被觉来时，何处管弦声断续。　　惆怅少年游冶去，枕上两蛾攒细绿。晓莺帘外语花枝，背帐犹残红蜡烛"，冯延巳的《南乡子》："细雨湿流光，芳草年年与恨长。烟锁凤楼无限事，茫茫，鸾镜鸳衾两断肠。　　魂梦任悠扬，睡起杨花满绣床。薄幸不来门半掩，斜阳，负你残春泪几行"，等等。这样的篇什基本是由外及内的，词人先写了外面的环境，烘托了惆怅的氛围，再描绘女子的居处，进一步渲染女子的心绪；又通过"两蛾"颦蹙，鸾镜、鸳衾等透出女子的怨艾。鹿虔扆的名作《临江仙》："金锁重门荒苑静，绮窗愁对秋空。翠华一去寂无踪。玉楼歌吹，声断已随风。　　烟月不知人事改，夜阑还照深宫。藕花相向野塘中。暗伤亡国，清露泣香红。"这首词也是先写主人公的居处环境，然后再写其"暗伤亡国"的内心世界。再一类则是由内及外的结构方式，词人先写主人公的寂寞情怀，然后再渲染周围的环境，如毛熙震的《何满子》："寂寞芳菲暗度，岁华如箭堪惊。缅想旧欢多少事，转添春思难平。曲槛丝垂金柳，小窗弦断银筝。　　深院空闻燕语，满园闲落花轻。一片相思休不得，忍教长日愁生。谁见夕阳孤梦，觉来无限伤情。"这首词则是从主人公的自伤寂寞，再写到小窗深院等环境。这两类结构方式略有不同，但都形成了一定的结构定势，在唐五代词中是具有代表性的。

　　图案的要素在晚唐五代词中意义是十分突出的。或许可以说，文学语言的图案化，在晚唐五代词中是最为典型的。如"画屏"、"绣帘"、"琐窗"、"雕檐""鸳被"、"画桡"等等，都是以规则的、色彩鲜艳的图案而呈现于人们的内在视像的。但如"鹧鸪"、"鸳鸯"、"凤凰"、"鸂鶒"等鸟的意象，都并非是具体的实物的描写，而是在装饰艺术中经常出现的图案。这类鸟都是以雄雌双栖为其特性的，在中国传统文化中成为象喻爱情幸福的原型意象，出现在词里，却往往是反衬着主人公的孤寂。而从视觉的意义上看，这些意象成为词中的最具艺术冲力的"高光点"。用贡布里希的话称之为"视觉显着点"（visualaccent）。这类意象之所以能成为"视觉显着点"，在于它们在词的整体结构中的突出及与其他成分之间的"中断"。贡布里希提出"中断效果"的概念，他说："中断的效果即我们从秩序过渡到非秩序或非秩序过渡到秩序时所受到的震动。……所谓'视觉显着点'，一定得依靠这一中断原理才能产生。视觉显着点的效果和力量都源于延续的间断，不管是结构密度上的间断、成分排列上的间断还是其他无数种引人注目的间断。"① "蛾眉"、"画屏"、"金鹧鸪"、"琐窗" 等，带有鲜明图案感的意象，在整个的结构中显得非常特出，使读者的内在视觉受到了强烈的震撼。苏珊·朗格则认为，装饰艺术所创造的空间，是最能吸引人们视线的，她说："优秀装饰的直接效果就是以某种方式使这一表面更易视见。织物的漂亮镶边不仅强化了它的边缘，而且突出了无文饰的布面。而且，一个规则而完整的图案，如果是好看的，就会使这一表相浑然统一，而非姿态纷杂。无论如何，即使最基本的图案也能集中并吸引人们的视线，去观看它所装饰的空间。"② 朗格的观点对于我们认识晚唐五代词的装饰化倾向的审美效果来说，是有很大的助益的。词人们以其具有鲜明装饰意义的意象，并以和谐的、富有秩序感的结构，创造出浑然一体的、却又非常能够吸引人们视线的艺术空间，这在中国古代诗艺中是颇为值得注意的。

从晚唐五代的大量词作来看，这类由诸如"画屏"、"蛾眉"、"鸳被"等意象所构成的词境，与其说是"写实"，毋宁说是模式化的刻画。虽然这些作品之间并不都表现同一类情感，但翻检这些词作所用的重复性颇强的这种意象，可以得出这样的认识：它们都不是词人当下感兴的产物，不是审美主客体情景相遇而生成的那种独一无二的情境，而是用一种既成的、带有明显装饰化倾向的意象组合成一个完整的画面。李冰若评飞卿词云："飞卿惯用'金鹧鸪'、'金鹨鹕'、'金凤凰'、'金翡翠'诸字以表富丽，其实无非绣金耳。"③ 所谓"绣金"，正是装饰化最好的代名词。这和丁寿田所云的"如织锦图案"，真是不谋而合。

从装饰化的角度看，对于一些问题会产生不同于以往的认识。同行们大概不会否认，"画屏"、"蛾眉"、"绣户"这类意象并非词人在特定情境下的感兴，而是以现成的、装饰性很强的图案加以变化、组合甚至拼装而形成的词境。接下来我的看法是，这种装饰感很强的意象和语汇，一是突出了内在的视觉作用，如前面所提到的苏珊·朗格的论述；二是并非僵化的、缺少生命感的，而是带有很强的生命力的情感。这一点，苏珊·朗格也有明确的阐述："纯装饰性图案是有生命力的情感向可见图形与可见色彩的直接投

---

① ［英］E. H. 贡布里希：《秩序感——装饰艺术的心理学研究》，杨思梁等译，湖南科学技术出版社 2003 年版，第 124 页。

② ［美］苏珊·朗格：《情感与形式》，刘大基、傅志强、周发祥译，中国社会科学出版社 1986 年版，第 73 页。

③ 李冰若：《花间集评注》，人民文学出版社 1993 年版，第 16 页。

射。装饰也许富于变化，也许十分简单，但总是具有几何图形（如欧几里得的标准图形）所未具有的东西运动和静止，节奏统一和整体性。图案具有生命形式，更精确地说，它就是生命形式，虽然它不必代表任何有生命的东西，譬如说不是葡萄，也不是海螺。而数学形式就是另外一回事。装饰性线条和版面，在它们自己所似乎'创造'的生命力之中表现生命力；它们一旦勾画出实际在做什么的动物如一只鳄鱼、一只鸟、一条鱼，那个静止的动物就像动起来一般（某些文化传统的图案尤其如此）。会聚于中心的线条，即从那个中心'辐射'出来，尽管它们与中心的位置关系实际上并未改变。同种因素或和谐因素彼此重复着，色彩也彼此平衡着，尽管它们实际上没有重量，等等。所有这些比喻词语都是指明虚幻对象即创造的幻象的关系的，而且它们不仅用于黑板画、壁画，也同样可用于船桨和围裙上的最简单的图案，如果它们在艺术上是优秀的话。"① 这段论述相当透辟地论述了装饰艺术的生命感，笔者认为也同样可以说明唐五代词中的装饰性效果。词中所写的服饰上的、被子上、枕头上所绣的鹧鸪、凤凰、鸳鸯、雀这些动物图案，另一方面包蕴着爱情的情感内涵，来自于中国的文化与民俗传统，一方面也以其生动的、活泼的生命力，使人感到了灵动之气。植物图案如兰、芙蓉等，也都给人以鲜活的生命感。

第三点是它们的抽象性质。这是需要展开说明的。

五　装饰化与审美抽象

词中所刻写的这些装饰性意象，如前所述，并非由感兴所生成，而绝大多数是以来自于中国古典诗词中的原型意象系统中的既成的一些意象。它们是具体可感的，带有鲜明的可视性，但我们又可以体认到，与其说它们是对鲜活的、具体的事物的描写，不如说它们是一类事物的概括性意象。在唐五代词中所写的如"蛾眉"、"屏山"、"金鹧鸪"、"画堂"、"琐窗"等等，其实都没有个体化的、殊相的特征，而是这一类事物的具象而已。易言之，这也是一种抽象，是一种具象化的抽象，是一种艺术称号性的抽象，它当然是不同于语言概念的抽象的。我在此提出一个美学角度的命题，曰："审美抽象"。这也是装饰艺术的题中应有之义。

---

① ［美］苏珊·朗格：《情感与形式》，刘大基等译，中国社会科学出版社1986年版，第75页。

　　20世纪初叶，德国美学家沃林格出版了他的代表作《抽象与移情》，在盛极一时的"移情"说之外提出了"抽象冲动"的命题。对立普斯在西方的美学界产生了非常普遍的重要影响的"移情"说作了理性的批判，指出其以偏概全的弊病。他认为，人类的艺术意志不只是呈现为移情冲动，还呈现为抽象冲动。沃林格并非否定移情冲动的存在，而是将抽象与移情视为艺术意志的两极运动形态，并以此考察人类艺术的演化史。他得出这样的结论："必有一种与移情本能恰恰相反的本能存在，这种本能遏制了满足移情需要的事物。在我们看来，移情需要的这个对立面就是抽象冲动。"① 从笔者的理解而言，这种由艺术意志出发的"抽象冲动"，其形式不是语言概念的抽象，而是一种充满生命感的艺术抽象。沃林格揭示了抽象冲动的心理条件，他说："什么是抽象冲动的心理条件呢？对此，我们就必须到那些民族的世界感中，到他们面对宇宙的心理态度中去探寻这种心理条件。移情冲动是以人与外在世界的那种圆满的具有泛神论色彩的密切关联为条件的，而抽象冲动则是人由个在世界引起的巨大内心不安的产物，而且，抽象冲动还具有宗教色彩地表现出对一切表象世界的明显的超验倾向，我们把这种情形称为对空间的一种极大的心理恐惧。蒂布尔曾说：'上帝首先在世界中造成了恐惧'，因而，这种对空间的恐惧感本身也就被视为艺术创造的根源所在。"② 这里，沃林格除了指出"抽象冲动"的根基在于"世界感"外，还指出了它的艺术本质。沃林格下面的话更明确地揭示了其与理性的抽象之区别，他说："我们有充分依据地所接受的观点是，在此存在着一种纯粹的直觉创造，也就是说，抽象冲动并不是通过理性的介入而为自身创造了这种具有根本必然性的形式，正是由于直觉还未被理性所损害，存在于生殖细胞中的那种对合规律性的倾向，最终才能获得抽象的表现。"③ 这种抽象，恰恰是体现在各个民族的装饰艺术中的。因此，论及审美的、艺术的抽象，首当其冲地要以装饰艺术为分析对象。沃林格的《抽象与移情》有"理论篇"和"实践篇"，其"实践篇"的第一部分就是装饰艺术。沃林格论述了植物装饰和动物装饰都并非是对自然的模仿，而是从自然中抽象出事物的合规律性。以下这段话对我们是甚有启示意义的，他说："植物装饰真正地所提供的并不是植物本身，而是植物外观造型的合规律性，因而几何风格和植物装

---

① ［德］沃林格：《抽象与移情》，王才勇译，辽宁人民出版社1987年版，第15页。
② 同上书，第16页。
③ 同上书，第20页。

饰这两种装饰本身是无需有自然原型的，而它们的要素却来自于自然。"①
这也就是说，植物的装饰性图案是一种抽象，是对象的合规律性，而非对事
物的模仿。关于动物装饰，沃林格也认为，"在动物装饰中被模仿的永远不
会是动物的自然原型，而是动物的某种造型特点，在这样的线条复制物中，
对某个自然原型的追溯不再是直接地进行的。这一点便最有效地表明了这样
的事实，即人们无需作任何思索就能把从各种动物中抽象出来的各不相同的
素材结合在一起，只是以后的还原，才使那种线条复制物成了为人所熟悉的
某个想象中的动物，这种想象中的动物是在装饰艺术的所有分支中表现出来
的"②。他关于动物装饰的抽象性质的论述，是可以给我们深刻启示的。词
里的那些装饰性很强的意象，如"鸳鸯"、"凤凰"、"金鹧鸪"、"画屏"
等，并非是对某个具体的事物的模仿，而是以视觉功能很强的具象，来抽象
一类事物，使之具有更多的象征意义。中国古典诗词中有许多具有抽象性质
的意象，并非是诗人的随机感兴而为，而是承载着原型的功能而加以发展，
如陶渊明诗中的"羁鸟恋旧林，池鱼思故渊"（《归园田居》其一）。陶诗
中多次出现"鱼"、"鸟"的意象，它们并非是诗人随机感兴的产物，而是
具有审美抽象意义的。晚唐五代词中诸多具有图案性质的意象（如上面所
举的一些），都并非是词人的兴会所得，而是具有审美抽象性质的意象构织
而成的。如魏承班的《玉楼春》："寂寂画堂梁上燕，高卷翠帘横数扇。一
庭春色恼人来，满地落花红几片。　　愁倚锦屏低雪面，泪滴绣罗金缕线。
好天凉月尽伤心，为是玉郎长不见。"此词中的"画堂"、"落花"、"锦屏"
等都是晚唐五代词中最常见的意象，并非偶然所得。又如冯延巳的《酒泉
子》："庭树霜凋，一夜愁人窗下睡。绣帏风，兰烛焰，梦遥遥。　　金笼
鹦鹉怨长宵，笼畔玉筝弦断。陇头云，桃源路，两魂消。"其中的"绣帏"、
"兰烛"等，也都是一种具有抽象意义的意象。它们缺少随机感兴的鲜活
感，但却具有一些可以相互诠释的意味。

六　余论

以"装饰化"来谈晚唐五代词的审美特征，遭人诟病似乎是在意料之
中的事情。诗词是语言艺术，而装饰艺术很明显是属于造型艺术，笔者在文

---

① ［德］沃林格：《抽象与移情》，王才勇译，辽宁人民出版社 1987 年版，第 60 页。
② 同上书，第 62 页。

章里所举的那些西方学者的论述，无一例外是谈论真正装饰艺术的，在这里拉来观照晚唐五代词的某种特点，"牵强附会"的责难在所难免。但笔者以为用"装饰化"这个命题并不为过。诗词的艺术语言固然与绘画和装饰等造型艺术颇有不同，但是诗词作为艺术，其作为审美对象的实现，是有待于语言的描写在审美主体的知觉中呈现为内在的视像或图景的，易言之，诗词创作的目的则是以内在视像的勾勒与创造为其目的的。诗词创作是以文字结构成为一个整体的情境，一个完整的画面，用苏珊·朗格的观念来说，一部作品就是一个单独的符号，无论这个作品用了多少语言符号，而最后形成的就是一个完整的艺术符号。作为审美对象，则必须在欣赏者的审美知觉中转化为可见可感的感性形式。朗格认为："艺术品是将情感（指广义的情感，亦即人所能感受到的一切）呈现出来供人观赏的，是由情感转化成的可见的或可听的形式。它是运用符号的方式把情感转变成诉诸人的知觉的东西，而不是一种征兆性的东西或是一种诉诸推理能力的东西。"① 笔者觉得文学的艺术作品也同样可作如是观。而晚唐五代词人如温庭筠、韦庄、冯延巳等在其作品中有意识地加重图案化意象的内在视觉效果，而且从结构上形成了鲜明的秩序感，因此可以从装饰艺术的特征来认识它们的审美价值。其实，晚唐五代词中的这种装饰化倾向，并非是突兀而出的，而是在中国文学的传统中形成了具有原型意义的脉络。如"蛾眉"最早就是出自屈原《离骚》中"众女之嫉余之蛾眉兮，谣诼谓余以善淫"。其他的一些装饰性很强的意象，在魏晋南北朝及唐诗中都多有出现。也可说是俯拾即是；那么，我们则有理由说，在晚唐五代词中呈现出的这种装饰化倾向，乃是中国古典诗词发展中的一个重要现象。之所以选择了晚唐五代词为论述的对象，则是因为装饰化的意象于此非常集中，而且多数是构成了整体性的图案式词境。装饰艺术品的突出特征在于其以完整的、和谐的内在结构来凸现其合规律的图案，这一点，恰恰是在晚唐五代词中最为突出的；反过来，与其他朝代的诗词相比，晚唐五代词最独特之处恐怕也就在于此吧！

换一种眼光来看我们自以为再熟悉不过而没什么开掘前途的对象，却可以见出很多有趣的新景观。波普尔的"脑似探照灯理论"，在古代文学的研究中对我们是可以有所启示的。

---

① ［美］苏珊·朗格：《情感与形式》，刘大基等译，中国社会科学出版社 1986 年版，第24页。

论皎然的"作用"说[*]

皎然的诗学思想在中国诗学史上有着重要的理论价值。皎然提出了与众不同的创作观，其"作用"说更是一个具有丰富美学意蕴的重要概念。作用说侧重于对诗歌创作思维的论述，是皎然诗论中贯穿始终的诗学范畴，体现了皎然诗学思想的独特性。因而，通过对作用说的理解和阐释，可使我们进一步认识皎然在中国古代美学中的特殊地位。

一 "作用"是与感兴不同的创作思维论

从诗歌创作的艺术思维角度加以考察，皎然的"作用"说有更为值得重视的理由。在中国古代诗学中，以苦吟论诗歌创作者有之，以感兴论诗歌创作者更有之，就其大端而言，感兴论诗者大大超过了苦吟论诗者，以至于受到更高程度的认可。以苦吟论诗者侧重于诗歌语言的锤炼修饰，"二句三年得，一吟双泪流"乃其代表；以感兴论诗者则侧重于诗歌创作灵感的发生契机，"有时忽得惊人句，费尽心机做不成"为其体会。"感兴为诗"的着眼点在于审美主客体的偶然遭逢，如谢榛所说的"诗有天机，待时而发，触物而成，虽幽寻苦索，不易得也"①。感兴论诗高度重视审美主客体的遇合所可能产生的最佳创作契机，但对审美主体在创作中的因素，尤其是在艺术创作思维方面，则缺少合理的解释。

皎然对诗歌创作的内在运思高度重视，他以"作用"这个有着浓厚佛学色彩的概念来指谓诗歌创作的整体运思，论述其作为诗歌创作的核心功能。《诗式》中多处以"作用"论诗歌的创作思维，这不能不引起我们对皎然诗论的深入思考。

* 本文刊于《学术研究》2006 年第 8 期。

① （明）谢榛：《四溟诗话》卷 2，中华书局 1985 年版，第 23 页。

　　皎然《诗式》卷一有"明作用"一节，云："作者措意，虽有声律，不妨作用，如壶公瓢中自有天地日月。时时抛针掷线，似断而复续，此为诗中之仙。拘忌之徒，非可企及矣。"① 同卷有"诗有四深"一节，云："气象氤氲，由深于体势；意度盘礴，由深于作用；用律不滞，由深于声对；用事不直，由于深于义类。"② 这是比较集中地论及"作用"的，而关于在诗歌创作中尚"作用"的思想，则贯穿于皎然诗论的始终。"作用"本为佛学用语，李壮鹰云："作用：释家语。大乘佛学认为唯心（性）实在，虚明乃心之体，思维乃心之用。故常以'作用'代指思维活动。《敦煌变文集·金刚般若波罗蜜经讲经》：'现在未来并过去，作用思维事转深。'《景德传灯录》卷三：'性在何处？曰：性在作用。'白居易《赠杨使君》：'时命到来须作用，功名未立莫思量。'皎然所谓的'作用'，意指文学的创造性思维。"③ 皎然诗论中的所谓"作用"，确乎是以佛学中的这个概念为其基本内涵的。但是，皎然在这里既是在论诗，就有着在诗学系统中的特殊意蕴。皎然对诗歌的价值定位是非常高的，他对诗歌创作的要求也迥异寻常。在他看来，理想的诗歌境界应该是看上去浑然天成，有如神授，"与造化争衡"，但这种境界决非自然生成、无所用意，而是通过至难至险的艺术创作思维活动达到的，作用即是指在诗歌创作过程中的这种能动的、艰苦的、深奥的思维活动。皎然在其《诗式序》中说："夫诗者，众妙之华实，六经之菁英，虽非圣功，妙均于圣。彼天地日月、元化之渊奥、鬼神之微冥，精思一搜，万象不能藏其巧。其作用也，放意须险，定句须难，虽取由我衷，而得若神授。至如天真挺拔之句，与造化争衡，可以意冥，难以言状，非作者不能知也。"④ 这里对诗的地位和价值予以极高的评价，值得注意的是，诗的这种微妙而浩茫的境界，并非是不假思虑的结果，恰恰是诗人"精思一搜"的产物。在诗歌创作的整体过程中，"作用"是贯穿首尾的运思活动，是诗歌创作达到至高境界的关键。皎然在其《诗议》中表达了这种创作观念，他说："或曰：诗不要苦思，苦思则丧于天真。此甚不然。固须绎虑于险中，采奇于象外，状飞动之句，写冥奥之思。夫希世之珠，必出骊龙之额，况通幽含变之文哉？但贵成章以后，有其易貌，若不思而得也。'行行重行行，

①　李壮鹰：《诗式校注》，人民文学出版社2003年版，第13页。
②　同上书，第18页。
③　同上书，第5—6页。
④　同上书，第1页。

与君生别离',此似易而难到之例也。"① 皎然所推崇的诗美,是在成章之后如同"不思而得"般的自然浑成,而在创作中恰恰需要最为艰难的运思,从而使诗作充满着飞动和变化,将象外之奇逸呈现于读者的欣赏之中。这些,都是"作用"所为。

诗歌创作中的"作用"之所以要"至难至险",并非只是拘泥于字句之间的苦吟,而是要使诗作有着开阖动荡之势,有着内在的奇突腾挪之脉。作用之思当然不排除声律安排,但必须要如"壶公瓢中自有天地日月"那样开阖变化,以至于出人意料,别有天地。这绝非是一般的"拘忌之徒"所能做到的。"时时抛针掷线,似断而复续",诗的内在意脉具有跳跃性和连续性的机理,使人感到神观飞跃、妙不可言,往往就在于此。皎然描述诗歌之势云:"高手述作,如登荆、巫,睹三湘、鄂、郢山川之盛,萦回盘礴,千变万态。或极天高峙,崒焉不群,气腾势飞,合沓相属;或修江耿耿,万里无波,欻出高深重复之状。古今逸格,皆造其极妙矣。"② 这是皎然最为心仪的诗境之势。"萦回盘礴,千变万态",动荡开阖,又极其自然,而这是要通过诗人心灵的作用才能创造出来的。皎然在"千变万态"后面有自注云:"文体开阖作用之势",突出了"作用"是创造诗势的关键。诗势和"作用",是一种必然的联系,正如前引"诗有四深"一节所云,"作用"不是在字句层面的经营,也不是一般的谋篇布局,而是创造出"意度盘礴"、飞动腾挪的整体之势的这样一种思维活动。这一点,皎然是深受刘勰影响的。刘勰在《文心雕龙》中论"文势"云:"夫情致异区,文变殊术,莫不因情立体,即体成势也。势者,乘利而为制也。如机发矢直,涧曲湍回,自然之趣也。圆者规体,其势也自转;方者矩形,其势也自安:文章体势,如斯而已。"③ 在刘勰看来,文势是因文体之不同而形成的整体势能,它在文本内部蕴蓄着一种发散性的力量,如同刘勰在《定势》篇的赞语中所说的"湍回似规,矢激如绳"。皎然认为"作用"是造就这种"意度盘礴"之势的整体思维活动。

"作用"作为思维活动,要使文本内部结构跳跃腾挪,似断实续,呈现出"崒焉不群,气腾势飞"的奇势,这是对刘勰"神思"说的发展。刘勰论"神思"云:"古人云:形在江海之上,心存魏阙之下,神思之谓也。文

---

① 卢盛江:《文镜秘府论汇校汇考》,中华书局 2006 年版,第 1439 页。
② 李壮鹰:《诗式校注》,人民文学出版社 2003 年版,第 11 页。
③ 范文澜:《文心雕龙注》,人民文学出版社 1958 年版,第 529—530 页。

之思也，其神远矣，故寂然凝虑，思接千载，悄焉动容，视通万里；吟咏之间，吐纳珠玉之声；眉睫之前，卷舒风云之色：其思理之致乎！"① 刘勰在此非常形象地揭示了神思在文学创作中的那种超越客观时空，创造出新审美时空的特征；同时，他还指出了神思并非只是主观的玄思，而是与物象相颉颃的。神思还是就艺术创作的一般思维特点而立论的，而皎然的"作用"说则更为强调在创作中发挥创造主体的能动性，通过文本内部的结构开阖动荡之格局，造成作品的逸格。皎然所说的"时时抛针掷线"，正是主张诗人有意识的通过内部结构的跳跃与断裂，来造成作品的腾挪变化。

逸格或逸品是中国美学评骘作品的一个范畴，指文学艺术作品脱略凡庸、超越一般创作模式。南朝谢赫在其画论经典《古画品录》中即以"逸"作为价值尺度来论画，在唐宋时期的文学艺术创作中，逸格成为越加稳定的审美范畴，以之指称那种超越一般艺术表现模式、难以言说的境界。皎然在诗论中所推崇的逸格，是同样的审美理想在诗歌创作中的体现。他对诗歌极致之境的描绘，如其所说"彼天地日月、元化之渊奥、鬼神之微冥，精思一搜，万象不能藏其巧"，也正是诗中之逸格。他认为诗的"古今逸格"，都是"造其极妙"，有着一种终极之美，如其在《诗式序》中所说："夫诗人造极之旨，必在神诣，得之者妙无二门，失之者邈若千里，岂名言之所知乎？"意即逸格是不能用名言概念来理解和分析的。皎然对于诗歌风格有所谓"辨体有一十九字"，即十九种风格类型，其中以"高"、"逸"为最主要的风格类型。他说："夫诗人之思初发，取境偏高，则一首举体便高；取境偏逸，则一首举体便逸。"他解释"高"是"风韵朗畅曰高"，解释"逸"是"体格闲放曰逸"②。在这里，高、逸是两种风格类型，实际上也是对其诗歌理想的概括。

二 "作用"与诗歌意境的形成

在皎然的诗论中，诗歌意境的创造是以"作用"来获取的，而并非是自然入兴的产物。《诗式》中有著名的"取境"一节：

　　或云，诗不假修饰，任其丑朴，但风韵正、天真全，即名上等。予

---

① 范文澜：《文心雕龙注》，人民文学出版社1958年版，第493页。
② 李壮鹰：《诗式校注》，人民文学出版社2003年版，第69页。

曰：不然。无盐阙容而有德，曷若文王太姒有容而有德乎？又云，不要苦思，苦思则丧自然之质。此亦不然。夫不入虎穴，焉得虎子？取境之时，须至难至险，始见奇句。成篇之后，观其气貌，有似等闲，不思而得，此高手也。有时意静神王，佳句纵横，若不可遏，宛如神助。不然，盖由先积精思，因神王而得乎！①

这段议论正面表达了"作用"同诗歌意境的关系。认为诗歌创作的自然风貌是无须苦思的，所谓"苦思则丧自然之质"的观点是非常有代表性的，主张感兴论者基本上都持此种观点。皎然推重成篇之后的天真自然风貌，但他认为这种自然并非无为的结果，而恰恰是苦思的产物，如果不经诗人的苦思，就不会有诗歌写成之后的如同"不思而得"般的自然风貌。皎然在其诗学中非常重视诗歌意境的创造，并认为这种意境创造应该是由苦思而得的。苦思也就是"作用"。他还认为诗的审美境界要有"至难至险"的奇句，而从文本的整体审美效果来看，又须是"不思而得"般的自然。皎然的这种观点深受王昌龄的影响。王昌龄在《诗格》中提出了诗的三境说："诗有三境。一曰物境，二曰情境，三曰意境。"② 这是诗歌创作意境论的奠基之论。王昌龄还提出了诗歌创作的三种运思方式："一曰生思，二曰感思，三曰取思。"所谓"生思"，是"久用精思，未契意象，力疲智竭，放安神思，心偶照境，率然而生"；所谓"感思"，是"寻味前言，吟讽古制，感而生思"；所谓"取思"，是"搜求于象，心入于境，神会于物，因心而得"。在王昌龄的诗论中，"物境"、"情境"和"意境"概括了诗歌审美意境的基本类型，而"生思"、"感思"和"取思"则概括了诗人创造诗歌审美境界的基本运思方式。皎然深受其影响是一望可知的。但是，王昌龄尚未明确地将诗歌境界的创造与取思在逻辑上联系起来，而皎然在王氏的基础上揭示了取境和苦思的内在联系。所谓"至难至险"，即是创作中的"作用"，也即苦思。有人将好诗的获得看作是"意静神王，佳句纵横，若不可遏，宛如神助"的产物，而皎然则明确指出，它的前提在于诗人的精思，诗歌创作灵感的发生必由精思而得，这是皎然与感兴论者的明显区别。

关于诗歌审美意境的规定性，皎然认为诗歌的意境应该是"两重意以上"，即含蕴着"文外之旨"。皎然以南北朝大诗人谢灵运之诗为诗中意境

---

① 李壮鹰：《诗式校注》，人民文学出版社 2003 年版，第 39 页。
② 张伯伟：《全唐五代诗格汇考》，江苏古籍出版社 2002 年版，第 172—173 页。

的典范："两重意以上，皆文外之旨，若遇高手如康乐公览而察之，但见情性，不睹文字，盖诣道之极也。向使此道尊之于儒，则冠六经之首；贵之于道，则居众妙之门；精之于释，则彻空王之奥。但恐徒挥其斤而无其质，故伯牙所以叹息也。"① 诗之有意境，在于其蕴含着多重意蕴，皎然认为谢灵运的诗歌最符合这种情形。诗之佳境，达于极致，如从鉴赏的角度而言，应是"但见情性，不睹文字"的，这也必须是如谢灵运这样的诗坛高手方能见其真谛。这种意境是无法用知性分解的方法来诠解的，因而，能够真正成为诗人知音的审美主体寥若晨星。不过，在皎然看来，这种自然的境界却并非是天外飞来的神助之笔，而是诗人"作用"的结果。他说："康乐公早岁能文，性颖神彻，及通内典，心地更精，故所作诗，发皆造极，得非空王之道助邪？夫文章，天下之公器，安敢私焉。曩者尝与诸公论康乐，为文真于情性，尚于作用，不顾词彩而风流自然。"谢诗在当时是以自然著称的，但正如李壮鹰所指出的那样："皎然认为谢诗之'风流自然'，并不是苏、李诗的那种'未有作用'的自然，而是'尚于作用'后达到的自然。"② 这也正是皎然所向往的"自然"之境。清人沈德潜论谢诗云："前人评康乐诗，谓'东海扬帆，风日流利'，此不甚允。大约匠心独造，少规往则，钩深极微，而渐近自然，流览闲适中，时时浃洽理趣。刘勰云：'老庄告退而山水方滋'，游山水诗，应以康乐为开先也。陶诗合下自然，不可及处，在真，在厚。谢诗经营而反于自然，不可及处，在新，在俊。陶诗胜人在不排，谢诗胜人正在排。"③ 沈德潜将陶谢相比较，指出谢诗之胜人处在于"排"，也即经营运思。按皎然的意思，谢诗是有着整体的意境感的，这种意境是自然的，但它又是经过诗人的作用或精思的。由于是"作用"而致的意境，所以有着内在的盘礴之势。正如皎然论谢诗"池塘生春草"和"明月照积雪"时所说："夫诗人作用，势有通塞，意有盘礴。势有通塞者，谓一篇之中，后势特起，前势似断，如惊鸿背飞，却顾俦侣。……意有盘礴者，谓一篇之中，虽词归一旨而兴乃多端，用识与才，蹂践理窟。"④ 所谓"势有通塞"，是指似断而实连的审美势能，所谓"意有盘礴"，是指诗有整体意向却又呈多重意兴。这些都是离不开诗人作用的。

---

① 李壮鹰：《诗式校注》，人民文学出版社 2003 年版，第 42 页。
② 同上书，第 120 页。
③ （清）沈德潜：《说诗晬语》，人民文学出版社 1979 年版，第 203 页。
④ 李壮鹰：《诗式校注》，人民文学出版社 2003 年版，第 153 页。

三 以"作用"为线索的诗歌史观

皎然的"作用"说是其诗歌创作论的核心概念,他也以"作用"说来观照诗歌史的变化轨迹。从这个角度来看,他认为诗史有四变:"洎西汉以来,文体四变,将恐风雅浸泯,辄欲商较以正其源。"可见,皎然是有着宏通的文学史意识的。对于皎然的所谓"四变",李壮鹰概括说:"览《诗式》全书,似可看出:皎然以苏、李诗天籁自成,不见作用为最高。《古诗十九首》初见作用,为一变;谢灵运尚于作用,为二变;齐梁诗雕绘偶丽,为三变;沈、宋创制律诗,为四变。"① 皎然论诗史之四变,正是着眼于诗歌创作中作用之体现来划分的。他在评苏、李诗和古诗十九首时说:"西汉之初,王泽未竭,诗教在焉。昔仲尼所删《诗》三百篇,初传卜商,后之学者以师道相高,故有齐鲁四家之目。其五言,周时已见滥觞,及乎成篇,则始于李陵、苏武。二子天予真性,发言自高,未有作用。《十九首》辞精义炳,婉而成章,始见作用之功,盖是汉之文体。又如'冉冉孤生竹','青青河畔草',傅毅、蔡邕所作。以此而论,为汉明矣。"② 这里所论,是诗史四变的前二变。他认为苏李诗属于自然天成,并无诗人的精心运思也即作用,而到古诗十九首就已经见出诗人的作用之功了。皎然将谢灵运作为诗史上一个里程碑式的人物,他在《诗式》中对于康乐诗予以最高的评价,并指出其"为文真于情性,尚于作用"的特色,因而这是皎然所说四变中的第三变,即诗之"尚于作用"而又呈现为自然意境的状态。至如唐时沈、宋创制律诗,其诗人之作用更为明显,而造于自然之境,则是很难的了。从皎然的眼光来看,"作用"正是要通过诗人的精心运思,达到自然的境界。

---

① 李壮鹰:《诗式校注》,人民文学出版社 2003 年版,第 6 页。

② 同上书,第 103—104 页。

皎然诗论与佛教的中道观[*]

一 在佛学和诗学融通中的皎然

中唐时期的著名诗论家皎然是一位诗僧，对于佛学和诗学都有很深的理解和造诣。皎然（生卒年不详），俗姓谢，字清昼，简称昼，晚年以字行。湖州长城（今浙江长兴）人，谢灵运十世孙。皎然的诗学著作《诗式》和《诗议》等在唐代诗学理论中可谓是独树一帜、不同凡响的，以其系统的、有深刻学理价值的诗学理论在文学批评史和美学史上产生着深远的影响。而细观其诗学观念，正和他的佛学思想有着深刻的内在联系，或者可以说，皎然诗论的理论成就在很大程度上得益于其深湛的佛学修养。诗学与佛学，在皎然这里是融为一体的。其中，皎然又是自觉地以大乘佛学中的中道观来思考诗学问题的。关于这个问题，皎然曾有明确的阐述，他在《诗议》中说："且文章关其本性，识高才劣者，理周而文窒；才多识微者，句佳而味少。是知溺情废语，则语朴情暗；事语轻情，则情阙语淡。巧拙清浊，有以见贤人之志矣。抵而论之属于至解，其犹空门证性有中道乎！何者？或虽有态而语嫩，虽有力而意薄，虽正而质，虽直而鄙，可以神会，不可言得，此所谓诗家之中道也。"① 皎然所云"诗家之中道"，正是以佛家的中观思想来分析诗歌创作中的现象，从而提出具有艺术辩证法的诗学见解。如这段文字中皎然举出了许多诗歌创作中作为对立方面的重要因素，诸如"理、文"，"句、味"，"语、情"等等，以"不落二边"的中观方法，批评那种执于一偏的现象，形成诗歌文本的艺术张力。

应该看到的是，皎然在短短的一段话里，两度提到"中道"，并非一般的比喻，而是关乎皎然诗论的基本方法和思路，也使皎然诗论与佛学的内在

———————

* 本文刊于《文学遗产》2007 年第 6 期。

① 见李壮鹰《诗式校注·附录二》，人民文学出版社 2003 年版，第 376 页。

联系昭然若揭。第一次皎然说诗人作为创造主体的本性在诗歌创作中的实现，如同佛门以般若中道来证悟自身的佛性，其重心在于诗人之才性。在诗人的才性中，"才"和"识"是其两个不同的侧面，也就如同中道观所说的两端。这其中有两种情况，其一是"识高而才劣"，指某些诗人有正确而宏通的识见，却缺少表达这种识见的才情；其二是诗人多有其才，却缺少正确的识见。皎然以大乘佛教的中道观来看这个问题，主张不执一偏，而具有识高才茂的主体本性。皎然于此，直接指出诗人对自身本性的显发，就是像佛门证悟佛性一样是以"中道"为其根本方法的。而下面谈"诗家中道"这段话则是更多地从诗歌作品本身来说的。"可以神会，不可言得"的诗歌意境，是皎然眼中的"诗家中道"，它是借佛家"中道"来说诗，但并非是空言佛理，而是以其深层的思想方法来表述其诗学观念。皎然这种"以禅论诗"的深度，并不亚于后来的严羽。佛学与诗学的融通，在皎然这里既是有着明确的自觉意识的，又是不停留于表层的比拟的。[①]

皎然出家于灵隐寺，先习佛教律藏，后入禅门，成为禅宗大师[②]，洞彻禅宗佛性之说。皎然在其诗作中多处表明了自己的这种禅者身份和以般若空观来返照自性的思想方法，如云："此夜偶禅室，一言了无生。"（《酬元主簿子球别赠》）"幻情有去住，真性无离别。"（《答道素上人别》）"花空觉性了，月尽知心证。"（《送清凉上人》）"禅子自矜禅性成，将来拟照建溪清。"（《送清励上人游福建》）"松声莫相消，此心冥去住。"（《别山诗》）"夜夜池上观，禅身坐月边。虚无色可取，皎洁意难传。若向空心了，长如影正圆。"（《水月》）等等，这些诗句都是皎然禅观的自觉意识的诗意表达。

二　关于大乘中道观

佛教的"中观"思想或"中道"观，在大乘佛学中是一种基本的思想方法和世界观，在中国的大乘佛教的各宗派之中，都有不同侧面的体现，在禅宗学说中更是作为"般若智慧"来证悟佛性的。"中观"早在印度佛教时期就由"中观学派"的代表人物龙树、提婆等发其端倪。龙树的《中论》是中观说最早的经典。《中论》中关于"中观"的经典表述是："不生亦不灭，不常亦不断，不一亦不异，不来亦不去。能说是因缘，善灭诸戏论。我

---

① 卢盛江：《文镜秘府论汇校汇考》，中华书局 2006 年版，第 147 页。
② （宋）赞宁：《宋高僧传》，中华书局 1987 年版，第 728 页。

稽首礼佛，诸说中第一。"① 是以双重否定的方法来破除对"有"和"空"的拘执，这也就是所谓"八不中道"。佛教以其"空"为其根本的世界观，但是，中观学派是反对那种以虚无说"空"、执着于"空"的思想的，而是以破除"二边"的"遮诠法"来体认空的本质。中观派认为，对于宇宙人生的本质，不能偏执于有无一方，也不能用一般性的概念来正面陈述，因为那样必然落于"边见"；真正可行的方法是进行不断的否定，对于"实相"，只能在这种否定中去体验。中观派认为，宇宙万物都由因缘聚散而有生灭现象发生，而从无自性的角度来看，既无自性的生，也没有自性的灭。离此二边而说不生不灭，则是中道之理。不生、不灭、不常、不断、不一、不异、不来、不去，合称为"八不"。"八不"是用"不"来否定世俗的八种执着，以彰显中道实相这一佛教的绝对真理。

　　"中观"的另一理论是"二谛"说。所谓"二谛"是指"真谛"和"俗谛"。"真谛"指佛家真理，"俗谛"指世俗真理。般若类经典宣扬二谛相即，真俗不二的思想。真谛的一个含义指"性空"，《摩诃般若波罗蜜经》中说："第一义相者，无作、无为、无生、无相、无说，是名第一义，亦名性空，亦名诸佛道。"真谛也即称为"第一义谛"，而俗谛则被中观派解释为佛以"方便力"借助"言语"等而为众生进行的"说法"。《摩诃般若波罗蜜经》中说："是一切法皆以世谛故说，非第一义。……世谛故说名菩萨，说名色、受、想、行、识。"中观说主张在真谛和俗谛二者之间不执一端，相互阐发。要得第一义谛，则必须依俗谛，这就是在二谛上的中道观。"中观"或"中道"对于后世佛学和哲学的发展都有深刻影响，它的否定形态的思维方法，对中国佛教的大乘各宗派来说，成为一种最普遍的思想方法了。中观派的否定是充满了"无分别"的观念和中道思想的否定，它是悟得"真如实相"的途径和桥梁。姚卫群先生通过对《般若经》和《金刚般若波罗蜜经》否定形态话语系统的分析揭示了其思维特质所在，他说："《般若经》中的'不不'或'非非'的表述模式从表面上看是广泛彻底的否定，即对事物的任何性质都否定。但这并不意味着《般若经》的作者在实质上否定一切。与此相反，《般若经》中这种否定恰恰是要肯定某种东西，即在否定中包含有肯定，通过否定的形式来进行肯定。""《金刚般若波罗蜜经》不长，里面却有大量上述这种'说……，即非……。是名……'的句式，可见此句式的重要性。……

---

① ［印］龙树：《中论·观因缘品第一》，见任继愈《佛教经籍选编》，中国社会科学出版社1985年版，第22页。

《金刚波罗蜜经》中的这种句式或模式实际也包含着肯定佛教的'中道'思想，或是对中道原则的运用。因为在《经》的作者那里，否定并不是一切，并没有走向极端，否定的仅是事物的相的实在性，但并未否定事物的真实本质，实际上是认为事物的真实本质要通过对其表露的'相'的否定来把握。"①这样来认识"中道"的思维特质是非常中肯的。

《金刚般若波罗蜜经》和《维摩诘经》是传入中国、经过译注后对东土佛门和士大夫都影响至深的普遍性的般若类经典，其对"中道"的深层运用直接关系到禅宗理论的创构。而且，《维摩诘经》以其优美的译笔和大量文学性很强的比喻大行其道。"中道"思想是全经最主要的思想逻辑。《维摩诘经》中从多个角度论"不二法门"，如说："世间性空，即是出世间。其中不入不出。"这是关于"世间"和"出世间"的"不二法门"；如说："若见生死，则无生死，无缚无解，不然不灭，如是解者，是为入不二法门。"这是关于生死缚解的"不二法门"；如说："于相亦不住无相，是为入不二法门。"这是"相"和"无相"的"不二法门"（《入不二法门品》第九）。再看禅宗也正是以般若中道来阐说其"明心见性"理论的。禅宗认为，佛性就在众生自性之中，迷与悟，只是翻覆之间。六祖慧能的《坛经》中说："悟此法者，悟般若法，修般若行，不修即凡，一念修行，法身等佛。善知识！即烦恼是菩提。前念迷即凡，后念悟即佛。"下面这段话也充满了中观的理念："悟般若三昧，即是无念。何名无念？无念法者，见一切法，不著一切法，遍一切处，不著一切处，常净自性，使六贼从六门走出，于六尘中不离不染，来去自由，即是般若三昧，自在解脱，名无念行。"在相对的两方面不落二边，不执一端，而于其间既不沾不滞，又互文互释，此即般若所云之"方便"。

三　中道思想作为方法论的皎然诗学观

皎然对于诗歌理论所做出的独特贡献，正是以"中道"为其思想方法建构的。

皎然对诗歌的价值观，是以佛教的"无分别"和"不二法门"思想为底蕴的。皎然最重要的诗论著作《诗式》的序文中说：

---

① 姚卫群：《佛教般若思想发展源流》，北京大学出版社1996年版，第148页。

　　夫诗者，众妙之华实，六经之著英，虽非圣功，妙均于圣。彼天地日月，元化之渊奥，鬼神之微冥，精思一搜，万象不能藏其巧。其作用也，放意须险，定句须难，虽取由我衷，而得若神授。至如天真挺拔之句，与造化争衡，可以意冥，难以言状，非作者不能知也。……夫诗人造极之旨，必在神诣，得之者妙无二门，失之者邈若千里，岂名言之所知乎？故工之愈精，鉴之愈寡，此古人所以长太息也。①

　　皎然对诗的价值予以最高程度的认可，并以之为"六经之菁英"，是因其能够得造化之"渊奥"，现"鬼神之微冥"，诗歌在他是一种众妙之妙，这是无法用知性名言概念所能解析的。皎然又认为诗人所达到的造极旨味，一定如神明契会，入于"不二法门"，"岂名言之所知"！那是一片灵妙之境，其中蕴含着大乘佛学中观学说中的"无分别"观念。

　　皎然又论诗境之至高为"造极"，这也是皎然论诗的最高价值标准，如前面所引此序中所论"诗人造极之旨，必在神诣"，如同天造地设，无法以言语解析。他说："评曰：两重意以上，皆文外之旨，若遇高手如康乐公览而察之，但见情性，不睹文字，盖诣道之极也。向使此道尊之于儒，则冠六经之首；贵之于道，则居众妙之门；精之于释，则彻空王之奥。"②这种诗歌境界，在皎然看来，就是至高无上的了。"造极"是皎然提出的诗歌价值标准，换言之，就是诗的最高范畴。皎然在《诗式》和《诗议》中多处谈到诗之"造极"或"极妙"，并以之作为诗歌的终极目标。"造极"在皎然的诗论中不仅是最高的尺度，而且是和佛教的中道相关的。所谓"但见情性，不睹文字"，也正是一片灵妙、无法用名言解析的。以佛教的眼光而言，就是"无分别"状态。皎然评价他最为推崇的乃祖谢灵运诗时也说："评曰：康乐公早岁能文，性颖神彻，及通内典，心地更精，原所作诗，发皆造极，得非空王之道助邪？"他认为谢诗的成就是因了佛学涵养的助力，这还是不无道理的。谢灵运既是魏晋南北朝时期的著名文学家，也是一位虔诚的佛教徒和佛学家，在佛学理论上卓有建树。他对大乘般若学深契于心，认为"六经典文，本在济俗为治耳。必求性灵真奥，岂得不以佛经为指南

---

① 李壮鹰：《诗式校注》，人民文学出版社2003年版，第1页。
② 同上书，第42页。

邪!"① 谢氏作《辨宗论》,成为中国佛学史上的经典名篇。其中依般若思想而阐扬竺道生的"顿悟成佛"之说,对后来禅宗思想的系统构成影响至深。"顿悟"的依据在于佛性,而从般若中观的角度来看,即是"无分别"的境界。谢灵运描述了这种"无分别"的状态云:"伏累弥久,至于灭累;然灭之时,在累伏之后也。伏累灭累,貌同实异,不可不察。灭累之体,物我同忘,有无壹观。伏累之状,他己异情,空实殊见。殊实空、异己他者,入于滞矣;壹无有、同我物者,出于照也。"②"累"是世俗概念。"灭累"则达到"壹无有、同我物"的状态,也就是"无分别"。皎然以"极妙"、"意冥"来描述诗的最高境界,正是如同佛教的"不二法门"、"无分别"的超越名言概念而进入一片灵妙之境,皎然指出了其"不可言状"的特点。

　　"无分别"是大乘中观学说的一个重要内容,它在早期佛教中就已存在,而到东土后与中国的哲学思想相会合,则更成为流行。所谓"分别",是用世俗的名言概念来区分世间万象。印度的婆罗门教就认为,人的痛苦在很大程度上是由于人有"虚妄的分别"。而大乘佛学的"无分别",即是其"无记中道"的发展,指"第一义谛"是无法用名言概念分别的至高境界。《摩诃般若波罗蜜经》中说:"第一义无有相,无有分别,亦无言说。"东晋时期的著名佛教思想家僧肇以其代表作《肇论》中的数篇文章在中国哲学史上突显了其重要地位,其中的《般若无知论》即以大乘中观思想论述了"无知知"也即"无分别","知"即知性分别之概念,在中观论看来,般若智慧是超越于一般的知性分别的,这是一种至高的直觉观照。

　　"无分别"也即是"不二法门"。《维摩诘经》中称之为"不二入法门"。《维摩诘经》云:"不动则无念,无念则无分别。通达此者是为入不二法门。"这是超越于语言概念而又证悟实相的灵妙之境。皎然以之诠释诗的境界,在于"可以意冥,难以言状,非作者不能知也",也即诗的"不二法门"。其所谓"造极",指的乃是这种"但见情性,不睹文字"的境界。不仅是超越于名言概念的,而且是超越于一般的规则而呈现出无法言说的奇逸之状。皎然在《诗式》中有"明势"一节云:"高手述作,如登荆、巫,睹三湘,鄢、郢山川之盛,萦回盘礴,千变万态。或极天高峙,崒焉不群,气腾势飞,合沓相属;或修江耿耿,万里无波,欻出高深重复之状。古今逸

────────────────

① (南朝·宋)何尚之:《答宋文帝赞扬佛教事》,见石峻等《中国佛教思想资料选编》第1卷,中华书局1981年版,第118页。

② (晋)谢灵运:《答慧骓问》,见《谢灵运集》,岳麓书社1999年版,第316页。

格，皆造其极妙矣。"皎然所说的"造极"，包含着这种超越一般的法度而臻极妙的"逸格"。

皎然论诗的"四不"、"四深"、"二要"、"二废"、"四离"、"六迷"、"六至"等命题，非常明显地借助了佛教中道的思想方法，形成了独具特色的诗学理论，包蕴着相当丰富而又辩证的艺术学内涵。其中的"诗有四不"云："气高而不怒，怒则失于风流；力劲而不露，露则伤于斤斧；情多而不暗，暗则蹶于拙钝；才赡而不疏，疏则损于筋脉。"通过中道式的否定，揭示了诗歌创作中的一些审美性质的要求。他主张诗的气格要高，但不能陷于叫嚣怒骂。气格高健而易流于叫嚣怒骂，皎然主张"气高而不怒"，以免失去诗的风韵。笔力遒劲则易于锋芒外露，他提出的"力劲而不露"，意在使诗有着内在的笔力却不露斤斧之痕。"情多而不暗"，要求诗歌中的情感丰富却又不溺于其中表达不清。"才赡而不疏"，多才之士，往往因矜学逞才而疏于构思，皎然主张越是才学之士越应精心运思。"诗有四深"："气象氤氲，由深于体势；意度盘礴，由深于作用；用律不滞，由深于声对；用事不直，由深于义类。"也是更为深层地用"中观"方法来阐析诗的内在机理。这里所涉及的对应因素，是气象和体势、意度和作用、用律和声对、用事和义类。皎然好的诗歌应该是"气象氤氲"，指诗的整体动荡变化，如同云气紫绕，皎然认为这是由于体势之深而造成的；"意度盘礴"是说诗中的用意曲折而不质直，这却是由于"作用"之深，也即创作构思之精微；"用律不滞"是说诗中韵律谐婉，浑然一气，这却是由于诗人对声律非常谙熟；"用事不直"是指使事用典暗含其中而不发露，这就需要诗人对典故义类非常谙熟。皎然是从相对应的方面来把握诗歌创作的这四个角度的。

"诗有二要"、"诗有二废"，也体现着中道色彩。所谓"诗有二要"是"要力全而不苦涩"和"要气足而不怒张"。诗的运思要极尽精思，这样易于流入苦吟；如能不给人以苦涩之感，而呈现平淡之貌，方是上乘。"气足而不怒张"意同上面的"气高而不怒"。所谓"二废"是"虽欲废巧而尚直，而思致不得置"和"虽欲废言而尚意，而典丽不得遣"，也是从不同的方面来把握诗的最佳状态。"废巧尚直"，是说诗须废弃巧饰而崇尚直朴，但又不应该是不经艺术思维作用的粗陋，不能弃置诗的"思致"，也即内在的精巧运思。"废言尚意"，意谓中国诗学主张寻言得意，以言为末，以意为本，但皎然认为并不能因此而排斥诗歌语言的典丽。

"诗有四离"同样是以中道的方法来谈诗要避免的四个方面的弊端所在："虽有道情，而离深僻；虽用经史，而离书生；虽尚高逸，而离迂远；

虽欲飞动，而离轻浮。""道情"为得道者之情，也就是在诗中抒写对禅理的感受，皎然诗中即有许多应物而生的禅观。以皎然这样的禅宗高僧，触处可以证悟佛性，如其诗中所说："为依炉峰在，境胜增道情。"（《夏日与綦毋居士昱上人纳凉》）诗中方禅观易流于"深僻"，而皎然认为诗中可以表达禅观，却要远离"深僻"之累。"虽用经史，而离书生"，皎然并不反对在诗歌创作中化用经史典册，不像南朝诗论家钟嵘那样主张"直寻"，但他提醒在使事用典时不能"殆同书钞"，在诗歌这种审美的文字中逞才炫学，如同书生。关于这个问题，皎然有一节专论"用事"，对"使事用典"提出了新的见解，可以参照理解。其云：

> 评曰：时人皆以征古为用事，不必尽然也。今且于六义之中略论比兴：取象曰比，取义曰兴，义即象下之意。凡禽鱼草木、人物名数，万象之中义类同者，尽入比兴。《关雎》即其义也。如陶公以孤云比贫士，鲍照以直比朱弦、以清比冰壶。时人呼比为用事，呼用事为比。如陆机诗："鄙哉牛山叹，未及至人情。爽鸠苟已徂，吾子安得停？"此规谏之意，是用事，非比也。如康乐公诗：'偶与张、邴合，久欲归东山。'此叙志之意，是比，非用事也。详味可知。①

皎然将一般的"用事"和比、兴作了区分，同时，也就提示我们在用事时可以更多地用比兴手法来表达其意。这在诗学史上是有重要的理论价值的。比兴这样的诗歌创作手法，在美学上是起着独到的作用的。比、兴互有不同，但与赋相对而言，其共同之处在于借形象来表达诗人的情志。皎然以"取象曰比，取义曰兴"来定义比兴，简明概括，但是仍需阐而发之。象指事物的外在形象，即以形象相类的事物来比拟诗人要表现的事物，使之尤为显明；兴则侧重于以其他事物兴起诗人内心的某种意向，皎然所谓"取义曰兴"，下面一句至关重要："义即象下之意。"是说这个义，是由物象渲染而引发的诗人意向，它也是不能脱离象的。清人刘熙载指出："'取象曰比，取义曰兴'，语出皎然《诗式》，即刘彦和所谓'比显兴隐'之意。"（《艺概·诗概》）我们可以从刘勰论比兴进一步得到启示。刘勰云："诗文弘奥，包韫六义，毛公述传，独标兴体；岂不以风通而赋同，比显而兴隐哉？故比

---

① 李壮鹰：《诗式校注》，人民文学出版社 2003 年版，第 32 页。

者，附也；兴者，起也。附理者切类以指事，起情者依微以拟议。"① 皎然给我们的启示是用事在很多情形下是可以通过比兴手法来表现的。《诗式》又有"诗有五德"一节，其云："不用事第一；作用事第二；直用事第三；有事无事第四；有事无事、情格俱下第五。"又将"用事"和"不用事"作为"二边"，既看重"不用事"的自然格调，又主张可以在不直用的情形下，经过精心构思而化用事典。关于"高逸"，这是皎然论诗歌风格的两个最重要的标准，皎然有"辩体有一十九字"一节，列出诗的风格有十九种，其中最上者是"高"与"逸"。皎然说："评曰：夫诗之思初发，取境偏高，则一首举体便高；取境偏逸，则一首举体便逸。才性等字亦然。体有所长，故各功归一字。偏高偏逸之例，直于诗体。篇目风貌，不妨一字之下，风律外彰，体德内蕴，如车之有毂，众美归焉。"这"辩体"之十九字，高逸在其最前面，其释高云："风韵朗畅曰高。"其释逸云："体格闲放曰逸。"由皎然之语可见，高与逸都是超越于一般诗格的。高逸则易流于"迂远"，故皎然认为诗尚高逸的同时，要离"迂远"之弊。皎然喜爱诗中的"飞动"之势，《文镜秘府论》中有"状飞动之句"之语，但皎然又看到诗中的"飞动"之势易于流于轻浮，所以提出要避免此种情况。

　　皎然《诗式》中还有"诗有六迷"一节，指出诗歌创作中的六个"误区"，即："以虚诞而为高古，以缓慢而为澹泞；以错用意而为独善，以诡怪而为新奇；以烂熟而为稳约；以气劣弱而为容易。"这也是皎然批评的倾向。"虚诞"，即虚妄荒诞，《文镜秘府论·论体》中说："制伤迂阔，辞多诡异，诞则成焉。"皎然认为不可以这种虚妄荒诞之笔冒为高古之辞；不可以散缓芜蔓而为冲淡，不可以诡异冒为新奇，等等。皎然还有"诗有六至"："至险而不僻；至奇而不差；至丽而自然；至苦而无迹；至近而意远；至放而不迂。"这一节有着更明显的"中道"色彩。皎然主张作诗构思不妨奇险，如其在《诗议》中说："固须绎虑于险中，采奇于象外。"意谓不落窠臼，作"不经人道语"。但皎然不主一偏，一方面认为诗的内在思理要奇险，一方面又反对失之冷僻生涩。在诗的语言安排上，"至丽而自然"，一方面要使诗之偶俪发挥到极致，另一方面又要显得自然浑成。《文镜秘府论·南卷》中引《诗议》说："或云：今人所以不及古者，病于俪词。予云：不然。六经时有俪词，扬马张蔡之徒始盛。'云从龙，风从虎'，非俪耶？但古人后于语，先于意，因成语，语不使意，偶对则对，偶散则散。若

---

① 范文澜：《文心雕龙注》，人民文学出版社 1962 年版，第 601 页。

力为之，则见斤斧之迹。故有对不失浑成，纵散不关造作，此古手也。"这段话可谓是"至丽而自然"的最为明晰的注脚。"至苦而无迹"，皎然主张艰苦的构思，但又要不露痕迹。这是他的一贯思想（这在后面在谈"作用"的中道性质时会整体论述的）。"至近而意远"，也即言近而旨远之意。诗的语言非常使人觉得切近生活，切近自然，但又要有遥深之意。《文镜秘府论·南卷》引其《诗议》云："格高而词温，语近而意远。"与此相合。"至放而不迂"，与前面"诗有四离"中的"虽尚高逸，而离迂远"是一样的意思。

皎然的"诗有四不"、"诗有四深"、"诗有二要"、"诗有二废"、"诗有四离"、"诗有六至"等命题，其中颇多意思相近乃至重复之处，但皎然诗学的"中道"观却在其中得到了一以贯之的体现。皎然非常善于揭示诗歌创作中的若干对相反而又相因的因素，这些因素都是从诗歌史上总结出来的，带有很强的针对性。皎然主张"不落二边"，不执于一端，使其诗论有着丰富的艺术辩证法在其内。

四　皎然的创作思维论"作用"说的中道内涵

皎然非常重视诗歌创作过程中诗人的"作用"，也即诗人的内在艺术构思活动。在他看来，要作出好诗，不能仅仅依赖诗人和外界的感兴而获得的偶然感兴，必须进行艰苦的构思工作，但又认为理想的效果是诗成之后一片浑成自然，如同天籁。"作用"这个概念，有着浓厚的佛学色彩，这其中也体现出皎然的艺术"中道"观。所谓"作用"，是佛家用语，也即思维活动。① 而在皎然的诗论中，则是指诗人自觉的、创造性的艺术思维活动。王运熙先生和杨明先生指出："作用是指作家进行创作时的思维活动，这种思维活动，陆机《文赋》称为'用心'，《文心雕龙·序志》也有'为文之用心'语，另有《神思》篇专门加以阐述；王昌龄《诗格》则径称为思。……作家的构思范围。涉及内容、形式两个方面，除意度外，篇章结构、语言运用均在考虑之列。"② 认为"作用"即是作家在创作时的构思活动。皎然在其诗中也说道："诗情聊作用，空性惟寂静。"（《答俞校书冬夜》）皎然对于"作用"有很多论述，颇为充分地展开了他的艺术思维论。

---

① 李壮鹰：《诗式校注》，人民文学出版社 2003 年版，第 5 页。
② 王运熙、杨明：《隋唐五代文学批评史》，上海古籍出版社 1994 年版，第 336 页。

在《诗式序》中，皎然就说："其作用也，放意须险，定句须难，虽取由我衷，而得若神授。"他认为诗歌的构思既要使诗的内在机理险奥而不同凡响，同时在这种"作用"中就包含着诗成之后的天然状态。在笔者看来，这才是皎然论诗歌创作的"作用"的特殊含义。《文镜秘府论·南卷》中引皎然《诗议》又云："或曰：诗不要苦思，苦思则丧于天真。此甚不然。固须绎虑于险中，采奇于象外。状飞动之句，写冥奥之思。夫希世之珠，必出骊龙之颔，况通幽含变之文哉？但贵成章之后，有其易貌，若不思而得也。'行行重行行，与君生别离'，此似易而难到之例也。"皎然在此把诗歌创作中"作用"的内涵说得很明白了。"作用"不是被动的，不是自发的，也非随机的感遇，而是艰苦的运思过程。他不同意"苦思则丧于天真"的创作观，而追求一种诗成之后的"天真"的状貌，皎然是要将艰苦奇险的运思和自然浑成的诗歌风貌统一在其诗学理论中的。《诗式》中有"明作用"一节云："作者措意，虽有声律，不妨作用，如壶公瓢中自有天地日月。时时抛针掷线，似断而复续，此为诗中之仙。拘忌之徒，非可及矣。""措意"即指诗人在构思中对所要表达的意旨的安排。皎然主要对近体诗而言，声律作为诗的主要外在形式，是作诗者必须遵守的；而"作用"在创作中的功能更是必不可少。其实，"作用"和声律也是不可分的。"作用"也就包含着如何在谐婉的声律中创造想落天外的意象。所谓"壶公瓢中自有天地日月"，以南北朝时《神仙传》中的"壶公"的志怪传奇借喻诗中的意象与内在意脉的似断实续，匪夷所思。《诗式》第一节"明势"即以形象的手法描绘了由于诗人的"作用"而造成的诗中之"势"，其云："高手述作，如登荆、巫，睹三湘、鄢、郢山川之盛，萦回盘礴，千变万态（皎然于此下自注：文体开阖作用之势）。或极天高峙，崒焉不群，气腾势飞，合沓相属（皎然自注：奇势在工）；或修江耿耿，万里无波，欻出高深重复之状（皎然自注：奇势互发）。古今逸格，皆造其极妙矣。"皎然以山川的"气腾势飞"来形容诗歌创作内在的"作用"所形成的极妙之势。皎然在评谢诗时又说："夫诗人作用，势有通塞，意有盘礴。势有通塞者，谓一篇之中，后势特起，前势似断，如惊鸿背飞，却顾俦侣，即曹植诗云：'浮沉各异势，会合何时谐？愿因西南风，长逝入君怀。'是也。意有盘礴者，谓一篇之中，虽词归一旨而兴乃多端，用识与才，蹂践理窟，如卞子采玉，徘徊荆岑，恐有遗璞。其有二义：一情，一事。事者如刘越石诗曰：邓生何感激，千里来相求。白登幸曲逆，鸿门赖留侯。重耳用五贤，小白相射钩。苟能隆二伯，安问党与仇。'是也。情者如康乐公'池塘生春草'是也。抑由情在言外，故其辞似淡而无味，常手览之，何异文侯听古乐哉？《谢氏传》曰：吾尝在永嘉西堂作诗，梦见惠连，因得'池塘生春草'。岂非神助乎？"此处论述了诗人的创作思维即"作用"内涵的两个主要方面，一是"势"，二是"意"。势有通塞，意有盘礴，皎然是以中道的观点来看它们的。可以认为，皎然所谓的"作用"，是指文学的创造性思维。"作用"是借佛学中的同一概念来说明构思的重要功用。

五　中道与皎然的复变观

在诗的"复"、"变"之间，皎然也从中道的思想出发，阐述了他的文学发展观。在《诗式》中，皎然有"复古通变体"一节论述，体现了依违于"复"、"变"之间的态度，其中明显地流露出中道思想。

> 评曰：作者须知复、变之道，反古曰复，不滞曰变。若惟复不变，则陷于相似之格，其状如驽骥同厩，非造父不能辨。能知复、变之手，亦诗人之造父也。以此相似一类，置于古集之中，能使弱手视之眩目，何异宋人以燕石为玉璞，岂知周客啃呼而笑哉？又，复变二门，复忌太过，诗人呼为膏肓之药，安可治也，如释氏顿教，学者有沉性之失，殊不知性起之法，万象皆真。夫变若造微，不忌太过，苟不失正，亦何咎哉？如陈子昂复多而变少，沈、宋复少而变多，今代作者不能尽举。吾始知复变之道岂惟文章乎？在儒为权，在文为变，在道为方便。后辈若乏天机，强效复古，反令思扰神沮，何则？夫不工剑术，而欲弹抚干将太阿之铗，必有伤手之患，宜其诫之哉。①

这段论述颇为全面而系统地阐述了他的复变观。复与变，是诗史上的两种倾向，复即复古，变即通变。"通变"的概念出于《易传·系辞》。《系辞》下云："易，穷则变，变则通，通则久。"变是变化、创造，通是前后贯通，不断不滞。刘勰在文学批评理论中首次将"通变"凝定为一个重要的范畴，《文心雕龙》中的《通变》篇是受到论者的高度重视的。《通变》篇云："夫设文之体有常，变文之数无方，何以明其然耶？凡诗赋书记，名理相因，此有常之体也；文辞气力，通变则久，此无方之数也。名理有常，体必

①　李壮鹰：《诗式校注》，人民文学出版社 2003 年版，第 330 页。

资于故实；通变无方，数必酌于新声，故能骋无穷之路，饮不竭之源。"在这里，刘勰把文章分为"有常之体"和"文辞气力"两个方面，前者指诗赋书记等各种体裁样式以及在体制风格方面的基本规范要求。这些是有一定之规的，因此，是以"名理相因"为主，更多地"资于故实"。另一方面，"文辞气力"就没有一定的程式了，而是要看作家的个人创造和随机的审美感兴了。"有常之体"须多"相因"，用刘勰的话说就是"参古定法"（《文心雕龙·通变》赞语）。"通变"则是在古今贯通中不断新变。有的论者认为通和变是继承与革新的关系，看来是不确的。"通变"是和"有常之体"相对的另一面，是文学史中发展变化的一端。当然，"通"和"变"并非全是一回事。通指会通，变是适变。魏晋时期著名玄学家王弼释《周易·系辞》中"通变之谓事"说："物穷则变，变而通之，事之所由生也。"①"通"和"变"又是有着内在的密切联系的。《系辞上》云："一阖一辟谓之变，往来无穷谓之通。"正因其时时"一阖一辟"，方可以久久"往来无穷"。刘勰在《通变》中还有一段话最能道出"通变"在文学创作中的含义，其云："是以规略文统，宜宏大体。先博览以精阅，总纲纪而摄契；然后拓衢路，置关键，长辔远驭，从容按节，凭情以会通，负气以适变，采如宛虹之奋鬐，光若长离之振翼，乃颖脱之文矣。若乃龌龊于偏解，矜激乎一致，此庭间之回骤，岂万里之逸步哉？"会通古今之文以参酌，才能使自己的创作得到不竭之源；诗人作家都能在会通中新变，方能使文学史不断焕发生机。

皎然的"复变"之论，是继承刘勰的"通变"论而另有阐发。他于"复古通变体"下有一句自注云"所谓通于变也"，是对《文心雕龙》的"通变"观的正确理解，真能得刘勰的精髓。皎然以"复古"和"通变"为两端，主张不执一偏。他认为如果一味复古，就会陷于相似的模式而无新意。反之，则只是趋新而无积淀。趋新而不能通，按中道观点来看，就是落于一边了。在复变之间把握尺度，保持其内在的张力，是十分重要的。所谓"复变二门，复忌太过"，明显地表述了他对这个问题的中道观。于复于变，皎然主张取一个"中道"的态度。一方面要和古人对话，向古人借鉴，尤其是在诗的体制格调等方面多以古人为圭臬，但是，不应过分模拟古人，以免雷同。皎然认为诗歌创作是应该复中有变的，他在《诗议》中指出："若句句同区，篇篇共辙，名为贯鱼之手，非变之才也。"可以见出，皎然对于

---

① （魏）王弼：《周易略例》，见《王弼集》，中华书局1980年版，第3页。

复古太过以致面目趋同，是很不满意的，而主张诗人应该是"变之才"。但是，诗歌中的这种新变，又要把握适度，也不应该"太过"而最好是达到"造微"的状态，也就是呈现微妙的变化。他认为如陈子昂的"复多而变少"和沈佺期与宋之问的"复少而变多"都并非理想的状态，而要允执厥中，亦复亦变。皎然还明确讲到文学中的"复变"，在儒学中即是"权变"，在佛学来说就是"方便"，也就是般若学中的"沤和"，指用中道观来通达地对待和处理一切问题的方法。这当然是典型的中道观，而皎然正是以之来看诗歌创作中的"复变"问题的。

六　皎然的诗歌意境论与中道观

皎然对于诗歌意境论是有重要贡献的，《诗式》中有"取境"一节，对于诗歌意境的创造有着独特的认识，其间也同样是中道观为其底蕴。他说：

> 评曰：或云，诗不假修饰，任其丑朴，但风韵正、天真全，即名上等。予云，不要苦思，苦思则丧自然之质。此亦不然。夫不入虎穴，焉得虎子？取境之时，须至难至险，始见奇句。成篇之后，观其气貌，有似等闲，不思而得，此高手也。有时意静神王。佳句纵横，若不可遏，宛如神助。不然，盖由先积精思，因神王而得乎！①

诗论史上，首先将"意境"铸造成一个诗歌美学的重要范畴的，当推盛唐诗人王昌龄。他在其《诗格》中提出诗歌的"三境"说："物境"、"情境"和"意境"。很显然，王昌龄所说的"意境"只是诗歌意境的一种，与我们今天所说的"意境"还是有义界大小的区别的。王昌龄最早谈及意境的创造问题。其云："夫作文章，但多立意。令左穿右穴，苦心竭智，必须忘身，不可拘束。思若不来，即须放情却宽之，令境生。然后以境照之，思则便来，来即作文。如其境思不来，不可作也。"王昌龄认为，诗歌创作是在立意中引发诗的意境的。诗人在"忘身"的自然状态中进行"立意"的思维活动，而当灵思不能召来之时，应有一个放松的过程，使自己的身心常融化在自然外物之中，这时诗境就会应运而生，然后诗人在诗境中反观，从而得到诗的整体立意。如此说来，诗境是诗的立意的直观载体。

---

① 李壮鹰：《诗式校注》，人民文学出版社 2003 年版，第 39 页。

反之，诗的立意也是诗境的灵魂。王昌龄在诗的立意和诗境的关系上是有理性的反思能力的。他又主张："夫置意作诗，即须凝心，目击其物，便以心击之，深穿其境。如登高山绝顶，下临万象，如在掌中。以此见象，心中了见，当此即用。仍以律调之定，然后书之于纸。会其题目，山林、日月、风景为真，以歌咏之。犹如水中见日月，文章是景，物色是本，照之须了见其象也。"① 至此，我们已经渐次明白，王昌龄的"诗境"是诗人通过"凝心"于外物，尤其指自然物色，使审美主体的情感完全浸染在对象之中，而在心中生成的诗的意境。王昌龄从诗的本体论上，是主张创作主体与自然的感兴为其发生机制的。他说："自古文章，起于无作，兴于自然，感激而成，都无饰练，发言以当，应物便是。"② 诗境是在这种诗人和自然的感兴中生成于心灵的。皎然的意境论甚至受到王昌龄的影响这是没有问题的；但皎然所讲的"取境"的途径是和王昌龄有着深刻的差异性的。皎然取境，并非是自然外物的感兴，而是通过诗人的创作运思也即他所谓的"作用"而获得的。他于诗境创造，是主张"苦思"的。他对此也是以中道的思想方法来认识的。"取境之时，须至难至险，始见奇句。"完全是从创作思维的角度来讲的，认为必须以艰苦卓绝的思维运动，才能创造出"奇句"。而他又以中道的观念认为不可落于"一边"，不能仅强调诗歌创作的"苦思"，而另一方面主张诗在成篇之后要"有似等闲，不思而得"。这其实是对诗歌创作思维的更高要求。皎然还谈到诗歌创作思维的高峰灵感状态，即那种"意静神王，佳句纵横，若不可遏，宛如神助"的状态，但他认为这种状态并非是诗人与自然物色的感兴中遇合而生的，而是"先积精思"的产物。皎然所说的"两重意以上，皆文外之旨。若遇高手如康乐公览而察之，但见情性，不睹文字，盖诣道之极也"，正是皎然对诗境的至高标准。而这种诗境，达到了佛家所说的"无分别"的境界。

作为一个诗论家，皎然在文学批评史上是有重要影响的，他自身的诗歌创作也有相当高的艺术成就。《全唐诗》录其诗 7 卷，多有佳作，同时，在很大程度上体现了他本人的诗学理论。皎然又是当时的高僧，在东南一带的禅僧中声名远播。作为一个禅僧，他对般若佛性之学是深有所悟的。般若以中道观为佛性，因此，禅宗经典都是以般若智慧为其证悟佛性的思维工具的。皎然则是将般若的中道观运用于诗学的建构之中。他不是外在地用诗学

---

① 卢盛江：《文镜秘府论汇校汇考》，中华书局 2006 年版，第 129 页。
② 同上书，第 127 页。

来证明"中道",而是从诗歌创作的审美特征出发,以中道的某些思维方式揭示其中对立的却又是互相依存的因素,使其诗学理论具有颇为丰富的、辩证的内容,从而展示其独特的光彩。皎然的诗论对于后来严羽《沧浪诗话》、姜夔《白石道人诗说》及胡应麟《诗薮》、吴乔《围炉诗话》等一系列重要的诗学经典,都有着非常深刻的影响。而这种影响则是以中道观为其一脉相承的重要内涵的。如《沧浪诗话》所说的"诗之极致有一,曰入神,至矣,尽矣,蔑以加矣"是与皎然的"造极"颇有相通之处的。姜夔《白石道人诗说》的"四种高妙"——"一曰理高妙,二曰意高妙,三曰想高妙,四曰自然高妙"以及关于诗格奇正之论"波澜开阖,如在江湖中,一波未平,一波已作。如兵家之阵,方以为正,又复是奇;方以是奇,忽复是正。出入变化,不可纪极,而法度不可乱",从诗的价值理想和思维方式都是皎然式的。再如明代胡应麟《诗薮》论诗取"体格声调"和"兴象风神"之二端为中,其云:"体格声调,有则可循;兴象风神,无方可执。故作者但求其体正格高,声雄调鬯,积习之久,矜持尽化,形迹俱融,兴象风神,自尔超迈,譬则镜花水月,体格声调,水与镜也;兴象风神,花与月也。必水澄镜明,然后花月宛然;讵容昏鉴浊流,求睹两者?"[1] 在兴象风神和体格声调之间不落一边,执其中道。清人吴乔《围炉诗话》论诗之"复变"云:"诗道不出变复。变,谓变古;复,谓复古。变乃能复,复乃能变,非二道也。"其实正是对皎然的"复变"论的进一步发挥。其论题和思路都与皎然是相通。皎然对唐以后诗学的影响当然远不止此,但仅举其几端,即可看出,其"中道"的思想方法乃是皎然流溉后世诗学的内在脉络。那么,我们在读解皎然诗论之时,其中道观是如何内化于诗的审美特征之中的,就是一个颇有意思的问题。

---

① (明)胡应麟:《诗薮》,上海古籍出版社 1958 年版,第 100 页。

陈献章哲学与其诗歌美学的逻辑联系[*]

陈献章（1428—1500）字公甫，号石斋，广东新会白沙里人，世称为"白沙先生"。作为一个思想家，陈献章（白沙）在中国哲学史上有着独特的地位，寻绎明代哲学的历程，无法回避陈献章这样一个承前启后的重要角色。对于阳明心学而言，白沙的作用就更不可忽视。尽管如此，陈献章在中国哲学史研究领域，还远远未得到应有的深入理解；同时，作为诗人和诗论家，陈献章甚至还不为绝大多数研究文学史的学者所知。陈献章无疑应该是明代一位重要的诗人和诗论家，而其在诗歌领域的呈现，却和他的哲学思想有着深层的、自觉的联系。陈献章现存诗 2000 余首，大多数写得清新俊朗且又深有蕴含，在明代堪称大家；而陈献章本人对于诗歌创作有过许多自觉的理论见解，具有丰富的诗歌美学价值。作为哲学家，作为明代心学的开创人物，陈献章却不事著述，而将其哲学观念通过诗渗透出来，因而陈白沙的哲学思想和诗歌创作之间的关系是难以剥离的。本文的探究意旨有二：一是通过白沙诗文来开掘白沙哲学思想的细微之处；二是通过白沙的哲学思想来理解其诗歌美学的独特之处，而这二者又只能是通过深层的融会来阐发的。

关于白沙学术及其诗文的要旨性概括，我以为黄宗羲在《明儒学案》的《师说》中对陈献章的总体性评价是最为全面而客观的。其云："先生学宗自然，而要归于自得。自得故资深逢源，与鸢鱼同一活泼，而还以握造化之枢机，可谓独开门户，超然不凡。至问所谓得，则曰'静中养出端倪'。向求之典册，累年无所得，而一朝以静坐求之，似与古人之言自得异。孟子曰：君子深造之以道'，欲其自得之也，不闻其以自然得也。静坐一机，无乃浅尝而捷取之乎！自然而得者，不思而得，不勉而中，从容中道，圣人

---

* 本文刊于《中国文化研究》2010 年秋之卷。

也，不闻其以静坐得也。先生盖亦得其所得而已矣。"① 这段论述，高度概括了白沙学术的要紧之处，指出了其中的独特含义，由此也揭示了白沙诗歌美学思想的根源所系。本文拟分而论之。

一　白沙的思想特质及对中国哲学的方法论拓展

白沙村濒临西江入海之江门，其学又被称为"江门之学"。《明儒学案》中有《白沙学案》述其学术源流。白沙诗文，后人辑为《白沙子集》。今有中华书局整理校点本《陈献章集》。

白沙早年也曾锐意科举，正统十二年（1447）中举人。此后三次参加会试均落第而归，从而走上潜心学术之路。后虽多次被朝廷征召，却坚辞不就，老于林下。陈白沙是明代哲学史上的一位开风气人物，其学上承陆九渊，下开王阳明，对心学的发展有不可磨灭的贡献。在我看来，陈白沙对方法论上的拓展是尤为值得重视的。《明儒学案》中《白沙学案》序中开篇之论，最能见出白沙在明代心学历程中的重要地位。其云："有明之学，至白沙始入精微。其吃紧工夫，全在涵养。喜怒未发而非空，万感交集而不动，至阳明而后大。两先生之学，最为相近，不知阳明后来从不说起，其故何也。"② 从陆九渊到王阳明这一心学脉系，陈白沙是非常重要的环节。白沙门下最杰出的门人是湛若水（甘泉），其对白沙之学有发扬光大之功，他与王阳明情谊甚笃，共同推进了当时的心学思潮。

白沙年轻时曾从著名理学家吴与弼（康斋）学，而其学术宗旨，颇与康斋异趣。但我还是认为，康斋对白沙日后的发展，起了不可小觑的作用。白沙自述其为学经历说：

> 仆才不逮人，年二十七始发愤从吴聘君学。其于古圣贤垂训之书，盖无所不讲，然未知入处。比归白沙，杜门不出，专求所以用力之方。既无师友指引，惟日靠书册寻之，忘寝忘食，如是者累年，而卒未得焉。所谓未得，谓吾此心与此理未有凑泊吻合处也。于是舍彼之繁，求吾之约，惟在静坐，久之，然后见吾此心此体隐然呈露，常若有物。日

① （清）黄宗羲：《黄宗羲全集·明儒学案·发凡》第4册，浙江古籍出版社1986年版，第843页。
② 同上书，第524页。

用间种种应酬，随吾所欲，如马之御衔勒也。体认物理，稽诸圣训，各
有头绪来历，如水之有源委也。于是涣然自信曰："作圣之功，其在兹
乎！"有学于仆者，辄教之静坐，盖以吾所经历粗有实效者告之，非务
为高虚以误人也。①

　　白沙在此说，自己 27 岁始师从吴与弼学，其内容是理学的"作圣之功"，
但却"未知入处"，也就是不得要领。而后来通过自己的"静坐"，体会到
康斋之学的不足在于"此心"与"此理"未能凑泊吻合，而通过自己的
"静坐"，所体认的观念在于"此心"与"此理"的合一。这是与陆九渊主
张的"心即理"的本体观念一脉相承的。康斋为学，于本体论上阐发无多，
而于涵养功夫论，却是身体力行，迹象昭然。于明代哲学来说，康斋是启朱
陆合流之先河的，他对陆氏所讲之"心"，也颇为认可，但在方法论上更为
重视的是朱子的践履涵养工夫。如云"涵养本源工夫，日用间大得"，"涵
养此心，不为事物所胜，甚切日用工夫"②。朱学色彩是颇为浓厚的。白沙
在为学方面，更为延伸陆氏心学，而康斋对其仍有深层的影响。白沙和胡居
仁都出于康斋门下，这对明代的哲学是有绝大奉献的。

　　白沙在本体论上延伸和发展了陆九渊的心学思想，认为心具万理万物，
但他更重在阐明：此心与宇宙万物的融通涵化。这一点，白沙是发明象山而
将心学向前推进的。白沙云："君子一心，万理完具，事物虽多，莫非在
我。"③ 白沙认为，心可作为万理万物的本体，心在理前，这与朱熹将"理"
作为独立于万物之先的绝对存在，是有绝大不同的，而发扬了陆氏心学。陆
九渊与朱熹的根本区别在于，朱是以"理"作为万物的本原的，而陆却主
张"心"是包含理在内的，也就是认为心在理先。陆九渊说："万物森然于
方寸之间，满心而发，充塞宇宙，无非此理。孟子就四端上指示人，岂是人
心只有这四端而已？又就乍见孺子入井皆有恻隐之心一端指示人，又得此心
昭然，但能充此心足矣。"④ 又云："人心至灵，此理至明，人皆有是心，心
皆有是理。"⑤ 从心在理先这个意义上说，白沙是与象山一致的。象山还提

---

① （明）陈献章：《复赵提学金宪》，见《陈献章集》，中华书局 1987 年版，第 145 页。
② （清）黄宗羲：《黄宗羲全集·明儒学案》第 4 册，浙江古籍出版社 1986 年版，第 17 页。
③ （明）陈献章：《论前辈言铢视轩冕尘视金玉》，见《陈献章集》，中华书局 1987 年版，第
55 页。
④ （宋）陆九渊：《语录》上，见《陆九渊集》，中华书局 1980 年版，第 423 页。
⑤ （宋）陆九渊：《杂著》，同上书，第 273 页。

出人心与宇宙的互融相即，有"宇宙便是吾心，吾心便是宇宙"的名言。这当然也还是在理学的范围之内的，因为理学之"理"是万事万物的本原，是充塞宇宙的。但是象山所说的"吾心便是宇宙"、"心即理"，有着突出的伦理色彩，是孟子讲的"四端之心"，也是古圣贤之心。如其所云："孟子曰：'所不虑而知者，其良知也；所不学而能者，其良能也。''此天之所与我者'，'我固有之，非由外铄我也'。故曰：万物皆备于我矣，反身而诚，乐莫大焉。'此吾之本心也。"① "圣人与我同类，此心此理谁能异之？孟子曰'人皆可以为尧舜'，又曰'至于心，独无所同然乎？'又曰'人之有是四端，而自谓不能者，自贼者也；谓其君不能，贼其君者也。'今谓人不能，非贼其人乎？"② 象山的"本心"，即是"仁义之心"，故其云："故仁义者，人之本心也。"③ 可以认为，象山的"本心"承绪了孟子的思想，是一种先验的道德理性，有鲜明的伦理色彩。

白沙虽然在理论形态上与象山甚为相似，但其内涵是有不同侧重的，他更强调的是心与宇宙万物的融通，心对宇宙万物的知觉与掌握能力。白沙提出"天地我立，万化我出，宇宙在我"的心学命题，较完整的表述是："此理干涉至大，无内外，无终始，无一处不到，无一息不运。会此则天地我立，万化我出，而宇宙在我矣。得此霸柄入手，更有何事？往古来今，四方上下，都一齐穿纽，一齐收拾，随时随处，无不是这个充塞。"④ 白沙更重视的是心对宇宙的把握，这个"宇宙"虽然也是由"理"充塞的，但与象山相比，却少了很多伦理色彩，而更多天地自然的内涵。因此，白沙又尤重心与道的相融相即，如其说："道至大，天地亦至大，天地与道若可相侔矣。然以天地而视道，则道为天地之本；以道视天地，则天地者，太仓之一粟，沧海之一勺耳，曾足与道侔哉？天地之大不得与道侔，故至大者道而已，而君子得之。一身之微，其所得者，富贵、贫贱、死生、祸福，曾足以为君子所得乎？君子之所得者有如此，则天地之始，吾之始也，而吾之道无所增；天地之终，吾之终也，而吾之道无所损。天地之大，且不我逃，而我不增损，则举天地间物既归于我，而不足增损于我矣。天下之物尽在我而不

① （宋）陆九渊：《与曾宅之》，见《陆九渊集》，中华书局1980年版，第4页。
② （宋）陆九渊：《与郭邦逸》，同上书，第171页。
③ （宋）陆九渊：《与赵监》，同上书，第9页。
④ （明）陈献章：《与林郡博》，见《陈献章集》，中华书局1987年版，第217页。

足以增损我，故卒然遇之而不惊，无故失之而不介。"① 在理学话语中，道和理在很多时候是通用的，而道则更重在自然。从这段话里，我们可以看出，白沙心学所谓"天地我立，万化我出，宇宙在我"，更主要的内涵，恐怕是在于心的主体性功能，即对外物的知觉与把握，而在心学家的胸襟与气魄方面，白沙是继承和光大了象山之学的。

由此又可见出，白沙所说的"静中养出端倪"之"端倪"，并非一种理论形态的观念而是"本心"融于宇宙动静之微的共感状态。白沙多以言道，展示了其学术思想中与众不同的"精微"之处。白沙云：

> 义理须到融液处，操存须到洒落处。……然尝一思之，夫学有由积累而至者，有不由积累而至者；有可以言传者，有不可以言传者。夫道至无而动，至近而神，故藏而后发，形而斯存。大抵由积累而至者，可以言传也；不由积累而至者，不可以言传也。知者能知至无于至近，则无动而非神。藏而后发，明其几矣。形而斯存，道在我矣。是故善求道者求之易，不善求道者求之难。义理之融液，未易言也；操存之洒落，未易言也。夫动已形者也，形斯实矣。其未形者，虚而已。虚其本也，至虚之所以立本也。戒慎恐惧，所以闲之而非以为害也。然而世之学者不得其说，而以用心失之者多矣。斯理也，宋儒言之备矣。吾尝恶其太严也，使著于见闻不睹其真，而徒与我哓哓也。是故道也者，自我得之，自我言之，可也。不然，辞愈多而道愈窒，徒与乱人也，君子奚取焉？②

这段话不可轻易放过，可以视为"端倪"的义蕴所在。"义理融液"是白沙论为学之道的根本。他之所以言道，就是认为道是"天地之理"。道是超越的，却又是在日用动静之中的，在自然和现实的一事一象、一草一木的变化之中，道即存焉。"至无而动"，是说在变动着的事象中就蕴含着"至无"之道；"至近而神"，是说在近在眼前的东西中就呈现着形上之神。"藏而后发，形而斯存"，是说道包藏在万物之中，必然有发之于外，存在于有形。"由积累而至"是外在的知识积累，它们是可以用语言表述的；而"不由积

---

① （明）陈献章：《论前辈言铢视轩冕尘视金玉》，见《陈献章集》，中华书局 1987 年版，第 55 页。

② （明）陈献章：《复张东白内翰》，同上书，第 131 页。

累而至" 则是主体对道的整体融会，是难以言传的。"义理融液" 其实正是
"端倪" 所在。而 "义理融液" 与 "操存洒落" 是有着内在的统一关系的，
如果不能在为人上做到 "操存洒落"，那么，"义理融液" 必然是一句空话。
如何是 "操存洒落"？我以为白沙所说 "心地要宽平，识见要超卓，规模要
阔远，践履要笃实。能是四者，可以言学矣"①，大致可以言是。"操存洒
落" 是道德实践的问题，在某种意义上，它是 "义理融液" 的前提。"义理
融液" 又可视为 "操存洒落" 的落实，也是儒者所应臻之境界。这种境界，
体现为主体对世间万象的整合统觉能力，也表现出主体在与宇宙万物的融合
运化中的把握与君临的感觉，这便是白沙所说的 "自然之乐"！在白沙精神
世界里，这何尝不是一种至乐的体验呢！白沙如是说："人与天地同体，四
时以行，百物以生，若滞在一处，安能为造化之主耶？古之善学者，常令此
心在无物处，便运用得转耳。学者以自然为宗，不可不着意理会。"② 又说：
"自然之乐，乃真乐也。"（同上）有学者这样理解："陈献章在这里得到的
是一种境界，在这种境界中的事物是某种精神觉解的象征物。它们是有价值
的，是人直觉到的景象；它们是依于主体的，它们的关系是内在的，也就是
陈献章说的 '滚作一片，都无分别'。'天地与顺，日月与明'，即主体与天
地日月为一体，天地日月都是主体觉解的象征。主体思致所及，这种象征即
在。这时的主体有君临万物的感觉。这种境界中的主体可谓 '鸣乎大哉'！
陈献章对于获得这种精神境界极为赞赏，他说：人争一个觉，才觉便是既与
物宛转又独立不倚的。有了这种境界，主体便是既与物宛转又独立不倚的。
与物宛转是说主体融合于物中，随物而运，无有隔碍。独立不倚是说以这种
精神视物，则可有 '微尘六合，瞬息千古，生不知爱，死不知恶' 的感
受。"③ 在我看来，这里对陈献章的主体境界的分析是非常中肯的，而且对
于白沙诗学的理解大有裨益！

　　白沙之学的主体气魄，在一心对宇宙万物的把握和担当，另一方面，在
白沙这里，心与宇宙万物的融通互涉，是白沙之学的独特之处。如云 "天
下事物，杂然前陈。事之非我所自出，物之非我所素有，卒然举而加诸我，
不屑者视之，初若与我不相涉，则厌薄之心生矣。然事必有所不能已，物必
有所不能无，来于吾前矣，得谓与我不相涉耶？……君子一心，万理完具，

---

① （明）陈献章：《与贺克恭黄门》，见《陈献章集》，中华书局 1987 年版，第 135 页。
② （明）陈献章：《与湛民泽》，同上书，第 192 页。
③ 张学智：《明代哲学史》，北京大学出版社 2000 年版，第 51 页。

事物虽多，莫非在我。此身一到，精神具随，得吾得而得之矣，失吾得而失之耳，厌薄之心，何自而生哉？巢父不能容一瓢，严陵不能礼汉光。此瓢此理，天下之理所不能无，君子之心所不能已。使二人之心果完具，亦焉得而忽之也。若曰：物，吾知其为物耳；事，吾知其为事耳；勉焉，举吾身以从之。初若与我不相涉，比这医家谓之不仁。"① 这段话应该得到更多的重视，其重要并不仅在于"君子一心，万理完具"，而更在于此心与宇宙万物的"相涉"。舍此，则是"不仁"。

白沙多有论道之处，与其他理学家以理为最高范畴并不一致，这点上与象山就颇有不同。在论道中就融进了道家的思想内核，也就是作为宇宙自然的本根之义。白沙提出"以自然为宗"的心学宗旨，白沙所谓"自然"，是老子哲学中所说的"人法地，地法天，天法道，道法自然"（二十五章）中的自然之义，也即"自然而然"的状态。如童书业先生所释："老子书里的所谓'自然'，就是自然而然的意思，所谓'道法自然'就是说道的本质是自然的。"② 这是关于道家的"自然"范畴最为客观的一种阐释。陈鼓应先生诠释《老子》这一章时对"自然"有很全面的论述，其云："所谓'道法自然'，是说道以它自己的状况为依据，以它内在原因决定了本身的存在和运动，而不必靠外在其他的原因。可见'自然'一词，并不是名词，而是状词。也就是说，'自然'并不是指具体存在的东西，而是形容'自己如此'的一种状态。《老子》书上所说到的'自然'，都是这种意思。……以上所引的文字中，所有关于'自然'一词的运用，都不是指客观存在的自然界，乃是一种不加强制力量而顺任自然的状态。"③ 这里对"自然"的诠解，是再明白不过的了。白沙所倡"以自然为宗"，正乃此义。其云："人与天地同体，四时以行，百物以生，若滞在一处，安能为造化之主耶？古之善学者，常令此心在无物处，便运用得转耳。学者以自然为宗，不可不著意理会。"④ 白沙这里所着意申说的"自然为宗"，正是主张顺应自然法则，"与天地同体"。白沙所讲的"此心此理"，也就有了与自然万物融为一体的内涵。白沙描述了这种"自然"的体验状态："灵台洞虚，一尘不染，浮华尽剥，真实乃见，鼓瑟鸣琴，一回一点，气蕴春风之和，心游太古之面，人

---

① （明）陈献章：《论前辈言铢视轩冕尘视金玉》，见《陈献章集》，中华书局 1987 年版，第 55 页。

② 陈鼓应：《老子注译及评介》，中华书局 1984 年版，第 168 页。

③ 陈鼓应：《老庄新论》，上海古籍出版社 1992 年版，第 25 页。

④ （明）陈献章：《与湛民泽》，见《陈献章集》，中华书局 1987 年版，第 192 页。

具七尺之躯，除了此心此理，便无可贵。"① 这其实是与先秦儒家所乐道的"孔颜乐处"是一致的，而更强化了心灵体验的感觉。

白沙在方法论上也是在继承中有所创造、有所突进的。由上述的心学本体观出发，白沙提出"静中养出端倪"和"自得"的方法论，这二者又是可以互相发明的。白沙云："为学须从静中坐养出端倪来，方有商量处。"②"静中养出端倪"成为白沙心学的方法论命题，前面也曾举他说的"舍彼之繁，求吾之约，惟在静坐"。凡有向白沙问学者，白沙都教之以"静坐"。我们这里要提出的问题有二：白沙所说的"静"，是否我们通常认为的绝对静止，虚静无为呢？这个"静"是否与理学发展史上的主静派所谓"静"完全一致呢？

在理学修养的方法论问题上，有"主静"和"主敬"两派观点。前者主要有周敦颐、张载、陆九渊等；后者有二程、朱熹等。两派当然不是绝对对立的，而是相互补充、相互结合的，只是以什么为主的区别。宋明理学的开山人物周敦颐（濂溪）提出"主静"的修养方法，在其理学经典《太极图说》中有这样一段非常重要的话："惟人也，得其秀而最灵。形既生矣，神发知矣，五性感动而善恶分，万事出矣。圣人定之以中正仁义，而主静，立人极焉。"③ 濂溪以"静"为心性修养的方法，并自作注云"无欲故静"，这也就是濂溪主静的内涵。陆九渊的心学方法论非常重视以静坐发明本心。朱子曾指出陆学的修养方法是"不读书，不求义理，只静坐澄心"④。白沙曾述主静之源流云："伊川先生每见人静坐，便叹其善学。此一静字，自濂溪先生主静发源，后来程门诸公递相传授，至于豫章、延平二先生，尤专提此教人，学者亦以此得力。晦庵恐人差入禅去，故少说静，只说敬，如伊川晚年之训。此是防微虑远之道，然在学者须自量度何如，若不至为禅所诱，仍多静方有入处。"⑤ 这段话虽然很短，却非常扼要地指出了主静和主敬两种修养方法的脉络。而白沙阐明自己是主静的。其实，朱陆之后的理学家，多有主张静敬合一的。如元代大儒许衡，提倡主一持敬，内外交养，但又主张"两物相依附，必立一个做桩主，动也，静也。圣人定之，以中正仁义

① （明）陈献章：《湖山雅趣赋》，见《陈献章集》，中华书局1987年版，第275页。
② （明）陈献章：《与贺克恭黄门》，同上书，第133页。
③ （宋）周敦颐：《太极图说》，见（清）黄宗羲《宋元学案》卷12，中华书局1986年版，第498页。
④ （宋）朱熹著，黎靖德编：《朱子语类》卷52，中华书局1986年版，第1264页。
⑤ （明）陈献章：《与罗一峰》，见《陈献章集》，中华书局1987年版，第157页。

而主静，以静为主"。① 吴澄论学主敬："夫人之一身，心之为主。人之一心，敬为之主。"② 但他又非常推崇孟子以来的主静，并以"不动心"释之。吴与弼虽讲"持敬穷理"，但更强调的是"静中意思"。白沙则专以"主静"为"作圣之功"。那么，这个"静"的真正含义又是怎样呢？蒙培元先生有这样几点阐说："为什么要在静中体验和存养？这和'静体而动用'的心性论有关。陈献章之所以推崇周敦颐，就因为周敦颐提出了'静无而动有'、'静体而动用'的本体论思想。""从方法论上讲，静则虚，虚则明，明则神。在静坐中涵养，便能使心体自我呈现。""静中体认也就是自我直觉，是一种非逻辑的直接体悟。"③ 我以为蒙先生的阐释是具有很强的学术史意义的。在我看来，白沙之静，还在于主体心灵祛除物累，不受劳扰，在鸢飞鱼跃中随处体认。也就是"自得"。且看这段话，我以为是最能体现白沙之"静"的内涵的："前日告秉之等只宜静坐。子翼云：'书籍多了，担子重了，恐放不下。'只放不下便信不及也。此心元初本无一物，何处交涉得一个放不下来？假令自古来有圣贤，未有书籍，便无如今放不下。如此，亦书籍累心耶，心累书籍也？夫人所以学者，欲闻道也。苟欲闻道也，求之书籍而道存焉，则法度之书籍可也；求之书籍而弗得，反而求之吾心而道存焉，则求之吾心可也。恶累于外哉！……夫养善端于静坐，而求义理于书册，则书册有时而可废，善端不可不涵养也，其理一耳。斯理也，识时者信之，不识时者弗信。为己者用之，非为己者弗用也。诗、文章、末习、著述等路头，一齐塞断，一齐扫去，毋令半点芥蒂于我胸中，夫然后善端可养，静可能也。始终一意，不厌不倦，优游厌饫，勿助勿忘，气象将日进，造诣将日深。所谓'至近而神'、'百姓日用而不知'者，始自此进出体面来也。到此境界，愈闻则愈大，愈逸则愈得，愈易则愈长。存存默默，不离顷刻，亦不着一物，亦不舍一物，无有内外，无有大小，无有隐显，无有精粗，一以贯之矣。此之谓自得。"④ 这是白沙对"静坐"的修养方法的全面解说，不为书籍所累，不为外物所累，胸中不存半点芥蒂，勿助勿忘，也就是白沙所说的"自得"。

勿助、勿忘，是白沙方法论中与"静坐"和"自得"相联结的命题，

---

①　（元）许衡：《语录》下，见《许衡集》，东方出版社 2007 年版，第 47 页。

②　（清）黄宗羲：《黄宗羲全集·宋元学案》第 6 册，浙江古籍出版社 1986 年版，第 578 页。

③　蒙培元：《理学系统范畴》，人民出版社 1989 年版，第 411 页。

④　（明）陈献章：《与林缉熙书》，见《陈献章集》，中华书局 1987 年版，第 975 页。

源出于《孟子·公孙丑上》。白沙描绘勿助、勿忘之境云："色色信他本来，何用尔脚劳手攘？舞雩三三两两，正在勿忘勿助之间。"①"勿助"、"勿忘"源出于《孟子·公孙丑上》。孟子论"养气"说："我故曰，告子未尝知义，以其外之也。必有事焉，而勿正，心勿忘，勿助长也。无若宋人然：宋人有悯其苗之不长而揠之者，芒芒然归，谓其人曰：'今日病矣，予助苗长矣！'其子趋而往视之，苗则槁矣。天下之不助苗长者寡矣。以为无益而舍之者，不耘苗者也；助之长者，揠苗者也——非徒无益，而又害之。"孟子的"养浩然之气"，主要是道德主体的修养，因而"集义"是其主要的内涵，而对于"集义"来说，"勿忘"和"勿助长"是正确的方法。勿忘，就是确立于心中而不忘记；"勿助长"，则是不要采取"揠苗助长"的办法来刻意拔高，则是无益而有害的。"勿忘，勿助长"的根据就是"义"就内在于人的"本心"，而非外在于心。因此，孟子认为告子"未尝知义"，就是因其"外之也"。二程也特重"勿忘，勿助长"，明道先生云："勿忘，勿助长之间，正当处也。"② 二程最得意的门人谢良佐（上蔡先生）对于二程所讲的"勿忘，勿助长"非常重视，并以"鸢飞鱼跃"来诠释之，其云："'鸢飞戾天，鱼跃于渊'，无些私意。'上下察'，以明道体无所不在，非指鸢鱼而言也。若指鸢鱼而言，则上面更有天，下面更有地在。知'勿忘，勿助长'，则知此。知此，则知夫子与点之意。"很显然，白沙以"勿忘，勿助长"和"鸢飞鱼跃"联系在一起，来表达自己所主张的修养方法论，正发挥了这一学术思想。

在白沙之学中，"自得"是与"静坐"密切相关的方法论命题。换言之，"静坐"的修养方法，要"养出端倪"，不是与世隔绝的寂然无为，也不是靠外在的工具理性，而是宜在"自得"的主体把握方式。上述白沙之语已然道出了"静"和"自得"的内在关系。对于"自得"我们万不可等闲视之。只有充分了解了白沙"自得"的含义，才能真正理解他的"静"在哲学史上的独特地位，这也正是白沙之学何以称得上"精微"之所在。

"自得"作为儒学的观念，最早见于《孟子》，其基本含义一直贯通到宋明理学之中。《孟子·离娄下》云："君子深造之以道，欲其自得之也。自得之，则居之安；居之安，则资之深；资之深，则取之左右逢其原，故君子欲其自得之也。"杨伯峻先生译"自得"为"自觉地有所得"。通观孟子

---

① （明）陈献章：《与林郡博》，见《陈献章集》，中华书局1987年版，第217页。

② （宋）程颢、程颐：《二程集》，中华书局1981年版，第62页。

思想的整体印象，似乎这样理解未必符合孟子原意。朱子在《四书章句集注》中的诠释，倒是颇得孟子真髓的。其云："深造之者，进而不已之意。……言君子务于深造而必以其道者，欲其有所持循，以俟夫默识心通，自然而得之于己也。"又引二程之言："学不言而自得者，乃自得也。有安排布置者，皆非自得也。"① 朱子对"自得"的理解，是来自于二程的。这里所引二程之语，是与朱子之言意思一致的。二程云："学者须敬守此心，不可急迫，当栽培深厚，涵泳于其间，然后可以自得。"② 又说"学莫贵于自得，得非外也，故曰自得。"③ "自得者所守固，而自信者所行不疑。"④ 可以看出，二程对于"自得"的理解，在于"自得"是得之于内在的本心，这是一个涵养的过程，而不是靠外在的觅求和知识累积。《朱子语类》中记载了朱子更为全面而明确的阐说：

> 深造云者，非是急迫遽至，要舒徐涵养，期于自得而已。"自得之"，则自信不疑，而"居之安"；居之安，则资之于道也深；资之深，则凡动静语默，一事一物，无非是理，所谓"取之左右逢其原"也。……"以道"字在深造字上，方是。盖道是造道之方法。以道是工夫，深造是做工夫。如"博学、审问、慎思、明辨、力行"之次序，即是造道之方法。若人为学依次序，便是以道；不依次序，便是不以道。能以道而为之不已，造之愈深，则自然而得之。既自得之而为我有，则居之安；居之安，则资之深。资之深这一句，又要人看。盖是自家既自得之，则所以资藉之者深，取之无穷，用之不竭，只管取，只管有，滚滚地出来无穷。"取之左右逢其原"，盖这件事也撞着这本来的道理，那件事也撞着这本来的道理，事事物物，头头件件，皆撞着这道理。如资之深，那源头水只是一路来，到得左右逢源，四方八面都来。然这个只在自得上，才自得，则下面节次自是如此。⑤

因是讲学记录，不够简要，但朱子把孟子的"自得"之说已经说得非常透彻了。"自得"是内心的涵养工夫，不能"急迫遽至"，而是自然而然

① （宋）朱熹：《四书章句集注》，中华书局 1983 年版，第 292 页。
② （宋）程颢、程颐：《二程集》，中华书局 1981 年版，第 14 页。
③ 同上书，第 316 页。
④ 同上书，第 318 页。
⑤ （宋）朱熹著，黎靖德编：《朱子语类》卷 57，中华书局 1986 年版，第 1343 页。

的过程，而一旦到了此种境界，便会左右逢源。朱子更明确地揭示："且谓之自得，则是自然而得，岂可强求也哉？"①

陆九渊的心学，秉承孟子之处正多，"自得"便是其着力提倡的方法论。象山从总体的宗旨来讲，"先立乎其大，则反身自得，百川会归矣。"②其前提在于"我固有之，非由外铄"的本心。"自得"的过程，也即"发明本心"的过程。其弟子詹阜民在祭文中称陆学"一洗世习说支离，达其本心，使自得之"。在象山这里"自得"即是去蔽解缚，发明本心。其云"此事何必他求，此心之良，本非外铄，但无斧斤之伐，牛羊之牧，则当日以畅茂。圣贤之形容咏叹者，皆吾分内事。日充月明，谁得而御之。尊兄看到此，不须低回思索，特达奋发，无自沉于萦回迂曲之处。此事不借资于人，人亦无着力处。"③ 这是象山心学中"自得"的一个重要方面，即得自本心，不劳外索。

白沙在修养方法上，丰富和强化了"自得"，成为其心学思想的主要元素。如他说："学者苟不但求之书而求诸吾心，察于动静有无之机，致养其在我者，而勿以闻见乱之，去耳目支离之用，全虚圆不测之神，一开卷尽得之矣。非得之于书也，得自我者也。盖以我观书，随处得益；以书博我，则释卷而茫然。"④ 这里是讲读书中的"自得"，求诸本心而去耳目支离之用。白沙又谈到"自得"其实是难以言传的直觉体验："然尝一思之，夫学有由积累而至者，有不由积累而至者；有可以言传者，有不可以言传者。夫道至无而动，至近而神，故藏而后发，明其几矣。……是故道也者，自我得之，自我言之，可也。"⑤ 白沙又在其诗中说"朽生何所营，东坐复西坐。搔头白发少，摊地青襄破。千卷万卷书，全功归在我。吾心内自得，糟粕安用那！"⑥ 白沙鄙薄腐儒的章句之学，主张修养要以"吾心内自得"的方法，对于"千卷万卷书"，宜以自我的主体涵养来吸濡。白沙的"自得"，我以为有这样几方面的含义，一是反求本心；二是直觉体验；三是不待安排，自然而得，这在白沙的诗论中是有深刻的体现的。

---

① （宋）朱熹：《答柯国才》，见《朱文公文集》卷39，第638页。（见郭齐等点校《朱熹集》4，四川教育出版社1996年版，第1764页。）

② （清）黄宗羲：《黄宗羲全集·宋元学案》第5册，浙江古籍出版社1986年版，第281页。

③ （宋）陆九渊：《与舒与宾》，见《陆九渊集》，中华书局1980年版，第66页。

④ （明）陈献章：《道学传序》，见《陈献章集》，中华书局1987年版，第20页。

⑤ （明）陈献章：《复张东白内翰》，同上书，第131页。

⑥ （明）陈献章：《藤蓑》，同上书，第288页。

二　白沙的诗歌美学观念及其呈现

陈献章在诗歌创作上有独特的建树，对于明代的诗学来说，是一份不可忽视的重要遗产。他有着自觉的诗学见解，而且与他的心学理念有深刻的内在联系。由此，白沙的诗论又呈现出特殊的美学价值。

白沙论诗之语甚多，虽然基本都是信函往来或为他人之诗作序，却有着明确的诗歌观念，而且在其言论中是一以贯之的。而且他的诗学见解，是与其哲学观念不可分的，呈现出惊人的贯通性。

白沙诗学价值观，是崇尚自然平易，这不是风格论上的偏爱，而是关于诗歌创作的根本美学观念。白沙在为学上提出"以自然为宗"，而在诗歌创作上最为提倡"率情盎然出之"的"自然之乐"。白沙论诗较为全面的是《认真子诗集序》，其中说："诗之工，诗之衰也。言，心之声也。形交乎物，动乎中，喜怒生焉，于是形之声，或疾或徐，或洪或微，或为云飞，或为川驰。声之不一，情之变也，率吾情盎然出之，无适不可。有意乎人之赞毁，则子虚长杨，饰巧夸富，媚人耳目，若俳优然，非诗之教也。"① 白沙认为，好诗应该是率情盎然出之的自然产物，语言形式的变化，应是基于情感的变化，对于只是注重语言修饰"媚人耳目"之类的作品，白沙是从不看好的。但他同时又非常重视诗的功用，而反对那种诗为"小技"的观点。在他看来，诗人自身如果是修养醇厚、品行高尚的"至人"，其诗也一定是上乘佳作。"夫道以天为至，言诣乎天曰至人。必有至人，能立至言。尧、舜、周、孔至矣，下此其颜、孟大儒欤。宋儒之大者，曰周、曰程、曰张、曰朱，其言具存，其发之于诗亦多矣。世之能诗者，近则黄、陈，远则李、杜，未闻舍彼而取此也。学者非欤，将其所谓大儒者工于道不工于诗欤？将未至诣乎天，其言固有不至欤？将其所谓声口弗类欤？言而至者，固不必其类于世。或者又谓：'诗有别材，非关书也。诗有别趣，非关理也。'则古之可与言诗者果谁欤？夫诗，小用之则小，大用之则大。可以动天地，可以感鬼神；可以和上下，可以格鸟兽；四时行焉，百物生焉；皇王帝霸之褒贬。雪月风花之品题，一而已矣。小技云乎哉？"② 白沙在此一方面体现出他的理学家的立场，认为这些大儒的诗都是"工于道"而又"工于诗"的。

---

① （明）陈献章：《陈献章集》，中华书局1987年版，第4页。
② 同上。

另一方面，他又非常认可严羽"别材"、"别趣"之说，认为诗中是大有天地的，可以表现"四时行焉，百物生焉"的自然运化。这其中有着白沙的自我期许，与其说是讲"大儒"，毋宁是说他本人的诗。他又在另一篇诗序中谈及："受朴于天，弗凿于人，禀和于生，弗淫于习。故七情之发，发而为诗，虽匹夫匹妇，胸中自有全经。此风雅之渊源也。而诗家者流，矜奇眩能，迷失本真，乃至句锻月炼，以求知于世，尚可谓之诗乎？"① 白沙这里对诗歌的看法，与前面是完全一致的，其认为诗之作在于发于情，"受朴于天"的本真，即可出风雅之诗。而那些以徒事雕琢的"诗家者流"，则是"迷失本真"。这其中还有一个观点值得抉发，即真正的个性化创作，在于禀受于自然之和，而非受文场习气所左右。此处所说的"禀和于生，弗淫以习"，即是白沙所主张的上述观点，这也是他所极力推崇的"自然之美"、"自得之乐"的一个重要内涵。这方面的论述可佐者颇多，如其说："率吾情盎然出之，不以赞毁欤；发乎天和，不求合于世欤！"② 这是白沙所赞赏的诗歌主体性和个性观，在很大程度上也是白沙诗的自我写照。如果受制于俗世之利害、文场之赞毁，便会"句锻月炼"，以字句之工而"媚人耳目"，岂能有真正的个性可言！这便是在诗歌美学领域中的"自得"。他由此激赏友人之诗文："徐考其实，则见其重内轻外，难进而易退，蹈义如弗及，畏利如懦夫，卓乎有以自立，不以物喜，不以己悲，盖亦庶几乎吾所谓浩然而自得者矣。"③ 这正是诗的主体价值所在。其对诗人的赞赏，也多在此，如说："英特不群之气溢于言外，而其中耿耿欲与世抗，尤于诗焉见之。"④

白沙还正面申说其"自然"的诗歌美学观："大抵诗贵平易，洞达自然，含蓄不露，不以用意装缀，藏形伏影，如世间一种商度隐语，使人不可模索为工。欲学古人诗，先理会古人性情如何，有此性情，方有此声口，只看程明道、邵康节诗，真天生温厚和乐，一种好性情也。"⑤ 其诗歌价值观在于平易自然，而以性情为诗之根基，发之于性情，则为真自然。又论诗云"看来诗真是难作，期间起复往来脉络、缓急浮沉当理会处一一要到，非但直说出本意而已。此亦诗之至难，前此未易语也。文字亦然。古文字好者，都不见安排之迹，一似信口说出，自然妙也。期间体制非一，然本于不安排

① （明）陈献章：《夕惕斋诗集后序》，见《陈献章集》，中华书局 1987 年版，第 11 页。
② （明）陈献章：《认真子诗集序》，同上书，第 4 页。
③ （明）陈献章：《李文溪文集序》，同上书，第 8 页。
④ （明）陈献章：《复胡推府》，同上书，第 207 页。
⑤ （明）陈献章：《批答张廷实诗笺》，同上书，第 74 页。

者便觉好，如柳子厚比韩退之不及，只为太安排也。"① 白沙的自然之美，在诗文中表现为不见安排之迹，如同信口说出。如果刻意安排，就有失自然了。白沙本人的诗歌创作，也非常典型地体现了其"以自然为宗"的理念，而发为诗歌风貌的，也就是"鸢飞鱼跃"的自然之美。湛若水对白沙诗文的自然之美有这样的全面阐述："白沙先生之诗文，其自然之发乎？自然之蕴，其淳和之心乎？其仁义忠信之心乎？夫忠信、仁义、淳和之心，是谓自然也。夫自然者，天之理也。理出于天然，故曰自然也。在勿忘勿助，胸中流出而沛乎，丝毫人力亦不存。故其诗曰：'从前欲洗安排障，万古斯文看日星。'以言乎明照自然也。夫日月星辰之照耀，其孰安排是？其孰作为是？定山庄公赞之诗曰：'喜把炷香焚展读，了无一字出安排。'以言其自然也。又曰：'为经为训真惟诚，非谢非陶莫浪猜。'盖实录也。夫先生诗文之自然，岂徒然哉？盖其自然之文言，生于自然之心胸；自然之心胸，生于自然之学术；自然之学术，在于勿忘勿助之间，如日月之照，如云之行，如水之流，如天葩之发，红者自红，白者自白，形者自形，色者自色，孰安排是，孰作为是，是谓自然。"② 湛若水将白沙诗文的自然之美及其学术精髓作了内在的逻辑分析，认为其根基是出于"自然之学术"，这种联系是客观存在的，而对白沙诗文自然之美的描述是颇为精准的。

与此关系最为密切的，当为诗中的"自得"。"自得"在白沙心学中的方法论意义已如前述，而在其诗学中，其意义丰富，也更有美学价值。"自得"在白沙诗学中表现为鲜明的主体意识；融入宇宙万物而握其枢机的创作感兴；还有非言可及的风韵之美。

"自得"首先是得之于自我，而非外物或书本知识。白沙论诗中最为欣赏的，便是这种主体情怀。他认为自得就是要"以我观书"而非"以书博我"。"其言皆本于性情之真，非有意于世俗之赞毁。"③ 以特立独行的主体情怀，关照宇宙万物，洞察世道人心，这是白沙诗学"自得"的一个主要内涵。如评其得意门生张诩说："盖廷实之学，以自然为宗，以忘己为大，以无欲为至，即心观妙，以揆圣人之用。其观于天地，日月晦明，山川流峙，四时所以运行，万物所以化生，无非在我之极，而思握其枢机，端其衔

---

① （明）陈献章：《与张廷实主事》，见《陈献章集》，中华书局1987年版，第163页。
② （明）陈献章：《重刻白沙先生全集序》，同上书，第896页。
③ （明）陈献章：《送李世卿还嘉鱼序》，同上书，第16页。

绥，行乎日用事物之中，以与之无穷。"① 白沙在诗中描述自我本心的主体形象："有物万象间，不随万象凋。举目如见之，何必穷扶摇？"（《偶得寄东所二首》，诗作在文中注篇名，下同）"氤氲不在酒，乃在心之玄。行如云在天，止如水在渊。"（《真乐吟，效康节体》）"俯仰宇宙间，孤光映疏柳。"（《题民泽九日诗后》）等等。这是由其"自得"理念而形成的诗学主体意识。

白沙诗学中的"自得"，还在于诗人融于宇宙万象，而在山川流峙、鸢飞鱼跃的审美感兴中得到创作契机，这也就是"自得之乐"。白沙写道："放浪形骸之外，俯仰宇宙之间。当其境与心融，时与意会，悠然而适，泰然而安。物我于是乎两忘，死生焉得而相干？"（《湖山雅趣赋》）当其时，诗人融于万象之中，油然而获感兴。"鼓瑟鸣琴，一回一点。气蕴春风之和，心游太古之面。其自得之乐亦无涯也。"（同上）"或饮露而餐英，或寻芳而索笑；科头箕踞，柽荫竹影之下，徜徉独酌；目诸孙上树取果实，嬉戏笑语以为适。醉则曲肱而卧，藉之以绿草，洒之以清风，瘝瘝所为，不离乎山云水月，大抵皆可乐之事也。"② 这正是白沙所希求的创作契机呵。宇宙万物，真机无限，在山川流峙、鸢飞鱼跃中诗情涌动，关键在于诗人有一颗"浩然自得"的本心呵！诗人体验四时物色、山水流转而无处不得天机自在，而诗人之本心，主体之临照，又是处处皆然的。如其诗云："小雨如丝落晚风，东君无计驻残红。野人不是伤春客，春在野人杯酒中。"（《春中杂兴》）"澄澄水上月，历历谷中树，焉得千丈筇，坐弄潺湲处。"（《三峡回清》）总是令人感到诗人之心是跃动在鸢飞鱼跃的勃勃生机之中的。现代新儒家代表人物之一的张君劢先生论白沙诗文之美说："以云所谓美，虽出于人之感觉之主观，然其人人胸襟须以宇宙与一身一心合而为一体，且超出乎世俗所谓生存常变、富贵贫贱之外，而后心旷神怡，乃能领略宇宙间种种之美，如山峙、如水流、如日出、如日落、如鸢飞、如鱼跃，为天地自然之美，惟有有道者胸襟开阔，不为物欲所蔽者乃能得之。"③ 如此看待白沙诗中的"自得之乐"，可谓中的。

白沙诗歌美学思想中的"自得"，还有"非言语可及"的风韵之妙。白沙是理学家，他的思想观念也时时流露在其诗中。但并不如其门人湛若水对

---

① （明）陈献章：《送张进士廷实还京序》，见《陈献章集》，中华书局1987年版，第12页。

② （明）陈献章：《东圃诗序》，同上书，第22页。

③ 张君劢：《义理学十讲纲要》，中国人民大学出版社2006年版，第114页。

其诗的总体评价"以诗为教"。湛若水是明代大儒，他欲将白沙诗进一步理学化，故选白沙诗 160 余首，谓之《白沙古诗教解》，欲使白沙诗理学化，对其中每首都以理学思想诠解之。实际上这是湛若水的思想，而非白沙诗之本意。白沙论诗，一方面反对诗中刻意安排，矜奇眩能；另一方面，并不同意说教入诗，议论入诗，而恰恰非常推崇宋代著名诗论家严羽对诗歌审美特征的表述："诗有别材，非关书也；诗有别趣，非关理也"，对宋诗中的说教入诗的倾向是不假辞色的。其论云"若论道理，随人深浅，但须笔下发得精神，可一唱三叹，闻者便自鼓舞，方是到也。须将道理就自己性情上发出，不可作议论说去，离了诗本体，便是宋头巾也。"① 白沙明确反对以议论入诗，而主张如果要在诗中表现"道理"，应是渗透在自己的性情中发出。白沙还在此中提出"诗本体"之说，如果离开了诗之"本体"，那就要堕入"宋头巾"一流，也即酸腐的说教。至于什么是"诗本体"，白沙没有明晰的理论阐释，但从他的一贯主张来看，应该是那种"平易自然"、"含蕴不露"的作法吧。"自得之妙"是难以用语言解析的，而是一种如严羽所谓的"妙悟"。白沙其实对诗是非常用心的，他认为，"诗不用则已，如用之，当下工夫理会。观古人用意深处，学他语脉往来呼应，浅深浮沉，轻重疾徐，当以神会得之，未可以言尽也。到得悟入时，随意一拈即在，其妙无涯。"② 这大抵可以看作白沙的"诗本体"的含义。"神会得之"、"未可言尽"，正是中国诗学中"言有尽而意无穷"的审美传统。白沙因之又说："昔之论诗者曰：'诗有别材，非关书也；诗有别趣，非关理也。'又曰：'如羚羊挂角，无迹可寻。'夫诗必如是，然后可以言妙。"③ 白沙对宋代诗论家严羽在《沧浪诗话》中提出的著名诗学命题是完全认同并持之为诗家本体的。白沙还以"风韵"论诗，如说："大抵论诗当论性情，论性情先论风韵，无风韵则无诗矣。今之言诗者异于是，篇章成即谓之诗，风韵不知，甚可笑也。情性好，风韵自好；性情不真，亦难强说，幸相与勉之。知广大高明不离乎日用，求之在我，毋泥见闻，优游厌饫，久之然后可及也。"④ 这也便是"自得之妙"。因此，如果以我们对理学家的惯常印象先入为主地理解白沙诗论，恐怕很难得其本来面目。

---

① （明）陈献章：《次王半山韵诗跋》，见《陈献章集》，中华书局 1987 年版，第 72 页。
② （明）陈献章：《与张廷实主事》，同上书，第 167 页。
③ （明）陈献章：《跋沈氏新藏考亭真迹卷后》，同上书，第 66 页。
④ （明）陈献章：《与汪提举》，同上书，第 203 页。

白沙诗就其总体而言，可以印证他自己的诗学思想，算不上"以诗为教"。湛若水作《白沙子古诗教解》，并谓："白沙先生无著作也，著作之意寓于诗也。是故道德之精，必于诗发之。"① 全然从理学家的角度将白沙诗理学化，其实未免走样。陈献章作为明代的大儒，而且也如湛若水所说的，不事著述，没有系统的哲学著作，在诗中表达他的哲学思想，是时有可见的。不过这类诗基本上是其理学思想的演绎，与魏晋南北朝时期的玄言诗一般无二。如果白沙诗中都是这类东西，那就没有在诗学上进行研究的必要了；然而，这类诗在白沙集中数量很少，不能作为白沙诗的主体看待。白沙诗中大量的篇什，是在山川流峙、鸢飞鱼跃中随机拈出，充满生机活力，在诗的意象中跃动着宇宙自然的脉息，而诗人的主体形象和心灵体验又呈现于其中。如《漫兴》："晨光沼上鱼戏，夕阳村边鸟来。东邻小儿识我，一日上树千回。"《次韵张叔亨宿别》："春草江门绿两涯，隔江人唱浪淘沙。好春刚到融融处，细雨初开淡淡花。僻地岂堪留客久，连床端合拜君嘉。明翰爱得酕醄别，笑脱藤蓑付酒家。"这些诗都是诗人在晤对自然人事时随机触发的诗兴，意象采自宇宙万化的流转，充满生气。然而，白沙为诗，又不粘滞于物象，而是就物象而生发出形上的超越。如《经鳄洲》："夕舫凌大波，北风吹我席。冥冥鳄洲烟，宛对君山碧。来雁知天寒，归人看月色。超超尘外心，浩矣周八极。"白沙诗呈现出很强的审美主体精神，一方面是山川流峙，鸢飞鱼跃的自然生机，一方面则以谛视的目光超越万物，这也是白沙"天地我立，万化我出，宇宙在我"的心学宗旨在其诗作中的体现。如《随笔》诗中所言"身居万物中，心在万物上"，恰是准确的概括。"有物万象间，不随万象凋"之"有物"者，主体之心也。《晚酌，示藏用诸友》："风清月朗此何溪，几个神仙被酒迷。云水此身聊起倒，乾坤入眼谩高低。因过此极闻丹诀，旋把黄金铸水提。问我何如苏内翰，夜观赤壁踏雪泥。"是以东坡式的目光洞照世界，对万象的超然与谛视，形成了白沙诗中的主体形象。

作为一代大儒，白沙在哲学史上的重要意义，尤其是在心学发展历程中的地位得以越发彰显。对其哲学思想的探究有非常重要的学术史价值。而从其话语方式和思想方法而言，白沙的哲学理念和他的诗歌美学之间是有着内在的一致性的。如"以自然为宗"和"自得"这样的核心命题，既是其心学的枢纽，也是其诗歌美学的灵魂，而这些又都在其诗歌篇章中随处流露出来。

① （明）湛若水：《白沙子古诗教解》，见《陈献章集》，中华书局1987年版，第699页。

诗 与 禅

"妙悟"新识*

严羽的《沧浪诗话》，在中国古代诗歌理论的发展史上有很重要的地位。它超越了以往诗话那种以记载诗林轶事、零散评点诗作为主的感性形式，对诗歌的本质特征以及诗歌创作的特殊规律给予高度概括的揭示，表述出作者较为完整的诗学思想体系。对于后代的诗歌理论有着深刻而广泛的影响。

一

综观《沧浪诗话》，"妙悟说"是严羽诗学思想体系的核心。准确理解"妙悟说"的审美内容，是深入研讨《沧浪诗话》、科学地把握严羽诗学思想体系的关键所在。"妙悟"这个概念，虽然借自于佛学术语，却被作者赋予了丰富的审美意蕴。作者以"妙悟"来表述诗歌创作独特的艺术规律，虽然只能得其仿佛，却也道出了基本特质。

在"诗辨"篇里，严羽慨然宣称："故予不自量度，辄定诗之宗旨：且借禅以为喻，推原汉魏以来，而截然谓当以盛唐为法，虽获罪于世之君子，不辞也。"这段话可以说是《沧浪诗话》的论诗宗旨。在此，作者给我们提示出两个主要之点：一是方法——以禅喻诗，一是标准——以盛唐为法。这正是严氏导引我们理解其《沧浪诗话》的重要门径。关于"以禅喻诗"，有的论者琐屑地批评严羽使用佛学术语的不精确、失妥当之处，这其实无涉于严氏的论诗宏旨。陈望道先生指出"譬喻"的两个要素"第一，譬喻和被譬喻的两个事物必须有一点极其相类似，第二，譬喻和被譬喻的两个事物又

---

* 本文刊于《宁夏社会科学》1987 年第 2 期。

必须在其整体上极其不相同。"① 在《沧浪诗话》里，禅学与诗学，也正是这样的两个事物。在整体上是"极其不相同"的，但彼此间又在某一点上"极其类似"。"禅"与"诗"相通的津梁是什么呢？那就是"妙悟"，"禅道惟在妙悟，诗道亦在妙悟。"② "妙悟"是严羽以禅喻诗的焦点或轴心。其他禅学概念的运用，都是由这个焦点或轴心所辐射的。我们不可以忽略这本是一个简单而又极重要的事实：严羽是诗论家而非禅师，我们在探求严羽诗学思想体系时，是否也应"得鱼忘筌"——得"悟"忘"禅"呢？

"悟"，是佛学基本术语之一，指在宗教修习过程中，通过主观领会，对佛教"真理"的彻底把握、理解。就"悟"的最终境界而言，已有着浑然完整、豁然贯通的特点，这种"悟"的最后实现，有着"霎那间"的突发性和非逻辑思维的直觉性，所谓"禅则一悟之后，万法皆空，棒喝怒呵，无非至理"③ 就指此种境界。就"悟"的途径而言，有所谓"顿"、"渐"之分。"悟"有两方面含义：一指"大彻大悟"后所达到的那种豁然开朗的精神境界，一指达此境界的途径、过程。"悟"乃是目标与途径统一的概念。那么，"妙悟"呢？依照笔者的理解，一方面指悟后所达境界之高、悟时途径之正；另一方面，这种境界与途径有许多奥妙之处，难以言语传达，只可心会神遇，也就是最终以直觉的思维方式对佛教"真谛"得以整体的把握（当然，在"悟"的过程中，未必能排除逻辑思维）。"世尊拈花，迦叶微笑"就是以直觉观照的方式领悟佛教"真谛"的著名例子，这也便是"妙悟"。

诗词创作的艺术规律的确有与"禅道妙悟"极相类似之处。严羽其时，自然不可能有"形象思维"、"艺术思维"等科学性的概念，但他对这种艺术规律有比较完整、比较清晰的认识，对于当日那种"多务使事、不问兴致"的诗坛积习，严羽奋然以除弊为己任。他不是像元白那样大揭"文章合为时而著，歌诗合为事而作"的现实主义旗帜（因为这种强调社会功利的药方虽佳，却未必能医"江西"之症），他要阐扬诗歌创作之区别于其他体裁的艺术特质，从诗歌内在规律的揭示中，来剔除诗坛积弊的病根。严羽自诩其诗话的《诗辨》篇"其间说江西诗病，真取心肝刽子手"（《答吴景

---

① 陈望道：《修辞学发凡》，见凌瑜、张迎宝《陈望道全集》第 4 卷，浙江大学出版社 2011 年版，第 130 页。

② 郭绍虞：《沧浪诗话校释》，人民文学出版社 1961 年版，第 12 页。

③ （明）胡应麟：《诗薮》，上海古籍出版社 1958 年版，第 25 页。

仙书》），正可说明《沧浪诗话》的出发点。严氏苦于没有科学的理论加以说明归纳，而当时以禅宗为主体的佛学思想非常普遍地濡染着士大夫阶层，禅学术语走向世俗、流传口耳，严羽便"以禅喻诗"，用禅道妙悟来比拟诗歌创作中独特的、难以完全用理论语言说明的内在规律。

在《沧浪诗话》里，"诗道妙悟"也包括两方面含义：一方面指优秀诗作中最高层次的审美境界——"透彻之悟"；另一方面，又指欲达此境界应循的诗学途径：师承取法境界最高的诗作——"第一义之悟"。"透彻之悟"与"第一义之悟"这诗学理想高致的两个方面并非平行的、二元的关系，而是种深刻的因果联系：前者是目标，后者是达此目标的途径。没有后者，前者便是空幻的、可望而不可即的，没有前者，后者便是盲目的、流于"一知半解"的。

二

首先，我们应该搞清楚严羽所说的"透彻之悟"，究竟是一种怎样的审美境界。"惟悟乃为当行，乃为本色。然悟有浅深，有分限，有透彻之悟，有但得一知半解之悟。汉魏尚矣，不假悟也。谢灵运至盛唐诸公，透彻之悟也，他虽有悟者，皆非第一义也。"[①] 所谓"当行"、"本色"之"悟"，才是诗歌创作的基本艺术特征。同样是"悟"，但仍有程度的差异，也就是所谓"浅深""分限"，在上者为"透彻之悟"，在下者为"一知半解之悟"。那么，什么样的诗达到了"透彻之悟"的完美境界呢？那便是"谢灵运至盛唐诸公"（实际上，严羽主要是以"盛唐"为透彻之悟的标本的。他在《诗辨》中干脆宣称"以盛唐为法"，《诗评》等篇也处处推崇"盛唐诸公"）。以禅语喻之，就是"盛唐诸公大乘正法眼者"[②]，意即境界最高门路最正。盛唐诗的"透彻之悟"是一种怎样的艺术境界呢？严羽在《沧浪诗话》里有一段著名的言论：

> 盛唐诸人惟在兴趣，羚羊挂角，无迹可求，故其妙处玲珑透彻不可奏泊，如空中之音，相中之色，水中之月，镜中之象，言有尽而意

① 郭绍虞：《沧浪诗话校释》，人民文学出版社 1961 年版，第 12 页。
② 同上书，第 27 页。

无穷。①

　　许多论者据此认为严羽的审美趣味是偏嗜于王、孟空灵冲淡一派，其实未必尽然。我们认为主要是描述诗歌创作臻于高致的审美境界（大体有两个特点）：其一，艺术形象的浑融自然，天衣无缝。严羽所说的"羚羊挂角，无迹可求"，"透彻玲珑，不可凑泊"，实际上是说好诗所创造的艺术形象应该是极为完整浑然、毫无缀合痕迹的。诗人在生活中感受了大量事物，把许多表象贮存在头脑之中。创作时，诗人将原有的许多表象分解，根据创作情感的指向综合成新的表象，这便是想象，也便是艺术形象的创造。不成功，未能达到理想的审美境界，诗中艺术形象的构成（表象的综合）往往是"有迹可求"的，也就是所谓有"斧凿痕迹"，看得出是"凑泊"而成，而好的诗歌创作，艺术形象的创造虽也经过诗人的表象综合，但这种综合却是一片化境、如出天然，所谓"天衣无缝"，浑化无迹。严羽特别强调诗歌的气象，把气象是否浑厚圆融，作为品评诗歌优劣的重要标准之一。"建安之作，全在气象，不可寻枝摘叶。"② 严羽所标举的气象浑成，是与"无迹可求""不可凑泊"有着深刻的内在联系的。其实质就是艺术形象创造的完整全美，没有缀合痕迹。其二，艺术形象的超越文字，多维延展。这也便是严羽所说的"空中之音，相中之色，水中之月，镜中之象，言有尽而意无穷"。诗歌本身的文字是极为有限的。律诗绝句的约束就更大。但是，由诗歌的文字所产生的意蕴却应该是远远超越于、丰厚于文字的表层含意的。诗是以艺术形象的创造为其特征的，而形象本身就有着引起欣赏者审美联想的功能。优秀的诗人善于在极为有限的文字中创造出"通体有生气灌注"（黑格尔语）、饱含诗人深情的艺术形象，这种艺术形象一旦为人所欣赏、所接受，就与欣赏者的主观情感遇合，产生许多审美联想，这些审美联想是由诗歌语言发生的，但又远远超越了文字本身。这种联想带有多维性，因欣赏者审美经验的差异，往往没有固定的指向。易言之，艺术形象的创造过程并非完成于、截止于创作者的笔下纸上，也便是艺术形象的物化阶段，而是完成于审美主体——欣赏者的审美联想之中。也只有这个阶段，艺术形象才得以真正完成。欣赏者的审美联想并非仅对作品中的艺术形象起着消极的补充作用，更主要的是积极能动的升华与使之活跃的作用。在欣赏者审美联想的积

---

① 郭绍虞：《沧浪诗话校释》，人民文学出版社 1961 年版，第 26 页。
② 同上书，第 158 页。

极参与下，作品中的艺术形象各依其审美经验的指向，由原来书面状态的静止而活跃起来，栩栩如生地"生活"在欣赏者的心灵天地里。因此，作品的艺术形象在字面上只能是同一的，而一一进入欣赏者的审美观照中则是千差万别的。人们常引的"有一千个读者，就有一千个哈姆雷特"这句名言，便包含着这样的美学内容。但欣赏者审美观照中的艺术形象并非随意游离于作品之外，而是植根于作品之中的。艺术形象的创造过程，可以说是经历了两次飞跃：第一次飞跃便是艺术形象在作者头脑中酝酿，逐渐鲜明到它的物化，形成作品中固定的艺术形象，这是一个从意念到文字，从模糊到鲜明，从零碎到完整的飞跃，第二次飞跃，则是由作品到欣赏者的审美联想，由文字再到意念，由固定的到活跃的，由作品中的同一到各个欣赏者审美天地的千差万别。严羽所谓"空中之音，相中之色，水中之月，镜中之象"，正是指艺术形象由作品到欣赏者的审美天地的多维性，不确定性，也正是指超越了文字、活跃于欣赏者心灵世界的那些成分。"言有尽而意无穷"，这"无穷之意"，一方面是指艺术形象在某个特定的欣赏者的审美天地中所引起的无限联想，另一方面，则是指艺术形象在众多的欣赏者的审美天地时的无穷变化，当然，这种变化仍然要以作品中的文字为依据。"水中之月"也好，"镜中之象"也好，他们毕竟是以天上之月、镜外之人（或物）作为本体的。严羽在这里所揭示的好诗所创造的意蕴极丰而又浑触自然的理想审美境界，恐怕不是仅指王、孟山水诗那种冲淡空灵风格吧！王、孟与李、杜虽然在风格上迥然各异，但在更高的层次上，他们又有着共同的艺术特征，作为卓越的诗人，他们又都遵循着诗歌创作的独特艺术规律。

三

"透彻之悟"还揭示了诗人不断地由"必然"走向"自由"、终至进入神妙自如之境界的艺术实践过程："学诗有三节：其初不识好恶，连篇累牍，肆笔而成，既识羞愧，始生畏缩，成之极难，及其透彻，则七纵八横，信手拈来，头头是道矣。"[1]

这段话是颇得创作甘苦的知人之言。它不是先验的理论教条，而是创造实践的规律性总结。它提示我们，严羽的诗学思想是有着深厚的艺术实践基础的。有成熟的创作经验的诗人，回望自己走过的创作道路，都会感到严羽

---

① 郭绍虞：《沧浪诗话校释》，人民文学出版社 1961 年版，第 131 页。

这段话是深中"诗家三昧"的。这段话不仅描述了学习诗歌创作的过程，它的意义深刻之处更在于：严羽所标举的"妙悟"——"透彻之悟"，并非是指"天赐神机"（与生俱来的"诗人天赋"），而是在艺术实践过程中不断提高、逐渐摆脱了"必然王国"的约束而进入纵横驰骋却无不中矩的"自由王国"这样一个过程。"其初"的情形是说，初学创作，于诗学规律尚盲无所知，肆意下笔却不得门径，这是第一个阶段，"既识"的情形，是学诗的第二个阶段，学诗者对艺术规律有所认识但尚未能把握。学诗者开始"识好恶"，初步懂得了艺术境界的高下，也正因如此，开始畏缩起来，表现出未能自由地把握艺术规律时的拘谨。这对第一个阶段是一个否定，"及其透彻"的情形，是通过无数次的艺术实践之后，自由地、纯熟地把握了诗歌创作的艺术规律，以至于进入创作佳境之后，对规律已降入到潜意识的心理状态之中，但所为作品却又处处深合规律，这便是"七横八纵，信手拈来，头头是道。"只有在这个阶段，学诗者才从"必然王国"跨入了"自由王国"的门限，驰骋在一个"入神"的艺术天地之中，这是对前一个阶段的又一次否定，是更高层次的否定。正如恩格斯所言："自由是对必然的认识。""自由不在于梦想中摆脱自然规律而独立，而在于认识这些规律，从而可能有计划地利用自然规律为一定的目的服务。""而犹豫不决是以不知为基础的，它看来好象是在许多不同的和相互矛盾的可能的决定中任意进行选择，但恰好证明它的不自由，证明它被正好应该由它支配的对象所支配。"[1] 严羽所说的"透彻"，便是诗人真正认识并纯熟掌握诗歌创作艺术规律所达到的得心应手、驰骋自如而又处处合规律的境界。

四

在"诗辨"中，还有一段话，对我们理解"透彻之悟"颇为重要：

> 夫诗有别材，非关书也；诗有别趣，非关理也。然非多读书，多穷理，则不能极其至。[2]

---

① 恩格斯：《反杜林论》，见《马克思恩格斯全集》第 20 卷，人民出版社 1956 年版，第125—126 页。

② 郭绍虞：《沧浪诗话校释》，人民文学出版社 1961 年版，第 26 页。

　　这段话包含着很深刻的艺术辩证法，也就是"别材""别趣"与"读书""穷理"的辩证统一。"别材"、"别趣"，即指诗歌创作中区别于事理、学问的特殊质因，如欲进一步解释，"别材"就是诗人构写艺术形象的创造力，它是一种特殊的素质、能力，诸如灵感、想象力等，这显然不同于作为一般诗材的、来源于书本的事典一类东西，而更多地表现为一种特殊的心理势能。一个卓越的学者，未必是优秀的诗人，他虽然满腹群经子史，但写出诗来，可能满纸"书袋气"。所谓"别趣"，大体上相当于严氏自己所说的"兴趣""意兴"等义，指诗歌创作中那种不受一般科学意义的逻辑道理制约的独特情趣或意境。"非关书""非关理"只是说明"别材""别趣"的，并非说整个诗歌创作都与书、理无关。要使诗作达到"入神"的最高审美境界，也就是"透彻之悟"，没有"别材""别趣"是不成的，但是仅有"别材""别趣"，而没有高度的知识修养，也不可能登上艺术的峰巅。严羽在强调"别材""别趣"的同时，为了避免其说的空疏虚幻，又接着强调了"读书"、"穷理"在创作中同样有着重要作用："然非多读书、多穷理则不能极其至。"严羽拈出"别材"、"别趣"来说明诗歌创作的独特规律，并不是让学诗者只等着天赐神机，放弃长期的修养学习。这点清人沈德潜早已指出："严仪卿'诗有别材，非关学也'之说，谓神明妙悟，不专学问，非教人废学也。"① 这是颇有见地的。"不专学问"，深得严氏论诗之旨，诗之妙悟，不仅仅是靠学问，更要有"别材"、"别趣"，但并未摒弃学问。"别材"、"别趣"和"读书"、"穷理"，两者之间又是一种怎样的关系呢？笔者认为，它们之间不是互相排斥、互相对立的，也不是平行的、二元的关系，而是一个辩证统一的逻辑发展过程。"透彻之悟"指诗歌创作所达到的最高审美境界，"别材"、"别趣"是创造这种境界时区别于其他文体的特殊质因，"多读书"，"多穷理"则是达到这一境界必不可少的中介和途径。"书"、"理"有赖于"别材""别趣"的陶冶融会方能化为达到"透彻之悟"——浑然完美的审美境界的有机因素，而"透彻之悟"也须靠"多读书"，"多穷理"的长期修习实践方能实现。"别材"、"别趣"本身是否真正与书、理了无关涉呢？"非关"，严羽虽然说得干脆，但却不妨看作是矫枉过正，是强调二者的差异性。实质上，"别材"、"别趣"与书、理仍然有着割舍不开的联系，严羽又通过"然非多读书、多穷理不能极其至"补充

────────────

　　① （清）沈德潜：《说诗晬语》卷下，见霍松林、杜维沫校注《原诗·一瓢诗话·说诗晬语》，人民文学出版社 1979 年版，第 243 页。

了二者间的联系性。读书，可能是简单的知识积累，也可以是对艺术佳处、创作规律的会心揣摩，"读书破万卷"方能"下笔如有神"。

相反地，如果仅仅是把读书所累积的事、理堆砌凑泊在诗中，充做诗材，也是严羽所批评的："以文字为诗，以才学为诗，以议论为诗"，这种诗就没有诗歌所应独具的"别材""别趣"，取消了诗歌的艺术特征，或堕于理窟，或累于书袋，"读之反复终篇，不知着到所在"，根本没能创造出浑融完美、神妙天然的艺术境界。

有些论者认为"妙悟"是指创作时"来不可遏，去不可止"的灵感到来阶段，这是有道理的，但似乎不甚全面。在诗歌创作中，艺术形象的诞生方式是整体涌现的。它不以逻辑思想的方式推导出来，不是用概念组合起来；而是在创作灵感的鼓荡之下，以鲜明、浑成、圆整的形态在诗人心灵的荧光屏上排涌而出。这是创造性的思维形式，是审美创造中的直觉特质。这也便是"别材"、"别趣"说的美学内涵之一。这种艺术形象的诞生，有着瞬间性的特征。因而，人们往往把"妙悟"归结为这种直观顿悟的灵感状态。严羽的"妙悟"说确实包括了这个阶段，但又远远不止于这个阶段。它不仅仅是指诗歌艺术形象诞生时那种"宛如神助"的灵感状态，而且是包括诗人对诗歌创作的艺术规律不断的、逐渐深入的领会和把握、终至能自由地运用规律使创作达到"透彻""入神"审美境界的全过程。审美创造中的直觉阶段（灵感状态）有赖于长时期的审美经验与文化涵养的积淀，同时是后者由量的积聚而达到突然间质的飞跃，是后者高度融汇、高度凝聚、由某个随机的外界事物引发而达到高度亢奋时的喷薄点。没有后者作为基础，前者即便出现，也不可能达到很高的审美境界。

五

如果把"透彻之悟"解释得比较"透彻"，"第一义之悟"也便迎刃而解了。"第一义之悟"与"透彻之悟"都是妙悟说的具体化，实际上是一而二、二而一的东西。在《沧浪诗话》的某些地方，"第一义之悟"与"透彻之悟"是重合的，而在另一些地方则有其特殊含义，指学诗者应该师法最上乘的诗歌作品，这是指达到最为理想的审美境界的途径。

禅家者流，乘有小大，宗有南北，道有邪正，学者须从最上乘，具正法眼，悟第一义。若小乘禅，声闻辟支果，皆非正也。论诗如论禅：

汉魏晋与盛唐之诗，则第一义也。大历以还之诗，则小乘禅也，已落第
二义矣。①

　　所谓"第一义"，是佛学术语"第一义谛"的简称，又名"真谛"、
"圣谕"，总名涅槃，是佛家至上之真理。此理诸法中第一，故曰"第一
义"。严羽在这里使用的佛学术语，不无混乱失当之处，这里不宜深究。他
在这里只是用"第一义"来比喻境界最高、路子最正的最上乘作品，旨在
说明，在学诗过程中，一定要取法最好的作品，方能逐渐"悟入"，达到理
想的审美境界。这种"第一义之悟"主要侧重在通过学习"汉魏晋盛唐之
诗"这些上乘作品，逐渐认识和把握诗歌创作特殊的艺术规律。怎样才能
"悟第一义，而不"悟第二义"呢？易言之，"第一义之悟"的主观条件是
什么呢？那就是要有"识"，所谓"识"，便是学诗者对诗品优劣的辨别能
力。严羽在《诗话》开篇处便正襟危言地说：

　　　　夫学诗者以识为主，入门须正，立志须高，以汉魏晋盛唐为师，不
　　作开元天宝以下人物。若自退屈，即有下劣诗魔入其肺腑之间，由立志
　　不高也。行有未至，可加工力，路头一差，愈骛愈远，由入门之不
　　正也。②

　　严羽强调"识"——对诗品优劣的辨别能力，强调学诗一定要循着正
确途径，取法最上乘作品，这是很有见识的。他认为如果无识，就可能
"眩于旁门小法"（《诗评》十七），被那些"下劣诗魔"所迷惑，牵着鼻子
走，在学诗过程中误入歧途，果真如此，下力愈勤，愈是南辕北辙了。
　　严羽又指出了"悟第一义"的方法，首先是"熟读"："先须熟读楚词，
朝夕讽咏以为之本，及读古诗十九首，乐府四篇，李陵苏武汉魏五言皆须熟
读，即以李、杜二集枕籍观之，如今人之治经，然后博取盛唐名家，酝酿胸
中，久之自然悟入。"③　其次，便是"熟参"：

　　　　天下有可废之人，无可废之言。诗道如是也。若以为不然，则是见

────────────

① 郭绍虞：《沧浪诗话校释》，人民文学出版社 1961 年版，第 11 页。
② 同上书，第 1 页。
③ 同上。

诗之不广，参诗之不熟耳。试取汉魏之诗而熟参之，次取晋宋之诗而熟参之，次取南北朝诗而熟参之，次取沈宋王杨卢骆陈拾遗之诗而熟参之，又取元和之诗而熟参之，又尽取晚唐诸家之诗而熟参之，又取本朝苏黄以下诸家之诗而熟参之，其真是非自有不能隐者。①

通过这两段话的比较，我们不难发现，严羽的"熟读"与"熟参"的意思不尽相同。他要求学诗者"熟读"的，都是"第一义"的作品，也就是奉为诗学典范的作品。至于"熟参"的就并非都是"第一义"之作，而是诗歌发展史上各时期有代表性的诗人之作。其中，有严羽认为是"第一义"的作品，也有他声称"不做"的人物之诗，甚至也有被他骂作"下劣诗魔"的作品。他要求学诗者通过"熟参"而见其"真是非"。"熟参"就是比较鉴别。严羽要求学诗者"熟参"这些不同风格、不同品第、在他看来是泥沙俱下、鱼龙混杂的诗作，更是要凭借"识"来进行辨别，这是"悟第一义"的一个重要方法。

"妙悟说"是严羽诗学思想体系的核心，对它的理解，直接关系到对严羽整个诗学思想的评价。我们并不认为《沧浪诗话》的诗学观点都是正确的，这篇小文并非要全面评价严羽《沧浪诗话》的是非功过，仅仅是就"妙悟"的内涵谈一点认识，希望能就此窥见严羽诗学思想的一些独特之处。

---

① 郭绍虞：《沧浪诗话校释》，人民文学出版社 1961 年版，第 12 页。

宋诗的"活法"与禅宗的思维方式[*]

一

诗乃艺术，禅乃宗教。而在中国的文化土壤中，二者交融互渗，结出了奇特之花。诗与禅之间的影响是双向的，诗的禅化与禅的诗化是并存的。而禅对于诗的渗透，除了那种渊静空寂的禅味、禅境外，更多的是禅的思维方式对诗歌创作及诗歌理论的浸渗。

倘若我们稍加留意，就不难发现，宋诗的状貌及其发展嬗变的轨迹，都与禅有着密不可分的联系。如果说，唐诗中禅的影响还不止于王维《辋川集》、常建《题破山寺后禅院》、柳宗元《渔翁》等诗中那种空寂而富有生命感的禅境，那么，宋诗中禅的渗透，则通过诗论的中介，深刻地影响了宋诗发展的进程。从北宋到南宋，诗坛总的流向可以说是由必然走向自由。在这个转机中，禅发挥了绝大的助力。

二

对于唐以前的诗史，宋诗是一个新的螺旋，这个螺旋更多地凝聚着宋代诗人们偏于思辨的理性思维素质。对于诗歌创作本身，宋代的诗人及诗论家们有着更多的自省意识。唐代的诗学著述多止于诗格法式一类，如皎然《诗式》、徐衍《风骚要式》、旧题白居易《金针诗格》等。宋代的诗论一方面继承了唐人关于诗歌形式要素的丰富遗产，另一方面更多地探赜诗歌的内在艺术规律以及审美特质。一方面礼拜前贤，对杜甫等大诗人极尽倾服，奉为祖师；另一方面，又要有所超越，破除窠臼，自成面目。这些都构成了

* 本文刊于《文学遗产》1989 年第 6 期。

宋诗的二重性及宋代诗坛在整体上的悖论性质。然而，总的趋势是由必然走向新的自由，这是一个动态的过程。在这个不断的动态建构中，宋诗形成了独特的风貌。恰如清人吴之振所言："宋人之诗，变化于唐，而出其所自得，皮毛落尽，精神独存。"①

在由必然走向自由的诗学进程中，理论上代表这种转折的，可以拈出"活法"。"活法"由江西派诗人吕本中提出，它概括了宋诗发展中决定性的转机及流变之趋势。"活法"这个范畴本身也许在讨论实践上并没有那样举足轻重的地位。但我认为，宋代诗论中的许多现象都可以归结到"活法"的理论概括之下，而呈现其有机的内在联系，举此一纲，可挈众目，挈住"活法"，可以洞悉宋诗转变之大势，又可观照宋代诗论中许多说法的共同基础。因此，本文所论的"活法"，乃是展开于一个更为广阔的背景之下的，议论禅宗的思维方式对"活法"的影响，也主要是揭示禅对于宋诗由必然走向自由这个转机的深刻作用。

吕本中在《夏均父集序》中正面提出"活法"，他说：

> 学诗当识活法。所谓活法者，规矩备而能出于规矩之外，变化不测而亦不背于规矩也。是道也，盖有定法而无定法，无定法而有定法。知是者，则可以与语活法矣。②

所谓"活法"，并非对法的抛弃，而是在自由地驾驭法的基础上超越于法。因而首先要"规矩备"，要全面地、熟练地掌握诗歌创作的规矩法度。然而，"活法"又强调一个"活"字，也就是不能死于法下。只有十分纯熟地驾驭了法，才能从心所欲不逾矩，变化莫测，游刃有余，从而进入一种艺术创造的自由境界。这是一种认识了必然以后的自由。黑格尔认为自由是对必然的认识，恩格斯非常赞许这种自由观，他推崇黑格尔第一个正确地论述了自由与必然之间的关系，又从而论述道："自由不在于梦想中摆脱自然规律而独立，而在于认识这些规律，从而可能有计划地利用自然规律为一定的目的服务。"③ 吕本中所倡"活法"，实际上正是这样一种认识了规律的

---

① 吴之振：《宋诗钞序》，见《宋诗钞》，中华书局1986年版，第3页。
② （宋）吕本中：《夏均父集序》，见吴文治《宋诗话全编》，凤凰出版社1998年版，第2907页。
③ 《马克思恩格斯选集》第3卷，中共中央马克思恩格斯列宁斯大林著作编译局编译，人民出版社1972年版，第229页。

自由。

"活法"是江西诗派诗学理论摆脱其自身僵局、谋求生路的产物。倡导"活法"或以"活法"作诗而著称的人,恰恰是江西派圈子里或与江西派关系甚深的人。吕本中、杨万里等都是如此。吕本中作《江西诗社宗派图》,是江西诗派这一流派名称的始作俑者。他虽然未将自己列入江西诗社之中,实际上他是江西诗派的重要人物。吕氏诗论中有足够的"江西味",如说"文章无警策则不以传世,盖不能竦动世人,如老杜及唐人诸诗,无不如此","诗词高深要从学问中来"。① 这些都是典型的"江西腔儿"。以"活法"作诗而著称的杨诚斋,亦是从江西派入手学诗,曾自言"予之诗,始学江西诸君子"。② 正是他们在理论与实践上对江西派的超越,才使宋诗的主流由风靡诗坛的江西诗风所带来的委顿走向新的生机。

以黄庭坚为代表的江西诗论,集中继承了唐代诗论中艺术技巧方面的遗产,总的精神是重绳墨法度,以门径示人。"句法"、"诗眼"成为江西诗人们的追求目标。江西派奉杜甫为祖,主要是从规矩法度上取径于杜甫。山谷诲人学杜:"但熟观杜子美到夔州后古律诗便得句法。"③ 所谓"夺胎换骨"、"点铁成金",也都有一定的套路。如山谷所举以示人的范例。郑谷《十日菊》有"自缘今日人心别,未必秋香一夜衰"之句,"此意甚佳,而病在气不长"。王安石借鉴其诗意,写出"千花万卉凋零后,始见闲人把一枝",充实进峭健的气骨,这便是所谓"换骨法"。白居易诗:"临风杪秋树,对酒长年身。醉貌如霜叶,虽红不是春。"苏轼"窥入其意而形容之",写出"儿童误喜朱颜在,一笑哪知是酒红"的诗句,这便是所谓"夺胎法"。④ 这种对前人诗语的借鉴其始未必不佳,而形成一定的模式后,作为"不二法门",到处套用,互为因袭,使诗人们只知按一定的法式改造利用前人诗语,而忽视创造那种独创的、原生的美,这也便是江西之弊。吕本中虽然心仪山谷,但更多的是弘扬山谷诗论中力主自成一家的一面,主张变化多方,反对拘执于一定的模式、窠臼。他说:

　　楚辞、杜、黄,固法度所在,然不若遍考精取,悉为吾用,则姿态

---

① (宋)吕本中:《童蒙诗训》,见郭绍虞《宋诗话辑佚》,中华书局1980年版,第587页。

② (宋)杨万里:《荆溪集序》,见吴文治《宋诗话全编》,凤凰出版社1998年版,第5974页。

③ (宋)黄庭坚:《与胡少汲书》,见《黄庭坚全集》,四川大学出版社2001年版,第476页。

④ (宋)惠洪:《冷斋夜话》,中华书局1988年,第15页。

横生，不窘一律矣。如东坡、太白诗，虽规摹广大，学者难依，读之使人敢道，澡雪滞思，无穷苦艰难之状，亦一助矣。①

黄庭坚一直是以杜甫为旗帜，处处诲人以杜诗圭臬，正是因为杜甫"老来渐于诗律细"，在诗的语言锤炼上达到了炉火纯青、间不容发的境界。但杜甫夔州以后的律诗并不单纯是艺术技巧讲求的结果，而是由诗人那种博大的襟怀、沉郁悲壮的情感，和着高妙细密的诗歌技巧孕化而出的奇葩。山谷诲人学杜则偏重于"诗眼"、"句法"，并提取一些模式来，以之为方便法门。这固然给学诗者带来有门径可寻的喜悦，却又往往使诗人堕入某些窠臼轨范。吕本中推崇山谷，但又主张变化，反对规摹旧作，因此，他更提倡从天马行空、随物赋形的太白、东坡诗中汲取"自由的元素"，而达到"姿态横生，不窘一律"的境地。从这个视点出发，吕本中十分欣赏张耒的诗："文潜诗，自然奇逸，非他人可及。如'秋明树外天'，'客灯青映壁，城角冷吟霜'，'浅山寒带水，旱日白吹风'，'川鸣半夜雨，卧冷五更秋'之类，迥出时流，虽是天姿，亦学可及。学者若能玩味此等语，自然有变化处也。"② 以提出"活法"而在诗论史上著称的吕本中的这些议论，都说明了"活法"的基本内涵，就是有法而又超越于法，破除规矩、窠臼给诗歌创作带来的束缚，主张写诗要自然奇逸，变化多端。

破弃拘执，变化万方，是禅的一个基本特征。在禅宗的基本教义中，"不立文字，以心传心"，是至关重要的一点。"不立文字"，并非是说完全废弃语言文字的功能，而是说要突破语言文字的外壳对思维的束缚作用，打破名言概念所带来的有限性及思维僵局。禅宗经典《坛经》云："若大乘人，若最上乘人，闻说《金刚经》，心开悟解，故知本性自有般若之智，自用智慧，常观照故，不假文字。"就是说，禅体悟佛教"终极真理"，是用自身所有的般若智慧，返观自性，而不能通过名言概念的途径。禅宗的重要文献、黄檗希运禅师所著的《传心法要》中也说："超过一切限量、名言踪迹对待，当体便是，动念即乖。"也就是要破除名言概念的拘执，因一运用概念的知性分析，便与佛理背道而驰。禅宗以公案为启悟僧徒之具。公案问答之间，没有逻辑上的联系，不能以正常的理性思维进行推理判断，而是机

---

① （宋）吕本中：《与曾吉甫论诗第一帖》，见吴文治《宋诗话全编》，凤凰出版社1998年版，第2908页。

② （宋）吕本中：《童蒙诗训》，同上书，第9213页。

锋百出、变化莫测，令人感到匪夷所思。略举一二例即可见出禅家公案的此种特点。"僧问大梅：'如何是西来意？'大梅曰：'西来无意。'师闻乃曰：'一个棺材，两个死汉。'""僧问：'如何是佛？'师曰：'猫儿上露珠。'""如何是正法眼？师曰：挂杖孔。""僧问：如何是祖师西来意？师曰：三尺杖子破瓦盆。"（以上均见《五灯会元》）这便是禅家的师徒传授。问答之间，没有任何逻辑联系，只是随机应答。这种貌似胡言乱语的问答之中，闪烁着禅家破除束缚、反对拘执、变化无常的精神特质。所问非所答，就是要破弃头脑中的理性联系，而以风马牛不相及之语作为启悟佛性的符号。

禅宗的这种思维方式与宋诗的"活法"论之间不仅是有简单的可比性联系，实际上，吕本中、杨万里等人都深受禅悦之风濡染，以禅论诗之风在北宋中期便很盛行。吴可、赵章泉、龚相等人以禅论诗，虽然没有像吕本中那样标举"活法"，而其旨归与吕氏无异，同声相应，正可视为"活法"说的先声。吴可公然说："学诗浑似学参禅，头上安头不足传。跳出少陵窠臼外，丈夫志气本冲天。"① 赵章泉《学诗诗》亦云："学诗浑似学参禅，束缚宁论句与联，四海九洲何历历，千秋万岁孰传传。"宋代士大夫染禅者甚众，无数操觚弄翰、弈棋分茶的士人，都浸染于禅风之中，亦禅亦诗方才潇洒。而禅与诗直觉观照的思维方式的切近，使诗人们往往以参禅悟道来比拟诗学规律，这在宋代诗论中形成一条显而易见的线索。到南宋的严羽可谓集其大成。此处所举的吴可、赵章泉的《学诗诗》，都是以禅家精神比拟作诗要破除窠臼，富于变化。我们说"活法"并不局限于这个范畴自身，而是代表了宋诗由必然走向自由的趋势。"活法"说正是吴可等人诗学观的必然发展和理论概括，其间诗与禅的关系是显而易见的。吕本中本人"活法"的提出，也是深受禅宗启悟的。张戒在《岁寒堂诗话》中透露出此中消息："往在桐庐见吕舍人居仁，余问：'鲁直得子美髓乎？'居仁曰：'然。''其佳处焉在？'居仁曰：'禅家所谓死蛇弄得活。'"② 山谷标举杜诗以"诗眼""句法"，主要就是诗歌技巧方面的规矩法度。吕本中眼里的杜甫和黄庭坚，"佳处"则主要在于"活法"。"死蛇弄活"是禅家的著名比喻，也是"活法"说重要的思想来源。

---

① （宋）吴可：《学诗诗》，见魏庆之《诗人玉屑》，中华书局2007年版，第11页。
② （宋）张戒：《岁寒堂诗话》，见丁福保《历代诗话续编》，中华书局1983年版，第449页。

三

与前述内容有密切的内在联系，"活法"说还包括这样的内涵，即诗歌写作中审美创造的随机性与直接汲纳自然所获得的活泼天趣。在这方面，"活法"说与禅宗的思维方式有更深刻、更广泛的精神联系。

作为江西诗派经典诗论的"夺胎换骨"、"点铁成金"、"无一字无来处"，其实质是以前人的文学遗产作为诗材。尽管诗人的最终目的还是抒写自己此时此地的特定感受，但过多的成典故实，成为诗歌与现实生活的一层"挡板"，多了一个中间层次，而缺少了直接的血亲关系。这也正是江西诗论遭人诟病的一个原因。"活法"说则更多地要求诗歌创作在现实生活与大自然中"直寻"，而不满于"补假"，吕本中论诗主张立意清新，认为作诗"不可循习陈言，只规摹旧作"①，也是主张诗歌与现实生活的"骨血之亲"。"活法"作诗的杨万里，更多地是从大自然的朝晖夕阴、高山流水中取材，因而充溢着无限的活泼天趣。他自述其创作体会说："每过午，吏散庭空，即携一便面，步后园，登古城，采撷杞菊，攀翻花竹，万象毕来献予诗材。盖麾之不去，前者未雠，而后者已迫，涣然未觉作诗之难也。"② 这种诗思的来源是在现实生活和大自然的变化中随机触发的，而不是先有了立意再去寻找诗材。这种随机触发诗思，是"活法"说的一个内涵。杨万里的诗作，大都是在自然界与社会生活中随所感触，捕捉诗思，因而显得极为活泼。如这样的小诗："初疑夜雨忽朝晴，乃是山泉终夜鸣。流到前溪无半语，在山作得许多声！"（《宿灵鹫禅寺》）"绿杨接叶杏交花，嫩水新生尚露沙。过了春江偶回首，隔江一岸好人家。"（《二月一日晓渡太和江》）诗味清新，意象明丽，而诗的构思全是从自然景物中随机触发的。这也就是苏轼所说的"随物赋形"。江西诗论中"夺胎换骨""点铁成金"的法式，往往使诗人规摹前人旧作，通过改造前人诗语来构思自己的诗作，因此刻意求奇者多，天然自得者少。而"活法"说则强调诗思在于随机触发，而不能搞"主题先行"。张戒概括得很准确："诗人之工，特在一时情味，固不可

---

① （宋）吕本中：《童蒙诗训》，见吴文治《宋诗话全编》，凤凰出版社 1998 年版，第7524 页。
② （宋）杨万里：《荆溪集序》，同上书，第 5974 页。

预设法式也。"① "预设法式"是"活法"所忌讳的。叶梦得在这方面有深入而精辟的论述。他认为诗之妙,应是情景相遭,自然而得,而冥思苦索之句未必为佳。他以谢灵运的名句"池塘生春草,园柳变鸣禽"为例来说明之:"世多不解此语为工,盖欲以奇求之耳。此语之工,正在无所用意,猝然与景相遇,借以成章,不假绳削,故非常情所能到。诗家妙处,当须以此为根本,而思苦言难者,往往不悟。"② 王安石晚年退居钟山,诗风一变,由早年的雄健峭拔、颇有理思变而为即景遣怀、清新隽永,叶石林对王荆公晚年之作尤为欣赏,便在于其"意与言会,言随意遣,浑然天成,殆不见牵率排比处"③。

这种应物斯感、随机触发的诗思,比起"预设法式"来,更符合审美创造的规律。审美创造是一种直觉思维(当然这种直觉并不排除理性积淀),而不是以逻辑思维作为思维方式,"既不是以概念为其基础也不是以概念为其目的",而是一种无目的的合目的性。审美体验应该是审美主体对感性表象所生起的体验,恰如英国美学家鲍桑葵所说的:"审美态度的对象只能是表象"④,中国古典美学讲"澄怀味象",都说明了这样一个基本事实,审美活动的对象只能是大千世界使审美主体生成的表象,而那种预设概念、从固定的主题出发来进行诗歌写作,往往缺少审美韵味。大自然所提供的审美契机是变幻万千的,在大自然中所随机感发的诗思显得格外清新。康德说:"想象力(作为生产的认识机能)是强有力地从真的自然所提供给它的素材里创造一个像似另一自然来。当经验对我呈现得太陈腐的时候,我们同自然界相交谈。"⑤ 在诗歌创作中,主张诗思触发的随机性,是对江西诗论中那种"规摹古人"理论的一个反驳。

这种诗思触发的随机性,给诗歌带来了鸢飞鱼跃的活泼天趣与内在的生命力。以古人论诗之语形容之,前者如"弹丸脱手",后者如"初日芙蕖"。活法为诗,活泼流转,没有蹇涩之感。北宋时期,虽然尚未提出"活法"的概念,但在理论与实践中,都已有许多东西与"活法"说的精神一致,源流相承。大诗人苏轼的许多诗作都显示出极为活泼流走的天趣。东坡之诗"放笔快意,一泻千里","随笔所至,自成创句,所谓'风行水上,自然成

① (宋)张戒:《岁寒堂诗话》,见丁福保《历代诗话续编》,中华书局 1983 年版,第 453 页。
② (宋)叶梦得:《石林诗话》,见何文焕《历代诗话》,中华书局 1981 年版,第 426 页。
③ 同上。
④ [英]鲍桑葵:《美学三讲》,周煦良译,上海译文出版社 1983 年版,第 11 页。
⑤ [德]康德:《判断力批判》上卷,宗白华译,商务印书馆 1985 年版,第 160 页。

文'"随手略举一二例："船上看山如走马，倏忽过去数百群。前山槎枒忽变态，后岭杂沓如惊奔。仰看微径斜缭绕，上有行人高缥缈。舟中举手欲与言，孤帆南去如飞鸟。"（《江上看山》）"横风吹雨入楼斜，壮观应须好句夸。雨过潮平江海碧，电光时掣紫金蛇。"（《望海楼晚景》）从这类诗作中不难感受到东坡诗中那种活泼流转、浑然天成的气格。东坡谈自己的创作体会说："冲口出常言，法度去前轨。人言非妙处，妙处在于是。"（《诗颂》）他十分欣赏谢朓"好诗圆美流转如弹丸"（见《南史·王筠传》）之说，他称赞王巩的诗："新诗如弹丸，脱手不暂停。"（《次韵答王巩》）苏轼这种对于活泼流转之趣的赞赏以及苏诗的活泼天成，都给后来吕本中的"活法"提供了极大启示。曾季狸《艇斋诗话》绍述吕本中诗教之处甚多，从中可以看到吕本中最为心仪苏诗，也是"喜令人读东坡诗"，可以说苏诗是"活法"的典范之作。

南宋诗人杨万里，以"活法"为诗而著称。"诚斋体"的活泼流转，迅捷飞动更是有名的。方回评诚斋诗"飞动驰掷"。刘克庄也从活泼流转这个角度评诚斋："后来诚斋出，真得所谓活法，所谓流转圆美如弹丸者，恨紫微公不及见耳。"[1] 诚斋作诗，多在纷纭变化的大自然中直接撷取诗思，而摆去拘挛，变化曲折，十分活泼。尤其是一些七言绝句，更是生机盎然，圆美流转。如"却是春残景更佳，诗人须记许生涯，平田涨绿村村麦，嫩水浮红岸岸花。"（《三月三日雨作遣闷》）"嫩水春来别样光，草芽绿甚却成黄。东风似与行人便，吹尽寒云放夕阳。"（《丁亥正月新晴晚步》）这些诗都"活泼剌底人难及也。"[2] 钱锺书先生论诚斋诗极为中肯："诚斋则如摄影之快镜，兔起鹘落，鸢飞鱼跃，稍纵即逝及其未逝，转瞬即改而当其未改，眼明手捷，踪矢蹑风，此诚斋之所独也。"[3] 可以说把诚斋诗活泼流转的特质形容得淋漓尽致！

"活法"说包括的随机触发诗思的内涵以及活法作诗所表现出的活泼流转，充溢着内在的生命力，与禅宗的思维方式既有理论上的同构性，又有实际的亲缘关系。

禅宗悟道在思维方式有这样三个信条，即"无念为宗，无相为体，无

---

① （宋）刘克庄：《江西诗派小序》，见吴文治《宋诗话全编》，凤凰出版社 1998 年版，第 8570 页。

② （金）刘祁：《归潜志》，中华书局 1983 年版，第 87 页。

③ 钱锺书：《谈艺录》，中华书局 1984 年版，第 118 页。

住为本"。① 所谓"无念",就是破除名言概念的束缚,"无相"是"于相而离相",虽然不排斥表象的接引作用,但强调通过表象作为悟道契机后超越表象,直接体悟佛性。而"无住为本",就是强调思维的流动性,不能停留在一点上。"念念时中,于一切法上无住,一念若住,念念即住,名系缚;于一切上,念念不住,即无缚也,此是以无住为本。"② 思维的不停流动,才能不受束缚,随方悟道。禅家悟道常以"鸢飞鱼跃"为喻,正是说禅家思维过程的"无住"、"无缚",不粘涩于任何外物,而不断流动。"活法"要求诗歌创作的活泼天趣,正是深受禅宗启示的。杨诚斋诗云:"学诗须透脱,信手自孤高。"(《和李天麟》)又说"参时且柏树,悟罢岂桃花?"(同上)借用禅典来说明作诗不能拘束执着。所谓"透脱",即是指"识度、胸襟的通达超豁,不缚于世俗情见,心境活泼,机趣骏利,不执着,不粘涩"(周汝昌释语,见《杨万里选集》)。可见"活法"之活,正与禅家相通。

"活法"强调诗思触发的随机性,与禅宗的观念也有密切关系。禅宗带有浓厚的泛神论色彩。它认为真如佛性遍在于万法之中。在禅宗的前期,还只是认为佛性遍于一切有情,后来则推而广之,认为一切无情之物也都含有佛性。"青青翠竹,尽是法身;郁郁黄花,无非般若",这样著名的禅家话头,正是体现了禅的泛神特质。这种思想可能受了道家哲学"道无所不在"的命题的影响,并且融合了华严宗"法界缘起"论的思想方法。既然一切事物都内蕴着真如佛性,那么,无论拈引什么事物都可以作为昭示佛理的工具。禅家传道充满了随机性,只要悟透了禅机,那就无往而非佛。"是以解道者,行住坐卧,无非是道。悟法者,纵横自在,无非是法。"禅家师徒,以机锋棒喝相传授,多是即境示人,随机拈取某种事物作为接引之具。如问:"如何是祖师西来意?师曰:砖头瓦片。""如何是佛法大意?师曰:洞庭湖里浪淘天。"(以上均见《五灯会元》)再就是拳打棒喝,无非是当机煞活,催人猛省顿悟,为学人解粘去缚。"活法"说论诗颇受此种禅悟方式影响。叶梦得就曾以禅宗三种境界喻诗,其一便是"随波逐浪句,谓随物应机,不主故常"。③ "随遇皆道,触处可悟。"④ 在"活法"论者看来,诗境正应如此。

---

① 郭朋:《坛经校释》,中华书局 1983 年版,第 31 页。
② 同上。
③ (宋)叶梦得:《石林诗话》,见何文焕《历代诗话》,中华书局 1981 年版,第 426 页。
④ 钱锺书:《谈艺录》,中华书局 1984 年版,第 515 页。

四

与正统的江西诗论相比，"活法"说突出了创作者的主体意识、张扬了艺术个性。山谷论诗，讲"夺胎换骨"、"点铁成金"、"无一字无来处"，强调以古人语为"材料因"。江西诗派以杜甫为偶像，顶礼膜拜，处处强调以杜诗的"句法"为圭臬。致使金代诗论家王若虚诋山谷为"特剽窃之黠耳"。① 平心而论，山谷用古人语是能够"陶冶万物"的，因而自有其鲜明的艺术个性。而死守句法，只知在书本中讨生活的江西派末流，则处处依傍前贤，缺乏艺术个性。"活法"说则有意识地针对这点提出异议，突出诗人的主体意识。吴可在《学诗诗》中大声疾呼"跳出少陵窠臼外，丈夫志气本冲天"，大有呵佛骂祖的气概。吕本中着重弘扬黄庭坚诗论中自成一家的主张，他说："鲁直云'随人作计终后人'；又云'文章切忌随人后'，此自鲁直见处也。近世人学老杜多矣，左规右矩，不能稍出新意，终成屋下架屋，无所取长。……如陈无己（师道）力尽规摹，已少变化。"他又通过转述徐师川"作诗自立意，不可蹈袭前人"的论诗之语，表明自己的观点。称赞秦观"过岭后诗，严重高古，自成一家"②，突出地强调"自成一家"，张扬艺术个性，这是主体意识进一步自省的表现。姜夔论诗也讲"活法"，说作诗"胜处要自悟"③，言下之意，是反对依傍他人。严沧浪以禅喻诗，以"妙悟"作为其诗论的核心范畴，指出"禅道在妙悟，诗道亦在妙悟"。④ "悟"是禅宗的基本概念，指学佛者对佛教终极真理的体认，"顿悟成佛"，是禅的基本信条。悟者自悟，于自性中顿见佛性，非由外力所致。"悟"这个概念本身，便充满了主体性的色彩。"活法"诗论者往往借禅谈诗，而其中诗禅可以相通的关键则在于"悟"。龚相《学诗诗》云："学诗浑似学参禅，悟了方知岁是年。点铁成金犹是妄，高山流水自依然。"韩驹《赠赵伯鱼诗》也说："学诗当如初学禅，未悟且遍参诸方。一朝悟罢正法眼，信手拈出皆成章。"可以说，悟是创作主体由必然而进入自由的关键。

---

① （金）王若虚：《滹南诗话》，见吴文治《辽金元诗话全编》，凤凰出版社 2006 年版，第 207 页。

② （宋）吕本中：《童蒙诗训》，见吴文治《宋诗话全编》，凤凰出版社 1998 年版，第 7524 页。

③ （宋）姜夔：《白石道人诗说》，见何文焕《历代诗话》，中华书局 1981 年版，第 682 页

④ （宋）严羽：《沧浪诗话·诗辨》，同上书，第 686 页

未悟之时，遍参诸家、转益多师；经过主体之"悟"，熔百家于一炉，变成自己的独得，进入从心所欲不逾矩的自由境界。其间之"悟"，就是主体的陶钧熔治过程。吴可也说得甚为明白："凡作诗如作禅，须有悟门。"① 吕本中倡导"活法"，明确地把"活法"建立在主体之"悟"的基础上，他说："作文（包括诗）要悟入处，悟入必自工夫中来，非侥幸可得也。"②

在佛教诸宗派中，禅宗是以否定外在权威，突出心本体的地位为特征的。禅宗认为佛并不是外在于众人的崇拜偶像，佛就在众人的自性之中。禅宗公案中呵佛骂祖之事屡见不鲜。有僧问云门："如何是佛？"答曰："干屎橛。"义玄禅师竟至喊出"逢佛杀佛，逢祖杀祖"来；丹霞禅师烧木佛像而取火（均见《五灯会元》）。否定权威，打破偶像，是禅家独有的精神！

与此相联系的另一面，便是对主体地位的高扬。禅宗"顿悟成佛"理论的基点就在于，佛性就在众生的自性之中，禅家之"悟"，就是运用般若智慧，近观自心，顿现自身具有的真如佛性。未悟之时，"犹如大云，盖覆于日，不得风吹，日无能现。"倘若向外觅佛，则路头差矣。"外修觅佛，未悟本性。"所以成佛与否，就在于能否省悟自心中佛性。"故知不悟，即是佛是众生；一念若悟，即众生是佛。故知一切万法，尽在自身中，何不从于自心顿现真如本性。"禅宗从其唯心主义宗教世界观出发，把心作为世界万物的本体，认为一切事物都可以包容于心中。"心生则种种法生，心灭则种种法灭"。"心量广大，犹如虚空，……虚空能含日月星辰、大地山河、一切草木、恶人善人、恶法善法、天堂地狱、尽在空中。"（以上均见《坛经》）正因为把心作为派生万法的本体，才得出"顿悟成佛"的结论。从认识论讲，这是唯心主义之谬见，但它突出心本体的地位，实际上强调了主体意识，对诗歌创作是起了推动作用的。正是在这点上，禅宗给了宋诗由必然走向自由以有力的推动。宋代诗论中借禅喻诗，实际上主要在于主体之"悟"。诗之悟即在于由规摹他人、遍参诸方而转换为自得。"要到自得处方是诗。"③

---

① （宋）吴可：《藏海诗话》，见丁福保《历代诗话续编》，中华书局1983年版，第340页。

② （宋）吕本中：《童蒙诗训》，见吴文治《宋诗话全编》，凤凰出版社1998年版，第7524页。

③ （宋）魏庆之：《诗人玉屑》，上海古籍出版社1978年版，第220页。

五

正统的江西诗论强调"诗眼"、"句眼"，认为好诗应是诗中有警句，句中下卓异生辉之字方是好诗！山谷推崇杜诗："拾遗句中有眼。"（《赠高子勉》）又诲人云："用一事如军中之令，置一字如关门之键。"（《跋高子勉诗》）强调警句奇字在诗中的关键作用。范温诗论即以"诗眼"名其书。多是绍述山谷的论诗主张。曾云："句法以一字为工，自然颖异不凡，如灵丹一粒，点铁成金也。"[1] 强调警策固然不错，但却忽略了浑然天成之整体之美。吴可《学诗诗》中推崇"圆成"之作："学诗浑似学参禅，自古圆成有几联。春草池塘一句子，惊天动地至今传。"谢灵运的名句："池塘生春草，园柳变鸣禽"，很难指出某字为"诗眼"，但却生动地写出大自然的勃勃生机，意境浑然而"圆成"。杨万里的诗境也都是有一种浑然全整之美，而不以"诗眼"见长。严羽明确推崇气象浑成之作："建安之作，全在气象，不可寻枝摘叶"，"《胡笳十八拍》混然天成，绝无痕迹"，"汉魏古诗，气象混沌，不可句摘"[2]，都重在诗的整体美感与内在的生命力。

这一点亦与禅家有"灵犀一点"相通。禅宗"顿悟成佛"说的根据还在于佛教终极真理是整一不可分的。禅宗的理论先驱、南朝佛学大师竺道生首倡"顿悟成佛"说，其根据就在佛理的整一不可分性。慧达《肇论疏》述道生之论云："夫称顿者，明理不可分，悟悟极照，以不二之悟，符不分之理。"禅悟本身必然是不可分析、不言阶渐的整体性感悟。禅宗明确反对对佛理作肢解性的分析认识。禅学大师玄觉在《永嘉证道歌》里说："直截根源佛所印，摘叶寻枝我不能。""摘叶寻枝"即指拘执于字句的分析性理解。雪峰义存禅师对其徒众教诲道："吾若东道西道，汝则寻言逐句；吾若羚羊挂角，汝向什么处扪摸？"（《五灯会元》）"寻言逐句"的理解方式是禅家所不屑为的，整体的感悟是禅悟的必要条件。而"活法"说诗讲求诗"圆成"、"圆活"，即整体的、富有内在生命力的美感，与禅悟的整体性很有内在联系。

---

① （宋）范温：《潜溪诗眼》，见郭绍虞《宋诗话辑佚》，中华书局 1987 年版，第 333 页。
② 郭绍虞：《沧浪诗话校释》，人民文学出版社 1961 年版，第 151 页。

六

宋诗中的"活法"既是对江西诗风、诗论的一个反驳，同时也是江西派内部新质的再生。"活法"并非一个流派的理论，而是一种思潮。"活法"本身就是在江西诗论里生长出来的，表现了江西诗论的转机。本文所谈及的"活法"不仅指吕本中一个人的诗论，而且包容了如吴可、赵章泉、严羽、杨万里等持论相近的诗人与诗论家。吕本中本人一方面正面揭示了"活法"，界定了它的内涵，为这类主张超越法度、反对拘执、提倡变化的诗论，作了一个明确的理论概括；另一方面，吕本中诗论中的江西派的味道又是十足的。讲究法度与提倡变化是统一于他的诗论中的。吕本中最推崇的诗人有两位，一是苏东坡，一是黄山谷，他说："自古以来语文章之妙，广备众体，出奇无穷者，唯东坡一人；极风雅之变，尽比兴之体，包括众作，本以新意者，唯豫章一人，此二者当永以为法。"[1] 苏东坡之"出奇无穷"与黄山谷"包括众作"，都为吕氏所推重，当然他更重前者。他对山谷诗作的评价，对山谷诗论的绍述，都重在其自成一家这点上。因此，"活法"说反映出宋诗变化的轨迹，代表着诗歌创作由必然走向自由的趋势。

"活法"说所代表的文学思潮的兴起，的确与禅宗的普泛化甚有关联。吴可、赵章泉、严羽等人以禅喻诗，旨在说明诗歌写作否定窠臼、自由驰骋而又深合诗歌艺术规律的境界。葛天民所说的"参禅学诗无两法，死蛇解弄活泼泼"（《无怀小集》）最能集中说明禅与"活法"说的关系。而从思维方式这一层面来观照二者的联系，可以使许多问题得到较为深入的解释。当然，"活法"说还主要是就诗歌语言形式的变化而论，缺少更为内在的探索，因此使一些诗歌流于轻滑而少厚重感。杨万里的诗就往往给人以此种印象。然而，无论怎样，"活法"标志着宋诗由必然走向自由的转折，这是没有疑问的。"活法"给宋诗带来的是生机，而不是萎缩。屡经曲折，宋诗终于走出了一条自己的道路。

---

[1]　（宋）吕本中：《童蒙诗训》，见郭绍虞《宋诗话辑佚》，中华书局1987年版，第604页。

诗禅异同论[*]

——兼论严羽"妙悟"说的审美内涵

一

随着禅宗哲学思想对唐宋时期士大夫的普遍濡染，用禅学观念来比喻、说明诗歌艺术特征的情形勃兴于诗坛。其中南宋诗论家严羽的《沧浪诗话》，是最有代表性意义的一部著述。"以禅喻诗"就是严羽首先明确提出来的。而实际上，《沧浪诗话》的"以禅喻诗"，并非只此一家，别无分店，宋人论诗"借禅以为喻"是屡见不鲜的。严羽不过是使之系统化并且明确揭示出"以禅喻诗"的命题。要切实地说明严羽诗论的审美内涵，正确评价严羽在诗论史上的地位，就不能不理解这样一些问题：禅在何种意义上可以借以比喻诗的艺术特征？它们之间相通在于何处？差异又有哪里？这些，都应该得到站在当今时代理论高度的说明。

就整体而言，禅学与诗学是极其不同的，一个是宗教的把握世界的方式，一个是艺术的把握世界的方式，其间的差异，有着质的规定性。然而，诗与禅又在某些方面极其类似，可以相通。黑格尔曾认为，在诸种意识形态中，最接近艺术的便是宗教。这一点在诗与禅的关系上得到印证。诗与禅相通的津梁，"以禅喻诗"的"阿基米德"点在哪里？可以这样回答：在于"悟"。严羽把它表述为："禅道惟在妙悟，诗道亦在妙悟。"[①] 其他诗论家如韩驹、范温、吴可等人的"以禅喻诗"，也都落在"悟"上。吴可就说过："凡作诗如参禅，须有悟门。"[②] "悟"确乎是"以禅喻诗"的关键。因

　　* 本文刊于《辽宁师范大学学报》（社会科学版）1990 年第 2 期。

　　① 郭绍虞：《沧浪诗话校释》，人民文学出版社 1961 年版，第 12 页。

　　② （宋）吴可《藏海诗话》，见丁福保《历代诗话续编》，中华书局 1983 年版，第 340 页。

此，首先应该弄清"悟"的含意。

"悟"是佛学的基本概念之一，在禅宗的教义中，更是核心问题。禅宗经典反复申说的便是对自身蕴含的"真如佛性"的顿悟。"悟"的基本含义是指，在佛教修习过程中，通过主观内省，对于佛教真谛的彻底体认与把握，与真如佛性契合为一。在禅宗又特指众生自性中潜含的佛性，通过内省工夫，得以顿然间的显发与实现。"悟"的首要品格在于：作为把握"真理"的一种方式，是直觉观照而非逻辑思辨。佛学术语也称"悟"为"极照"、"湛然常照"等，是一种观照性体认。禅宗突出地摒弃名言概念的作用，"以心传心，不立文字"是禅家立派最响亮的口号。禅学经籍这样阐述"悟"的性质，"此法惟内所证，非文字语言而能表达，超越一切语言境界"，"自用智慧观照，不假文字"①，旨在说明"悟"的过程不以名言概念为元素，不以逻辑思维为构架，而是一种直觉感受。

然而，名言概念是否对"悟"毫无作用可言呢？这是个值得重视的问题。我认为，在"悟"的"闪光"瞬间固然没有名言概念横亘于其中，而在它的引发过程中，名言概念却起着重要的媒介作用。对它的忽略，则导致对严羽"妙悟"说的片面理解。如果平素对于佛教教义一无所知，对于佛学观念毫无濡染，却忽然悟得佛学"真谛"，这是难以想象的。"顿悟"的早期倡导者、南朝高僧竺道生曾谈到名言与语道的关系："夫未见理时，必须言津。既见乎理，何用言为？其犹筌蹄以求鱼兔，鱼兔既获，筌蹄何施？"②道生的意思是说，在没有体悟到佛教"真谛"之前，名言概念是津梁，是媒介物。这个媒介物不是可有可无，而是必须的；而一旦得悟，名言概念又须抛开，不能参杂于其间。南北朝时人刘昼谈到言与道之关系时说："至道无言，非立言无以明其况。大象无形，非立象无以测其奥。道象之妙，非言不津。津言之妙，非学不传。"③刘昼与道生立论角度不同，但都认为名言概念与"至道"（在佛教是"真谛"）并非截然对立的关系。名言概念不仅不是悟道的障碍，而且是必要的媒介、津梁。笔者赞成这种看法，但又应注意，这种媒介作用，只发生于"悟"的引发阶段，而在瞬间"闪光"阶段，则是直觉观照。

---

① 郭朋：《坛经校释》，中华书局 1983 年版，第 54 页。

② （晋）竺道生：《法华注》，引自汤用彤《汉魏两晋南北朝佛教史》，北京大学 1997 年版，第 469 页。

③ （北齐）刘昼：《刘子新论·崇学》，见黄永武《敦煌古籍叙录新编》第 9 册，新文丰出版公司 1986 年版，第 309 页。

　　"悟"的顿然性与体悟对象的整一性，是"悟"的另一个重要品格。众所周知，禅宗的基本理论是"顿悟成佛"，其理论根据在于禅宗的"佛性"说。禅宗认为众生皆有佛性，成佛的根据在个人身上。"故知不悟，即是佛是众生，一念若悟，即众生是佛。故知一切万法，尽在自身中，何不从于自心顿见真如本性。"这便是禅学的基本点。其实刘宋时期竺道生便高倡"顿悟"说，他提出"一切众生悉有佛性"的命题，主张佛性在于自心，不假外求。众生成佛之所以未能从可能性转化为现实性，是因为"但为垢障不现耳"①。一旦除去"垢障"，佛性显发，即可达于"涅槃"。这个过程自然是顿然的。"顿悟"的另一个根据在于体悟对象—佛教"真谛"的整一性。慧达阐扬道生之说，云："夫称顿者，明理不可分，悟语极照。以不二之悟，符不分之理。"② 在此之前，也有人指出："若至理之可分，斯非至极也。"倘若可以分割解析，便不是终极真理了。"悟"的顿然性与体悟对象的整一性是密不可分的。

　　"悟"不仅指把握"终极真理"的直觉体验过程，同时，往往指主体与终极真理融为一体时"大彻大悟"的境界。道生说："悟则众迷斯灭。"③谢灵运说："至夫一悟，万滞同尽耳。"神会禅师的描述更为明确："豁然晓悟，自见法性本来空寂，慧利明了，通达无碍。证此之时，万缘俱绝，恒沙妄念，一时顿尽。"④ 这里的"悟"，都不是指体认真理的过程，而分明是形容"悟"后的境界。在"禅道"中，悟不仅指体认佛教终极真理的过程，同时也指证得这种"终极真理"时瞬刻永恒，万物一体的最高境界。

<h2 style="text-align:center">二</h2>

　　严羽"以禅喻诗"的目的，决不在于谈禅论道，而是用"禅道妙悟"来比喻"诗道妙悟"—说明诗歌的独特艺术规律。"本意但欲说得诗透彻，初无意于为文，其合文人儒者之言与否，不问也。"（《答吴景仙书》）这里面表现出严羽力求使诗摆脱作为儒学婢女地位，弘扬其自主性的审美特征的勇气。要探求"妙悟"说的内涵，我们首先要理解《诗话》中最关键的两

---

　　① （隋）智头疏：《妙法莲华经》，见《续藏经》第 1 辑第 2 编乙第 23 套第 4 册，第 400 页。
　　② （南朝·陈）慧达：《肇论疏》，引自汤用彤《汉魏两晋南北朝佛教史》，中华书局 1983 年版，第 467 页。
　　③ 引自汤用彤《汉魏两晋南北朝佛教史》，中华书局 1983 年版，第 471 页。
　　④ 同上。

段话：

> 禅家者流，乘有大小，宗有南北，道有邪正；学者须从最上乘，具正法眼，悟第一义。若小乘禅，声闻辟支果，皆非正也。论诗如论禅：汉魏晋与盛唐之诗，则第一义也。大历以还之诗，则小乘禅也，已落第二义矣。晚唐之诗，则声闻辟支果也。学汉魏晋与盛唐之诗者，临济下也。学大历以还之诗，曹洞下也。大抵禅道惟在妙悟，诗道亦在妙悟。且孟襄阳学力下韩退之远甚，而其诗独出退之之上者，一味妙悟而已。惟悟乃为当行，乃为本色。然悟有浅深，有分限，有透彻之悟，有但得一知半解之悟。汉魏尚矣，不假悟也，谢灵运至盛唐诸公，透彻之悟也。①

> 夫诗有别材，非关书也，诗有别趣，非关理也。然非多读书，多穷理，则不能极其至。所谓不涉理路、不落言筌，上也。诗者，吟咏情性也。盛唐诸人惟在兴趣，羚羊挂角，无迹可求。故其妙处透彻玲珑，不可凑泊。如空中之音，相中之色，水中之月，镜中之象，言有尽而意无穷。②

难怪冯班等人的责难批评，严羽的禅学修养确实蹩脚。佛教大小乘及其果位的关系、禅宗内部各派的关系，都被他搞得很混乱。但严羽是诗论家而非禅客，他评价历代诗歌的价值高下，其大致意向还是清楚的。严羽把"悟"作为逻辑起点加以展开。细绎《诗话》，"妙悟"又可分为两个层面：第一义之悟（"悟第一义"）和"透彻之悟"。后者指好诗应有的审美境界，前者指达此境界应循的学诗途径——取法境界最高的诗作。二者并非平行的关系，而是一种因果联系。前面说过，"禅道妙悟"既包括体认佛教"终极真理"的过程，又包括悟后瞬刻永恒的境界。"诗道妙悟"也被严羽赋予了学诗途径和诗成后境界这两个层面的含意。严羽正是利用这种同构关系来表述诗歌的审美特征。

诗禅相通的一个主要之点是非逻辑思维方式。诗歌创作是用文字符号创造出的审美意象来表现诗人的情感，好诗是用审美意象构成一个浑融完整的

---

① 郭绍虞：《沧浪诗话校释》，人民文学出版社 1961 年版，第 11 页。
② 同上书，第 26 页。

审美境界。从整体结构看，一首诗决不应是逻辑论证，概念运演，而是用文字构成一种"图式化外观"。非逻辑思维同样是"禅道妙悟"的基本特征。禅宗教义强调"直指人心，不立文字"，就是要求众生以独特的、不可言喻的个体体验，返照自身的"佛性"。而名言概念只能表明一般性的东西，而难以传达个体感受，列宁曾说："感受表明实在；思想和词表明一般的东西。"① 深刻揭示了普遍概括性语言和个体实在间的关系。禅宗"不立文字"，正是强调个体体验，难以普遍概括的名言概念来表现。

严羽所说的"别材"、"别趣"，是强调诗的艺术生命，不是书本材料的堆砌，不是逻辑推理的运演。"不涉理路"、"不落言筌"，指诗歌创作不能以逻辑运演为思维方式，但不能据此认为严羽完全排斥了诗中的理性因素。"不落言筌"不能理解为完全废弃语言文字的功用，而是用文字创造出特殊的艺术符号，使读者产生超越文字表层意义的审美表象。对于审美主体来说，审美客体并非文字形式本身，而是由它所生发的审美境界是以表象的形态呈现于主体的心灵荧屏的。康德突出强调表象在审美中的地位，排除概念在审美中的作用："鉴赏判断仅仅是静观的，……静观本身不是对着概念的；因为鉴赏判断并不是知识判断（既不是理论的，也不是实践的），因此既不是以概念为其基础也不是以概念为其目的的。"② 英国美学家鲍桑葵则明确指出："凡是不能呈现为表象的东西，对审美态度说来是无用的。"③ 康德——鲍桑葵的审美表象理论，给我们提供了有益的参照。好的诗作的确都是以鲜明的审美表象构成浑融完整的审美境界。

"禅道妙悟"同样少不了表象的作用。在摒弃逻辑思辨的同时，禅宗传道处处以表象喻示作为媒介，即"接引之具"，目的是使悟道者在与这种表象接引后，产生电光石火般的体悟。崛起于中国唐代的禅宗，之所以一定要拉上释迦的大弟子迦叶做自己的鼻祖，除了表明自己是正统之外，"拈花微笑"的传道受道方式，恐怕也是主要的原因。世尊拈花，迦叶微笑，无疑是以直觉表象的喻示来传道、受道的过程，这种方式，成为禅宗传道的普遍模式。禅宗的公案大都离不开表象的喻示。我们不妨略举一二，以见禅宗废弃逻辑思辨方式，专取表象喻示的特征。"曰：如何是祖意？师曰：熊耳山

---

① ［苏联］列宁：《哲学笔记》，见《列宁全集》第 38 卷，中共中央马克思、恩格斯、列宁、斯大林著作编译局译，人民出版社 1959 年版，第 303 页。

② ［德］康德：《判断力批判》上卷，宗白华译，商务印书馆 1964 年版，第 46 页。

③ ［英］鲍桑葵：《美学三讲》，周煦良译，上海译文出版社 1983 年版，第 6 页。

前。""曰：教意祖意，相去几何？师曰：寒松连翠竹，秋水对红莲。""如何是和尚家风？师曰：满目青山起白云。""僧问：如何是正法眼？师曰：山青水绿。"① 这类例子不胜枚举，根本方法就是表象喻示。即便是那类看似风马牛不相及的荒唐对话，也还是通过表象来触发感悟。禅宗基本理论有"无相为体"的命题，对此，我们不能简单地理解为它压根就排除表象。禅宗六祖慧能有权威解释："无相者，于相而离相。"② 寄寓于表象而又超越之，这才是"无相"的含意。禅家并不排除表象（"相"），另外去追求作为精神实体的"佛性"，而是在生灭不已的感觉表象中体悟"实相"——"真如佛性"，"成一切相即佛"③，由"相"而入，再由"相"而出，以"相"为媒介而又超越于"相"，此谓"无相"。

以"相"为感性媒介，对佛的体悟必然是个体性的。道生早就说过："机感不一，启悟万端。"④ 媒介契机各不相同，悟的具体途径必然是人言言殊的了。"诗道妙悟"也是独特的、个体性的。无论是对上乘诗作的涵咏体悟（"悟第一义"）还是诗成后的审美境界，（透彻之悟）都是"各师成心，其异如面"的。千篇一律，乃是诗歌创作的大忌。

因此，在整体上摒弃逻辑思维方式，不取判断推理、而取表象介入的个体性之特征，是诗禅的首要相通点。

另一个相通点，禅悟的对象——"真如佛性"是整一不可分的，而"诗道妙悟"的对象——诗的审美境界也是浑融整一、不可分割的。"透彻之悟"的集中表述在于"盛唐诸人唯在兴趣……言有尽而意无穷"这段著名议论。很多论者从风格学角度着眼，认为严羽是推崇王孟冲淡空灵的诗风，有些论者则认为是推崇李杜。从整部诗话来看，严羽更为推崇李杜，"论诗以李杜为准，挟天子以令诸侯也"。⑤ 而对王孟评价低于李杜远甚，此系事实。然而，对这段有丰富理论价值的话，倘从意境论角度来认识，也许会别有天地。依照愚见，这段"镜花水月"之论，并非谈哪家风格，而是标举、呈示好诗的审美境界。

---

① （宋）普济：《五灯会元》，见金沛霖《四库全书子部精要》，天津古籍出版社1998年版，第1122页。

② 郭朋：《坛经校释》，中华书局1983年版，第32页。

③ 同上书，第58页。

④ 竺道生：《妙法莲华经疏》，见石峻等《中国佛教思想资料选编》第1卷，中华书局1982年版，第203页。

⑤ 郭绍虞：《沧浪诗话校释》，人民文学出版社1961年版，第168页。

　　这种境界的一个突出特征是浑融完整，不见缀合痕迹。一首诗所产生的审美境界，往往是由若干意象，依着特定的结构组合在一起的。各意象之间，应该浑融圆成，毫无支离槎枒之感。中国古代诗论讲"圆成"，王国维则以"不隔"为诗词之高致，都是这样一种审美要求。苏珊·朗格的符号论美学，把每件艺术品都视为一个完整自足的艺术符号，她说："这种艺术符号是一种单一的有机结构体，其中的每一个成份都不能离开这个结构体而独立地存在。"① 一首诗应该有这样的境界。严羽认为"盛唐诸人"之作，达到了"透彻之悟"，具有这种境界。王国维曾说："严沧浪诗话谓：'盛唐诸公，……言有尽而意无穷。'余谓：北宋以前之词，亦复如是。然沧浪所谓兴趣，阮亭所谓神韵，犹不过道其面目，不若鄙人拈出'境界'，二字，为探其本也。"这说明严羽"镜花水月"之论，正是王国维用"境界"来表述的。"羚羊挂角"，是禅家常用的喻象。传说羚羊夜宿，角挂于树，脚不着地，猎犬亦无踪迹可寻。禅宗语录中以之比喻佛性有异于整体性的直觉"妙悟"，不能寻章摘句。如雪峰义存禅师说："吾若东道西道，汝则寻言摘句；吾若羚羊挂角，汝向什么处扪摸。"② 严羽则以之比喻好诗的境界浑融完整，没有雕琢、缀合的痕迹。因而接着又说："故其妙处透彻玲珑，不可凑泊。""凑泊"也是禅语，即聚合、聚结之意。湛堂智深禅师云："盖地水风火，因缘和合，暂时凑泊，不可认为己有。"严羽的"不可凑泊"，是说诗歌要有超越于各要素之上的整体美，而不应是各种意象的机械拼凑。严羽以气象论诗，推崇"汉魏古诗，气象混沌，难以句摘"，"建安之作，全在气象，不可寻枝摘叶"。③ "气象"，也是指诗歌具有浑融完整的审美境界，呈现为浑然大成的整体美。

　　虚幻性是禅学之"相"与诗歌审美境界的又一相通点。禅学虽然承认"万法"（客观世界）的存在，但认为"诸法虚妄如梦"，把客观时实在事物当作心造的幻影。在禅宗看来，心是派生一切诸法的本体。"心生则种种法生，心灭则种种法灭。"④ 因此，人们所感觉的一切都是虚幻不实的："凡

---

　　① ［美］苏珊·朗格：《艺术问题》，滕守尧、朱疆源译，中国社会科学出版社 1983 年版，第129 页。

　　② （宋）普济：《五灯会元》卷 7，中华书局 1984 年版，第 385—386 页。

　　③ 郭绍虞：《沧浪诗话校释》，人民文学出版社 1961 年版，第 158 页。

　　④ （唐）神会：《菩提达摩南宗定是非论》，见石峻等《中国佛教思想资料选编》第 2 卷第 4 册，中华书局 1983 年版，第 109 页。

所有相,皆是虚妄。"①

诗歌的审美境界有特定的虚幻性。它不意味着诗歌与纷纭变幻的客观世界割裂,更不是说客观世界是诗人主体心灵的外化,而是说,诗歌的审美境界不等于文字形式即文本,而是主体在阅读文本、进行审美观照过程中"经由知觉活动组织成的经验中的整体"②。它生发于文本,而又超越于文本。是一种产生于审美经验中的虚象。用朗格的话说,"是一种创造出来的自成一体的纯粹的幻象"。③

严羽用来形容"透彻之悟"的几个喻象:"空中之音,相中之色,水中之月,镜中之象",正是为了呈示诗歌审关境界的"幻象"性质。它们都是佛学中常用的譬喻,表示事物的虚幻不可捉摸。如说:"世法无常,如幻如化,如热如炎,水中月","一切法性,皆虚妄见,如梦如焰,所起影像如水中月,如镜中象",都旨在说明"诸法"的无常与虚幻。在《诗话》中,则是用来表述生发于文字之中而又超越于文字之外的审美境界的幻象特质的。而一首诗的文本在不同的审美主体那里所产生的审美境界不尽相同。每首诗中都有许多"不定点",需待主体阅读过程中的"审美具体化"。而不同的主体都有自己的"期待视野",这种个体性的"期待视野"与诗歌文本遇合,便会产生不完全一致的审美境界。"言有尽"指诗歌文本(或称"认同体")的语言外壳是固定的;"意无穷",指审美主体从文本中生发的审美境界是千差万别的,当然这种差别也还是以一定的文本为基点的。

"第一义之悟"与"透彻之悟"构成"妙悟"说的两个层面,这与"禅道妙悟"的内涵有内在的同构性。这里分析的几个相同点,形成了诗禅之间的异质同构性。

三

然而,诗与禅之间毕竟有着质的差异。混淆了二者同样不能正确地认识诗歌的本质特征。剖析诗禅之间的差异,也正是为了更明清地看到诗歌的审美特征。

---

① 《黄檗断际禅师宛陵录》,见石峻等《中国佛教思想资料选编》第 2 卷第 4 册,中华书局1983 年版,第 221 页。

② 滕守尧:《审美心理描述》,中国社会科学出版社 1985 年版,第 99 页。

③ [美]苏珊·朗格:《艺术问题》,滕守尧、朱疆源译,中国社会科学出版社 1983 年版,第146 页。

　　首先，诗与佛的目的不同。"诗道妙悟"是为了审美，"禅道妙悟"是为了体悟佛教的"终极真理"。目的之不同，就牵涉到它们对表象的态度。尽管诗和禅都与表象有不解之缘，然而禅的悟境必须超越有限的感觉表象，产生一种空诸一切的神秘体验。对禅悟来说，表象的喻示如登岸之筏，一达悟境，必须"舍筏登岸"，超越表象的局限性，与"真如佛性"融为一体，表象在禅悟中虽有喻示作用，但决不以审美为目的。因此，禅宗公案中，尽管一部分表象喻示带有美感色彩，给人以审美愉悦，却并非禅悟必需的。李泽厚曾举了这样一些例子说明了禅与审美的缘分："拈花微笑，道体心传，这是一张多么美丽的图画。此外，如'青青翠竹，总是法身，郁郁黄花，无非般若'，'问如何是天柱家风？师曰：时有白云来闭户，更无风月四山流。''问如何是佛法大意？师曰：春来草自青。'问：语默涉离微，如何通不犯？师曰：常忆江南三月里，鹧鸪啼处百花香'"，并指出这些"都是通过诗的审美情味来指向禅的神学领悟"①。我钦佩李先生的洞见，但要补充一点看法，这类几乎就是优美的诗句的禅喻，并不能说明"禅道妙悟"本身具有了审美意义，毋宁说是诗对禅的深刻影响。禅宗是最具中国特色的佛教宗派，它崛起、兴盛的唐宋时期，同时也是诗史上最有成就的时期。写诗与参禅，成了许多士大夫的主要生活内容。宋人韩驹、龚相、吴可、都穆等都说"学诗浑似学参禅"，这正是当日士大夫亦诗亦禅的写照。士大夫的禅悦之风反过来大大提高了禅的文化层位。但诗与禅的联姻，并不能改变禅悟的宗教目的。禅悟可以带上审美色彩，但却不具有审美本质。更多的禅宗公案并不具有审美色彩，"干屎橛"、"麻三斤"，以启禅悟，何美可言？拳打棒喝作为师授门径，与审美亦复远甚，却不害其为禅悟之媒介机缘。"诗道妙悟"则以审美愉悦为终极目的。审美的对象是表象而非概念。审美活动自始至终都离不开表象，"诗道妙悟"作为一种审美活动，必须以一种"静观"的审美态度来进行。这种审美态度，在老子，称"玄览"；在庄子，称"心斋"，总之是一种排除了世俗杂念的空明虚静的心意状态。这种态度一定要有对象，没有对象，还不能成为审美活动。这种审美对象"是指通过感受或想象而呈现在我们面前的表象。"②南北朝画家宗炳将审美过程表述为这样的命题："澄怀味像"。表象对于"禅悟"只是起着媒介的作用，最终的"大彻大悟"，是必须超越、抛离表象的。

①　李泽厚：《中国古代思想史论》，天津社会科学院出版社 2003 年版，第 200 页。
②　［英］鲍桑葵：《美学三讲》，周煦良译，上海译文出版社 1983 年版，第 6 页。

诗有特定的内容、意蕴，因此也就要求有相应的审美形式；禅悟没有特定的内容，因而不需要特定的形式。禅悟的终极目标是佛教"真谛"，这个"真谛"又是什么呢？无非是一个"空"字。"万法皆空"、"五蕴皆空"，哪一天早上，你一旦体会到世间的一切都是虚妄空无的，你就算是"悟"了。因此可以说，相比较之下，禅悟没有特定的、具体的内容，因此也就不需要特定的形式。禅家的机锋没有一定的根据，与要回答的问题也无必然联系。倘若问"如何是佛法大意？"你回答"东篱黄菊"这样美好的象喻自然可以，你回答以"干屎橛"也未尝不可。只要能触发禅悟，用什么样的语言、什么样的象喻，都无所谓。禅家的公案，都是随机的，没有一定的要求。诗则不然。它所表达的是诗人特定的情感。每首诗、每句诗，都有特定的意蕴。"彼黍离离，彼稷之苗。行迈靡靡，中心摇摇"表达的是亡国之哀，"桃之夭夭，灼灼其华。之子于归，宜其室家"抒写的是新婚之喜。离开了特定的文字形式，便无以表达特定的情感内容。因而，诗歌要有"言外之意""弦外之音"，却又必须在文字锤炼上深致工夫。钱锺书先生说得很透彻："禅于文字语言无所爱惜，为接引方便而拈弄，亦当机煞活而抛弃。故'以言消言'，……登岸而舍筏，病除则药赘也。诗借文字语言，安身立命；成文须如是，为言须如彼，方有文外远神，言表悠韵。斯神斯韵，端赖其文其言。"[1]"言外之意"、"文外之重旨"的产生，是离不开诗的本文的。也正因为如此，严羽一方面强调诗要"不落言筌"，又一方面强调诗的语言锤炼。在《诗法》篇里，提出许多关于诗歌语言技巧的要求，如"下字贵响，造语贵圆"等等，这与"言有尽而意无穷"的美学要求是统一而非悖谬的。

诗以非逻辑思维的审美表象样态呈现，但却有着积极的理性内容。不以理性思维方式结撰诗歌，不等于诗歌没有理性内容。要使理性内容以完美的感性形式表现出来，只依赖"顿悟"，而不注重平素的思想修养、艺术修养是不行的。"诗道妙悟"包括了学诗工夫与成诗后境界这两个层面，也就包含了由理性进入审美直觉的全过程。严羽所谓"悟第一义"，要求学诗者熟读优秀的诗歌遗产："先须熟读楚词，朝夕讽咏以为之本，及读古诗十九首，乐府四篇，李陵、苏武，汉魏五言皆须熟读。即以李、杜二集枕藉观之，如今人之治经，然后博取盛唐名家，酝酿胸中，久之自然悟入。"[2] 这

---

① 钱锺书：《谈艺录》，中华书局 1984 年版，第 412 页。

② 郭绍虞：《沧浪诗话校释》，人民文学出版社 1961 年版，第 1 页。

个"悟"的过程是由理性而入直觉的。读诗初始必以理性思索为导引，如诗意的论释，理解，是理性之思索，而经过反复涵咏，悟得诗的"韵外之致"、"弦外之音"，则必然伴随着一次次直觉的飞跃。理性与直觉并非冰炭不相容，理性积累可以转化为直觉。像克罗齐那样把直觉与理性完全割裂对立起来，认为"直觉是离理智作用而独立自主的"①，并不符合思维现象的实际情形。而严羽看到了理性求索对于审美直觉的积淀作用，因而在"不涉理路，不落言筌"之后，又补充了"然非多读书、多穷理，则不能极其至"。经过长期的读书、穷理，又通过主体的融会贯通，才能创造出高华的审美境界。"读书破万卷"是"下笔如有神"的根基，"下笔如有神"是"读书破万卷"的升华。对此而言，"禅道妙悟"是对自身佛性的返照，"若识自性，一悟即至佛地"②，因而是向内的顿现，而"诗道妙悟"则要通过对优秀诗歌遗产的不断涵咏、体悟方能实现。这在很大程度上是向外觅求。这也是一个不断的由理性觅求到直觉飞跃的过程。正如钱锺书先生所说："夫'悟'而曰'妙'，未必一蹴即至也；乃博采有所通，力索而有所入也。"③ 勿"博采"、"力索"，都不乏理性因素的参与，而"通"、"入"则是直觉飞跃。

　　诗与禅之间尚有一点不同需简略论及，禅悟必须剥离、抛舍世俗的情感，而诗恰是情感的艺术表现。"诗缘情"，可以说是具有经典意义的命题。禅把一切都看成虚妄幻化的，一切莫不是空，要达到"悟"的境界，必须摆脱开世俗情感的羁绊。佛教的"缘起"论把爱看作是苦难的根源、罪恶的渊薮，佛经里说："爱为秽海，众恶归焉"，诗则是旨在表现人类情感的。严羽是把他的诗论建立在情感表现的基石之上的，重情是诗的本质所决定的。无论怎样，诗以达情，禅则离情，这个区别是应该指出的。

①　［意］克罗齐：《美学原理·美学纲要》，朱光潜译，外国文学出版社 1983 年版，第 18 页。
②　郭朋：《坛经校释》，中华书局 1983 年版，第 60 页。
③　钱锺书：《谈艺录》，中华书局 1984 年版，第 98 页。

"诚斋体"与禅学的"姻缘"[*]

一

杨万里不仅是宋代的著名诗人，而且也是中国诗歌史上有重要地位的诗人。我这样说，是因为在中国古典诗歌的发展中，诚斋是一个很有意义的转机，他以十分特出的艺术个性，抒写了自己的性灵，他突破了江西派依傍前贤、规摹古人的构思框架，空前地张扬诗人的主体精神。南宋诗论家严羽在其论诗名著《沧浪诗话》中称其诗风为"杨诚斋体"，足见其自成一家的艺术风貌。钱锺书先生在《宋诗选注》中评价其诗的地位说："在当时，杨万里却是诗歌转变的主要枢纽，创辟了一种新鲜泼辣的写法，衬得陆和范的风格都保守或者稳健。"[①]

"诚斋体"的特点是什么？主要是"活法"为诗。南宋周必大评诚斋诗云："诚斋万事悟活法。"[②] 方回也说："端能活法参诚叟。"（《读张功父南湖集》）诚斋诗确乎以"活法"著称。"活法"在理论上的揭橥，由宋人吕本中所首倡。吕本中在《夏均父集序》中说："学诗当识活法。所谓活法者，规矩备具，而能出于规矩之外；变化不测，而亦不背于规矩也。是道也，盖有定法而无定法，无定法，而有定法。知是者，则可语活法矣。""活法"说是江西诗派自身理论寻求生路的产物，要求一种驾驭了必然以后的自由。吕本中在理论上提出了"活法"，而在创作实践上给活法带来光彩的却应首推杨万里。江西诗派的诗人们虽然也在抒发自己的诗情，但却更多

---

[*] 本文刊于《文艺理论家》1990年第4期。

[①] 钱锺书：《宋诗选注》，三联书店2002年版，第252页。

[②] （宋）周必大：《次韵杨廷秀待制寄题朱氏涣然书院》，见湛之《古典文学研究资料汇编·杨万里范成大资料汇编》，中华书局1964年版，第8页。

地强调以"古人陈言"作为诗材。其上乘如黄山谷，汲纳经史百家，却能熔冶陶钧，另铸灵境。山谷虽然强调"无一字无来处"，但却追求"不烦绳削而自合"、"平淡而山高水深"的诗境，正如朱弁评价黄诗云："西昆体句律太严，无自然态度，黄鲁直深悟此理，乃独用昆体功夫而造老杜浑成之地，……此禅家所谓更高一着也。"① 山谷因而能成自家面目，在宋诗中独树一帜。而江西诗风的末流之弊，却是拾人余唾，堕入窠臼，缺少生机。杨万里学诗从江西诗派入手，浑知其中得失，后来自家凿破一片天地，更多地从千变万幻的大自然与现实生活中直接汲取灵感与诗材，创造了一种新鲜活泼的诗风，因此，与其他诗人面目迥异。如写农家生活："雨前田亩不胜荒，雨后农家特地忙。一眼平畴三十里，际天白水立青秧。"（《晓登多稼亭》）写夜宿寺中听泉声："初疑夜雨忽朝晴，乃是山泉终夜鸣。流到前溪无半语，在山做得许多声！"（《宿灵鹫禅寺》）都从自然界和现实生活中直接汲取诗材，毫无书卷气，显得生机盎然。周汝昌先生概括诚斋"活法"的特征有新、奇、活、快、风趣、幽默，层次曲折，变化无穷。是很有见地的。

二

以禅喻诗，以禅论诗，在宋代诗论中是很普遍的现象。从吴可、龚相的《学诗诗》，到严羽的《沧浪诗话》，以禅学来比拟诗学的倾向越来越具理论形态。这在很大程度影响了创作。诚斋诗独具艺术个性的形成，很大程度上与禅学有直接或间接的联系。

杨万里有《和李天麟二首》，写出了诗人在禅机启示下的诗学体验。诗中这样写道：

　　学诗须透脱，信手自孤高。衣钵无千古，丘山只一毛。句中池有草，字外目俱蒿。可口端何似：霜螯略带糟。

　　句法天难秘，工夫子但加。参时且柏树，悟罢岂桃花？要共东西玉，其如南北涯！肯来谈个事，分坐白鸥沙。

① （宋）朱弁：《风月堂诗话》，见（宋）惠洪、朱弁、吴沆《冷斋夜话·风月堂诗话·环溪诗话》，中华书局 1988 年版，第 112 页。

　　"透脱"，是杨万里的一种理想诗境，是一种融会贯通以后的高度自由。要求作诗"透脱"，是反对拘泥执着，矻矻于规矩法度而死于法下。"透脱"，也就是严沧浪所说的"透彻之悟"。严羽概括出学诗的三个阶段："学诗有三节：其初不识好恶，连篇累牍，肆笔而成；既识羞愧，始生畏缩，成之极难；及其透彻，则七纵八横，信手拈来，头头是道矣。"① 这"透彻之悟"，乃是学诗的最高阶段，即把握了艺术创作规律后从心所欲不逾矩的自由。它必然摆脱千篇一律的创作窠臼，而以深契创作规律的自家面目取代之。杨万里所说的"信手自孤高"，也正是"透脱"的自注。自由挥洒，脱略依傍，而自然创造出诗之高境。吴可的《学诗诗》更为著名，其一云："学诗浑似学参禅，竹榻蒲团不计年。直待自家都了得，等闲拈出便超然。"是述说学诗宛如参禅、自家悟透后的自由境界。其二云："学诗浑似学参禅，头上安头不足传。跳出少陵窠臼外，丈夫志气本冲天。"则重在破除束缚，摒弃窠臼，而以自家面目呈现。这两方面又是密切联系着的。禅宗以"悟"为参证佛性的关键，大彻大悟之后，乃是一种空诸一切、瞬刻永恒的自由境界。著名禅师神会描述悟道后的体验时说："若遇真正善知识，以巧方便，直示真如，用金刚慧，断诸位地烦恼，豁然晓悟，自见法性，本来空寂，慧利明了，通达无碍。证此之时，万缘俱绝。恒沙妄念，一时顿尽。"② 这是一种"与天地为一"的境界。在此种境界中，思维的局限被打破，纵横驰骋，无不自在，叶梦得以禅宗悟道之境喻诗，其第三境为"函盖乾坤句，谓泯然皆契，无间可伺。"③ 禅家又有所谓"落叶满空山，何处寻行迹"，"空山无人，水流花开"，"与万古长空，一朝风月"这三种境界，后者，也便是悟道后的自由境界，"在时间是瞬刻永恒，在空间则是万物一体，这也就是禅的最高境地了"④。这与诗歌创作中那种天机骏利的灵感状态是非常相似的，杨万里所谓"学诗须透脱，信手自孤高"，显然是深受吴可等人"以禅喻诗"的启示，与禅宗的体验方式有了一种内在的契合，自觉地追求一种自由灵动的诗风。杨万里无论写什么题材，都是写得活泼自然，毫无造作，写山的形态："岭下看山似伏涛，见人岭上旋争豪；一登一

---

　　① 郭绍虞：《沧浪诗话校释》，人民文学出版社1983年版，第12页。

　　② 《荷泽神会禅师语录》，见石峻等《中国佛教思想资料选编》第2卷第4册，中华书局1983年版，第94页。

　　③ （宋）叶梦得：《石林诗话》卷上，见（清）何文焕《历代诗话》，中华书局1981年版，第406页。

　　④ 李泽厚：《中国古代思想史论》，人民出版社1985年版，第208页。

陟一回顾，我脚高时他更高。"（《过上湖岭望招贤江南北山》）写雀儿："百千寒雀下空庭，小集梅梢话晚晴。特地作团喧杀我，忽然惊散寂无声。"都显得十分灵动活泼，毫无滞碍。

宗教莫不崇拜偶像，以人格神为精神皈依，独禅宗却以否定偶像和外在权威为特征。禅宗把头闪灵光圈的佛祖从神圣的祭坛上拉下来，拉入最普通的凡尘之中。"佛性遍于一切有性"，甚至"遍于一切无情"，正是使至高无上的佛，丧失其往日的神圣。说佛性是"干屎橛"、"麻三斤"，这的确有些惊世骇俗，一般的佛教派别想都不敢想。禅宗的悟道以否定外在权威、重视个体的直觉体验为特征，逻辑地发展为呵佛骂祖，义玄禅师喊出"逢佛杀佛，逢祖杀祖"，丹霞天然禅师在慧林寺烧木佛取暖，并说"佛之一字，永不喜闻"。这些例子都说明了禅宗否定外在权威的态度。这种态度对诗坛的渗透与影响，便是对前贤藩篱的大胆突破。江西诗派的诗论，以杜诗为圭臬，处处示以杜诗"句眼"、"句法"，而吴可的"跳出少陵窠臼外"，便体现出诗人破坏现成窠臼，发挥主体独创性的要求。韩驹虽是江西派中人，但他论诗却倡自悟，摆脱束缚，他较早地从禅中汲取诗学营养，自成风貌。韩驹的以禅喻诗，对杨万里很有启发。"学诗须透脱，信手自孤高"，正是从韩驹的"一朝悟罢正法眼，信手拈出皆成章"发展而来的。杨万里反对依傍他人，堕入窠臼，因此说"衣钵无千古，丘山只一毛"，决不以某派传人自许，而是要得到大匠运斤、举重若轻的诗学功夫。杨万里得悟于此是经历了一番过程的，他在《荆溪集序》中自述其学诗历程云："予之诗，始学江西诸君子，既又学后山五字律，既又学半山老人七字绝句，晚乃学绝句于唐人，学之愈力，作之愈寡。……忽若有悟，于是辞谢唐人及王、陈、江西诸君子，皆不敢学，而后欣如也！"诗人先是"遍参诸方"，这实际是必不可少的一个过程。他曾学江西派，学王安石、学晚唐，……这时当然难免拘泥于前人藩篱之下，尚未得到创作上的自由之境，因而觉得思苦言难，"学之愈力，作之愈寡"，也正是严沧浪所描述的"始生畏缩，成之极难"的阶段。而后超越了这个阶段，"终归大适"，经过"遍参诸方"之后，得到自悟，于是便进入无不纵横自在的自由境界了。杨万里十分珍视这种"自悟"，即主体自我的诗学体验，而力倡摆脱束缚、破除藩篱，他在诗中反对宗派门户，主张自家面目："传派传宗我替羞，作家各自一风流。黄陈篱下休安脚，陶谢行前更出头。"（《跋徐恭仲省干近诗》）破除窠臼、超越前贤、自成一家的意思是很明确的。

禅宗认为佛性并不外在于众生，而是即在众生身上。"一切众生皆有佛性在于身中",这是顿悟说的前提。慧能说："本性是佛,离性无别佛","佛是自性作,莫向身外求。"那么,佛性的证悟,便不能向外觅求,而只能是运用般若智慧,对自性的返照,"本性自有般若之智,自用智慧观照,不假文字"悟是"自悟",即对自身佛性的发省,迷与悟的差别,仅在于自身佛性能否得以显现。"自性迷,佛即众生,自性悟,众生即是佛","故知一切万法,尽在自身中,何不从于自心顿现真如本性"①,禅宗对佛性自悟的强调,成为一个根本特点,对文学的影响便在于充分发挥创作的主体性,而破除诗学窠臼。"诚斋体"所表现出的"活法",最为契合禅家精神。

三

"青青翠竹,尽是法身。郁郁黄花,无非般若"②,这是禅家著名的话头。前期禅宗更侧重于人心、自心,后期禅宗则更侧重于万类之中个个是佛,佛性不仅遍于一切有情,也遍于一切无情,这便是翠竹法身、黄花般若之说的意思。这种无情有性的理论,使禅宗带上了鲜明的泛神论色彩。禅宗的公案,大多以自然景物为悟道话头。如:"问如何是道?师曰:白云覆青嶂,蜂鸟步庭花。"③"问:如何是和尚利人处?师曰:一同是别?师曰:雨滋三草秀,春风不裹头。"④ 这类例子不胜枚举。这些被摄入禅家公案的自然物,也似乎都带上了一种神性。《鹤林玉露》载一尼姑所作之诗"尽日寻春不见春,芒鞋踏遍岭头云。归来偶过梅花下,春在枝头已十分",就有浓郁的泛神性。李泽厚说:"禅宗非常喜欢讲大自然,喜欢与大自然打交道。它所追求的那种淡远心境和瞬刻永恒,经常假借大自然来使人感受或领悟。……特别是在欣赏大自然风景时,不仅感到大自然与自己合为一体,而且还似乎感到整个宇宙的某种合目的性的存在。"⑤ 禅宗特别善于在自然中悟道,体验有限中的无限、佛教以"空""寂"为要义,而禅宗的这种泛神论色彩,则使公案中的自然物象充满了一种鸢飞鱼跃的生命感。

"诚斋体"在取材上的一个突出特点便是善于在大自然中直接汲取诗

---

① 郭朋:《坛经校释》,中华书局1983年版,第54页。

② 《大珠禅师语录》,见石峻等《中国佛教思想资料选编》第2卷第4册,中华书局1983年版,第193页。

③ (唐)普济:《五灯会元》,中华书局1984年版,第67页。

④ (唐)道元:《景德传灯录》,成都古籍书店2000年版,第198页。

⑤ 李泽厚:《中国古代思想史论》,人民出版社1985年版,第210页。

思，正确地说，是触发诗思。江西诗派更重视撷取经史故实为诗材，讲究"夺胎换骨"、"点铁成金"、"字字有来历"，多以学问入诗，较少一种直接胎息于自然的原生态的美。杨万里先是学习江西诗法，后来"忽若有悟"，于是"辞谢唐人及王、陈、江西诸君子"，其"悟"的结果便是"师造化"。诗人序《荆溪集》又述自己悟彻诗道之后，"自此，每过午，吏散庭空，即携一便面，步后园，登古城，采撷杞菊，攀翻花竹，万象毕来，献予诗材，盖麾之不去，前者未雠，而后者已迫，涣然未觉作诗之难也。"在这种时候，用不着诗人冥思苦索去找诗，用不着像李长吉那样骑蹇驴、携锦袋苦觅诗句，而是由气象万千的大自然向诗人捧献诗情，诗人甚至有些应接不暇了。诗人心融于自然，自然是不会有负于诗人的。诗人以自己的诗情感受大自然，大自然在诗人的审美观照中无不蕴含着灵性，勃发着诗意。"山思江情不负伊，雨姿晴态总成奇。闭门觅句非诗法，只是征行自有诗。"（《下横山滩头望金华山》其二）诗人不满于陈师道那种"闭门觅句"的构思方法，而主张融身心于大自然中，物我两忘，以一种审美态度观照自然，大自然便会呈献诗思，在山程水驿中，无往而非诗了。这样作诗，便无有滞碍，思如泉涌，"涣然不觉其难"了。这是一种触处生春的随机性审美创造，而不是"预设法式"的冥思苦索，这与禅宗悟道的随机感悟性有同构关系。禅宗讲即心是佛，因而在悟道时以当下之境为契机，传法也是即境示人。禅宗公案中很多稀奇古怪的话头，往往都是拈取当时情境。有些不是当时的物境，而是禅师的自由联想，犹如今之所言"意识流"也。"是以解道者，行住坐卧，无非是道。悟法者，纵横自在，无非是法。"[1] 禅宗的悟道，确乎有着"应机随照，泠泠自用"[2] 的特点。杨万里的诗多是在大自然的召唤下随机触发的。"诗如得句偶然来"（《宿兰溪水释前》），正可说明诚斋诗的构思样态。"诗人长怨没诗材，天遣斜风细雨来"（《瓦店雨作》）、"何须名苑看春风，一路山花不负侬"（《明发石馆晨炊蔼冈》）、"红尘不解送诗来，身在烟波句自佳"（《再登垂虹亭》）"一搭山村一搭奇，不堪风物索新诗"（《山村》），诚斋的这些诗句，都说明了诚斋诗与大自然的亲缘关系。

诚斋写自然景物，往往以人的性灵赋予自然物，使之灵性化，勃发着活泼的生命感。"泊船梅堰日微升，一径深深唤我登"（《小泊梅堰登明孝

---

[1] 《大珠禅师语录》，见石峻等《中国佛教思想资料选编》第 2 卷第 4 册，中华书局 1983 年版，第 193 页。

[2] 藏经书院：《续藏经》第 130 册，新文丰出版公司 1983 年版，第 651 页。

寺》），明明是诗人登堰，却说山径召唤诗人。写乍暖还寒的初春山景："山
入春来肥更秀，向人依旧耸寒肩。"（《小舟晚兴》）把山的形象写得好似一
个俏皮的姑娘。写春之花草："无边春里花绕笑，有底忙时草唤愁。"（《寄
题李与贤投赠之韵》）写溪水的奔流："野水奔来不小停，知渠何事大忙生。
也无一个人催促，自爱争先落涧声。"（《过五里径》）写路边的梅花："山
路婷婷小树梅，为谁零落为谁开。多情也恨无人赏，故遣低枝拂面来。"
（《明发房溪》）这类例子是无暇遍举的。诗人笔下，自然风物似乎都有了活
生生的性灵，一颦一笑，与人酬答。在这些物象中，诗人为之灌注了生气，
富有了生命感与宇宙意识，实际上即是诗人本质力量的对象化，是诗人心灵
的物象化。正如黑格尔所说："只有受到生气灌注的东西，即心灵的生命，
才有自由的无限性。"① 被诗人赋予了性灵的自然物，在有限中通向无限，
跃动着宇宙的脉意，同时，也隐隐地透出一种禅机。不错，禅是空寂的，但
它又是充满生命感的。《鹤林玉露》中所载的某尼悟道诗，不是跃动着春的
生命力吗？禅宗公案中拈取自然景物为悟道之具的话头，也大多洋溢着清新
的生机。"如何是祖师西来意？青山影里泼蓝起，宝塔高吟撼晓风。"② "到
什么处？师曰：始从芳草去，又逐落花回。座曰：大似春意。师曰：也胜秋
露滴芙蕖。"③ "如何得明去？师曰：一轮皎洁，万里腾光。"④ 都是极富生
命感的。诚斋诗，则使这种自然物象中的生命感得以大大强化与普泛化了。
试读下面二诗："先生老态似枯禅，邂逅东风也欲颠。才雨便晴寒便暖，四
时佳处是春天。"（《晚晴》）"仰望苍岩高更深，岩中佳处著禅林。踪泉万
仞峰头落，一滴泉声一醒心。"（《过苏岩》）大有禅意在其中，又有葱郁的、
跃动着的生机。

诚斋诗极善于捕捉事物的瞬间变幻，把事物在某一顷刻的特定情景摄入
诗中，犹如现代摄影中的"抢镜头"。如："油窗著雨无不湿，东风忽转西
风急"（《晓经藩篱》），"春风略不扶人醉，月到梅花最末梢"（《晚饮》），
"莺边杨柳鸥边草，一日青来一日深"（《过杨二渡》），"雾皆成点无非雨，
日出多时未脱云"（《过湖骆坑》），"岭云放脚寒垂地，山麦掀髯翠拂天"
（《明发黄土奄过高路》）等诗句，都是将自然景物变化中的一个"顷刻"

---

① ［德］黑格尔：《美学》第 1 卷，朱光潜译，商务印书馆 1979 年版，第 199 页。
② （宋）普济：《五灯会元》上册，中华书局 1984 年版，第 123 页。
③ 同上书，第 208 页。
④ 同上书，第 236 页。

的特定情景"定格"在诗中，孕育着变化的动势。诚斋还极善于写事物的动态，创造出飞动的意象。如写舟上看山："上得船来恰对山，一山顷刻变多般。初堆翠被百千折，忽拔青瑶三两竿。夹岸儿童天上立，数村楼阁电中看。平生快意何曾梦，老向阊门下急滩。"（《阊门外登溪船》）写舟行之速："好风稳送五湖船，万顷银涛半霎间。"（《已至湖尾望见西山》）写淮水波浪："清平如席是淮流，风起雷奔怒不休。一浪飞来惊破胆，早知只要打船头。"（《雨作抵暮复晴》）写山之动态："五湖波起众山动，一片月明千里愁。"（《月夜阻风泊舟太湖石塘南头》）这些诗句，都是摄写飞动的意象。钱锺书先生通过比较放翁与诚斋诗以见诚斋之特点："放翁善写景，而诚斋擅写生。放翁如画图之工笔，诚斋则如摄影之快镜，兔起鹘落，鸢飞鱼跃，稍纵即逝而及其未逝，转瞬即改而当其未改，眼明手疾，踪矢蹑风，此诚斋之所独也。"① 这段话抓住了诚斋诗的特征。

禅反对思维的粘滞，认为佛性的悟得，即在事物的纷纭变幻中。事物是生灭不息着的，而不朽的佛性便寓含在事物的变化生灭之中。"欲识常住不凋性，向万物迁变处识取"（《五灯会元》卷四）就是这个意思。著名的禅学大师铃木大拙揭示了禅宗自然爱的底蕴，他说："禅学所言之自然爱，并非'同一'观念或者什么静寂观念，自然总在不断运动，绝不会静止。爱自然就应在运动中把握它，评价它美的价值。"② 此言甚是。如果说，禅是静寂的，那么，这种静寂却是含寓在朝晖夕阴、白云苍狗的变化之中的。诚斋诗善写变化、运动之意象，而又富有生命感，有时反增其禅趣。

四

诚斋集中直接以禅喻诗之处不多，但也时有所见，足以证明诚斋对禅是濡染很深的。如《答徐子村谈绝句》，便以参禅论学诗。诗云："受业初参王半山，终须投换晚唐间。国风此去无多子，关捩挑来只等闲。"再如《题照上人迎翠轩》："参寥癫可去无还，谁踏诗僧最上关。欲具江西句中眼，犹须作礼问云山。"《读唐人及半山诗》："不分唐人与半山，无端横乱对诗坛。半山便遣能参透，犹有唐人是一关。"都以参禅喻参诗。前面所引的《和李天麟二首》，更以禅悟来谈诗歌创作的内在规律，可以这样认为，诚

---

① 钱锺书：《谈艺录》，中华书局 1984 年版，第 118 页。

② ［日］铃木大拙：《禅和日本人的自然爱》，张琳译，《佛教文化》1999 年第 1 期。

斋的"活法",确实与禅有很深的关系。当时人也这样看诚斋,葛天民《寄杨诚斋》诗中说:"参禅学诗无两法,死蛇解弄活泼泼。"又说诚斋:"赵州禅在口皮边,渊明诗写胸中妙。"都可说明,诚斋之所以能"自作诗中祖"(南宋张镃语),确实与禅有不容忽视的联系。其实,当日士大夫禅悦之风盛行,禅已经大大地世俗化,如同魏晋士人之谈玄,谈禅在宋代已成为一种时髦,不过是诚斋以禅为助力,自创了清新活泼的新诗风,使"活法"诗论有了很见光彩的创作实绩。宋诗由必然走向自由,诚斋的活法为诗是很重要的转捩。而"诚斋体"与禅的"姻缘",宜多从内在精神的同构性上来分析,不必在外在联系上多作文章。因为禅的泛化,人们的思维受禅的影响是不言而喻的。再加上其他一些因素,杨万里便创造出了迥异于别人的独特诗风。褒也好,贬也好,反正它自成一家,不傍人藩篱,不规摹于古人,而是一个活生生的"诚斋"!诗中自有诗人的性灵流出。无怪乎倡性灵的袁枚是那样喜欢诚斋了。

　　认识诚斋在诗史上的地位,孤立地看必然是不够充分的,应该把他放在宋诗的整个发展源流来看。刘克庄有《题诚斋像二首》,其一云:"欧阳公屋畔人,吕东莱派外诗。海外咸推独步,江西横出一枝。"或可提醒我们,"诚斋体"决不是孤立的文学现象,在某种意义上说,是宋诗发展的必然。诗人学诗是从江西诗派入手的,后来创造了新的诗风,它不仅可以视为江西诗风的反拨,也可以看作江西诗派的生路。关于"活法",笔者已有另文撰述①,把"活法"视为宋诗由必然走向自由的总的概括,那么,作为"活法"在创作上的代表,诚斋的诗学观是与吴可、韩驹等以禅喻诗的倾向一脉相承的。在理论上,以禅喻诗到严羽《沧浪诗话》集其大成;在创作实践上,受禅学渗透而创出新诗风,庶几可以诚斋为渠帅。

---

　　①　见张晶《宋诗的"活法"与禅宗的思维方式》,《文学遗产》1989年第6期。

诗与公案的姻缘[*]

　　文学与宗教之间有千丝万缕的"不解之缘"，这恐怕算是文学史的常识了。但我们往往注意了宗教对文学的影响，却忽略了文学对哲学、宗教的影响与渗透。其实，这种情形不仅存在，而且是很有研究价值的。我们不妨截取唐宋时期诗歌与禅宗公案的关系作为一个"切片"，来探寻一番，也许会有"曲径通幽"的感觉。

一

　　禅宗有一个响当当的口号，叫作"不立文字，以心传心"。可是禅宗留下的文字并不少，恐怕不亚于天台宗、华严宗等其他宗派。很多人以此指责禅宗，实际上这也没什么可奇怪的，因为禅宗所留下的文字大多数是公案，而很少是概念性的文字。所谓"不立文字"主要是"超过一切限量，名言踪迹对待"①，也就是破除名言概念的知性分解。那么，什么是公案呢？"公案在字面上是'官府的案牍'，意味着'如权威的律令'。这是唐代末年的术语，现在指早期禅师的趣话、对答、提示或质问等，这些都是当时令人彻悟禅理的手段。当然，在最初时期，并没有现在我们所理解的这种公案，这些乃是后代的禅师不甘缄默，从老婆心中生出来的一种人为的方法，禅师们用它来开发比较缺乏天分的弟子心中的禅意识。"② 铃木大拙的这种阐释是很全面的，算得上是帮助我们认识公案的一柄钥匙。

　　但只停留在这层理解上还远远不够，还须进一步琢磨什么是公案真正的

---

　　* 本文刊于《文学遗产》1992 年第 5 期。

　　① 《筠州黄檗山断际禅师传心法要》，见石峻等《中国佛教思想资料选编》第 2 卷第 4 册，中华书局 1983 年版，第 210 页。

　　② ［日］铃木大拙：《通向禅学之路》，葛兆光译，上海古籍出版社 1989 年版，第 86 页。

特点。公案千奇百怪，而归结到一点，就是禅师启发弟子顿悟禅机的言行。接触许多公案之后不难发现，非逻辑性是公案的首要特征。弟子诚惶诚恐地向禅师请教："如何是佛？""如何是佛法大意？""如何是祖师西来意？"诸如此类。这些都是佛教禅宗的根本问题。禅师们几乎是没有正面回答这些问题的，而是答之以在正常人看来是驴唇不对马嘴的荒唐之言，不妨看几则公案。"江州龙云台禅师，僧问：'如何是祖师西来意？'师曰：'昨夜栏中失却牛。'"①"洪州新兴严阳尊者，……僧问：'如何是佛？'师曰：'土块。'曰：'如何是法？'师曰：'地动也。'曰：'如何是僧？'师曰：'吃粥吃饭。'"②"汝州首山怀志禅师，僧问：'如何是祖师西来意？'师曰：'三尺杖子破瓦盆。'问：'如何是佛？'师曰：'桶底脱。'"③ 要在这些公案的问答之际找到它们的逻辑关系，恐怕是缘木求鱼了。公案，正是要避免正常的逻辑思路。

禅的参悟，是一种个体的、当下的体验，靠普通性的名言概念、固定的传授模式，都不能获得禅之真谛、因此，独特性也是公案的一个重要特征。禅悟绝不是向外觅求，而是对自身佛性的"返照"。《坛经》中说："闻其顿教，不假外修，但于自心，令自本性常起正见。""烦恼尘劳众生，当时尽悟。""故知一切万法，尽在自身中，何不从于自心顿现真如本性。"禅的顿悟，乃是一种自悟，是一种个体性的亲在体验。其实，这种个体性的体验，几乎是一切宗教体验的性质。恰如美国的著名心理学家 W. 克拉克所说："宗教经验是内心的主观的东西，而且是最具有个人特点的东西。"④ 只不过禅悟的个体性体验的特征尤为突出而已。公案中提出的基本问题并不多，不外乎"什么是佛""什么是佛法大意""什么是祖师西来意"这么几个，但禅师的回答却是千奇百怪的，几乎没有雷同，都是自己当下的、随机的体悟结果，充满着偶然性。禅师要求于弟子的，绝不是"寻言逐句"，而是触发他们自心的"顿悟"。因而，公案都是独特的、不可重复的。

公案看似语无伦次、荒诞不经，其实，很多公案的后面都有一个象征世界，这是个渊深博大的禅的世界。能指与所指之间有相当大的反差，它的蕴

---

① （宋）普济：《五灯会元》上册，中华书局1984年版，第196页。

② （宋）道元：《景德传灯录》，成都古籍书店2000年版，第197页。

③ （宋）普济：《五灯会元》，见金沛霖主编：《四库全书子部精要》下册，天津古籍出版社1998年版，第1128页。

④ 转引［苏］德·莫·乌格里诺维奇《宗教心理学》，沈冀鹏译，社会科学文献出版社1989年版，第17页。

含反倒显得十分深邃。韦勒克说得对："与诗歌相比，宗教是更大的神秘。"① 禅的公案，看上去都以很普通的事物构成，但是由于问与答之间的失衡，因而形成了公案本身的象征性质。"曰：如何出离？师曰：青山不碍白云飞。"② 它象征着禅的无挂无碍、自由自在，没有任何拘缚。"问如何是佛？师曰：待到雪消后，自然春到来。""问如何是佛法大意？师曰：春来草自青。"③ 象征着禅是自然而然的，一旦加以人为的造作，便不再是禅了。象征所指并非抽象的观念，而是一片幽邃的、难以言说的广漠境界。正如梁宗岱先生所说："于是我们便可以得到象征的两个特性了：（一）是融洽或无间；（二）是含蓄或无限。所得融洽是指一首诗的情与景、意与境惝恍迷离，融成一片；含蓄是指它暗示给我们的意义和兴味的丰富和隽永。……所谓象征是藉有形寓无形、藉有限表无限，藉刹那抓住永恒。"④ 象征并非指向抽象的观念，而是指向一个渊深博大的本体世界。伽达默尔认为在象征中所感受到的是"如半片信物一样的个别的、特殊的东西显示出与它的对应物相契合而补全为整体的希望"，"是可经验的世界的整体"。⑤ 他们都是不同意那种象征意指观念的看法的。禅的公案，很多都有"藉有限表无限、藉刹那抓住永恒"的象征意蕴。

禅宗公案是宗教现象而不是诗，但是，它又是以一种感性观照的喻象作为触发学人顿悟的契机的，其中很多喻象都有审美价值的存在。如"东篱黄菊"、"春日鸡鸣"、"雨滋三草秀，春风不襄头"、"白云覆青嶂，蜂鸟步庭花"等等，都是富有生命力的、美的喻象。很多公案由此而具有诗的性质，至少和诗是颇为接近。在这种情形下，宗教和艺术就显得十分亲密了。黑格尔曾经指出："感性观照的形式是艺术的特征，因为艺术是用感性形象化的方式把真实呈现于意识，而这感性形象化在它的这种显现本身就有一种较高深的意义，同时却不是超越这感性体现使概念本身以其普遍相成为可知觉的，因为正是这概念与个别现象的统一才是美的本质和通过艺术所进行的美的创造的本质。"⑥ 禅宗公案从某种意义上来说，也具备了这种"艺术的

① ［美］韦勒克、沃伦：《文学理论》，刘象愚译，生活·读书·新知三联书店1984年版，第208页。

② 《乾隆大藏经》第139册，传正有限公司乾隆版大藏经刊印处1997年版，第489页。

③ （宋）道元：《景德传灯录》，成都古籍书店2000年版，第381页。

④ 梁宗岱：《诗与真·诗与真二集》，外国文学出版社1984年版，第69页。

⑤ ［德］伽达默尔：《美的现实性》，张志扬译，三联书店1991年版，第52页。

⑥ ［德］黑格尔：《美学》第1卷，朱光潜译，商务印书馆1979年版，第129页。

特征"，因而有着颇为浓郁的艺术气质。

二

禅宗公案，是个历史性的文化现象，是禅宗发展到一定阶段的产物。它既有重要的宗教价值，同时又有哲学史、思想史价值，不能脱离中国的思想文化背景孤立地看它。中国古代人的思维方式更多地倾向于直觉思维，其表现在于缺少中间推导环节，因而具有超逻辑性。与此直接相关的是超语言性，也即是所谓意会性或不可言传性。禅宗是这种思维方式的必然产物，而公案则更为集中地体现着这种思维特点。

唐宋时期浸染于禅悦之风的诗人很多，如王维、白居易、苏轼、黄庭坚等，都是"居士"，染禅很深，又都是开一代诗风的大诗人。禅宗公案那种敏捷的机锋、跳跃性极大的思路，都使这些诗人受到了潜移默化的影响。尤其是对正常逻辑指向的遮断，以及那些匪夷所思的奇观妙想，都给诗歌创作带来了活泼的生机与奇异的境界。

在艺术表现方式上，给唐宋诗歌带来影响最为普遍的是"以境表道"法。这种方法是在公案中使用非常广泛。所谓"以境表道"也称"即境示人"。当学人提出有关佛道问题时，禅师不是按着正常的逻辑思维规律给予正面解答，而是随机地拈取一些自然意象或生活情境作答，以活生生的现象呈现在学人面前，让其自悟。这是一种"现量"知识，而非"比量"。禅师如何"以境表道"？请看这两则公案："潞州禄水和尚。僧问：'如何是祖师西来意？'师曰：'还见庭前华药栏么？'僧无语。"[①]"'问：'如何是祖师西来意？'师曰：'庭前柏树子。'"[②] 这类公案都是拈取眼前之景，即境示人，不假思辨，在直观中悟得"禅机"。很多诗人借鉴了这种方法，使诗境格外悠远，进入一片浩茫的、难以揭载的审美直观中。

诗歌创作中的"以境表道"决非一般景语，而是诗人对自己所提出的某种问题的审美化答复。中国古代哲学的"道"，是形而上的本体范畴。"道可道，非常道"，它绝不是一个具体的事物，但它又可以涵容一切事物。道又可以体现在每个事物之中，也即是所谓"月印万川"。我们这里所说的"道"，在禅宗，乃是指佛的本体世界；在诗歌，乃是指某种深邃的人生思

① （宋）道元：《景德传灯录》，成都古籍书店 2000 年版，第 197 页。
② （宋）普济：《五灯会元》卷 4，中华书局 1984 年版，第 203 页。

索，总之，有点"形而上"的意味。诗人不直接回答自己的问题，而是用一个具有无限开放性的意象来引发人们的叩问与体验，因而，显得十分深远。

深谙禅机的大诗人王维颇擅此道，他的诗作常用这种方法结穴。如《酬张少府》一诗："晚年惟好静，万事不关心。自顾无长策，空知返旧林。松风吹解带，山月照弹琴。君问穷通理，渔歌入浦深。"诗人设问"穷通之理"，却不加以回答，而是用"渔歌入浦深"这种悠远深邃之境表之。其禅味之永，不难感受。再如《送别》："下马饮君酒，问君何所之？君言不得意，归卧南山陲。但去莫复问，白云无尽时。"白云，一方面是隐逸的象征，一方面又是禅家常用的喻象，表征着不染不著、无拘无缚的自由心态。南泉普愿禅师云："汝道空中一片云，为复钉钉住？为复藤缠著？"① 禅正像天上的游云一样，是自由无碍的。王维以"白云无尽时"收束，正是给读者留下了无尽的遐思。

"奉儒守官，不坠素业"的杜甫，其实也深染禅悦，"身许双峰寺，门求七祖禅"是他自己的表白。他又用诗来表现过游寺的禅趣："已从招提游，更宿招提境。阴壑生虚籁，月林散清影。天阙象纬逼，云卧衣裳冷。欲觉闻晨钟，令人发深省。"（《游龙门奉先寺》）可见老杜是与僧人多有往还的。王嗣奭说此诗"不用禅语而得禅理，故妙"②。杜甫为诗，也有用此法者。《缚鸡行》云："小奴缚鸡向市卖，鸡被缚急相喧争。家中厌鸡食虫蚁，不知鸡卖还遭烹。虫鸡于人何厚薄，吾叱奴人解其缚。鸡虫得失无了时，注目寒江倚山阁。"此诗结穴，也是"以境表道"之法。"鸡虫得失"所言之理何止于鸡与虫，乃是很深的人生奥义。诗人欲以"齐物"的态度对待人生，却又陷入某种难以排解的困惑。浦起龙论此诗说："结语更超旷。盖物不自齐，功无兼济，但所存无间，便大造同流，其得其失，本来无了。'注江倚阁'海阔天空，惟公天机高妙，领会及此。解者谓公于两物，计无所出，一何粘滞耶！"③

黄庭坚与禅宗瓜葛甚深，是被禅宗灯录列入黄龙派法嗣中的人物。山谷诗也多处借鉴此种"以境表道"之法。如《王充道送水仙花五十枝，欣然会心，为之作咏》一诗："凌波仙子生尘袜，水上轻盈步微月，是谁招此断

①　（宋）道元：《景德传灯录》，成都古籍书店 2000 年版，第 127 页。
②　（明）王嗣奭：《杜臆》卷 1，上海古籍出版社 1983 年版，第 1 页。
③　（清）浦起龙：《读杜心解》，中华书局 1961 年版，第 304 页。

肠魂，种作寒花寄愁绝。含香体素欲倾城，山矾是弟梅是兄，坐对真成被花恼，出门一笑大江横。"王楙《野客丛书》曾专论此格："《步里客谈》云：古人作诗，断句辄旁入他意，最为警策。……仆谓鲁直此体甚多，不但水仙诗也。如书酺池寺诗：'退食归来北窗梦，一江风月趁渔船'，二虫诗：'二虫愚智俱莫测，江边一笑无人识；词曰：'独上危楼情悄悄，天涯一点青山小'，皆此意也。"① 这些例子，也就是"以境表道"。

禅之公案，法非一端。禅师往往遮断弟子的问题，以毫不相关的话头来打破弟子的思维惯性。此可以喻为"遮断箭头"法。弟子的问题犹如箭头，把"佛法大意"等当作"靶子"，其思路是直接的、线性的。禅师此着，正是为了改变弟子的线性思维方式，促其自悟。"'如何是佛法大意？'师曰：'庐陵米作么价？'""问：'万法归一，一归何所？'师曰：'老僧在青州作得一领布衫，重七斤。'"等等，都用此法。

诗人们也多受此法启示，摆脱开正常的逻辑约束，奇逸跳脱，想落天外，大大拓展了审美想象的空间。苏轼作诗，就常常遮断读者的正常思维定式，出之以奇警新颖的意象。如《纵笔》一诗："白头萧散满霜风，小阁藤床寄病容。报道先生春睡美，道人轻打五更钟。"另一首《纵笔》与此意境相似："寂寂东坡一病翁，白发萧散满霜风。小儿误喜朱颜在，一笑哪知是酒红！"这两首诗的前两句都是表现诗人被贬海南的憔悴病苦之状，给读者造成了一种悲苦凄凉的心理惯性与阅读期待。第三句则幡然一转，表现的是东坡那种旷达自适、乐观倔强的性格。对于读者的思维来说，这是一种"遮断"。再如黄庭坚《题郑防画夹五首》之一："惠崇烟雨归雁，坐我潇湘洞庭。欲唤扁舟归去，故人云是丹青。"此诗写惠崇所画《烟雨归雁图》的强烈艺术魅力。诗人为画中风物所陶醉，似乎自己身在江南烟雨之中了，于是直欲"唤扁舟归去"。第四句陡然一转，"故人"提醒他这并非实景，乃是一幅水墨丹青！方才使人恍然大悟。此处，诗人采取了"遮断箭头"的手法，让读者的正常思维趋向碰了个"钉子"，然后又"指出向上一路"，让我们顿悟到这是在赏画呵！以"活法"著称的杨万里，深悟禅理，常能把禅的灵趣化为诗的腾挪。刘克庄说"后来诚斋出，真得所谓活法，所谓

---

① （宋）王楙：《野客丛书》，见傅璇琮《黄庭坚和江西诗派资料汇编》（上册），中华书局1978年版，第137—138页。

流转圆美如弹丸者，恨紫微公不及见耳。"① 诚斋有的是"死蛇弄活"的本事。诚斋自言："学诗须透脱，信手自孤高。衣钵无千古，丘山只一毛。""句法天难秘，工夫子但加。参对且柏树，悟后岂桃花？"（《和李天麟二首》）很明显是从禅家公案参得了诗家三昧。诚斋诗多有以公案式的"遮断"法创造意境的，如："略略烟痕草许低，初初雨影伞先知。溪回谷转愁无路，忽有梅花一两枝。"（《晚归遇雨》）"剪剪轻风未是轻，犹吹花片作红声。一生情重嫌春浅，老去与春无点情！"（《又和二绝句》其二）都使读者的思维惯性受到突如其来的"遮断"，产生很大的转折，呈现出"柳暗花明"般的审美境界。

卡西尔说过："象所有其他的符号形成一样，艺术并不是对一个现成的即予的实在的单纯复写！"② 诗并不是对现实的简单模仿，而是一种超越、倘若亦步亦趋地爬在客观实在的后面，那无疑是一种萎缩。"艺术的伟大价值和魅力就在于艺术作品的自身敞亮之中，并且永远在这种向着无限期待敞开着的窗口中。"③ 事实上，优秀的诗作往往是有着审美乌托邦的色彩，它对读者来说，是一种美的诱惑和召唤，人们需要以审美的宁馨来暂时摆脱现实的疲倦。相应地，打破陈腐的创作模式，代之以出人意表的构思与意境，是造成审美创造性的有力手段。公案的思维方式与某些方法，对于诗歌创作给予了很大的刺激。从唐诗到宋诗的迁替中，谁能说不包含禅宗公案无形或有形的影响呢！

三

在文学与宗教之间，不仅宗教对文学有广泛而深刻的影响，而且文学也多方面地渗透于宗教中。

在禅宗的发展中，很明显地表现出诗对禅的渗透。很多公案如同优美的诗句，姑且将这类公案称之为"诗化公案"。这种"诗化"一般都体现在禅师的回答上。有的是单句，有的是一联，有的是绝句式的韵语。先看几个单句或一联的例子。"首座问：'和尚甚处去来？'师曰：'游山来。'座曰：

---

① （宋）刘克庄：《江西诗派序》，见傅云龙、吴可《唐宋明清文集》第 1 辑《宋人文集》卷 4，天津古籍出版社 2000 年版，第 2508 页。

② ［德］卡西尔：《人论》，甘阳译，上海译文出版社 1985 年版，第 182 页。

③ ［德］布洛赫：《原型和艺术作品中的乌托邦》，王岳川译，载董学文、荣伟编《现代美学新维度——西方马克思主义美学论文精选》，北京大学出版社 1990 年版，第 197 页。

'到甚么处？'师曰：'始从芳草去，又逐落花回。'座曰：'大似春意。'师曰：'也胜秋露滴芙蕖。'"① 在此公案中，"始从芳草去"两句，简直就是极为优美的五言诗句，"也胜秋露滴芙蕖"，也同样可以视为意象优美的诗句的。

这类"诗化公案"在灯录中俯拾即是。为了说明它的普遍性，不妨再摘引几个。"问：'如何是道？'师曰：'石牛频吐三春雾，木马嘶声满道途。'""问：'如何得见本来面目？'师曰：'不劳悬石镜，天晓自鸡鸣'""问：'如何是韶山境？'师曰：'古今猿鸟叫，翠色薄烟笼。'""'教意祖意，相去几何？'师曰：'寒松连翠竹，秋水对红莲。'"② 这些公案中的韵语，在形式乃至音律上都基本合于近体五七言诗的格律要求，这种合律是十分自然高妙的，没有人工造作的痕迹；更重要的是，禅师都是以优美的意象来表达禅意，透露禅机，是一种地道的诗性思维！公案非诗，但这些诗化公案实在是不亚于诗。而且韵感的天成、意象的宛妙，都是禅师随机而应，冲口而出，却又是透彻玲珑，不可凑泊，这就要求禅师有高度的诗学修养才行。唐宋时期，诗僧弥多，他们与文人学士们广泛交往，吟风弄月，并没有被禅门视为"不务正业"、"旁门左道"，反而声名远播，成为禅门中最为活跃的一部分僧侣。亦禅亦诗，亦诗亦禅，也就使公案愈加诗化了，这无疑是大大提高了禅的文化品位。"诗化公案"是在"现量"观照中随机涌现的，没有俗套的比喻，没有陈腐的构思，确乎是自然天成的。

公案中的偈语也很典型地体现出诗的强烈渗透力。偈语，也称"偈颂"，是佛教中的颂词，是梵语"偈佗"的简称。多用三言、四言、五言、六言、七言以至多言为句，四句合为一偈。唐宋时期禅宗公案中的偈语，以五言、七言者居多，很明显是受近体诗中五七言绝句的滋养。即如神秀与慧能的名偈："身是菩提树，心如明镜台，时时勤拂拭，莫使惹尘埃。"（神秀）"菩提本非树，明镜亦非台。本来无一物，何处惹尘埃？"（慧能）无论是韵律、结构，都堪称完整的五言绝句，不过是更具有象征性、隐喻性而已。

唐以前的佛学偈语，数量较少，也较抽象，主要是以佛语表佛理，自然是"理过其辞，淡乎寡味"的了。唐宋时期的偈颂则颇不同，预言性的成分淡化了，多以生动具体、富有审美价值的意象构成，勃发着"青青翠竹，

---

① （宋）普济：《五灯会元》卷4，中华书局1984年版，第208页。
② （宋）道元：《景德传灯录》卷16，成都古籍书店2000年版，第318页。

总是法身；郁郁黄花，无非般若"似的禅机，充满了浓郁的诗意。略举几例。永明延寿禅师偈云："孤猿叫落中岩月，野客吟残半夜灯。此境此时谁得意？白云深处坐禅僧。"云门灵运禅师偈云："夜来云雨散长空，月在森罗万象中。万象灵光无内外，当明一句若为通。"治平凋禅师偈云："优游实际妙明家，转步移身指落霞。无限白云犹不见，夜乘明月出芦花。"（均见《五灯会元》）不言而喻，这些偈颂都有很浓重的象征性，涵蕴着渊深的禅宗意蕴，但是偈语本身，却是诗化或者说是审美化的。如果从公案中摘取出来，都是空灵妙明的七言绝句。尽管是作为宗教的工具而使用的，但它们自身也可以看作自足的审美客体。这使得我们想到了黑格尔所说的："宗教却往往利用艺术，来使我们更好地感到宗教的真理，或是用图像说明宗教真理以便于想象，在这种情形之下，艺术确是在为和它不同的一个部门服务。但是只要艺术达到了最高度的完善，它所创造的形象对真理内容就是合适的，见出本质的。"[1] 禅师的这些偈语，确乎是为宗教目的服务。但为了更好地达到目的，就必须使手段更为高妙。这些偈语本身的诗化，正是适应于唐宋时期诗的普及这种文化土壤而生长出来的。它们的功能是双重的。一方面，它们的背后是渊深而神秘的禅本体，其价值取向在于宗教领悟；另一方面，它们以诗的形式和意象呈现，具有一定的审美价值。禅，有时候是以"麻三斤"、"干屎橛"、"土块"之类的怪异面目出现，足以使人瞠目结舌，有时又是以"落花随流水，明月上孤岑"这种优美而空灵的诗化意象走向人心的，在美的感染中使人"悟道"，这便是不可思议的禅。

禅宗公案，虽然有很大一部分带有审美色彩，许多喻象能给人以审美愉悦，但不能认为公案具有了审美的本质，易言之，审美并非是公案的根本属性，也并非是公案所不可缺少的。许多全然没有美感的喻象如"臭肉来蝇"、"屎里蛆儿，头出头没"、"碌砖"等等，同样存在于公案之中。可见，审美并非公案的必要条件。著名美学家李泽厚在《漫述庄禅》一文中曾举了一些诗化公案的例子，如"问如何是天柱家风？师曰：'时有白云来闭户，更无风月四山流'"，等等，指出"都是通过诗的审美情味来指向禅的神学领悟"[2]。这固然是有见地的，但通观全文，李先生是以一种泛美学的眼光来看待禅，把禅的宗教体验与审美混为一谈。我们则认为，这类诗化公案，并不能说明"禅道妙悟"具有了审美属性，而毋宁说是诗对禅的历

---

① ［德］黑格尔：《美学》第1卷，朱光潜译，商务印书馆1979年版，第130页。
② 李泽厚：《中国古代思想史论》，人民出版社1986年版，第211页。

史性的影响与渗透。它有力地表明了文学对宗教的"反禅"作用。这是一个有意思、有探索意义的文化现象。注意到这一点，可以使我们扭转一下过去只重视其他门类对文学的制约与影响的思维习惯，看到文学与哲学、宗教等门类之间的互动关系，尤其是文学的反作用。

禅与唐代山水诗派[*]

一 "神韵" 与禅

唐代以王维为代表的山水诗派，在中国诗歌史上有着重要的地位。之所以如此说，是因为山水诗派的创作及其艺术精神，在很大程度上体现了中国诗歌的特质。

清代著名诗论家王士禛（渔洋）论诗 "独以神韵为宗"①，标举 "神韵" 作为其诗论体系的核心范畴。无论是否明确地使用这个概念，渔洋处处是以 "神韵天然" 作为评诗的价值尺度的。以他的 "神韵" 说来衡量诗史，最为符合渔洋审美理想的就是以王维、孟浩然为代表的唐代山水诗派的创作风格。在渔洋诗论中，对王维、孟浩然、常建等人创作，是非常推崇的。同时，我们不难发现，王士禛的 "神韵" 说与禅学有十分深刻的联系。从渔洋的诗论中可以看出，渔洋以禅论诗，并非是在一般的比喻层次上，而是将禅的特征内化到 "神韵说" 的美学内涵中去。在这点上，王渔洋比严沧浪的 "以禅喻诗" 又大大推进了一步。

王士禛在论及山水诗派诸家创作时，常常以 "入禅" 的独特情境来形容诗的妙谛。如他说："唐人五言绝句，往往入禅，有得意忘言之妙，与净名默然，达摩得髓，同一关捩。观王（维）裴（迪）《辋川集》及祖咏《终南残雪》诗，虽钝根初机，亦能顿悟。"（《香祖笔记》）这里侧重指出王维、裴迪等人的五言绝句与禅悟相关的 "得意忘言之妙"。又说："严沧浪以禅喻诗，余深契其说，而五言尤为近之，字字入禅。他如 '雨中山果落，灯下草虫鸣'，'明月松间照，清泉石上流'，以及太白 '却下水精帘，

---

* 本文刊于载于《社会科学战线》1994 年第 6 期。

① 赵尔巽等：《清史稿》卷 266《王士禛传》，中华书局 1975 年版，第 9954 页。

玲珑望秋月'，常建'松际露微月，清光犹为君'，浩然'樵子暗相失，草
虫寒不闻'，刘眘虚'时有落花至，远随流水香'，妙谛微言，与世尊拈花，
迦叶微笑，等无差别。"（《蚕尾续文》）论旨与前语相近，都是推崇一种超
越语言局限的浑化境界。渔洋还论山水诗派诸人差别说："尝戏论唐人诗，
王维佛语，孟浩然菩萨语，刘眘虚、韦应物祖师语，柳宗元声闻辟支语。"
（《居易录》）都以佛事喻之，而论其他诗人，"杜甫圣语，陈子昂真灵语，
张九龄典午名士语，岑参剑仙语，韩愈英雄语，李贺才鬼语，卢仝巫觋语，
李商隐、韩偓儿女语"等等，都不涉佛教。实际上是透露出王孟一派诗人
与佛禅的内在渊源。

王士禛以"入禅"论王孟一派诗人，并且以之为"神韵"在创作上的
典范，并非主观虚拟，并非凭空比附，而是从这派诗人的身世与创作中总结
出来的。也就是说，以王孟为代表的唐代山水诗派，无论是在思想观念上，
还是艺术风貌上，都与佛禅有客观的渊源关系。揭示其间的内在因缘，对我
们了解这派诗人的艺术传统，确实是有一定裨益的。

二　山水诗派诸人与禅的瓜葛

我们所说的山水诗派，包括盛唐时期到中唐时期以山水为审美对象来表
现诗人内心世界的一些诗人，不仅是王维、孟浩然、裴迪、常建、储光羲等
主要活动于盛唐的诗人，而且也包括如刘长卿、韦应物、柳宗元等主要活动
于中唐的诗人。在时间上，这些诗人往往都经历了唐王朝由盛转衰的沧桑变
故，很难做机械的划分；在艺术上，他们的题材大致相近，手法、风格又有
一脉相承之处。而且，他们大多数都与禅学、禅僧有密切关系，思想观念上
深受禅风的熏陶。

王维之笃于佛，染于禅，已是治文学史的学者们的常识，毋庸赘述。清
人徐增曾将王维与李、杜相比较，指出其诗与佛禅的关系："白以气韵胜，
子美以格律胜，摩诘以理趣胜。太白千秋逸调，子美一代规模，摩诘精大雄
氏（指释迦牟尼）之学，字字皆合圣教。"（《而庵说唐诗》）说王维诗"字
字皆合圣教"，虽然渲染过甚，但却道出其诗深于佛禅的特点。

关于孟浩然，论者们极少提及他与佛禅的关系，可资考证的文字材料也
很少。但是最有力的论据莫过于他本人的诗作。从孟诗中我们很容易看出，
孟浩然与禅僧往来颇为密切。与他经常唱酬的禅僧就有"湛法师"、"空上
人"、"皎上人"等。诗人还常栖宿于禅寺僧房，与禅师们讲论禅理。题写

于禅寺的诗作有《题终南翠微寺空上人房》、《宿业师山房期丁大不至》、《游明禅师西山兰若》、《题大禹寺义公禅房》、《陪姚使君题惠上人房》、《登龙兴寺阁》、《登总持寺浮图》等20余首。从这些诗作中，可以看到孟浩然是深受禅风熏染的。

在这派诗人中，裴迪、常建、刘眘虚、綦毋潜等，都与禅僧多有往还，诗风也深受禅的影响。裴迪是王维的挚友，也是他的"法侣"。所谓"法侣"，也就是禅门中的同道。裴迪现存诗29首，《辋川集》20首是与王维唱和之作，其中颇多禅韵。而其余9首中，与禅寺禅僧们有直接关系的就有《青龙寺昙壁上人院集》、《游感化寺昙兴上人山院》、《夏日过青龙寺谒操禅师》、《西塔寺陆羽茶泉》等四首。在诗中多次表达了对于禅门的向往，如"浮名竟何益，从此愿栖禅。"（《游感化寺昙兴上人山院》）"灵境信为绝，法堂出尘氛。自然成高致，向下看浮云。"（《青龙寺昙壁上人院集》）"有法知不染，无言谁敢酬。"（《夏日过青龙寺谒操禅师》）这些都可以说明裴迪与禅有较深的关系。常建的诗也以富有禅意而为人知。其中最有名的是《题破山寺后禅院》，明显地表现出诗人对禅学的涵养工夫。綦毋潜在这派诗人中不太惹人注意，但是他的诗作却颇能体现出山水诗派的艺术特色。綦毋潜存诗只有26首，但与禅有直接关系、并在诗题上明确标示的就在10首以上。如《题招隐寺绚公房》、《题灵隐寺山顶禅院》、《过融上人兰若》等。《唐才子传》评其诗："足佳句，善写方外之情，历代未有。""方外之情"，正是栖心释梵、远离尘俗的情味。刘眘虚也是山水诗派的诗人。他于开元十一年（723）进士及第后曾任洛阳尉、夏县令等职，"性高古，脱略势利，啸傲风尘"，"交游多山僧道侣"（《唐才子传》）。一方面是与禅僧多有往来，另一方面也就使其诗"善为方外之言"（同上）。诗中如"心照有无界，业悬前后生"（《登庐山峰顶寺》）等句，流露出他的禅学修养。储光羲是山水诗派中较为重要的诗人，其诗中与禅僧、佛寺直接有关的有十余首，如《题辨觉精舍》、《题慎言法师故房》、《苑外至龙兴院作》、《题虬上人房》等。号称"五言长城"的著名诗人刘长卿，人们很少把他和王孟一派诗人联在一起，实际上，就艺术上看，刘长卿正是这派诗人中的劲旅。他的诗作，更多地表现出由盛唐而入中唐的士大夫的心态。长卿诗中那种清冷幽邃的山水画面，是经历了"安史之乱"的惊悸之后的士大夫心灵的外化。刘长卿的诗，有更深更泛的禅迹。与禅寺禅僧有直接关系的篇什有近30首之多，从中也可看出，他与禅门关系之深。禅的幽趣，完全渗透于山水清晖的描写之中。如《和灵一上人新泉》、《送灵澈上人》、《游林禅师双峰寺》

都是如此。韦应物是中唐著名诗人，一直被视为王孟一派的有力后进。"王、孟、韦、柳"并称，说明中唐时期韦应物和柳宗元对从陶、谢发端的山水诗艺术精神的继承与发展。韦诗中与禅寺禅僧有直接关系的也有近 30 首之多，从诗中可以看出，诗人的禅学意识是自觉的，也是很浓厚的。如诗中说"心神自安宅，烦虑顿可捐"（《赠李儋》），分明是"心生则种种法生，心灭则种种法灭"① 的禅学观念在人生观中的推衍。"缘情生众累，晚悟依道流"（《答崔主簿问兼简温上人》）是佛教十二缘起说的回响。柳宗元对佛教的信奉，更为人们所熟知。尤其是被贬永州之后，对于佛教有了更深的领悟。他说："吾自幼好佛，求其道，积三十年，世之言者罕能通其说。于零陵，吾独有得焉。"（《送巽上人赴中丞叔父召序》）柳诗中如《晨诣超师院读禅经》、《禅堂》等作，都是借禅宗的观念来使自己达于"忘机"的境地。

综上所说，唐代山水诗派的诗人们，大多数与禅宗有着密切的关系，浸染于禅悦之风中，他们同禅僧有或多或少的交游。由此使我们不能不考虑到，禅的观念，禅的思想方法，对于这派诗人的艺术风貌，是否有着较为内在、深刻的影响呢？易言之，唐代山水诗派的艺术特征中是否有着禅的基因呢？答案是肯定的。

三　空明诗境与淡远风格

从质实到空明，这里中国古典诗歌艺术上的一个跃迁，这个跃迁的实现，主要是在盛唐时期，而主要是体现在以王孟为代表的山水诗人中。这方面王维的诗作是最为典型的。如有名的《终南山》一诗："太乙近天都，连山接海隅。白云回望合，青霭入看无。分野中峰变，阴晴众壑殊。欲投人处宿，隔水问樵夫。"这首诗描写终南山的雄浑气势。"白云"两句，把山中的云霭，写得闪烁不定，缥缈幽约，诗的意境阔大雄浑，但又有一种空明变幻的样态。《泛前陂》一诗也是如此，"秋空自明回，况复远人间。畅以沙际鹤，兼之云外山。澄波澹将夕，清月浩万闲。此夜任孤棹，夷犹殊未还"，也创造出十分空明灵动的境界。这类诗作在王维集中比比皆是。如："江流天地外，山色有无中。郡邑浮前浦，波澜动远空。"（《汉江临泛》）

---

① （宋）赜藏主：《古尊宿语录》，见《永乐北藏》整理委员会整理《永乐北藏》第 197 册，线装书局影印大明正统五年版，第 318 页。

"高城眺落日，极浦映苍山。"（《登河北城楼作》）"寥廓凉天净，晶明白日秋。圆光含万象，醉影入闲流。"（《赋得秋日悬清光》）都有着空明摇曳而又雄奇阔大的境界！

不仅是摩诘诗，山水诗派其他诗人的创作也多有这种诗境。如孟浩然的《宿建德江》："移舟泊烟渚，日暮客愁新。野旷天低树，江清月近人。"《宿立公房》："何如石岩趣，自入户庭间。苔间春泉满，萝轩夜月闲。"《宿业师山房期丁大不至》："夕阳度西岭，群壑倏已暝。松月生夜凉，风泉满清听。"常建的《题破山寺后禅院》："山光悦鸟性，潭影空人心。"《宿王昌龄旧居》："松际露微月，清光犹为君。"《渔浦》："碧水月自阔，岁流净而平。"储光羲的《钓鱼湾》："潭清疑水浅，荷动知鱼散。"这类空明澄澹的诗境，在山水诗派中的作品是俯拾即是的。

与唐诗相比，魏晋南北朝诗尽管在形式美感的追求上下了很大功夫，但还较为质实，缺乏空明灵动的神韵。而盛唐诗之所以被推崇，很大程度上是因其有了这样的诗境。严沧浪谓："盛唐诸人惟在兴趣，羚羊挂角，无迹可求。故其妙处透彻玲珑，不可凑泊，如空中之音，相中之色，水中之月，镜中之花，言有尽而意无穷。"[1] 主要指这样一种诗境。

由质实到空明，绝不止是一个诗歌的风格问题，也不止是个意境问题，而是诗歌艺术在更高层次上实现着它对于人类的价值。人们不再以客观摹写自然山水为目的，而是使山水物象成为心灵的投影。正如黑格尔所说："在艺术里，这些感性的形式和声音之所以呈现出来，并不只是为着他们本身或是他们直接现于感官的那种模样、形状而是为着要用那种模样去满足更高的心灵的旨趣，因为它们有力量从心灵深处唤起反应和回响。这样，在艺术里，感性的东西是经过心灵化了，而心灵的东西也借感性化显现出来了。"[2]对于空明诗境，我是从这个角度来认识它们的价值的。

那么要问，禅在其中起了什么作用？回答是佛教禅宗的"空观"对诗人艺术思维的渗透。"空"是佛教第一要义。在佛家看来，"四大皆空"、"五蕴皆空"，只有把主体与客体尽作空观，方能超脱生死之缘。但要把实实在在的事物说成是虚无的，无疑是难以自圆其说的。于是便"以幻说空"。大乘般若采用"中观"的思想方法，有无双遣，把一切事物都说成是既非真有，又非虚无的一种幻想。正如僧肇在《不真空论》所说："诸法假

---

① 郭绍虞：《沧浪诗话校释》，人民文学出版社 1961 年版，第 26 页。

② ［德］黑格尔：《美学》第 1 卷，朱光潜译，商务印书馆 1979 年版，第 49 页。

号不真。譬如幻化人，非无幻化人，幻化人非真人也。"僧肇以"幻化人"为喻，说一切都非有非无，而是一种"幻化"。在哲学上，这当然是地道的唯心主义。但它对文学创作所形成的影响，便是复杂的了，难于用"唯物"和"唯心"来划界。

王维信奉佛教，主要是禅宗，而禅宗主要是发展了大乘般若学。对于这种有无双遣的理论，王维深谙其妙，在《荐福寺光师房花药诗序》中，他写道："心舍于有无，眼界于色空，皆幻也。离亦幻也。至人者不舍幻，而过于色空有无之际。故目可尘也，而心未始同，心不世也，而身未尝物。物方酌我于无垠之域，亦已殆矣。"王维是以这种"幻化"的眼光来看人生，看世界的。色即是空，空即是色，非有非无，亦有亦无，一切都在有无色空之际。这种思想方法，渗透在诗歌艺术思维中，便产生了空明摇曳、似有若无的审美境界。

山水诗派诗歌艺术风格，总的说来，以淡远最为突出，诗人以恬淡之心，写山水清晖，意境悠远，词气闲淡。前代诗论家不约而同地谈到这派诗人的淡远风格。胡震亨引《震泽长语》中说："摩诘以淳古澹泊之音，写山林闲适之趣，如辋川诸诗，真一片水墨不着色画。"无非是言其"淡"。胡应麟把王孟与高岑相比较："王孟闲淡自得，高岑悲壮为宗。"[1] 胡震亨又引徐献忠评孟浩然语："襄阳气象清远，心惊孤寂，故其出语洒落，洗脱凡近，读之浑然省近，真彩自复内映。虽藻思不及李翰林，秀调不及王右丞，而闲澹疏豁，悠悠自得之趣，亦有独长。"[2] "淡远"，是这派诗人的共同风格特征。

举几个具体作品为例。王维的《归嵩山作》："清川带长薄，车马去闲闲。流水如有意，暮禽相与还。荒城临古渡，落日满秋山。迢递嵩高下，归来且闭关。"《山中寄诸弟妹》："山中多法侣，禅悦自为群，城郭遥相望，唯应见白云。"的确可以称之为"水墨不着色画"，"淡"是最突出的特征。这种"淡"，不仅是语言色泽上的"淡"，更多的是创作主体心境的"淡"。

关于孟浩然的诗作，更是以"淡"著称。明人胡应麟以"简淡"概括浩然风格，评孟诗云："孟诗淡而不幽，时杂流丽，闲而匪远，颇觉轻扬。可取者，一味自然。"[3] 如《北涧泛舟》："北涧流恒满，浮舟触处通。沿洄

---

①　（明）胡应麟：《诗薮》，上海古籍出版社1958年版，第37页。

②　（明）胡震亨：《唐音癸签》，上海古籍出版社1981年版，第48页。

③　（明）胡应麟：《诗薮》，第68页。

自有趣，何必五湖中。"《寻菊花潭主人不遇》："行至菊花潭，村西日已斜。主人登高去，鸡犬不在家。"这些诗都是冲淡的。孟的一些名作如《秋登兰山寄张五》、《夏日南亭怀辛大》、《宿建德江》等篇，都以"淡"见称。闻一多先生形容得好："孟浩然不是将诗紧紧地筑在一联或一句里，而是将它冲淡了，平均地分散在全篇中，甚至淡到令人疑心到底有诗没有。"①

王孟一派诗人基本上都有"淡"的诗风，那么这与禅存在着什么联系吗？

禅所达到的，并非事物本身，而是禅本体，但它不脱略事相，而是即物超越。禅宗有"无念为宗，无相为体，无住为本"②的要旨，所谓"无相"，并非完全剥离"相"，而是"于相而离相"，也就是寄寓于"相"而超越之。正因为如此，禅宗主张任运自在，随处领悟，反对拘执束缚，更反对雕琢藻绘，一切都在本然之中，一切都是淡然无为，而不应是牵强著力的。禅家公案强调这种淡然忘机、不系于心的精神。"僧问：如何是僧人用心处？师曰：用心即错！"③禅在自然而然中，不可以用心著力。又如："问：如何是学人著力处？师曰：春来草自青，月上已天明。"④意谓一切都是自然而然的，如春日青草、月上天明一样自然。

"平淡"或"冲淡"的风格，来源于一切不系于心的主体心态，任运自在，不执着，不刻挚，如天空中的游云一般。山水派诗人，多有如此心态。摩诘所谓"万事不关心"是正面的表白。"行到水穷处，坐看云起时"正是禅家"不住心"、"无常心"的象征。柳宗元《渔翁》诗中："回看天际下中流，岩上无心云相逐。"也正是"不于境上生心"的禅学观念的形象显现。"淡远""平淡"的风格，实际上是与无所挂碍、无所系缚、任运自如的主体心态有密切关系的。

四　幽独情怀与静寂氛围

唐代山水诗派主要以山水景物作为审美对象，作为创作题材，但实际上是在山水中"安置"诗人的幽独的心灵。这派诗人的篇什咏读既多，你就

---

① 闻一多：《唐诗杂论》，上海古籍出版社 1998 年版，第 29 页。
② 郭朋：《坛经校释》，中华书局 1983 年版，第 31 页。
③ （宋）道元：《景德传灯录》，成都古籍书店 2000 年版，第 229 页。
④ 同上。

会发现在山水物象的描绘中，诗人那孤寂的身影，几乎无所不在。最为突出的便是刘长卿的作品，常常出现的是自来自去，幽独自处的身影。有时不是写诗人自己，是写别人的形象，但细读之，就会发现那不过是诗人心灵的投影。如《送灵澈上人》："苍苍竹林寺，杳杳钟声晚。荷笠带夕阳，青山独归远。"这似乎是写灵澈禅师，实际上却是诗人幽独情怀的外射。再如《江中对月》："空洲夕烟敛，望月秋江里。历历沙上人，月中孤渡水。"在一片澄明而迷蒙的月光中、秋江里，"沙上人"静悄悄地独自渡江，诗人偏爱这类意象，不能不说是由创作主体的幽独心态决定的。在长卿诗中，即使是仅从字面上看，就可以随处看到"孤""独"这类诗句。如"独行风袅袅，相去水茫茫"，"悠悠白云里，独往青山客"，"片帆何处去，匹马独归迟"，"江海无行迹，孤舟何处寻"，"人语空山答，猿声独戍闻"，"芳时万里客，乡路独归人"。实际没有办法多举，到处都是，诗人的幽独情怀是一望即知的。

岂止是刘长卿，这派诗人多在山水描写中寄寓幽独心境。孟浩然《涧南即事贻皎上人》："钓竿垂北涧，樵唱入南轩，书取幽栖事，将寻静者论。"《岁除夜有怀》："乱山残雪夜，孤烛异乡人。"王维《答张五弟》："终南有茅屋，前对终南山。终年无客常闭关，终日无心长自闲。"《秋夜独坐》："独坐悲双鬓，空空欲二更。"《竹里馆》："独坐幽篁里，弹琴复长啸，深林人不知，明月来相照。"韦应物《寺居独夜寄崔主簿》："幽人寂不寐，木叶纷纷落。寒雨暗更深，流萤度高阁。坐使青灯晓，还伤夏衣薄。宁知岁方晏，离群更萧索。"《善福寺阁》："残霞照高阁，青山出远林。晴明一登望，潇洒此幽襟。"韦的名作《滁州西涧》："独怜幽草涧边生，上有黄鹂深树鸣。春潮带雨晚来急，野渡无人舟自横。"似写"幽草"，实则是"幽独人自伤怀抱"。柳宗元《禅堂》："发地结菁茅，团团抱虚白。山花落幽户，中有忘机客。涉有本非取，照空不待析。万籁俱缘生，宿然喧中寂。心境本洞如，鸟飞无遗迹。"不仅写出了自己被贬之后的幽独处境，而且道出了禅观对这种心境的影响。

这么多表现幽独情怀的诗篇出现绝非偶然，几乎成为这派诗人的共同心态，回过头来又可以使我们意识到他们更多地以山水为题材写诗，并非为了摹写山水形貌，而是为了在一方山水物象中，寄寓幽独的情怀。他们渲染山水的宁静与远离尘世喧闹，正是为了寄托一颗幽寂的诗魂！

与此密切联系的，就是唐代山水诗人创作中那种共同的特点，静谧的氛围。诗人们在写山水物象时不约而同地烘托山水之静，而没有谁在写它的喧嚷。实际上写山水也正是为了写这种遗弃尘世的静谧。同时写风声、水声、虫声、林声……却是为了更加反衬其静。王维《过香积寺》："古木无人径，深山何处钟。泉声咽危石，日色冷青松。"泉声，更显得深山古刹的静谧。《秋夜独坐》："雨中山果落，灯下草虫鸣。"《过感化寺昙兴上人山院》："野花丛发好，谷鸟一声幽。"这些诗中的果落、虫鸣、鸟声，恰恰是为了反衬山林的极度静谧。诗人是孤独的，似乎这世界只有他一个人，他用心谛听着大自然的心律。孟浩然、常建、刘长卿等人的诗作，也都以十分静谧的氛围来写山水。如孟诗《寻香山湛上人》："松泉多逸响，苔壁饶古意，谷口闻钟声，林端识香气。"《宿业师山房期丁大不至》："松月生夜凉，风泉满清听。樵人归欲尽，烟鸟栖初定。"常建《白湖寺后溪宿云门》："洲渚晚色静，又观花与蒲。入溪复登岭，草浅寒流速。圆月明高峰，青山因独宿。松阴澄初夜，曙色分远月。"刘长卿《秋日登吴公台上寺》："野寺来人少，云峰水隔深。夕阳依旧垒，寒磬满空林。"《寻南溪常山道人隐居》："一路经行处，莓苔见履痕。白云依静渚，春草闭闲门。"这类例子甚多，是没有办法尽数列举的。静谧的氛围，是山水诗的一个突出特点。

这与禅有什么关系？禅宗之"禅"在很大程度上改变了"禅那"的修习方式，突出地表现为反对、废弃坐禅，但有一点是一脉相承的，那就是对"心"的修养——不过修养方式不同罢了。禅宗不再限于静坐凝心，专注观境的形式，进一步摆脱了心对物的依附关系，把心视为万能之物。

禅毕竟是避世的，它尽管可以混迹于尘俗之中，但要取得一份心灵的自在，"参禅学道，须得一切处不生心。"[①]"于一切法不取不舍"[②]，对一切事物采取视而不见，听而不闻的态度，实际上还是一种"鸵鸟政策"。禅又是一种对于自己内心世界的返照，于外间世界的风云变幻不取不舍，而以本心为独立自足的世界。这种对内心世界的返照和体认，必然带来的体验的独特性。参禅者的内心是孤寂的、幽独的。唐代山水诗派诗人们的幽独情怀，是与"安史之乱"前后的社会巨大变革有极大关系的。唐王朝从鼎盛的峰巅跌入了一个幽深的峡谷，亲身经历了这场大变乱的诗人们，热情凝结了，心态幽冷了，由外向投射转入主观内省。其社会原因是主要的。但是，诗人们在与禅的接近中，与禅的反照内心一拍即合，于是在幽独情境的描写抒发

---

　　① 《黄蘗断际禅师宛陵录》，见石峻等《中国佛教思想资料选编》第 2 卷，第 4 册，中华书局 1983 年版，第 235 页。

　　② 郭朋：《坛经校释》，中华书局 1983 年版，第 53 页。

中，就参入了相当多的禅的底蕴，像柳宗元的《禅堂》、《晨诣超师院读禅经》、王维的《鹿柴》、《过香积寺》、《终南别业》等，都是相当显豁的例子。

禅家尽管一再宣称"行住坐卧，无非是道"，而实际上，还主要是在静谧山林中建立寺院，在生灭不已的朝晖夕阴、花开花落中"妙悟"禅机的。禅僧乐于与大自然打交道，倾心于禅的士大夫也乐于栖息于山林，至少是暂时获得一份心灵的宁静。王孟一派诗人，把山写得如此空明静谧，实非偶然，这与他们的禅学习染有直接关系。

其实，山水中的静谧氛围，并非全然是客观描写，主要是一种心境的建构。"心生则种种法生，心灭则种种法灭"① 禅是以心为万物之本体的，所谓"静"，只是一种心灵之静。大乘佛学以"心静"为"净土"，"菩萨欲得净土，当净其心。随其心境，则佛土净"，② 把"净"易为"静"，道理全然是一样的。"结庐在人境，而无车马喧。问君何能尔？心远地自偏。"陶公的《饮酒》，说明此意最为恰当，又安知其中没有大乘的影迹？

禅与唐代山水诗派的关系很深，也难一一说明；而山水诗派的艺术精神，其形成因素也决非一端，禅的影响也只是一个侧面，然而，从这个视角所进行的透视，会有补于对唐代山水诗的深一层理解。

---

① （宋）赜藏主：《古尊宿语录》，见《永乐北藏》整理委员会整理《永乐北藏》第197册，线装书局大明正统5年版，第318页。

② （后秦）鸠摩罗什译：《维摩诘经》，引自丁福保《六祖坛经笺注》，齐鲁书社2012年版，第116页。

禅与个性化创造诗论[*]

中国诗学的发展历程，可以视为旧的审美范式的突破与新范式的创立之不断交替的过程。由于诗歌特质所决定，诗的艺术表现形式是十分重要的。诗人的情绪、感受，对于生活的独特体验，都要通过艺术表现形式的外壳表现出来。一种艺术范式初步形成之后，要通过许多诗人的创作实践，使之逐步完善，臻于成熟。但依一种范式进行写作太多太滥的时候，就会造成一种陈腐的气息。缺乏创造性的诗人（往往是一些"匠气"十足的文人），更多地依赖于这种形式上的规范。如西昆派、江西派之末流，所以多遭讥弹，主要原因恐在于此。这种艺术范式的高度成熟，蕴含着其衰落的因子，造成了某些诗人忽视内心的审美体验，而过多地依赖于形式框架。这就易于形成"千篇一律"的诗坛局面，使欣赏者产生一种审美上的疲惫感。

旧范式的成熟与委顿，呼唤着新范式的破土而出，以其蓬勃的生命力来取代旧范式。一些富有创造精神的诗人，心中郁积了许多新鲜的、独特的审美体验，旧的范式往往难于表现这些个性化的审美体验，于是，便自觉不自觉地突破旧的范式，写出面目一新的作品，给人以新鲜的审美感受。新范式的出现是以诗人独特的审美体验作为最终动因的。

一

审美体验，是审美创造的开端，同时也贯穿着审美创造的全过程。没有审美体验，就谈不到艺术创作，充其量只能是一种"制作"。审美体验是审美主体与审美客体融而为一的过程，具有高度的个性化特征。从西方哲学的意义上看，"体验"是一种跟生命活动密切关联的经历，它的最根本的特征就是类似"直觉"的那种直接性，它要求意识直接与对象同一，而摈除任

---

* 本文刊于《北方论丛》1995 年第 1 期。

何中介的、外在的东西。"在体验中所表现出来的就是生命","包含有一种独特的与这个特定生命之整体的关联"①,伽达默尔对于"体验"的阐释抓住了它的本质。

　　审美体验作为一种特殊的体验形式,是在审美活动中产生的对于审美价值的体验。在审美体验中,审美主体和客体已无法分辨,构成一个一体化的世界。苏轼描写文同画竹时的情景:"与可画竹时,见竹不见人,岂独不见人,嗒然遗其身。其身与竹化,无穷出清新。"② 这正是一种审美体验。再如清代画家石涛所说:"山川使予代山川而言也,山川脱胎于予也,予脱胎于山川也。搜尽奇峰打草稿也。山川与予神遇而迹化也,所以终归之于大涤也。"③ 也是一种主客融合、物我不分的审美体验。审美体验是体验者生命整体的投入,正如伽达默尔所说:"审美体验不仅是一种与其他体验有所不同的体验,而且它根本地体现了体验的本质类型,就象作为这样的体验的艺术作品是一个自为的世界一样。审美的经历物作为体验也就摆脱了所有现实的关联,看来,这正是艺术作品的规定所在,即成为审美的体验,也就是说,通过艺术作品的效力使感受者一下子摆脱了其生命关联并且同时使感受者顾及到了其此在的整体。在艺术的体验中,就存在着一种意义的充满,这种意义的充满不单单地是属于这种特殊的问题或对象,而且,更多地是代表了生命的意义整体。某个审美的体验,总是含有着对某个无限整体的体验。正由于这种体验没有与其他的达到某个公开的经验进程之统一体的体验相联,而是直接再现了整体,这种体验的意义就成了一种无限的意义。"④ 伽氏的论述颇为系统、深刻地揭示了审美体验代表着生命的意义整体这样一个特质。

　　体验的另一个显著特征乃是个体性。体验是体验者的体验,如前所述,体验是一种跟生命活动密切关联的经历,再现了生命的意义整体,因此,体验必然带着主体的个性化的特点。体验并非纯粹主观性的,所谓体验,必须是由体验对象所引起的。对于同一个事物,不同体验者所起的体验则是不同的,有很强的个性色彩。这是体验(包括审美体验与非审美体验)的共同特点。譬如宗教体验,就有很强的个体性特点。恰如美国心理学家克拉克指

---

① [德]伽达默尔:《真理与方法》,洪汉鼎译,辽宁人民出版社1987年版,第94、95页。
② 李之亮:《苏轼文集编年笺注》,巴蜀书社2011年版,第298页。
③ (清)石涛:《苦瓜和尚画语录》,见俞剑华《中国古代画论类编》,人民美术出版社1998年版,第153页。
④ [德]伽达默尔:《真理与方法》,洪汉鼎译,辽宁人民出版社1987年版,第99页。

出的："宗教经验是内心的主观的东西，而且是最具有个人特点的东西。"①
审美体验有着更为明显、强烈的个体性特点，同时，这种个体性又是与普遍
性相融合的。卢卡契道出了这种辩证关系："人类绝不能与它所形成的个体
相脱离，这些个体绝不能构成与人类无关存在的实体，审美体验是以个体和
个人命运的形式来说明人类。"② 在个性化的审美体验之中，包容了"与天
地合德，与万物为一"的宇宙精神，这恰恰又是中国诗学的一贯特质。

二

中国古典诗学中没有"体验"这样一个范畴概念，但是却有许多实际
上就是体验的有关描述。刘勰所说的"目既往还，心亦吐纳""情来似赠，
兴来如答"③，陆机的"观古今于须臾，抚四海于一瞬"④，宗炳所说的"畅
神"，萧子显所说的"若夫登高目极，临水送归，风动春朝，月明秋夜，早
雁初莺，开花落叶，有来斯应，每不能已也"⑤，都是描述审美主客体融而
为一的"高峰体验"。

中国古代诗学中有关审美体验的描述，还缺少个体性的理论自觉。唐宋
时期，禅宗的崛起与普泛化，则大大催生了这种个体性审美体验的意识。宋
代诗学中的"以禅喻诗"，其意义主要在于打破旧的诗学范式，而充分发挥
主体的审美创造功能。"以禅喻诗"的集大成者严羽的"妙悟"说，实际上
正是一种个性化的审美体验理论。严羽在《沧浪诗话》中以"妙悟"为其
诗学思想的核心范畴，他说：

> 大抵禅道惟在妙悟，诗道亦在妙悟。且孟襄阳学力下韩退之远甚，
> 而其诗独出退之之上者，一味妙悟而已，惟悟乃为当行，乃为本色。⑥

---

① 转引自［苏］德·莫·乌格里诺维奇《宗教心理学》，沈冀鹏译，社会科学文献出版社
1989 年版，第 17 页。

② ［匈牙利］卢卡契：《审美特性》，转引自胡经之：《文艺美学》，北京大学出版社 1999 年
版，第 75 页。

③ 范文澜：《文心雕龙注》，人民文学出版社 1958 年版，第 695 页。

④ （晋）陆机：《文赋》，见（南朝·梁）萧统选，（唐）李善注《文选》，商务印书馆 1936
年版，第 350 页。

⑤ 转引自王运熙、杨明《魏晋南北朝文学批评史》，上海古籍出版社 1989 年版，第 319 页。

⑥ 郭绍虞：《沧浪诗话校释》，人民文学出版社 1961 年版，第 12 页。

严羽拈出"妙悟"作为其思想武器，正是针对江西诗派的诗学模式。他写作《沧浪诗话》的宗旨，正是要打碎江西诗派的理论硬壳。"仆之《诗辨》，乃断千百年公案，诚惊世绝俗之谈，至当归一之论。其间说江西诗病，真取心肝刽子手，以禅喻诗，莫此亲切。是自家实证实悟者，是自家闭门凿破此片田地，即非傍人篱壁，拾人涕唾得来者。"① 可见《沧浪诗话》的旨归所在。

"以禅喻诗"的诗论家并非严羽一人，宋人中如韩驹、吴可、龚相等人都曾借禅学来比拟诗学，而且，大都以"悟"为诗禅之间的契合点。如吴可说："凡作诗如参禅，须有悟门。"② 龚相有《学诗诗》云："学诗浑似学参禅，悟了方知岁是年。点铁成金犹是妄，高山流水自依然。"都把"以禅喻诗"的契合点落在了"悟"上。而"悟"，正是一种个体化的体验过程。诗论家用禅家之"悟"来比拟诗人个体化的审美体验，二者在体验形态是非常相似的。

禅宗讲得最多的就是"悟"。在南宗禅里，尤以"顿悟"为其宗教体验之根本。在《坛经》中，慧能论顿悟的话头甚多，如：

> 我于忍和尚处，一闻言下大悟，顿见真如本性，是故将此教法流行后代，会学道者顿悟菩提，令自本性顿悟。
>
> 迷来经累劫，悟则刹那间。
>
> 故知不悟，即佛是众生；一念若悟，即众生是佛。

慧能的大弟子神会大倡其师的"顿悟"说：

> 发心有顿渐，迷悟有迟疾，若迷即累劫，悟即须臾。
>
> 若遇真正善知识，以巧方便，直示真如，用金刚慧，断诸位地烦恼，豁然晓悟，自见法性本来空寂，慧利明了，通达无碍。证此之时，万缘俱绝。恒沙妄念，一时顿尽。③

---

① 郭绍虞：《沧浪诗话校释》，人民文学出版社 1961 年版，第 251 页。

② （宋）吴可：《藏海诗话》，见（清）丁福保《历代诗话续编》，中华书局 1983 年版，第 340 页。

③ 《荷泽神会禅师语录》，见石峻等《中国佛教思想资料选编》第 2 卷第 4 册，中华书局 1983 年版，第 94 页。

这些例子都说明"悟"是禅宗的根本体验方式。而这种"悟"，必须是个体的直接体验。靠理性的思维方式，靠固定的传授模式，靠文学语言的传授，虽不能断言毫无用处，但是不能达到终极目的，不能得到禅的彻悟。"佛性"问题在佛学中是个普遍性的问题，"佛性"是个根本性的理论范畴；然而，在禅来说，又全然是个宗教实践问题。依禅宗的意思，佛性是众生人人心中皆有的，它内在于自性之中，发现之，彻悟之，其间的途径与契机，却是千差万别、人言言殊的。因为它不是靠外在的知识传授得来的，而是在个体所亲临的某种特殊境遇、契机中感悟的。这种体验是其他人所无法替代的，必须是一种"亲在的"体验，依禅家的思路来说，佛性决不外在于众生，而是寓含于众生自性之中，那么，求佛就不应向外觅求，而是对于自心佛性的体验与发现。慧能反复阐说这个意思：

> 故知本性自有般若之智，自用智慧观照，不假文字。
> 外修觅佛，未悟本性，即是小根人。闻其顿教，不假外修，但于自心，令自本性常起正见，烦恼尘劳众生，当时尽悟。
> 故知一切万法，尽在自身中，何不从于自心顿现真如本性。①

黄蘗希运禅师，再阐说众生之心，便是作佛根本，批评向外觅求的学道方式：

> 唯此一心即是佛，佛与众生更无别异。但是众生著相外求，求之转失。……如今学道人不悟此心体，便于心上生心，向外求佛，著相修行，皆是恶法，非菩提道。②

禅悟就是这样一种独一无二的个性化体验，这种体验决非外在传授所可获得，非语言文字可以描述，在禅悟之中，是一种主客不分的浑然之境。"根据禅的立场，如果我们要知觉空，就要以一种不出其外的方式去超越这个二分世界。空要用一种独一无二的方式去体验印证的。"③ 这种体验完全是个体化的。在宗教体验中，禅悟的个体化倾向最为典型。

---

① 郭朋：《坛经校释》，中华书局 1983 年版，第 54 页。
② 丁福保：《六祖坛经笺注》，齐鲁书社 2012 年版，第 87 页。
③ ［日］铃木大拙：《禅与生活》，刘大悲等译，黄山书社 2010 年版，第 193 页。

　　在诗学领域中，诗论家们"以禅喻诗"，正是借禅悟的个体化特征来喻诗歌的个体化创造特征，以打破旧的诗学范式。吴可的《学诗诗》云：

　　　　学诗浑似学参禅，竹榻蒲团不计年。直待自家都了得，等闲拈出便超然。
　　　　学诗浑似学参禅，头上安头不足传。跳出少陵窠臼外，丈夫志气本冲天。

　　"学诗"与"参禅"的内在联系，就是"自家了得"，诗人要有独特的审美体验，以冲破前人的窠臼。严羽的名言："夫诗有别材，非关书也；诗有别趣，非关理也。"这种"别材""别趣"，其实，正是诗人独特的审美体验，苏轼濡染禅学甚深，于诗词创作页最主张张扬个性，摒弃束缚，"冲口出常言，法度去前轨。人言非妙处，妙处在于是。"（《诗颂》）"妙处"正在于摆脱前人规范，出之以作者的独特感受。
　　这种个性化的体验往往有着随机性的特征，也是禅与诗的一个相通之处。禅悟往往是随缘而悟，即学道者在随机的情境中得到开悟，而不能靠预定的传授教启。禅宗的公案之所以看似荒诞不经，是因为禅师以"即境示人"的方法来开悟弟子，当弟子向禅师提出有关佛道问题时，禅师不是按着正常的逻辑思路予以回答，而是随机拈取一些当下的自然意象或生活情境作答，以活生生的现象呈现在学人面前，使之触而自悟。禅宗公案里的问题大都是有关佛学本体论的基本问题，如"如何是佛法大意？""如何是祖师西来意？""如何是佛？"等，而禅师的回答千奇百怪，几无重复之语，给人以很强的新鲜感。这种公案的个性化特征，很大程度上是由于"即境示人"的开悟法，略举一二例：

　　　　（潞州渌水和尚）僧问："如何是祖师西来意？"师曰："还见庭前华药栏么？"僧无语。
　　　　问："如何是祖师西来意？"师曰："庭前柏树子。"
　　　　僧问："如何是佛？"师曰："土块"。曰："如何是法？"师曰："地动也。"①

---

① （宋）释道元：《景德传灯录》卷11，成都古籍书店2000年版，第197页。

　　这些都是"即境示人"的例子，禅师的教谕没有一定之规，是拈取当下的情境来"以境表道"。这就形成了一种不可重复性。

　　诗学中力倡个性化的体验与创造一派的诗论家颇受禅学启示。宋人叶梦得曾"以禅喻诗"道：

> 禅宗论云间有三种语：其一为随波逐浪句，谓随物应机，不主故常；其二为截断众流句，谓超出言外，非情识所到；其三为函盖乾坤句，谓泯然皆契，无间可伺。其深浅以是为序。余尝戏谓学子言，老杜诗亦有此三种语，但先后不同。"波漂菰米沉云黑，露冷莲房坠粉红。"为函盖乾坤句；以"落花游丝白日静，鸣鸠乳燕青春深"为随波逐浪句；以"百年地僻柴门迥，五月江深草阁寒"为截断众流句。若有解此，当与渠同参。①

　　这里所谓"随波逐浪句"，在禅宗里指"随物应机不主故常"的当下禅悟，叶氏以之来比拟诗歌创作中"意与境会"的随机审美体验。叶梦得认为，只有出于这种审美体验的诗歌意象，才是艺术个性化的最佳体现。"缘情体物，自有天然工妙"，"出于自然，略不见其用力处"②，都指这种随机得悟的审美体验所凝结的诗歌意象。叶梦得论谢灵运"池塘生春草"的一段话最集中地道出了他的观点：

> "池塘生春草，园柳变鸣禽。"世多不解此语为工，盖欲以奇求之耳。此语之工，正在无所用意，猝然与景相遇，借以成章，不假绳削，故非常情所能到。诗家妙处，当须以此为根本，而思苦言难者，往往不悟。③

　　叶梦得对"池塘生春草"艺术佳处的阐释，正是把握了诗人审美体验的随机性，没有预定的创作目的，而是意与境"猝然相遇"，在这种当下情境中所体验到的，是只可有一、不能有二的审美意象，具有高度的个性化。

---

① （宋）叶梦得：《石林诗话》，见（清）何文焕《历代诗话》，中华书局1981年版，第406页。

② 同上书，第420—421页。

③ 同上书，第426页。

"故非常情所能到"，一般的想象所不能及。叶梦得认为这才是作诗的根本，使之上升为诗歌创作的基本规律，宋人张戒也说："诗人之工，特在一时情味，固不可预设法式也。"① 所谓"一时情味"，也正是随机的审美体验。张戒认为诗的魅力乃在于此，而不应"预设法式"，这与叶梦得的意思是一致的。南宋诗人杨万里也主张那种触处生春的随机审美体验与创造方式，他在诗中写道："山思江情不负伊，雨姿晴态总成奇。闭门觅句非诗法，只是征行自有诗。"（《下横山滩头望金华山》）在与大自然的随机触遇中获得审美体验，摄入诗中，处处都有奇妙的诗歌审美意象，而像陈师道那样"闭门觅句"，决非好的作诗方法。

宋代诗论家论述诗歌创作中独特的审美体验的重要作用者颇多，强调诗的个性化艺术创造，主要是针对江西诗法的，旨在打破这种已近僵固的诗学范式，而这些诗论家又往往深受禅学濡染，借用禅学的一些观念来建构其诗论，张扬诗的个性创造。

三

诗的审美体验与禅的宗教体验还有一个共同点就是超语言性。体验"更多地是代表了生命的意义整体"，"这种体验的意义就成了一种无限的意义"，② 必然在很大程度上是难以用语言文字所表达清楚的。禅宗尤其强调禅体验的超语言性，其最响亮的口号便是"不立文字"，即是突破语言外壳的局限性。"超过一切限量，名言踪迹对待，当体便是，动念即乖。"③ "法无名字，言语断故；是以妙相绝名，真名非字。"④ "本体是自心作，哪得向文字求？"⑤ 禅宗最突出地代表了宗教体验的超语言性，禅宗有许多以语言文字留下的公案。人们指责其与立宗之旨"不立文字"之说大相径庭。其实，这些公案的意义都不在其文字本身。它们往往是一种象征物，或者阻挡弟子正常逻辑思路的工具，使悟道者进入空无广漠的禅悟之境。

---

① 陈应鸾：《岁寒堂诗话笺注》卷上，四川大学出版社 1990 年版，第 50 页。

② ［德］伽达默尔：《真理与方法》，洪汉鼎译，辽宁人民出版社 1987 年版，第 100 页。

③ 《筠州黄檗山断际禅师传心法要》，见石峻等《中国佛教思想资料选编》第 2 卷第 4 册，中华书局 1983 年版，第 210 页。

④ （唐）玄觉禅师：《禅宗永嘉集》，见石峻等《中国佛教思想资料选编》第 2 卷第 4 册，中华书局 1983 年版，第 125 页。

⑤ 《黄檗断际禅师宛陵录》，见石峻等《中国佛教思想资料选编》第 2 卷第 4 册，中华书局 1983 年版，第 225 页。

　　诗歌的审美体验更有一种超语言的性质，但它又不离语言，诗人所体验的意义远远超越语言所表现的范围。但最多这种体验物又是要以语言文字来凝定。这就决定了诗歌语言的符号功能不同于一般语言文字的符号功能。诗歌语言是创造出一种"图式化外观"，也即审美意象，而以之指向深渊博大的体验世界。"此中有真意，欲辨已忘言"，诗人自失于这样一个体验世界之中，必然是"忘言"的。"不著一字，尽得风流"，司空图的意思并非不要一个字，而是超越语言局限而涵盖万有。《诗品·含蓄》另外两句尤能道出问题的实质："浅深聚散，万取一收。"严羽所谓"不涉理路，不落言筌者，上也"，更明确地阐述了诗歌意象的超语言性，一超越一般语言文字功能的局限性，以意象化的语言指向广漠的体验世界。

　　这种审美体验的超语言性，其意义绝非是消极的，减损的，而是有着更大的创造性价值。"艺术来自于体验，并且就是体验的表现，……一部艺术作品就是对体验的移植"。[①] "不著一字"的目的是为了"尽得风流"，"惜墨如金"是为了更好地表现诗人的审美体验，好的诗作，其意义决不止于文字表层，而是"以数言而统万形，元气浑成，其浩无涯矣"[②]，具有无限广阔的体验余地。通过很少的文字，使读者进入一个物我不分的境界，"思入杳冥，则无我无物，诗之造玄矣哉！"[③] 这才是诗之极致。王夫之诗歌之"势"说："论画者曰：'咫尺有万里之势。'一'势'字宜着眼。若不论势，则缩万里于咫尺，直是《广舆记》前一天下图耳。五言绝句，以此为落想时第一义。唯盛唐人能得其妙，如'君家何处住？妾住在横塘。停船暂借问，或恐是同乡'，墨气四射，四表无穷，无字处皆其意也。"[④] 这里有力地说明了诗人审美体验的极大创造性，崔颢的这首五绝《长干行》，论文字来说只有二十个字，再简省不过了，但它作为诗人审美体验的符号化表征，所蕴含的内容却是十分丰富的，具有相当大的审美创造价值。

　　艺术是审美体验的产物。诗乃是用语言文字来表达诗人的审美体验的。作为语言文字的意义是普遍性的。诗作产生以后又要诉诸欣赏者的审美体验。好的诗作之所以可以流传而不朽，就是它凝结了人类某些共同的情感体验。作为诗人个人来说，他在创作中所兴发的审美体验，应该是个体化的，

---

　　① ［德］伽达默尔：《真理与方法》，洪汉鼎译，辽宁人民出版社1987年版，第101页。

　　② （明）谢榛：《四溟诗话》卷3，中华书局1985年版，第41页。

　　③ 同上书，第42页。

　　④ （清）王夫之：《姜斋诗话》卷2《夕堂永日绪论内编》，见戴鸿森《姜斋诗话笺注》，人民文学出版社1981年版，第138页。

否则就不具有创造的价值；但它同时又是普遍可传达的，表达人们的某些共同情感历程，方能具有文学史的接受可能。本文从审美体验的角度来洞照古代诗学的一些内容，并将它们与禅的宗教体验联系了起来，找到其契合点。要说的话还有许多，非本文篇幅所可担荷，于是焉"雪夜访戴，兴尽而返"了。如此"不全不粹"，倘能得到批评，将问题引向深入，倒不妨说是"因病成妍"了！

禅与唐宋诗人心态[*]

盛唐以还，禅悦之风的盛行，对一些染禅较深的诗人产生了不可低估的影响，使其在人生态度、价值观等方面起了相应的变化，形成某些特定的心态，而它们又流露于、浸透在诗歌作品之中，使作品呈现出种种特殊的风貌。这种情形，在唐宋时期的一些诗人中表现得颇为典型，诸如王维、白居易、刘禹锡、柳宗元、苏轼、黄庭坚、王安石等，都在其诗歌创作中表现出某些受禅观影响而造成的特定心态。本文即是对有关问题所做的点滴思考。

一　心灵哲学：禅之于士大夫的精神世界

禅宗作为佛教在中国的一个宗派，甚至是一个主要的宗派，担荷着宗教的职能，这是没有问题的。禅寺宝殿的香烟缭绕，善男信女的虔诚跪拜，无疑包含着具体的、基本的宗教内涵。但是，禅的功能、禅的魅力、禅的内容决非仅止于此。文人士大夫与禅的关系敞露了禅的内容与功能中超宗教的一面。士大夫们濡染于禅，息心于禅，远非宗教信仰所能范围得了的。从这个层面上说，禅更是一种心灵哲学、精神哲学。"平生寓物不留物，在家学得忘家禅"（苏轼语），从他们大量与禅有关的诗文中，我们无须深加考索便可看出，对于禅，士大夫们几乎无人从中希求得到彼岸世界的承诺，或者企盼来世轮回的美业善报，而是在"烦恼"中得一份"菩提"，获得心灵的安适与超越，摆脱宦海沉浮带来的精神痛苦，在失衡的人生境遇中重新获得心灵的平衡。

对于彼岸世界的执迷，对人格神的信仰，乃是宗教的鲜明特征。相对于这种传统意义的宗教界限，禅显然已大大越出了这个雷池。它将彼岸拉回到此岸，把对人格神的崇拜置换为对主体心灵的自我皈依。在禅宗的经典中，

＊ 本文刊于《文学评论》1997 年第 3 期。

一再申言佛性也即"自性"，"自性"乃是"顿悟成佛"的依据。"如是一切法，尽在自性"，"于自性中，万法皆见"①，而在禅学里，佛性也好，自性也好，都是包容、涵化于自心之中的。要悟得佛性，便要"明心"。"故知一切万法，尽在自身中，何不从于自心顿现真如本性"，"识心见性，即成佛道"②。"识心"乃是"见性"的前提，"心"的作用得到了前所未有的突出。六祖慧能将"心"置于本体地位。"心量广大，犹如虚空，虚空能含日月星辰，大地山河，一切草木，恶人善人，恶法善法，天堂地狱，尽在空中。"③ 在这里，"心"当然不是生理上的"一团血肉"，而是一种广大莫测的精神实体。这种精神实体并不是像理学家所讲的"理"那样外在于主体，君临于万物，而就是指主体之"心"，它无所不生，无所不包，具有无限广延性。其后的禅宗大师黄檗希运进一步将"心"与佛等同起来，大倡"即心是佛"④。禅宗的这种理论实在是佛学内部的一场革命。了知这点我们便不难理解"呵佛骂祖"的意义所在了。德山宣鉴公然说"这里无佛无祖，达摩是老臊胡，释迦老子是干屎橛，文殊普贤是担屎汉"⑤，诸如此类，这些佛弟子可称为是"不肖子孙"。用超乎常想的激烈言行来破坏佛的偶像，其实细想起来无非是用矫枉过正的方式来树立"心"的地位。

　　一方面委弃人格神的偶像，蔑视其外在的威权，一方面突出主体之"心"的地位与功用，这其中有没有举扬人的价值的意义？我想是有的。神的绝对权威对于人性来说，常常是一种压抑，佛教的诸多戒律当然有着这种实质。人的价值实现首在于自由。自由包括实践的也包括心灵的。禅宗以"心"为本体，为涵容万物的渊薮，为浮云般的不受系缚，其内涵是心灵的自由。这种自由不具备驾驭客观规律的实践品格，当然算不上哲学意义的自由，而且是以妥协退避于现实社会为代价的，但它毕竟使人们更加重视主体的地位，在其内在的宇宙中摆脱外在世界的纷扰，且对社会现实保持了一种精神的独立性。

　　对禅的体认与亲合，诗人的审美体验与角色意识也起了很大作用。禅宗所云之"心"，并非是"知识心"，不是对客观事物的认识能力，也不是理

---

① 郭朋：《坛经校释》，中华书局1983年版，第40页。

② 同上书，第58页。

③ 同上书，第49页。

④ （宋）赜藏主：《古尊宿语录》，见《永乐北藏》整理委员会整理《永乐北藏》第197册，线装书局影印大明正统五年版，第100页。

⑤ （宋）普济：《五灯会元》卷7，中华书局1984年版，第374页。

性知解力，而是自身存在状态的栖息之地，是自我的终极关怀。正是在此意义上，它区别于唯识宗的"万法唯识"，也不同于华严宗的"一真法界"，而是一种主体与本体合一的终极存在。这是一种体验的境界。禅是无法言说的，是个体性的亲在体验，"如人饮水，冷暖自知"，"当下便是，动念即乖"。尤其是禅的参悟是一个"顿悟"的过程，"顿悟见性"、"顿悟成佛"，而"顿悟"则是一种瞬间的高峰体验。"诗者，吟咏情性也"①，同样是诗人心灵的寄居地。诗以意象的形式荷载着诗人的体验，诗之妙境也同样是无法言说的。诗人灵感涌现那种"行犹响起，藏若影灭"的瞬间性质，与参禅时的"顿悟"有十分相似的心理形式。唐宋时期一些诗人深切地感受到了这一点，因而在论诗诗中一再说"学诗浑似学参禅"，其间的津梁尤在于"妙悟"。"禅道惟在妙悟，诗道亦在妙悟"②，诗人与禅，缘分深矣，多矣！

二　"烦恼"中的"菩提"：人生焦虑的消解

"达则兼济天下，穷则独善其身"，是中国封建社会中士大夫颇为典型的人生价值观。从儒家来说，"独善"主要是道德人格的自我完善；而当禅兴起之后，从禅学的思想出发，"独善"则有了另外的解释与行为方式。在禅的人生价值体系中，"独善"无非是以主体心灵的高扬，抵御环境的威压，消释此身所处的烦难，得到内宇宙的重新平衡。对于士大夫的内心焦虑、生存困境而言，禅的奥义不啻是一剂良药。经历了获罪、贬谪等人生磨难、处于人生的困境之中，或者阅尽人间沧桑、饱谙人生况味的士大夫，对禅理方有更深刻的理解，更能参悟其中真谛。在禅里，他们可以获得一份心灵的麻醉，忘却现实的苦难，消解焦虑的生存状态。王维在经历了"安史之乱"给他带来的心灵创伤之后，行近暮年所慨叹的"宿昔朱颜成暮齿，须臾白发变垂髫。一生几许伤心事，不向空门何处销"（《叹白发》），最是个中三昧之言，在唐宋时期染禅的士大夫中颇具普遍意义。如果说在未尝经受人生风雨摧折的时候，对禅的理解可能仅止为一种理解，即是一种知性的把握，那么，在仕途遭受挫折或经历了其他人生磨难之后，禅往往会进入士大夫的生命体验，浑然一体地溶入心灵，浸透在人生况味的品茗之中。柳宗元事佛颇早，却是被贬于永州的山巅水涯后，有了深切的体会。他说："吾

---

① 郭绍虞：《沧浪诗话校释》，人民文学出版社 1983 年版，第 12 页。
② 同上。

自幼好佛，求其道积三十年。世之言者罕能通其说，于零陵（即永州），吾独有得焉。"（《送巽上人赴中丞叔父召序》）"吾独有得"，绝不是以名言概念领略的佛禅知识体系，而是无法言说的独特体验，这是他"积三十年"的学佛经历所未得到的，却在他被贬永州后得之于困厄人生之中了。遍观唐宋时期悟禅较深的文人士夫，这是一种有代表性、典型性的现象。

禅学思想深深影响了一些唐宋诗人的价值观念、人生态度乃至于行为方式，在其文学创作中表现出一些与禅学思想有内在的渊源关系的典型心态。

1. "人生如梦"、"身如浮云"

"人生如梦"一语，积淀了中国古代文人士夫深沉的人生体验，有着相当丰富的历史文化内涵。毋庸讳言，它是一种意义消极的人生价值观，但又往往是士大夫在困厄境遇中的心态解脱法门。看似轻描淡写的一句话，却蕴含着多少沉重的叹惋。它是对青春韶华的忆恋与太息，也是对心灵创痕的自我抚慰。

不仅视相对抽象一些的"人生"为梦幻，为逆旅，而且视个体的生命、身体的浮云为泡影，将精神与肉体的困厄痛苦看空、看淡，使得心灵的焦虑得以消解。在唐宋一些著名诗人的创作中屡屡表露出这种心态。

贬为江州司马之后的白居易，大大改变了人生态度，禅学成了他忘怀宦途磨难的萱草。"一卷坛经说佛心"（《味道》），他便时时以"人生如梦"来麻醉自己："此生都是梦，前事旋成空"（《商山路有感》），"人生如大梦，梦与觉难分？况此梦中梦，悠哉何足云"（《和人送刘道士游天台》），"虚空走日月，世界迁陵谷？我生寄其间，孰能逃倚伏"（《宿清源寺》），"莫惊宠辱虚忧喜，莫计恩仇浪苦辛，黄帝孔丘无处问，安知不是梦中身"（《疑梦》二首其一）……

苏轼一生在政治风浪中时沉时浮，而其后半生屡遭贬放，且越贬越远，"心似已灰之木，身如不系之舟，问汝平生功业，黄州、惠州、儋州"（《自题金山画像》）。苏轼的这首自嘲之作，倒是他一生行履的极妙写照。苏轼在黄州、惠州等贬所，便是以禅观来面对灾厄。

他参究佛乘，非为谈玄，而是解决实际的人生问题。在黄州时，苏轼对友人谈及此点："佛书旧亦尝看，但塞不能通其妙，独时取其粗浅假说以自洗濯，若农夫之去草，旋去旋生，虽若无益，然终愈于不去也。若世之君子，所谓超然玄悟者，仆不识也。往时陈述古好论禅，自以为至矣，而鄙仆所言为浅陋。仆尝语述古，公之所谈，譬之饮食龙肉也，而仆之所学，猪肉也；猪之与龙，则有间矣，然公终日说龙肉，不如仆之食猪肉实美而真饱也，不知君所得于佛书者果何耶？为出生死、超三乘，遂作佛乎？抑尚与仆辈俯仰也？学佛老者，本期于静而达，静似懒，达似放，学者或未至其所期，而先得其所似，不为无害"（《答毕仲举》），明确表示自己学佛参禅非所以为"出生死，超三乘"的"作佛"目的，而是使自己的心境"静而达"。面对"惊涛拍岸，卷起千堆雪"的滔滔长江，他把酒而吟："人生如梦，一樽还酹江月。"绍圣年间，苏轼再贬岭南惠州，又吟道："我生涉世本为口，一官久已轻莼鲈。人间何者非梦幻，南来万里真良图"（《四月十一日初食荔枝》），"吾生一尘，寓形空中"（《和陶答庞参军六首》其六），"回头自笑风波地，闭眼聊观梦幻身"（《次韵王廷老退居见寄》），又贬海南琼州，诗人又说"世间万事寄黄粱，且与先生说乌有"（《赠李兇彦威秀才》），都是以"人生如梦"的思想来淡化贬谪穷荒之所带来的身心之苦。

王安石在北宋中期是极有作为的政治家，但也饱谙宦海风波之险恶，曾两度罢相，被抛到权力核心之外，晚年退居钟山，与佛禅结缘。他读《维摩诘经》，也于此有"悟"："身如泡沫亦如风，刀割香涂共一空，宴坐世间观此理，维摩虽病有神通"（《读〈维摩经〉有感》）。

"人生如梦"之类的观念，源于以禅学为代表的佛教大乘空观。《般若波罗蜜心经》有这样四句名言："色不异空，空不异色，色即是空，空即是色。"所谓"色"，即是现象界，般若学把"色"、"空"等同起来，也就是把世间与出世间等同起来。在般若学看来，"空"决非虚无，而是一种幻相。著名佛教思想家僧肇著有《不真空论》、《物不迁论》、《般若无名论》等佛学论文，阐发般若思想。其中《不真空论》专门阐发"非有非无"的佛学本体论思想。他引《摩诃衍论》"诸法亦非有相，亦非无相"，《中论》"诸法不有不无者，第一真谛也"的中观命题譬喻说："譬如幻化人，非无幻化人，幻化人非真人也"，以此来形象地说明现象界的虚幻性。

发挥这种思想，把人生视同梦幻，这是大乘佛学劝世的妙法。如果说僧肇的理论带有很浓的经院色彩。那么，《说无垢称经》、《维摩诘经》、《金刚经》等，则较易受到人生体验的认可。《说无垢称经》屡次说到"诸法"、"有情"的虚幻如梦："一切法性皆虚妄见，如梦如焰。"① "菩萨观诸有情，

---

① 《说无垢称经·声闻品》见"永乐北藏"整理委员会整理《永乐北藏》第38册，线装书局影印大明正统五年版，第96页。

如幻师观所幻事，如观水中月，观镜中象，观芭蕉心。"①《维摩诘经》就更是直指人生世相，在经里维摩诘大士示以身疾广为说法，无非是反复宣扬人生的虚幻而不可执着。经中打了许多譬喻："是身如泡，不得久立"、"是身如芭蕉，中无有坚"、"是身如幻，从颠倒起"、"是身如梦，为虚妄见"、"是身如影，从业缘现"、"是身如响，属诸因缘"、"是身如浮云，须臾变灭"……（俱见于《方便品》）都是把人的身体进而把人生视为如梦如幻，以见其虚幻不真。《维摩诘经》、《金刚经》等禅家所奉经典，在唐宋时期的士大夫中极为流行，稍与禅门有接触者无不晓之，"人生如梦"的人生价值观可以说直接源此。

2. "任运自在"、"随缘自适"

既然视人生如同梦幻，这种人生价值观正是为了漠视外在环境对主体的磨难，那么，面对人生境遇的变迁，外在环境的变化，尤其是被贬谪的士大夫动辄从皇城的富贵繁华落到穷荒之邑，"随缘自适"、"任运自在"的人生态度便成了士大夫调整心态，适应环境的法定。

白居易经历了贬谪生涯，浸染于佛法禅风，时以无心于物、委顺于世的人生态度来调整自己这种想法，不断地在其篇什中流溢出来。如他在量移忠州后写的《委顺》一诗："山城虽荒芜，竹树有嘉色。郡俸诚不多，亦足充衣食。外累由心起，心宁累自息。尚欲忘家乡，谁能算官职？宜怀齐远近，委顺随南北。归去诚可怜，天涯住亦得。"

黄庭坚与禅宗关系甚深，他拜在黄龙派祖心禅师门下。属黄龙派中人物，这是上了《五灯会元》的。他因政治上属元祐党人，数度遭贬，晚年即卒于贬所。在黔南等地贬所，他安之若素，处之泰然，以一种超然平淡的心态来处理贬谪生涯。苏轼更多地以"随缘自适"的态度来适应获罪贬放后的恶劣环境。在岭南，他说："试问岭南应不好？却道，此心安处是吾乡。"（《定风波》）再度远贬海南，他又吟道："胸中有佳处，海瘴不能腓。"（《和王抚军座送客》）只要"此心安处"，无论何地都如家乡一样安适。所谓"随缘自适"，靠的便是主体心境的恒定，以不变应万变。"我生百事常随缘，四方水陆无不便"（《和蒋夔寄茶》)，"随缘"是以心灵来涵盖万物的。

---

① 《说无垢称经·观有情品》，见"永乐北藏"整理委员会整理《永乐北藏》第38册，线装书局大明正统5年版，第135页。

"随缘自适"、"任运自在"的人生态度，同样有很深的禅学根源。《维摩诘经》有云："若菩萨欲得净土，当净其心，随其心净则佛土净"，把彼岸的"净土佛国"拉回到此岸，而关键在于主体能够"随缘自适"。大乘佛学非但不主张脱离世俗社会，反而以混迹尘世为"菩萨行"的必要前提。《维摩诘经》打比方说："譬如高原陆地不生莲华，卑湿淤泥，乃生此华"，"又如殖种于空，终不得生；粪壤之地，乃能滋茂"。结论是："是故当知一切烦恼为如来种"（俱见《佛道品》）。大乘佛学讲"远离"，不必真的远离尘世，而是一种心灵的超越，《维摩诘经》中进一步强调在尘世中适意，"行喘息人物之土，则是菩萨佛国"（《佛国品》），对于所处之境遇，不弃不取，无所染著。在这方面，禅的态度是最为典型的。永嘉玄觉禅师云："境智冥合，解脱之应随机"①，意即随境而解脱。马祖道一禅师大倡"随处任真"、"触境皆如"。他在回答弟子提出的"如何是大乘顿悟法要"的问题时说："善与不善，世出世间，一切诸法，莫记忆，莫缘念，放舍身心，令其自在。……俱歇一切攀缘，贪瞋爱取，垢净情尽，对五欲八风不动，不被见闻觉知所缚，不被诸境所惑，自然具足神通妙用，是解脱人。对一切境，心无静乱，不摄不散，透过一切声色，无自滞碍，名为道人。善恶是非俱不运用，亦不爱一法，亦不舍一法，名为大乘人。"这种理论是直接导致了"随缘自适"思想的形成的。

3. "忘机"与"闲"

"忘机"是参禅的士夫文人力图淡忘政治斗争倾轧带来的刺激的一种心态，说来似乎很是恬淡，其实，内心所潜藏的悲哀是很深的。正是因为感慨于宦海风涛的险恶，才欲在禅悦中得到排解与消释。柳宗元参与王叔文集团，政争失败后被贬永州，他在此时于佛禅"独有得焉"，便是得到一份忘怀官场倾轧的心灵安恬。韩愈排佛甚力，对柳宗元的嗜佛也多有批评，柳氏记述说："儒者韩退之与余善，尝病余嗜浮图言，訾余与浮图游。"对此，柳宗元解释说："凡为其道（指事佛参禅）者，不爱官，不争能，乐山水而嗜闲安者为多。吾病世之逐逐然唯印组为务以相轧也，则舍是其焉从？吾之好与浮图游以此。"（《送僧浩初序》）对于官场宦途的争权夺势，彼此倾轧，"唯印组为务"，柳宗元已经厌倦了，而且是身受其害。他认为这些佛徒禅僧远离政治斗争漩涡，不慕权位，有着"乐山水而嗜闲安"的恬淡超脱，

---

① （宋）普济：《五灯会元》卷7，中华书局1984年版，第93页。

这正是他所向往的，这也便是所谓"忘机"。柳宗元在其诗作中一再描述"忘机"的体验：

发地结菁茅，团团抱虚白。山光落幽户，中有忘机客。涉有本非取，照空不待析。万籁俱缘生，窅然喧中寂。心境本洞如，鸟飞无遗迹。　　　　　　　　　　　　　　　　　　　　　　　　——《禅堂》

新沐换轻帻，晓池风露清。自谐尘外意，况与幽人行。霞散众山迥，天高数雁鸣。机心付当路，聊适羲皇情。

——《旦携谢山人至愚池》

真是一片难以言说的禅意。诗人在其间遗忘了朋党倾轧的险恶，在"忘机"中得到心灵的宁静与愉悦。"机心久已忘，何事惊麋鹿？"（《秋晓行南谷经荒村》）在柳宗元的贬谪生涯中，"忘机"是其在禅悦中形成的非常典型的心态。

柳宗元的好友、中唐著名诗人刘禹锡也与禅门缘分颇深。"禅客学禅兼学文，出山初似无心云"（《送鸿举师游江南》），既是赠人，也表白了自己的心迹。他经历了和柳宗元一样的贬谪打击，但他倔强旷达，也以禅门空观来淡忘政治斗争风波对其心灵的伤害："曾向空门学坐禅，如今万事尽忘筌，眼前名利同春梦，醉里风情敌少年"（《春日书怀寄东洛白二十二、杨八二庶子》），这也是"忘机"。白居易也一再表露"忘机"的心境："忽忽忘机坐，伥伥任运行"（《江上对酒》），"耳根得所琴初畅，心地忘机酒半酣"（《琴酒》），都是在禅观濡染下形成忘却政治斗争风险、淡于名利的超然心态。

与"忘机"有密切关联的是染禅的诗人所普遍存在的"闲"之心态。如果说"忘机"还潜含着对政治风险、世路艰难的某些余悸，那么，"闲"则是饱谙人生况味、超乎物外的心灵恬适。"闲"主要不是指身体的休闲，而是一种安恬的心境，一种"无心于物"的生存状态，它是与禅学中的"不住色生心""无挂无碍"之类的命题有着内在因缘的。王维、裴迪、白居易、柳宗元、苏轼、王安石等，都在其篇中流露出这种心态。

王维中年后买庐终南，游心禅悦，心境闲淡，如他在诗中所写到的："终南有茅屋，前对终南山。终年无客长闭关，终日无心长自闲。不妨饮酒复垂钓，君但能来相往还"（《答张五弟》），"洒空深巷静，积素广庭闲"（《冬晚对雪忆胡居士家》），"寂寥天地暮，心与广川闲"（《登河北城楼作》），"闲居日清静，修竹自檀栾"（《沈十四拾遗新竹生读书处同诸公作》）。裴迪是王维的"法侣"（即禅友）与诗友，在辋川时常与王维唱和，他也在诗中表露出这种"闲"的心态："不远灞陵边，安居向十年，入门穿竹径，留客听山泉。鸟啭深林里，心闲落照前，浮名竟何益，从此愿栖禅。"（《过感化寺昙兴上人山院》）而白居易晚居洛阳、分司东都之后，最集中、最典型的心态便是"闲"。"闲适诗"是其为自己诗作编类中的重要一类。他的后期诗，诗题中就多有"闲"字。如《闲乐》、《夏日闲放》《闲坐》《闲居》《春池闲泛》《闲卧，寄刘同州》《闲园独赏》《唤起闲行》《晓上天津桥闲望》《初夏闲吟》《喜闲》《池上闲吟二首》等等，约有数十首，这当然并非偶然，而是突出地反映了白居易后期的闲适心境。这种贯穿于乐天晚岁的"闲"仍是与其参禅的心理体验密切联系的。"佛容为弟子，天许作闲人"（《闲卧》），"小潭澄见底，闲客坐开襟。借问不流水，何如无念心"（《对小潭寄远上人》），他正是以禅家的"无念之心"来得"闲"的："随缘逐处便安闲，不住朝廷不入山。心似虚舟浮水上，身同宿鸟寄林间"（《咏怀》），"但有双松当砌下，更无一事到心中"（《新昌闲居，招杨郎中兄弟》），"但有闲销日，都无事系怀"（《咏闲》），这类诗句所在皆是。

　　王安石晚居钟山，诗人的心态也是一种摆脱政争纷扰的闲适，其诗作多有一种闲适之趣与宁静之美。如他在诗中吟道："屋绕湾溪竹绕山，溪山却在白云间。临溪放杖依山坐，溪鸟山花共我闲。"（《定林所居》）"乌石冈边缭绕山，柴荆细路水云间。吹花嚼蕊长来往，只有春风似我闲。"（《乌石》）这种闲得于"无心"，也是与他晚岁参禅有很深关系的，如"独卧无心处，春风闲寂寥。鸟声谁唤汝，屋角故相撩"（《病中睡起折杏花数枝二首》其二），"芳草知谁种，缘阶已数丛。无心与时竞，何苦绿葱葱"（《芳草》）。所谓"无心"亦禅家的一个常用话头，禅以心为本体，而禅之所谓"心"乃是一种"无心之心"。"无心"即是不造作，不染著，无拘无缚，如天上的一片浮云，"汝道空中一片云，为复钉钉住？为复藤缆著？"[①] 禅师常以"浮云"来拟"无心"。陶渊明当年的名句"云无心而出岫"，竟成了禅家甚为得意的喻象，不知是巧合，还是"有心"的借用？禅宗时时讲这种"无心"，"供养十方诸佛，不如供养一个无心道人"，"但直下无心，本

---

① （宋）普济：《五灯会元》卷3，中华书局1984年版，第142页。

体自现"①，"如今但一切时中，行住坐卧，但学无心，亦无分别，亦无依倚，亦无住著"②，"如论究竟解脱者，只是事来不受，一切处无心，永寂如空，毕竟清净，自然解脱"③。这些禅学大师都把"无心"看作是与彻底的解脱相应的途径，染禅的诗人们之闲适心态，是深受这种"无心"说熏染的。

4. "幽"与"静"

受禅风熏染颇深的一些唐宋诗人，"幽"与"静"都是其常具的心态特征。表现于他们创作中的"幽"、"静"，与其说是客观环境的，毋宁说是创作主体心态上的。"幽"与"静"相近相关且相似，而实则在内涵与意义上并不全然相同。"幽"，更多地表现出主体心灵对客观外境的超越与疏离，并且往往潜藏着主体人格的外射力量，更多地有着超轶绝尘、高洁脱俗的特色；"静"则主要是主体对外境的一种感觉，且往往是将并不很静的环境感受为"静"，更多地表现为一种由主体心态吸附而成的静谧氛围。

"幽"在很多时候以"幽人"、"幽独"出现，这在苏轼那里是最为突出的。他的著名词作《卜算子·黄州定惠院寓居作》云："缺月挂疏桐，漏断人初静。谁见幽人独往来，缥缈孤鸿影。惊起却回头，有恨无人省。拣尽寒枝不肯栖，寂寞沙洲冷"。词中"孤鸿"般的"幽人"，实际诗人的心态写照。"幽人"之孤高绝俗，乃是"幽"的极好注脚。外境之幽寂，正是映衬了"幽人"的孤高。黄庭坚评价此词云其"语意高妙，似非吃烟火食人语，非胸中有万卷书，笔下无一点尘俗气，孰能至此"④，道出其超俗的特点。《十月二日初到惠州》中"岭南万户皆春色，会有幽人客寓公"，也与客观外境有一种对比感。诗人在黄州写下咏海棠的名作，其中云："江城地瘴蕃草木，只有名花苦幽独。嫣然一笑竹篱间，桃李漫山总粗俗。也知造物有深意，故遣佳人在空谷。"（《寓居定惠院之东，杂花满山，有海棠一株，土人不知贵也》）这株"幽独"的海棠名花，与粗俗的"漫山桃李"相对映，显示出其高洁脱俗的格调，其实也是诗人自况。恰如纪昀所批："纯以

① 《黄蘗断际禅师宛陵录》，见石峻等《中国佛教思想资料选编》第2卷第4册，中华书局1983年版，第221页。
② （宋）赜藏主：《古尊宿语录》，见《永乐北藏》整理委员会整理《永乐北藏》第197册，线装书局影印大明正统五年版，第113页。
③ 见石峻等《中国佛教思想资料选编》第2卷第4册，中华书局1983年版，第187页。
④ （宋）黄庭坚：《山谷题跋》卷2《跋东坡乐府》，中华书局1985年版，第15页。

海棠自寓，风姿高秀，兴象微深。"

"静"在染禅的诗人中更是具有普遍性的心态。"静"非外境之静，而是内心世界对外境不染不著而形成的"静"，描写在诗词作品中的寂静氛围，其实是心境外射的产物。王维称："晚年惟好静，万事不关心"（《酬张少府》），"山中习静观朝槿，松下清斋折露葵"（《积雨辋川庄作》），主体心态之"静"，乃是其根源。黄庭坚的诗作道出了心"静"与禅的某种联系："万事同一机，多虑乃禅病。排闷有新诗，忘蹄出兔径。莲花生淤泥，可见嗔喜性，小立近幽香，心与晚色静。"（《次韵答斌老病起游东园二首》）其实，晚色之"静"，更在心之"无虑"。个中三昧，陶渊明的《饮酒》名诗最能道出："结庐在人境，而无车马喧。问君何能尔？心远地自偏。"陶公未逢禅宗厥兴的唐宋之世，然观诗中之意，受大乘"远离"思想之濡染则是完全可能的。《维摩诘经》中所谓"当其心净，则佛土净"，倘易之以"静"，仍是禅中应有之义。

三　禅观心态之于诗歌创作

禅之于诗，并非是消极的、淡漠的关系，恰好相反，禅观以一种特殊的角度使诗人获得更有利于创作的审美心胸。韩愈以排佛著称，他认为僧人心态淡泊，难以进行富有激情的艺术的创作，他评价高闲上人的草书时说："今闲师浮屠氏，一死生，解外胶，是其为心，必泊然无所起；其于世，必淡然无所嗜；泊与淡相遭，颓堕委靡，溃败不可收拾，则其于书，得无象之然乎？然吾闻浮屠氏善幻多技能，闲如通其术，则吾不能知矣。"（《送高闲上人序》）在同一篇中，韩愈又谈到张旭的草书创作情况："往时张旭善草书，不治他伎，喜怒窘穷、忧悲愉佚，怨恨思慕、酣醉无聊不平，有动于心，必于草书焉发之。"这两种相反的评价实际上正是表达了韩愈"不平则鸣"的创作观，认为张旭的草书创作出于"忧悲愉佚"的情感动因，而逻辑地推断高闲上人因是禅僧胸次淡泊必不能兴起创作冲动。苏轼不同意韩愈的观点，在《送参寥师》一诗中，他拈出韩愈的创作观进行反驳，并正面提出了自己的创作观：

> 退之论草书，万事未尝屏，忧愁不平气，一寓笔所骋；颇怪浮屠人，视身如邱井，颓然寄淡泊，谁与发豪猛？细思乃不然，真巧非幻影，欲令诗语妙，无厌空且静：静故了群动，空故纳万境。阅世走人

间，观身卧云峡。咸酸杂众好，中有至味永。诗法不相妨，此语当
更请。

苏轼与韩愈的不同看法，分别代表了中国文学思想史上两种基本的创作
观。韩愈的"不平则鸣"说具有相当的代表性，符合很大一批文学作品的
创作实际，但它无法推翻或取代苏轼的"空静"说。后者不仅可以说明，
反映中国古典诗史上一些重要诗人（尤其是唐代以还）的创作情况，而且
从某种意义上来说，尤能代表中国诗学的部分民族化特色。

"空静"说受禅学的重要启示是无疑的。"空"、"静"在这里都是指诗
人的审美创造心态，又都借用了禅理来建构诗歌创作论。"空"的佛学意蕴
已如前述，并非"空无一物"，而是指事物的幻象性质。苏轼借禅之"空
观"来说明诗人在创作前要摒除现实功利的纷扰，而呈空廓状态。这是继
承了中国诗学的"虚静"说（如刘勰所谓"是以陶钧文思，贵在虚静，疏
瀹五脏，澡雪精神"）而加以禅学化的改造的。"心量"越是"虚空"，越
能容纳"万境"，这本身就是禅的基本观念，却被苏轼注入了审美意义的内
涵。"境"本身是佛学概念，指事物映于人心中之"相"。至唐代"境"已
被借用并确立为中国诗歌美学的范畴，苏轼在双重意义上使用了这个概念，
并指出了诗人进行创作时的审美心理活动过程。"静"与"动"也是佛学的
一对范畴，具有丰富的哲学内涵、僧肇指出这对范畴的辩证关系："必求静
于诸动，故虽动而常静。"① 苏轼则说："处静而观动，则万物之情毕陈于
前"（《朝辞赴定州论事状》），"幽居默处，而观万物之变，尽其自然之理"
（《上曾丞相书》），在此处则是说诗人以静观的态度来了然纷纭变幻的万象，
然后再进行诗歌创作。

"不平则鸣"说更接近于西方诗学中"愤怒出诗人"的命题，"空静"
说则在禅学的参融中进一步发展了中国诗学的意境理论。不应把"空静"
解释为摒弃诗歌中的社会现实内容，"群动"、"万境"的含义是相当丰富
的。"空静"说是要求诗人以空明的心态来洞烛人间万象，拉开一定的心理
距离，这样，创造出的意境就更是审美韵味。事实上，中国古典诗歌最具特
色的便是它的意境化。诗人将情感溶化进一幅完整而澄明的审美境界之中，
呈现于读者的视野，而不是直接倾泻情感。这在唐宋诗人中是尤为突出的。

---

① （晋）僧肇：《物不迁论》，见石峻等《中国佛教思想资料选编》第 1 卷，中华书局 1981 年
版，第 142—144 页。

"空静"的审美心胸之于诗的意境美感是非常必要的。

"闲"与"忘机"的心态，也十分宜于诗人以审美的态度来观照事物。"忘机"，正是忘却现实的人事纠葛、功名缠绕，很自然地进入了一片审美化的境界。"闲"与之相近，在闲适的情境中宜于触发诗兴，诗的意境也十分恬淡从容。白居易曾说："余早栖心释梵，浪迹老庄，因疾观身，果有所得。何则？外形骸而内忘忧恚，先禅观而后顺医治。旬月以还，阙疾少间，杜门高枕，澹然安闲，吟讽兴来，亦不能遏。"（《病中诗十五首序》）"吟讽之兴"多是乘闲而入的。刘勰在《文心雕龙·物色》篇中说过的"四序纷回，而入兴贵闲"一句话似乎没有谁认真注意过，其实，有相当深刻的美学理论意义。"兴"乃诗兴，审美意兴，要进入这种状态，"闲"是极重要的条件。"闲"中所为之诗，词气闲雅，韵味悠长，耐人寻味之处颇多。王维写在辋川、荆公写在钟山的篇什便颇为典型。

"随缘自适""任运自在"的禅观心态，对染禅的唐宋诗人的创作风格颇有影响，它使诗有一种纡徐从容的气度与一种特有的理趣之美。如王维的《终南别业》："中岁颇好道，晚家南山陲。兴来每独往，胜事空自知。行到水穷处，坐看云起时。偶然值林叟，谈笑无还期。"柳宗元的《渔翁》："渔翁夜傍西岩宿，晓汲清湘燃楚竹。烟销日出不见人，欸乃一声山水绿。回看天际下中流，岩上无心云相逐。"这些诗作都有着纡徐从容之气，并使人感到某种哲理的蕴含。苏轼评柳宗元南迁后之诗"清劲纡徐"，把握得很准确。

"随缘自适"、"任运自在"的心态，使诗人在写诗时也以一种"无心之心"进行创作，不事雕琢，辞达而已，而其内在的蕴含又是令人回味再三的。"外枯而中膏，似淡而实美"（苏轼《评韩柳诗》）是这类篇什共同的审美特征。

禅的解脱与"顿悟"是对"自性"的返观，而非向外觅求"若识本心，即是解脱"、"外修觅佛，未悟本性"[1]，因此，如若向外去觅求，在禅宗看来无异于"舍父逃走"。这便形成了禅宗强调的"返照"工夫。这对诗学也是有所影响渗透的。《送参寥师》中所云"观身"便是以自我为客体进行返观，返照工夫自觉不自觉地在诗人的艺术思维中发生影响，诗人以自身及其境遇、环境作为审美客体，拉开一定的心理距离，进行审美性的观照，如苏轼在海南写的《纵笔》等作，王安石在钟山写的《怀旧》等作，都有一种

---

① 郭朋：《坛经校释》，中华书局 1983 年版，第 56 页。

"观身"的独特韵味。

　　当然，禅对诗的消极影响也是显而易见的，如许多禅语诗近于禅偈，缺少审美性质；有的则絮絮叨叨地在诗中表白"知足随缘"，几近于村婆闲聒。本文只是沿着诗人心态所受禅风影响及如何关涉于创作风貌，做此初步尝试，未及之处，所在颇多，只有企盼有识者的指拨了！

禅与诗三题[*]

禅是宗教，也是一种心灵哲学，但它与文学艺术却有着不解之缘。禅是超越的，有着如许的神秘；禅又是遍在于一切有情乃至于无情的。"如何是祖师西来意？庭前柏树子。""如何是古佛心？墙壁瓦砾是。"禅在事物中都含笑等待着呼唤的。因为有了禅，诗才开始有了动人的风韵。在禅学盛行的唐宋时期，由于禅的渗入，诗歌创作有了非常的进境与独特的风貌。本文以下三个题目谈论诗与禅之间的某些联系。

一 空静的诗心与灵幻的境界

作为创作主体的诗人，在进入创作时应该有着一种怎样的心境？尤其是要写出一首好的诗作，诗人应该处于怎样的心理状态之中呢？

诗的本质在于审美创造，诗人在创作之时，首先是处在审美情境之中，有一个高度集中的审美态度。所谓审美态度，主要是指审美主体的心理倾向，侧重于强调审美主体诸种因素的浑融统一与外射方向。应该申明一点，审美态度不仅存在于对艺术品的鉴赏过程之中。鉴赏过程中的审美态度，是通过审美主体对审美对象的注意，引发审美联想，在作品的物化形态中唤醒审美意象；而创造过程中的审美态度，则是诗人暂时切断主体与尘世的日常功利关系，进入一个完满自足的审美世界，孕化审美意象，并且进而构成一个浑然完整的审美境界。

中国传统诗学中的审美态度理论是"虚静"说。"虚静"说主要是出于道家学说。老子讲"涤除玄览"，就是要摒除心中的妄念，返照内心的清明，达到与"道"融而为一的境界。庄子讲"心斋"、"坐忘"、"唯道集虚"，要求主体心灵能够"虚而待物"，有一个空灵明觉之心。老庄所讲的

* 本文刊于《中国禅学》第 1 辑，中华书局 2002 年版。

这些，虽然尚未具有美学的性质，但已道出了"虚静"说的根本特质，即排除妄念，保持空明的心境。

魏晋南北朝最为杰出的文论家刘勰，在《文心雕龙·神思》篇中进一步将"虚静"作为审美创造的命题加以明确的阐释，他说："是以陶钧文思，贵在虚静，疏瀹五脏，澡雪精神，积学以储宝，酌理以富才，研阅以穷照，驯致以怿辞，然后使玄解之宰，寻声律而定墨，独照之匠，窥意象而运斤，此盖驭文之首术，谋篇之大端。"刘勰才真正将"虚静"纳入到艺术创作或者说是美学的轨道上，并作为美学的命题固定下来。刘勰所说的"虚静"，本身并非目的，而是为了使作者更好地投入艺术构思、审美创造中。王元化先生曾这样评价刘勰的"虚静"说："他只是把虚静作为一种陶钧文思的积极手段，认为这是构思之前的必要准备，以便借此使思想感情更为充沛起来。《养气》篇中赞中所说的'水停以鉴，人静而朗'，正可作为他的虚静说的自注。……刘勰的虚静说与老庄的虚静说恰恰成了鲜明的对照。老庄把虚静视为返朴归真的最后归宿，而刘勰却把虚静视为唤起想象的事前准备。作为一个起点，老庄提倡虚静的目的是为了达到无知无欲、混混噩噩的虚无之境；而刘勰提倡虚静的目的是为了通过虚静达到与虚静相反的思想活跃、感情焕发之境。"① 老庄的"虚静"说尽管可以得到美学角度的评价，但不能否认它还不具备美学的性质，而刘勰的"虚静"说作为审美态度学说的重要意义是值得相当重视的。

再看禅宗理论盛行之后，对于审美态度理论的渗透。应该说，禅使中国古代的"虚静"说得到了一个很值得注意的发展。它使审美创造的心境得到了更好的呈示，同时也使诗歌创作有了更为空灵的神韵。

用禅理来说明诗人的审美创造心理的，苏轼的《送参寥师》一诗可为代表，诗云：

> 上人学苦空，百念已灰冷。剑头惟一吷，焦谷无新颖。胡为逐吾辈，文字争蔚炳？新诗如玉屑，出语便清警。退之论草书，万事未尝屏。忧愁不平气，一寓笔所骋。颇怪浮屠人，视身如邱井。颓然寄淡泊，谁与发豪猛？细思乃不然，真巧非幻影。欲令诗语妙，无厌空且静。静故了群动，空故纳万境。阅世走人间，观身卧云岭。咸酸杂众好，中有至味永。诗法不相妨，此语当更请。

---

① 王元化：《文心雕龙创作论》，上海古籍出版社 1984 年版，第 152 页。

这首诗从题目上看，似乎是一首送别诗，实际上却是从禅僧参寥子的诗谈起，来揭示诗禅相济的道理的。

佛门以"苦空"观人生，宣扬对尘世的厌弃。在佛教看来，人生到世上，便处在苦海的煎熬之中。要真正脱离苦海，就要把一切看空。既要破"我执"，又要破"法执"，那么，出家的僧人更应该是万念俱灰、心如止水了。"百念已灰冷"、"焦谷无新颖"，就是说禅僧应有的空寂之心。然而，苏轼的意思却是在赞誉参寥子的诗写得非常之好，意境脱俗。禅家以"不立文字"相标榜，但禅门诗僧却非常之多，这是个很有趣、也很值得玩味的现象。禅家虽提倡"不立文字"，却并不以诗僧为异端，反倒是引为禅门的骄傲。"胡为逐吾辈，文字争蔚炳？"看似诧异，实际是对参寥诗的称赏，接下来的"新诗如玉屑，出语更清警"两句，此意便更为显豁了。

"欲令诗语妙，无厌空且静"，这并非是指诗的意境，而分明是指诗人的审美创造心态。这里提出的"空静"说一方面继承了"虚静"说的美学步武，另一方面，显然又用佛教禅宗的思想为主要参照系，改造、发展了中国诗学的审美态度理论。

"空"是佛教的重要观念。按大乘般若学的理解，"空"并非空无所有，并非杳无一物，而是存在于现象中的本质。一切现象并没有被否定或虚无化，而是把它们和"空"的本体性质等为一体了。禅宗在这方面继承和发展了这种思想，被禅门奉为经典的《金刚经》，一再说："凡所有相，皆是虚妄。""诸相非相，即见如来"就是要求学佛者既不执着于"有"，又不执着于"空"，不落"空"、"有"二边。《金刚经》又说："何以故？如来所说身相，即非身相。"是说如来的"法身"看似存在，其实却是"非身相"，亦即虚幻。黄蘗禅师注云："夫学道人，若得知要诀，但莫于心上著一物。佛真法身，犹若虚空，此谓法身即虚空，虚空即法身。常人谓法身遍虚空处，虚空中含容法身。不知法身即虚空，虚空即法身也。"① 从"法身"与"虚空"的关系将禅宗对"空"的认识论述得相当清楚。

南宗禅的创始人慧能以心为"空"，一方面将"心"置于本体地位，一方面使"空"的内涵有了进一步的丰富与转换。《坛经》中说："心量广大，犹如虚空，若空心坐，即落无记空。虚空能含日月星辰，大地山河，一切草木、恶人善人、恶法善法、天堂地狱，尽在空中；世人性空，亦复如是。"②

---

① （明）朱棣：《金刚经集注》，上海古籍出版社 1984 年版，第 24 页。
② 郭朋：《坛经校释》，中华书局 1983 年版，第 49 页。

在慧能的禅理中，"心"成为可以派生万物、无所不包的本源，而这种"派生"并非是实体意义的，而是一种精神的功能。正是在这里，"心"与"空"便对应起来了。因其"虚空"，所以才能生成万物，才有了最大的涵容性和创造性。南宗禅的这种心本体论，极为深刻地影响了由陆九渊到陈献章、王阳明的心学学统。陆九渊的"宇宙便是吾心，吾心便即是宇宙"。① "万物森然于方寸之间，满心而发，充塞宇宙，无非此理。"② 这样一些心学观念，是与禅宗有着不解之缘的。禅宗的心本体论，还揭明了"空"的生成性与创造性。这对诗歌创作和理论来说，影响是积极的。"空故纳万境"，在苏轼的诗论中，"空"是"纳万境"的前提。只有心灵呈现出虚空澄明的状态，方能在诗歌创作的构思中，涵容无限丰富的境象，从而形成生动的、活跃的审美意象。

禅宗的"空"，与其"无念为宗，无相为体，无住为本"的基本命题有深切有关联，在某种程度上，也可以把这三句"真言"视为"空"的内涵。曾有学者把"无相"解释为对事物表象的否定，"无念"、"无住"依此类推，都可以说成是对"念"、"住"的否定。其实，禅学本义并非如此。《坛经》中说："我此法门，从上以来，顿渐皆立无念为宗，无相为体，无住为本。何名无相？无相者，于相而离相；无念者，于念而不念；无住者，为人本性，念念不住，前念、今念、后念，念念相续，无有断绝；若一念断绝，法身即离色身。念念时中，于一切法上无住，一念若住，念念即住，名系缚；于一切上，念念不住，即无缚也。此是以无住为本。善知识！但离一切相，是无相；但能离相，性体清净。此是以无相为体。于一切境上不染，名为无念。"③ 对于"无相"的命题，我们不能简单地理解为排除"相"，而是首先"于相"，然后"离相"。"于相"也即是寄寓于"相"而又超越之。禅家并不否定现象，另外去追求作为精神实体的"佛性"，而是在生灭不已的感觉现象中体认"实相""成一切相即佛"。由相而入，再由相而出以"相"作为媒介而又超越于"相"，此谓"无相"。"无念"并非是排空意念，而是说不可执着于某种意念。如果执着于某种意念，那便是"系缚"。这些观点，都可以视为禅宗"空"观的内涵所在。

"静"是佛学术语，也是中国哲学的范畴之一。道家讲"静"，理学讲

---

① （宋）陆九渊：《陆象山全集》卷22，中国书店1992年版，第173页。

② 同上书，第272页。

③ 郭朋：《坛经校释》，中华书局1983年版，第31页。

"静"，佛学也讲"静"。可见，"静"在中国传统哲学中的不可小觑。佛家重静，并且以之为宗教修习的根本要求。佛门之"静"，往往就是"定"，要求习佛者心如止水，不起妄念，于一切法不染不著。

然而，大乘般若学于动静范畴亦取"不落二边"的态度，主张动静互即。早在印度佛教中的"中观"学派主张圆融"真"、"俗"二谛，破除边见，也即破除极端，而取"中道正见"。"中观"派的代表人物龙树提出著名的"八不中道"："不生亦不灭，不常亦不断，不一亦不异，不来亦不去。"①"生灭"、"常断"、"一异"、"来去"，是一切存在的四对范畴。其中的"不常亦不断"，是讲事物的连续性与中断性的统一，"不一亦不异"，正是同一性与差异性的统一。"八不中道"猜测到了事物处在一系列的"二律背反"之中。东晋著名的佛教思想家僧肇大师在其《肇论》中进一步系统阐发了中观思想，其中有《物不迁论》，专论"动中寓静"的观点，他说："夫生死交谢，寒暑迭迁，有物流动，人之常情。余则谓之不然。何者？《放光》云：法无去来，无动转者，寻夫不动之作，岂释动而求静，必求静于诸动。必求静于诸动，故虽动而常静。不释动以求静，故虽静而不离动。"这便是用"中道"观来认识"动静"关系。动中有静，动静互即。所谓"不迁"，也就是在变动不居中看到其中的静止因素。"是以言常而不住，称去而不迁。不迁，故虽往而常静；不住，故虽静而常往。常往，故往而弗迁；虽往而常静，故静而弗留矣。"② 从这种"中观"说的角度来看，恒常的东西实则并未停止变化（不住），不断离去的事物实则并未迁替（不迁）。虽然事物在不断变化，但却又是静止的；而看似静止的，却又是不断流走的。这便是僧肇的《物不迁论》所阐发的"动静"观。苏轼对事物的认识，是深受佛教"中观"说的影响的。在他的辞赋名篇《前赤壁赋》中，他借水与月为喻，指出了动与静的兼容互即的关系，他说："客亦知夫水与月乎？逝者如斯，而未尝往也；盈虚者如彼，而卒莫消长也。盖将自其变者而观之，则天地曾不能以一瞬；自其不变者而观之，则物与我皆无尽也，而又何羡乎！"这其实是以中观论的"动静"观来认识事物的。从"变"的角度看，天地宇宙每一刻都是变动不居的；从"不变"的角度看，"万物"与"我"（客观世界和人）都是无穷无尽的。长江之水日夜不停地奔流而去，

① 龙树：《中论》，见任继愈《佛教经籍选编》，中国社会科学出版社 1985 年版，第 22 页。

② （晋）僧肇：《物不迁论》，见石峻等《中国佛教思想资料选编》第 1 卷，中华书局 1981 年版，第 142 页。

可长江还是长江，未尝往也；月亮的阴晴圆缺，实际上并没有消长。这种颇有哲理意味的看法，是以典型的中观论来看世界的产物。由此可见，苏轼的"静故了群动，空故纳万境"的佛学理论基因，是可以不言自明的。苏轼是借用了佛教的空观和动静观来谈诗歌创作的。"空"与"静"是"了群动"、"纳万境"的必要条件。只有先具备了空明澄静的审美心胸，才有可能更积极地观察生活之纷纭，使"万境"腾踔于胸中。

禅宗的空观还对唐宋诗歌（尤其是盛唐之诗）中的那种空明灵幻的境界有非常深刻的影响。魏晋南北朝诗歌在诗的艺术形式上有了明显的进步，诗人们以相当自觉的审美观念来缘情体物，使诗作有了更多的审美价值。玄言、游仙、山水等成为诗歌创作的主要种类，都得到了长足的发展。刘勰在《文心雕龙·明诗》篇中这样概括南北朝的一段时间内的诗歌发展趋势说："宋初文坛，体有因革，庄老告退，而山水方滋。俪采百字之偶，争价一字之奇，情必极貌而写物，辞必穷力而追新，此近世之所竞也。"这种概括是相当准确的。但与后来的唐诗相比，可以说南北朝诗还是比较质实的，而唐诗则在整体上达到一种空明灵幻的境界。"质实"是借用了南宋词人张炎的说法，张炎论词推崇"清空"，贬抑"质实"，他是这样说的："词要清空，不要质实；清空则古雅峭拔，质实则凝涩晦昧。姜白石词如野云孤飞，去留无迹。吴梦窗词如七宝楼台，眩人眼目，碎拆下来，不成片段。此清空质实之说。"① 我在这里借以指魏晋南北朝诗歌写景与抒情、说理分列拼合的样态，而缺少具有空灵感的浑然完整的境界。

从质实到空明，这是中国古典诗歌艺术的一个跃迁，这个跃迁的实现，主要是在盛唐时期，其典型的体现是王孟山水诗派的创作。李杜之诗也多有此种境界。以王维的诗作为例。如《终南山》："太乙近天都，连山到海隅。白云回望合，青霭入看无。分野中峰变，阴晴众壑殊。欲投人处宿，隔水问樵夫。"此诗写终南山的雄浑气势，同时在这种描绘中抒写了诗人博大而广远的情怀。诗的意境阔大雄浑，又有一种空明变幻的灵动之感。再如《汉江临泛》一诗："楚塞三湘接，荆门九派通。江流天地外，山色有无中。郡邑浮前浦，波澜动远空。襄阳好风日，留醉与山翁。"《泛前陂》："秋空自明迥，况复远人间。畅以沙际鹤，兼之云外山。澄波澹将夕，清月皓方闲。此夜任孤棹，夷犹殊未还。"这些诗都创造出空明摇曳而又雄奇阔大的境界。山水田园诗派的其他诗人也大多有这样的创作特色，如孟浩然的诗作也

---

① 夏承焘：《词源注》，人民文学出版社 1981 年版，第 16 页。

都有淡远空明的意境。如《望洞庭湖赠张丞相》："八月湖水平，涵虚混太清。气蒸云梦泽，波撼岳阳城。欲济无舟楫，端居耻圣明。坐观垂钓者，徒有羡鱼情。"《宿建德江》："移舟泊烟渚，日暮客愁新。野旷天低树，江清月近人。"还有常建的《题破山寺后禅院》："清晨入古寺，初日照高林。曲径通幽处，禅房花木深。山光悦鸟性，潭影空人心。万籁此俱寂，但余钟磬音。"这类诗作都有着空明澄澹的诗境，而诗人们与禅的关系，则是形成这种诗境的因素。王维之笃于佛，染于禅，已属文学史的常识。清人徐增将王维与李白、杜甫相比较，指出其诗与佛禅的关系："白以气韵胜，子美以格律胜，摩诘以理趣胜。太白千秋逸调，子美一代规模，摩诘精大雄氏（指释迦牟尼）之学，字字皆合圣教。"① 说王维诗"字字皆合圣教"，未免夸张，但却道出了其诗深于佛禅的特点。王维与禅宗关系深契，曾为慧能与净觉禅师作过碑铭。而在一些文章中，王维表述了他以佛禅的中观思想方法来看事物的认识，如说："心舍于有无，眼界于色空，皆幻也。至人者不舍幻，而过于色空有无之际。故目可尘也，而心未始同，心不世也。"② 在有无、色空之间，王维不取边见，而是亦有亦无、即空即色，视万物如幻如梦。王维即是以这种眼光来进行诗的创作的。这种思想方法渗透在诗的艺术思维中，产生了空明为幻、似有若无的审美境界。

宋代著名诗论家严羽论诗以盛唐为法，在《沧浪诗话》中最为推崇的是盛唐诗人那种透彻玲珑、空明圆融的境界。严羽谓："诗者，吟咏情性也。盛唐诸人惟在兴趣，羚羊挂角，无迹可求。故其妙处透彻玲珑，不可凑泊，如空中之音，相中之色，水中之月，镜中之象，言有尽而意无穷。"③ 这是严羽诗学审美标准的描述。严羽用来形容盛唐诸人的"透彻之悟"的几个喻象："空中之音，相中之色，水中之月，镜中之象"，所呈示的正是诗歌审美境界的"幻象"性质。它们都是禅学中常见的譬喻。禅家最为推尊的经典《维摩诘经》中为说明世界的虚幻不实，用了不少诸如此类的譬喻，如说："如幻如电，诸法不相待，乃至一念不住。""诸法皆虚妄见。如梦，如焰，如水中月，如镜中像，以妄想生。"④ 这些话头，正是为严羽论

---

① （清）徐增：《而庵说唐诗》，见四库全书存目丛书编纂委员会《四库全书存目丛书·集部》第 396 册，齐鲁书社 1997 年版，第 539 页。

② （唐）王维：《荐福寺光师房花药诗序》，见《王右丞集笺注》卷 19，上海古籍出版社 1984 年版，第 358 页。

③ 郭绍虞：《沧浪诗话校释》，人民文学出版社 1983 年版，第 12 页。

④ 幼存、道生：《维摩诘经今译》，中国社会科学出版社 1994 年版，第 124 页。

诗所本。而盛唐诗人们所创造的空明灵幻的境界，是与禅学中的这种即色即空、非有非无的观念，有着不解之缘的。

二　禅家的返照自我与诗的超越谛视

禅宗的"悟"，是对主体内在的佛性的"返照"。在禅宗思想中，一切众生悉有佛性，而对于佛性的实现，主要是在于返观自我的"顿悟"。所谓"识心见性"，就是识自我之心，见自身之佛性。《坛经》中反复申说的便是这种返照自我的开悟。慧能认为自性本是清净的，佛性即在自性之中。一念悟时，众生即佛；迷时则佛即众生。《坛经》说："世人性本自净，万法在自性。思量一切恶事，即行于恶；思量一切善事，便修于善行。如是一切法，尽在自性。自性常清净，日月常明，只为云覆盖，上明下暗，不能了见日月星辰，忽遇惠风吹散卷尽云雾，万象森罗，一时皆现。世人性净，犹如青天，惠如日，智如月，知惠常明。于外著境，妄念浮云盖覆，自性不能明。故遇善知识开真法，吹却迷妄，内外明彻，于自性中，万法皆见。"① 这里所反复申明的，是世人性本清净，只是被外物遮蔽，如同青天，日月皓明，而只是被云雾所掩。自性中即蕴含佛性，欲使之得以实现，须是自己运用般若智慧，进行"返照"。要将自身蕴含的佛性，转化为成佛的现实性，必须是自性的开悟，而不应舍弃自心，向外觅求。《坛经》中一再说："本性是佛，离性无别佛。""佛性自性，莫向身外求。"如果孜孜向外觅求佛法，那便与其目的背道而驰，"路头一差，愈骛越远"了。《坛经》于此说："般若之智，亦无大小，为一切众生，自有迷心，外觅修佛，未悟本性，即是小根人，闻其顿教，不假外修。但于有自心，令自本性常起正见，烦恼尘劳众生，当时尽悟，纳于众流，小水大水，合为一体，即是见性。"禅家的"顿悟"，即是通过对自心的"返照"，使自在的佛性得以发显，如同拨去云雾而见日月之明。

"返照"不是逻辑解析，而是一种直观的洞察，是以自我为客体的整体化的返观。禅师们对学道者并不授予知识，一切公案都不是知识传授，大多数公案，甚至得不到逻辑思维的解释。但是，公案不是无谓的。禅师的机锋也好，棒喝也好，都不过是为学道者提供了个"自悟"的契机。禅师们往往明确地告知学道者，佛性、佛法是不可外觅修得的，必须自悟本心。百丈

① 郭朋：《坛经校释》，中华书局 1983 年版，第 40 页。

怀海大师对弟子说："为心眼未开，唯念诸境，不知返照，复不见佛道。"①
章敬怀晖禅师上堂云："至理亡言，时人不悉。强习他事，以为功能。不知
自性元非尘境，是个微妙大解脱门。所有鉴觉，不染不碍，如是光明，未曾
休废。曩劫至今，固无变易。犹如日轮，远近斯照。虽及众色，不与一切和
合。灵烛妙明，非假锻炼。为不了故，取于物象。……若能返照，无第二
人，举措施为，不亏实相。"玄沙师备禅师也说："若向句中作意，则没溺
杀人。若向外驰求，又落魔界。"② 返照本心，不假外求，是禅宗悟道的一
个基本点。

禅宗的"返照"，又不是脱离日常生活的烦琐修行方式，而从诗歌创作
的角度是"随机应照，泠泠自用"，在日常生活中的即物超越，一种"现身
情态"中的领悟。禅就是日常生活之中。"如何是道？泉曰：'平常心是
道。'"③ 这是非常干脆直捷的答案。禅宗填平了世间与出世间的沟壑在尘世
间得到心灵的超越。"烦恼就是菩提"，禅的超越是不脱离世间的超越。"法
元在世间，于世出世间，勿离世间上，外求出世间。""佛法在世间，不离
世间觉，离世觅菩提，恰如求兔角。"④ 这些禅偈，非常明确地道出了禅宗
对于世间与出世间的基本观点。"返照"的工夫，作为禅学对士大夫的普遍
性影响，成为他们看待世界、处理人生的重要思想方法之一，随之也进入了
士大夫们的审美心态。在唐诗中，那种幽静、淡远而有某种距离感的意境，
往往是诗人对于审美客体取一种"返照"的视角所产生的审美效果。最为
典型的要属王维的《辋川集》二十首中的一些篇什及同类作品。如《鹿
柴》："空山不见人，但闻人语响。返景入深林，复照青苔上。"这首诗是诗
人以"返照"的视角来创造的诗境。清人李锳评此诗说："人语响是有声
也，返景照是有色也。写空山不从无声无色处写，偏从有声有色处写而愈见
其空，严沧浪所谓'玲珑剔透者，应推此种。"⑤ 而像王维的《山中寄诸弟
妹》："山中多法侣，禅诵自为群。城郭遥相望，惟应见白云。"《辛夷坞》：
"木末芙蓉花，山中发红萼。涧户寂无人，纷纷开且落。"都是以返照的眼
光写出了王维诗中特有的超然与静谧。再如中唐诗人柳宗元，染禅甚深，与
禅师往还颇为密切。韩愈以排佛为己务，指责柳宗元笃信佛教，与禅僧过从

---

① （宋）普济：《五灯会元》，中华书局 1984 年版，第 135 页。
② 同上书，第 393 页。
③ 同上书，第 198—199 页。
④ 郭朋：《坛经校释》，中华书局 1983 年版，第 73 页。
⑤ 转引自陶文鹏《王维诗歌选析》，广西教育出版社 1991 年版，第 125 页。

甚密,柳宗元在《送僧浩初序》中公然申明自己对佛教的信仰态度,他说:"儒者韩退之与余善,尝病余嗜浮图言,訾余与浮图游。近陇西李生础自东都来,退之又寓书罪余,且曰:'见《送元生序》,不斥浮图。'浮图诚有不可斥者,往往与《易》、《论语》合,诚乐之,其于性情奭然,不与孔子异道。……且凡为其道者,不爱官,不争能,乐山水而嗜闲安者为多。吾病世之逐逐然唯印组为务以相轧也,则舍是其焉从?吾之好与浮图游以此。"柳宗元在这篇文章中认为佛教之"不可斥",其义理多有不与儒学相左之处,合于圣人之教。他被贬到永州以后,对佛教尤为有了深切的体会,曾说:"吾自幼好佛,求其道积三十年。世之言者罕能通其说。于零陵(即永州),吾独有得焉。"(《送巽上人赴中丞叔父如序》)柳宗元好佛日久,但却是到了永州之后,对于佛禅才有了更为切身的体验。而柳宗元的诗歌创作也以"返照"为其审美观照的方式,最典型的是他的名作《渔翁》:"渔翁夜傍西岩宿,晓汲清湘燃楚竹。烟销日出不见人,欸乃一声山水绿。回看天际下中流,岩上无心云相逐。"诗人借"返照"的视角来看"渔翁",呈现了"岩上无心云相逐"的自由境界。苏轼评此诗说:"诗以奇趣为宗,反常合道为趣。熟味此诗,有奇趣。"[①]

在宋代诗人中,"返照"成为更为普遍的审美视角。这在一些濡染禅学较深的诗人中就是更为明显的。苏轼在贬谪黄州后,更多地是以禅宗的思想方法来消解其人生苦难,借返照的视角来把自我作为客体进行客观的观照、冷静的谛视,形成了独特的审美韵味。他在黄州有《东坡》一诗:"雨洗东坡月色清,市人行尽野人行。莫嫌荦确坡头路,自爱铿然曳杖声。"诗人于此领略的人生况味,别是一番天地。他踽踽独行,吟味、欣赏着自己的曳杖之声。诗人是将自我作为观照对象的,从而使其在黄州的艰难生活在诗人那种"寓身物中,超然物外"的心理距离下,有了悠然的审美情韵。在黄州,他还写过:"回头自笑风波地,闭眼聊观梦幻身。"(《次韵王迁老退居见寄》)在儋州,他写道:"谁道茅檐劣容膝,海天风雨看纷披。"(《东亭》)"回视人间世,了无一事真。"(《用前韵再和孙志举》)在《饮酒》中,他借题发挥:"我观人间世,无如醉中真。虚空为销殒,况乃自忧身。"在诗人的冷眼谛视和自我返照中,尘世的一切奔波争斗,都如蝼蚁之扰扰,如梦幻之虚空。"八年看我走三州,月自当空水自流。人间扰扰真蝼蚁,应笑人呼作斗牛。"(《次韵徐仲车》)在这种"阅世"的视域中,一切都带有某种

---

① (宋)惠洪:《冷斋夜话》卷5,中华书局1985年版,第24页。

喜剧色彩了。

我们再来看《百步洪》一诗：

> 长洪斗落生跳波，轻舟南下如投梭。水师绝叫凫雁起，乱石一线争
> 蹉磨。有如兔走鹰隼落，骏马下注千丈坡。断弦离柱箭离手，飞电过隙
> 珠翻荷。四山眩转风掠耳，但见流沫生千涡。险中得乐虽一快，何异水
> 伯夸秋河。我生乘化日夜逝，坐觉一念逾新罗。纷纷争夺醉梦里，岂信
> 荆棘埋铜驼。觉来俯仰失千劫。回视此水殊委蛇！君看岸边苍石上，古
> 来篙眼如蜂窠。但应此心无所住，造物虽驶如吾何！回船上马各归去，
> 多言哓哓师所呵！

对于此诗，人们更多的是注重其中形容百步洪所用的"博喻"手法。
清人赵翼评《百步洪》中的"有如兔走鹰隼落"这四句："形容水流迅驶，
连用七喻，实古所未有。"[①] 钱锺书先生也特别称许："四句里七种形象，错
综利落，衬得《诗经》和韩愈的例子都呆板滞钝了。"[②] 这里四句的七个象
喻，确乎可以作为"博喻"的典范，但实际上诗人的着眼点却不在此，而
在于借流水之速来呈示世界之无常。"坐觉一念逾新罗"，谓一念之间已过
新罗国。"纷纷争夺醉梦里"这四句，正是从超然谛视的角度来返观世界的
迁化。俯仰之间已过千劫，那么，人生更不过是须臾一瞬了。"此心无住"，
更是禅的基本观念。对于万物无所住于心，无所拘执，当然也就没有人生的
焦虑了。清人方东树评此诗云："余喜说理，谈至道，然必于此等闲题出
之。乃见入妙。若正题实说，乃为学究伧气俗子也。"[③] 陈衍也说："坡公培
以禅语作达，数见无味。此诗就眼前'篙眼'指点出，真非钝根人所及
也。"[④] 诗人借《百步洪》的飞流直下，来写禅观宇宙的感受，仍然是"心
游物外"所得的观照。

在宋代著名诗人黄庭坚的诗中，也经常可以读到这种以返照谛视的角度
来摄写的意象。黄庭坚思想深受禅学影响，他本身就被纳入禅宗黄龙派的谱
系，其诗多有"阅世的"态度，如"主人心安乐，花竹有和气。时从物外

---

① （清）赵翼：《瓯北诗话》卷 5，人民文学出版社 1963 年版，第 60 页。
② 钱锺书：《宋诗选注》，人民文学出版社 1989 年版，第 62 页。
③ （清）方东树：《昭昧詹言》，人民文学出版社 1961 年版，第 299 页。
④ （清）陈衍：《宋诗精华录》，巴蜀书社 1992 年版，第 196 页。

赏，自益酒中味。"(《次韵答斌老病起独游东园二首》) 这是以一种"物外之赏"的态度，平心静气地观照事物，实际上也就是观照自己的内心。山谷（黄庭坚号"山谷道人"）多以主体的"禅心"观照事物，写出一种"幽赏"的情境。如《又答斌老病愈遣闷二首》其一云："百疴从中来，悟罢本非病。西风将小雨，凉入居士径。苦竹绕莲塘，自悦鱼鸟性。红装倚翠盖，不点禅心静。"对于莲塘的"幽赏"，深得物外之趣。诗人的心境是超脱而渊静的，一切都是淡淡的，飘溢着一种禅意。

在诗人的返观谛视下，无限时空的迁流都被摄化到诗人笔下，而主体非但没有被泯灭，反而得到了突出。宇宙、时空是变动不居的，主体却得以强化，似乎可以与无穷变化的宇宙相抗衡，充满了一种力度感。如山谷的"松柏生涧壑，坐阅草木秋。金石在波中，仰看万物流。肮脏自肮脏，伊优自伊优。但观百世后，传者非王侯。"(《杨明叔从子学问甚有成，当路无知音……》)"黄落山川知晚秋，小虫催女献功裘。老松阅世卧云壑，挽著苍江无万牛。"(《秋思寄子由》) 在这些诗中，诗人对宇宙、世界持"阅世"的旁观态度，主体却是凌驾于客体之上的。

不仅苏、黄诗有这种冷静谛视的特点，宋代其他诗人也多对宇宙人生取一种超然的、带有距离感的观照态度，这便形成了宋诗的某种超离感。这种超离感，是与禅风有密切关系的，更多地出现于浸淫于禅悦的诗人的创作之中。如沈辽是北宋一位有名的诗人，中年以后，"一洗年少之习，从事禅悦"[1]。他有诗云："已恨初年不学仙，老来何处更参禅？西风摇落岁事晚，卧对高岩看落泉。"(《游瑞泉》) 这也是对世事的冷眼谛视。江西诗派的重要作家韩驹，颇有禅学修养，与禅僧过从甚密，唱和之作不少。韩驹诗中有些以禅论诗之作，也是广为人知的。如《赠赵伯鱼》诗云："学诗当如学参禅，未悟且遍参诸方。一朝悟罢正法眼，信手拈出皆成章。"韩驹有些诗作是取超然谛视的角度来写人世的纷扰的，其间是借助了禅观的。如《次韵参寥》其二："且向家山一笑欢，从来烈士直如弦。君今振锡归千顷，我亦收身向两川。短世惊人如掣电，浮云过眼亦飞烟！何当与子超尘域，下视纷纷蚁磨旋。"这也正是禅家的"返照"。

禅宗的"返照"，对于士大夫的心态产生了较为深远的影响，渗透于诗歌创作中，造成了静谧而超然的境界，诗人与所观照的客体，有了一定的心理距离，同时，还将自我作为返观的对象，加以洞照，使作品有了更多的审

---

① （清）吴之振等：《宋诗钞·云巢诗钞》，中华书局1986年版，第1218页。

美韵味。

三　自然：禅与诗的栖息

禅家爱自然，禅便栖息在大自然之中。当然，禅并不摒弃尘俗生活，但它更在自然的灵光中映现出来。

在禅的公案中，处处都有自然的意象，作为禅机的启悟。"如何是和尚家风？师曰：满目青山起白云。""如何是灵泉境？师曰：枯椿花烂漫。""如何是境中人？师曰：子规啼断后，花落布阶前。""如何是清静法身？师曰：红日照青山。""如何出离？师曰：青山不碍白云飞。"（均见《五灯会元》）自然，在禅家的眼中，该是何等的亲切呵！

李泽厚先生于此有较精到的论述，他这样说："禅宗喜欢讲大自然，喜欢与大自然打交道。它追求的那种淡远心境和瞬刻永恒，经常假借大自然来使人感受或领悟。其实，如果剔去那种附加的宗教的内容，这种感受或领悟接近一种审美愉快。审美愉快有许多层次和种类。其中有'悦志悦神'一大类。禅宗宣扬的神秘感受，脱掉那些包裹着的神学衣束，也就接近于悦神类的审美经验了。不仅主客观混然一致，超功利，无思虑；而且似乎有某种对整个世界与自己合为一体的感受。特别是在欣赏大自然风景时，不仅感到大自然与自己合为一体，而且还似乎感到整个宇宙的某种合目的性的存在。这是一种非常复杂的高级审美感受。"[1] 李泽厚先生把禅与大自然的关系给予明确的揭示，并且将禅在大自然中所领悟的宗教感受与审美愉悦沟通起来，但缺少一些具体的分析与说明，况且还有些泛美学化了。其实，禅之喜爱大自然，是可以得到较为切实的解释的。

禅在哪里？禅并不在外在于众生，而且就在众生的"自然"之中。佛性是遍在于一切"有情"的，这在南朝高僧竺道生高倡的"一阐提人悉有佛性"的命题中已经有了理论根基了。后期禅宗进而揭橥出"无情有性"的响亮口号，进而使大自然一切都闪烁出禅的光彩。其实，在《六祖坛经》中，已经提出了这样的思想：佛性不止于众生有情，而且，也蕴含在一切"有情"、"无情""万法"之中。"性含万法是大，万法尽是自性。"在禅宗的语汇中，"自性"亦同于佛性。

何谓"无情有性"？就是说不但"有情众生"悉有佛性，而且一切山河

---

[1]　李泽厚：《中国古代思想史论》，人民出版社 1986 年版，第 210 页。

大地、草木土石等无情物也都有了佛性。在后期禅宗看来，一切自然物都含蕴着、跃动着佛性，最有名的话头便是"青青翠竹，总是法身；郁郁黄花，无非般若"，这充满诗意的偈语毋宁说是一种泛神的歌吟。

后期禅宗融摄了天台的"一念三千"和华严宗的"理事无碍"，把山河大地、草木瓦石，看作佛性的荷载。我们看禅师是如何说的："师云：问从何来，觉从何起，语默动静一切声色尽是佛事，何处觅佛？不可更头上安头，嘴上安嘴，但莫生异见，山是山，水是水，僧是僧，俗是俗，山河大地日月星辰，总不出汝心。三千世界，都来是汝个自己，何处有许多般。心外无法，满目青山，虚空世界，皎皎地无丝发许与汝作见解。所以一切声色，是佛之慧目。……诸佛体圆，更无增减，流入六道，处处皆圆，万类之中，个个是佛。譬如一团水银，分散诸处，颗颗皆圆，若不分时，只是一块。此一即一切，一切即一。"① 这里集中体现了后期禅宗"无情有性"的思想，"万类之中，个个是佛"，更多的是将佛性放进大自然中加以体验妙悟。

这与斯宾诺莎的泛神论甚是投契，不能不使我们感到有趣。斯宾诺莎哲学是"十足不冲淡的泛神论"，他把自然与神等同起来。在他看来，"实体只有一个，就是'神即自然'，任何有限的事物不独立自存。"② 斯宾诺莎认为，大自然之所以是统一的，就是因为神作为统一的实体在大自然中存在着。斯宾诺莎给神所下的界定是，"神是一个被断定为具有一切或无限多属性的存在物，其中每一种属性在其自类中是无限圆满的。"而"自然被断定为具有一切的一切。因而自然是由无限多个属性怕构成的，其中每一种属性在其自类中皆是圆满的，这正好是我们通常给神所作的界说相符合的。"③ 斯宾诺莎的意思是在自然中只有一个实体，一个无限的实体，而不会有另一个实体，因而，自然本身也就是神。在任何自然物中，都具有无限的圆满性。这与中国佛教华严宗的"理事无碍"观，颇有相通之处。华严经典云："谓能遍之理。性无分限，所遍之事，分位差别。一一事中，理皆全遍，非是分遍。何以故？彼真理不可分故。是故一一纤尘，皆摄无边真理，无不圆足。""一切入一切，同时交参无碍。"④ 这与斯宾诺莎的"泛神论"几无二

---

① 《黄蘖断际禅师宛陵录》，见石峻等《中国佛教思想资料选编》第 2 卷第 4 册，中华书局1983 年版，第 223 页。

② ［英］罗素：《西方哲学史》，何兆武、李约瑟译，商务印书馆 1963 年版，第 95 页。

③ ［荷］斯诺宾莎：《神、人及其幸福简论》，洪汉鼎译，商务印书馆 1987 年版，第 139 页。

④ 《华严法界观门·理事无碍观》，见任继愈《佛教经籍选编》，中国社会科学出版社 1985 年版，第 199 页。

致。后期禅宗的"万类之中，个个是佛"，很明显是融合了华严宗的思想的。在有限中包容无限，在片刻中寓含永恒，在任何的"事法界"中都包含着"理法界"，本体也就在生灭变化的现象界之中。后期禅宗对这些是说得了了分明的："所以一切色是佛色，一切声是佛声。举著一理，一切理皆然。见一事，见一切事，见一心，见一切心，见一道，见一切道；一切处无不是道；见一尘，十方世界山河大地皆然；见一滴水，即见十方世界一切性水。"① 这种"泛神论"不是很精致吗？也许它的思辨程度并不亚于斯宾诺莎。

　　诗人爱自然。因为大自然比朝廷、比市井都纯净得多。在政治交易、功利追逐、尔虞我诈中是没有诗的，至少是没有真诗！越是政治昏昧、世风日下之时，诗人们越是渴望投入大自然的怀抱，以净化自己的灵魂。当然，也不能排除一两个以山林为"终南捷径"的"隐君子"，"高情千古闲居赋，争信安仁拜路尘。"（元好问《论诗绝句三十首》）正此谓也！但这种所谓的"隐士"，纵然能装模作样地吟诵出几篇隐逸生活的诗文，却绝少产生具有传世魅力者！真爱自然的诗人，是把自己的灵魂投入自然、与自然融为一体的。"少无适俗韵，性本爱丘山。误落尘网中，一去十三年。羁鸟恋旧林，池鱼思故渊。开荒南野际，守拙归园田。"（陶渊明《归园田居》）如此朴实无华的语言，却有如此历久弥新的艺术生命，不就是因了诗人那种把自然视为母亲般的真淳吗？

　　耽禅的诗人爱山水，亲自然，王维、孟浩然如此，刘长卿、韦应物、柳宗元也如此。禅是一种人生哲学，一种心灵的存在方式。当他们在仕途上受到挫折后，或在精神上、心灵上饱经忧患之后，往往会顿悟禅机。"人生如梦"的观念就会变为亲在的体验。尚有一份正义感、正直心的士大夫在饱谙了官场龌龊后，就会更钟爱于自然。王维在经历了"安史之乱"的磨难后，虽然仍在朝廷任职，却更为栖心释梵。在辋川别业写下了那么多脍炙人口的山水诗。孟浩然在长安求宦不成，再返江南，"山水寻吴越"，在山水诗中所表现的心情，不再是"气蒸云梦泽，波撼岳阳城"那样的躁动不安了，而是十分清远恬淡了。白居易在饱谙朝市争夺、官场倾轧之后，晚年一心向佛，澄心静气，在他眼中的自然是清悠闲远的。山水诗中的自然美，决非纯然客观的，而是"人化的自然"，是带着人们的心境、染着诗人情感色

---

　　① 《黄檗断际禅师宛陵录》，见石峻等《中国佛教思想资料选编》第 2 卷第 4 册，中华书局1983 年版，第 229 页。

彩的自然。而当诗人以禅的眼光来看自然时，自然物象进入诗中，也就有一种若有若无的禅味。受禅风熏陶的诗人，写出的山水诗，都有着渊静的氛围。禅家喜爱自然，乐于与大自然打交道，是把自然作为"佛性"的寓含，是带着泛神的眼光来看世界的，归根到底还是神学的。禅僧在大自然中的品悟，虽然有"接近于审美愉快"之处，但它决不能等同于审美。即使在形式上非常相似，但内涵还是有根本区别的。

染禅的诗人们，有禅的意识，禅的眼光，他们面对自然，往往借物象来品悟、咀嚼禅理，自觉不自觉地在诗中道出参禅的心得。如白居易的《闲咏》："步月怜清景，眠松爱绿荫。早年诗思苦，晚年道情深。夜学禅多坐，秋牵兴暂吟。悠然两事外，无处更留心。"再如苏轼的《吉祥寺僧求阁名》："过眼荣枯电与风，久长哪得似花红。上人宴坐观空阁，观色观空色即空。"这些都是在诗中表述出自己的宗教情感体验。

但他们毕竟是诗人，在大多数情形下，是以诗人的审美眼光来投射自然山水的。禅的意识在这种情境中，转换为在有限中见无限的审美能力。值得指出的是，"见一尘，十方世界山河大地皆然"，这种以有限见无限的思想方法，正是禅与诗艺相通之处。诗或其他艺术，都是从有限入手的，而又都不可拘泥于有限，必须通达于无限。"尺幅应须论万里"，这才是诗人的心眼。

抽象地谈论自然美，没有多大意义，因为审美必须面对表象化的东西，必须面对活的、富有生机的形象。如果仅仅是对着抽象的概念或者是类型化的东西，是难于构成审美关系的。大自然的一切都是千差万别、各具形态的，又都是千变万化、生灭不已的。禅家善于即色谈空，在万法的殊相中品味真如。诗人则善于捕捉活生生的物象，剪裁下大自然鲜活的一草一木，摄入诗中，使它传写出宇宙的脉息，留住美的永恒。

禅家把自然作为"真如"的表象，认为一花一叶，都含有佛性。因此，一切都有了灵光；诗人，真正意义上的诗人，是将自然作为诗的渊薮，作为逃离世俗丑恶的精神绿洲的。杜甫即云："我生性放诞，雅欲逃自然。"（《寄题江外草堂》）而禅的介入，使那些山水诗，又多了些奇妙的氤氲！

诗词审美

情感体验的历程：中国古典诗歌中的原型意象[*]

一

　　植根于这块黄土地上，作为华夏民族的后裔，我不可摆脱地浸染在这有着悠悠历史的民族文化心理氛围之中。而中国古典诗词的涵容，又使我不时地窥见这个民族所从来处的幽光，谛听到这个民族心律的节拍，感受到她特殊的气质、禀赋，她从远古走来的步武，传导到我的心灵。当我触到那些反复出现于诗歌之中的意象，那些传导着某种共同的情感体验的意象，在我的心中产生着强烈的共振。读着白居易"其间旦暮闻何物？杜鹃啼血猿哀鸣"的诗句，那种愁惨凄婉的氛围，立刻笼罩了心头；读着曹子建"转蓬离本根，飘摇随长风"的诗句，当年自己那种身世飘零的感受似乎又得到了回味……"杜鹃啼血""清猿悲啼""转蓬飘摇"这类意象凝结着典型的情感体验，难道不正是可以视为"原型意象"的吗！

　　原型批评虽然并不很陌生，而从这个视点来审视中国古典诗词的批评实践，则不能不说是一种颇为贸然的尝试。然而前面有闻一多先生筚路蓝缕所开拓的道路，《神话与诗》的成功给我们的启示作用是不言而喻的。"横看成岭侧成峰，远近高低各不同"，在这里，我们不再把作品放在眼前，逼近去看，而是把镜头拉开距离，在诗词中追溯烙印着我们民族的一些原始心理积淀的基本意象，我们就会看到一种非常有趣的现象：有些文学主题和文学形象，就像基因似的可以在自己的民族文学总母体中找到，这些基因不断繁衍，并在繁衍的不同阶段带上自己时代的烙印。事实上，对于中国古典诗歌中反复出现的一些基本意象，倘从原型批评的视点来看，会发掘出这些意象

＊　本文刊于《文学评论》1990 年第 2 期。

后面所积淀着的特定的心理内容，回过头来，又发现了某些负载着民族的情感体验的类型或模式。对于中国古典诗歌研究来说，原型批评的意义与价值，一方面在于透视作品深层所蕴含的民族心理内容以及某些共同的情感体验，另一方面。就是根据这种原型的共同意蕴来返观作品，并以此作为欣赏具体作品，进入审美过程的一种导引。

二

在我看来，原型意象就是一个民族的典型情感体验的知觉方式。原型批评的奠基者、著名心理学家荣格在他的"集体无意识"理论基础之上提出"原型意象"（或"原始意象"）的概念。"集体无意识是从人的祖先的往事遗传下来的潜在记忆痕迹的仓库"①，"是经过许多世代的反复经验的结果所累积起来的剩余物"②。荣格认为原型是集体无意识的组成内容，荣格这样表达原型的概念："与集体无意识的思想不可分割的原型概念指心理中的明确的形式的存在，它们总是到处寻求表现。神话学研究称之为'母题'；在原始人心理学中，原型与列维·布留尔所说的'集体表象'概念相符。"③"原型"概念有两方面的必要条件，一方面它必须是负载集体共同的心理经验而非个人的；另一方面；它必须是表象的，而非抽象概括的。荣格对原型的论述是十分强调这两个必要条件的，他说："原始意象或原型是一种形象，或为妖魔，或为人，或为某种活动，它们在历史过程中不断重现。"又说："谁讲到了原始意象谁就道出了一千个人的声音，可以使人心醉神迷，为之倾倒。"④

如果说，"原型"这个概念，在荣格那里还主要是在心理学意义上提出的，而到了加拿大著名的文学批评家弗莱，则以此为基本范畴，建立了他体大思精的文学批评体系。弗莱的代表作《批评的解剖》，成为原型批评的经典著作。经过弗莱的建构，原型批评成为西方现代文学批评流派中颇有影响的一支。弗莱给"原型"所下的定义是相当简明扼要而且特别适用于文学批评的："即一种典型的、反复出现的意象"（弗莱《作为原型的象征》），

① ［美］舒尔茨：《现代心理学史》，沈德灿等译，人民教育出版社 1981 年版，第 359 页。
② 同上书，第 359—360 页。
③ 叶舒宪编选：《神话—原型批评》，陕西师范大学出版社 1987 年版，第 104 页。
④ 同上书，第 101 页。

在另一处，弗莱又指出："我用原型这个术语指一种在文学中反复运用并因此而成为约定性的文学象征或象征群。"① 这种界定，是非常适合于做我们讨论中国古诗中原型意象的出发点的。

按照弗莱的定义，在我们民族诗的长河中反复出现的意象、成为约定性的文学象征的意象，也就是原型意象。这类意象在中国古诗中是数不胜数的。除了前面提到的"杜鹃啼血""清猿悲啼""转蓬飘摇"等意象外，还可以举出许多，如象征着青春凋残的落红意象，象征着人的坚贞品格的松树意象，象征着洁身自好的"沧浪之水"意象，象征着思乡之情的莼菜鲈鱼意象，象征着纯真忘机的"白鸥之盟"意象，象征着边塞战争悲壮的笳角意象，象征着男女情爱的莲花意象，象征着忠贞牺牲的碧血意象，象征着隐逸的"三径"意象，象征着天涯孤旅的孤帆意象……。这些意象都作为艺术符号，表现着我们这个民族的某些典型的、共同的情感体验和人生情境。在具体篇什中，这些意象是以个性化的形态存在的，表现着特定情形下诗人的情感状态；正是通过这些原型意象，把诗人的这种情感状态"从偶然和短暂提升到永恒的王国之中"②，从而唤起欣赏者的同类情感体验的重历，引起心灵上的共鸣。人们在许多时候，心理状态与情感体验是极其相似或者说是趋同的，尤其是同一民族的人们，有着共同的民族文化心理，对许多事物的价值态度是共同的，而当某一位诗人为这种典型的情感体验，找到了一个极为恰切而又生动的意象加以表现，也就是说为这种典型的情感体验赋予了妙不可言的形式，这种意象便会不断地为后来的诗人们所运用，并加以个性化的再创造，也就是引起人们的反复认同。荣格说得很对："这些原始意象给我们的祖先的无数典型经验赋以形式。可以说，它们是无数同类经验的心理凝结物。"③ "情动于中，而形于言"，诗人有了某种情感体验，要用诗表达之，名言概念是苍白无力的，不能充分传达情感那种难以言喻的体验，而找到一个为人们所熟悉的意象，来作为这种特殊情感体验的"能指"，则是再聪明不过的。在有着极为深厚文化积淀的中国，那些作为民族文化源头的悠久的神话传说，那些闪烁着民族睿智的"三坟五典"，那些带着奇幻色调，难以与神话剥离的上古历史，那些在世界文学宝库中熠熠闪光的诗文遗产都成为诗歌创作的原型意象的库府。还是让我们举几个具体例子来说明一

---

① 叶舒宪编选：《神话—原型批评》，陕西师范大学出版社1987年版，第310页。

② 同上书，第101页。

③ 同上书，第100页。

下。首先，我们不妨回顾一下闻一多元生在《神话与诗》中对"鱼"这个原型的研究。闻先生以富赡的资料，论证了中国古典诗歌尤其是民歌中，鱼是代替"匹偶"或"情侣"的隐语。其实也正是象喻"情侣"的原型意象。闻先生举了《易经》、《左传》、《诗经》、《管子》以及古代民歌中的大量材料，说明了鱼是象征着情侣的。而"打鱼""钓鱼"则是求偶的隐语，"烹鱼"或"吃鱼"譬喻合欢或结配。又进一步指出"另一种更复杂的形式，是除将被动方面比作鱼外，又将主动方面比作一种吃鱼的鸟类，如鸬鹚、白鹭和雁，或兽类，如獭和野猫"。"为什么用鱼来象征配偶呢？闻先生从人类学的角度给予合理的解释。他认为，在原始人类的观念里，婚姻是人生第一大事，而传种是婚姻的唯一目的，种族的繁殖极被重视，而鱼是繁殖力极强的一种生物，那么，以"鱼"喻情侣就是情理之中的事了。倘以原型批评的眼光，来观照一些古诗中鱼的意象，会使我们别有一番领悟的。譬如我们所熟悉的汉乐府古辞《饮马长城窟行》的后半部分："……客从远方来，遗我双鲤鱼，呼儿烹鲤鱼，中有尺素书，长跪读素书，书中竟何如？上言加餐饭，下言长相忆。"书函何以要刻成鱼形呢？闻一多先生解释说，那是象征爱情的。再如唐代女道士李冶《结素鱼贻友人》诗："尺素如残雪，结为双鲤鱼，欲知心里事，看取腹中书，"元缜《鱼中素》："重叠鱼中素，幽缄手自开，斜红余泪渍，知著脸边来。"得到闻先生的启示，我们明白了鱼是象喻爱情的原型，我们就解开了男女书信动辄和鱼扯到一起的谜。

原型意象不是仅仅起着象征的作用，而且在作品中指向特定的艺术氛围，在欣赏者的观照过程中，引发形成特定的审美感知场。如我们都熟知的民歌《江南》："江南可采莲，莲叶何田田，鱼戏莲叶间。鱼戏莲叶东，鱼戏莲叶西，鱼戏莲叶南，鱼戏莲叶北。"按闻先生的解释，鱼是象征情侣的，这使我们对这首民歌的认识加深了许多，它是一首情歌。然而，我们对诗的理解，倘若仅停留在这一步，还很难说是已经进入了审美体悟。原型批评的方法如同一个导游，把我们引向一个奇妙的所在，而里面美景的观赏要靠自己耳目的流连，光靠导游的解说而无自己的寄心寓目是不成的。在《江南》这首活泼清新的诗中，我们了解了鱼是作为爱情的原型意象后，还会进一步感受到诗中那种明朗健康、活泼亲切的情爱气氛。鱼与莲戏的景象，并非仅是一句"男与女戏"所能道尽其中意蕴的。"鱼戏莲叶间"那种极为活泼亲切的情态，对于了解了这个原型意象的读者说来，不难进入青年男女那种甜蜜欢快的相互吸引与嬉游的气氛之中。鱼象征爱情这个以原型方法得到的结论，在这首诗的审美感受中，是一个指示灯，是一柄钥匙，它可以帮我们打开一个别有洞天的境界，而真正的审美观照，是靠这个指示灯或钥匙进入这个境界以后的事情。

再譬如，南朝民歌中极为惯常的以"莲"喻"怜"（《江南》即是如此），也就是用"莲花"、"莲叶"之"莲"，来双关怜爱之"怜"。无可置疑，这个象征关系的两端，是以谐音作为媒介而联结在一起的。然而，这个象征的关系一旦成立，"莲"便转化为原型意象在乐府诗中反复不断地出现。如《子夜歌》中："我念欢的的，子行由豫情。雾露隐芙蓉，见莲不分明。""遣信欢不来，自往复不出。金铜作芙蓉，莲子何能实。"《子夜夏歌》中"朝登凉台上，夕宿兰池里。乘月采芙蓉，夜夜得莲子"，"青荷盖绿水，芙蓉葩红鲜，郎见欲采我，我心欲怀莲"。在南朝乐府及唐代的乐府诗中，这类例子还有许多，无须更多列举，这些诗里，"莲"是通过谐音来象征"怜"，这是不消说的。然而，我觉得这不应该是问题的终结，而应该是审美过程的开始。"莲"的意象，纯净芳洁而鲜美，"出淤泥而不染"，给人的审美感受是十分欣悦的。读者一旦投入诗的情境之中，以莲喻怜的观念作为一种理性因素，自然决定着审美感知的趋向，而莲花的纯净芳洁，似乎散发着幽香，使人感受这爱的纯洁与美好。"怜"的底蕴是应该明确了解的，"莲"的意象所生成的那种馨香、芳洁、纯净的氛围，也是不可忽视的。"芙蓉"本来也是"夫容"的谐音，但它同样和"莲"一起，构筑出十分鲜明美好的意象世界，"青荷盖绿水，芙蓉葩红鲜"，如此之美的意象不去赏玩观照，而满足于了"莲"是"怜"的谐音，"芙蓉"是"夫容"的谐音，等等，则无异于买椟还珠。又好似导游把我们引到了一处名胜，而我们却没有好好地观赏游历一番，站到名胜的跟前，瞄了一眼，"噢，我知道这个所在了"，于是返身便走，名胜里面的奇异景象全然没能领略。倘若我们这样来领略原型意象，是深可遗憾的。

这里牵涉到原型批评的功能问题，有进一步申说的必要。在对原型批评的评价中，一般都认为，原型批评所注重的不在于作品，而在于作品间的联系，把文学作品纳入一个完整的结构，眼界开阔，宏观性强是其长处；而其弊病在于失之粗略，不能明辨审美价值的高低。这种看法虽然有很大的合理性，但我觉得，它没注意到原型意象在对具体作品的审美观照中的导向功能。原型批评，一方面在反复出现于作品中的同类意象、主题等进行追根溯源的勘察，找出它们的本根，如某种神话、仪式，从而也揭示出它们共同象征着的底蕴；但在另一方面，原型批评也就产生它逆反性的另一种功能，就是根据这种原型的共同意蕴来返观作品，并以此作为欣赏具体作品，进入审美过程的一种导引。前者，自然是原型批评的基本功能，而后者作为原型批评的另一种功能也是不可忽视的。没有这样一个反向运动，离开了以原型的底蕴对具体作品审美过程的导引，原型批评在某种意义上来说，就被抛出文学的轨迹之外。只有对这两方面功能的全面重视与实现，才能更好地发挥原型批评的长处，而克服它容易带来的弊病。

<h2 style="text-align:center">三</h2>

诚如荣格所言："每一个意象都凝聚着一些人类心理和人类命运的因素，渗透着我们祖先历史中大致按照同样的方式无数次重复产生的欢乐与悲伤的残留物。"① 原型意象正是以意象的方式传达人类的某些共同的情感体验。尽管在不同时代、不同主体的情感内蕴各有不同，但一些基本的情感取向是相同的。如忧郁、悲伤、眷恋、喜悦、愤怒、憎恶、厌倦等这些基本的情感取向，是古今中外的人们所共同具有的。人们对很多事物的情感态度是一致的，如去国怀乡的眷思、情侣分袂的凄然、故人重逢的惊喜，这些都是人类的共同情感体验。这些共同的情感体验决定了人们心灵的彼此沟通，也说明了为什么今天的我们能为古代文学作品所感动，所吸引。当然，不同时代、不同主体对于即或是可以衍生共同情感体验的意象，所生发的感受是同中有异的。不同时代的不同主体在接受作品时是有着不尽相同的心理图式或期待视野的。然而，这决不影响原型意象所负载的人生典型情境，在接受主体所唤起的共同情感体验，反而丰富了这种体验。

原型意象出现在诗中，不是传达抽象的概念，而是以具体可感的知觉形式，来表现人类的某些共同情感体验。因此，这些原型意象一方面在诗歌中印记着词人独特的艺术感受，呈现出个性特征；另一方面，则又传达出典型的人生情境，唤起欣赏者的类似情感体验。诸如湘妃竹的意象，现在可见到的是出于《博物志》的记载："尧之二女，舜之二妃，曰湘夫人。舜崩，二妃啼，以涕挥竹，竹尽斑。"湘妃泪或湘妃竹便成了经常出现于诗词中的原型意象。如鲍照《登黄鹤矶》"泪竹感湘别"，杜甫《奉先刘少府新画山水障歌》"不见湘妃鼓瑟时，至今斑竹临江活"，孟郊《商州客舍》"泪流潇湘弦，调苦屈宋弹"，李贺则有《湘妃》一诗，专咏此事，诗云："筠竹千年老不死，长伴秦娥盖湘水。蛮娘吟弄满寒空，九山静绿泪花红。离鸾别凤

---

① 叶舒宪编选：《神话—原型批评》，陕西师范大学出版社 1987 年版，第 100 页。

烟梧中，巫山蜀雨遥相通。幽愁秋气上青枫，凉夜波间吟古龙。"则是由此一个原型意象生发出一组意象，形成一个充满愁惨气氛的艺术境界。这些诗句所呈现出的湘妃泪或湘妃竹的原型意象，都是特定的艺术境界的有机组成部分，带着个性特征，但这个原型意象中所本有的生离死别的愁惨气氛则是共同的，它们所唤起的读者的情感体验是有着相同的取向的。原始意象在诗中的个性色彩与其可以普遍传达的共同性是"月印万川"的关系。

这种个体性与普遍传达性同一的契机，在于情感体验不是系于概念运动，而是系于表象运动。在诗中便是审美意象。原型意象之所以一方面在诗中有个性色彩，表现着诗人的独特感受，另一方面，表现着人生的典型情境，唤起欣赏者的共同情感体验，有着普遍可传达性，就是因为它是"意象"，而非概念。在传达情感的丰富、亲切上，概念比起意象来是苍白无力的，而意象则是再合适不过的角色。康德从鉴赏判断的角度谈到过这个问题。康德认为审美快感"依照它的本质来说只能具有个人有效性，因为它直接系于对象所由呈现的表象"，但又认为，"某一表象里的心意状态的普遍传达能力，作为鉴赏判断的主观条件来说，必然是最基本的，并且其结果就必然对这对象发生快感"①。康德又说："然而现在这调协本身必须能够普遍传达，从而我们对它的情感（在一定的表象里）也必须能够普遍传达，一种情感的普遍传达性却以一种共通感为前提。"②应该说，康德以表象为媒介，来协调个人有效性与普遍传达性，这对我们认识原型意象是颇富启迪意义的。而符号论美学家苏珊·朗格特别强调艺术作品所表现的情感不应是艺术家一己的情感，而应该是人类的普遍情感。她给艺术下了这样的定义："一切艺术都是创造出来的表现人类情感的知觉形式。"③而她同时又认为，艺术活动中个人情感也并非毫不相干，它往往是把握普遍情感的媒介。原型意象正是典型地传达着人类的普遍情感的。在具体作品中，它是个体性与普遍传达性的契合。中国古典诗歌中的原型意象，都印证着这种契合。

四

各民族的诗史中，都贮藏着大量的原型意象。人类的共同情感体验，人

---

① ［德］康德：《判断力批判》上卷，宗白华译，商务印书馆1964年版，第54页。

② 同上书，第77页。

③ ［美］苏珊·朗格：《艺术问题》，滕守尧、朱疆源译，中国社会科学出版社1983年版，第74页。

生的典型情境，一旦找到了合适的表现形式——在诗中则应该是意象的形式，往往会反复不断地出现在以后的诗歌创作中，这便是原型意象。原型意象在诗史上，如同许多网结，连缀着、整合着诗的传统。而又由于每个民族都有着独特的民族文化心理结构，有自己的文化渊源，有特定的情感表现方式，因而出现于诗中的原型意象不可避免地具有鲜明的民族特征。如红色的意象，在中国象征着吉庆，春节的对联，结婚的喜字，必以大红为底色出现，而在西方，红的意象却象征着恐怖。如英国著名诗人柯勒律治《老水手之歌》中写到老水手乘孤舟漂在海上，因看到白色的月光心情由绝望转向希望，诗中接着出现了海水泛红与船的阴影等意象。英国的文学批评家鲍特金运用原型批评的方法，征引但丁的《神曲》等作品，论证了"'红'这个词通过人类的历史获得了恐怖的灵魂"，原型批评方法使鲍特金对这段描写的阐释是很深刻的："刚刚从月亮那美的力量中解救过来的老水手，现在又乘坐在船的红色阴影中再一次堕向地狱。"① 这里鲜明地体现出原型意象的民族差异。再则，原型意象反复地出现于诗中，并不意味着它们的简单等同、重复。不同诗人在采撷运用原型意象时，都投射进诗人自己此时此地的独特感受。在诗的长河中，同一个原型意象由于得到不断的具体运用，它所象征的情感内涵也就随之而得到不断的积淀，呈现出日益丰富与复杂趋向。以上这些因素，形成了原型意象的这样几个特性：系统整合性、民族性、增殖性。中国古典诗歌中的原型意象就鲜明地呈现出这几个特性，不妨一一道来。

一是系统整合性。原型批评不是孤立地解析某一个作品，而是将作品放在文学的系统中进行考察。正如有位论者对原型批评所论述的那样："一部作品，一个主题，一个意象，一种结构，都只有在历史地形成的文学总体中才能到得透彻的理解，原型批评的这种系统性的特点突出地表现在对文学传统的高度重视上。"② 在某种意义上来说，众多的原型意象便是诗史这个大系统中的元素，它们作为一些"网结"整合着诗歌传统。弗莱特别重视原型意象在文学传承中的作用，他说过："我用原型来表示把一首诗同其他诗联系起来并因此而有助于整合统一我们的文学经验的象征。"又说："诗只能从别的诗中产生，小说只能从别的小说中产生。"在诗中，原型意象构成

---

① 叶舒宪选编：《神话—原型批评》，陕西师范大学出版社1987年版，第271页。
② 叶舒宪：《神话——原型批评的理论与实践》，见叶舒宪编选《神话—原型批评》，陕西师范大学出版社1987年版，第40页。

了一个个象喻系统，使这一首诗与其他许多诗作联系起来。因此，一首具体的诗作不是孤立的，突然涌出的，而是诗的发展链条中的一个环节。同一类原型意象，在诗的发展中形成了一个个纵向的象喻系统，这些象喻系统的存在，深刻地支配着欣赏者的审美鉴赏活动。正如荣格所指出的："人生中有多少典型情境就有多少原型，这些经验由于不断重复而被深深地镂刻在我们的合理结构之中。"① 作为人生典型情境的形式的原型意象在诗歌中的数量是许许多多的。诗人在读诗，接触原型意象时产生同样的情感体验，也就是产生了"认同"，这种原型意象便被吸附到诗人的主体图式之中；而在诗人进行创作，要为某种类似的情感体验赋予艺术的形式时，这种原型意象便又踊跃而出，出现在新的诗歌之中。原型意象具体出现在诗中，是个体化的，但又是人类心灵的传送带的一节。它标示着同类情感体验，人生情境的发源与发展、丰富化的历程。譬如"杜鹃啼血"这个原型意象，源于这样的传说：蜀国古望帝杜宇死后化为杜鹃鸟，哀啼滴血，声似"不如归去"。因此，杜鹃（或云杜宇、子规）的意象，便被诗人们用来表现十分悲凄哀婉的情感，诗中一出现这个原型，便笼罩着一片愁惨哀切的氛围，李白《蜀道难》"又闻子规啼夜月，愁空山"，即刻渲染出悲凄甚至恐怖的气氛。《宣城见杜鹃花》一诗："蜀国曾闻子规鸟，宣城还见杜鹃花。一叫一回肠一断，三春三月忆三巴"，抒发了那种凄然思乡之情。白居易《琵琶行》"其间旦暮闻何物，杜鹃啼血猿哀鸣"，诗人那种贬谪僻地的凄苦之情在诗中萦绕。"杜鹃啼血"的意象整合了人们凄然望旧的这类情感体验，形成了一个系统，这个意象一出现在诗中，便唤起人们的同类情感体验，并且自觉不自觉地以前此有着同类原型意象的名作，作为审美过程的参照，这便将诗与诗史联结了起来。再如松树作为原型意象，其源出于孔子《论语》中"岁寒，知松柏之后凋也"之语，后来诗人们便以这个意象来象征贤者那种坚贞而高洁的人格，于是，"寒松"便成为原型意象反复出现于诗中。陶渊明以"寒松"象喻自己孤直高洁的情怀："芳菊开林耀，青松冠岩列。怀此贞秀姿，卓为霜下杰。"（《和郭主簿》其二）"青松在东园，众草没其姿。凝霜殄异类，卓然见高枝。"（《饮酒》其八）黄庭坚以后凋之松称赞友人心志高洁："有子才如不羁马，知公心是后凋松。"（《和高仲本喜相见》）"寒松"这个意象多次地出现于中国古诗之中，形成了一个象喻系统，成为坚贞、高

---

① ［美］霍尔等：《荣格心理学入门》，冯川译，生活·读书·新知三联书店1987年版，第44—45页。

洁、积极向上等儒家理想人格所应具有的情志的象征。这个意象的象征意蕴在中国古诗的发展中是大致稳定的，整合了同类的文学经验，一俟出现于诗中，欣赏者就会联想到它所象喻的高尚情志。

即使我们所举的例子不多，也还是能够说明原型意象是以系统整合性为首要特征的。一首诗不是孤立的存在，而是诗歌总体的一小部分，它是不能脱离诗史的传统的。正是由于诸多原型意象所形成的一个个象喻系统在诗史中的存在，才使几千年的诗史成为一个整体。

二是民族性。每个民族诗史中的原型意象都有独特的民族特征，而中国古典诗歌中的众多原型意象更有着鲜明的民族性。中华民族有着悠久的文化传统，有独特的民族文化心理结构，有众多的典籍，有迥异于其他民族的社会生活。中国古典诗歌中的原型意象，就生长在这样的文化土壤上，无不显现出中华民族的烙印。这些原型意象只有在中国的诗史中才能得到理解，倘出现于其他民族的诗史中，所象征的意蕴便大不一样了。我们不妨就民族性这方面举几个例子。道教作为产生在中国土壤上的独特宗教，对中国文学产生了很大的渗透。在中国古诗中出现了许多神仙及仙境意象，明显地带着道教的痕迹。如蓬莱仙境的意象，表现着诗人对于理想境界的渴求及难以实现的迷惘，反复出现于诗中，成为原型意象。白居易《长恨歌》中"忽闻海上有仙山，山在虚无缥缈间"，李商隐《无题》诗中"蓬山此去无多路，青鸟殷勤为探看"，"刘郎已恨蓬山远，更隔蓬山一万重"，等等，都是以"蓬莱仙境"象征所追寻的境界。再就是游仙意象，如曹植《仙人篇》、郭璞《游仙诗》、李白《梦游天姥吟留别》等诗的游仙境界，都瑰丽幻奇，迷离恍惚，有着极为丰富的想象力，体现出道教的影响，其间的民族色彩是十分浓重的。山林隐逸是中国古代士大夫一个特点。有的是为走"终南捷径"，有的弃官归隐，有的终身不仕。无论如何，隐逸主题在中国古诗中是相当普遍的。象征隐逸的渔樵、白云等意象，也都具有原型意义，其民族特征是很强的。王维《送别》"君言不得意，归卧南山陲。但去莫复问，白云无尽时"，《欹湖》"湖上一回首，青山卷白云"；孟浩然《涧南即事贻皎上人》"钓竿垂北涧，樵唱入南轩"，《秋登兰寄张五》"北山白云里，隐者自怡悦"，《和卢明府》"醉坐自顾彭泽酒，思归长望白云天"；李白《赠孟浩然》"红颜弃轩冕，白首卧松云"，这些意象都烘托着隐者的恬淡心境，象征着隐逸。这是独特地存在于中国古诗之中的。用棒槌捣衣是中国独特的民俗意象，在中国古诗中，便出现了捣衣砧的原型意象，来寓含思妇对征夫的思念。张若虚《春江花月夜》"玉户帘中卷不去，捣衣砧上拂还来"，沈佺期《古意》"九月寒砧催木叶，十年征戍忆辽阳"，李白《子夜吴歌》"长安一片月，万户捣衣声。秋风吹不尽，总是玉关情。何日平胡虏，良人罢远征？"这些诗中捣衣砧的意象，成为一种原型，传达着人们捣衣寄远、思念远方亲人的共同情感体验。这个原型意象的民族特征是十分显豁的。其实，中国古诗中的原型意象，绝大多数都体现出这种民族性来。而原型意象的民族性正是一个民族的诗歌区别于他民族诗歌的主要标志之一。正是这些独特的原型意象，以其鲜明的民族特征，使一个民族的诗歌在世界文学宝库中占有自己的地位。倘若失去了这种民族性，也就失去了自立于世界文学之林的资格。反之，民族性愈鲜明，就愈能够在世界文学宝库中占有自己的显赫位置。中国古诗中原型意象鲜明的民族性，给中国古典诗歌带来了这种荣耀！

三是增殖性。原型意象虽则是反复出现于诗歌创作中，但并非简单的重复雷同，而是在表现同类的情感体验、典型的人生情境的同时，不断地丰富着这个原型意象的意蕴。这是因为诗人们在运用原型意象来传达情感体验时，是融个体感受性与普遍传达性于一体。也就是说，诗人是以主体独特感受的形态，来传达某种典型的人生情境和共同情感体验。因此，原型意象的不断运用过程，也便是其所指内涵不断增殖的过程。欣赏者在接触诗的原型意象时，一方面是唤起对同类情感体验的重历，同时，也一定会或多或少地产生某种新的感受。不妨这样说，一个原型意象，倘若不再增加新的意蕴，那就不过像一块动物化石，而不再具有活生生的生命。原型意象的意蕴，正是在不断深化、不断丰富的过程中实现的。围绕着特定的所指含义，每一次具体运用都将其个性化的东西，积淀到这个原型意象的所指层中去。

增殖性又可大致分为同向增殖与异向增殖两类。前者如"飞蓬""转蓬"等意象，基本上是寓含身世飘零，不断流徙的感慨。如曹植《杂诗》"转蓬离本根，飘摇随长风"，《吁嗟篇》"吁嗟此转蓬，居世何独然"，都是致悲慨于身世凋零，无所凭依，而被不断播迁的悲剧命运；李白《鲁郡东石门送杜二甫》"飞蓬各自远，且尽手中杯"，则是借"飞蓬"以喻诗人自己与杜甫要分袂远别，虽有飘零之感，却还有人生聚散无定，随命运驱使之叹；李商隐《无题》"嗟余听鼓应官去，走马兰台类转蓬"，则叹惋自己屈身下僚，困顿失意。这几位诗人在运用这个原型意象时，都传写出身世飘零的情感体验，易于引起人们心弦的和鸣；而每个人在创作中又都是以个人的独特感受运入意象，丰富、增殖了意象的所指蕴含。而这种增殖在情感取向上又是十分接近的，故可名之曰"同向增殖"。而所谓"异向增殖"，则是指所指内涵或情感取向上不一致的增殖过程。如同是一个"浮云"意象，

"浮云蔽日"，往往暗喻权奸小人翳蔽君主，李白《登金陵凤凰台》中"总为浮云能蔽日，长安不见使人愁"之句，即含此意。王安石《登飞来峰》也豪迈地唱出："不畏浮云遮望眼，自缘身在最高层。"这个意象以喻邪曲小人，大概是源于陆贾《新语》中"故邪臣蔽贤，犹浮云之障日也"之语。"浮云"意象在这个含义上得到了反复运用。而浮云在诗史中又获得了另一层寓意，那便是象喻人的萍踪不定。同是一个李白，又用"浮云"意象来写游子心境："浮云游子意，落日故人情。"辛弃疾也以此来发人生感慨："事如芳草春长在，人似浮云影不留。"（《鹧鸪天》）这就引出了"浮云"意象的两方面所指寓含，姑且称之为"异向增殖"。再如自屈原以来"美人香草"的象喻系统，也在诗的发展中产生了这种"异向增殖"。屈原曾以美人意象来寓指自己的美德贤才被众小人所嫉，"众女嫉余之蛾眉兮，谣诼谓余以善淫"（《离骚》）。而后曹植《美女篇》以美女盛年不嫁象征自己怀才不遇，杜甫《佳人》篇以幽居空谷的绝代佳人，暗喻自己见疏于朝廷的处境以及自己的高尚旨趣。这些诗作都是以美人意象象征诗人自己，而李白的《长相思》中"长相思，在长安……美人如花隔云端"，却是以美人意象象征他人（我以为很可能是赐金放还后，对玄宗的眷恋）。这就在情感取向上不同屈原来的传统，也可视为原型意象所指蕴含的异向增殖。

　　所谓系统整合性、民族性、增殖性，只是笔者在考察中国古典诗歌原型意象的初步认识，基本上还处在表层阶段。中国古典诗歌中的原型意象是一个大有开掘价值的课题，期待着大家进一步研究。

论中国古典诗歌中"理"的审美化存在[*]

一 诗中之"理"的独特内涵

首先,我们要阐明的一个理论前提是:诗中之"理"与哲学理念的区别,不仅在于一是"显示"真理,一是"证明"真理(即诗是用形象来显示真理、哲学是以逻辑来证明真理的传统看法),二者之间还有着更为本质的不同:后者主要是认识论的,而前者主要是体验论的。哲学的理念是共相的表述,诗中之"理"则是殊相的升华。诚然,"诗者,吟咏性情也"(宋严羽语)。抒写诗人的情感是诗的"专利",但诗的功能并不止于表现人的情感,还在于诗人以具体的审美意象把不可替代的情感体验升华到哲理的层面。我们在古人的吟咏之中,不仅产生强烈的情感共鸣,而且,在更多的时候也得到灵智的省豁。许多传世的名篇,都在使人们"摇荡性情"的同时,更以十分警策的理性力量穿越时空的层积。诗歌以其幻象化的符号形式荷载了非常密集的情感容量,但是更为震撼人们心弦的又往往是在情感氛围中成为一盏明灯似的理性光亮!中国古典诗歌之所以具有其他艺术种类所无法取代的生命强力,其间以凝练形象的语言、丰富的情感体验所呈现的人生哲理,是其不可或缺的因素。无论是屈原的"路漫漫其修远兮,吾将上下而求索",抑或是陶潜的"结庐在人境,而无车马喧。问君何能尔?心远地自偏";无论是杜甫的"人生不相见,动如参与商",抑或是白居易的"离离原上草,一岁一枯荣。野火烧不尽,春风吹又生";无论是苏轼的"人生到处知何似?应似飞鸿踏雪泥。泥上偶然留指爪,鸿飞那复计东西?"抑或是朱熹的"胜日寻芳泗水滨,无边光景一时新。等闲识得东风面,万紫千红总是春",等等,莫不如此。此处所举只是其中哲理尤为明显者,其实,还

---

* 本文刊于《文学评论》2000 年第 2 期。

有更为广泛的篇什，都在诗人的审美经验中包蕴了理性的力量。如大量的咏史怀古诗、咏物诗、抒情写景诗，也都是以理性的强光穿越时空的隧道，使人在受到情感的感染同时，也受到理的启示。

那么，人们不禁会顺理成章地追问道：论中国古典诗歌中"理"的审美化存在诗中的情与理究竟是什么关系？按你们的说法，岂非有混为一谈之嫌！这种追问是相当有力的。正是在这个问题上显示出诗中之"理"与哲学理念的重要分野所在。哲学理念是高度抽象的产物，它已剥落了思维主体的情感因素，而以理论命题的方式存在着，诗中之"理"却不！它与诗人之情有着十分密切的亲合关系，可以说是情感之树上绽开的亮丽之花。但它与诗中的情并不互相替代、互相混淆，各自有着不同的作用，担负着不同的审美功能。打个也许并不恰当的比方来说，诗中的情，如同渊深而激荡的海水，而诗中之"理"则如挺立海面的礁石，它的根是扎在海水之中的，而它的兀立又使海水有了向心的聚力。这个比喻可能是相当蹩脚的，但却旨在说明：诗中之理是从情中涌突出来的，然而它却以其智慧的光而成为诗的灵魂，成为诗的高光点。它是离不开情的土壤和根基的，而它却以思想的睿智在时空中留下恒久的回响。譬如，杜甫在《自京赴奉先县咏怀五百字》中，叙述了他凌晨经过骊山的见闻感受，触发了诗人长期蕴积在内心的深广的忧愤之情。一面是王公贵族的骄奢淫逸，一面是黎民百姓的饥寒交迫："彤庭所分帛，本自寒女出。鞭挞其夫家，聚敛贡城阙。"在这种十分悲愤情感的激荡下，诗人呼出了"朱门酒肉臭，路有冻死骨。荣枯咫尺异，惆怅难再述"这样高度概括封建社会本质特征的强音。这是典型的诗中之"理"，而它是在情的激荡中非常自然地涌突出来的。再如王安石的《明妃曲》，也是由情向理的升华。全诗十六句，前十四句都在描写中充满了诗人对昭君的无比同情："明妃初出汉宫时，泪湿春风鬓脚垂。低徊顾影无颜色，尚得君王不自持。归来却怪丹青手，入眼平生未曾有。意态由来画不成，当时枉杀毛延寿。一去心知更不归，可怜着尽汉时衣。寄声欲问塞南事，只有年年鸿雁飞。家人万里传消息，好在毡城莫相忆。"此处写昭君身在匈奴之域对故乡的思念以及家人的传语，真是催人泪下。悲惋之情滋满诗笺，而诗的后两句却以极强的理性力度震撼人心："君不见咫尺长门闭阿娇，人生失意无南北！"诗人从昭君出塞升华到"人生失意"的普遍性悲剧。借女子失宠，喻士之不遇。"人生失意无南北"，概括了这种怀才不遇的悲剧的广泛性、普遍性，颇能引起人们的共鸣。宋人曾季狸评之曰："荆公咏史诗，最于义理精深。"① 指出了此诗的理性力量所在。这些诗例说明了诗中之"理"对于诗中之情的依托关系，但它又并非混同于一般的情，而是挺秀其间的思想升华，具有普遍性的意义。托尔斯泰曾为语言与艺术分派任务，说语言传达思想，艺术传达感情，普列汉诺夫对此反驳说："艺术既表现人们的感情，也表现人们的思想，但是并非抽象的表现，而是用生动的形象来表现。"② 普氏的认识当然比托尔斯泰更为全面、科学，也更近于诗歌创作的实际，而我们仍可以引申说：诗歌中所表现的"人们的思想"，是"人们的感情"的结晶或云升华物。其实，刘勰在《文心雕龙》所论"隐秀"中的"秀"，倒是很可以以之形容真正的诗中之"理"的样态。刘勰谓："夫心术之动远矣，文情之变深矣，源奥而派生，根盛而颖峻，是以文之英蕤，有秀有隐。隐也者，文外之重旨者也；秀也者，篇中之独拔者也。隐以复意为工，秀以卓绝为巧：斯乃旧章之懿绩，才情之嘉会也。"诗中"卓绝"处，多有"理"的腾越与闪烁，产生着警动人心的效应，即如刘勰所言之"言之秀矣，万虑一交。动心惊耳，逸响笙匏。"

依以前的权威观点来看，诗中之"理"与哲学理念在内涵上是一致的，只是表达方式的不同而已。黑格尔美学最核心的命题便是"美是理念的感性显现"，他认为"艺术的内容就是理念，艺术的形式就是诉诸感官的形象"③。按黑格尔的看法，诗中之"理"无疑是与他的"绝对理念"是完全一致了。别林斯基在这个问题上是颇受黑格尔影响的。在别氏看来，诗与哲学在内容上是一致的，只是表达方式的不同而已。别林斯基如是说："诗是直观形式中的真理，它的创造物是肉身化的观念，看得见的、可通过直观体会的观念。因此，诗歌就是同样的哲学、同样的思维，因为它具有同样的内容—绝对真理。不过不是表现在观念从自身出发的辩证法的发展形式中，而是在观念直接体现为形象的形式中。诗人用形象来思考；他不证明真理，却显示真理。"④ 这种观点一直以其权威性的地位影响到当代诗学中对诗与哲理关系的认识，而我们则通过对中国古代诗歌的考察，提出与此相异的

　① （宋）曾季貍：《艇斋诗话》，见《续修四库全书·集部·诗文评类》，上海古籍出版社1995年版，第506页。

　② ［苏］普列汉诺夫：《普列汉诺夫美学论文集》，曹葆华译，人民出版社1983年版，第308页。

　③ ［德］黑格尔：《美学》第1卷，朱光潜译，商务印书馆1979年版，第40页。

　④ ［俄］别林斯基：《智慧的痛苦》，见《别林斯基选集》第2卷，满涛译，上海译文出版社1980年版，第96页。

看法。

哲学中的理念是高度抽象的产物，是以概念为中介的普遍性命题。黑格尔的"绝对理念"也好，别林斯基的"绝对真理"也好（其实，后者无非是前者的翻版而已），都是指终极的抽象；而中国古代诗歌中的"理"，其内涵是远远丰富于斯的，但也没有哲学理念的概括程度。它们是与人生、事态、物理的殊相相伴而生的，并没有一个终极的抽象本原，也就并非是给抽象的理念穿上感性的、形象的外衣。这样的诗当然也有，即诗人先有了抽象的理念之后再予以演绎或披上形象的外套，如玄言诗、佛理诗中的某些篇什即是如此。但这类作品徒具诗的形式外壳，而不具备诗的艺术特质。有见识的诗论家诋之为"下劣诗魔"，是堕于"理障"、"理窟"，它们并不代表诗中之"理"的本质和最高成就。我们在此文中所讨论的诗中之"理"却恰恰是以审美化的理性光芒来洞烛人心的，与其把诗中之"理"视为一个终极性的统一概念，毋宁说它是一组意义相似的语义族。它有的时候指一种人生况味、人生境界，有的时候指客观事物变化的某种规律或情态，有的时候指社会事物的某种动态趋向，有的时候指思想或治学的某种进境……，等等，它们毕竟又是有着共同之处的，这就是：诗人以其独特的审美发现将读者带入一个意义的世界，穿透现象，洞悉社会、人生百态的本相，用海德格尔式的话语来说就是对"遮蔽"的"敞开"或云"解蔽"。

二　诗中之"理"的多维存在

我们不能不面对这样的文学史实，即中国古代诗歌中的"理"并非单一的存在，而是一种多维的并存。在大多数情况下，诗人并不是先验地设定一种观念，再加以形象的展示，而是伴随着审美体验而产生的一种理性的超越。诗中之"理"不是整齐划一的概念，不是书本传授的知识性真理，而是诗人通过特定的契机，引发了某一类体验的"喷射"，而凝结为审美的形态。

诗中之"理"，在相当多的情况下表现为一种人生况味。这种况味的呈示，带有鲜明的"此在"性质，也即是通过感性个体的存在而呈现的。但又并非限于此一诗人的感受，而是将诗人的某一类共同的情感体验结晶化，升越到"理"的层面。如"悲莫悲兮生别离，乐莫乐兮新相知"（屈原）、"居欢惜夜促，在戚怨宵长"（张华）、"独在异乡为异客，每逢佳节倍思亲"（王维）、"烽火连三月，家书抵万金"（杜甫）、"问姓惊初见，称名忆旧容"（李益）、"人生到处知何似？应似飞鸿踏雪泥。泥上偶然留指爪，鸿飞那复计东西"（苏轼），等等。诗人是将某种人生况味用凝练的诗句呈示出来，触发了人们与之相类或相近的人生感受、情感体验。这即是诗中之"理"的一类内涵。

　　有些诗句中的"理"则表现为一种人生境界或主体的意志，而这种境界或意志又是人们所向往或认同的，成为人们共同的精神追求，表现了一种十分高尚的价值取向。因而，成为指引人生里程的审美化的灯炬。如曹操的"老骥伏枥，志在千里，烈士暮年，壮心不已"（《龟虽寿》），"山不厌高，水不厌深。周公吐哺，天下归心"（《短歌行》）；白居易的"寄言立身者，勿学柔弱苗"（《有木八首》）；王安石的"不畏浮云遮望眼，只缘身在最高层"（《登飞来峰》）；文天祥的"人生自古谁无死，留取丹心照汗青"（《过零丁洋》）；于谦的"粉身碎骨全不怕，要留清白在人间"（《石灰吟》），等等，都表达了创作主体的人生追求，敞露了相当高的精神境界，以积极进取的价值取向警示着人们的心灵。再如有关爱情的诗句如"春蚕到死丝方尽，蜡炬成灰泪始干"（李商隐）、"曾经沧海难为水，除却巫山不是云"（元稹），等等，同样也是一种很高的人生境界的展示，凝结了人们对美好爱情的坚定追求。它们同样具有"理"的意义。诗中之"理"还表现为诗人以审美化的具象来揭示或者说是"敞亮"了某种社会的、历史的变化规律，这种规律亦非以历史哲学或社会学的理论形态出现，而毋宁说是诗人以其独特的史识及审美发现所获致，而一旦以诗的形式凝定之后，便深化了人们对社会或历史的思考。如"江畔何人初见月？江月何年初照人？人生代代无穷已，江月年年只相似。不知江月照何人，但见长江送流水"（张若虚），从春江之月生发出人事代谢。刘禹锡的《乌衣巷》："朱雀桥边野草花，乌衣巷口夕阳斜。旧时王谢堂前燕，飞人寻常百姓家。"诗人以朱雀桥、乌衣巷等六朝士族豪门聚居之地的萧条冷落与昔日繁华暗中对举，又以"堂前燕"作为枢机，联结古今，生发了深刻的兴亡之感，揭示了历史的沧桑变故。杜牧的《赤壁》："折戟沉沙铁未销，自将磨洗认前朝。东风不与周郎便，铜雀春深锁二乔。"元好问所写的《癸巳四月二十九日出京》诗云："塞外初捐宴赐金，当时南牧已骎骎。只知灞上真儿戏，谁谓神州遂陆沉。华表鹤来应有语，铜盘人去亦何心。兴亡谁识天公意，留著青城阅古今。"尾联两句，极为深刻。"青城"是当年金人灭宋时的受降之地，而蒙古灭金又在此受降，历史竟是何等相似！这两句中包含的历史理性是相当精警的。

　　还有一些诗句中包蕴的"理"侧重于社会世道，如李白的"欲渡黄河冰塞川，将登太行雪满山"（《行路难》），以鲜明生动的意象道出世路之艰危。刘禹锡在《竹枝词》中写道："瞿塘嘈嘈十二滩，此中道路古来难。长恨人心不如水，等闲平地起波澜。"以瞿塘风波之险，喻世道人心之恶。苏轼的《慈湖夹阻风》"卧看落月横千丈，起唤清风得半帆。且并水村欹侧过，人间何处不巉岩？"道出了社会的处处不平。

诗中之"理"，在很大一部分内容上表现为"物理"，也即是客观事物的样态或规律，但这同样是诗人审美发现的结果，而不是书本传授的道理。王夫之指出诗中所揭之"物理"，他说："苏子瞻谓'桑之未落，其叶沃若'，体物之工，非'沃若'不足以言桑，非桑不足以当'沃若'，固也。然得物态，未得物理。'桃之夭夭，其叶蓁蓁'、'灼灼其华'、'有蕡有实'，乃穷物理。夭夭者，桃之稚者也。桃至拱把以上，则液流蠹结，花不荣，叶不盛，实不蕃。小树弱枝，婀娜妍茂，为有加耳。"① 王夫之认为描写客观事物应"穷物理"，在他看来，'桑之未落，其叶沃若'，还只是写出了事物的表面形态，还未能"穷物理"，而"桃之夭夭"方为"得物理"之句。由王夫之的上述议论可见，他所谓"得物理"，是指诗句以特定的审美意象显示了客观事物的变化的特殊规律。他又说："知'池塘生春草'、'胡蝶飞南园'之妙，则知'杨柳依依'、'零雨其蒙'之圣于诗，司空表圣所谓'规以象外，得其环中'者也。"② 也是从"穷物理"的角度来高度赞赏"杨柳依依"、"零雨其蒙"等诗句。

我们还可以举出其他许多"得物理"的诗句，如陶渊明的"微雨从东来，好风与之俱。"（《读山海经》其一），"有风自南，翼彼新苗"（《时运》），王维的"木末芙蓉花，山中发红萼。涧户寂无人，纷纷开且落"（《辛夷坞》），杜甫的"随风潜入夜，润物细无声"（《春夜喜雨》），欧阳修的"春风疑不到天涯，二月山城未见花。残雪压枝犹有桔，冻雷惊笋欲抽芽"（《戏答元珍》），等等，都是诗人以其独到的审美发现见出"物理"之妙。中国古典诗歌中所涉之"物理"，均非抽象概括之"理"，而是诗人在事物的生灭变化中，捕捉其瞬间变化之机微，从而见出大千世界中一些事物的特定形态与变化趋势。有些摄写"物理"的篇什，则升华到更高的哲理层次，如苏轼的《琴诗》、《题西林壁》，欧阳修的《画眉鸟》，苏舜钦的

① （清）王夫之：《姜斋诗话》卷1，见戴鸿森《姜斋诗话笺注》，人民文学出版社1981年版，第17页。
② 同上书，第22页。

《题花山寺壁》，于谦的《石灰吟》等，都在摄写"物理"的同时，进入更高的思维境界。

诗中之"理"的另一类存在，是有关读书、治学及论诗等诗作。与上述几类相比，这类作品有更多的论理色彩，但仍迥然有异于哲学理念的抽象性。如杜甫的《戏为六绝句》中其二："王杨卢骆当时体，轻薄为文哂未休。尔曹身与名俱灭，不废江河万古流。"陈与义的《春日二首》之一："朝来庭树有鸣禽，红绿扶春上远林。忽有好诗生眼底，安排句法已难寻。"元好问的《论诗三十首》其十一："眼处心生句自神，暗中摸索总非真。画图临出秦川景，亲到长安有几人。"这些篇什中的理性因素是很显明的，然而它们都不是抽象的议论，而是通过意象的方式来传达作者的观念。而如朱熹的《观书有感》《春日》等涉及治学、读书的诗作，也都是在生活中触发、而以审美意象孕化而出的思理。

诗中之"理"的存在是相当广泛的，抒情、咏物、写景、纪游、怀古、咏史、论诗等类篇什斑斑可见。理学家所讲的"理"是万物本原之理："宇宙之间，一理而已。"① 是一个终极不可再分的精神实体，与此颇有不同，诗中之"理"带有一种特有的殊相性，且是一种多维的存在，其表现形态也是十分鲜活的、多样化的，并无一个固定的模式可以框定它、规范它，它们的共同之处在于，诗人以其特有的诗性智慧，以审美意象为中介，开启了一个更为广远的、有永恒价值的意义世界。

三　诗中之"理"的不同审美存在方式

中国古代诗歌中的"理"，不仅是在各类诗中多维存在着，而且是以不同的方式存在着。有的时候，诗人是饱和着自己的人生体验，以自己的独特语言将高度凝缩的"理"劈空提出；有的在整体化的情境描述中水到渠成地升华而成；有的完全是用特定的审美意象加以蕴含，给人以更为普遍化的感悟的；有的是整首诗都以机趣来呈示哲理。由于"理"在诗中的存在方式不同，给予读者的启悟方式也因之有所不同。

先看第一种情形。诗人在某种情境的触发之下，唤起了诗人积淀已久的某一类人生体验。于是，诗人情不自禁地将这种体验凝结为精警的诗句，在

---

① （宋）朱熹：《朱文公集》卷70，转引自中央党校编写小组《唯心论的先验论资料选编》，商务印书馆1973年版，第33页。

诗中劈空提出。这种诗中所呈示的"理"十分显豁，警动人心。如杜甫与故人卫八处士久别重逢，写出了《赠卫八处士》的名作："人生不相见，动如参与商。今夕复何夕，共此灯烛光？少壮能几时，鬓发各已苍。访旧半为鬼，惊呼热中肠。焉知二十载，重上君子堂。昔别君未婚，儿女忽成行。"开篇这两句，以参、商两星无法相见为喻，道出了人世离合之"理"，充满沧桑之感。再如李白的《将进酒》一开篇便以十分夸张的诗句直贯而下："君不见，黄河之水天上来，奔流到海不复回。君不见，高堂明镜悲白发，朝如青丝暮成雪。人生得意须尽欢，莫使金樽空对月。天生我材必有用，千金散尽还复来。"把人生之理劈空振起。曹操的"对酒当歌，人生几何？譬如朝露，去日苦多"（《短歌行》），亦属此类。陶渊明的《饮酒》其五也即以"结庐在人境，而无车马喧。问君何能尔？心远地自偏"的理性思考开篇。苏轼在《石苍舒醉墨宝》一诗中开头就说："人生识字忧患始，姓名粗记可以休。"凝聚了多少人生忧患的感怀。这种在开篇处劈空振起的"理"，往往是诗人积郁多年的人生感怀，在特定的情景中喷射出来。语言上是质朴明确的，然而却又有着极大的理性与情感双重含量，故此多成警句名言。

有时这种理性力量很强的诗句在结尾处出现，这往往是整体的审美情境自然而然的升华。如陶渊明《归园田居》其一中的最后两句："少无适俗韵，性本爱丘山。误落尘网中，一去三十年。羁鸟恋旧林，池鱼思故渊。开荒南野际，守拙归园田。方宅十余亩，草屋八九间。榆柳荫后檐，桃李罗堂前。暧暧远人村，依依墟里烟。狗吠深巷中，鸡鸣桑树巅。户庭无尘杂，虚室有余闲。久在樊笼里，复得返自然。"王之涣的《登鹳雀楼》："白日依山尽，黄河入海流。欲穷千里目，更上一层楼。"杜甫的《望岳》："岱宗夫如何？齐鲁青未了。造化钟神秀，阴阳割昏晓。荡胸生层云，决眦入归鸟。会当凌绝顶，一览众山小。"这类诗歌结束处的理性升华，是在全诗的审美情境中水到渠成地涌突出来的。

相当一部分诗中的理性蕴含是溶化在诗的审美意象之中的。如刘禹锡的《竹枝词》："杨柳青青江水平，闻郎江上踏歌声。东边日出西边雨，道是无情却有情。"元稹的《行宫》："寥落古行宫，宫花寂寞红。白头宫女在，闲坐说玄宗。"李商隐的《登乐游原》："向晚意不适，驱车登古原。夕阳无限好，只是近黄昏。"苏舜钦的《题花山寺壁》："寺里山因花得名，繁英不见草纵横。栽培剪伐须勤力，花易凋零草易生。"这些都是在诗的审美意象的创造中蕴含了某种启人深思的"理"，但它们基本上并不明白道出，而是用意象来负载某种具有哲理意味的内涵。

诗中之"理"表现得最为集中、最为典型的恐怕还是那些脍炙人口的"理趣诗"。这类诗作所表现的哲理深刻、警醒，而又颇富机趣。如苏轼的《题西林壁》、《琴诗》，朱熹的《观书有感》、《春日》、《偶题三首》，等等。关于"理趣"，钱锺书先生有十分精辟之论，其云："理趣作用，亦不出举一反三，然所举者事物，所反者道理，寓意视言情写景不同。言情写景，欲说不尽者，如可言外隐涵；理趣则说易尽者，不使篇中显见。徒言情可以成诗：'去去莫复道，沉忧令人老'是也；专写景亦可成诗，'池塘生春草，园柳变鸣禽'是也。唯一味说理，则于兴观群怨之旨，背道而驰。乃不泛说理，而状物态以明理；不空言道，而写器用之载道。拈形而下者，以明形而上者，使寥廓无象者，托物以起兴；恍惚无朕者，著述而如见。譬之无极太极，结而为两仪四象；鸟语花香，而浩荡之春寓焉；眉梢眼角，而芳悱之情传焉。举万殊之一殊，以见一贯之无不贯。所谓理趣者，此也。"① 相当深刻地阐明了理趣诗的美学特征，关于"理趣诗"，有关论述很多，本文不拟详论，而是作为诗中之"理"的一种置列于此。"理趣诗"与一般的诗歌之"理"相比，它是以整体的一首诗来表达某一寓意的。

诗中之"理"有各种审美存在方式，但与哲学理念相比，则显示了共同的特征，那就是：都饱和着诗人的情感，都不脱离诗中的具体审美情境，都以个性化的语言表现之。

四 体验——感兴：诗中之"理"的发生机制

诗中之"理"，不是靠知识传授的途径获得的，而是深深植根于诗人的人生体验之中。诗与体验本来便是密不可分的。真正的诗，必须是诗人的体验之火燃烧发出的亮彩。诗中之"理"，则是诗人在体验中返照人生情境的结晶体。

体验，不同于一般认识论意义上的"经验"、"经历"，不是对生活的浅表认识与感受。正是在这个意义上，我们所说的"体验"与以前文中所说的"体验生活"的概念内涵并不相同。后者常常是同"观察"生活联系在一起的，而前者更多地借鉴了西方体验美学中对体验的本体论阐释。德国哲学家狄尔泰以高倡"体验"而驰名于西方哲学界。在他看来，"体验"特指"生命体验"，相对于一般经验、认识来说，体验必然是更为深刻、热烈、

① 钱锺书：《谈艺录》，中华书局1984年版，第227—228页。

神秘、活跃的。王一川教授对"经验"与"体验"作了如下的区别："经验指一切心理形成物，如意识、认识、情感、感觉、印象等；体验则专指与艺术和审美相关的、更具活力的生命领悟、存在状态。"① 这种阐释是颇为准确的，道出了二者之间的不同畛域。

从诗歌创作主体方面而言，"体验"是诗人在生活之流中的整体性生命感受。它是十分深切的，却又是难于用论理性语言给予准确表述的。体验是个体性、亲在性的，是他人所无法取代的。在这个问题上，海德格尔的"此在"（Dasein）的含意是很可以帮助我们理解体验的个体性、亲在性的。体验本身有一种神秘的性质在其中。在狄尔泰看来，生命是神秘莫测的"谜"，解破"生命之谜"的绝对中介就是深入到生命之流中去体验。但是，这种神秘并不具有绝对性的意义，而对人生之谜的神秘，诗在某种意义上担负了解译它的功能。如同狄尔泰所言："最伟大的诗人的艺术，在于它能创造一种情节。正是在这种情节中，人类生活的内在关联及其意义才得以呈现出来。这样，诗向我们揭示了人生之谜。"② 体验，一方面是植根于个体的、全部的生活感受，一方面又是对生命之谜的领会与悟解。

体验与反思是相伴而行的。体验由个体的感受出发，却可以生成为某种普遍性的人生领悟。反过来也可以说，没有反思也就无所谓体验。每个人都在生活之流中，但并不是每个人都具有对生活的真正体验，这是因为某些人在生活中是自在的而非自为的，没有或缺少对生命价值的反思。狄尔泰的另一段论述同样值得引起我们的思索："诗与生活的关系是这样的：个体从对自己的生存、对象世界和自然的关系的体验出发，把它转化为诗的创作的内在核心。于是，生活的普遍状态就可溯源于总括由生活关系引起的体验的需要，但所有这一切体验的主要内容是诗人自己对生活意义的反思。……诗并不企图象科学那样去认识世界，它只是揭示在生活的巨大网络中某一事件所具有的普遍意义，或一个人所应具有的意义。"③ 我们不妨由此向前推阐一步，是否可以这样认为：诗中之"理"是诗人在其渊深的、整体性的人生体验中所升华出的对生命之谜的领会及对人生境况的某种解蔽与敞亮。

中国古代诗中的"理"莫不与诗人的全部生命体验息息相关，或者说

---

① 王一川：《意义的瞬间生成》，山东文艺出版社 1988 年版，第 5 页。

② ［德］狄尔泰：《体验与诗》，转引自刘小枫：《诗化哲学》，山东文艺出版社 1986 年版，第 29 页。

③ ［德］狄尔泰：《生存哲学》，转引自刘小枫《诗话哲学》，山东文艺出版社 1986 年版，第 168 页。

是深深植根于诗人的生命体验之中。社会的变乱、人生的浮沉、人际关系的种种纠葛、朝廷政治的倾轧斗争、外敌入侵的民族灾难等等"生活关联域"都通过诗人的独特体验而交汇为某种特定的意义之谜，而诗人又以其特有的人生价值取向、胸襟、识度在体验中领悟，伴随着诗人的审美发现升腾某种人生哲理思致，凝结为充满理性光芒、穿越时空屏幕的诗的审美形式。泽畔行吟的三闾大夫，"忠而见谤"，遭受放逐却九死未悔，不改初衷，吟出了"路漫漫其修远兮，吾将上下而求索"的人生名言。胸怀复国之志的刘琨，因情势所迫，壮志难酬，又受制于人，于是悲慨地唱出了"何意百炼刚，化为绕指柔"的诗句。遭逢丧乱而又饱经流离的杜甫，将其深切的人生体验凝结为"露从今夜白，月是故乡明"、"烽火连三月，家书抵万金"的感慨。越是历尽沧桑，越是饱谙世态，越是久涉风波，则所道出的诗中之"理"越加深刻、警豁，越能拨动千千万万人的心弦，越能回响于过去、现在和未来之间。从根本上说，诗中之"理"是植根于诗人的人生体验之中的。

如果说，诗人的人生体验是诗中之"理"的整体性基因，那么，诗人在具体情境下的审美感兴则是诗中之"理"的催生契机。"感兴"也可以说是一种审美体验，但又是在具体的事物、情境感发下进入诗歌灵感的临机状态，也可以视为一种高峰体验。在我们看来，"感兴"便是"感于物而兴"，指创作主体在客观外境的偶然触发下，在心灵中诞育了艺术境界（如诗中的意境）的心理状态与审美创造形式。感兴是以主体与客体的瞬间融合也即"心物交融"为前提的，以偶然性、随机性为其基本特征的。宋人李仲蒙对"兴"的释义最切感兴的特质，他说："触物以起情，谓之兴，物动情也。"① 大诗人杨万里也提出："大抵诗之作也，兴，上也；赋，次也；赓和，不得已也。然初无意于作是诗，而是物是事，适然触于我，我之意适然感乎是物是事，触先焉，而是诗出焉。我何与焉？天也，斯之谓兴。"② 杨万里对"兴"的表述是相当准确的。感兴中这样两个要素是不可或缺的：一是具体的情境（"是物"、"是事"）的感发，二是发生的偶然性。与感兴有关的诗论中大量出现的关键性词语如"触"、"遇"、"适"、"会"等等，都有偶然的意味。如明代诗论家谢榛所说："诗有天机，待时而发，触物而

---

① （宋）胡寅：《与李叔易书》，见《斐然集》卷18，中华书局1993年版，第386页。
② （宋）杨万里：《答建康府大军库监门徐达书》，见《诚斋集》卷67，四部丛刊本，第6页。

成，虽幽寻苦索，不易得也。"① 清代著名诗论家叶燮也认为："原夫作诗者之肇端而有事乎此也，必先有所触以兴起其意，而后措诸辞，属为句，敷之而成章。"② 这些有关诗的感兴的论述，都揭示了其中的偶然性机制。

诗中之"理"植根于诗人的人生体验，而其创作构思的发生契机，却是具体的情境使诗人得到的审美感兴。如果诗人是从某一类抽象的观念出发，然后演述于诗中，或者寻找物象加以比附，便是"理窟"之作，缺少审美性质。严羽所说的"诗有别趣，非关理也"③ 指的就是这种抽象之"理"，或云"名言概念之理"。王夫之指出："王敬美谓：'诗有妙悟，非关理也。'（此处为船山误记——笔者按）非谓无理有诗，正不得以名言之量相求耳。"④ 船山十分重视诗中的"神理相得"，反对将"理"排除诗外，如他高度评价陶渊明的《饮酒》诗为"情至，理至，气至之作"⑤，但他却反对以"名言之理"为诗的。"名言之理"即是概念化形态的"理"，它不是诗人的人生体验、审美感兴的产物。以之为诗，则必然造成诗的审美情韵的失落。王文诰评苏轼的理趣名作《题西林壁》时说："凡此种诗，皆一时性灵所发，若必胸有释典，而后炉锤出之，则意味索然矣。"⑥ 正是指出其感兴性质。"一时性灵所发"，是偶然感发的产物。王文诰设想了另一种构思方式，就是诗人胸中先存了"释典"即佛学观念，然后再加以演绎锻炼，那样写出的诗只能是"意味索然"了。王水照先生因之指出："诗人感兴之间，哲学即在其中，未必演绎理念。"⑦ 其说甚是，在诗人的审美感兴中所见之"理"，有着不可重复的创见性、独特性，因为感兴本身是一种偶然的感发，无法替代，再难重复。如宋人叶梦得评析谢灵运"池塘生春草，园柳变鸣禽"的名句时所说："此语之工，正在无所用意，猝然与景相遇，借以成章，不假绳削，故非常情所能到。诗家妙处，当须以此为根本，而思苦

---

① （明）谢榛：《四溟诗话》卷 2，中华书局 1985 年版，第 23 页。

② （清）叶燮：《原诗·内篇》上，见霍松林、杜维沫校注《原诗·一瓢诗话·说诗晬语》，人民文学出版社 1979 年版，第 5 页。

③ 郭绍虞：《沧浪诗话校释》，人民文学出版社 1961 年版，第 26 页。

④ （清）王夫之：《古诗评选》卷 4，文化艺术出版社 1997 年版，第 176 页。

⑤ （清）叶燮：《原诗·内篇》下，见霍松林、杜维沫校注《原诗·一瓢诗话·说诗晬语》，人民文学出版社 1979 年版，第 32 页。

⑥ （清）王文诰：《苏轼诗集》，中华书局 1982 年版，第 1219 页。

⑦ 王水照：《苏轼选集》，上海古籍出版社 1984 年版，第 199 页。

言难者，往往不悟。"① 正是从其感兴的审美创造方式中揭示其艺术独创性所在。陈衍评价苏轼《题西林壁》说："此诗有新思想，似未经人道过。"②事实上，以感兴方式揭橥的诗中之"理"，往往是展现了新的发现、新的思想的。

倘若是从抽象的理念出发，在诗中演述，虽有诗的外形而不具备诗的特质及审美效应。这种诗有理念而无情韵，而这种理念也是别人道过的，缺少新的意思。用诗来说理，是"费力不讨好"的事。它的义界是封闭的、凝定的，是清晰而又缺少艺术张力的。因为这种理念本身具有明显的现成性、给定性，即便是以诗的形式表述之，也即便是觅得物象以呈示之，仍然缺少诗歌所应具有的特定的朦胧与神秘之美。而以诗人的人生体验为根基，在特定的审美感兴中生发的理思，则真正体现了诗中之"理"的特殊存在与优势。它有着明显的生成性，其义界不是封闭的，而是在读者的观照中不断生成新的意蕴。它不脱离具体的审美意象，同时又升腾出普遍性的哲理蕴含。说来使人感到颇有兴味：越是由诗人特定的审美感兴所产生的带有不可重复的诗意，越有向普遍哲学升华的冲力。在诗人来说，它是独特的人生体验的诗化结晶；在读者来说，拨动了千千万万人的心弦，敞亮了人们类似体验的意义世界。

哲学中的理念是高度抽象的，是以陈述命题的方式存在；而诗中之"理"则是一种审美化的存在。它是植根于诗人的人生体验、以特定的审美感兴为契机，并以意象的方式加以呈示的。诗中之"理"在内涵上也是不同于哲学理念的，它是人生的各种具体意义的敞亮。这便是我们对诗中之"理"的基本看法。

---

① （宋）叶梦得：《石林诗话》卷中，见（清）何文焕《历代诗话》，中华书局1981年版。第426页。

② （清）陈衍：《宋诗精华录》，上海古籍出版社2008年版，第61页

中国古典诗词中的审美回忆[*]

在文学创作尤其是诗的圣殿中，回忆是一位美丽绝伦而又饱经沧桑的女神。无数在中外文学宝库中闪烁异彩的诗篇，正是因了其中的回忆的要素而平添了令人沉浸其间的无限魅力。回忆饱濡着诗人对于以往岁月的深刻的审美体验，穿越了时间和空间的重重障蔽，绕开了理性离析与知性分解的道路，把那本已依稀难辨的旧日情形呈现为当下的感知图景。它敞开了经久尘封的记忆库存，以那生动鲜活的"图式化外观"获得了永恒的存在。它带着诗人浓重的情感色彩，将过去、现在、未来绾合在一起，以审美的性质袒现了诗的光晕。西方美学高度重视回忆对诗的本源意义，而中国古典诗词则是以其丰富的回忆性的意象成就了东方诗美的神采。

一　回忆："九缪斯的母亲"

本文所言之"回忆"，并非是在心理学角度上的概念，而全然是审美意义上的追寻。人类从艺术诞生那天起，就与回忆结下了不解之缘。回忆，在西方艺术哲学中甚至具有了艺术本体的意义。"当中国诗人由于'兴'的获得而手之舞之、足之蹈之之时，神话中的希腊诸神正在诗神缪斯（Muses）的带领下翩翩起舞，而九位女缪斯的艺术生命则是来自她们那伟大的母亲——回忆女神漠涅摩绪涅（Mnemosyune）。艺术的生命之源是'回忆'，艺术的本体是'回忆'——这既可以看作西方最古老的诗论，也可以说是最古老的关于艺术中令人沉醉之物的解答了"①。王一川教授曾以充满诗意的话语来揭示回忆在艺术中的重要地位。而这种认识又深受德国大哲学家海德格尔的启示。海德格尔如是说："回忆，这位天地的娇女，宙斯的新娘，九夜后成了九缪斯的母亲。戏剧、音乐、舞蹈、诗歌都出自回忆女神的孕育。显然，回忆绝不是心

＊　本文刊于《文学评论》2001 年第 5 期。
①　王一川：《意义的瞬间生成》，山东文艺出版社 1988 年版，第 3 页。

理学上证明的那种把过去牢牢把持在表象中的能力。回忆回过头来思已思过的东西。但作为缪斯的母亲,'回忆'并不是随便地去思能够被思的东西。回忆是对处处都要求首先去思的那种东西的思的聚合。回忆是回忆到的、回过头来思的聚合,是思念之聚合。这种聚合在敞开处都要求被思的东西的同时,也遮蔽着这要求被思的东西,首先要求被思的就是这作为在场者和已在场的东西在每一事物中诉诸于我们的东西。回忆,九缪斯之母。回过头来思必须思的东西。这是诗的根和源。这就是为什么诗是各时代流回源头之水,是作为回过头来思的去思,是回忆。"① 在这里,海德格尔是把回忆作为诗的本源大加称颂的。在海氏看来,回忆不是一般心理表象的召唤与聚集,而是思的聚合。回忆是对被遮蔽的东西的敞开,是回归"家"的审美之途。

海德格尔对"回忆"的本体论阐释,并非无源之水,无本之木,而是西方美学中高度重视回忆的传统的存在主义化。西方美学中最早高扬"回忆"的是古希腊的伟大哲人柏拉图。他把诗的灵感释为"迷狂",又把迷狂规定为"回忆"。在他看来,迷狂并非对现在的、当下的理念的直觉,而是对过去的、久已消隐而今存在于遥远的天国神界的理念的回忆、复现。柏拉图论述回忆的话是值得我们高度重视的,他这样说:"这原因在人类理智须按照所谓'理式'去运用,从杂多的感觉出发,借思维反省,把它们统摄成为整一的道理。这种反省作用是一种回忆,回忆到灵魂随神周游,凭高俯视我们凡人所认为真实存在的东西,举头望见永恒本体境界那时候所见的一切。"② 柏拉图这里所说的"回忆",并非作为心理过程的回忆是显而易见的,这是一种本体论意义上的回忆。是人的本体、人的存在向过去理念本体的回归。由这种本体论的回忆,引申出审美创造意义上的回忆。柏拉图以"迷狂"来说明诗的灵感,同时他又认为"迷狂"就是对"上界"的美的回忆,他说:"有这种迷狂的人见到尘世的美,就回忆起上界里真正的美,因而恢复羽翼,而且新生羽翼,急于高飞远举,可是心有余而力不足,像一个鸟儿一样,昂首向高处凝望,把下界一切置之度外,因此被人指为迷狂。"③ 这也便是柏拉图对文艺创作的发生机制的解释,"回忆"在柏拉图的美学思想中是至关重要的。

---

① [德]海德格尔:《什么召唤思》,见《海德格尔选集》,孙周兴译,上海三联书店1996年版,第1213—1214页。

② [希腊]柏拉图:《柏拉图文艺对话集》,朱光潜译,人民文学出版社1963年版,第124页。

③ 同上书,第125页。

　　近现代西方哲学史上的一些著名哲学家也都从他们各自的哲学思想体系出发，高度重视阐扬回忆在审美思维中的重要地位。如叔本华把回忆作为客观的观赏指出其审美维度的幻象特征："在过去和遥远（的情景）之上铺上一层这么美妙的幻景，使之在很有美化作用的光线之下而出现于我们之前的（东西），最后也是这不带意志的观赏的怡悦。……于是，如果我们自己能做得到，把我们自己不带意志地委心于客观的观赏，那么，回忆中的客观观赏就会和眼前的观赏一样起同样的作用。所以还有这么一种现象，尤其是在任何一种困难使我们的忧惧超乎寻常的时候，突然回忆到过去和遥远的情景，就好象是一个失去的乐园又在我们面前飘过似的。"① 叔本华在这里指出了回忆在审美思维中所具有的直觉性质。回忆给主体呈现出"美妙的幻景"，这就把回忆的审美特质揭示了出来。意大利著名哲学家维柯在其诗性思维的研究中亦十分重视回忆的重要地位，把回忆作为审美想象的基础，他指出："儿童们的记忆力最强，所以想象特别生动，因为想象不过是扩大的复合的记忆。"② "想象不过是记忆的复现，聪明或发明也不过是在所记忆的事物上加工。"③ "记忆和想象是一回事。"④ 诗的审美创造离不开想象，而在维柯看来，想象即是记忆（回忆）的复现，因此回忆是更重要的。伏尔泰也把回忆视为如想象一般重要的诗的特质。尼采则认为，回忆是对全部沉醉体验的无限美妙的唤回。接受美学的代表人物尧斯认为回忆对于审美经验来说，是极有用的助力："审美经验可以借助回忆把自然归还给现代的感觉能力。"又指出："回忆的和谐化和理想化的力量是一种新近发现的审美能力。"⑤ 而在海德格尔那里，回忆更是根本的艺术体验。体验即诗，回忆即诗，这回忆当然不是通常意义上的回忆，而是本体论的回忆，通过回忆，指向存在的回返。西方这些著名的哲学家、美学家对回忆的深刻论述，充分说明了回忆在审美创造中的重要地位，而其间的审美创造的途径与过程，主要是体现在诗歌创作之中。尽管海德格尔等思想家的话语体系中"诗"不等同于狭义的诗歌，而是人类的更为根本的存在方式，但后者仍然不失为一种主要的载体与实现途径。正因其如此，海德格尔才如此重视荷尔德林、里尔

---

① ［德］叔本华：《作为意志和表象的世界》，石冲白译，商务印书馆1982年版，第277页。

② ［意大利］维柯：《新科学》，朱光潜译，人民文学出版社1987年版，第104页。

③ 同上书，第363页。

④ 同上书，第428页。

⑤ ［德］汉斯·罗伯特·耀斯：《审美经验与文学解释学》，顾建光等译，上海译文出版社1997年版，第123、126页。

克等诗人的创作，并以诗化的思维和语言来阐释自己的存在本体论思想。在海德格尔看来，回忆乃是艺术的本源，也是一种对至高无上者的"道说"。也可以说，这是西方美学中对于回忆的最重要的定位。

二　中国古典诗词中回忆的存在形态

与西方美学相比，中国古典美学的资料中缺少对于回忆的理论论述，即便有所涉及，也没有理性的自觉。但在中国的古典诗词创作中，回忆却扮演着非常重要的角色。许许多多的篇什都是诗人以在回忆中的旧日情景构成审美境界，而回忆中的情景又饱含着诗人对于昔日景象的深沉怀想。也许，这些景象在当时是平淡的，无足为奇的，但却是与诗人的个体的情感体验有密切的关系。当诗人把回忆中的情景写进诗中，呈现于文本，它便由诗人的心海深处的幽闭状态敞亮了出来。

在诗中的回忆首先是一种审美化的情境或者说是直觉的审美体验，而非逻辑的、概念的。这种情境或体验，或是个人的亲历，或是历史的呈现，但都是镜像式的，它带着感性的、活生生的、充满情感的特质，是过去通向今天和未来的联结点。正如尧斯所说的："回忆是指一种经验的内涵，它需要已经见过的事物，需要在最初的、但已丧失的知觉和后来的再认识之间经历过一段时间距离。因此，重新唤回的时间似乎仅仅指出了一个先验的家园和一种永恒的存在。但在事实上，它指出了另外一个尘世：叙述者过去的世界通过回忆而变得可以感知，并且通过艺术而可以与他人交流。"[①] 尧斯的话是非常中肯的，道出了回忆的主要特质。中国古典诗词中的回忆性意象颇为普泛地体现了这种特质。

诗词中的回忆大致可以分为个人亲历性的与历史积淀性的两大类。从审美创造的主体角度而言，前者可以说是单主体的，而后者则可以说是主体间际性的。个人亲历性当然是指诗人（单一的审美主体）在诗词中将自己亲身经历的情境、事件或者是与诗人直接相关的人物通过回忆呈现在诗词的意境之中，成为读者阅读时的观照客体，这种体验是诗人作为单一的审美主体所独具的，是他者所不可能具有的，有着很强的个性化色彩。这当然并非是说诗词中所回忆的景象是别人所见不到的，而是指其所浸透着的情感体验是

---

① ［德］汉斯·罗伯特·耀斯：《审美经验与文学解释学》，顾建光等译，上海译文出版社1997年版，第135页。

他者所不能取代的，伽达默尔的有关论述适合于这种个人亲历性的回忆："所有被经历的东西都是自我经历物，而且一同组成该经历物的意义，即所有被经历的东西都属于这个自我的统一体，因而包含了一种不可调换、不可替代的与这个生命整体的关联"①；历史积淀性则是诗人将并非诗人亲历的，而是历史上的人物、事件通过回忆的方式，以感性直观的样态呈现在诗词的意境之中，给人们以带有历史感的审美领悟，这多半存在于怀古、咏史诗词之中。从主体而言，这种回忆具有的是一种主体间性，因为诗人所呈现在诗词作品中的回忆性意象并非是他自己所亲身经历、所独自具有的，而是一些有着特殊意义的历史事件的某些"镜头"。面对它们的，不是仅仅一个单独的主体，而可以是许多个主体。但在选择哪些情景，体现什么价值取向、情感认同，仍是有着鲜明的主体色彩的。

在中国古典诗词中，个人亲历性回忆的一种情形是过去的情景与当下的情景叠印交织在一起，过去的情景就呈现在当下的情景之间，这就使诗词的审美境界的空间感和时间感都有着延展性。从诗人的情感角度看，由于旧日情景复现于眼前，眼前的情景宛然如昨，使诗人萦绕着一种意味深长的惆怅感。如晏殊的《浣溪沙》是非常具有典型性的，词云："一曲新词酒一杯，去年天气旧亭台，夕阳西下几时回？　　无可奈何花落去，似曾相识燕归来，小园香径独徘徊。"词人手捧着一杯酒，口中吟出了一曲新词，夕阳西下，亭台依旧，残红委地，燕子归来，一切都与去年的情景是何等的相似呵，也可以说是去年情景的复现。同样的情景有着过去与当下两个维度，在这种包含着回忆的情景中，诗人对于生命的流逝有了直观的领悟。领悟乃是一种超越，写在诗中的情景实则是诗人审美观照的产物，回忆恰恰是领悟得以产生的直接条件。再如李煜的名作《虞美人》（"春花秋月何时了"），忆念中的旧日楼台、故国月明，与现时的情景融而为一，小楼东风依然如昨，诗人昨天还是皇帝，今天却成了臣虏，同样的情景，却全然是两番心情。其中回忆的因素使过去与现在的情景交相闪回，而又形成了鲜明的情感反差，从而增添了审美感受的丰富性。

诗词中的回忆，另一种情形是将往昔的情景与现在的生存状态分别以完整的意象化方式并置在一起，从而形成情感与心态的明显反差，大大增强了读者阅读时所产生的审美感受的复杂度与对比度。如杜甫的《百忧集行》："忆年十五心尚孩，健如黄犊去复来。庭前八月梨枣熟，一日能上树千回。

---

① ［德］伽达默尔：《真理与方法》，洪汉鼎译，上海译文出版社 1999 年版，第 86 页。

即今倏忽已五十，坐卧只多少行立。强将笑语供主人，悲见生涯百忧集。入门依旧四壁空，老妻睹我颜色同。痴儿不知父子礼，叫怒索饭啼门东。"子美遭逢国难，晚境凄凉，流落于湖湘，百忧丛集，忆及少年时生逢开元盛世，诗人生活无虞，一片童稚之气。诗人通过自己的回忆，描写了一幅很完整的图景，把诗人少年时的欢乐与稚气以意象化的手法呈现于诗中，同时又极生动地写出了现实的困顿与凄凉。两幅以回忆为枢机的图景不仅写出了诗人身世的苦乐休戚，而且还将世事的沧桑陵替暗示于读者。这种以回忆手法所构成的过去与现在的双重并置，一般都是昔欢今悲。这类篇什是非常之多的。

在个人亲历性的回忆之中，更多篇章是对人的忆念。这些篇章充满了非常浓厚的感情色调。诗人所忆之人多是亲人、恋人或情感深笃的挚友。在诗人以回忆的方式写出自己的思念之时，所忆对象或是关山阻隔，相距遥远，或是斯人已逝，永无相会之期了。诗人们对其所思之人充满了无限深厚的眷怀之情，在诗词中创造出十分美好的形象。如元稹的名作《离思》（此处选二），"山泉散漫绕阶流，万树桃花映小楼。闲读道书慵未起，水晶帘下看梳头。""曾经沧海难为水，除却巫山不是云。取次花丛懒回顾，半缘修道半缘君。"诗人的这两首诗都是通过回忆把妻子写得美丽夺人，仪态万方，其中浸满了诗人对妻子的无比思念。再如晏几道的名篇《临江仙》："梦后楼台高锁，酒醒帘幕低垂。去年春恨却来时。落花人独立，微雨燕双飞。记得小蘋初见，两重心字罗衣。琵琶弦上说相思。当时明月在，曾照彩云归。"此词是小山怀念歌女小蘋之作，把所忆之人写得如此清纯美丽。此篇其实是双重回忆，上片是回忆"去年春恨"来时的情境，经过时间的过滤，只留下了"落花人独立，微雨燕双飞"的极为经典的意境。而下片是追忆与小蘋初见时的印象，"当时明月在，曾照彩云归"，同样是"当时更无敌手"[1]的意象创造。清代词论家陈匪石在《宋词举》称扬此词云："此小山传诵之作。极深婉沉着之妙。寻绎词意，当系别后追忆。……首二句'梦后'、'酒醒'，是久别思量时候；'楼台高锁'、'帘幕低垂'是窥其室阒其无人之象。……过变追溯'初见'，'罗衣'述当时服饰。然今已不见，故'相思之情只得'就'琵琶弦上'说之，以琵琶惯弹别曲也。"着重揭示了它的回忆性质。

与前举作品相比，历史积淀性的回忆之作所忆的情景并非诗人亲历，换

---

① （清）陈廷焯著，杜维沫校点：《白雨斋词话》卷3，人民文学出版社1959年版，第11页。

言之，诗人并未作为诗中情景的"此在"出现。所谓"历史积淀性"的回忆，主要是体现在怀古、咏史诗词之中。诗人在诗词中所回忆的，是一些历史上的具有典型意义的"镜头"。诗人并未亲历过、但又以回忆的形式使之呈现于诗的意境之中。有必要指出的是，诗中的情境虽非诗人所亲历，然而却体现着诗人对其中的历史意味的独特理解与选择。

这类作品也许没有前类诗那样浓挚的个人情感，但却有着更多的历史性领悟与反思。诗人在这里所回忆的是历史积淀的某种持存。如元稹的《行宫》："寥落古行宫，宫花寂寞红。白头宫女在，闲坐说玄宗。"唐玄宗时的宫闱之事，当然并非元稹所亲身经历的，但诗人以"白头宫女"为回忆的主体，忆及玄宗时代的行宫盛况，与现在残存行宫的荒芜冷落形成鲜明的反差，凸现了时代变迁的沧桑感、悲凉感。刘禹锡的《西塞山怀古》《金陵五题》中的《石头城》、《乌衣巷》等都以回忆的手法将过去与现在的两重时空交叉在一起。《石头城》："山围故国周遭在，潮打空城寂寞回。淮水东边旧时月，夜深还过女墙来。"这首诗的意境实际上都是双重时空的。山、城、潮汐，既是眼前之景，也是旧时风物。"旧时月"是诗人历史性回忆的关键意象，当年曾映照着秦淮河畔那歌舞管弦、绿樽红袖的月轮，如今却在凄冷的深夜悄然移过女墙。现实的时空是前景，而过去的时空隐含于其中，诗人的回忆是绾合二者的枢机。

历史积淀性的回忆更多的是对历史现象反思与领悟。怀古、咏史题材的诗词创作，多是通过对于历史镜头的回忆，观照古今的迁替，揭示历史的兴亡规律，体现出作者的冷峻沉思。面对历史的遥远忆念，作者把它们呈现出来，正是为了理性的警醒。李商隐的《马嵬》、杜牧的《悲吴王城》、苏轼的《念奴娇·赤壁怀古》、王安石的《桂枝香·金陵怀古》这类篇什，都是在对历史的某些情景的回忆中透射了深邃的洞照与领悟。如李商隐的《马嵬》，通过对六朝旧事的回忆，兴发的是深刻的历史省思，是沉重的兴亡之慨。这些怀古性的篇什，与一般的使事用典是有很大区别的。它们是以对某些历史镜头的追忆来展现一些沉积在时间深处的空间，又站在现实的陵岸上去冷峻地俯视那曾经热闹非凡的历史幽谷，从而生发了深沉的理性省思。这种理性省思不是抽象的概括，而是在具体的情境描写中升华的。

三　回忆作为一种审美创造

进入诗词的回忆性意象，具有特殊的审美价值。作者从自己的记忆库存中不期然而然地调动出来，并使之进入诗词文本的特殊意象，往往带着整体性的生命体验，同时，也借时间上的间离，对于以往的情景进行了无意识的却又是精心备至的审美选择。回忆使作者的审美能力得到了超强的发挥，同时也进一步整合了历史理性与审美表象的关系。可以说，诗词中的回忆并不仅是一种复现，而更多的是充满生命力的审美创造。带有回忆性的诗词，看似对以往经历的片断的追溯，实则是诗人充分调动想象营造审美情境的产物。正如接受美学的代表人物尧斯所说的："回忆不仅是审美认识的精确工具，它还是真正的、仅有的美的源泉。"① 诗词中的回忆性意象，也许在当时并非是那么强烈而生动，而离开了当时情景之后，斗转星移的时空迁替，遗忘了大部分背景化的事物，而将情感体认最为强烈的情境深深地烙印在心灵的屏幕之上。正是这些忆念中的客体的现实性缺失或者说是"不在场"，造成了主体情感的很强的意向化投射，因而，这种忆念中的景、事、人，都比现实"在场"者更为动人，更具魅力，同时，也因其缺失而倍加感伤。

在远离江南、回到北方的白居易的笔下，江南风光引起了诗人多少美好的回忆："江南好，风景旧曾谙。日出江花红胜火，春来江水绿如蓝，能不忆江南？""江南忆，最忆是杭州。山寺月中寻桂子，郡亭枕上看潮头。何日更重游？"（《忆江南》）无独有偶的是，由宋入金的诗人吴激，在他的诗作中也同样充满对于江南故园的美好忆念："天南家万里，江上橘千头。梦绕阊门迥，霜飞震泽秋。秋深宜映屋，香远解随舟。怀袖何时献，庭闱几处愁？""吴淞潮水平，月上小舟横。旋斫四腮脍，未输千里羹。捣荠香不厌，照箸雪无声。几见秋风起，空悲白发生。"（《岁暮江南四忆》选二）吴激从风光明丽的江南到漠北金源，羁留异域的悲凉，去国怀乡的漂泊感，使他充满了对于故国乡圃的深切眷恋，对于江南故园的忆念缠绵浓酽，处处萦绕于诗中，挥之不去，拂之还来。正因为江南山水的"缺席"，诗人才把它描写得如此美好，如此充满魅力。在诗人的回忆之中，南国的春花秋月，该是何等富有诗意呵！

与之紧密相关的还有回忆之作的感伤的情感维度。往事中的情境是那样的令人回味、刻骨铭心，正因其人其事是"不在场"的，所以在诗人的心目中和作品里就更为美好动人，反之，现实的情境也正因所思所忆之人、之事的"缺席"而使审美主体更为感伤。回忆的美好与现实的感伤在文本中

---

① ［德］汉斯·罗伯特·耀斯：《审美经验与文学解释学》，顾建光等译，上海译文出版社1997年版，第134页。

形成了一种鲜明的审美张力，它们交织在一起，大大增强了诗词的内蕴。如李商隐的《无题》（"昨夜星辰昨夜风"）回忆中与所思之人在一起游戏时的情景是那样难忘，而现实中诗人沉沦下僚的无奈处境与之形成了一种审美的张力。李煜的《破阵子》（"四十年来家国"）回忆中的南唐山河宫阙是如此豪华雄丽，而"归为臣虏"之后的现实心境又是如此的痛苦不堪，二者的反差是很大的。有时这种回忆的幸福与现实的感伤并非前后分列，而是交织纽结在一起，如周邦彦的《兰陵王》中第三片："凄恻，恨堆积，渐别浦萦回，津堠岑寂，斜阳冉冉春无极。念月榭携手，露桥闻笛。沉思前事，似梦里，泪暗滴。"现实的伊人不在的"凄恻"与当时"月榭携手"的幸福是闪回在一起的。这种情形，对于读者来说，造成了审美感受的复杂性与丰富性。

　　回忆有着"按着美的规律塑造"的审美创造性质。诗词中的回忆性意象，并非是单纯的对于以往的人与事的追忆，而且，更是诗人以回忆的形式抒写自己的审美理想的产物。回忆作为一种审美能力，是不能仅与对以往的人与事的复现功能相等同的，它有着很大的审美创造潜能。也就是说，诗人们更多的是把自己的审美理想灌注到以回忆的形式来创造的意象中，因而，诗词中的回忆性意象与其 说是对以往人物事件的复现，毋宁说是以回忆的形式来创造的审美"乌托邦"。就时间维度而言，回忆当然是属于"过去"，但这"过去"是立足于"现在"，包蕴着"未来"。恰如王夫之所说："缘景，缘事，缘以往，缘未来，终年苦吟而不能自道，以追光蹑影之笔，写通天尽人之怀，是诗家正法眼藏。"① 在对以往的情景、人物、事件的回忆里，把诗人的情感、意念、理想都融注进意象创造。这些意象，既是"缘以往"的，也是"缘未来"的。在诗词的回忆性意象之中，过去与未来，回忆与预感，都进入到了主体的当下体验，现在、过去、未来之间不再存在本质上的差异，主体的体验是由对过去的回忆和对未来的期待交融在一起的。因此，诗词中的回忆在某种意义上就带有"乌托邦"的性质。著名的西方马克思主义理论家马尔库塞这样说过："伟大艺术中的乌托邦从来不是现实原则的简单否定，而是它的超越持存，在这种持存中，过去和现在都把它们的影子投射到满足之中，真正的乌托邦建立在回忆往事的基础之上。"② 正是

---

① （清）王夫之：《古诗评选》卷4，见《船山全书》第14册，岳麓书社1996年版，第681页。

② ［德］马尔库塞：《审美之维》，李小兵译，三联书店1989年版，第79页。

指出了回忆的这种乌托邦性质。而在中国的古典诗词中的回忆里，实际上诗人也是以理想化的方式来充满深情地创造着忆念中的美的幻象的。回忆中的人物与情境是那样的美好，在很大程度上都带着理想化的成分。诗人以充满深情的笔触把忆念中的人物、事件、情境赋予了具有个性化特征的美的光晕，其间就饱含着诗人的审美理想所在。可以举辛弃疾的《鹧鸪天》（"壮岁旌旗拥万夫"）为例，稼轩在这首词的上片所写，既是对自己当年战斗生活经历的回忆，同时也融进了词人的理想与期待。稼轩不甘心仅仅作一个词人，而是渴望驰骋疆场，杀敌复国。说词中包含着理想化的成分，并非是指以前不曾存在这种情景，而是说词人按着自己所认同的价值观进行审美选择，创造了这样的将军形象。再如温庭筠的《菩萨蛮》："水晶帘里玻璃枕，暖香惹梦鸳鸯锦。江上柳如烟，雁飞残月天。　　藕丝秋色浅，人胜参差剪。双鬓隔香红，玉钗头上凤。"这里所忆的女子形象，也是词人按着他的审美理想所创造的。诗词中许多回忆性意象的细节，都是诗人以自己美的理想、美的观念来刻画的。

那些非个人亲历的历史积淀性的回忆，也同样难说是历史场景的复原，而毋宁说是诗人们在某种历史框架内的审美创造。诗词中的回忆之所以不同于历史，也不同于传记，而有着浓重的审美色彩，缘由也就在此。苏轼的不朽名作《念奴娇·赤壁怀古》是一个显例。之所以不厌其烦地列举这首尽人皆知的词作，是因为我想指出，它不是历史，也不是传记，而是有着理想化色彩的审美回忆。词中的周瑜形象，与其说是历史上周瑜形象的复现，毋宁说是东坡理想人格的化身。面对历史的苍茫，词人呼唤而出的是这位风流俊爽而又才华过人的儒将周公瑾。"乱石穿空"的长江赤壁，在词中只是作为这位豪杰的背景。"遥想公瑾当年"这数句，就更是词人以自己的审美理想为周瑜所作的"传神写照"。再如杜甫的著名的《忆昔》诗（"忆昔开元全盛日"）对开元盛世的回忆，恐怕也难免有很大的理想化成分，审美乌托邦的意味是很浓厚的。这里所举的历史积淀性的回忆，都不只是对历史情境的复现，而倾注了诗人对社会人生的理想热情。尧斯的话可以在这里启发我们的思索，他说："回忆作为一种审美能力，它不信任历史学家带有偏见的选择和传记作者的理想化的回忆，而是在观察不到的情感生活的积淀中寻找失去的历史真理。于是，它唯有以追溯的方式显现出来。"① 我觉得这是很

---

① ［德］汉斯·罗伯特·耀斯：《审美经验与文学解释学》，顾建光等译，上海译文出版社1997年版，第135页。

适用于历史积淀性的回忆的。也许还可以这样理解：越是历史积淀性的回忆之作，就越深刻地寄予了诗人的社会化的美的理想，在回忆中也越加渗透了未来的召唤力。

四　回忆与"时间透视"中的审美体验

诗词中的回忆性意象也可以借现象学美学的概念看成是一种"时间透视"。空间可以透视，时间也可以透视。"时间透视"意味着什么？简而言之，就是主体沿着时间维度而产生的记忆直观的变化。这个概念的首倡者英加登在其代表性著作《对文学的艺术作品的认识》中，以专章论述了"文学的艺术作品的具体化中的时间中的时间透视"问题，并且置之于审美活动中十分重要的地位。他阐释道："时间透视和空间透视相类似，在知觉中，但是也在关于某些时间中的过程以及它们发生的时间阶段的记忆中，它们的'时间外观'（它们在这些外观中出现）的'时间形式'中存在着一种奇怪的歪曲与变化，当我们经验这些被歪曲和改变的时间形式（直接在它们的图式化外观之中）时，我们在直观中赋予这些被感知的过程和时间阶段以适当的'未歪曲'的时间形式。"① 在诗的审美时空中，"时间透视"的功能是重要的，也是必然的。涉及带有回忆性质的诗词作品，以"时间透视"的视角来看就更能说明问题。时间透视要有一个稳定的视点，这个视点就是诗人自己的视点。诗人把自己的回忆或历史性的体验凝结为审美意象，或刹那而千古，让遥远的历史在诗中留下自己的某个截面；或将自己所经历的某一片刻复活、再现，敞亮于人们的视域之中。所谓"时间透视"，在现象学美学中被指出为两种基本现象：一种是"令人厌烦的单调的活动的经验所占据的时间间隔在当时对我们显得很长，但在记忆中却显得非常短暂"②。另一种则与之截然相反，"在神经极度紧张的情况下经历的时间阶段，其中充满剧烈的活动，在正在经历以及刚刚结束时显得非常短暂。但在以后的回忆中，这同样的时间阶段就显得长得多"③。诗词中的回忆性意象正是具有这样的"时间透视"特点。在诗人来说，漫长的、平淡的日子

---

① ［波兰］罗曼·英加登：《对文学的艺术作品的认识》，陈燕谷、晓未译，中国文联出版公司1988年版，第112页。

② 同上书，第114页。

③ 同上。

并不具有多少审美的意义，因而都作为一种背景遗落于意识的深层里；而那些对于诗人来说深深激动过的顷刻，却是进入诗词创作的无可回避的选择。这些"顷刻"在现实的时间中是那样的短暂，但是一旦进入到诗人所创造的诗词意境中，便给予人们以美的永恒。我们所熟悉一些带有回忆性的诗词作品，就是以这样的一些"顷刻"来展开一个充满审美情韵的空间的。譬如："去年今日此门中，人面桃花相映红。人面不知何处去，桃花依旧笑东风。"（崔护《题都城南庄》）"把酒祝东风，且共从容。垂杨紫陌洛城东。总是当年携手处，游遍芳丛。　　聚散苦匆匆，此恨无穷。今年花胜去年红。可惜明年花更好，知与谁同。"（欧阳修《浪淘沙》）"中州盛日，闺门多暇，记得偏重三五。铺翠冠儿，捻金雪柳，簇带争济楚。如今憔悴，风鬟雾鬓，怕见夜间出去。不如向帘儿底下，听人笑语。"（李清照《永遇乐》下片）等等，诗人都是把体验最深的"顷刻"加以审美物化，成为具有特殊情韵的意象。

诗词中的回忆性意象很难说就是诗人对以往有关经历的完全复原，因为这些经历中的大部分内容只是一般的"经验"，只有一部分对于诗人来说是印象极为深刻的生命体验。体验是不同于一般经验的，"体验也就意味着亲历，亲身经历生命的重大、复杂而神秘的事相。亲历，就是去参与，奉献，牺牲，去体会痛苦与欢乐，承受恐怖与狂喜"①。回忆就是一种体验。正如伽达默尔所说的："凡是能被称之为体验的东西，都是在回忆中建立起来的。"② 诗人所回忆的情境，就是体验最为深刻的部分。诗中所回忆的，不能是抽象的意识，而是活生生的、饱含着诗人情感的感性印象。这也正是诗词中的回忆性意象具有鲜明审美特质的前提。诗词中的回忆性意象是诗人以十分鲜活的、生动的细节所构成的情境。正如英加登所说："诗歌中抒情之'我'就生活在这个目前时刻，它充满了对很久以前的过去的回忆，诗人借助于无足轻重的细节把它召回到现在，它在从过去保留下来的忧郁的意识中表现自己。不可挽回地失去的幸福，它那微不足道的但又是珍贵的痕迹保留在回忆中。悲伤一下子就确定了抒情之'我'的现在，他就在这个现在中吟诵着诗句。这仿佛不是抒情之'我'进入过去，相反，是过去在一瞬间复活了，好象是对现在的回声，和'现在'正在发生的事情融合为一体。这里显示出诗人很高的艺术性，这个过去尽管非常遥远并且只用了几个无足

---

① 王一川：《意义的瞬间生成》，山东文艺出版社 1988 年版，第 110 页。

② ［德］伽达默尔：《真理与方法》上卷，洪汉鼎译，上海译文出版社 1999 年版，第 85 页。

轻重的细节勾勒出来，仍然以其特有的、非常生动的情感色彩给读者以很深的印象，并且为展开它那给人以深刻印象的忧郁情思构成必要的背景。"①这种分析很合用于认识中国古典回忆性的诗词作品，这些篇什都是用鲜活而富有特征的细节来创造回忆性的情境的。如"我居北海君南海，寄雁传书谢不能。桃李春风一杯酒，江湖夜雨十年灯。持家但有四立壁，治病不蕲三折肱。想得读书头已白，隔溪猿哭瘴溪藤。"（黄庭坚《寄黄几复》）"彩袖殷勤捧玉钟，当年拚却醉颜红。舞低杨柳楼心月，歌尽桃花扇底风。"（晏几道《鹧鸪天》）"倚危亭，恨如芳草，萋萋刬尽还生。念柳外青骢别后，水边红袂分时，怆然暗惊。"（秦观《八六子》）。这些细节刻画带着很浓的情感色彩，呈现于读者的感性观照之中，产生了很高的审美价值。诗人以当前的情感体验为动力，将所曾经历的往事中那深深嵌入生命的、曾无数次使诗人魂牵梦绕的瞬间，从记忆的库存中调动出来，将其复活，使之宛如当下情景地呈现出来。山谷与黄几复在桃李春风中举杯共饮，同窗的深情化成这极美好的情景；重逢的烛光里，那往日为酬知己、尽情歌舞的宛妙音容又在眼前；词人离恨恰如"刬尽还生"的芳草，愁倚危亭，却恍然见到自己与伊人离别时水边分袂、柳外痛别的情形。……这些通过诗人的回忆而呈现的瞬间，既是历史的，又是当下的；既是幻觉的，又是活生生的，是灌注了生气的审美意象。

存在于人的内心世界的回忆情境是活跃的、丰富的，但又是零乱的、模糊的、不确定的。诗人则从自己丰富的记忆库存中选择其中体验最为深切、情感最为浓挚的"镜头"，通过文字的形式加以物化，使之成为稳定的、永恒的"图式化外观"，从而诉诸读者的审美感受。这些"镜头"在当时可能是"无足轻重"的，而经过诗人的语言加工之后成为自足的艺术境界，使原来幽闭于诗人的内心世界的回忆得以"敞亮"于人们的审美视域之中，成为永恒的美。诗是人们返回精神家园的道途，而回忆则是诗的重要源泉。西方美学高度重视回忆在诗歌创作中的作用，把它视为"诗的源和根"。中国古典诗学理论鲜有这方面的论述，却在创作实践上提供了大量的实证。回忆为中国古典诗歌平添了无数美的境界，也为诗的内蕴注入了更为丰富的张力。

---

① ［波兰］罗曼·英加登：《对文学的艺术作品的认识》，陈燕谷、晓未译，中国文联出版公司 1988 年版，第 139—140 页。

惊奇的审美功能及其在中国古典诗词中的呈现*

一

惊奇感是一种伟大的力量，在审美过程中扮演着重要的角色，甚至可以在某种意义上说，没有惊奇感的产生，也就没有审美心理的存在与进展。在进入审美的过程中，惊奇感是第一个"关口"。惊奇感于瞬间如电光石火一样划过主体的心灵，于是主体便以审美的心态来重新观照对象。真正的审美快感是伴随着惊奇感而产生的，换言之，惊奇感是获得审美快感的必要契机。因此，关于惊奇感的审美功能应该得到更多的重视与研究。在我看来，惊奇是审美心理过程的一个重要阶段，甚或也可以视为一个审美范畴。

从哲学的角度看，惊奇在对世界的认知上是有非常重要的意义的。在这方面，黑格尔既谈到惊奇在"艺术观照"中的重要作用，同时也把它和"宗教观照"以及一般的科学研究放在一起来论述。黑格尔说："如果从主体方面来谈象征型艺术的最初出现，我们不妨重提一句旧话：艺术观照，宗教观照（毋宁说是二者的统一）乃至于科学研究一般都起于惊奇感。人如果还没有惊奇感，他就还是处在蒙昧状态，对事物不发生兴趣，没有什么事物是为他而存在的。因为他还不能把自己和客观世界以及其中事物分别开来。——这种惊奇感的直接结果是这样：人一方面把自然和客观世界看作是与自己对立的，自己所赖以生存的基础，把它作为一种威力来崇拜；另一方面人又要满足自己的要求，把主体方面所感觉到的较高的真实而普遍的东西化成外在的，使它成为观照的对象。"① 在黑格尔之前，亚里士多德曾指出

---

* 本文刊于《文学遗产》2004 年第 3 期。

① ［德］黑格尔：《美学》第 2 卷，朱光潜译，商务印书馆 1979 年版，第 23 页。

一切知识都开始于惊奇，黑格尔将这种观点加以发挥，认为主观理性作为直观具有确定性，在此确定性中，对象首先仍然满载着非理性的形式，因此，主要的事情是以惊奇和敬畏来刺激主体。黑格尔不仅认为惊奇感是哲学之开端，而且，"艺术观照"和"宗教观照"都以惊奇感作为其开端的契机所在。有了惊奇感，人就从主客不分的蒙昧状态到区分主客体，从而与外在事物之间形成了对象化的关系。20 世纪的大哲学家海德格尔非常重视惊奇感在思想探索上的重要意义，他认为惊奇（原文为"惊讶"，此处为了统一术语，一律改为"惊奇"）决非仅仅存在于哲学的开端，而是贯穿于哲学活动的始终。他说："柏拉图说（《泰阿德篇》155d）：'惊奇，这尤其是哲学家的一种 $\pi\alpha'\theta os$（情绪），除此之外，哲学没有别的开端。'这地地道道是哲学家的 $\pi\alpha'\theta os$（情绪），即惊奇。因为除此之外哲学没有别的决定性的起点。作为 $\pi\alpha'\theta os$（情绪），惊奇乃是哲学的开端。我们必须全面理解 $\alpha'\rho\chi\eta'$ 这个希腊词，它是指某物从何而来开始了。但这种'从何而来'并不是在开始时被抛在后面了，而是这个（开端）成为这个动词所说的东西了，即成为占支配地位的东西了。惊奇的 $\pi\alpha'\theta os$（情绪）并非简单地停在哲学的发端处，就像诸如一个外科医生的洗手是在手术之前一样。惊奇承载着哲学，贯通并支配着哲学。"① 在海德格尔看来，惊奇在哲学活动中的作用是非常重要而且普遍的。不应把惊奇的功能仅仅理解为在哲学活动开端之初，而是贯穿于哲学活动的全过程之中。

在美学和艺术的领域中，西方的美学家和艺术家对审美心理和审美效应方面的惊奇有一些精辟的论述。如亚里士多德就把惊奇感作为悲剧艺术的效果的一个重要标志。他是把惊奇感和主体的审美发现密切联系起来的。亚氏在谈悲剧的审美特征时曾说过："一切'发现'中最好的是从情节本身产生的，通过合乎可然律的事件而引起观众的惊奇的'发现'，例如索福克勒斯的悲剧《俄底浦斯王》和《伊菲革涅亚在陶洛人里》中的'发现'。"② 亚氏还认为惊奇是给人以审美快感的主要因素，他说："惊奇是悲剧所需要的，史诗则比较能容纳不近情理的事（那是惊奇的主要因素），因为我们不亲眼看见人物的动作。——惊奇给人以快感，这一点可以这样看出来：每一

---

① ［德］海德格尔：《什么是哲学》，见孙周兴选编《海德格尔选集》，上海三联书店 1996 年版，第 602 页。

② ［古希腊］亚里士多德：《诗学·诗艺》，罗念生译，人民文学出版社 1962 年版，第 55 页。

个报告消息的人都添枝加叶，以为这样可以讨听者喜悦。"① 意大利文艺复兴时期的理论家马佐尼认为诗的目的就在于引起惊奇感，他说："诗人和诗的目的都在于把话说得使人充满惊奇感，惊奇感的产生是在听众相信他们原来不相信会发生的事情的时候。我在上文说过，作为一个摹仿的艺术，诗的目的在于再现一个形象；作为一个消遣，诗的目的在于娱乐；作为一个应受社会功能制约的消遣，诗的目的在于教益。现在我觉得可以补充一句：作为一种理性的功能，诗的目的在于产生惊奇感。"② 那么，也就是将惊奇感作为诗的主要审美功能了。17、18 世纪的英国文学评论家爱迪生也将审美的快感和惊奇感联系起来，他认为："凡是新的不平常的东西能在想象中引起一种乐趣，因为这种东西使心灵感到一种愉快的惊奇，满足它的好奇心，使它得到原来不曾有过的一种观念，——这就是这个因素使一个怪物也显得有迷人的魔力，使自然的缺陷也能引起我们的快感，也就是这个因素要求事物就变化多彩。"③ 20 世纪的著名戏剧家布莱希特在戏剧美学中提出了"间离化"（veremdugffkt，也译为"间离效果"、"陌生化效果"）的概念，其目的就在于使戏剧的观众感到"吃惊"，它"首先意味着简单地剥去这一事件或人物性格中理所当然的、众所周知的和显而易见的东西，从而制造出对它的惊愕和新奇感"④。他还在戏剧学名著《戏剧小工具篇》中指出："戏剧必须使观众吃惊。要做到这一点，就必须运用对熟悉的事物进行间离的技巧。"布莱希特所提倡的"间离化"，就是要产生使观众"吃惊"的审美效果。

由上可见，在西方美学和艺术理论中，"惊奇"是受到广泛关注的审美命题，不少理论家对此作了深刻的阐述，这些阐述主要是从审美心理的角度提出的，往往把它视为艺术创作中使读者或观众获得审美快感的必要前提。

二

在中国古代文论尤其是诗学中，有着许多与西方所说的"惊奇感"非

---

① ［古希腊］亚里士多德：《诗学·诗艺》，罗念生译，人民文学出版社 1962 年版，第 88 页。

② ［意］马佐尼：《神曲的辩护》，见北京大学哲学系美学教研室编《西方美学家论美和美感》，商务印书馆 1980 年版，第 74 页。

③ ［英］爱迪生：《论洛克的巧智的定义》，见北京大学哲学系美学教研室编《西方美学家论美和美感》，商务印书馆 1980 年版，第 74 页。

④ ［德］布莱希特：《论实验戏剧》，引自胡经之《西方二十世纪文论史》，中国社会科学出版社 1988 年版，第 336 页。

常相似的论述，如"惊人"、"惊心动魄"、"惊天动地"等说法。这些说法颇为普遍地见于对文学作品的价值评价之中。说某人的诗作"有惊人句"，这是对其作品的审美价值的高度称赞，几乎可以说是最高品级的认可了。中国古典文论中的"惊人"，侧重所反映的是作品的艺术效果。

"惊人"在诗人的自述中，主要表现为一种艺术价值目标的追求。如杜甫的"为人性僻耽佳句，语不惊人死不休"（《江上值水如海势聊短述》），李清照的"学诗漫有惊人句"（《渔家傲》）等等，都体现出诗人对自己作品中的审美价值的追求。杜甫以"惊人"作为毕生追求的目标，也将"惊人"作为"佳句"的尺度。

在更多的时候，"惊人"、"惊心动魄"等，是在对诗词审美价值的高度评价时提出的。如杜甫称李白诗云"笔落惊风雨，诗成泣鬼神"，这是对李白诗艺术成就的极高的赞美。晚唐诗人杜牧有一首很有趣味的诗，也是以"惊人"作为对诗才的夸赞："才子风流咏晓霞，倚楼吟住日西斜。惊杀东邻绣床女，错将黄晕压檀花。"（《偶作》）宋人吴可的《学诗》云："学诗浑似学参禅，自古圆成有几联。春草池塘一句子，惊天动地至今传。""惊天动地"是对谢诗的极高评价，也是指大谢"池塘生春草，园柳变鸣禽"名句流传至今的艺术魅力所在。明代著名文学家徐渭论诗时说："公之选诗，可谓一归于正，复得其大矣。此事更无他端，即公所谓'可兴、可观、可群、可怨'一诀尽之矣。试取所选之者读之，果能如冷水浇背，陡然一惊，便是兴观群怨之品；如其不然，便不是矣。"①"兴观群怨"是孔子论诗的社会功能的最基本的概括，也是儒家诗学的基本观念，而徐渭则认为如果诗能够使人读之如"冷水浇背"那样"陡然一惊"，也就达到了"兴观群怨之品"了，否则即不是。实际上，徐渭是把"陡然一惊"作为诗歌艺术价值的最高标准了。清人赵翼是把金代文学家元好问置于一流的大诗人、大词人的地位的，他在评价遗山词时说："遗山词修饰词句，本非所长；而专以意为主。意之所在，上者可以惊心动魄，次亦沁人心脾。"②他认为遗山词的上乘之作是令人惊心动魄的，这是对遗山词的高度评价。清人刘熙载评陆机乐府诗云："士衡乐府，金石之音，风云之气，能令读者惊心动魄，虽子建诸乐府且不得专美于前，他何论焉！"③认为连曹植的乐府诗也不在其上，

---

① （明）徐渭：《答许口北》，见《徐渭集》第 2 册，中华书局 1983 年版，第 482 页。
② （清）赵翼：《瓯北诗话》，人民文学出版社 1963 年版，第 118 页。
③ 王气中：《艺概笺注》，贵州人民出版社 1980 年版，第 155 页。

而其审美效应主要是"能令读者惊心动魄"。清人刘体仁在词学中也借用徐渭的说法，以"惊心动魄"为词的妙境："陡然一惊，正是词中妙境。"①这些材料都说明了在中国古代文论中，同样是普遍重视"惊奇"的美学意义的。在关于诗词、小说、戏剧等文学艺术的领域中，"惊人"、"惊心动魄"、"惊天地，泣鬼神"等，都是超乎寻常的评语，往往是对所认为的最高审美价值的评判。

　　"惊人"、"惊心动魄"等美学要求，主要是侧重于作品所产生的令人惊奇的审美效应，在诗学中表现为对卓异的语言创造之提倡。也就是要锻造锤炼具有震撼力的警句，来作为作品的"高光点"。陆机在《文赋》中提出："立片言以居要，乃一篇之警策。虽众辞之有条，必待兹而效绩。"这里所说的"警策"，即是在诗文中最能竦动读者的警句，此乃全篇最见华彩的句子，也是作品的安身立命之处。有了它，可以使作品满篇生辉。虽然作品的词语都是颇有条理的，但却有赖于警句的出现，才能更好地发挥作用。这种警句虽然只是"片言"，却是作品价值的关键所在。宋人吕本中认为"警策"即"惊人语"，他说："'立片言以居要，乃一篇之警策'，此要论也。文章无警策，则不足以传世，盖不能竦动世人。如老杜及唐人诸诗，无不如此。但晋宋间人，专致力于此，故失之绮靡，而无高古气味。老杜诗云'语不惊人死不休'，所谓惊人语，即警策也。"②刘勰《文心雕龙·隐秀》篇所说的"秀"，即以"卓绝"而秀出众作的，《隐秀》篇云："夫心术之动远矣，文情之变深矣，源奥而派生，根盛而颖峻，是以文之英蕤，有秀有隐。隐也者，文外之重旨者也；秀也者，篇中之独拔者也。隐以复意为工，秀以卓绝为巧，斯乃旧章之懿绩，才情之嘉会也。夫隐之为体，义生文外，秘响旁通，伏采潜发，譬爻象之变互体，川渎之韫珠玉也。故互体变爻，而化成四象；珠玉潜水，而澜表方圆。——赞曰：深文隐蔚，余味曲包。辞生互体，有似变爻。言之秀矣，万虑一交。动心惊耳，逸响笙匏。"③在刘勰的创作论文艺思想中，"隐秀"是一对有重要价值的美学范畴。"隐"指作品余味曲包，含蓄无尽；"秀"指卓绝独拔，警策竦人。二者是辩证的统一，互为表里。范文澜先生注云："重旨者，辞约而义富，含味无穷，陆士

　　①　（清）刘体仁：《七颂堂词绎》，见唐圭璋《词话丛编》第1册，中华书局1986年版，第623页。

　　②　（宋）吕本中：《童蒙诗训》，见郭绍虞《宋诗话辑佚》下册，中华书局1980年版，第584页。

　　③　范文澜：《文心雕龙注》，人民文学出版社1958年版，第632页。

衡云'文外曲致'，此隐之谓也。独拔者，即士衡所云'一篇之警策也'"①
刘勰在《隐秀》篇的赞语中突出地强调了秀句所产生的"动心惊耳"的效
果，这对中国古代文论中对审美惊奇感的重视，是有深远影响的。

三

在中国古代的诗词创作中，具有"惊人"的审美效果的篇什可以说是
汗牛充栋。如果略加分析，可以看出，造成诗词的"惊人"效果，情形大
致有这样几种：或是诗词的意象奇特，匪夷所思；或是整体意境的雄奇壮
伟，气势磅礴；或是比喻联想的奇妙绝伦，令人惊奇；或是语言锤炼不同凡
响，句法奇拗；或是立意警策透辟，使人读之如醍醐灌顶。诗词中产生
"惊人"效果的，有许多是因为意象创造的奇特不群，匪夷所思，给读者以
令人错愕惊奇的感觉。宋人杨万里论诗中的"惊人之句"云：

> 诗有惊人句。杜山水障："堂上不合生枫树，怪底江山起烟雾。"
> 又："斫却月中桂，清光应更多。"白乐天云："遥怜天上桂华孤，为问
> 姮娥更要无？月中幸有闲田地，何不中央种两株？"韩子苍衡岳图：
> "故人来自天柱峰，手提石廪与祝融。两山坡陀几百里，安得置之行李
> 中。"此亦是用东坡云："我持此石归，袖中有东海。"杜牧之云："我
> 欲东召龙伯公，上天揭取北斗柄。蓬莱顶上斡海水，水尽见底看海
> 空。"李贺云："女娲炼石补天处，石破天惊逗秋雨。"②

杨万里所举的"惊人之句"，都是意象创造的奇特，与众不同，给人以
耳目一新的感觉。这类例子是不胜枚举的。再如岑参《白雪歌》中的"忽
如一夜春风来，千树万树梨花开"《走马川行》中的"轮台九月风夜吼，一
川碎石大如斗"等，韩愈《调张籍》中的"徒观斧凿痕，不瞩治水航。想
当施手时，巨刃磨天扬。垠崖划崩豁，乾坤摆雷硠"，苏轼《浣溪沙》中的
"谁道人生无再少，门前流水尚能西，休将白发唱黄鸡"、《水龙吟》中的
"似花还是非花，也无人惜从教坠。抛家傍路，思量却是，无情有思。萦损
柔肠，困酣娇眼，欲开还闭。梦随风万里，寻郎去处，又还被莺呼起"，等

---

① 范文澜：《文心雕龙注》，人民文学出版社 1958 年版，第 633 页。
② （宋）魏庆之：《诗人玉屑》卷 3，上海古籍出版社 1978 年版，第 50 页。

等，都以意象的奇特新颖造成了令人惊奇的审美效果。整体意境的雄奇壮伟，气势磅礴，读者在阅读时产生心灵的震撼，这自然是一种惊奇之感。这类篇什，如李白的《蜀道难》、《梁甫吟》、《梦游天姥吟留别》等，韩愈的《陆浑山火》、《谒衡岳庙遂宿寺题门楼》等，苏轼的《游金山寺》、《登海州市》、《念奴娇·赤壁怀古》、《水调歌头·黄州快哉亭赠张偓佺》等，辛弃疾的《水龙吟·登建康赏心亭》、《沁园春》（"叠峰西驰，万马回旋，众山欲东"），元好问的《涌金亭示同游诸君》、《范宽秦川图》等，意象的奇崛诡异，也颇能使人产生惊奇之感。这种整体意境和气势的雄奇伟丽，最能造成"气盖一世"、"惊动千古"的艺术效果。欧阳修评李白诗云："'落日欲没岘山西，倒着接篱花不迷。襄阳小儿齐拍手，大家齐唱白铜鞮'，此常言也。至于'清风朗月不用一钱买，玉山自倒非人推'，然后见太白之横放。所以惊动千古者，固不在此乎！"① 中唐诗歌大家韩愈也以气势奔进雄放、整体意境雄奇壮伟见称于世，清人方东树评价韩诗云："韩公诗，文体多，而造境造言，精神兀傲，气韵觉酣，笔势驰骤，波澜老成，意象旷达，句字奇警，独步千古，与元气侔。"② 这种气势雄奇侠荡的篇什，是最具惊心动魄的艺术力量的。

诗词语言锤炼的高妙不凡，句法句式的奇拗，都可以是产生惊奇效果的重要因素。如一生以"语不惊人死不休"为其美学追求的杜甫，在语言锤炼上便最见功力。杜诗常常以精心锤炼而出的诗歌语言使人的审美感受为之一新。如《春望》中的"感时花溅泪，恨别鸟惊心"，《秋兴八首》中的"波漂菰米沉云黑，露冷莲房坠粉红"、"香稻啄余鹦鹉粒，碧梧栖老凤凰枝"，都是有名的例子。再如宋代大诗人黄庭坚作诗好奇尚硬，有意以句法句式的奇拗造成佶屈拗口的不和谐音，如"笑陆海潘江"、"邀陶渊明把酒碗，送陆敬修过虎溪"、"酌君以蒲城桑落之酒，泛君以湘累秋菊之英，赠君以黔川点漆之墨，送君以阳关堕泪之声"，都以句式的奇拗，使人惊异不已。恰如清人方东树所论："涪翁（黄庭坚号）以惊创为奇"；"又贵奇，凡落想落笔，为人人意中所能有能到者，忌不用；必出人意表，崛峭破空，不自人间来"③。其句式的奇拗，为其特出的表现。它们给人造成的惊奇之感是很明显的。诗词创作中比喻的奇妙绝伦，令人叹为观止，且又极为恰切地

① （宋）魏庆之：《诗人玉屑》卷3，上海古籍出版社1978年版，第290页。
② （清）方东树：《昭昧詹言》，人民文学出版社1961年版，第219页。
③ 同上书，第225页。

表达了事物之间的内在联系，读者也因之感到惊喜不已。如李贺的"羲和敲日玻璃声"（《秦王饮酒》），李煜的"问君能有几多愁，恰似一江春水向东流"（《虞美人》），苏轼的"欲知垂尽岁，有似赴壑蛇"（《守岁》），等等，都以比喻的奇特使人惊奇。博喻的使用尤能激活读者的审美感官，最有名的便是苏轼的《百步洪》中"有如兔走鹰隼落，骏马下注千丈坡，断弦离柱箭脱手，飞电过隙珠翻荷"，即用博喻来比拟水流之速，令人为之惊叹。清代诗论家赵翼评此云："东坡大气旋转，虽不屑屑于句法、字法中别求新奇，而笔力所到，自成创格。"此四句"形容水流迅速，连用七喻，实古所未有①。诗词所咏题材的独特，带有某种传奇色彩，产生"惊人"的审美效果，加之诗人的极力渲染，尤为令人惊叹不已。如元好问的两首《迈陂塘》，一写人的殉情，一写雁的殉情，所咏题材都具传奇意味。这两首词是遗山词中最有震撼力的篇什，深受词论家的推崇。元代后期的著名诗人杨维桢，作诗以古乐府见长，构思奇特，造语突兀，充满力度感。他有《杀虎行》一首乐府，咏叹一位民女胡氏杀虎救夫的义烈行为："夫从军，妾从主，梦魂犹痛刀箭瘢，况乃全躯饲豹虎。拔刀誓天天为怒，眼中於菟小于鼠。血号虎鬼冤魂语，精光夜贯新阡土。可怜三世不复仇，泰山之妇何足数！"写得气凛千秋，壮烈非常。题材本身的传奇性，是产生阅读时那种惊心动魄效果的主要因素。

四

　　关于惊奇的审美效果的获得，其途径与方式在不同的诗人那里有不同的理解。有些诗人主张刻意求奇，甚至以奇险怪谲为其美学理想。如中唐的韩孟诗派在这方面便是颇为典型的。韩愈主张在创作上"陈言务去"，明确地以诗文语言的惊创，来开拓奇突不平的艺术境界。且看其对孟郊、张籍等诗人的评价，都是以横空硬语、雄鸷奇崛为其价值标准的。如评孟郊诗云："有穷者孟郊，受材实雄鸷。冥观洞古今，象外逐幽好。横空盘硬语，妥贴力排奡。"（《荐士》）评贾岛诗云："无本于为文，身大不及胆。吾尝示之难，勇往无不敢。蛟龙弄角牙，造次欲手揽。"（《送无本师回范阳》）韩愈一派的皇甫湜，在文章中反复申说"尚奇"的主张，他认为只有"奇"才

---

① （唐）皇甫湜：《答李生第二书》，见周祖譔《隋唐五代文论选》，人民文学出版社1991年版，第271页。

能有长久的艺术价值："秦汉已来至今，文学之盛，莫如屈原、宋玉、司马迁、相如、扬雄之徒。其文皆奇，其传皆远。"在他看来，"奇"是文学作品具有传世的艺术价值的主要条件。这派诗人，是把惊奇作为自己追求的价值目标的，其目的当然是产生惊心动魄的艺术效果。

另外一种看法，在认可惊奇感的产生是上乘作品的价值尺度的同时，却认为这种效果的获得，并非处心积虑地刻意寻求，而恰是在主体的情感与外物的偶然的审美感兴之中，也就如宋人戴复古所说的："诗本无形在窈冥，网罗天地运吟情。有时忽得惊人句，费尽心机做不成。"（《论诗十绝》）"惊人句"的产生，是在偶然的契机中得到的，"费尽心机"反而无法获得。杨万里也称："山思江情不负伊，雨姿晴态总成奇。闭门觅句非诗法，只是征行自有诗。"（《下横山滩头望金华山》）认为正是在诗人与自然的感兴中便有奇句产生。唐人殷璠编选《河岳英灵集》，评刘眘虚诗云："眘虚诗，情幽兴远，思苦词奇，忽有所得，便惊众听。"[①]认为刘诗"便惊众听"的结果，是因为诗人在情景相遭中"忽有所得"的。

与之相近的一种观点，认为诗之奇特而产生"惊人"的效果，并不在于诗的语言、意象迥异于寻常，恢谲诡异，而恰恰是合乎日常情理的精彩描写，便可获得"惊人"的审美效应。如清人贺贻孙便说：

> 吾尝谓眼前寻常景，家人琐俗事，说得明白，便是惊人之句。盖人所易道，即人所不能道也。如飞星过水，人人曾见，多是错过，不能形容，亏他收拾点缀，遂成奇语。骇其奇者，以为百炼方就，而不知彼实得之无意耳。即如"池塘生春草"，"生"字极现成，却极灵幻。虽平平无奇，然较之"园柳变鸣禽"更为自然。"枫落吴江冷"、"空梁落燕泥"，与摩诘"雨中山果落"，老杜"叶里松子僧前落"，四"落"字俱以现成语为灵幻。又如老杜"杖藜还客拜"、"旧犬喜我归"，王摩诘"野老与人争席罢"，高达夫"庭鸭喜多雨"，皆现成琐俗事，无人道得，道得即成妙诗，何尝炼"还"字、"喜"字、"罢"字以为奇耶？[②]

---

① 傅璇琮、李珍华：《河岳英灵集研究》，中华书局1992年版，第155页。

② （清）贺贻孙：《诗筏》，见郭绍虞《清诗话续编》上册，上海古籍出版社1983年版，第164页。

贺氏眼中的"惊人之句"，并非是离奇诡谲的东西，而恰恰是以"现成语为灵幻"的产物。"眼前寻常景，家人琐俗事"，是人们所司空见惯的，人们的感知对这些事物处于麻痹状态，而实际上却是未尝被人们所真正认识和得到审美感受的。"人人曾见，多是错过"，正是指出了这种事物在日常生活中的遮蔽状态。诗人则以对自然和社会那种深切的人文关怀与敏感的审美触角，发现了其中的艺术价值所在，于是以颇具新鲜感的笔触予以"陌生化"的表现，将平素人们熟知却缺少真正的审美感受的事物，以非常特征化的细节或动态表现出来，从而使被遮蔽的事物，得以审美地敞亮。恰如海德格尔在评论梵高的《农鞋》时所说："这幅画道出了一切。走近这幅作品，我们就突然进入了另一个天地，其况味全然不同于我们惯常的存在。——个存在者，一双农鞋，在作品中走进了它的存在的光亮里。"[①] 在诗人的笔下，日常生活中平淡无奇、被人们视而不见的事物，敞亮了令人惊讶的美。

五

惊奇，无论在中国抑或在西方，都是引起广泛重视的审美现象。但都尚未作为一个美学理论范畴加以提炼，而是在论著中零散地涉及。在西方美学家那里，惊奇是作为一种审美心理现象加以描述，因而常被称为惊奇感。应该说，惊奇感的论述在西方哲学和美学中还是较有理论深度的。同时，惊奇感还被作为审美快感的前提。由于有了惊奇感，方才有了快感的出现。亚里士多德所说的"惊奇给人以快感"，可视为一个有着普遍意义的审美心理命题。而在中国的艺术理论中，"惊人"、"惊心动魄"、"惊动千古"等，也都是非常普遍地存在着的审美观念，同样可以用"惊奇"加以整合概括。由此看来，中西美学真还有很多相通之处。在中国美学体系中，"惊奇"（"惊人句"、"惊动千古"、"惊心动魄"等）基本上属于审美功能方面的范畴。"惊奇"首先是作为诗人作家们的价值目标所系，也是创造主体的审美追求所在。中国文人渴望永恒的价值与意义，所谓"不朽之盛事"。而能否永恒、不朽，要看是否能够"惊人"。所谓"惊动千古"，即道出了"惊奇"与永恒的联系。"惊奇"在中国古代文论中又在很多情形下是指作品本身的奇特灵幻的审美属性，同时，也指它们所产生的十分卓绝的审美效果。

---

① ［德］海德格尔：《林中路》，孙周兴译，上海译文出版社1999年版，第19页。

如李渔所说的"开卷之初，当以奇句夺目，使人一见而惊，不敢弃去"①，王世贞所说的"一语之艳，令人魂绝，一字之工，令人色飞，乃为贵耳"②等，都指惊奇所产生的非同凡响的效果。

从美学的意义上看，惊奇感值得深入研究并加以整合，提炼成审美范畴。这在中国古代文论和诗词创作中有非常深厚的基础，使得这个范畴不是停留在抽象的思辨层面，而是来源于丰富的艺术实践，现在需要我们对它进行学理上的升华！

---

① （清）李渔：《闲情偶寄·词曲部》，浙江古籍出版社 2011 年版，第 32 页。
② （明）王世贞：《艺苑卮言》，见唐圭璋《词话丛编》，中华书局 1986 年版，第 385 页。

中国古典诗词的内在视像之美[*]

一

作为一个时代的文化征候，"视觉文化"被赋予了独特的时代内涵，具有了特定的意义。而实际上，如果广义地来看，"视觉文化"应该是古已有之的，无论是西方，还是在中国，视觉经验都被认为是审美的第一"妙谛"。因而，绘画和雕塑就被看作最为直接的审美对象了。我们知道，诗词是以文字为其艺术语言的，与今天的影视画面相比，在视觉审美的直接性上，文字显然是无法与镜头与画面相抗衡的。因此，谈及"视觉文化"的时代，似乎以文字为艺术表现工具的文学创作（诗词尤为典型）是与之毫无缘分了。我们其实并非强欲和"视觉文化时代"的时尚话语"攀龙附凤"，但我们又深切地感受到，诗词的艺术魅力和审美性质，恰恰又以内在的视像之美为其最重要的因素之一。

何谓"内在视像"？这里是指作家通过文学语言在文学作品中所描绘的可以呈现于读者头脑中的具有内在视觉效果的艺术形象，作为文学审美活动而言，这是实现其审美功能的最为关键的一个环节，也是判断其是否具有审美特征的文学作品的重要标志。甚至可以说，这种内在视像，对于读者来说，是真正的审美对象，至少是审美对象的核心要素。从中国古典诗词来看，诗人在作品中创造出来的内在视像，才是其历久不衰的魅力所在。越是具有审美含量的篇什，就越是能够在读者欣赏作品时在心灵的荧屏上呈现出滢澈而又具有生命力的视像。诗人以符合文体要求的文学语言来创造出具有内在的视觉效果的画面，以此兴发出可供吟味的审美情趣，给人们留下了非常深刻的印象。

---

* 本文刊于《社会科学战线》2007 年第 2 期。

以现象学的观点来看,"内在视像"是典型的意向性投射的产物。"内在视像"不是外在的语言文字,也不是审美客体单方面的存在,而是作为审美主体的读者,在意向性地阅读特定的诗词作品时超越了作品的语言形式后在头脑中形成的具有直观性的内在视觉形象。在英加登的现象学美学中,"文学作品是一个多层次的构成。它包括语词声音和语音构成以及一个更高级现象的层次:意群层次;句子意义和全部句群意义的层次:图式化外观层次;作品描绘的各种对象通过这些外观呈现出来:在句子投射的意向事态中描绘的客体层次"①。这种"外观"是内在的视觉化呈现,英加登指出:"与科学著作中占主要地位的作为真正判断句的句子相对照,在文学的艺术作品中陈述句不是真正的判断而只是拟判断,它们的功能在于仅仅赋予再现客体一种现实的外观而又不把它们当成真正的现实。"② 英加登所说的"图式化外观",是一种审美表象。它当然带着很大的不确定性,因为它并非如绘画、雕塑或当代的电子"仿像"那样直接地、确定地呈现于审美主体的眼前,但是,蕴含在作品的语言文字中的内在的视像,由于必须是由审美主体的意向投射方能在观念中呈现,就具有了更为丰富的美学气质。这种内在的视像,与现在的"仿像"相比,有更为明显的审美知觉意义,也就是说,主体与客体的相互构成,呈现为这种充满内在的感性魅力的审美对象。在意向性这点上,文学作品的内在视像是超越了现在的电子仿像的。杜夫海纳认为:"审美对象不是别的,只是灿烂的感性。规定审美对象的那种形式就表现了感性圆满性和必然性,同时感性自身带有赋予它以活力的意义,并立即献交出来。现象与审美对象的这种同一化,也许有助于说明意向性在主体与客体之间所缔造的联系。"③ 这种观点,恰恰正是揭示了作为文学作品的内在视像的意向性特质。

二

"内在视像"首先出现在作家诗人的艺术创造之中,没有作家诗人的头脑中的"内在视像",当然也就不会有读者在阅读中产生的"内在视像"。

---

① [波兰]罗曼·英加登:《对文学的艺术作品的认识》,陈燕谷、晓未译,中国文联出版公司 1988 年版,第 5 页。

② 同上书,第 10 页。

③ [法]杜夫海纳:《美学与哲学》,孙非译,中国社会科学出版社 1985 年版,第 54 页。

早在 1991 年，张德林教授曾撰文论述作家的内心视像，这是有重要的理论开创意义的。张先生引用了斯坦尼斯拉夫斯基关于内心视像的论述来作为其所提理论的基础，斯氏在《演员自我修养》中指出，我们的视像从我们的内心中、记忆中迸发出来之后，就无形地重现在我们的身外，供我们观看。不过对于这些来自内心的假想对象，我们不是用外在的眼睛，而是用内心的眼睛（视觉）去观看的。张德林教授对内心视像的阐释我以为是非常中肯的，他说："视像，本来指客观对象，主体用肉眼看得见的人和物。然而，这里所指的内心视像，并非肉眼所见，而是浮现在主体的脑海里，只有用心灵的眼睛才能'观看'得到，感觉得到。"① 这种理解将"内心视像"的特征揭示得简明而准确。我之所以用了"内在视像"这样一个概念，而不是用"内心视像"，这是因为，"内心视像"在张德林先生那里是指作家在进行文学创作时创造出来的，而我这里侧重是指存在于作品之中，在审美主体的意向性投射中产生于读者脑海中的视觉影像。

　　中国古代文论和美学资料中多有对作家的"内心视像"和作品的"内在视像"的论述，其间也道出了一些重要的性质。如刘勰在《文心雕龙·神思》篇里所说的"独照之匠，窥意象而运斤"，这个"意象"，其实就是作家在惨淡经营后呈现于脑海中的"内心视像"。唐代诗人王昌龄在论述"诗有三境"的"物境"时，也相当明显地揭示了诗人在创作过程中的"内心视像"，其云："物境一：欲为山水诗，则张泉石云峰之境极丽绝秀者，神之于心，处身于境，视境于心，莹然掌中，然后用思，了然境象，故得形似。"王昌龄在这里所说的是诗人在创作山水诗时在心中经过运思，而在心中呈现的带有明显的视觉性质的视像，这是诗歌作品所蕴含的内在视像的胚胎。

　　对于诗词作品中蕴涵的、有待于在读者的阅读中呈现的内在视像，古人也多有论及。宋代诗人梅尧臣主张在诗歌创作中创造出具有内在视觉意味的诗歌意象。梅氏云："诗家虽率意，而造语尤难。若意新语工，得前人所未道也。必能状难写之景如在目前，含不尽之意见于言外，然后为至矣。"（欧阳修《六一诗话》引）认为真正的好诗应该是"如在目前"的。而且，梅圣俞的话其实给了我们一点重要启示，那就是这类具有视像美感的意象或整体意境，并非是外在的客观事物的影像模仿，而是经过了诗人的独创性劳动的产物。宋人严羽的《沧浪诗话》中的一段著名论述是最能见其视像性

---

① 张德林：《作家的内心视像与艺术创造》，《文学评论》1991 年第 2 期。

质的。他说："诗者，吟咏情性也。盛唐诸人惟在兴趣，羚羊挂角，无迹可求。故其妙处透彻玲珑，不可凑泊，如空中之音，相中之色，水中之月，镜中之象，言有尽而意无穷。"（《沧浪诗话·诗辨》）这里所描述的，其实正是诗歌篇章中那种透明的、有着内在视觉性质的整体境界。严羽所提出的这种诗歌境界，也是经过诗人精心组织出来的整体性的审美境界，它的内在视觉性质和它的整体感是深刻联系在一起的。所谓"透彻玲珑，不可凑泊"，是描述好诗在读者心中呈现的内在具有视觉意义的审美境界。此前唐代诗人王昌龄对于诗境创造有一番话是关于诗人创造"内心视像"的过程的，他说："夫置意作诗，即须凝心，目击其物，便以心击之，深穿其境。如登高山绝顶，下临万象，如中国古典诗词的内在视像之美在掌中。以此见象，心中了见，当此即用。如无不似，仍以律调之定，然后书之于纸。会其题目，山林、日月、风景为真，以歌咏之。犹如水中见日月，文章是景，物色是本，照之须了见其象也。"（《文镜秘府论·论文意》）王氏这段话颇为全面地指出了从诗人的"内心视像"到作品的"内在视像"的过程。在王氏看来，诗人要创造出具有内在视像性质的意象或意境，首先要在心中创造出"内心视像"，这种"内心视像"并非简单地是客观物象的照搬，也并非是全然与物象无关的东西，而是诗人以用心灵洞照外物而又加以创造的完整镜像。在诗人的脑海中，这种镜像是如同眼前的可观之物一样晶莹透彻的，所谓"以此见，心中了见"，有着明显的视觉性质，只不过是在内心之中呈现的。它不是被动的、现成的，而是凝心照境的创造物。王昌龄又云："夫作文章，但多立意。令左穿右穴，苦心竭智，必须忘身，不可拘束。思若不来，即须放情却宽之，令境生。然后以境照之，思则便来，来即作文。如其境思不来，不可作也。"也是说这种内在视像的创造之艰苦过程。更为值得注意的是，王昌龄不唯描述了诗人"内心视像"的创造过程，而且还将从诗人的"内心视像"，通过艺术表现转化为文本中的"内在视像"揭示出来。中国古代诗歌创作，要以音韵格律为其形式，诗人以之"书之于纸"，将山林、日月、风景的视像呈现出来，在读者的阅读审美活动中，"犹如水中见日月"，这当然是如同滢澈于眼前的视像了。

中国古代诗词多以具有鲜明的视觉意象的词语给读者以强烈的美感，如《诗经·桃夭》篇中的"桃之夭夭，灼灼其华。之子于归，宜其室家"等等，这些诗句都给人以当下的、鲜明的视觉美感。古代诗词中有大量的诗句是创造出如同当下感知的视觉图像的。当然，在诗词中，有很多诗句并非都是给人以视像之美的，而是有缘起，有过渡，有描绘，也有升华。内在的视像，成为诗作的最具情味的亮点。无论是古体，还是近体，都呈现出这种特点。周邦彦《苏幕遮》词云："燎沉香，消溽暑，鸟雀呼晴，侵晓窥檐语。叶上初阳干宿雨，水面清圆，一一风荷举。故乡遥，何日去？家住吴门，久作长安旅。五月渔郎相忆否？小楫轻舟，梦入芙蓉浦。"这首词的上片，给人以非常生动而透明的内在视像，尤其是"水面清圆，一一风荷举"，其意象神态如在目前，被王国维称之为"此真能得荷之神理者"（《人间词话》）。诗词中的内在视像，无论如何都必须有待于读者的阅读审美的，而当它们在审美主体的脑海中呈现出的由文字转化出来的内在视像，才是真正的审美对象。换句话说，我们对文学作品（本文主要是谈诗词）的审美活动，主要是与作为客体的作品加以意向性投射，而使其呈现为观念中的视像的。正因如此，中国哲学中的"言象意"之论，就具有了不同寻常的美学学理价值。《周易》提出"立象以尽意"，强调象的表意优于言。魏晋时期的玄学家王弼进一步推出："得意在忘象，得象在忘言"的命题，即所云："忘象者，乃得意者也；忘言者，乃得象者也。"（《周易略例·明象》）这是有着深刻的美学意义的。王弼所说的象其实正是"内在视像"，在文学创作中，就是成为读者审美对象的东西。按照康德—鲍桑葵的审美理论来讲，康德认为，"美是不依赖概念而作为一个普遍愉快的对象被表现出来的"①。这个对象必然是表象化的，而这种表象，其实多是在内心中的内在视像。因此康德说："在一个鉴赏判断（即审美判断——笔者按）里，表象样式的主观的普遍传达性，因为它是没有一定的概念为前提也可能成立，所以它，除掉作为在想像能力的自由活动里和悟性里的心意状态外，不能有别的。"②英国美学家鲍桑葵进一步发展了康德的审美表象学说，明确地揭示了审美对象的这种视像性质，他说："我们对一个实际存在的事物，可以知道一大堆东西——它的历史、它的组成、它的市场价值、它的原因或者效果；然而对于审美态度说来，这一切的存在或不存在都是一样的。这全是顺带的东西，不包含在审美对象里。除掉那些可以让我们看的东西外，什么对我们没有用处，而我们所感受或者想像的只能是那些通通成为直接外表或表象的东西。这就是审美表象的基本学说。"③鲍桑葵指明了康德所说的"审美表象"其实是具有内在的视觉成分的。这与我们所论的古代诗词中的内在视像是同类

---

① ［德］康德：《判断力批判》，宗白华译，商务印书馆 1985 年版，第 48 页。
② 同上书，第 55 页。
③ ［英］鲍桑葵：《美学三讲》，周煦良译，上海译文出版社 1983 年版，第 5 页。

的东西。

三

　　前面我们所举的诗词中的内在视像，从时间维度来讲，都是给人以当下的呈现。审美主体从这些篇什中所内在地直观到的是诗人如同正在当前的活动场景或画面，其实已经是经过诗人对于原始印象改造整合之后的情景了。这种如在当前的画面，给人的感觉是相当充盈的。它是非常鲜活的、生动的，而且是处在完整的视域中的最为突出的部分。现象学哲学的开创者胡塞尔论述了在这种直观性的意向性活动中当下的充盈感。尽管在表述是很晦涩的，但我们仍然可以从其中得到有关的启示，他说："我们可以说，符号意向自身是'空乏的'并且是'需要充盈的'。在从一个符号意向到相应直观的过渡中，我们不仅只体验到一种单纯的上升，就像在从一个苍白的图像或一个单纯的草图向一个完全活生生的绘画的过渡中所体验到的那样。毋宁说，符号意向自为地缺乏任何充盈，只是直观表象才将符号意向带向充盈并且通过认同而带入充盈。符号意向只是指向意象，直观意向则将对象在确切的意义上表象出来，它带来对象本身之充盈方面的东西。"① 在古代诗词中，于时间维度上当下呈现的内在视像，给人的感觉是相当充盈的。在作品所敞亮的情景里，其实是有一个整体的视域的；当下维度的内在视像的呈现，是这个视域中的直接给人以内在视像的片断，它隐含着这个视域中的其他阶段，而在这个片断的呈现中，表象是非常充盈的。如王维《山居秋暝》中的"明月松间照，清泉石上流。竹喧归浣女，莲动下渔舟"，苏轼的《李思训画长江绝岛图》："山苍苍，水茫茫，大孤小孤江中央。崖崩路绝猿鸟去，惟有乔木参天长。客舟何处来？棹歌中流声抑扬。沙平风软望不到，孤山久与船低昂"等等，都以文字的描绘给人以鲜明而充盈的内在视像。胡塞尔又指出这类内在的视像"它'相似于'图像，映像着（abbilden）图像，但表象的充盈则是从属于它本身的那些规定性之总和，借助于这些规定性，它将它的对象以类比的方式当下化，或者将它作为自身被给予的来把握。因而这种充盈是各个表象所具有的与质性与质料相并列的一个特征因素；当然，它在直观表象那里是一个实证的组成部分，而在符号表象那里则是一个缺

---

　　① ［德］胡塞尔：《逻辑研究》第 2 卷第 2 部分，倪梁康译，上海译文出版社 1999 年版，第 74 页。

失。表象越是清楚，它的活力越强，它所达到的图像性阶段越高；这个表象的充盈也就越丰富。"① 中国古代的诗人们通过诗的语言创造出来的这种当下化的表象，所达到的图像性阶段是非常之高的，因而，作为一种内在的视像，其呈现于脑海中的视觉性给我们以很强的审美感受。

诗词中的内在视像一般并非独立地存在，而是与抒情、表意与理念升华等因素合而为一，成为完整的有机整体。诗人的情感、情绪，还有必要的交代，时间或缘起等，也都与这些内在的视像交织在一起，形成浑然一体的作品。看似当下呈现的内在视像，也可能是回忆，也可能是想象，还可能是比喻或象征，在时间上可能将过去与未来、梦境与现实，都通过视像的缩合结为一体。如刘禹锡的《石头城》："山围故国周遭在，潮打空城寂寞回。淮水东边旧时月，夜深还过女墙来。"《乌衣巷》："朱雀桥边野草花，乌衣巷口夕阳斜。旧时王谢堂前燕，飞入寻常百姓家。"这两首诗都是有着优美动人的视像的，但这里的视像又在时间维度上是双重的，一重是当下的，一重则是过去的。前者是"旧时月"，后者是"堂前燕"，这两个具有内在视觉性质的意象，都是兼具了过去和当前两重时间维度的，这无疑使内在视像增加了意蕴和历史感。有的则是将诗人的情感与内在视像穿插在一起，使之有着深刻的情感内蕴，如温庭筠的《商山早行》："晨起动征铎，客行悲故乡。鸡声茅店月，人迹板桥霜。槲叶落山路，枳花明驿墙。因思杜陵梦，凫雁满回塘。"诗中的内在视像是相当鲜明的，但又是与诗人的情感穿插在一起的，所以其情感色彩就相当浓重。

中国古代诗词中有很多是回忆之作，有的是整体性的回忆，有的则是片断的、局部的回忆。在诗词中，回忆的情景描写，或者说回忆性的意象，这种回忆性的意象，在我看来有着更为集中、更为突出的审美特色。回忆出现在诗词中，不是一些思虑，也不是一些念头，而是一些活生生的内在视像。叔本华对于回忆有这样的论述，他说："在过去和遥远的（的情景）之上铺上这么美妙的幻景，使之在很有美化作用的光线之下而出现于我们之前的（东西），最后也是这不带意志的观赏的怡悦。这是出于一种自慰的幻觉（而成的），因为在我们使久已过去了的，在遥远地方经历了的日子重现于我们之前的时候，我们的想象力所召回的仅仅只是（当时的）客体，而不是意志的主体。这意志的主体在当时怀着不可消灭的痛苦，正和今天一样；

① ［德］胡塞尔：《逻辑研究》第 2 卷第 2 部分，倪梁康译，上海译文出版社 1999 年版，第 75 页。

可是，如果我们自己能够做到，把我们自己不带意志地委心于客观的观赏，那么，回忆中的客观观赏就会和眼前的观赏一样起同样的作用。所以还有这么一种现象：尤其是在任何一种困难使我们的忧惧超乎寻常的时候，突然回忆到过去和遥远的情景，就好像是一个失去的乐园又在我们面前飘过似的。"①叔本华这段关于回忆的论述，揭示了回忆在审美创造和观赏中的特殊性质。一是在回忆中，过去的情景可以使人摆脱痛苦，二是回忆强化了审美的色彩，三是回忆具有直观的视像性质。诗人词人在进行创作时，常常以回忆中的情景作为主要的意象。回忆中的景象如同正在眼前的场面，诗人用艺术的语言所描绘的当时的景象，也是具有内在视像的性质，如晏几道的《临江仙》："梦后楼台高锁，酒醒帘幕低垂。去年春恨却来时。落花人独立，微雨燕双飞。　　记得小蘋初见，两重心字罗衣。琵琶弦上说相思。当时明月在，曾照彩云归。"这首词是回忆当年歌女与其情款相通的情景，由"去年春恨"进入回忆中的情景，"落花"两句，极具视像之美。

　　回忆之外，诗词中的想象也给读者提供了直观的内在视像。回忆不能是对观念的回忆，即便是有，那也只能是记忆，回忆则是对以往体验的那些片断的视像的聚合，想象则是对不在场的对象的一种召唤，然后将它呈现在脑海之中。就其视像化来说，则是与回忆没什么区别的。如李商隐的《夜雨寄北》："君问归期未有期，巴山夜雨涨秋池。何当共剪西窗烛，却话巴山夜雨时。"苏轼《念奴娇·赤壁怀古》中的"遥想公瑾当年，小乔初嫁了，雄姿英发。羽扇纶巾，谈笑间，樯橹灰飞烟灭"等等，都是有名的想象，也都带有明显的内在视像性质。诗词中的审美想象，是一种带有个性化的意向性综合。它意味着所描写的对象并非是在场的，或许是非存在的，正如萨特所说的："想像性意识的意象对象，其特征便在于这种对象不是现存的而是如此这般假定的，或者说便在于它并不是现存在的而被假定为不存在的，或者说是它就完全是不被假定的。"②想象所创造的内在视像，是使我们意识到所描写的对象是非存在的，或者说是不在场的，但是诗人却又为我们创造了一个如同真的视觉化形象，由此而引发了我们的更多遐想。如杜甫的《咏怀古迹》其三："群山万壑赴荆门，生长明妃尚有村。一去紫台连朔漠，独留青冢向黄昏。画图省识春风面，环佩空归夜月魂。千载琵琶作胡语，分明怨恨曲中论。"中间两联是对昭君在胡地生活和情感的想象，写得非常空

①　[德]叔本华：《作为意志和表象的世界》，石冲白译，商务印书馆1982年版，第277页。
②　[法]萨特：《想像心理学》，褚朔维译，光明日报出版社1988年版，第35页。

灵，却又给人以鲜明的视觉效果，而诗人却已暗示于我们，这是一种想象的情景。

作品的内在视像，是与作家的创作时观念中的意象相对而言的，前者也是在后者的基础上方能产生的。作家在进入写作之前，首先在自己的心里构造了相对完整的意象，然后再进入文字创作阶段。刘勰在《文心雕龙·神思》中所说："然后使玄解之宰，寻声律而定墨；独照之匠，窥意象而运斤：此盖驭文之首术，谋篇之大端。"正是可以从这个角度加以理解的。诗人是要符合诗词的声律要求来创造意象的（我这里所说的"声律"是广义的，并不仅是指近体诗产生之后的诗词曲的格律，而是包括了从诗经、楚辞时代开始的音律之美）。诗词要具有更多的、更高的审美价值，应该是内蕴着更为鲜明而且完整的内在视像。好的诗人绝不仅是符合诗词的格律要求而已，如果仅止于此，其不过为匠人耳！具有创造力的、深受读者喜爱的诗人，是通过宛妙的声律来创造出独特的、使人难以忘怀的内在视像。如《诗·郑风·溱洧》："溱与洧，方涣涣兮，士与女方秉蕳兮。女曰：观乎？士曰：既且。且往观乎？洧之外，洵訏且乐！维士与女，伊其相谑，赠之以勺药。"《诗经》之时，并无格律标准，但《诗经》中的佳篇，大都是音韵谐美。这首诗表现的是青年男女在溱水和洧水岸畔游乐的情景，画面与声音，如在眼前，如在耳边。杜甫的《旅夜书怀》："细草微风岸，危樯独夜舟。星垂平野阔，月涌大江流。名岂文章著，官应老病休！飘飘何所似？天地一沙鸥。"这是近体诗中的名篇，其声律之美已是炉火纯青，然而，更重要的是，诗人是以纯熟自然的文字描绘出鲜明的内在视像，使人们读之马上进入到"星垂平野阔，月涌大江流"的视境之中了。诗的格律用得好，恰恰是读者忘却它的存在，在阅读中马上就呈现为明朗的视像了。如《诗经》中的"蒹葭苍苍，白露为霜。所谓伊人，在水一方"，"桃之夭夭，灼灼其华。之子于归，宜其室家"等等，都以谐婉的声律创造了令人难忘的视像效果。虽然当时只是一片天籁，并无格律约束，却是极具声韵之美的。刘勰在《物色》篇中有这样的一段话："是以诗人感物，联类不穷，流连万象之际，沉吟视听之区，写气图貌，既随物以婉转，属采附声，亦与心而徘徊。故灼灼状桃花之鲜，依依尽杨柳之貌，杲杲为日出之容，瀌瀌拟雨雪之状，喈喈逐黄鸟之声，喓喓学草虫之韵。皎日嘒星，一言穷理；参差沃若，两字穷形：并以少总多，情貌无遗矣。"刘勰所说的不止于视觉，还有听觉，但是以叠韵词的声律运用而创造出"情貌无遗"的美学效果。这对我们理解文字与视像的关系是颇有启示的。

我们这里要特意指出的是：我们所论述的内在视像是指读者在阅读作品时通过审美意向性活动所得到的映象，它是与作家创作时的意象有所区别的。除了一个是在创作过程中、一个是在阅读鉴赏过程中以外，还因为其与意象相比，具有更多的视觉性、稳定性和持久性。这里的意象是从作家的角度而言的，它是由作家摄取外在的物象，在头脑中反复酝酿，取舍加工，所形成的内在的艺术形象的轮廓，用郑板桥的话说是"胸中之竹"。对于"眼中之竹"而言，"胸中之竹"更为集中、更为明晰，也更多地渗透了作家的审美情感，这是作家在创作时非常关键的一步。刘勰所说的"窥意象而运斤"，揭示了文学创作的内在机理，即是根据内心的审美意象来进行艺术传达，意象可以说是作品成功与否的重要因素。而由于意象是内在于作家的观念世界中的，还处在没有得到物化的阶段，因此，它还是相对模糊、不确定的，有待于作家以独特的艺术语言加以物化，使之成为文本。古代诗词的艺术语言是汉语言文字，其本身就有很强的象形功能和显象功能，因此，中国古代美学是非常重视以言立象的。由于文本的存在是物质化的，而蕴涵在其中的内在视像也是相对稳定的。虽然是"作者用一致之思，读者各以其情而自得"①，但由于文本是固定的、物质化的存在，也由于文字描写具有突出的显象和塑形作用，因而，读者在阅读和欣赏时在头脑中所呈现的是尤有视觉感的"图式化外观"。

从读者这方面来看，内在视像的呈现与呼出，是在阅读过程中自然产生的。内在视像内蕴于诗词的文字之中，读者通过意向性的投射过程，使其中的画面在头脑中活动起来，并使那些文字间的"空白点"得以填充，成为"图式化外观"。其实，正是这种内在视像才构成了真正的审美对象，或者说诗词欣赏中的审美活动正是对着它们展开的。当然，并非所有的诗词或所有的诗句都有内在视像，较多议论化的诗作可能缺少这种内在视像，因而也就较为缺少审美的韵味。细想一下，真正能够引发人们的兴趣、为历代的读者所喜爱的篇什，往往是以这种内在视像为其"高光点"的。诗中的理思，也是在与内在视像的有机结合中得到彰显的。如刘禹锡的《杨柳枝词》："杨柳青青江水平，闻郎江上唱歌声。东边日出西边雨，道是无晴却有晴。"这首诗所寓含的"道是无晴（情）却有晴（情）"之理，正是在前两句的明朗而充满情韵的诗句使我们在阅读时产生了非常鲜活的内在视像，才由此生发出后面的理趣。王安石的《登飞来峰》："飞来山上千寻塔，闻说鸡鸣

---

① 戴鸿森：《姜斋诗话笺注》，人民文学出版社1981年版，第4页。

见日升。不畏浮云遮望眼，自缘身在最高层。"也是由前面的颇为鲜明的内在视像引发出后面的哲理。这类诗作之所以成为经典，不仅在于诗中所升华出的哲理意蕴，更在于成为其诱因的诗句，能给人以鲜活的、明朗的内在视像。

四

诗词中的所蕴含的内在视像，有些是静止的，有些是推移的，有些则是流动着乃至跃动的，因此给人的感受是有不同的样态的。静止的内在视像如陶渊明的《拟古》："日暮天无云，春风扇微和。佳人美清夜，达曙酣且歌。歌竟长叹息，持此感人多。皎皎云间月，灼灼叶中华"，杜甫的《绝句二首》："迟日江山丽，春风花草香。泥融飞燕子，沙暖睡鸳鸯"等等。这类诗句中所蕴含的内在视像是静止的，视点是较为固定的，人们在欣赏诗作时，所感受到的基本是柔和的、优美的美感。而且，这种诗作最能体现出事物的精微之处，将人们在生活中所未尝注意过的，或者表面上所不曾外显的细微变化通过视觉化呈现出来。如陶渊明的《时运》："迈迈时运，穆穆良朝。袭我春服，薄言东郊。山涤余霭，宇暖微霄。有风自南，翼彼新苗。"就把田野中的新苗沐浴春日和风的微妙神态通过诗的语言表现得非常真切。大多数诗中的内在视像是推移的或者展开的，也就是说在变化之中的，如柳宗元的《渔翁》："渔翁夜傍西岩宿，晓汲清湘燃楚竹。烟销日出不见人，欸乃一声山水绿。回看天际下中流，岩上无心云相逐。"刘禹锡《堤上行》云："长堤缭绕水徘徊，酒舍旗亭次第开。日晚出帘招估客，轲峨大艑落帆来。"这使得读者通过阅读欣赏而在头脑中形成一幅具有时间性的内在视像，它是移动的，实际上是诗人以推移的视角来创造诗的意象的。在这种推移或展开的过程中，其内在的视像是以不同的侧面呈现在欣赏者的脑海中的。它带来了审美感知的连续性和变化性。这在现象学中是引起过关注的。胡塞尔指出："首先我们注意到，每一个感知，或者从意向相关项方面说，对象的每一个个别角度自身都指向一种连续性，即可能的新感知的多种连续，恰恰是在这种连续中，这同一个对象将会不断地展现出新的面。在其显现的方式中，被感知之物本身在感知的每一个瞬间都是一个指明的系统，它具有一个显现的核心它是这些指明的立足点。"① 正是可以从这种观念上来

---

① [德] 胡塞尔：《笛卡尔式的沉思》，张廷国译，中国城市出版社 2002 年版，第 155 页。

理解推移或展开的内在视像。有些诗词中的内在视像是给人以流动或跃动着的美感。这是与上面所说的用同一观点来认识的，但是，这种内在视像则是更具有活力，更具有生命感的。如苏轼的《百步洪》："长洪斗落生跳波，轻舟南下如投梭。水师绝叫凫雁起，乱石一线争磋磨。有如兔走鹰隼落，骏马下注千丈坡。断弦离柱箭脱手，飞电过隙珠翻荷。四山眩转风掠耳，但见流沫生千涡……"辛弃疾的《沁园春》："叠嶂西驰，万马回旋，众山欲东。正惊湍直下，跳珠倒溅，小桥横截，缺月初弓"，都使人在阅读中得到充满灵动的与活力的内在视像。

　　诗词中的内在视像，有很多是从诗人的视角出发的，或者说诗人即是诗的内在视像的组成部分。如著名的陶诗《饮酒》第五首："采菊东篱下，悠然见南山。山气日夕佳，飞鸟相与还。"所形成的内在视像是由诗人由东篱下采菊而见到的，诗人的形象同时也出现在诗中。王维《陇头吟》："长安少年游侠客，夜上戍楼看太白。陇头明月迥临关，陇上行人夜吹笛。"也是从"游侠"的眼中生发出来的。黄庭坚的《雨中登岳阳楼望君山》："投荒万死鬓毛斑，生入瞿塘滟滪关。未到江南先一笑，岳阳楼上对君山。""满川风雨独凭栏，绾结湘娥十二鬟。可惜不当湖水面，银山堆里看青山。"诗中所含的内在视像，是由山谷眼中看到的君山之景。苏轼《念奴娇·中秋》词云："凭高眺远，见长空、万里无云无留意。桂魄飞来，光射处，冷浸一天秋碧。玉宇琼楼，乘鸾来去，人在清凉国。江山如画，望中烟树历历。我醉拍手狂歌，举杯邀月，对影成三客。起舞徘徊风露下，今夕不知何夕！便欲乘风，翻然归去，何用骑鹏翼。水晶宫里，一声吹断横笛。"这些篇什中都出现诗人的角度，或者说，诗词中所蕴含的内在视像，是从诗人的独特角度展开的。这类作品的内在视像其实是双重的，一重是诗词中诗人所见，另一重是读者在阅读欣赏时在头脑中所展现的。诗人成了这种内在视像的有机部分。当然，诗词中的意象乃至境界，其实都是从诗人的眼中观照到的，从这个意义上没有什么大的区别；但是，诗人的自身角度或形象出现在作品中，更加突出了诗人作为审美主体的角色；而我们又作为审美主体来意向性地观照作品，将连同诗人在内的视像在头脑中呈现出来。这也就是现象学美学所说的交互主体性。胡塞尔指出了这种情形："现在让我们假定另一个人进入我们的感知领域。但这样一来，就意味着要进行一种原真的还原：我原真自然的感知领域内呈现出一个躯体。作为原真的躯体，它当然只是我自己的一个确定的部分（内在超越性）因为在这个自然和世界中，我的身体就是这唯一的躯体，它在本源上就被构造为且能够被构造为一个身体（一个功能性的器官），所以，这个在那里的躯体，即这个仍然被统握为身体的躯体，一定具有那种从我的身体的某种统觉中转换而来意义。"① 这段看似颇为难懂的论述，其实是说进入主体的感知的另一个主体，现象学的意向性并非抽象的精神活动，而是由于身体的感知或映射而产生的身体与精神的统一的指向。这种特点，是现象学之所以产生巨大而深刻的影响的重要因素。著名的现象学家梅洛—庞蒂沿着胡塞尔的思路作了系统的阐发。其对知觉是从人的身体机能出发进行非常深入近乎琐细的论述的。梅氏指出意向性是身体的综合："物体的统一性是意向的。但是——我们就要在这里得出结论——这不是概念的统一性。我们不是通过精神检查，而是当双眼不再分别起作用，而是被一种目光当作单一器官作用时，才从复视转到单一物体。不是认识的主体进行综合，而是身体进行综合。在这个时候，身体摆脱其离散状态，聚集起来，尽一切手段朝向其运动的一个唯一的终结，而一种唯一的意向则通过协同作用显现在身体中。我们夺走客观身体的综合只是为了把它给予现象身体。"② 所谓"现象身体"是指精神与肉体协调一致的身体，而非单纯的肉身躯体。对于诗词中的内在视像，不妨从这种角度来加以理解。"双重主体"可以说这种篇什的内在视像的意向性产生中的一个重要情况。当然，最终进行意向性观照的是作为读者的审美主体。而当诗人的形象或者就是观照的"身体"出现在作品的文本中时，是会因其主体的特殊性而在融合进读者这个审美主体时的统觉而转换出某种特殊的意义。杜甫的《登高》："风急天高猿啸哀，渚清沙白鸟飞回。无边落木萧萧下，不尽长江滚滚来。万里悲秋常作客，百年多病独登台。艰难苦恨繁霜鬓，潦倒新停浊酒杯。"诗中所蕴含的内在视像，是由于诗人杜甫这个独特的主体的视角所观照出来的。诗人是站在江边的高岸上俯瞰长江，而"百年多病"和"万里悲秋"融于一身的诗人形象就出现在诗中，其所蕴涵的内在视像自然是一种独特的意义。从内在视像的角度来看，双重主体的意向性映射是普遍存在的。

　　从内在视像的角度来理解古典诗词，未必获得更多的首肯，有的学者会提出：这与意象研究有区别？内在视像的提出又有何必要？这种设问我以为是有学理价值的。我既然以之作为理解古典诗词美感的一个角度、一个范畴，那么，我自己至少应该对此有较为明确的认识。我以为它并不是在

----

①　［德］胡塞尔：《笛卡尔式的沉思》，张廷国译，中国城市出版社 2002 年版，第 155 页。

②　［法］梅洛·庞蒂：《知觉现象学》，姜志辉译，商务印书馆 2001 年版，第 297 页。

"意象"之外的另一个东西，而只是另一种理解；但是，如果确切地来指证的话，这种内在视像又不是一般意义的意象，而是诗词文本中所蕴含的具有突出的内在视觉性质的意象，它们也许不需要如意境那样的完整性，不需要一定要以整体的形态呈现出来，事实上，这些内在视像多半是以局部的、片断的样态呈现的，但是如同映在眼前一般，内在视觉的直观性是要很强的。读者在阅读时接受诗句的同时，就在脑海中映现出颇为直观的情景了。这是我们在对文学作品的审美过程中所体现出来的特点，也是作为对文学作品展开审美活动时真正的审美对象。它们与诗词的整体境界非但不是支离的、矛盾的，恰恰是全首作品的"高光点"。如果说诗中之"理"需要反思的颖悟，而内在视像更需要内在的直观。

内在视像与现在的影视图像当然是有很大不同的，不是以具体的物质化的图像展现在你的眼前的，而是以一种内在的视觉感映现于审美主体的脑海中的，但它的美学意义是必须得到重视的。文学作品中的内在视像和现在的影视图像不仅是可以互通的，而且，前者往往是后者的基础所在。叙事性的文学作品如《三国演义》、《水浒传》、《红楼梦》等，之所以能够成功地改编为影视剧，首先是作品提供给编剧、导演的内在视像，成为改编的依据。而诗词中的内在视像，是在对诗词进行审美鉴赏时最关键的环节，也是真正的审美对象。

中国古典诗词的神秘之美*

神秘好像空气一样，卓越的艺术品好像浴在其中。

——罗丹《艺术论》

一

当我们漫步在中国古代诗词的林蹊之中，时常会受那些迷离惝恍的诗境所诱惑而流连忘返；当我吟哦着那些令人难解其意的诗句时，神秘的气息就会造访我的心灵。无论是在灯下，抑或是在泉边；无论是在雨夜，抑或是在薄暮，诗的神秘总是我孤独时的陪伴。我们要感谢那些时代久远的诗人们，他们为后人留下了一份永恒的财富：那就是诗中的神秘！

那种"灵祇待之以致飨，幽微藉之以昭告"的灵妙，那种"如蓝田日暖，良玉生烟"的摇曳，那种"羚羊挂角，无迹可求"的含蓄，都显现了中国古典诗词的神秘气质。如果征问中国诗词为何有如此经久不衰的魅力？答曰：神秘感便是内里的渊源。当然，神秘并非中国诗歌的"独家之秘"，而是人类诗歌经典的所具有的共同的迷人气质。徐岱先生这样论及诗歌的神秘的审美属性："众所周知，在文学艺术中，诗歌一直占据着一个显著的位置。这无非是因为同小说戏剧等相比，诗这种形式更具有一种神秘性，所谓的'诗意'并不在于分行排列和押韵的形式，而在于借助意象和节奏所表现出来的一种意味。由此而造成的神秘性，也就成为了诗歌艺术的基本特色。"① 徐岱是将神秘性作为诗歌的本体特征来看待的，这一点，笔者是完全可以认同的。在诸多艺术门类中，诗歌作品中的神秘感，是最能体现诗性经验的特质的。它既超越了理性的形式，又穿越了视觉的感知，却以其独特

---

* 本文刊于《北京大学学报》（哲学社会科学版）2011 年第 3 期。

① 徐岱：《论神秘》，《文学评论》1997 年第 3 期。

的力量袭扰着我们的灵魂。著名象征主义诗人马拉美在其致魏尔伦的《自传》中，谈到"对地上的神秘解释"是"诗人唯一的职责和最佳的文字游戏"①。法国哲学家马利坦则认为："没有诗的奥秘的胚芽，就没有诗性经验。尽管这个胚芽是如此地微不足道。但是任何一首真正的诗都是以内在的必然性自诗性经验中长出的一个果实。——事实上，一切事物都已存在在那里，它被保留在阴暗处，潜藏在精神和生命之中；——我们在这些宁静的幽深处获得各种新的力量之前，既不知道如何去发挥这类新的力量，也不懂得怎样运用它们。"② 马利坦本身就是一位具有神学色彩的哲学家，在《艺术与诗中的创造性直觉》这部代表性著作中，关于诗的创造性神秘体验的论述是相当普遍的。

神秘体验是审美体验中非常普遍的一种类型，也是与宗教体验相类似的情形。西方著名心理学家威廉·詹姆斯指出了神秘体验的几个特征：1. 超言说性；2. 知悟性；3. 暂现性；4. 被动性。所揭示的是宗教经验中的神秘体验，而这与文学作品带给人们的神秘体验是相当类似的。神秘感为诗歌带来了无穷的韵味和永恒的魅力，中国古典诗词更是以其神秘的微笑穿透了无数重历史的迷雾。诗的神秘之感，是超越了一切语言的诠释的，戴着朦胧的面纱。中国古代的诗词，对我们来说，透露出的是独特而又亲切的神秘意味。屈原的《离骚》、《山鬼》，汉魏乐府中的《神弦歌》、《公无渡河》，李白的《远别离》、《蜀道难》、《梁甫吟》，李贺的《李凭箜篌引》、《苏小小墓》、《金铜仙人辞汉歌》，李商隐的《无题》，苏轼的《游金山寺》、《江城子》（"十年生死两茫茫"）、《卜算子》（"缺月挂疏桐"），贺铸的《青玉案》（"凌波不过横塘路"）、《踏莎行》（"杨柳回塘"），姜夔的《暗香》、《疏影》等篇什，都有相当典型的神秘美感。

神话或历史题材的作品，是颇多神秘感的。而对这种的选择，当然是诗人构织的神秘世界的意象表现。屈原《九歌》的神秘感是最为明显的。其中《山鬼》以其神秘的微笑给我们留下了难以磨灭的印象："若有人兮山之阿，被薜荔兮带女萝。既含睇兮又宜笑，子慕予兮善窈窕。……余处幽篁兮终不见天，路险难兮独后来。表独立兮山之上，云容容兮而在下。杳冥冥兮羌昼晦，东风飘兮神灵雨。留灵修兮憺忘归，岁既晏兮孰华予？采三秀兮于

---

① 刘若愚：《中国文学理论》，江苏教育出版社 2006 年版，第 81 页。

② ［法］雅克·马利坦：《艺术与诗中的创造性直觉》，刘有元、罗选民译，三联书店 1991 年版，第 187 页。

山间，石磊磊兮葛蔓蔓。怨公子兮怅忘归，君思我兮不得闲。山中人兮芳杜若，饮石泉兮荫松柏。"《九歌》中的"山鬼"，与其说是一个鬼魅的形象，莫如说是一个"巧笑倩兮"充满神秘感的女子剪影。它是非常美好的，又是充满了难以言传的魅惑的。或许，它亦可视为诗人的自我投射。梁宗岱先生对《橘颂》和《山鬼》加以比较，描述了《山鬼》的神秘美感，他说："在这两首诗里，我们知道，诗人都是以物自况的：诗人咏橘和咏山鬼一样，同时就是咏他自己。可是如果依照我上面的解释，我们会同意《橘颂》是寓言，《山鬼》是象征。为什么呢？最大的区别，就是前者是限制我们的想象的，后者却激发我们的想象。前者诗人把自己抽象的品性和德行附加在橘树上面，因而它的含义有限而易尽。后者却不然。诗人和山鬼移动于一种灵幻飘渺的氛围中，扑朔迷离，我们的理解力虽不能清清楚楚地划下它的含义和表象的范围，我们的想象和感觉已经给它的色彩和音乐的美妙浸润和渗透了。"[1] 梁宗岱先生对《山鬼》和《橘颂》的比较尤能说明《山鬼》的神秘之美。与《橘颂》显示出不同之处便在于，《橘颂》用来比喻诗人的品格是可以清晰地把握和阐释的；而《山鬼》则是一种扑朔迷离的神秘。山鬼无疑是非常之美的，却又是无法解析的。

　　李白的乐府诗中多有以神话传说和历史题材来创造诗境的，由此而充满了光怪陆离的神秘感，如《远别离》、《蜀道难》、《梁甫吟》、《天马歌》、《独漉篇》、《白头吟》等皆是。《远别离》云："远别离，古有皇英之二女。乃在洞庭之南，潇湘之浦。海水直下万里深，谁人不言此离苦？日惨惨兮云冥冥，猩猩啼烟兮鬼啸雨。我纵言之将何补？皇穹窃恐不照余之忠诚，雷凭凭兮欲吼怒。尧舜当之亦禅禹。君失臣兮龙为鱼，权归臣兮鼠变虎。或言：尧幽囚，舜野死，九疑联绵皆相似。重瞳孤坟竟何是？帝子泣兮绿云间，随风波兮去无还。恸哭兮远望，见苍梧之深山。苍梧山崩湘水绝，竹上之泪乃可灭。"诗人借尧之二女娥皇、女英的故事，来写朝政之扑朔迷离，晦暗不明，同时抒发自己见疏于朝廷的孤苦迷茫。诗中境界是颇多神秘之感的。清人翁方纲评此诗甚是中的："太白《远别离》一篇极尽迷离，不独以玄、肃父子事难显言，盖诗家变幻至此，若一说煞，反无归著处也。惟极尽迷离，乃即归著处。"[2] "极尽迷离"，正是神秘所在，也是这首诗的魅力。

　　① 梁宗岱：《诗与真·诗与真二集》，外国文学出版社 1984 年版，第 71 页。
　　② [清] 翁方纲：《小石帆亭诗话》，引自《李太白集校注》，上海古籍出版社 1980 年版，第 194 页。

　　在汉魏乐府古题中有若干借神话或传说为题材的篇什，具有迷离惝恍的神秘氛围，后来的诗人拟作也恰是在这方面加以演化。如《鼓吹曲辞》中的"巫山高"，是以巫山神女为题材，从魏晋南北朝到唐代诗人，都有以《巫山高》为题的乐府诗作，如齐梁诗人虞羲的《巫山高》："南国多奇山，荆巫独灵异。云雨丽以佳，阳台千里思。勿言云可再得，特美君王意，高唐一断绝，光阴不可迟。"还有梁元帝、王融、范云等诗人的《巫山高》，也都充满这种神秘的氛围。唐代如沈佺期、卢照邻、刘方平、李端、孟郊、李贺等诗人的同题作品，都有浓郁的神秘意境。可举孟郊一首："巴江上峡重复重，阳台碧峭十二峰。荆王猎时逢暮雨，夜卧高丘梦神女。轻红流烟湿艳姿，行云飞去明星稀。目极魂断望不见，猿啼三声泪沾衣。"再如《清商曲辞》中的"青溪小姑曲"和"神弦曲"等，也都是以奇异的民间传说为母题的。"青溪小姑曲"的古辞："开门白水，侧近桥梁。小姑所居，独处无郎。"其本事出于吴均的《续齐谐记》："会稽赵文韶，宋元嘉中为东扶侍，廨在青溪中桥。秋夜步月，怅然思归，乃倚门唱《乌飞曲》。忽有青衣，年可十五六许，诣门曰：'女郎闻歌声，有悦人者，逐月游戏，故遣相问。'文韶都不之疑，遂邀暂过。须臾，女郎至，年可十八九许，容色绝妙。谓文韶曰：'闻君善歌，能为作一曲否？'文韶即为歌'草生盘石下'，声甚清美。女郎顾青衣，取箜篌鼓之，泠泠似楚曲。又令侍婢歌《繁霜》，自脱金簪，扣箜篌和之。婢乃歌曰：'歌繁霜，繁霜侵晓幕。伺意空相守，坐待繁霜落。'留连宴寝，将旦别去，以金簪遗文韶。文韶亦赠以银碗及琉璃匕。明日，于青溪庙中得之，乃知得所见青溪神女也。"[1]青溪小姑的题材本身就充满神奇浪漫的色彩，其后唐代诗人李贺所作《神弦曲》、《神弦别曲》等，都是这个乐府古题的拟作。后者云："巫山小女隔云别，松花春风山上发。绿盖独穿香径归，白马花竿前子子。蜀江风澹水如罗，堕兰谁泛相经过。南山桂树为君死，云衫残污红脂花。"所创造的诗歌意境是迷离奇幻的。

二

　　与之最为类似的是人物形象的神秘感。这类篇什有的是从历史人物脱化而出，有的则就是诗人所创造的人物，他们可以说是诗人迷茫心境的对象

---

① （宋）郭茂倩：《乐府诗集》第2册，中华书局1979年版，第684页。

化，如杜甫、李贺、李商隐、苏轼等诗人的作品颇多此类。杜甫的《佳人》、《梦李白二首》、《咏怀古迹五首》，李贺的《苏小小墓》、《秦王饮酒》、《江楼曲》，李商隐的《重过圣女祠》、《马嵬》，苏轼的《江城子》、《洞仙歌》、《贺新郎》（"乳燕飞华屋"），辛弃疾的《青玉案》（"东风夜放花千树"），姜夔的《点绛唇》（"燕雁无心"）、《踏莎行》（"燕燕轻盈"）、《暗香》、《疏影》，元好问的《迈陂塘》（"恨人间情是何物""问莲根有丝多少"二首）等。杜甫写宋玉的："摇落深知宋玉悲，风流儒雅亦吾师。怅望千秋一洒泪，萧条异代不同时。江山故宅空文藻，云雨荒台岂梦思。最是楚宫俱泯灭，舟人指点到今疑。"写王昭君的："群山万壑赴荆门，生长明妃尚有村。一去紫台连朔漠，独留青冢向黄昏。画图省识春风面，环佩空归月夜魂。千载琵琶作胡语，分明怨恨曲中论。"以李贺的《苏小小墓》为例："幽兰露，如啼眼。无物结同心，烟花不堪剪。草如茵，松如盖，风为裳，水为珮。油壁车，夕相待。冷翠烛，劳光彩。西陵下，风吹雨。"把苏小小的形象写得非常美丽而神秘。苏轼词中的"幽人"形象，也是充满了神秘感的："缺月挂疏桐，漏断人初静。谁见幽人独往来，缥缈孤鸿影。"贺铸《青玉案》所描写的女子形象："凌波不过横塘路，但目送、芳尘去。锦瑟华年谁与度？月桥花院，琐窗朱户，只有春知处。"凌波微步，去处无踪，难以寻觅。辛弃疾的《青玉案》下片写的"蛾儿雪柳黄金缕，笑语盈盈暗香去。众里寻她千百度。蓦然回首，那人却在，灯火阑珊处。""那人"不混俗迹，在灯火阑珊之处。在中国古典诗词里这类篇什颇多，给人以迷离惝恍的神秘之感。

诗歌意境的神秘感在古典诗词中更是比比皆是。在某种意义上也是独特魅力所系。它是难以言说的，却又是令人神往的。张九龄的《感遇》诗中颇多神秘之境，如其四："孤鸿海上来，池潢不敢顾。侧见双翠鸟，巢在三珠树。矫矫珍木巅，得无金丸惧。美服患人指，高明逼神恶。今我游冥冥，弋者何所慕。"王维的《辋川集》中，诗人创造了这种带有神秘境界的绝句，如《竹里馆》："独坐幽篁里，弹琴复长啸。深林人不知，明月来相照。"《辛夷坞》："木末芙蓉花，山中发红萼。涧户寂无人，纷纷开且落。"等等。杜甫的由秦入蜀诗造境奇特而多有神秘之感，如《发秦州》中的"中宵驱车去，饮马寒塘流。磊落星月高，苍茫云雾浮。大哉乾坤内，吾道长悠悠。"《铁堂峡》："山风吹游子，缥缈乘险绝。峡形藏堂隍，壁色立中铁。径摩穹苍蟠，石与厚地裂。修纤无垠竹，嵌空太始雪。"《万丈潭》："青溪含冥寞，神物有显晦。龙依积水蟠，窟压万丈内。踬步凌垠峨，侧身下烟霭。前临洪涛宽，却立苍石大。山危一径尽，岸绝两壁对。"诸首多如此类。白居易的诗以明白晓畅为其特色，但也有"花非花，雾非雾；夜半来，天明去。来如春梦几多时？去似朝云无觅处"（《花非花》）这样有着典型的神秘之美的作品。李贺诗歌有着浓重的神秘色彩，成为其特别的美学特色。如《李凭箜篌引》、《蜀国弦》、《苏小小墓》、《梦天》、《天上谣》、《秋来》、《湘妃》等在诗人笔下都是如梦如幻的神秘境界。举《天上谣》为例："天河夜转漂回星，银浦流云学水声。王宫桂树花未落，仙妾采香垂珮缨。秦妃卷帘北窗晓，窗前植桐青凤小。王子吹笙鹅管长，呼龙耕烟种瑶草。粉霞红绶藕丝裙，青洲不拾兰苕春。东指羲和能走马，海尘新生石山下。"再如《李凭箜篌引》："吴丝蜀桐张高秋，空山凝云颓不流。江娥啼竹素女愁，李凭中国弹箜篌。昆山玉碎凤凰叫，芙蓉泣露香兰笑，十二门前融冷光，二十三丝动紫皇。女娲炼石补天处，石破天惊逗秋雨。梦入神山教神妪，老鱼跳波瘦蛟舞，吴质不眠倚桂树，露脚斜飞湿寒兔。"意象奇特，意境迷离，充满了一种神秘之美。且看晚唐大诗人杜牧是如何形容李贺诗的："云烟绵联，不足为其态也；水之迢迢，不足为其勇也；春之盎盎，不足为其和也；秋之明洁，不足为其格也；风樯阵马，不足为其勇也；瓦棺橡鼎，不足为其古也；时花美女，不足为其色也；荒国陊殿，梗莽邱垄，不足为其怨恨也；鲸呿鳌掷，牛鬼蛇神，不足为其虚荒诞幻也。盖骚之苗裔，理虽不及，辞或过之。骚有感怨刺怼，言及君臣理乱，时有以激发人意。乃贺所为，得无有是？贺能探寻前事，所以深叹恨古今未尝经道者，如《金铜仙人辞汉歌》、《补梁庾肩吾宫体谣》。求其情状，离绝远去笔墨畦径间，亦殊不能知之。"[①] 将李贺之诗的神秘面目做了淋漓尽致的刻画。李商隐的《无题》等作品最是以神秘朦胧为其特色，《锦瑟》自不待言，"庄生晓梦迷蝴蝶，望帝春心托杜鹃。沧海月明珠有泪，蓝田日暖玉生烟"的神秘讯息，留给我们千年的臆想。这类意境在义山诗中是非常普遍的。如《重过圣女祠》："白石岩扉碧藓滋，上清沦谪得归迟。一春梦雨常飘瓦，尽日灵风不满旗。萼绿华来无定所，杜兰香去未移时。玉郎会此通仙籍，忆向天阶问紫芝。"苏轼的《游金山寺》写入夜于金山寺望长江之景色："试登绝顶望乡国，江南江北青山多。羁愁畏晚寻归楫，山僧苦留看落日。微风万顷靴纹细，断霞半空鱼尾赤。是时江月初生魄，二更月落天深黑。江心似有炬火

---

① （唐）杜牧：《李长吉歌诗叙》，见王琦等《李贺诗歌集注》，上海古籍出版社1978年版，第3页。

明，飞焰照山栖鸟惊。怅然归卧心莫识，非鬼非人竟何物？江山如此不归山，江神见怪惊我顽。我谢江神岂得已，有田不归如江水！"长江入夜之景异乎寻常，神秘得令人心魄摇荡。再如稼轩词《水龙吟·过南剑双溪楼》："举头西北浮云，倚天万里须长剑。人言此地，夜深长见，斗牛光焰。我觉山高，潭空水冷，月明星淡。待燃犀下看，凭栏却怕，风雷怒，鱼龙惨。峡束苍江对起，过危楼，欲飞还敛。元龙老矣，不妨高卧，冰壶凉簟。千古兴亡，百年悲笑，一时登览。问何人又卸，片帆沙岸，系斜阳缆。"这首词中上半阕用了张华得剑和温峤燃犀两个典故，前者见王嘉《拾遗记》载："及晋之中兴，夜有紫气冲斗牛。张华使雷焕为丰城令，掘而得之。华与焕各宝其一。拭以华阴之土，光耀射人，后华遇害，失剑所在。焕子佩其一剑，过延平津，剑鸣，飞入水。及入水寻之，但见双龙缠屈于潭下，目光如电，遂不敢前取矣。"后者见《晋书·温峤传》载："（峤）至牛渚矶，水深不可测，世云其下多怪物，峤遂毁犀角而照之，须臾见水族覆火，奇形怪状，或乘马车著赤衣者。"词人通过宝剑化龙的传说，抒发了自己渴望手持长剑收复大好河山的意志；同时，又以燃犀所见怪物喻卑劣小人，表达了自己的迷茫与忧愤之情大有神秘之境。元代后期大诗人杨维桢古体乐府诗中有许多篇章创造出非常浓郁的神秘色彩，如《湘灵操》、《鸿门会》、《奔月厄歌》、《皇娲补天谣》、《龙王嫁女辞》等等。且以《鸿门会》见其面目："天迷关，地迷户，东龙白日西龙雨。撞钟饮酒愁海翻，碧火吹巢双鹨狳。照天万古无二乌，残星破月开天余。座中有客天子气，左股七十二子连明珠。军声十万振屋瓦，拔剑当人面如赭。将军下马力拔山，气卷黄河酒中泻。剑光上天寒彗残，明朝画地分河山，将军呼龙将客走，石破青天撞玉斗。"刘、项鸿门宴是著名的历史事件，在诗人杨维桢笔下，却是光怪陆离、充满神秘色彩的。

三

诗中的神秘是不可言说的，这也正是中国古代诗学对诗歌的美学要求。中国诗学强调超越语言，所谓"言有尽而意无穷"，这就为诗歌创作的神秘之美开拓了观念上的通道。宋代诗论家严羽认为诗歌创作"不涉理路，不落言筌者，上也。"① 以超越语言局限为诗歌语言的价值属性，也使诗歌带

---

① 郭绍虞：《沧浪诗话校释》，人民文学出版社 1983 年版，第 12 页。

上了一种神秘色彩。清人叶燮以这种带有神秘性的超语言境界为"诗之至处"，说："要之作诗者，实写理、事、情，可以言言，可以解解，即为俗儒之作。惟不可名言之理，不可施见之事，不可径达之情，则幽渺以为理，想象以为事，惝恍以为情，方为理至事至情至之语。此岂俗儒耳目心思界分中所有哉！"① 叶氏认为，只有这种超越言语诠释、幽渺惝恍的诗作，才是诗之至境，这种诗境当然是不乏神秘色彩的了。威廉·詹姆斯提出神秘体验的四个标记，第一个便是"超言说性"："经历神秘心态的人一开头就说它不可言传，不能用言语将它的内容做适当的报告。因此，人必须直接经验它的性质；本人不能够告诉别人或传达给别人。就这个特性说，神秘状态像情感状态，比像理智状态更像得多。"② 詹姆斯虽然是就宗教的神秘体验所论，但在超言说性这点上尤其适合诗歌的神秘特质。

　　不仅是难以用语言加以诠解，同时，诗词中的神秘更在于诗人在其诗境中呈现出与宇宙相通的生命感，如庄子所说的"与天地为一"。这种诗境蕴含着博大的力量和宇宙的生机，使人感受到天钧的运转。它不曾向我们透露什么音讯，却兀自勃发着生命的伟力。梁宗岱先生这样描述诗中与宇宙生命相通的神秘感："当我们放弃了理性与意志的权威，把我们完全委托给事物的本性，让我们的想象灌入物体，让宇宙大气透过我们心灵，因而构成一个深切的同情交流，物我之间同跳着一个脉搏，同击着一个节奏的时候，站在我们面前的已经不是一粒细沙，一朵野花或一片碎瓦，而是一颗自由活泼的灵魂与我们的灵魂偶然的相遇，两个相同的命运，在刹那间，互相点头，默契和微笑。"③ 这种鼓荡着宇宙生命力的神秘之思，在中国古代诗词中是普遍的存在。陶诗的名句"此中有真意，欲辨已忘言"，就有着如此神秘的力量。谢灵运的"池塘生春草，园柳变鸣禽"，也是如此。王夫之评之曰："始终五转折，融成一片，天与造之，神与运之。呜呼，不可知已！"④ 揭示了其中的神秘意味。闻一多先生对于张若虚的名篇《春江花月夜》中的一些片断的赞叹道出了这种神秘的诗美，其中说："'……江畔何人初见月？江月何年初照人？人生代代无穷已，江月年年只相似，不知江月待何人，但见长江送流水！'更夐绝的宇宙意识！一个更深沉，更寥廓，更宁静的境

---

① （清）叶燮：《原诗·内篇》下，见霍松林、杜维沫校注《原诗·一瓢诗话·说诗晬语》，人民文学出版社 1979 年版，第 32 页。

② ［美］威廉·詹姆斯：《宗教经验之种种》，唐钺译，商务印书馆 2002 年版，第 377 页。

③ 梁宗岱：《诗与真·诗与真二集》外国文学出版社 1984 年版，第 81 页。

④ （清）王夫之：《古诗评选》，见《船山全书》第 14 册，岳麓书社 1996 年版，第 732 页。

界！在神奇的永恒前面，作者只有错愕，没有憧憬，没有悲伤。""'斜月沉沉藏海雾，碣石潇湘无限路，不知乘月几人归，落月摇情满江树！'这里一番神秘而又亲切的，如梦境的晤谈，有的是强烈的宇宙意识，被宇宙意识升华过的纯洁的爱情，又由爱情辐射出来的同情心，这是诗中的诗，顶峰上的顶峰。"① 这在中国古代诗词中篇什众多。李白《日出入行》中的"日出东方隈，似从地底来。历天又入海，六龙所舍安在哉？其始与终古不息，人非元气，安得与之久徘徊？草不谢荣于春风，木不怨落于秋天。谁挥鞭策驱四运，万物兴歇皆自然。羲和羲和，汝奚汩没于荒淫之波？鲁阳何德？驻景挥戈。逆道违天，矫诬实多。吾将囊括大块，浩然与溟涬同科。"此诗写自然的运化，出于宇宙的伟力。孟郊《春后雨》："昨夜一霎雨，天意苏群物。何物最先知，虚庭草争出。"从雨后庭草的争出，透射出宇宙生命的勃勃生机。苏轼《海棠》诗："东风袅袅泛崇光，香雾空濛月转廊。只恐夜深花睡去，故烧高烛照红妆。"黄庭坚词中也多有造化的内在运动而形成的神秘感，如《清平乐》："春归何处？寂寞无行路。若有人知春去处，唤取归来同住。无踪迹谁知？除非问取黄鹂。百啭无人能解，因风飞过蔷薇。"姜夔词中也时时可见此种境界，如《踏莎行》中的"淮南皓月冷千山，冥冥归去无人管"，《扬州慢》中的"二十四桥仍在，波心荡，冷月无声。念桥边红药，年年知为谁生"，都是自然物的我行我素，却又不止于事物的表象，而透射出宇宙的生命感。正如司空图所说的"千变万状，不知所以神而自神也"②。诗的神秘感，很多都是这种所写自然事物"不知所以神而自神"的运化。梁宗岱先生这样的感叹正是对诗中神秘的形容："宇宙之脉搏，万物之玄机，人类灵魂之隐秘非有虚怀慧眼，非有灵心快手，谁得悟得到，捉得住？"③ 自然物的我行我素，独自运化，使人感到造化的伟大力量，宇宙的生命感是其内在的灵魂，使人们在这些诗篇所感受到的是渊默的神秘感和惊奇。马利坦揭示了中国艺术的这种指向："这种艺术潜心于在事物中发现并力求从事物自身被束缚的灵魂和关于动力和谐的内原则，即其被想象为一种来自宇宙精神的不可见的幽灵的精神，揭示出来，并赋予它们以生命和运

---

① 闻一多：《唐诗杂论》，上海古籍出版社 1998 年版，第 18 页。

② （唐）司空图：《与李生论诗书》，见傅云龙、吴可《唐宋明清文集》第 1 辑《唐人文集》卷 4，天津古籍出版社 2000 年版，第 2570 页。

③ 梁宗岱：《诗与真·诗与真二集》，外国文学出版社 1984 年版，第 35 页。

动的典型形式。"① 从西方的眼睛里看到了中国诗歌的这种神秘之美。诗词中的神秘之美，还体现在与"造物"融合、与宇宙为一的浑涵汪茫的诗境。它也许有着张若虚《春江花月夜》式的无边静谧，或者有着杜甫"入秦诗"的凝重遥深，而其透射出的造化生机，是充满了神秘感的。正如梁宗岱先生论诗时所说："至于陶渊明的'结庐在人境'，李白《日出入行》，'长安一片月'李后主的'帘外雨潺潺'、'春花秋月何时了'，歌德的《流浪者之夜歌》、《弹竖琴者之歌》，雪莱的 *O world! O time!*、魏尔仑的《秋歌》、《月光曲》、'白的月色'（当然是指原作），……更是作者的灵指偶然从大宇宙的洪钟敲出来的一声逸响，圆融，浑含，永恒，……超神入化了。"② 中国古代诗词因了其中所勃发的宇宙生命感，而更加增添了它的神秘气息。南朝萧子显在其《自序》中写道："若乃登高极目，临水送归。风动春朝，月明秋夜，早雁初莺，开花落叶，有来斯应，每不能已也。"③ 诗人与宇宙生命相感通，似乎是在和一个来自造物深处的声音相晤谈，却又是不能自已的，无法制驭的。毛峰先生在其《神秘主义诗学》中指出神秘主义是一种生命主义，说的是很有道理的。他认为："神秘体验具有显著的诗性特性，它让人深刻体会生命的完整、统一和完美，体验生命的自由、欢乐和诗意，体会宇宙的无限、伟大、奇妙，它让人以无限的爱慕拥抱世界，超越自我，渴望与万物合一。这既是个体生命超越狭隘眼界，将一己存在汇入无限的宇宙大流的高超的生命智慧，又是个体生命自我提升、完善，汇入无言的宇宙大美的创造性的诗意境界。"④

　　中国古典诗词中的神秘之美，还体现在诗词意象所蕴含的时空转换的灵动幻觉。易言之，即是诗词意象的时空转换之灵动幻觉呈现着难以诠解的神秘性。

　　神秘感的形成某种意义上是在于事物的微妙变化，宋代大儒程颢云"穷神知化，化之妙者神也"⑤，道出了神秘的一个侧面。微妙变化给人带来了神秘感。张岱年先生在阐述"神"、"神化"的同时，也揭示了神秘的这一层含义。他说："以神表示微妙的变化，始于《周易大传》。《系辞上传》

---

① ［法］雅克·马利坦：《艺术与诗中的创造性直觉》，刘有元、罗选民译，三联书店1991年版，第25页。

② 梁宗岱：《诗与真·诗与真二集》，外国文学出版社1984年版，第27页。

③ 郁沅、张明高：《魏晋南北朝文论选》，人民文学出版社1996年版，第341页。

④ 毛峰：《神秘主义诗学》，三联书店1998年版，第68页。

⑤ （清）黄宗羲：《宋元学案》卷13《明道学案》上，中华书局1986年版，第549页。

云：'阴阳不测之谓神。'又云：'神无方而易无体。'又云：'知变化之道者，其知神之所为乎！'《说卦》云：'神也者妙万物而为言者也。'这就是说：神表示阴阳变化的'不测'、表示万物变化的'妙'。何谓'不测'？何谓'妙'？《系辞下传》云：'易之为书也不可远，为道也屡迁，变动不居，周流六虚，上下无常，刚柔相易，不可为典要，唯变所适。'所谓'不测'，即'不可为典要，唯变所适'之义，表示变化的极端复杂。……妙万物即显示万物的细微变化，韩康伯《系辞注》云：'神也者，变化之极，妙万物而为言，不可以形诘者也。故曰阴阳不测。尝试论之曰：原夫两仪之运，万物之动，岂有使之然哉？莫不独化于太虚，欻尔自造矣。'韩氏以'变化之极'解释'神'，基本上是正确的。'神'表示变化的复杂性。"①张岱年先生此处虽然不是专论神秘，但是却道着了神秘的一个重要特征：也就是变化莫测，时空灵转。如《庄子》所说的"夫藏舟于壑，藏山于泽，谓之固矣。然而夜半有力者负之而走，昧者不知也"②。庄子的比方是地道的神秘，它正是以事物的时空灵动变幻为特征的。陶渊明诗中的"山涤余霭，宇暧微霄。有风自南，翼彼新苗"（《时运》），"仲春遘时雨，始雷发东隅。众蛰各潜骇，草木纵横舒"（《拟古九首》其三）；谢灵运诗中的"池塘生春草，园柳变鸣禽"（《登池上楼》），都有着这种生命的奏鸣。唐代诗人王维在《辋川集》所写的那些禅意的绝句，如《辛夷坞》："木末芙蓉花，山中发红萼。涧户寂无人，纷纷开且落。"在静寂中绽放着着生命的蓓蕾，也透露着神秘的气息。诗词中所表现出的时空上的灵动异常，匪夷所思，也是给人以神秘感的重要因素，如苏轼诗中的"我持此石归，袖中有东海"、黄庭坚诗中的"惠崇烟雨芦雁，坐我潇湘洞庭。欲唤扁舟归去，傍人云是丹青"这一类，都是具有神秘意味的。

诗中的"禅髓"、"禅韵"，是颇能给人以神秘的审美韵味的。佛教禅宗以"不立文字，直指本心"为其宗旨，并以"世尊拈花，迦叶微笑"为其公案的神秘启示之源，这也为唐宋时期深受禅宗濡染的诗人们带来了许多神秘的意象。钱锺书先生就曾指出："释氏不重文字。如《大方广宝箧经》卷上云：'不著文字，不执文字'。《说无诟称经·声闻品》第三云：'法无文字，语言断故。法无譬说，远离一切波浪思故。诸有智者于文字中，不应执著，亦无怖畏。一切言说，皆离性相。'《除盖障菩萨所问经》卷十云：'此

---

① 张岱年：《中国古典哲学概念范畴要论》，中国社会科学出版社 1987 年版，第 97 页。
② 陈鼓应：《庄子今注今译》，中华书局 1983 年版，第 178 页。

法唯内所证,非文字语言而能表示,超越一切语言境界。'《大智度论·释天主品》第二十七论此尤详。实为神秘主义之常谈。西籍中亦多有之。"①明确揭示了其神秘性质。宋人严羽"以禅喻诗",认为"盛唐诸人"的"兴趣",是在于诗境的"羚羊挂角,无迹可求",清人王士禛目之以"神韵",其实是指出其神秘之境,如其言:"严沧浪以禅喻诗,余深契其说,而五言尤为近之。如王裴辋川绝句,字字入禅。他如'雨中山果落,灯下草虫鸣','明月松间照,清泉石上流',以及太白'却下水精帘,玲珑望秋月',常建'松际露微月,清光犹为君',浩然'樵子暗相失,草虫寒不闻',刘昚虚'时有落花至,远随流水香',妙谛微言,与世尊拈花,迦叶微笑,等无差别。通其解者,可语上乘。"②禅宗所标举的"世尊拈花,迦叶微笑",本身就是有浓厚的神秘主义色彩的。以之喻诗,意在于斯。

在诗歌创作的发生上面,这种神秘感往往体现在"兴"的偶然性和不可把捉性。中国古代诗歌在发生理论上是以感兴为其主要传统的。感兴就是"感于物而兴",指创作主体在客观外物的偶然触发下,在心灵中产生创作冲动、诞育了艺术境界的审美创造方式。偶然性、随机性是其重要特征。感兴的方式产生着诗人的创作灵感,本身就带有神秘的感觉。陆机在《文赋》中称为"天机":"若夫应感之会,通塞之际,来不可遏,去不可止。藏若影灭,行犹响起。方天机之骏利,夫何纷而不理?"陆机还表示,"吾未识夫开塞之所由",是觉得这种"天机"颇感神秘。宋人邵雍在诗中谈及作诗体会云:"句会飘然得,诗因偶尔成。天机难状处,一点自分明。"(《闲吟》)道出"天机"是难以把握的。明代诗论家谢榛也说:"诗有天机,待时而发,触物而成,虽幽寻苦索,不易得也。"③

诗词中的神秘感,在于以其有限的词语,蕴含着、同时也是遮蔽着"大道",正如海德格尔所说的"未被说者不仅是某种缺乏表达的东西,而是未被道说者,尚未被显示者。根本上必然保持未被说状态的东西,乃被抑制在未被道说者中,作为不可显示者而栖留于遮蔽之域,这就是神秘(Geheimnis)。"④海德格尔的"道说"既是关于语言的整体本质特征,如其所言之"有鉴于道说(Sage)之关联,我们把语言本质整体称为道说",并以

---

① 钱锺书:《谈艺录》,中华书局1984年版,第310页。
② (清)王士禛:《带经堂诗话》卷3,人民文学出版社1963年版,第83页。
③ (明)谢榛:《四溟诗话》卷2,中华书局1985年版,第23页。
④ 〔德〕海德格尔:《在通向语言的途中》,孙周兴译,商务印书馆1997年版,第215页。

之作为语言符号的概括，如海氏所说的"语言之本质因素乃是作为道示（Zeige）的道说（Sage）。"中国的道家哲学，早就包含了"道说"的思想。"道"是宇宙万物的本体，它是生成万物的根本，但却并不显露出来，或者说它是被遮蔽着的。如《老子》中所言："道冲，而用之或不盈。渊兮，似万物之宗。"① 道是渊深而博大的，又是神秘莫测的，"古者之善为道者，微妙玄通，深不可识"②，而"道"又是可以通过有限之物得以外显的。老子哲学中的与"道"相依的"德"，指的就是这种道的外显和生发之有限之物。其云："道生之，德畜之，物形之，势成之。"③ 正是由于有了这种外显的有限之物，道的渊深无限才使人感受得到。广为人知的"言意之辨"，使之具有了文论的性质。而诗论中如司空图《诗品》中所描绘的几品中"俯拾即是，不取诸邻，俱道适往，着手成春。如逢花开，如瞻岁新，真予不夺，强得易贫。"④ "不着一字，尽得风流，语不涉难，已不堪忧。是有真宰，与之沉浮。……浅深聚散，万取一收。"⑤ 明代谢榛所说"思入杳冥，则无我无物，诗之造玄者哉！"⑥ 王夫之所说的"墨气四射，四表无穷，无字处皆其意也"⑦，等等，都有着"道说"的遮蔽性，同时也就有显示了诗歌创作中的某种神秘性。

四

诗词中的神秘，变幻莫测，意境迷离，是一种蕴藉至极溢为光怪的美感，也给人以强烈的惊奇与震撼，也为作品成为经典之作提供了接受方面的动因，换言之，许多篇什成为传世经典，是人们在不断的阅读和品茗过程中，时时感受的神秘之美。屈原的《离骚》、《九歌》是如此，义山的《无题》亦如此；贺铸的《青玉案》是如此，稼轩的《太常引》（"一轮秋影转

---

① 高亨：《老子正诂》，古籍出版社1956年版，第11—12页。

② 同上书，第34页。

③ 同上书，第108页。

④ （唐）司空图：《二十四诗品》，见杜黎均《二十四诗品译注评析》，北京出版社1988年版，第61页。

⑤ 同上书，第109页。

⑥ （明）谢榛：《四溟诗话》卷3，见丁福保《历代诗话续编》，中华书局1983年版，第1161页。

⑦ （清）王夫之：《姜斋诗话》卷2《夕堂永日绪论内编》，见戴鸿森《姜斋诗话笺注》，人民文学出版社1981年版，第138页。

金波"）亦如此。在很大程度上，诗词中的神秘之美，也许给读者带来了理解和诠释上的难度甚至是阻隔，但却大大增强了诗词的内在张力，诱发了浓厚的阅读兴趣。神秘使许多诗词的蕴含找不到明晰的义解，却使诗的生命享祀到永久！神秘当然是与含蓄蕴藉难以剥离的，但它又以其强烈的生命感和吸引力，吸附着人们的目光和心灵，生成着最为敏锐和新颖的审美体验。清人贺贻孙指出了诗的神秘与蕴藉的内在关联："诗以蕴藉为主，不得已溢为光怪尔。蕴藉极而光生，光极而怪生焉。李杜王孟及唐大家，各有一段光怪，不独长吉称怪也。怪至长吉极矣，然何尝不从蕴藉中来。""神者，灵变惝恍，妙万物而为言。"① 此处所言，可说是典型的神秘之美。因其对于读者来说，具有神秘美感的作品所引发的是颇为强烈而又具有阻隔性的审美体验，因而越发增强了作品的生命力和魅力，也就有更大的可能，穿越时间的隧道，唤起不同时代人们的兴致，提升了作品成为经典的含量。"诗文有神，方可行远。"② 这是给我们以深刻启示的。

诗词的神秘之美，给人们带来更有一种惊奇之感，因为神秘，激发了读者在审美心理上的惊奇。笔者曾有关于审美惊奇的专论，认为，"对于人们的审美心理来说，惊奇或云惊异是获得快感的必要契机。——真正的审美快感，是伴随着惊奇感产生的。惊奇不等于快感，但却是豁然贯通人们胸臆、发现审美对象的整体底蕴的电光石火。惊奇是一种审美发现。在惊奇中，本来是片断的、零碎的感受都被接通为一个整体，观赏者的心灵受到了强烈的撼动，而作为审美对象的作品里潜藏着的、幽闭着的意蕴，突然被敞亮了出来，观赏者处在发现的激动之中。也许，没有惊奇就没有发现，也就没有美的属性的呈现，没有崇高和悲剧的震撼灵魂，没有喜剧和滑稽的油然而生"③。神秘与惊奇当然不是一回事，但却又是密切相关的。诗词有了神秘，是尤能使人产生审美上的惊奇感的。

神秘作为中国古代诗词的一种特殊的美感，焕发着"精光闪铄"的生命力，使我们欲罢不能，使我们流连忘返。如同幽暗夜空中的点点星光，向我们眨着诡谲的眼睛。

---

① （清）贺贻孙：《诗筏》，见郭绍虞《清诗话续编》，上海古籍出版社1983年版，第136页。
② 同上。
③ 张晶：《审美惊奇论》，见《审美之思》，北京广播学院出版社2002年版，第196页。

偶然与永恒*
——中国诗学的审美感悟之一

　　诗歌的意象创造，首先是诗人在与对象的审美关系中生成的。中国古代的诗学理论，突出体现了中国美学的特征。作为诗人创作的发生契机，"感物而兴"是最为普遍的现象。所谓"感物而兴"也即感兴，在我看来最突出的特点有两个：一是主体和客体的遇合，二是发生的偶然性。这是感兴的实质所在。关于"兴"有多种说法，我认为宋人李仲蒙所云是最为切合感兴的本质的，他说："触物以起情谓之兴，物动情也。"① 这里就包含了这两层意思。中国诗学中的"感兴"论不同于西方的灵感说，最重要的就在于它不仅是主体因素，而是与外物（包括自然景物和社会事物）的遇合中产生出来的。这种心与物的遇合，不是可以安排或预料的，而是随机的触发。所以诗论中的"偶然""偶尔""触""适会"等字眼甚多。所谓"兴"是对诗人情感的唤起，刘勰释"比兴"云："故比者，附也；兴者，起也。附理者切类以指事，起情者依微以拟议。起情故兴体以立，附理故比例以生。"② 以"起情"释"兴"，即是对诗人情感的唤起。

　　然而，感兴的触发只是诗歌创作的起点，作为价值的体现，这种偶然的感兴恰恰是产生经典的创作机制，换言之，通过偶然的感兴而创作出的作品，往往可以获得永恒的审美价值与意义。以偶然的感兴为起点，却可以臻于永恒，这大概可以在诗学中找到不可胜数的例证，而在诗歌理论上，并未得到深入的说明。本文的立意则是探寻一下其中的路径所在，也就是探寻经典的永恒审美价值与创作发生时的偶然感兴之间的必然联系。

---

　　* 本文刊于《北京大学学报》（哲学社会科学版）2013 年第 5 期。
　　① （宋）胡寅：《与李叔易书》，见《斐然集》卷 18，中华书局 1993 年版，第 368 页。
　　② 范文澜：《文心雕龙注》，人民文学出版社 1958 年版，第 601 页。

一

在中国诗学中，谈及由偶然的感兴生成经典的论述甚多，如宋人叶梦得评谢灵运的名篇《登池上楼》时说："'池塘生春草，园柳变鸣禽'。世多不解此语为工，盖欲以奇求之耳。此语之工，正在无所用意，猝然与景相遇，借以成章，不假绳削，故非常情所能到。诗家妙处，当须以此为根本，而思苦言难者，往往不悟。"① 明代诗论家谢榛以"天机"论诗，也是偶然的感兴触发："诗有天机，待时而发，触物而成，虽幽寻苦索，不易得也。如戴石屏'春水渡傍渡，夕阳山外山'，属对精确，工非一朝，所谓'尽日觅不得，有时还自来'。"② 所论及之作，都是成为文学经典的作品，具有永恒的意义与审美价值。那么，我们在这里所要追问的乃是，偶然的感兴为什么能够产生永恒的经典？反之，亦可以这样思考：在中国诗史上一些脍炙人口、流传千古的名作，却是产生在诗人与外物的偶然感兴之中？这是个有趣味的话题，也是一个有丰富审美内涵的话题，值得我们试为破解。

首先，我们要问的是，诗的永恒价值究竟何在？也许有人会对这个问题持怀疑或否定态度，但其实我在这里所说的"永恒价值"没有那么形而上，只是指那些能使千百年前的诗流传至今的东西。诗歌经典的形成和流传，主要的还是一个自然而然的过程，是人们怀着激动的心情来接受的东西，而非人为的造作'意识形态的操控'真正穿越了时间的帷幕越千年而不衰的那些作品，才是真的经典。在中国诗歌史上，这样的篇什如同夜空中闪烁的繁星一样，是无法胜数的。真正的经典，在我看来是在没有外在操控的因素下能够激发人们灵智"点燃人们激情的作品"，当然教材、选本、文学史、诗歌史著作等，都成为诗歌经典的主要载体。而其中所选的篇什，绝大多数也都是千百年来已经得到人们喜爱和认同的。作为与作者素不相识（同时代人或后人）的读者，为什么会对这位诗人的某篇诗作非常喜爱，吟咏之间击节再三、欣喜若狂？当然首先应该是一种情感体验，也就是通过诗这个媒介，读者感受到了与之素昧平生的诗人的同样或类似的情感。这是一种非常微妙的体验，也是诗作为文学的基本类型的独特魅力和功能所在。而能够成为文学经典的诗作，则是以独特的审美形式使人的某种情感得以葆有与传

---

① （宋）叶梦得：《石林诗话》，见何文焕《历代诗话》，中华书局1981年版，第426页。

② （明）谢榛：《四溟诗话》，见丁福保《历代诗话续编》，中华书局1981年版，第1161页。

递，并使读者在阅读中不断生发出新的审美意味。

关于诗的这种功能，刘勰在《文心雕龙·明诗》篇中的界说非常简明"诗者，持也，持人情性。"① 持，《说文解字》："握也，从手寺声"② 也可引申为持有，葆有。诗歌的价值就在于对人的情性的葆有持存。特别值得关注的是，德国大哲学家海德格尔借着对荷尔德林诗的阐释表达了与此非常类似的意思。荷尔德林的诗句是："但诗人，创建那持存的东西。"德格尔以对此诗句的阐释揭示了诗歌的基本性质与功能，他说："凭借这个诗句，就有一道光线进入我们关于诗之本质的问题之中了。诗是一种创建，这种创建通过词语并在词语中实现。如此这般被创建者为何？持存者也。但持存者竟能被创建出来么？难道它不是总是已经现存的东西吗？决非如此。恰恰这个持存者必须被带向恒定，才不至于消失；简朴之物必须从混乱中争得，尺度必须对无度之物先行设置起来。承荷并且统摄着存在者整体的东西必须进入敞开域中。"③ 海德格尔虽然晚于刘勰千年有余，但没有任何迹象显示他对刘勰及《文心雕龙》有什么了解。而这里通过阐释荷尔德林诗句所揭示的诗本质，与刘勰所说的"诗者，持也，持人情性"何其相似乃尔！只是海德格尔更为明确地提出"持存者带向恒定"，也就是通向永恒意义之路。

二

真正的诗歌阅读当是审美，而作为审美对象的并非是诗中的词语，而是由词语建构而成的意象，或者如现象学美学家英加登所说的"图式化外观"，"图式化外观"对于诗歌审美来说是必不可少的。它是鉴赏者通过对诗中词语的阅读而在头脑中映现的内在视像或画面，与中国诗学中所说的意象或意境相类，而"图式化外观"更强调的恐怕在于充盈与直观的性质。英加登认为，"这些图式化外观就是知觉主体在作品中所体验到的东西，它们要求主体方面有一个具体的知觉或至少是一个生动的再现活动，如果它们要被实际地、具体地体验到的话。——读者在阅读时就必须进行一种生动的再现。这就意味着读者必须在生动的再现的材料中创造性地体验直观外观，

---

① 范文澜：《文心雕龙注》，人民文学出版社 1958 年版，第 65 页。
② （汉）许慎：《说文解字》，中华书局 1963 年版，第 426 页。
③ ［德］海德格尔：《荷尔德林诗的阐释》，孙周兴译，商务印书馆 2000 年版，第 44 页。

从而使再现客体直观地呈现出来，具有再现的呈现。"① 这是英加登对于胡塞尔现象学的文学展开，它是可以和中国诗学相通的中国诗学中的意象或意境，都是读者在阅读欣赏时在头脑中呈现的"图式化外观"中国诗学中的偶然感兴，是诗人作为主体的情感受到外物的感发而被激活，并以诗人的情感贯注并统摄而形成诗人头脑中的意象，并用词语构形。情感本身是没有"图式化外观"的，如果只有情感的宣泄而无构形是无法获得读者的审美接受的。美国著名符号论美学家苏珊·朗格认为，艺术品（包括诗歌）是表现情感的知觉形式，她说："艺术品是将情感呈现出来供人观赏的，是由情感转化成的可见的或可听的形式。它是运用符号的方式把情感转变成诉诸人的知觉的东西，而不是一种征兆性的东西或是一种诉诸推理能力的东西。"② 我们表现作品中的情感并非是一般人的自然情感，而应该是艺术符号化的审美情感。苏珊·朗格明确指出："一个艺术家表现的是情感，但并不是像一个大发牢骚的政治家或是像一个正在大哭或大笑的儿童所表现出来的情感。艺术家将那些在常人看来混乱不整和隐蔽的现实变成了可见的形式，这就是将主观领域客观化的过程。"③ 在艺术品中所表现的情感，已经是被形式化或符号化了。原始的情感，并非艺术家所表现的情感。诗歌或其他艺术，情感的发动不是目的，情感催生了作品的审美形式，而欣赏者快感的产生，也是对形式而言的，正如德国著名哲学家卡西尔所说："如果艺术是享受的话，它不是对事物的享受，而是对形式的享受。"④ 卡西尔还谈到艺术家的情感与作品的审美形式的产生之间的深刻联系："审美的自由并不是不要情感，不是斯多葛式的漠然，而是恰恰相反，它意味着我们的情感生活达到了它的最大强度，而正是这样的强度中它改变了它的形式——……我们在艺术中所感受到的不是哪种单纯的或单一的情感特质，而是生命本身的动态过程，是在相反的两极——欢乐与悲伤、希望与恐惧、狂喜与绝望——之间的持续摆动过程。使我们的情感赋有审美形式，也就是把它们变为自由而积极的状态。在艺术家的作品中，情感本身的力量已经成为一种构成力量

---

① ［波兰］罗曼·英加登：《对文学的艺术作品的认识》，陈燕谷、晓未译，中国文联出版公司 1988 年版，第 56 页。

② ［美］苏珊·朗格：《艺术问题》，滕守尧、朱疆源译，中国社会科学出版社 1983 年版，第 56 页。

③ 同上书，第 25 页。

④ ［德］卡西尔：《人论》，甘阳译，上海译文出版社 1985 年版，第 203 页。

(formative Power)。"① 卡西尔所言对我们理解诗学的偶然感兴和永恒魅力这样的话题，有难得的启迪意义，在感兴中被偶然的契机唤起的情感具有非同一般的强度，而它正是成为作品中的审美构形的动力。

诗人或其他艺术家当然是具有充沛的情感的，无论中外文论，这都是老生常谈；但我在这里所要指出的，诗人的情感又是在长期的艺术创作中与其独特的艺术语言内在地结合了的，或者说被艺术媒介化了的。刘勰论"神思"时所说的"神居胸臆，而志气统其关键；物沿耳目，而辞令管其枢机。枢机方通，则物无隐貌；关键将塞，则神有遁心"，"玄解之宰，寻声律而定墨；独照之匠，窥意象而运斤"②，都是指出了诗歌创作的内在运思已经是用声律化的词语来构造其审美意象的了。诗的内在运思，并非仅仅是意象的贯通，而且还是以属于诗歌这种文体的独特艺术语言来进行的。各个艺术门类都有属于自己的艺术语言，在诗歌来说，就是词语和韵律。美国哲学家古德曼有《艺术语言》这样一部名著，其引言部分中指出："在我的书中，'语言'严格地讲，应当代之以'符号体系'。"③ 其他的艺术门类如音乐、绘画、雕塑、建筑等，也都有自己独特的艺术语言。我也用"艺术媒介"来指称艺术语言所起的内外连通的媒介作用，也就更为注重的是艺术创作中内在运思时的这种具有物性的媒介性质。对于"艺术媒介"，我曾有过这样的界说："艺术媒介是指艺术家在艺术创作中凭借特定的物质性材料，将内在的艺术构思外化为具有独创性的艺术品的符号体系。艺术创作远非克罗齐所宣称的'直觉即表现'，而有一个由内及外、由观念到物化的过程，任何艺术品都是物的存在，艺术家的创作冲动、艺术构思和作品形成这一联结，其主要的依凭就在于媒介。"④ 我对于艺术媒介的提出，其初衷在于艺术创作由内在运思到外在表现的联结。艺术家在创作时的内在运思阶段并非是空无依凭的，也并非是一般的语言，而是特殊的艺术语言连接着内外。关于艺术媒介，国内学者谈论者颇为罕见，而西方理论家对此有颇见深刻的论述。英国美学家鲍桑葵明确认为，媒介是探讨美学基本问题的真正线索，指出："因为这是一件无比重要的事实。我们刚才看到，任何艺人都对自己的媒介感到特殊的愉快，而且赏识自己媒介的特殊能力。这种愉快和能力感当然并

---

① ［德］卡西尔：《人论》，甘阳译，上海译文出版社1985年版，第189页。
② 范文澜：《文心雕龙注》，人民文学出版社1958年版，第493页。
③ ［美］尼尔森·古德曼：《艺术语言》，褚朔维译，光明日报出版社1990年版，第19页。
④ 张晶：《艺术媒介论》，《文艺研究》，2011年第12期。

不仅仅在他实际操作时才有的。他的受魅惑的想象就生活在他的媒介的能力里；他靠媒介来思索，来感受；媒介是他的审美想象的特殊身体，而他的审美想象则是媒介的唯一的特殊灵魂。"① 鲍桑葵对媒介的论述，揭示了艺术媒介的本质特征，认为媒介是艺术家内在地进行审美想象时的载体，如同人的身体一样，而审美想象则是它的特殊灵魂，也就是说，不同门类的艺术家在进行内在的运思时是凭借不同的媒介的。艺术媒介对于艺术家的外在传达而言，其物性是可以理解的，如果不谈物性，艺术媒介的提出就没有什么意义。诗歌的物性指的是词语和韵律的物质性存在。海德格尔对艺术的物性有深刻的论述，他认为："一切艺术品都有这种物的特性。如果它们没有这种物的特性将如何呢？或许我们会反对这种十分粗俗和肤浅的观点。托运处或者是博物馆的清洁女工，可能会按这种艺术品的观念来行事。但是，我们却必须把艺术品看做是人们体验和欣赏的东西。但是，极为自愿的审美体验也不能克服艺术品的这种物的特性。建筑品有石质的东西，木刻中有木质的东西，绘画中有色彩，语言作品中有言说，音乐作品中有声响。艺术品中，物的因素如此牢固地现身，使我们不得不反过来说，建筑艺术存在于石头中，木刻存在于木头中，绘画存在于色彩中，语言作品存在于言说中。音乐作品存在于音响中。"② 从艺术创作的外在表现或传达的角度来看，海德格尔这段话已经将艺术品的物性说得颇为透彻了。艺术家在进行艺术的外在的表现和传达时当然是以不同的媒介来进行的。这一点，与克罗齐的观点适足相反。克罗齐的著名主张是"直觉即表现"，对于艺术创作中的外在媒介的表现，他认为是多余的，如鲍桑葵对其所作的批评："克罗齐主张，外在的媒介，严格说来，是多余的东西，因此，区别这种表现方式和那种表现方式（如绘画、音乐、语言）是没有意义的。"③ 而且，由于对媒介所取的虚无的态度，也就否认了艺术分类。

我对艺术媒介的论述的重点在于，用艺术媒介的观念来解决艺术创作从内在的运思到外在表现是如何转化的，内外又是如何联结的。艺术媒介就是这种联结的通道。艺术媒介的谈论是离不开作品的物性的，那么，内在于艺术家头脑中的媒介又是如何体现物性的呢？这确实是值得我们追问的。我认为，在艺术创作的感兴阶段和审美意象的形成阶段，艺术家就是凭借着媒介

---

① ［英］鲍桑葵：《美学三讲》，周煦良译，上海译文出版社 1983 年版，第 31 页。
② ［德］海德格尔：《诗·语言·思》，彭富春译，文化艺术出版社 1991 年版，第 23 页。
③ ［英］鲍桑葵：《美学三讲》，周煦良译，上海译文出版社 1983 年版，第 34 页。

进行的。艺术家以此感知外物，以此把握外物。内在于头脑的艺术媒介的物性是不太好理解的，但它却是客观的存在，我们称之为"材料感"。刘勰所说的"夫情动而言形，理发而文见，盖沿隐以至显，因内而符外者也！"① 说的正是诗人从内在感兴到外在表现的这个联结的问题"沿隐至显"，指的就是从内在意象到显性的表现。美国著名哲学家杜威对媒介也多有阐述，他仍然是从他的经验论角度来谈媒介的，如说："每一件艺术作品都有一种独特的媒介，通过它及其他一些物，在性质上无所不在的整体得到承载。在每一个经验之中，我们通过某种特殊的触角来触摸世界；我们与它交往，通过一种专门的器官接近它。整个有机体以其所有过去的负载和多种多样的资源在起着作用，但是它是通过一种特殊的媒介起作用的，眼睛的媒介与眼睛相互作用，耳朵、触觉也都是如此。美的艺术抓住了这一事实，并将它的重要性推向极致。"② 杜威主张艺术即经验的表达，而艺术的个性化便在于经验的个性化。杜威强调了媒介的内在性质，认为媒介其实就是艺术家用某种特殊的触角来触摸世界和把握世界。

　　诗歌作为一种艺术，有自己的媒介，那就是词语和韵律。因为它看上去与其他类型的语言文字并无二致，所以诗歌的媒介特征往往被人们所不甚重视。实际上，诗人运用诗歌的独特媒介来表达情感和创造一个世界的专业能力非常重要。偶然的感兴作为艺术创作的契机，是对具有深厚的诗歌专业修养的诗人而言的，并非随便什么人都可以在偶然中就写出惊人妙句或传世佳作的。在诗人来说，情感、意象、词语、韵律是浑然一体的，诗人在与外物的触遇中所兴发的东西，并不仅仅是情感或意象，而是融情感、意象和词语、韵律为一浑然天成的整体。黑格尔从他的整体美学体系出发，对诗歌的性质有这样的阐述："诗须用精神性的东西作为内容，不过在对内容进行艺术加工之中，诗不能像造型艺术那样满足于提供感性观照的形象，也不能满足于像音乐那样从内心迸发出的声音，只让心灵去领会，此外也不能采取抽象思维的形式，而是要处在直接凭感官形象的生动性和情感思想的主体性这两极之间。由于诗的观念方式处在这种中间地位，诗就同时分属左右两极的领域：诗从思维里取得精神方面带有普遍性的东西，这就是从直接呈现于感官的分散的事物之中抽出它们的较单纯的定性；诗在观念方式方面还保留着造型艺术所用的在空间中同时并列的关系。观念和思维的差别主要在于观念

---

① 范文澜：《文心雕龙注》，人民文学出版社 1958 年版，第 505 页。

② ［美］杜威：《艺术即经验》，高建平译，商务印书馆 2007 年版，第 216 页。

以感性观照为出发点，让所观照的事物仍照原来的样子不相联系地同时并列；思维却要显出各有定性的事物互相依存，具有交互的关系，作为下判断下结论之类推理活动的根据。所以诗的观念在艺术作品里要有可能把分散的个别的东西结合成为有内在联系的统一体，但是由于观念一般都不免带有松散性，所要求的统一本来是隐藏着的，这就是使诗有可能使内容的各个部分和方面融成一个生动的有机体而同时在表面上又好像各自独立。这就是说，诗有可能使所选定的内容时而较多地朝思想方面发展，时而较多地朝外在现象方面发展。所以诗既不排除哲学的最高思辨，也不排除外在的自然现象，只要它不把哲学思想按照推理或科学论断的方式揭示出来，也不把自然现象按照原来的见不出意义的方式描绘出来。总之，诗要提供他一个完整的世界，其中实体本质要以艺术的方式展现于人类动作、事件和情感流露所组成的客观现实。"① 作为德国古典哲学时期的最有代表性的唯心主义哲学家，黑格尔对于诗歌也是特别看重其中的精神性内容的，他认为诗是可以"不排除哲学的最高思辨"，但他决不主张把哲学思想按照推理或科学论断的方式来写，而是要有直接凭感官形象的生动性。值得注意的是，黑格尔所说的"观念"，恰恰不是那种抽象的概念，而是内在的直观方式。他在这里提出的思维与观念的差别，指的便是哲学思维方式和内在的感性观照方式的区别。

三

诗歌要成为具有永恒魅力的经典，只有情感而没有媒介是不可能的，而诗的媒介也同样是有自己的物性的。词语的独特、音韵的谐美所形成的完整的文本，就是其物性的存在。刘勰在《文心雕龙·神思》篇中所说的"窥意象而运斤"与"寻声律而定墨"并非分为两橛的，而是一体化的。作为诗歌作品的美感，是在对这些篇什的欣赏吟咏中获得的。黑格尔这样论述了诗的音律与内在想象之间的关系，他说："所以诗的音律的严格要求仿佛很容易对想象成为一种桎梏，使诗人不能按照他心里所想的样子，把他的观念传达出来。因此有人就认为节奏的抑扬顿挫和韵脚的铿锵和谐尽管确实有一种悦人的魔力，但是如果对音律方面要求过多，就往往不免由于追求感官的快感而使最美好的情感思想受到牺牲。其实这种指责是站不住脚的。第一，

---

① ［德］黑格尔：《美学》第 3 卷下册，朱光潜译，商务印书馆 1981 年版，第 96 页。

说诗的音律妨碍自然流露，这是不正确的，一般说来，真正有才能的诗人对于诗的感性媒介（音律）都能运用自如，感性材料对他不但不是阻力或压力，而且还能起激发他和支持他的作用。事实上我们看到过凡是伟大的诗人在自己独创的时间尺度，节奏和韵脚之中都很自由地有把握地回旋自如；其次，在自由诗里，要把思想表现得回旋荡漾，时而凝练，时而波澜壮阔，这种强制性的音律要求还能激发诗人'因文生情'，获得新的意思和新的独创，如果没有这种冲击，新的东西就不会来。"① 黑格尔在这里揭示了诗歌的音律对于内在意蕴的表现功能，强制性的音律对于诗歌的审美想象并非仅有限制的功能，而是时常有着激发创新的作用。越是有才能的诗人，对诗的感性媒介方面越是能够运用自如。黑格尔还概括了诗人的任务："诗却不然，语言的感性声响在配合结构方面本来没有拘束，因此诗人的任务就在于在这种无规律之中显出一种秩序、一种感性的界限，因而替他的构思及其结构和感性美定出一种较固定的轮廓和声音的框架。"② 黑格尔认为诗歌是以感性媒介来构造文本的，而这正是读者从中获取审美兴趣的对象所在。我在这里所要顺势表达的意思是，这种以感性媒介而构造成的诗的"固定的轮廓和声音的框架"，是诗歌经典产生永恒魅力的不竭资源，但它并非全是甚至主要不是在最初诗兴之后的加工的产物，而在很多时候是诗人与外物偶然触遇兴发情感的同时便已诞生，越是佳作越是如此！明代诗论家徐祯卿认为，"情者，心之精也。情无定位，触感而兴，既动于中，必形于声。故喜则为笑哑，忧则为吁戏，怒则为叱咤。然引而成音，气实为佐；引音成词，文实与功。盖因情以发气，因气以成声，因声而绘词，因词而定韵，此诗之源也。然情实窈渺，必因思以穷其奥；气有粗弱，必因力以夺其偏；词难妥帖，必因才以致其极；才易飘扬，必因质以御其侈。此诗之流也。由是而观，则知诗者乃精神之浮英，造化之秘思也。若夫妙骋心机，随方合节，或约旨以植义，或宏文以叙心，或缓发如朱弦，或争张如跃楛，或始迅以中留，或既优而后促，或慷慨以任壮，或悲凄以引泣，或因拙以得工，或发奇而似易。此轮匠之超悟，不可得而详也。"③ 徐祯卿认为"触感而兴"的诗歌创作冲动，一方面是"动于中"的情感唤起，另一方面是"形于声"音律构成。徐氏又指出，好的诗作应该像轮扁斫轮那样，出神入化，无可分

---

① ［德］黑格尔：《美学》第 3 卷下册，朱光潜译，商务印书馆 1981 年版，第 70 页。
② 同上书，第 71 页。
③ （明）徐祯卿：《谈艺录》，见何文焕《历代诗话》，中华书局 1981 年版，第 765 页。

析。这也便是诗家所谓"化境"。"化境"之作，都是臻于极致的经典。谢榛论诗，最重"入化"之作，云："诗有不立意造句，以兴为主，漫然成篇，此诗之入化也。"① 清人徐熊飞则明确指出："自然而出，无关造作，此化境也。化境多从无心得之。"② "化境"是诗中极致，在中国的艺术品评中，"化境"是最高的审美范畴，也是能够产生恒久的审美价值的作品之指谓。在徐飞熊看来，当是无心的偶然感兴的产物。清人贺贻孙论诗也多处以"化境"为最高的艺术评价标准，如说："诗家化境，如风雨驰骤，鬼神出没，满眼空幻，满耳飘忽，突然而来，倏然而去，不得以字句诠，不可以迹相求。"③ 也都是以偶然的感兴为化境的发生契机。这在其他论者的有关论述中也都意旨相同。

四

中国诗学中的偶然感兴，并非单纯讲诗人情感被外物唤起，而是以所兴发之情感作为构形之精魄。真正能和读者发生审美关系的，是这种呈现着情感取向的构形也就是"图式化外观"，《文心雕龙·神思》篇的赞语中所说："神用象通，情变所孕物以貌求，心以理应。"④ 从运思的角度讲到"神思"是以象来贯通的。《文心·情采》篇的赞语则曰："言以文远，诚哉斯验。心术既形，英华乃赡。"后面虽然批评了"繁采寡情，味之必厌"，但是以"心术既形"为其前提。

一般来说，情感可以分为若干基本类型，所谓"七情"、"五情"是也。这些最为基本的情感类型已经是被概括出来的，用佛教因明逻辑的话语来说，是"比量"而非"现量"。"比量"已经假道于类推归纳，而非"一触即觉"的现量感发了。一般性地抒写这样一些基本的情感类型，是难以激活读者的审美知觉的。反之，由偶然感兴而生成的情感，则是没有经由类推或抽象的，是融贯了没有预想的新奇物象的独特情境。清初思想家王夫之借用佛教因明学的概念，称不经过推理归纳的直接感知为"现量"，并以之为其诗学思想的关键。他曾著有《相宗络索》一书，其中阐释"现量"说：

① （明）谢榛：《四溟诗话》卷1，见丁福保《历代诗话续编》，中华书局1983年版，第1152页。

② （清）王士祯：《修竹庐谈诗问答》，见《诗问四种》，齐鲁书社1985年版，第264页。

③ （清）贺贻孙：《诗筏》，见郭绍虞《清诗话续编》，上海古籍出版社1983年版，第165页。

④ 范文澜：《文心雕龙注》，人民文学出版社1958年版，第495页。

"现量，现者，有现在义，有现成义，有显现真实义。现在不缘过去作影；现成一触即觉，不假思量计较；显现真实，乃彼之体性本自如此，显现无疑，不参虚妄。"① 王夫之指出"现量"说的三层含义，一是现在义，就是它的当下性，现量是当下的直接感知，而非以往留下的后象；二是现成义，"一触即觉"，是说现量是瞬间的直觉而非获得的知识，不需要比较推理等抽象思维方式的参与；三是显现真实义，是说现量是显现客观对象的真实存在。这也正是我们所说的偶然的感兴。

《文心雕龙·比兴》篇的赞语所云："诗人比兴，触物圆览。物虽胡越，合则肝胆。拟容取心，断辞必敢。攒杂咏歌，如川之涣。"② "触物"即是具有偶然性质的感兴，其义明矣。"圆览"，缺少可信的解释，一般译为"周全的观察"。我以为"圆览"二字甚为重要，由"触物"而生成的圆整意象，或者说是"图式化外观"在这里，诗人的主体意向起了非常重要的整合作用，本来相距甚远的物象，由于"触物"而成为近如"肝胆"的意象整体。而由诗人的偶然感兴所兴发的情感是那种与即兴见到的特殊物色相融贯的情感，不是我们一般理解的基本情感类型。谢榛对此所言甚有见地："夫万景七情，合于登眺。若面前列群镜，无应不真，忧喜无两色，偏正惟一心；偏则得其半，正则得其全。镜犹心，光犹神也。思入杳冥，则无我无物，诗之造玄矣哉。"③ 诗的永恒魅力来自何处？当然是后世读者的常读常新。真正的诗歌审美效应主要不是来自于传授，而在于读者在阅读作品中体验到诗人那种非常微妙的情感蕴涵，而获得不期然而然的惊喜与兴奋。这在中国诗学中有颇为广泛的论述。如苏轼评陶诗说："陶潜诗：'采菊东篱下，悠然见南山'。采菊之次，偶然见山，初不用意，而境与意会，极可喜也。"④ "极可喜"正是读者所感受到的惊喜。这种对于诗歌经典常读常新的感受，还在于读者读诗时与诗人心灵相接通，感觉到诗人那种微妙的情感更是鸢飞鱼跃、充满生机的。如清人张实居所说："古之名篇，如出水芙蓉，天然艳丽，不假雕饰，皆偶然得之，犹书家所谓偶然欲书者也。当其触物兴怀，情来神会，机括跃如，如兔起鹘落，稍纵则逝矣。有先一刻后一刻之

---

① （清）王夫之：《相宗络索·三量》，见石峻等《中国佛教思想资料选编》第 2 卷第 3 册，中华书局 1989 年版，第 380 页。

② 范文澜：《文心雕龙注》，人民文学出版社 1958 年版，第 602 页。

③ （明）谢榛：《四溟诗话》卷 3，见丁福保《历代诗话续编》，中华书局 1983 年版，第 1181 页。

④ （清）苏轼：《书诸集改字》，见《苏轼文集》，中华书局 1983 年版，第 2009 页。

妙，况他人乎？"① 王夫之评诗重在"神理"，其意在此，如说："以神理相取，在远近之间。才着手便煞，一放手又飘忽去：如'物在人亡无见期'，捉煞了也；如宋人咏河豚云：'春洲生荻芽，春岸飞杨花。'饶他有理，终是于河豚没交涉。'青青河畔草'与'绵绵思远道'，何以相因依，相含吐？神理凑合时，自然恰得。"② 又评阮籍诗云："以追光蹑影之笔，写通天尽人之怀，是诗家正法眼藏。"③ 虽是从创作角度来说的，也是读者在审美过程中得到的突出感觉。

永恒的魅力来自于读者在欣赏作品时产生的审美惊奇感。著名哲学家张世英先生在哲学高度上将"惊异之感"作为审美意识的起点，而且，张先生还明确地将"感兴"阐释为诗人的惊异之感。他认为："人不仅在从无自我意识到能区分主客关系这一'中间状态'中能激起惊异，兴发诗兴，而且在从主客关系到超主客关系、从有知识到超知识的时刻，同样也会激起惊异，兴发诗兴。两个阶段的诗兴皆因惊异而引起。如果说前一阶段的惊异能使人自然地见到一个新的视域或新的世界，则后一种惊异可以说是能使人创造出一个新的世界。（当然，从广义上说，前一种惊异也可以说是创造。）中国美学史上所说的'感兴'其实就是指诗人的惊异之感。"④ 笔者本人高度认同张世英先生的关于"惊异"的理论，进而视之为从日常状态进入审美状态的关口。为了论述方便，我将"惊异"称为"惊奇"，并撰有《审美惊奇论》、《惊奇的功能及其在中国古典诗词中的呈现》等相关文章。对于审美惊奇，我作了如下的集中阐述："惊奇是一种审美发现。在惊奇中，本来是片断的、零碎的感受都被接通为一个整体，观赏者的心灵受到了强烈的撼动，而作为审美对象的作品里潜藏着、幽闭着的意蕴，突然敞亮了出来。观赏者处在发现的激动之中。也许，没有惊奇就没有发现，也就没有美的属性的呈现，没有崇高和悲剧的震撼灵魂，没有喜剧和滑稽的油然而生。正如亚里士多德所说的：'一切发现中最好的是从情节本身产生的、通过合乎可然律的事件而引起观众的惊奇的发现。是惊奇带来了发现。在发现之中，本

---

① （清）张实居：《师友诗传录》，见丁福保《清诗话》，上海古籍出版社 1999 年版，第129 页。

② （清）王夫之：《姜斋诗话》卷二，见戴鸿森《姜斋诗话笺注》，人民文学出版社 1981 年版，第 63 页。

③ （清）王夫之：《古诗评选》，《船山全书》第 14 册，岳麓书社 1996 年版，第 681 页。

④ 张世英：《进入澄明之境》，商务印书馆 1999 年版，第 212 页。

来是平常的东西变得那样不平常，一切都在美的光晕之中。"① 在诗学范围内，偶然的感兴正是获得审美惊奇的最为主要的途径。"惊人"成为诗人追求的一种至高境界和最佳效果。大诗人杜甫有"为人性僻耽佳句，语不惊人死不休"的名句，表达出他的诗歌价值取向。宋代杰出女词人李清照也有"学诗漫有惊人句"（《渔家傲》）的慨叹，同样将"惊人句"作为傲人的资本。这也便是诗学中的审美惊奇。这种"惊人句"是得之于冥思苦索，还是得之于诗人的偶然感兴？有不少人明确回答，是得之于后者。宋代诗人戴复古有论诗诗云："诗本无形在窈冥，网罗天地运吟情。有时忽得惊人句，费尽心机做不成。"② 戴复古所说的"惊人句"，是指有极高审美价值的作品，而它的获得，并非"费尽心机"之作，而是"忽得"，即是偶然感兴的产物。中国古代诗论中的很多话语，其实都是寓含着这样的意思：偶然的感兴所创作的诗作，可以产生令读者惊奇不置、想落天外的审美感受。如谢榛所说："或造句弗就，勿令疲其神思，且阅书醒心，忽然有得，意随笔生，而兴不可遏，入乎神化，殊非思虑可及。"③ "非思虑可及"即是出人意料，惊奇不已。王夫之评张协《杂诗》云："风神思理，一空万古，求共伯仲，殆唯'携手上河梁'、'青青河畔草'足以当之。诗中透脱语自景阳开先，前无倚，后无待，不资思致，不入刻画，居然为天地间说出，而景中宾主，意中触合，无不尽者。'蝴蝶飞南园'，真不似人间得矣。谢客'池塘生春草'，盖继起者，差足旗鼓相当。笔授心传之际，殆天巧之偶发，岂数觏哉？"④ 虽然没有明言惊奇或惊喜，却是惊奇的审美心态的具体描述。在我看来，只有能够给欣赏者带来强烈的惊奇之感的作品，才能产生永恒的魅力。如果仅是一般述情，意象或词语都不能给人以惊奇感，几无审美价值可言，又如何能具有那种常读常新的魅力呢！清人叶燮以历史的眼光指出后出者如果不能给人以惊喜，那就不可能具有文学史艺术史上的价值，他说："原夫作诗者之肇端而有事乎此也，必先有所触以兴起其意，而后措诸辞、属为句、敷之而成章。当其有所触而兴起也，其意、其辞、其句，劈空而起，皆自无而有，随在取之于心。出而为情、为景、为事，人未尝言之，而

---

① 张晶：《审美惊奇论》，《文艺理论研究》2000 年第 2 期。

② （宋）戴复古：《论诗十绝》，见郭绍虞等《万首论诗绝句》，人民文学出版社 1991 年版，第 120 页。

③ （明）谢榛：《四溟诗话》卷 4，见丁福保《历代诗话续编》，中华书局 1983 年版，第 1219 页。

④ （明）王夫之：《古诗评选》，见《船山全书》第 14 册，岳麓书社 1996 年版，第 706 页。

自我始言之，故言者与闻其言者，诚可悦而永也。即使此意、此辞、此句虽有小异，再见焉，讽咏者已不击节；数见，则益不鲜；陈陈踵见，齿牙余唾，有掩鼻而过耳。"① 在叶氏看来，只有"人未尝言之自我始言之"，才能给人以惊奇感，对于作者和读者来说，都是可以获得审美的喜悦的；但如果作品的意、辞、句与以往的作品并无大的区别，却一再出现，讽咏者即欣赏者不可能击节称叹，自然也就没有惊喜可言。这样的作品又何以能有永恒的魅力呢，只怕是读者要"掩鼻而过"了'在很多诗论家看来，偶然感兴是获得奇绝之句和使读者得到惊奇之感的必要条件。如清人吴乔所说的："凡偶然得句，自必佳绝。""得句而难成篇时，最是进退之关，不可草草完事，草草便成滑笔矣。兴会不属，宁且已之；而意中常有未完事，偶然感触，大有玄想奇句。"② 奇句是读者欣赏时的审美感受，也是能使不同的读者甚至是同一读者每读所感的。成为经典，通向永恒，这是一个重要条件。

还有一个问题值得提出供同仁考虑，就是诗歌的永恒魅力不仅在于情景的契合，也在于偶然的感兴中所生发的情感的指向性或者说是意向性诗歌不是抽象说理，可也不是模糊述情，而是由于感兴所产生的强烈的情感向度。"诗言志"成为中国诗学的初始观念，并一直贯穿至今，并非无据。《尚书·尧典》的古训："诗言志，歌咏言。"魏人王肃注曰："谓诗言志以导之，歌咏其义以长其言。"③《诗大序》的界定是："诗者，志之所之也。在心为志，发言为诗。"《毛诗正义》从而阐释道："诗者，人志意之所适也。虽有所适，犹为发口，蕴藏在心，谓之为志，发见于言，乃名为诗。言作诗者，所以舒心志愤懑，而卒成于歌咏，故《虞书》谓之诗言志也。包管万虑，其名曰心，感物而动，乃呼为志。志之所适，外物感焉。言悦豫之志，则和乐兴而颂声作，忧愁之志，则哀伤起而怨刺生。《艺文志》云'哀乐之情感，歌咏之声发'，此之谓也。"④ "志之所之"，指志所发动的方向所在，《正义》中所解释的"志意之所适也"。适也同样是动词，指志意朝某种特定的方向发动。这都是以诗的本质的认识。重要的还在于，孔颖达还把"感物而动"的兴和特定方向的志联系起来，也就是说，恰恰是由于诗人心灵的感物而动，激发了有特定指向的情志。这种特定的情感指向，在读者欣

① （明）叶燮：《原诗·内篇上》，人民文学出版社 1979 年版，第 5 页。
② （清）吴乔：《围炉诗话》卷 4，见郭绍虞《清诗话续编》，上海古籍出版社 1983 年版，第 592 页。
③ （唐）孔颖达：《尚书正义》，见《十三经注疏》，中华书局 1980 年版，第 131 页。
④ （唐）孔颖达：《毛诗正义》，见《十三经注疏》，中华书局 1980 年版，第 270 页。

赏作品时唤起情感的共鸣是至关重要的，从而，诗歌永恒魅力的产生，此为其主要的动力。

五

诗的永恒价值和魅力，是在后世读者的不断的吟咏欣赏中不断添加增值的。它们究竟在哪些维度上最易于生成这种永恒的价值？这是很难说得清楚的。正因为难说清楚，诗的意境才有了蓝田玉暖、良玉生烟的美感。因为诗人在偶然感兴中所兴发的情感是非常微妙的，诗人的情感与物象的融合也因其偶然而有着先一刻后一刻而不能的独特状貌，所以呈现给读者的也是非常鲜活非常独特的审美感受。永恒的魅力恰在此间不断产生。刘勰论比兴指出"比显而兴隐"，又说"起情者依微以拟议"①，即是把握到了兴在传达诗人情感上的隐微的特点。我一直以来都认为，诗之美感，一在广远，一在精微，二者相融互济，成为经典之作缺一不可。在多年前的文章里，我曾这样表述："所谓广远，指诗歌境界远远大于文本的空间与时间上的气势与张力；精微则是诗歌文本中的精深微致之笔。广远与精微是诗歌意境具有普遍意义的两极。无广远之势，诗则局促狭隘，缺少张力；无精微之笔，诗则廓落板滞，缺少神采。精微之笔，虽是对描写对象特征的细微刻画，却非纯客观的摹写，而是审美主体与客体之间的物化的产物。"② 如果称得上是诗歌佳作，广远和精微都是不可缺少的。精微当然首先表现在对所写事物的精细呈现上，也即是对"物性"的敞亮。刘勰一方面注重吟咏的"志惟深远"，另一方面主张体物精微。在《文心雕龙·物色》篇中说："吟咏所发，志惟深远；体物为妙，功在密附。故巧言切状，如印之印泥，不加雕削，而曲写毫芥。"③ 所谓"曲写毫芥"是指描写物象的深入毫芒。值得向同仁们提请注意的是，"精微"并非仅是对描写物象而言，而是情景相融所产生的意象整体"广远"也好，"精微"也好，都不是指单纯的客体物象，而都是主体与客体相互含吐后的整体意象。谢榛所说："诗乃摹写情景之具，情融乎内而深且长，景耀乎外而远且大。当知神龙变化之妙，小则入乎微罅，大则腾

---

①　范文澜：《文心雕龙注》，人民文学出版社1958年版，第601页。

②　张晶：《广远与精微》，《文学评论》2004年第4期。

③　范文澜：《文心雕龙注》，人民文学出版社1958年版，第693页。

乎天宇。"① 此处所论，正是对情景融合后的诗境。

诗歌经典的永恒魅力，不在于将人的情感类型化，而恰在于诗人以偶然感兴中获得的某种鲜活的情感加以完美的呈现，从而唤起读者的情感体验。诗歌佳作是个性化情感的表现，但进入到诗歌作品中的情感已从自然情感转换为审美情感了。通过偶然感兴而生成的诗作，诗人在与鲜活的物色相触遇而在头脑中呈现为审美意象，同时又以词语表现出来时，就已经是客观化和形式化了。英国美学家鲍桑葵于此有较为深刻的论述："关键的一点是，作为经验在我们身上所造成的差别，情感既不能同被我们称其为表达的理想内容分开，也不能先于这种理想内容。尽管一方面它是形式的和直接的，然而，它又通过自己是对我们的生活的反应这个事实，获得了一种意义和载体。随着这一意义和载体的出现，作为内容在我们身上所造成的差别，作为来自对象又指向对象的情绪，作为快乐和痛苦，情感必然会获得新的特征。譬如，人们告诉我们，与日常的、私人的、偶然的和不可传达的快乐不同，美的沉思和创造中的快乐在本质上是社会性的必然的和可传达的。一种客观化于艺术的情感，必然呈现出某种永恒性和确定性。人们不可能把某种没有细节、没有组织或关联的东西，一句话，不可能把没有普遍性的东西表现于客观的形式中。"② 对于我们的话题，这段论述实在是太能说明问题的性质了。偶然的感兴看似简单，其实是在诗人的独特禀赋和心灵运思中于瞬间便生发出具有物性的构形和普遍价值的东西了。诚如刘勰所论之心物关系："是以诗人感物，联类不穷，流连万象之际，沉吟视听之区；写气图貌，既随物以宛转；属采附声，亦与心而徘徊。故灼灼状桃花之鲜，依依尽杨柳之貌，杲杲为出日之容，漉漉拟雨雪之状，喈喈逐黄鸟之声，喓喓学草虫之韵。皎日嘒星，一言穷理；参差沃若，两字穷形：并以少总多，情貌无遗矣。虽复思经千载，将何易夺？"③ 刘勰所说的诗人感物，也即我们所说的偶然的感兴"随物宛转"和"与心徘徊"，看上去是有先后顺序的，其实也只是逻辑上的，而在创作实践的中往往是在感兴中同时发生的。这里的举例都是《诗经》中的经典，至今还脍炙人口，其拟写物态之生动和表现情感之鲜活，正如刘勰所感慨的"思经千载，将何易夺"，岂非永恒之魅力所在？

① （清）谢榛：《四溟诗话》，见丁福保《历代诗话续编》，中华书局1983年版，第1221页。
② ［英］鲍桑葵：《个体的价值与命运》，李超杰、朱锐译，商务印书馆2012年版，第52页。
③ 范文澜：《文心雕龙注》，人民文学出版社1958年版，第592页。

　　诗歌经典所表现的情感在偶然感兴中兴发，是带有诗人当下特定情形中获取的鲜活意象和语言形式的，但它们却在读者欣赏过程中生发出令人感奋的兴味，而其中所呈现的情感向度连同兴味一起，不断地被不同的审美主体所感受，因而形成了踵事增华的永恒魅力。在这意义上，钟嵘对兴的义解："文已尽而意有余，兴也"①，就有助于我们理解这个问题了。举几个例子，如："昔我往矣，杨柳依依，今我来思，雨雪霏霏。"征人的哀乐在这种特殊的记忆和情境中留给读者无穷世代。"蒹葭苍苍，白露为霜。所谓伊人，在水一方。溯洄从之，道阻且长，溯游从之，宛在水中央。"面对"蒹葭苍苍"的秋晨，感慨着可望而不可即的伊人。这样一些由诗人的偶然感兴而生成的人生况味或情境，更能生发出永恒的魅力或意义。如杜甫的《月夜忆舍弟》："戍鼓断人行，边秋一雁声。露从今夜白，月是故乡明。有弟皆分散，无家问死生。寄书长不达，况乃未休兵。"月夜中诗人的乡思，触发了无数读者的乡情。苏轼的"人生到处知何似？应似飞鸿踏雪泥。泥上偶然留指爪，鸿飞哪复计东西？"诗人还通过感兴呈示了某种社会的历史的变化规律。如《春江花月夜》："江畔何人初见月？江月何年初照人？人生代代无穷已，江月年年只相似。不知江月照何人，但见长江送流水。"诗人从眼前的春江月夜生发了对于宇宙人生的追问。刘禹锡的《乌衣巷》："朱雀桥边野草花，乌衣巷夕阳斜。旧时王谢堂前燕，飞入寻常百姓家。"诗人从乌衣巷夕阳西下时的景象，生发了深刻的历史兴亡感，揭示了历史的沧桑变故。还有一些诗作在即兴的感怀中所提升出来的是对社会世道的感慨。如李白的《行路难》："金樽清酒斗十千，玉盘珍馐直万钱。停杯投箸不能食，拔剑四顾心茫然。欲渡黄河冰塞川，将登太行雪满山。闲来垂钓碧溪上，忽复乘舟梦日边。行路难！行路难！多歧路，今安在？长风破浪会有时，直挂云帆济沧海。"苏轼在《慈湖夹阻风》中吟道："卧看落月横千丈，起唤清风得半帆。且并水村欹侧过，人间何处不巉岩？"湖中行舟遇阻，诗人由此感慨世事的艰难不平。还有很多作品是呈现出客观事物的样态或规律，也即"物理"，而这同样是诗人在偶然感兴中的领悟。如苏轼的《题西林壁》："横看成岭侧成峰，远近高低各不同。不识庐山真面目，只缘身在此山中。"其间哲理昭然，但却不是现成的哲学著作的理论，而是诗人在偶然感兴中的悟解。王文诰指出："凡此种诗，皆一时性灵所发，若必胸有释典而后炉锤出之，则意味索然矣。"今人王水照先生于此指出："诗人感兴之间，哲理

---

　　① 陈延杰：《诗品注》，人民文学出版社 1961 年版，第 2 页。

即在其中，未必演绎理念。"①

经典必然具有永恒的艺术魅力，使读者在阅读中不断产生新的审美体验。在中国诗歌史上，具有永恒魅力的篇什是无法胜数的，但它们所表达的情感和意义，不是类型化的，而是充满了鲜活的个性化的差异，给人的审美感受也是常读常新的，究其原因，恰恰是因了这些诗作大多数是由偶然的感兴作为发生契机的。由偶然的感兴到永恒的魅力，这中间是有一条通道的。然而，抉发偶然的价值并非全部，只是因为古代诗人们的创作实践提供了大量的实证。并非什么人的偶然感兴都可以产生永恒的诗歌审美价值的，诗人的主体因素其实才是真正的前提。主体因素中包括了胸襟、学养、艺术、才华、天分等等，主体方面的因素有待于另文探讨，本文旨在揭橥感兴的偶然可以产生的久远的审美价值；同时，也请大家关注到，诗歌的永恒魅力，恰恰是从诗人最初的偶然感兴中生长起来的。

---

① 王水照选注：《苏轼选集》，上海古籍出版社 1984 年版，第 159 页。

精微之笔与广大之势[*]
——中国诗学的审美感悟之二

一

对我们这些中华民族的苗裔而言，中国古代诗歌实在是一笔硕大无比而又弥足珍贵的遗产。它启迪着我们的智慧，滋育着我们的心灵，培养着我们的美感，陶冶着我们的情操。从审美的意义上来感悟中国古代诗歌作品和诗学理论，对当下中国社会的精神文明建设是非常有益的裨补。审美是令人超越的，是使人们从红尘和物欲中升华出来的佳径。读着那些沁人心脾的优美而宏壮的诗篇，领悟着那些透彻的诗学洞见，不仅使我们感受到古代诗人和诗论家们的脉动，且又进入到一个莹彻而邃远的世界。我们轻吟着那些华章，被诗中那些精深微妙的意象所吸引，新奇而鲜明的内在视像如在目前；同时，我们又置身于广大无垠、深邃无比的场域。而这二者又是如此和谐地融合在同一篇什之中。中国诗学中有许多关于"精微"（或"精深""微至"等）和"广大"（或"广远"）的论述，正是对这种诗歌创作风貌的描述。

中国古代本无"美学"一门，然体现着审美意识、审美标准的诗论却俯拾即是。美学的理论大厦要靠学者们的辛勤建构，如欲使"中国美学"不断地敞亮于世界美学之林，披沙拣金的工作应该持之以恒。关于"精微"和"广大"的话题尚未得到学界的梳理，然这些"精金美玉"恰可为中国美学和文论的丰富与提升增添资源。因为"精微"主要是指"言内"的描写，"广大"主要是指"言外"的场域，故我以"精微之笔"和"广大之势"表述之，准确与否尚待切磋琢磨。

---

* 本文刊于《北京大学学报》（哲学社会科学版）2014 年第 4 期。

　　中国古典诗学理论非常注重意境的创造，意境论成为中国诗学最为核心的范畴之一。意境是超越于意象之上的整体审美境界，用唐代著名诗人刘禹锡的话说，就是"境生于象外"。这种超乎于诗中有形描写的意境，不仅是"如空中之音，相中之色，水中之月，镜中之象，言有尽而意无穷"，而且具有充满生命力的势能。诗论家所说的"尺幅万里"，"广大"或"广远"，都指诗歌作品的这种品性。司空图《二十四诗品》中的第一品"雄浑"，虽是形容诗的刚健雄浑之风，其实也是揭示了这种"广大"之境："大用外腓，真体内充。返虚入浑，积健为雄。具备万物，横绝太空。荒荒油云，寥寥长风。超以象外，得其环中。持之匪强，来之无穷。"中国古代诗论中对于"广大"或"广远"的论述是颇为普遍的。《文赋》《文心雕龙》《二十四诗品》《石林诗话》《姜斋诗话》等诗论中都不乏其论；而中国诗学中在创作论上的另一种与之相关的说法则是"精微"。"精微"与"广大"是相辅相成的。"精微"是指诗歌意象描写刻画的精致入微。无"精微"无以致"广大"，无"广大"也无以显"精微"。清代思想家、诗论家王夫之论诗最重"精微"与"广大"融为一体的诗境，如他评价谢灵运《登池上楼》云："始终五转折，融成一片，天与造之，神与运之。呜呼，不可知已。'池塘生春草'，且从上下前后左右看取，风日云物，气序怀抱，无不显者，较'蝴蝶飞南园'之仅为透脱语，尤广远而微至。"① 评《登上戍石鼓山诗》云："神理流于两间，天地供其一目，大无外而细无垠。"② 船山是以谢诗为标本来表达他的诗歌审美标准。本文拟对中国古代诗学中的"精微之笔"和"广大之势"这一话题加以推阐，呈现其存在，发掘其意义，阐释其内蕴。

二

　　关于精微，这在古代诗论中多有论及，却没有什么精确的界定，相关的说法还有不少，如"精深""微至"等等。在理论上也罕有阐发，从美学角度也未曾得到足够的重视，而我以为"精微"是可以上升到一个美学范畴加以分析和建构的。中华美学传统对于诗歌的"言外之意"特别推崇，对

---

　　① （清）王夫之：《古诗评选》卷5，见《船山全书》第14册，岳麓书社1996年版，第732页。

　　② 同上书，第736页。

于诗歌表现的"言内之笔"却难以得到与前者相匹配的重视。

"精微"指诗人对于物理或事态的精致而生动的表现，或者表现为对人的情感、义理的微妙呈现。"精微"是指诗人在文本中精深微妙的刻画描绘，通过文字的媒介，把所写的事物表现得栩栩如生，在读者头脑中呈现鲜明活跃的内在视像，所谓"状溢目前"是也。笔者将"内在视像"视为文学的最主要的审美特征之一，并有专文以阐述之。其中谈及："何谓'内在视像'？这里是指文学语言在文学作品中所描绘的可以呈现于读者头脑中的具有内在视觉效果的艺术形象，作为文学审美活动而言，这是实现其审美功能的最为关键的环节。甚至可以说，这种内在视像，对于读者来说，是真正的审美对象，至少是审美对象的核心要素。"① 中国古代诗歌中的"精微之笔"，突出的一点便在于诗人通过诗歌意象的创造，能使读者头脑中产生充盈的内在视像。

北宋诗坛魁首欧阳修曾对当时的两个著名诗人梅尧臣和苏舜钦有这样的定评：

> 圣俞（梅尧臣字）、子美（苏舜钦字）齐名于一时，而二家诗体特异。子美笔力豪隽，以超迈横绝为奇；圣俞覃思精微，以深远闲淡为意。各极所长，虽善论者不能优劣也。余尝于《水谷夜行诗》略道其一二云："子美气尤雄，万窍号一噫，有时肆颠狂，醉墨洒滂霈。譬如千里马，已发不可杀。盈前列珠玑，一一难拣汰。梅翁事清切，石齿漱寒濑。作诗三十年，视我犹后辈。文词愈精新，心意虽老大。有如妖韶女，老自有余态。近诗尤古硬，咀嚼苦难嘬。又如食橄榄，真味久愈在。苏黄以气轹，举世徒惊骇。梅穷独我知，古货今难卖。"语虽非工，谓粗得其仿佛，然不能优劣之也。②

欧阳修对梅尧臣。苏舜钦的诗风加以比较，以"精微"归之于梅，以"豪隽"归之于苏。而梅尧臣的诗作，是以能够生动呈现事物的情状为特征的。梅氏于此有自觉的理论意识，欧阳修转述梅尧臣论诗之语说："圣俞尝语余曰：诗家虽率意，而造语亦难。若意新语工，得前人所未道者，斯为善

---

① 张晶：《中国古典诗词的内在视像之美》，《社会科学战线》2007 年第 2 期。
② （宋）欧阳修：《六一诗话》，见何文焕《历代诗话》，中华书局 1981 年版，第 267 页。

也。必能状难写之景如在目前，含不尽之意见于言外，然后为至矣。"①《六一诗话》中称许梅尧臣者颇多，并以"精微"作为对梅尧臣诗的评价。"状难写之景如在目前，含不尽之意见于言外"，适可作为梅诗精微的注脚。《诗人玉屑》引《笔谈》云："小律虽末技，工之不造微，不足以名家。唐人皆尽一生之业为之，至于字字皆炼，得之甚艰，但患观者灭裂，不见其工耳。若景意纵完，一读便尽，此类最易为人激赏，乃诗之折杨黄花也。譬若三馆楷书，不可谓不精丽，求其佳处，到死无一笔，此病最难为医也。"②"造微"也即臻于精微。元代韦居安评苏轼诗："运意琢句，造微入妙，极其形容之工。"③诗论家多有以"精微"、"精深"赞赏谢灵运之诗，如王夫之、方东树等。王夫之有关论述后面涉及较多，而方东树亦认为，谢诗精深而兼华妙④，又高度评价谢诗"阔大精实，义理周足，他人所不能到"，"造语精好，如精金在镕"，"独从容细意，不可及处"⑤。明代诗论家陆时雍亦以精微评诗，其论何逊诗风："何逊诗，语语实际，了无滞色。其探景每入幽微，语气悠柔，读之殊不尽缠绵之致。"⑥清人田雯评王维诗云："摩诘恬洁精微，如天女散花，幽香万片，落入巾帻间。每于胸念尘杂时，取而读之，便觉神怡气静。"⑦清人朱庭珍论诗亦云："短章酝酿精深，渊涵广博，色声香味俱净，始造微妙之诣。"⑧中国古代诗学典籍中，诸如此类的诗论尚存许多，虽然并不都是"精微"这样的词语，但其意大致相同。

　　"精微"在中国诗学中体现为诗人表现事物细微变化的诗笔，又于其中蕴含着生命力的机微绽放。杜甫《水槛遣心二首》中有"细雨鱼儿出，微风燕子斜"的名句，最能体现诗中的精微之笔。宋人叶梦得从这个角度作过精彩的评论：

---

　　① （宋）欧阳修：《六一诗话》，见何文焕《历代诗话》，中华书局1981年版，第267页。

　　② （宋）魏庆之：《诗人玉屑》，上海古籍出版社1978年版，第174页。

　　③ （清）韦居安：《梅涧诗话》，见何文焕《历代诗话》，中华书局1981年版，第573页。

　　④ （清）方东树：《昭昧詹言》，人民文学出版社1961年版，第137页。

　　⑤ 同上书，第141页。

　　⑥ （明）陆时雍：《诗镜总论》，见丁福保《历代诗话续编》，中华书局1983年版，第1409页。

　　⑦ （清）田雯：《古欢堂集杂著》，见郭绍虞《清诗话续编》，上海古籍出版社1983年版，第702页。

　　⑧ （清）朱庭珍：《筱园诗话》卷4，见郭绍虞《清诗话续编》，上海古籍出版社1983年版，第2402页。

　　诗语固忌用巧太过，然缘情体物，自有天然之妙，虽巧而不见刻削之痕。老杜"细雨鱼儿出，微风燕子斜"，此十字殆无一字虚设。雨细著水面为沤，鱼常上浮而淰，若大雨则伏而不出矣。燕体轻弱，风猛则不能胜，唯微风乃受以为势，故又有"轻燕受风斜"之语。至"穿花蛱蝶深深见，点水蜻蜓款款飞"，深深若无"穿"字，款款若无"点"字，皆无以见其精微如此。①

　　杜甫这两组诗句，把鸢飞鱼跃的物态写得惟妙惟肖，故深得诗论家们的高度赞赏。对于"精微"的重视，可以视为石林诗论的一个重要内涵。叶氏如此深入地阐发杜甫这联名句，也正是对诗歌经典中"精微"的个案有分析。

　　"精微"不仅是指诗作刻画精细，具有充盈的内在视觉美感，而且还蕴含着自然造化的生命力，如其所论：

　　古今论诗者多矣，吾独爱汤惠休称谢灵运为"初日芙蕖"，沈约称王筠为"弹丸脱手"两语，最当人意。"初日芙蕖"非人力所能为，而精彩华妙之意，自然见于造化之妙，灵运诸诗，可以当此者亦无几。"弹丸脱手"，虽是输写便利，动无留碍，然其精圆快速，发之于手，筠亦未能尽也。然作诗审到此地，岂复更有余事。韩退之《赠张籍》云："君诗多态度，霭霭春空云"。司空图记戴叔伦语云："诗人之词，如蓝田日暖，良玉生烟。"亦是形似之微妙者，但学者不能味其言耳。②

　　叶石林极力称赏这两种境界，既见"精彩华妙"，又得"自然造化"，其实都可视为精微之笔，"岂复更有余事"，臻于极致。将所描写的事物最具特征、最富生命力的样态呈现给读者，而且创造出鲜明生动的内在视觉美感，或称之为"影写"，这是在中国诗学理论中所见的"精微"的含义。

　　《诗经》有《卫风·氓》，其中有以"桑之未落，其叶沃若"为兴，颇得精微之旨，苏轼认为"诗人有写物之功：'桑之未落，其叶沃若'，它木

---

　　① （宋）叶梦得：《石林诗话》卷下，见何文焕《历代诗话》，中华书局1981年版，第431页。

　　② 同上书，第435页。

殆不可以当此"①，"写物"即是对事物最具特征、最富视觉美感的描写。

除了体物之精微，还有写情、言理之精微。诗者，持人情性，缘情而发是诗的本体特征。但诗中的情感并非是人的原发自然情感，而是赋有形式的审美情感。"精微之笔"的含义之一便是情感表现的微妙精深。刘勰认为文学之作是发于情感，其云："人禀七情，应物斯感，感物吟志，莫非自然。"② 但他又主张情感是要发之于文采的，因而又有"情采"之说。刘勰将"立文之道"析为"形文""声文"和"情文"三种，其言："故立文之道，其理有三：一曰形文，五色是也；二曰声文，五音是也；三曰情文，五性是也。五色杂而成黼黻，五音比而成韶夏，五情发而为辞章，神理之数也。"③ 作为诗人表现在作品中的情感，不能再是那种原始的自然情感，而必须是赋有形式建构的。《情采》篇的赞语也颇有玩味的余地："言以文远，诚哉斯验。心术既形，英华乃赡。吴锦好渝，舜英徒艳。繁采寡情，味之必厌。"④ 刘勰将"情采"合而为一个独立的审美范畴，也就是文学作品的审美形式以情感为其内蕴，而情感必以审美形式为其生成与外显的载体。述情的精微在于诗人以审美意象将情感表现得深婉动人，而非直露无遗。田同之论诗之述情云："不微不婉，径情直发，不可为诗。一览而尽，言外无余，不可为诗。"⑤ 所论颇中肯，也即主张述情必欲出之以精微之笔方为佳作。田氏论诗特重以情为本，其诗话中多处言及情之于诗的本源作用，如说："诗歌之道，天动神解，本于情流，弗由人造者是也。故中有所触，虽极致而不病其多；中无可言，虽不作亦不见其少。"⑥ 但他又述情当"兴寄深微"，蕴蓄有味，认为诗人欲成名家必当"造微"："诗之为道，非造微不足以名家。"⑦ 这也就是我们所说的"精微"。具体而言，他又指出："都必声情并至之谓诗，而情至者每直道不出，故旁此曲喻，反复流连，而隐隐言外，令人寻味而得。此风人之旨，所以妙极千古也。"⑧ 这是对诗中述情精微的深刻诠释。

---

① （宋）苏轼：《付过》，见《苏轼文集》卷六十八，中华书局 1986 年版，第 2143 页。
② 范文澜：《文心雕龙注》，人民文学出版社 1958 年版，第 65 页。
③ 同上书，第 537 页。
④ 同上书，第 538 页。
⑤ （清）田同之：《西圃诗说》，见郭绍虞《清诗话续编》，上海古籍出版社 1983 年版，第 752 页。
⑥ 同上书，第 750 页。
⑦ 同上书，第 753 页。
⑧ 同上书，第 750 页。

　　诗中的精微之笔还有关于言理的内涵。直言义理，为诗论家所忌，斥为"理障"，因为诗歌创作有其特殊的审美规律，宋人严羽的名言"诗有别材，非关书也，诗有别趣，非关理也"①。但是诗歌是与义理水火不容的吗？如果是我以为就过于偏颇了。诗中不能无"理"。中国古典诗歌的最重要的美学价值之一，便是以鲜明生动的审美意象表现出诗人所体认的人生哲理。笔者对这个问题有过这样的表述："中国古典诗歌之所以具有其他艺术种类所无法取代的生命强力，其间以凝练形象的语言，丰富的情感体验所呈现的人生哲理，是其不可或缺的因素。——都是以理性的强光穿越时空的隧道，使人在受到情感的感染同时，也受到理的启示。"② 时光已逝去多年了，但我对这个问题的基本观点没有多大变化。一直以来我都这样认为，中国古典诗歌之所以能够如此普遍地、深刻地浸润人们的心灵，开启人们的智慧，非常重要的一点便在于诗中之"理"的广泛存在。然而，理在诗歌中的存在样态不应该是如玄言诗那样的枯燥直白、毫无审美情味。钟嵘对玄言诗的批判是一针见血的："永嘉时，贵黄老，稍尚虚谈，于时篇什，理过其辞，淡乎寡味。"③ 但这并不妨碍我们对诗中之理的价值体认。关键还在于，能否认识诗中之理的特质。诗中之理与哲学理念虽然都是人类思想的结晶，但其来源和内涵都殊为不同。哲学理念是高度抽象的产物，是以概念为中介的普遍性命题。再看诗中之理，却远非哲学教科书里由逻辑思维产生的结论，而是诗人通过审美感兴而获得的人生感悟。俄国著名思想家别林斯基主张诗和哲学都是表现真理的，是殊途同归的，当然他强调诗是用形象和画面来表现真理，如其所说："诗是直观形式中的真理，它的创造物是肉身化的观念，看得见的。可通过直观体会的观念。因此，诗歌就是同样的哲学。同样的思维，因为它具有同样的内容——绝对真理。不过不是表现在观念从自身出发的辩证法的发展形式中，而是在观念直接体现为形象的形式中。诗人用形象来思考；他不证明真理，却显示真理。"④ 别林斯基有观点在中国文艺理论界的形象思维大讨论中得到了高度的认同。我却在理的内涵问题上大大有别于别林斯基的观点。别林斯基深受黑格尔的影响，他说的"真理"其实也就是黑格尔的"绝对理念，它们都指终极的抽象；而中国古代诗歌中的

①　郭绍虞：《沧浪诗话校释》，人民文学出版社 1981 年版，第 26 页。
②　张晶：《论中国古典诗歌中理的审美化存在》，《文学评论》2000 年第 2 期。
③　陈延杰：《诗品注》，人民文学出版社 1961 年版，第 1 页。
④　[苏] 别林斯基：《别林斯基选集》第 1 卷，满涛译，时代出版社 1953 年版，第 317 页。

"理",其内涵是远远丰富于斯的,当然也没有哲学理念的概括程度,它们是与人生、事态、物理的殊相相伴而生的,是诗人的审美感兴的产物。诗中之理以审美化的理性光芒来洞烛人心,与其把诗中之理视为一个终极性的统一概念,毋宁说它是一组意义相似的语义族。它有的时候指一种人生况味、人生境界,有的时候指客观事物变化的某种规律或情态,有的时候指社会事物的某种动态和趋向。它们的共同之处在于,诗人以其独特的审美发现将读者带入一个意义的世界,穿透现象,洞悉社会。诗的精微之笔其中一个层面便是在于诗中之理。既称之为"精微",就与那种"理过其辞,淡乎寡味"的"理障"之作无缘。王夫之于此论说:

> 《大雅》中理语造极精微,除是周公道得,汉以下无人能嗣其响。陈正字(子昂)、张曲江(九龄)始倡"感遇"之作,虽所诣不深,而本地风光,骀荡人性情,以引名教之乐者,风雅源流,于斯不昧矣。朱子和陈张之作,亦旷世而一遇。此后唯陈白沙为能以风韵写天真,使读之者如脱钩而游杜蘅之沚。王伯安(阳明)厉声吆喝:"个个人心有仲尼。"乃游食髡徒夜敲木板叫街语,骄横卤莽,以鸣其"蠢动含灵皆有佛性"之说。志荒而气因之躁,陋矣哉![1]

王夫之主张"理语"亦当"造语精微",在这方面《诗·大雅》开了先河。其后唐代诗人陈子昂、张九龄的《感遇》诗,也被王夫之从"理语精微"的层面加以认可。

清人叶燮以"理、事、情"论诗歌描写对象的几大要素,三者交互为用,而达"精微"之至。叶燮主张能将"不可言之理,不可述之事"呈之于读者目前,方为诗之上乘。他指出:

> 然子但知可言可执之理之为理,而抑知名言所绝之理之为至理乎?子但有是事之为事,而抑知无是事之为凡事之所出乎?可言之理,人人能言之,又安在诗人之言之!可征之事,人人能述之,又安在诗人之述之!必有不可言之理,不可述之事,遇之于默会意象之表,而理与事无不灿然于前者也。[2]

---

① 戴鸿森:《姜斋诗话笺注》,人民文学出版社 1981 年版,第 141 页。
② (清)叶燮:《原诗》,人民文学出版社 1979 年版,第 30 页。

叶氏举了杜甫的名句如"碧瓦初寒外""月傍九霄多""晨钟云外湿""高城秋自落"等加以分析讨论，以"碧瓦初寒外"为例，指出："觉此五字之情景，恍如天造地设，呈于象，感于目，会于心。意中之言，而口不能言；口能言之，而意又不可解。划然示我以默会想象之表，竟若有内，有外，有寒，有初寒。特借'碧瓦'一实相发之，有中间，有边际，虚实相成，有无互立，取之当前而自得，其理昭然，其事的然也。昔人云：'王维诗中有画。'凡诗可入画者，为诗家能事。如风云雨雪，景象之至虚者，画家无不可绘之于笔；若初寒内外之景色，即董巨复生，恐亦束手搁笔矣。天下惟理事之入神境者，固非庸凡人可摹拟而得也。"① 叶燮此处以杜甫这几个名句为例子，阐发了精微之笔的价值尺度，亦即将那些不可言之理。不可述之事以文字呈现于读者的心灵屏幕之上。

三

在诗学中与精微成为两极而又相成的是"广大"或"广远"，它指的是通过诗的语言描绘而给读者形成的巨大张力和深远意境感。这也就是严羽所说的"言有尽而意无穷"的"无穷"，或者说是由"在场"的语言表现而引发的"不在场"的诗歌境界。"广大"既指空间上广阔，也指时间上绵长，这里面是有一个主体的立场在其中的。陆机《文赋》中所写的"观古今于须臾，抚四海于一瞬"，诗人对时空的阔大苍茫的感受得以展现。刘勰论作家的"神思"时也称："文之思也，其神远矣。故寂然凝虑，思接千载；悄焉动容，视通万里。"② 作为文学创作的思维方式，"神思"当然是"广大"的。从我的观点来看，"神思"并非泛指一切创作思维活动，而是指杰出的文学作品的思维特征。这种思维应该是以主体的视界为出发点，超越时空局限，这也就是诗学上的"广大"或"广远"。我在论述"神思"时曾认为："'其神远矣'，就是指运思时精神世界的辽远广阔。'寂然凝虑，思接千载'，当作家凝思时，可以想到上下千载，'缘过去，缘以往，缘未来'，俯瞰千古，畅想无极，在时间上没有限制。神思还可以跨越空间，远远超过现实空间的阈限。"③ 这种在作家头脑中出神入化的思维过程，是将

---

① （清）叶燮：《原诗》，人民文学出版社 1979 年版，第 31 页。
② 范文澜：《文心雕龙注》，人民文学出版社 1958 年版，第 493 页。
③ 张晶：《神思：艺术的精灵》，百花洲文艺出版社 2009 年版，第 38 页。

"千载""万里"都提摄于笔下的。再看刘勰接下来对"神思"的描述："夫神思方运，万途竞萌，规矩虚位，刻镂无形，登山则情满于山，观海则意溢于海，我才之多少，将与风云而并驱矣。"① 揭示了文学创作的思维特征，它不是普遍性的，而是杰出之作的思维特征。

"广大"并非是所有作品的普遍品性，也并非是具有"言外之意""韵外之致"的作品就可称之为"广大"，而是指吸纳了宇宙生命和造化伟力、从而具有了恢张的气势和阔大的境界的篇什。司空图《二十四诗品》中除了前面所谈及的"雄浑"一品，"劲健"也特具此种品格："行神如空，行气如虹。巫峡千寻，走云连风。饮真茹强，蓄素守中，喻彼行健，是谓存雄。天地与立，神化攸同。期之以实，御之以终。"② 虽是描述"劲健"的风格，同时也非常形象地表现出诗境的广大及宇宙生命感。杜甫诗多以苍茫雄浑之境呈现给读者，如论"广大"，杜诗最为典型。清人刘熙载称之为："杜诗高大深俱不可及。吐弃到人所不能吐弃，为高；涵茹到人所不能涵茹，为大；曲折到人所不能曲折，为深。"③ 渊深广大正是杜诗之风范。宋人叶梦得评杜诗云：

> 诗人以一字为工，世固知之，惟老杜变化开阖，出奇无穷，殆不可以形迹捕。如"江山有巴蜀，栋宇自齐梁"，远近数千里，上下数百年，只在"有"与"自"两字间，而吞纳山川之气，俯仰古今之怀，皆见于言外。滕王亭子"粉墙犹竹色，虚阁自松声"，若不用"犹"与"自"两字，则余八言凡亭子皆可用，不必滕王也。此皆工妙至到，人力不可及，而此老独雍容闲肆，出于自然，略不见其用力处。今人多取其已用模仿用之，偃蹇狭陋，尽成死法。不知意与境会，言中其节，凡字皆可用也。④

在论杜诗的诗论中，这段论述很有经典价值。叶石林在这里称道杜甫"以一字为工"，以杜诗《上兜率寺》中的名句"江山有巴蜀，栋宇自齐梁"为例，将杜诗境界的广大雄浑揭示无遗。而且这两句诗充满动势，将

① 范文澜：《文心雕龙注》，人民文学出版社 1958 年版，第 494 页。
② 郭绍虞：《诗品集解》，人民文学出版社 1963 年版，第 16 页。
③ （清）刘熙载：《艺概》，上海古籍出版社 1978 年版，第 59 页。
④ （宋）叶梦得：《石林诗话》，见何文焕《历代诗话》，中华书局 1981 年版，第 420 页。

"远近数千里，上下数百年"的时空纳入诗句之中，却又自然天成，得造化之妙。清人方东树论杜诗谓"杜公包括宇宙，含茹古今，全是元气，迥如江河之挟众流，以朝宗于海矣"①，从总体上概括出杜诗的"广大"之境。清初思想家王夫之论诗特别重视诗中的"广大"之势，如评鲍照诗《拟行路难》云："冉冉而来，若将无穷者。倏然澶止，遂终以不穷。然非末二语之亭亭条条，亦遽不能止也。'春燕参差风散梅'，丽矣，初不因刻削而成，且七字内外有无限好风光。"② 王夫之最为推崇的是谢灵运的诗，他评谢诗多是从广大之境广远之势加以高度称许的，评《登上戍石鼓山诗》云："谢诗有极易入目者，而引之益无尽；有极不易寻取者，而径遂正显然；顾非其人，弗与察尔。言情则往来动止，缥缈有无之中，得灵饗而执之有象；取景则于击目经心。丝分缕合之际，貌固有而言之不欺。而且情不虚情，情皆可景；景非滞景，景总含情；神理流于两间，天地供其一目，大无外而细无垠。"③ 王夫之对于陶谢这两位东晋南北朝时期的重要诗人，相比之下他更为推重谢灵运。《古诗评选》中选评陶诗 17 首，选评谢诗 26 首。数量不是绝对的和唯一的标准，而其评价的高下亦颇见差异。在《古诗评选》中陶诗第一首《归园田居》的评语颇有总论陶诗的意味，其言："钟嵘目陶诗'出于应璩'，为'古今隐逸诗人之宗'，论者不以为然。自非沉酣六艺，宜不知此语之确也。平淡之为诗，自为一体，平者取势不杂，淡者遣意不烦之谓也。陶诗于此固多得之，然亦岂独陶诗为尔哉！"④ 王夫之这里对陶渊明作了很一般的定位，并且不同意钟嵘对陶渊明"古今隐逸诗人之宗"的评价，认为即便是以"平淡"归之于陶，而能平淡者远非陶之一人。王夫之接下来又对陶诗作了贬抑性的评价：

　　　若以近俚为平，无味为淡，唐之元、白，宋之欧、梅，据此以为胜场，而一行欲了，引之使长，精意欲来，去之若骛，乃以取适老妪，见称蛮夷，自相张大，则亦不知曝背之非暖而欲献之也。且如《关雎》一篇，实为风始，自其不杂不烦者言之，题以平淡，夫岂不可？……彼所称平淡者，淫而不返，伤而无节者也。陶诗恒有率意一往，或篇多数

　①　（清）方东树：《昭昧詹言》，人民文学出版社 1961 年，第 211 页。
　②　（清）王夫之：《古诗评选》卷 1，《船山全书》第 14 册，岳麓书社 1996 年版，第 535 页。
　③　同上书，第 736 页。
　④　同上书，第 716 页。

句，句多数字，正惟恐愚蒙者不知其意，故以乐以哀，如闻其哭笑。斯惟隐者弗获，已而与田舍翁妪相酬答，故心与性成，因之放不知归尔。①

历代诗论家鲜有对陶诗评价如此之低者，认为陶诗之"平淡"乃是率意冗滥。我们再看其对谢灵运诗的评价。其评《邻里相送至方山》云："情景相人，涯际不分。振往古，尽来今，唯康乐能之。"② 评谢之《晚出西射堂》诗云："且如'含情尚劳爱，如何离赏心'，心期寄托，风韵神理，不知《三百篇》如何？逢汉至今二千年来，更无一个解恁道得。"③ 评《游南亭》诗云："条理清密，如微风振箫；自非夔、旷，莫知其宫、徵迭生之妙。翕如、纯如、皦如、绎如，于斯备。取拟《三百篇》，正使人憾蒸民、韩奕之多乖乱节也。即如迎头四句，大似无端，而安顿之妙，天与之以自然。无广目细心者，但赏其幽艳而已。"④ 评《游赤石进帆海》："迢然以起，即已辉映万年。"⑤ 评《于南山往北山经湖中瞻眺》："一命笔即作数往回。古无创人，后亦无继者。人非不欲继，无其随往不穷之才致故也。"⑥ 王夫之在《古诗评选》评谢灵运诗之论，基本上都是这种登峰造极的价值判断。船山对陶谢评价轩轾悬殊，无乃一在百尺楼下，一在百尺楼上，其间的偏颇之处是显而易见的。但我们在这里一不作陶谢优劣之辨析，二不作船山诗论之批判，而是可以从中见出船山诗论的着眼点所在，即在于诗人通过文字所创造出的"广大"或"广远"的时空感。他的很多诗评，都出于此种角度。

我们将其对南北朝之诗及对唐诗的评价相对比，可以发现，他对谢灵运的推崇远高于唐人，在《唐诗评选》中，只对李白的《古风》有"用事总别，意言之间，藏万里于尺幅"⑦ 的赞誉，对其他诗人很少从这个角度加以评价。翻检王夫之的《古诗评选》《唐诗评选》《明诗评选》，其对诗人有如此高的赞誉者唯此一人！选杜诗的数量胜于大谢诗，但于评语却颇为

---

① （清）王夫之：《古诗评选》卷4，《船山全书》第14册，岳麓书社1996年版，第716页。

② 同上书，第731页。

③ 同上书，第732页。

④ 同上书，第733页。

⑤ 同上书，第734页。

⑥ 同上书，第739页。

⑦ （清）王夫之：《唐诗评选》卷2，《船山全书》第14册，岳麓书社1996年版，第949页。

"吝啬"，远没有像对谢诗这样的推崇备至。而以王夫之的评诗标准来看，何以会对谢灵运如此"情有独钟"？上推唐代诗僧皎然也对谢灵运有特别高的评价："评曰：康乐公早岁能文，性颖神彻，及通内典，心地更精，故所作诗，发皆造极，得非空王之道助邪？夫文章，天下之公器，安敢私焉。曩者尝与诸公论康乐，为文真于情性，尚于作用，不顾词采而风流自然。彼清景当中，天地秋色，诗之量也；庆云从风，舒卷万状，诗之变也。不然，何以得其格高，其气正，其体贞，其貌古，其词深，其才婉，其德宏，其调逸，其声谐哉。至如《述祖德》一章，《拟邺中》八首、《经庐陵王墓》、《临池上楼》，识度高明，盖诗中之日月也，安可扳援哉？惠休所评'谢诗如芙蓉出水'，斯言颇近矣。故上蹑风骚，下超魏晋。建安之作，其椎轮乎？"① 在对前代诗人的评价中，这也堪称是登峰造极的。但因皎然俗姓谢，尊谢灵运为"我祖"其友于頔也说他是"康乐之十世孙"，因此他给谢灵运以如此高的评价时还有些心虚，说"文章之公器，安敢私焉"。但是王夫之于谢灵运毫无瓜葛，他对谢诗的高度推崇只能从他的评语中找答案了。看来看去，诗中的"广大之势"还是船山所深为看重和折服的。

　　诗中"广大"或云"广远"，不是仅指描写诗境的阔大，更非空洞呆板的"大"；而是以诗人的主体意识观照时空万象，并将自然宇宙的生命律动呈现于诗境之中。诗人的主体视角始终是君临万象的。恰如宋代词人张孝祥的著名词句："应念岭表经年，孤光自照，肝胆皆冰雪。短发萧骚襟袖冷，稳泛沧溟空阔。尽挹西江，细斟北斗，万象为宾客。扣舷独啸，不知今夕何夕。"（《念奴娇·过洞庭》）"广大之势"，是以诗人的主体视界为阈限的，且又往往是以空间的无垠和时间的恒远相交互的。陆机所说的"伫中区以玄览，颐情志于典坟。遵四时以叹逝，瞻万物而思纷""观古今之须臾，抚四海于一瞬"（《文赋》），王羲之的"仰观宇宙之大，俯察品类之盛，所以游目骋怀，足以极视听之娱"（《兰亭集序》），李白的"阳春召我以烟景，大块假我以文章"（《春夜宴从弟桃花园序》），诸如此类，都体现出一个"万象在旁"的主体视角。这是与其他态度都不相同的审美态度。诗人以总揽宇宙的视阈，亲和万物的情感，"思接千载""视通万里"，"广大之势"由此而来。新儒家的代表人物之一张君劢讲真善美的不同时说："因此之故，科学以分疆划界为主，而道德以善恶是非为褒贬之准则。此二者自有其绳墨规矩为学问家，为立身行己者所不可不守者也。以云所谓美，虽出于人

---

① 李壮鹰：《诗式校注》，人民文学出版社 2003 年版，第 118 页。

之感觉之主观，然其人人胸襟以宇宙与一身一心合而为一体，且超出乎世俗所谓生存常变。富贵贫贱之外，而后心旷神怡，乃能领略宇宙间种种之美，如山峙、如日出、如日落、如鸢飞、如鱼跃，为天地自然之美，惟有有道者胸襟开阔，不为物欲所蔽者乃能得之。此则美学之所以与科学哲学与道德二者迥乎各别者也。"① 可以移之说明诗中"广大之势"的主体观照角度。

　　"广大"之所以与"势"相关，或者说"势"正可以表明"广大"的动态性的张力。《文心雕龙》中有《定势》一篇，刘勰论"势"曰："势者，乘利而为制也。如机发矢直，涧曲湍回，自然之趣也。"② 准确地描述了"势"的动态感与张力。皎然作《诗式》，起首便是"明势"，其云："高手述作，如登衡、巫，观三湘、鄢、郢山川之盛，萦回盘礴，千变万态。（作者原注：文体开阖作用之势。）或极天高峙，崒焉不群，气腾势飞，合沓相属，或修江耿耿，万里无波，欻出高深重复之状。古今逸格，皆造其极妙矣。"③ 皎然认为诗坛高手为诗，必当以势行之。其以起伏变化气脉连属之山川形势，比拟诗人在创作时笔意所呈现的自由流转、千变万态之势，动态与张力是势的特征。杜甫题画诗所云："尤工远势古莫比，咫尺应须论万里。"（《戏题王宰画山水图歌》）杜甫从题画的角度对作品之"势"的描述，却产生了深远影响。王夫之论"势"道："论画者曰：'咫尺有万里之势'，一势字宜着眼。若不论势，则缩万里于咫尺，直是《广舆记》前一天下图耳。五言绝句，以此为落想时第一义。唯盛唐人能得其妙，如'君家住何处？妾住在横塘。停船暂借问，或恐是同乡'。墨气四射，无字处皆其意也。李献吉诗：'浩浩长江水，黄州若个边？岸回山一转，船到堞楼前。'固自不失此风味。"④ 王夫之在这里通过作品所阐发之"势"，正是笔者所论的"广大之势"，它不是一般的"言外之意""韵外之致"，而是以发散性的动态和张力为其底蕴的。

四

　　精微与广大似乎是诗中两极，但它们并非是对立的，也不是不相干的

---

① 张君劢：《白沙先生诗文中之美学哲理》，见《义理学十讲纲要》，中国人民大学出版社2006年版，第114页。
② 范文澜：《文心雕龙注》，人民文学出版社1958年版，第529页。
③ 李壮鹰：《诗式校注》，人民文学出版社2003年版，第1页。
④ 戴鸿森：《姜斋诗话笺注》，人民文学出版社1981年版，第138页。

"两层皮"，而是相融相即、互为彰显的。精微之笔在于诗中意象的刻画描绘，以充盈的内在视像唤起读者的审美知觉，然而，只有精微之笔而无广大之势，则诗作便无足够的韵味形成张力；反之，如果只有广大之势而无精微之笔，诗作就会使人感到空洞而缺少具体的审美感知。二者的关系可用刘勰所谓"隐秀"拟之而差近。《文心雕龙·隐秀》言："夫心术之动远矣，文情之变深矣，源奥而派生，根盛而颖峻，是以文之英蕤，有秀有隐。隐也者，文外之重旨也；秀也者，篇中之独拔者也。隐以复意为工，秀以卓绝为巧，斯乃旧章之懿绩，才情之嘉会也。夫隐之为体，义主文外，秘响旁通，伏采潜发，譬爻象之变互体，川渎之韫珠玉也。"① 精微和广大，当然与隐秀并非一回事，但对应的关系却颇为相类。"秀"是在言内的，是"篇中之独拔"，近于"精微之笔"；"隐"是在言外的，是"文外之重旨"，近于"广大之势"。刘勰还以秀美的描写表现了"秀句"的特征："故自然会妙，譬卉木之耀英华；润色取美，譬缯帛之染朱绿。朱绿染缯，深而繁鲜；英华曜树，浅而炜烨：秀句所以照文苑，盖以此也。"② 刘勰所形容的"秀"，与笔者所提出的"精微之笔"，在很大程度上相通，其以卓绝不凡的刻画呈现给读者以鲜明生动的内在视像，从而成为高光点。现在所见之《隐秀》篇是阙文，宋人张戒所引刘勰之语："情在词外曰隐，状溢目前曰秀。"③ 当为原文所存。这两句在现存的《隐秀》篇中不见，而在宋代诗话中出现，全文之失恐在元代。这两句恰恰是对"隐秀"这对审美范畴最赅恰的说明。以"状溢目前"指称"秀"的性质，正是后来梅尧臣所说的"能状难写之景如在目前"，诗作在读者脑海中呈现出充盈的内在视像。黄侃先生试为《隐秀》补之，其中有："然则隐以复意为工，而纤旨存乎文外，秀以卓绝为巧，而精语峙乎篇中。故曰：情在辞外曰隐，状溢目前曰秀。大则成篇，小则片语，皆可为隐；或状物色，或附情理，皆可为秀。目送归鸿易，手挥五弦难，隐之喻也；玉在山而草木润，渊生珠而岸不枯，秀之喻也。然隐秀之原，存乎神思，意有所寄，言所不追，理具文中，神余象表，则隐生焉；意有所重，明以单辞，超越常音，独标菁颖，则秀生焉。"④ 从意在言外的意义讲，隐与"广大之势"有相通之处，而从篇中卓绝的意义上讲，秀又

① 范文澜：《文心雕龙注》，人民文学出版社 1958 年版，第 632 页。
② 同上。
③ （宋）张戒：《岁寒堂诗话》，见丁福保《历代诗话续编》，中华书局 1983 版，第 456 页。
④ 黄侃：《文心雕龙札记》，上海古籍出版社 2000 年版，第 196 页。

与"精微之笔"有相通之处。

"精微之笔"与"广大之势"能够冶于一炉,有机地构织于篇什之中,方为佳作。在王夫之的诗学观念中,这是作为理想的价值尺度提出来的。如其评诗时所说的"广远而微至""大无外而细无垠""以追光蹑影之笔,写通天尽人之怀,是诗家正法眼藏"① "抉微挹秀,无非至者,华净之光,遂掩千秋"② "凡取景远者,类多梗概;取景细者,多入局曲;即远入细,千古一人而已"③。评陈子昂诗:"雄大中饶有幽细,无此则一笨伯。"④ 评李白诗:"规运广远,而示人者恒以新密。"⑤ 清人方东树也评谢灵运诗:"阔大精实,义理周足,他人所不能到;而造语精好,如精金在镕,无一点矿气烟气跃冶之意。"⑥ 这些诗论,"广远"也即笔者所谓"广大之势","微至"也即笔者所谓"精微"。二者融为一体,以"精微之笔"刻画的意象来辐射广大的审美势能,而又以"广大之势"烘托精微的卓绝表现。

精微之笔与广大之势,算不上是准确的诗歌美学命题,也没有更为严格的概括与提炼。但在中国古代诗论中它们仍是客观的存在,而且有着较为普遍的审美价值。篇中意象摄写刻画的精微与诗境的广大势能及张力,构成了相反相成的两极,在对中国诗学的审美感悟中,是值得发微阐精的。

---

① (清)王夫之:《古诗评选》卷4,《船山全书》第14册,岳麓书社1996年版,第681页。
② (清)王夫之:《古诗评选》卷5,《船山全书》第14册,岳麓书社1996年版,第742页。
③ 同上书,第737页。
④ (清)王夫之:《唐诗评选》卷2,《船山全书》第14册,岳麓书社1996年版,第987页。
⑤ 同上书,第950页。
⑥ (清)方东树:《昭昧詹言》,人民文学出版社1961年版,第141页。

文学史与古代文论

文学史的哲学视角观照[*]

文坛风会的演变，一方面有文学发展的自身机制，另一方面，在很大程度上，又深受哲学思潮的"诱惑"。研究文学演变递嬗的规律与原因，从哲学这个视角可以看到许多深层的东西。我们以往的文学史研究，在这方面较为薄弱。即使谈到文学演变与哲学思潮的联系，也是颇为笼统、普泛化的，或者停留在表层的直接联系上。而现在借哲学视角来观照文学史，应该深入具体地研究中国古代的哲学思想对于中国文学史的传统形成，究竟发生了怎样的影响？其间的规律性如何？哲学思想又是通过怎样的渠道渗透进文学创作中来？中间有没有媒介层？文学在怎样的程度上接受了哲学的渗透，又在怎样的程度上排拒了哲学的影响，保持了文学的独立性？这些问题的探索，会使我们的文学史研究拓展出一方新的天地。

一

哲学与文学，是人们掌握世界的不同方式，也是意识形态领域的不同门类。哲学是人们对世界的根本看法，是世界观的理论化、系统化，而文学则是对世界的艺术把握，是以想象的方式，通过语言符码，创造出一个幻象世界，来实现对现实世界的超越。二者有着不同的思维方式，但又是彼此互渗的。恩格斯曾经谈道："政治、法律、哲学、宗教、文学、艺术等的发展是以经济发展为基础的。但是，它们又都互相影响并对经济基础发生影响。"①（重点号为笔者所加）这段话对我们理解经济基础与上层建筑的辩证关系，以及上层建筑各部门之间的关系有深刻的、久远的指导意义。文学与哲学之

---

* 本文刊于《社会科学战线》1991 年第 3 期。

① ［德］马克思、恩格斯：《马克思恩格斯选集》第 4 卷，中共中央马克思、恩格斯、列宁、斯大林著作编译局译，人民出版社 1972 年版，第 506 页。

间不仅存在着"互相影响"的关系，而且十分密切。"文学是人学"，是人的心灵之学。它以语言构织的幻象，展示了人的精神世界的全部丰富性。在文学作品的审美境界中，必然折射出创作主体的世界观或哲学倾向。而一个时代起主导作用的哲学思潮，往往成为社会的灵魂，渗透到社会生活的各个方面。它的特定的思想方法、范畴、基本命题等等，对一代知识分子的思想都会产生深远的影响，在一定程度上成为文学创作风貌的重要因素。然而，哲学渗透于文学的方式是曲折复杂的、有多种情形，而且在渗透过程中往往经过了"内化"的变异。这里撷举几端略为呈示。

（一）哲学的概念、范畴直接进入文学本文，创作主体借以表达对世界、对人生的某种认识与感受，有时则是在诗文中直接演绎哲学（包括宗教哲学）义理。在诗歌中的这类情形，往往缺乏审美韵味，而流于抽象。魏晋时期玄风大炽，玄学成为主导思想界的哲学思潮。玄学以究察宇宙万物之本源为目的，以"本末有无"为核心论题，在思维方式和哲学范畴上都较汉代哲学发生了很大变化。魏晋玄学对当时的诗坛发生了深刻影响，玄言诗便是这种影响的产物。钟嵘在《诗品》中有一段有名的议论："永嘉时贵黄老，稍尚虚谈，于时篇什，理过其辞，淡乎寡味。……孙绰、许询、桓、庾诸公之诗，皆平典似道德论，建安风力尽矣。"①钟嵘所批评的情形就是玄学的概念或范畴直接进入诗歌文本，诗人借诗的手法演述玄理，表达自己的世界观。如孙绰的《赠温峤诗》："大朴无像，钻之者鲜。玄风虽存，微言靡演。邈矣哲人，测深钩缅。谁谓道辽，得之无远。"王羲之《兰亭诗》诗云："悠悠大象运，轮转无停际。陶化非吾因，去来非吾制。宗统竟安在，即顺理马泰。有心未能悟，适足缠利害。未若任所遇，逍遥良独会。"两首都是演绎哲学理念的典型诗作。

佛教是最具哲学意味的宗教，它的教义有高度的思辨性。佛教传入中国后，依附于玄学以自立，畅行于中国。许多名僧或佛教信徒，都写下了演述佛理的诗作。鸠摩罗什、道安、慧远、支遁这些高僧都有佛理诗。如鸠摩罗什的《十喻诗》："一喻以喻空，空必待此喻。借言以会意，意尽无会处，既得出长罗，住此无所住。若能映斯照，万象无来去。""空"是佛教哲学最根本的观念。一切教义都是为了证明万法之"空"的，这首诗就是写"空"的境界。宋代理学昌盛，理学以儒家思想为主，同时也吸收了佛学的思想方法，理学有很强的思辨性。理学的盛行对宋诗影响很深，在一定程度

---

① 陈延杰：《诗品注》，人民文学出版社 1961 年版，第 1—2 页。

上决定了"宋人好言理"的时代文学特征。有些诗人本身便是理学家，常在诗中演绎"性理"。明代诗论家胡应麟曾指出："禅家戒事理二障，余戏谓宋人诗，病政坐此。苏、黄好用事，而为事使，事障也；程、邵好谈理，而为理缚，理障也。"① 好在诗中谈理，是宋诗的一种倾向。如胡氏所批评的理学家邵雍，就在其诗中以通俗的语言演绎"性理"，被人视为"语录讲义之押韵者"。宋人严羽在《沧浪诗话》中批评宋诗"尚理而病于意兴"，这是很中要害的。哲学概念、范畴直接介入文学文本，或在作品中用哲学术语演绎义理，是文学与哲学的最表层的、最直接的联系，是哲学印在文学作品上的明显的烙印，反映着作家的哲学倾向，却不尽符合文学创作的特殊规律，尤其是在诗歌创作中，冲淡了诗的审美情韵，削弱了诗的意象性，使概念充斥诗中，很难构成审美判断。

（二）哲学观念的渗透和濡染，使文学创作得到一种新的风格和意境。

一种新的哲学观念、思潮的泛起，使人们的思想受到很大的冲击，往往改变着人们观察事物的方式，使人们在文学创作中形成新的风格，开拓了新的意境。譬如，道家哲学的一个基本观念是"自然无为"，反对人为的矫饰，《老子》中一再强调"绝圣弃智"、"绝巧弃利"，所谓"无为而无不为"，就是要顺应自然，"万物自化"。这种"自然无为"论又是与道家哲学的本体论联系在一起的。"道"在道家哲学中指世界的本体，是一切存在的始源、"渊兮似万物之宗"，"道生一，一生二，二生三，三生万物"，"道"的本体论意义在老子哲学中十分明确。"道"同时又指万事万物的运动规律，"反者道之动"即是此意。这些哲学观念直接开启了玄学基本哲学命题。玄学贵无派的代表人物王弼、何晏提出的"以无为本"的重要命题，就直接导源于《老子》。王弼提出"体用不二"的命题，其间包含着这样的思想，本体（"道"）以自身为原因。他说："道不违自然，乃得其性；法自然者，在方而方，在圆而圆，于自然无所违也。"② 这又直接导致了郭象的"独化"论。

道家和玄学这样一些观念，对魏晋南北朝的"名士"们影响至深。士大夫们手挥麈尾，发言玄远，议论的都是"本末有无"等抽象问题，而无关乎现实事物，品藻人物的标准以风神高朗、言谈玄远为尚，如《世说新语》中对人物风神的描述："嵇叔夜（康）之为人也，岩岩若孤松之独立，

---

① （明）胡应麟：《诗薮·内编》，上海古籍出版社1958年版，第25页。
② 楼宇烈：《王弼集校释》，中华书局1980年版，第65页。

其醉也，俄俄若玉山之将崩。"① "康子绍清远雅正，（山）涛子简疏通高素。"② 玄学观念中注重本体、崇尚自然，影响了魏晋南北朝士人的心态，使其文学创作产生了与富丽典奥的汉赋迥然不同的风格与意境。自然山水越来越成为人们的审美对象，成为文学创作（尤其是诗歌）的题材。人们在山水中往往投射着淡然无为的情怀，同时，也把人物品藻中注重风神的审美习惯，移入到山水文学之中，使作品产生了高远玄妙的意境。嵇康《赠秀才入军》："目送归鸿，手挥五弦。俯仰自得，游心太玄。"所描写的，便是一种超旷的境界。这方面最为典型的是大诗人陶渊明的作品，无所用心而得之的意趣，简淡自然的风格以及高远玄妙的意境在陶诗中表现得最为充分。陶渊明玄学修养颇深，崇尚自然、委运乘化的观念渗透在许多作品中。在《归去来兮辞序》中，他说："质性自然，非矫厉所得。"在《神释》诗中写道："纵浪大化中，不喜亦不惧。应尽便须尽，无复独多虑。"都表明了他崇尚自然无为、委运乘化的人生态度。《归去来兮辞》中的"云无心以出岫，鸟倦飞而知还"，流溢而出的是那种无意而得之的天然意趣。最有名的《饮酒》第五："结庐在人境，而无车马喧。问君何能尔? 心远地自偏。采菊东篱下，悠然见南山。山气日夕佳，飞鸟相与还。此中有真意，欲辨已忘言。"这首诗在自然恬淡中蕴含了无限的意趣，其意境之高远玄妙更令人畅神其间。尤其是"悠然见南山"，更得自然天巧之趣。道家——玄学的哲学观念，经过了诗人主体的熔冶，在创作中便形成了这样一种简淡自然的风格和高远玄妙的意境。

　　唐代禅宗崛起，影响了许多文士的心态。禅悦之风在文人中愈加普遍，而禅宗公案又往往借诗的形式表现，诗与禅彼此渗透。禅宗的哲学观念，对于唐诗中山水田园一派诗人创作那种冲淡清幽的风格与空灵超妙的境界之形成，是一个重要因素。佛教言"空"，而所谓"空"并非说是一无所有，而是"不真"。禅宗更将心作为宇宙万物之本体，"心生则种种法生，心灭则种种法灭"③，一切都不过是心造的幻象。禅宗又认为"一切众生皆有佛性"，进而认为"无情有性"，就是说没有情知的事物也都具有佛性，因而又有"青青翠竹，总是法身。郁郁黄花，无非般若"之说，这种说法客观

---

① （南朝·宋）刘义庆:《世说新语》，上海古籍出版社1982年版，第355页。

② 同上。

③ （宋）赜藏主:《古尊宿语录》，见《永乐北藏》整理委员会整理《永乐北藏》第197册，线装书局影印大明正统五年版，第318页。

上带有一种泛神论的色彩，在禅宗看来，"万法"都有着一种生命感。因而禅宗虽然主"空"，但并不归于死寂。盛唐的山水田园诗派的创作，是颇受禅趣浸染的。这派诗人中王维、裴迪、储光羲、常建等，都程度不同地濡染禅。其中王维是虔诚的佛教徒，尤其精诣于禅。王维运禅思入诗境，使其作品多有禅的脉息。《辋川绝句》中诸作大都在冲淡的风格中呈现出空灵而富有生机的境界。如《鹿柴》："空山不见人，但闻人语响。返景入深林，复照青苔上。"《辛夷坞》："木末芙蓉花，山中发红萼。涧户寂无人，纷纷开且落。"这些篇什，意境空灵悠远，颇具禅意。明人胡应麟说王维绝句"右丞却入禅宗"，并举《鸟鸣涧》、《辛夷坞》等篇，评云："读之身世两忘，万念俱寂，不谓声律之中，有此妙诠。"[①] 清人王士祯说"唐人五言绝句，往往入禅"[②]，盖指此类。常建的名作《题破山寺后禅院》，被胡应麟称为"五言律之入禅者"，其中的"曲径通幽处，禅房花木深，山光悦鸟性，潭影空人心"这四句，意境空灵而幽深，在澄澹空明中又有着鸢飞鱼跃的生机。王孟诗派这种空灵幽远的境界，对于诗歌发展来说是又一次超越，具有更大的审美价值。其间禅宗的哲学观念对诗人的影响，通过诗人的创化，使诗歌产生了这样一种境界。

（三）哲学思维使创作主体提高思辨水平，加深对事物的认识，在作品的审美情味中包蕴着深刻的理趣。

文学的思维方式与哲学迥然不同，它是以一种意象化的方式来构筑艺术世界的。就创作过程而言，文学作品是以审美直觉的样态呈现的，这种审美直觉是以语言符码定型为文学文本的。但是，文学创作的审美直觉并非与理性冰炭不相容。高度的理性，对事物的深刻洞察会使文学作品的审美境界更高、更动人。我们所不满意的"理障"，乃是那种充斥哲学概念、用抽象思维方式写成的作品，而不是指对世界的理性洞照溶化于审美境界之中的篇什。我们不同意克罗齐那种将直觉和理性截然对立的表现理论，而较为赞成苏珊·朗格把直觉与理性联系起来，认为"直觉就是一种基本的理性活动"[③] 的看法。宋人严羽所推崇的"唐人尚意兴而理在其中"[④]，较好地说明了审美兴趣与理性的关系。宋人的思辨水平超越前代，尤其是佛学与理学

① （明）胡应麟：《诗薮·内编》，上海古籍出版社 1958 年版，第 25 页。
② （清）王士祯：《带经堂诗话》卷 3，人民文学出版社 1963 年版，第 69 页。
③ ［美］苏珊·朗格：《艺术问题》，滕守尧、朱疆源译，中国社会科学出版社 1983 年版，第 62 页。
④ 郭绍虞：《沧浪诗话校释》，人民文学出版社 1961 年版，第 148 页。

的盛行，更是锻炼、提高了人们的理性思维能力。因此，宋代的文学作品尤其是诗，理性化倾向较重。吴之振所说宋诗"皮毛落尽，精神独存"（《宋诗钞》序），此之谓也，其间较好的作品是以审美意象包蕴了诗人对自然与社会人生的深刻洞察。如苏轼的诗句："人生到处知何似？应似飞鸿踏雪泥。泥上偶然留指爪，鸿飞哪复计东西？"（《和子由渑池怀旧》）"人似秋鸿来有信，事如春梦了无痕。"（《正月二十日与潘、郭二生出郊寻春……》）把对人生的"透彻之悟"用雪泥鸿爪等意象表现得十分鲜明。著名的《题西林壁》、《饮湖上初晴后雨》、《琴诗》等篇什，都有高度的哲理性，而又有隽永的审美韵味。苏轼被贬黄州时期，更多地接受了佛、道的哲学观念来支撑人生，度过困厄的时日。佛教的中观学说被苏轼所吸取，成为他打发贬谪生涯的思想方法。东晋的佛学大师僧肇发挥了"八不中道"的命题，著《物不迁论》来阐述动与静、连续与中断等范畴的互相包容关系。所谓"不迁"，是指事物在变动不居中所寓含的恒常性。僧肇说："若动而静，似去而留。……不迁，故虽往而常静；不往，故虽静而常往。虽静而常往，故往而弗迁；虽往而常静，故静而弗留矣。""俗谛"认为一切都是变动不居，"真谛"则视为不变，"谈真有不迁之称，导俗有流动之说"①。"中观"派则要破除两极"边见"，使这二者彼此包容互即。苏轼的《前赤壁赋》便在极为清美的意境描写中，蕴含了流变与永恒的哲理性。作者设为主客来突出这种理思。先借"客"之口抒写了自己的思想矛盾："寄蜉蝣于天地，渺沧海之一粟。哀吾生之须臾，羡长江之无穷。挟飞仙以遨游，抱明月而长终。知不可乎骤得，托遗响于悲风。"人生之须臾与宇宙之无限，瞬刻与永恒，这种难以解脱的矛盾构成了这篇优美文赋的主题。作者又设为"苏子"以解决这个矛盾，使精神上的痛苦得以解脱："客亦知夫水与月乎？逝者如斯，而未尝往也；盈虚者如彼，而卒莫消长也。盖将自其变者而观之，则天地曾不能以一瞬：自其不变者而观之，则物与我皆无尽也，而又何羡乎！"在十分优美的境界中，包蕴了深刻的哲理。

朱熹是著名的大哲学家，在他手上完成了程朱理学的严密体系，在中国古代哲学家中，是影响甚大的一位。朱熹又不仅是一位哲学家，而且是一位很不错的诗人，不过他的诗名为其理学家的巨大声名所遮盖。朱诗可不像邵雍那些"语录讲义之押韵者"的"理障"之作，而是富有理趣却又不堕理

---

① （东晋）僧肇：《物不迁论》，见石峻等《中国佛教思想资料选编》第1卷，中华书局1981年版，第143页。

窟，诗人将理思蕴蓄在空灵的诗美境界之中。作为一个哲学家，他的哲学思想构成了严密的思辨体系。"理"在朱氏哲学中是最高范畴，是宇宙万物的根源、本体。"合天地万物而言，只是一个理"，"动而生阳，亦只是理，静而生阴，亦只是理"①。在朱氏哲学中，"理一分殊"是最基本、最重要的命题。朱熹认为，有一个统摄宇宙万物的"理"，同时万物各自有"理"，（亦名"太极"）作为宇宙万物本源的"理"是终极不可分的，这个宇宙之理与万物各自之理又是什么关系呢？这便是"理一分殊"。朱熹阐述"理一分殊"的命题说："本只一个太极，而万物各有禀受，又各自全具一太极尔。如月在天，只一而已。及散在江湖，则随处可见。"②"一理摄万理"、"万理归一理"，便是"理一分殊"的含意。"理一分殊"已经成了朱熹的一种思想方法。他在写诗时，把它化成了一种艺术感知方式。很多诗作都以鲜明生动的意象来寓含"理一分殊"的哲理。如广为人们传诵的《春日》："胜日寻芳泗水滨，无边光景一时新。等闲识得东风面，万紫千红总是春。"乍看起来，这只是一首游春踏青之作，实际上寓含着很深的哲理。"万物各有一太极"，随处所遇的事物中都体现着"理"，不必另外寻"春"。再如《偶题》其三："步随流水觅溪源，行到源头却惘然。始信真源行不到，倚杖随处弄潺湲。"溪外寻源，一无所得，诗中呈现出一个哲理："真源"即在潺湲之水中。在这样一些诗里，意象是鲜明的，决无枯燥的说教，而在意象之中却蕴含了哲理，诗的意象决不止于自身，而是有着精神上的超越感。理趣的色彩是明显的。

这种情形，哲学观念进入创作主体的艺术感知方式中，创作主体用作品的审美意象包蕴它，呈现它，因而有着较高的境界和意趣。使欣赏者受到哲理的审美化启窦。

（四）一种哲学思潮的崛起，使人们的价值观念产生很大变化，广泛渗透于创作之中，形成了一种新的文学思潮。

明代王阳明的心学崛起，形成了一种影响深广的哲学思潮。王氏心学集中国哲学史上主观唯心主义之大成，将程朱的宇宙本源之"理"扭到主体，标举"心即理"的基本命题，在王氏哲学中，心成为天地万物的本源。他说："心即理也，此心无私欲之蔽，即是无理，不须外面添一分。"（《传习录》上）在王氏哲学中，"心"被视为无所不包，派生、主宰一切的精神实

---

① （宋）朱熹：《朱子语类》卷1，中华书局1986年版，第21页。
② （宋）朱熹：《朱子语类》卷94，中华书局1986年版，第2409页。

体。王阳明又说："人者，天地万物之心也；心者，天地万物之主也。心即
天，言心则天地万物皆举之矣。"（《答季明德》）他标举心本体的作用，却
开启了颇有异端色彩的泰州学派，即人们常说的"王学左派"。泰州学派代
表人物王艮大张"百姓日用即道"的旗帜，改变了"道"的理学内涵。泰
州后学何心隐、罗汝芳、李贽等人更是走到了名教的对立面，破除理学的
"天理人欲"之说，而主张人性的解放："悟则人欲即天理，迷则天理亦人
欲也。"① 这些泰州后学都不主张遏制人欲。罗汝芳大讲人要有赤子之心：
"天初生我，只是个赤子。赤子之心，浑然天理。"② 李贽更是针锋相对地抨
击道学，讽刺封建礼教，揭露道学的虚伪。黄宗羲说："泰州之后，其人多
能以赤手搏龙蛇，传至颜山农、何心隐一派，遂非复名教所能羁络矣。……
诸公掀翻天地，前不见有古人，后不见有来者。"（同上）说明了泰州学派
对"理"的叛逆性。泰州学派都反对"理"对人性的扼杀、束缚，而认为
率性而行便是道。泰州学派这种对"人欲"的倡导、张扬，影响极为广泛，
也直接导致了明后期的文学解放思潮。在明后期文学思潮的代表人物中，李
贽与泰州学派有直接的渊源关系，李贽曾师事王艮之子王襞，得泰州真脉。
李贽的挚友焦竑，已被黄宗羲列入泰州学派。著名戏剧家汤显祖则是罗汝芳
的弟子。因而，不仅是从思想观念上，而且从师承渊源上也可看出泰州学派
对晚明文艺思潮的重要影响。这个时期，文学解放思潮是文坛的主流。大呼
抒发性灵，反对复古、拟古，冲破束缚，以"情"来冲决"理"的堤岸，
成为汹涌不可阻抑的大潮。徐渭论艺主张"本色自然"，提倡"师心纵横，
不傍门户"，张扬个性精神，"公安三袁"高揭"独抒性灵，不拘格套"的
大纛。李贽在文学上极力主张"童心说"，所谓"童心"，也即纯真之心，
说穿了，也即是未受礼教障蔽之心，认为"天下之至文，未有不出于童心
焉者也"③，坚决反对以"孔孟之道"为文心。焦竑提倡文学创作要"脱弃
陈骸，自标灵采"。汤显祖则把"情"视为文学的动因，用"情"来冲决
"理"的罗网。"情不知所起，一往而深。生者可以死。死可以生。生而不
可与死，死而不可复生者，皆非情之至也。……自非通人。恒以理相格耳，
第云理之所必无，安知情之所必有邪！"（《牡丹亭》题辞）这样一种文学解
放思潮，与泰州学派的哲学观念是有深刻联系的。

---

① （清）黄宗羲：《黄宗羲全集·明儒学案》第 4 册，浙江古籍出版社 1986 年版，第 843 页。
② （清）黄宗羲：《黄宗羲全集·明儒学案》第 5 册，浙江古籍出版社 1986 年版，第 5 页。
③ （明）李贽：《焚书·续焚书》卷 3《童心说》，岳麓书社 1990 年版，第 98 页。

二

中国的哲学与文学间往往有一个媒介层，那就是古典美学和文论。在很多情形下，哲学是通过这个媒介层对文学进行渗透、发挥影响的。哲学是人们对世界的根本看法，而美学则是哲学与文学艺术之间的桥梁。中国古典美学与文论，一极通向哲学，另一极导入文学创作。中国古典美学中有很多范畴，是从哲学中衍化而来的，又对文学创作产生了巨大的影响。这些范畴进入文论系统后，内涵既与原来的哲学母体有密切联系，同时，又有很大变化。

"形神"这对范畴，曾是哲学史上激烈论争的焦点，而后来成为一对美学范畴，渗透于文学、绘画、书法等各个艺术门类中，对于中国文学艺术的发展演变，起了不可忽略的作用。在哲学论争中，"形"、"神"基本上是指人的形体与精神（或者说是"灵魂"），王充、范缜、何承天等思想家，坚持形神相即、形消神灭的唯物主义观点，而慧远、沈约、宗炳等人，都从佛教唯心主义的轮回观念出发，力主灵魂不朽的"神不灭"论。在哲学范围内，"神灭论"对"神不灭论"的辩难，无疑是唯物主义对唯心主义的较量。而"形神"范畴被顾恺之、宗炳等艺术家引入艺术领域后，便具有了审美的性质，不能再从哲学角度加以比附性理解了。在艺术作品中，神指着充满生气的内在意蕴，如同人的精神气质，形则指艺术品中的物化形态，如同人的形体。无神则形无生气，无形则无以寓神。这是一对具有中国特色的美学范畴，并不等同于今天所说的内容与形式。顾恺之提出"以形写神"的美学命题，主要指人物画要在形体刻画中表现人的精神气质。宗炳将"形神"范畴引入山水画，提出"形中寓神"的命题，"形"则指山水画的山水形貌，"神"则要求山水画也要有神气贯注，具有活泼的生命力。"形神"范畴在艺术理论中出现，有着巨大的意义，后来进入文论系统，使文学作品具有了高远的意境与神韵。"神"的地位在文论中愈加突出，压倒了"形"。杜甫谈作诗体会："读书破万卷，下笔如有神。"宋人严羽把"入神"作为"诗之极致"，苏轼更明确提出："论画以形似，见与儿童邻。赋诗必此诗，定非知诗人。"① 突出强调"神似"。清人王士禛则大倡"神韵

---

① （宋）苏轼：《书鄢陵王主簿所画折枝》，见李之亮《苏轼文集编年笺注·诗词附9》，巴蜀书社 2011 年版，第 298 页。

说"，论诗专以"神韵"为尺度。中国古典诗歌、散文、戏曲乃至于小说，都重在传神。尤其是诗歌，更讲究"言外之意"与"韵外之致"，以有神韵者为上乘，有着鲜明的民族特色。"形神"作为美学范畴，与其哲学母体有"血肉"联系，但进入美学范围后，内涵有了很大变异。

再如"虚静"、"言意"、"妙悟"等范畴，都有着由哲学母体脱胎而出、经过变异成为重要的美学范畴的过程。

"虚静"，原是道家哲学的范畴。《老子》云："致虚极，守静笃。"（第六章）认为万物的根源是"虚静"状态的，因此，对道的体验，在主体方面要"致虚守静"，这就要求恢复心灵的清明。老子解释说："归根曰静。"就是指回归本源，才能向"道"趋近靠拢。庄子提出："夫虚静恬淡，寂寞无为者，万物之本也。"（《庄子·天道》篇）又以"心斋"释"虚静"，也是要求心境的空明。"虚静"在老庄哲学中是对主体体验"天道"时的要求，此时还不是美学的。刘勰将"虚静"纳入文论系统："是以陶钧文思，贵在虚静，疏瀹五脏，澡雪精神。"[①] 宗炳又提出"澄怀味像"的重要命题，才使这个范畴具有了审美意义。宋人郭若虚在《图画见闻志》中说画家在进行创作时"必先斋戒疏瀹，方始挥毫"，要求绘事在下笔前先要有虚静的心境。苏轼更有"欲令诗语妙，无厌空且静。静故了群动，空故纳万境"（《送参寥师》）的名言。这便形成了中国古典美学中审美主体论与文论中的创作主体论的基本特征。这种"虚静"说，成为审美主体、创作主体的根本要求，它带着道家哲学的"脐带"，但进入文论、画论等范围后，才真正具有了审美的意义。

"言意"范畴在中国古典美学和文论的传统中地位之重要是人所共知的。这对范畴曾是玄学的基本范畴。"言意之辨"在中国哲学史上是非常重要的论争。而"得意忘言"、"言不尽意"的命题进入文论以后，使文学创作十分重视创造富有"言外之意"的审美意境。"片言可以明百意"（刘禹锡语），是人们对文学尤其是诗歌的审美要求。影响之深远是自不待言的。它的"母体"当然还是哲学，而进入文论后，主要是对诗歌审美特性的把握，其具体含义是与它在玄学中的意思不尽一致的。

再譬如"妙悟"，本是佛学尤其是禅宗的基本概念，指通过主观内省与直觉观照对佛教"真谛"的瞬间把握。宋人严羽以"妙悟"这个概念作为

---

① 范文澜：《文心雕龙注》，人民文学出版社 1958 年版，第 493 页。

其诗学理论的支点。"禅道惟在妙悟，诗道亦在妙悟。"①"妙悟"成为严羽诗论中的核心范畴，指学诗及写诗过程中的审美直觉把握，尤其是审美意象创造时的灵感状态。"妙悟"借自于佛教哲学，但在诗学中的内涵显然不同于佛学，只是在思维方式上有惊人的相似之处。

这类从哲学母体中脱胎出来的美学或文论范畴尚有许多，无暇备述。它们经过了变异，共有了审美意义，对文学创作发生了深广的影响。中国古典文学之所以形成独特的风貌，与这些范畴、观念渗透于创作实践是分不开的。在它们身上，可以看到更为深刻的中国哲学的印记。

三

文学与哲学虽然互相影响、渗透，但它们是意识形态领域中的不同部类，它们之间有许多通道可以"暗度陈仓"，但不能简单化地认识二者之间的关系。本文侧重谈了哲学对文学史发展的影响作用，就它们之间的一些联系方式进行了论述，但这是颇为简单的、表层的。这里仅仅是为了开拓文学史研究视角所做的粗略尝试。要从哲学视角来考察文学史，需要做大量的理论准备与资料工作，方能融会贯通，在其高者，居高临下，鸟瞰大势；在其深者，能潜入文心，得其真脉。哲学与文学以两种不同的方式（主要是思维方式）来把握世界，它们之间的联系是通过人这个主体来实现的，其形式千变万化，而且是积淀到人的意识深层的。因而，不能用哲学观念来比附文学。文学发展有自己的独特规律，它在发展中也不断转换着自己的演变范式。这种演变范式有时受哲学的启悟较多，有时较少，有时较显，有时较隐，主要的动因在于文学发展的内部。哲学对文学的影响，无论是直接的，还是间接的，是显形的，还是隐形的，都有一个内化的过程。哲学观念倘不经过审美性内化，"私自闯入"文学领地，就表现为那种在诗歌中演绎哲学义理的情形，"理过其辞"，"尚理而病于意兴"，这不符合文学的本质特征，恰恰是需要避免的。而事实证明，很多哲学观念，经过审美性内化沉潜入创作主体的艺术感知方式中，渗透进文学理论与创作，这是促进了中国文学的发展的，使中国文学的演进呈现出不断跃迁的态势。哲学对文学的这种正负两极的影响，是应该具体分析并揭示其规律性的。审美性内化，是判断其正负值的重要尺度。

---

① 郭绍虞：《沧浪诗话校释》，人民文学出版社1983年版，第12页。

　　另需说明的是，从哲学的视角来观照考察文学史发展是文学史研究的重要一翼，但绝非全部。哲学视角是诸多视角中极为重要的一个，但又不是最基本的。文学史研究最基本的视角与方法，应该是马克思、恩格斯所提倡的"美学的、历史的"方法，这是马克思主义文艺批评的基本方法论，是研究文学史的根本立足点。因为文学的本质是审美的，文学史又是一个历史性的演变过程，因而"美学的、历史的"研究方法是最为基本的。这一点无可置疑。其他视角是作为补充的。哲学与美学的关系至为密切，对文学的影响甚大，因此是一个极为重要的视角。本文的论述是笔者"文学史观——观文学史"的一个重要侧面，却不是全部。目的是借此途径，使文学史的研究得到纵深的拓展与理性的审视。

文学史转型与人学的价值取向[*]

  文学史观和文学中理论的研讨与争议，从 20 世纪 80 年代中期开始，直至 90 年代中期，越发自觉也越发深入，但人们所争议的焦点主要在方法方面，如重逻辑还是重历史，抑或二者如何辩证统一等，这些又大多是在理论层面上的。以文学史操作实践而言，若干年来以断代、分体的文学史成果最为突出，在文学通史方面未见重大突破。章培恒、骆玉明主编的三卷本《中国文学史》率先在文学史转型中实现了突破，给人以深刻的启迪。

  从体例上看，章本文学史"貌不惊人"，与以前几部《中国文学史》的体例基本一致，作者并没有在这方面刻意求新；同时，作者也并未人为地建立一种主观逻辑性很强的理论体系，而是顺着历史的步履迤逦道来。但是，这部文学史所引起的反响是广泛而强烈的，至少是认为它是新时期以来最有新意的中国文学通史。我读了这部文学史之后，也感到它在文学史"转型"中体现了一种新的态势，昭示了文学史转型的根本出路主要的不在于形式层面，不在于逻辑框架，不在于话语系统（这些方面的变革是必要的），而在于研究主体的价值评价体系，在于文学史观的不断更新。

  章本"文学史"的价值体系可定位为"人学的"。本书长达 61 页的《导论》旨在树立这样一套人学的价值体系。它以"人性"为核心，无论是其文学本体论还是评价尺度，都以"人性"作为其出发点。对于文学的本体界定，《导论》中说："文学作品是一种以情动人的东西，它通过打动读者的感情，而使读者获得某种精神上的愉悦。"关于文学作品的评价尺度，《导论》中说："那就是作品感动读者的程度。越是能在漫长的世代、广袤的地域，给予众多读者以巨大的感动的，其成就也就越高。"① 关于文学的发展观，《导论》中说："文学的进步是与人性的发展同步的。"这样，章本

---

  * 本文刊于《复旦学报》（社会科学版）1996 年第 5 期。

  ① 章培恒、骆玉明：《中国文学史》上卷，复旦大学出版社 1996 年版，第 19 页。

"文学史"价值体系的各个层面，都是以"人性"为内核的。

在文学的范围里，"人性"也并非新鲜的话题。在文学理论中倡导"人性"说的久已有之，但这个问题在以前并没有得到很好的解决。在以阶级性为评价文学的主要尺度的年代里，"人性"的探讨成了种理论禁忌，当然也就谈不到有什么进展。而目前在文学中提出"人性"，意义又不同于上一个时代。可以说，当今时代有一个整体的"人学"环境。在思想界、哲学界，"人"的问题不断被提出，被深化，当然并非简单的回归与认同。终于，"人学"作为一门"学"被提出来，并且得到许多学者在不同的界定中认可。这说明人类在当今这样一个高科技时代对于自身命运、地位等问题的关注。"人性"率先在文学史这个本来似乎远离现实的学科中出现，而且既不是抽象的理论演绎，也不是即兴发挥的随机感悟，而是作为一种价值体系贯穿于文学史的整体之中，这就使文学通史呈现出一种内在的"新"。这自然是与当代人对于人的自我命运、自我本性的反思与关注息息相通的，从而使文学史这种历史被人们视为"古董"的学问有了很强的当代性。

当代人对"人性"的体认是一个普遍现象，而主体性、个人性等范畴，既是"人学"的重要内容，也是当代人所最为看重的价值范畴。文学史的"转型"问题，出路何在，答案何在，至少可以从这里得到相当有益的启示："转型"并不仅是个学院式的理论问题，更重要的是一个文化问题。文学史的"转型"要与当代人的价值观念吻合，要为当代人写心，甚至要有一定的超前性，预示着当代人价值观念的发展态势。否则，这种"转型"便可能停留在形式上，或者停留在学院式的论证中，而与当代人很隔膜，这种"转型"自然难以为人们所认可，至少没有体现主流。现在人们对以往几部文学史感到不满足，并非是它们写得不好（事实上那几部文学史如游国恩等主编的《中国文学史》等都集中了全国有关专家、体现了当时的最高水准），而是其中贯彻的价值观念、评价尺度与当代人有很大差距。现在看来，有点"恍如隔世"了。章本"文学史"也并非十全十美，事实上，涉及具体文学现象的评介，有些粗率之处。但它在整个价值体系上的更新，却是与当代人普遍的价值观息息相通的，人们读了有"正中下怀"之感。而作为一种系统的、有深刻理论背景的价值体系，贯穿于对几千年中国文学史的阐释与评判中，确实是开风气之先的。

在传统方法与新方法的结合中
推进文学史的转型[*]

在世纪之交，文学史研究的转型不仅具有重大的战略意义，而且业已是一种不可逆转的客观存在。作为新一代文学史研究者，我们的使命，应该是以更加自觉的意识、更为切实的操作体系，使文学史研究真正超越以往。而文学史的研究方法问题，无疑是我们必须面对、又必须解决好的问题。在文学史研究中如何认识传统方法和新方法各自的意义与功能，进而如何有效地搞好方法的更新，这对文学史的"转型工程"来说，具有非常重要的、直接的实践意义与操作价值。

"转型"并不意味着对传统方法的全然毁弃。方法与研究对象是紧密相关的，中国文学史的传统研究方法与这门学问的内容、性质有着原始的联系。然而，传统并非凝固的化石，而是历史性的范畴，现在看来是传统的，在当时则是新起的，曾为文学史的发展带来过巨大的活力。如现在人们颇多诟病的"社会学方法"即是如此。文学史本身是个层积的过程，文学史的方法也是不断积累和发展的进程。

问题的另一面是，文学史的转型必然是要适应时代要求的。我们奉献给新世纪的文学史理应充分反射出新时代的思维高度与时代气象。当今的中国再也不可能踽踽独行于世界之外，当今的学科发展必须是充分吸收属于全人类的思想养料，借鉴、学习新的思维方式，才可能有真正的拓进，才能站在时代的高度。

客观还原文学史的本然状貌与用新的观念、范畴来重建文学史，这种二难选择困惑着许多文学史研究者。这种困惑何止是今日，以往的文学史家都不可避免地与之遭遇，不过在当今的文学史家这里更突出、更有自觉意识而已。其实，想要在文学史中绝对恢复当日文学的本然状貌的美好愿望只是一

---

* 本文刊于《中国社会科学》1996 年第 6 期。

种童话，任何一种文学史，任何一种文学史研究方法，都是对文学史实的特定阐释。那种认为传统方法是对文学史实的复原，而新方法则是主观的逻辑建构的想法，不过是一种误解。对新方法的吸收、借鉴，在今天重新作为问题提出，有了更为成熟的条件。关键是要讨论在文学史的方法更新中，如何处理好传统方法与新方法的关系，使之相得益彰，而不是非此即彼，油水难融。

20 世纪 80 年代中期文学史界的"方法论热"中，有些持从西方引进的新方法的论者，对传统方法采取虚无主义的态度，完全摒弃，形成了某种浮躁的风气。其实，这种做法不仅对中国文学史的学科内容、研究对象没有全面系统地理解、把握，而且对新方法本身也仅止于一知半解，浮光掠影，并未真正从思维方式的层次上汲取其优长之处。而最近几年学术界又出现了另一种倾向，即对新方法一概排斥，一切唯"国学传统"为是。

我认为这两种倾向都很盲目，后者对文学史的转型尤为不利。在我看来，文学史研究的转型在操作上要靠方法的更新，而这方面最好的出路是传统方法与新方法的有机结合。

对于新世纪的文学史研究而言，传统方法有明显的局限性，确乎是必须更新的。但我们应该认真研究、考察一下，传统方法自身还有没有活力？有没有再创性？以往文学史研究的缺陷究竟是方法本身造成的，还是因为我们在运用方法进行操作时简单化、表面化，没有充分发挥方法本身的优长？中国人的思维方式特点对文学史方法运用的影响如何，其得失利弊究在何处？等等。只有大体上把这些问题弄清楚了，才有可能较为切实地进行方法的更新。如其不然，我们还是笼统地处理方法问题，无论是对传统方法还是新方法，不是采取虚无主义态度从而全盘否定，就是全面接受，毫无甄别，陷入一种用我们本来应该克服的思想方法来进行文学史研究转型的怪圈，那将是徒劳无益的。

在以往的传统文学史方法中，从整体上看，当以社会学的方法所获成就最大。新中国成立以后的几种文学史都是这种方法的产物。从理论上说，我国文学史研究所运用的社会学方法，是以马克思主义的历史唯物主义与辩证唯物主义作为指导思想的。这几种文学史（以游国恩等主编的《中国文学史》为代表）达到了当时文学史研究的最高水平，而今天看来，已有相当明显的局限性。这些文学史的基本模式是先概述每一时期的社会政治、经济状况，然后再介绍作家作品，作家分析则是先介绍生平与思想，然后是思想内容、艺术特色。现在看来，这种模式是较为粗糙的、表层化的。但这能否归咎于社会学方法本身或者马克思主义历史唯物论的指导作用呢？我想这是不应该的。文学的终极动因是植根于社会之中，这无须怀疑。从文学史的整体建构来看，社会学的方法、视角仍是不可缺少的。但是问题在于，以前我们对社会学方法的运用过于粗糙、表层、简单。文学与社会之间虽有根本联系，但又有许多中间变量，这些中间变量被有意无意地忽略掉了，结果是把文学创作与一个时代的政治、经济状况、阶级斗争直接联系到一起，甚至画上等号。另一个问题是，这种社会学方法被定于一尊，使人们不想、也不敢用别的方法来揭示文学的其他层面。这样一来，当然就非常狭隘了。

今天我们要进行文学史研究方法的更新，并不是要抛弃、否定社会学的方法，而是要借鉴一些新的研究方法，与社会学方法构成互补关系，从不同层面来发掘那些丰富的"中间变量"，使文学史的研究不再是笼而统之、一般化的。新方法可以从不同的层面补社会学研究方法之不足。如精神分析可以开掘作家的深层内心世界；符号学、形式主义、新批评等可以细致地研究作品本文；接受美学、现象学、解释学更注重读者接受研究，可以使我们从读者的反应方面来考察文学史的嬗递脉络；西方马克思主义美学、后现代文艺美学、新历史主义等更多地注重社会文化研究，这正是以往简单运用社会学方法所被忽视的层面。

从西方引进的"新方法"，是西方现代社会的思想晶体。它们往往是偏激的、极端的，但它们从一个侧面深刻地、尖锐地揭示对象，都是带有个性色彩的方法论体系。我们引进西方的"新方法"，并不一定要用其现成结论，而是要以其个性化的方法论体系来救治我们研究心态上的"四平八稳"。

"新方法"与我们原有的传统方法有不同的文化背景，因此，在借鉴新方法来研究中国文学史的时候，更多的应是思维方式上的启迪，切入视角的变换，而不应该生搬硬套。在借鉴的同时，可以进行再创造，甚至可以"误用"，其目的是建构我们自己的方法体系。

传统的研究方法与新方法的参融结合，不仅是可能的，而且是文学史研究方法更新的一条极好的出路。譬如，将训诂学的方法与西方阐释学的方法结合起来，与现象学美学的方法结合起来，以发掘文本的词义层面的意义及其在整体审美结构中的地位，使训诂不再是孤立的字词解训；再如，将考据学和"原型批评"的方法结合起来，使考据的结论不再是孤立的，而成为同类文本意象系统的柱石，等等。在这方面，王国维、闻一多曾经做出了可贵的、而且是成功的开拓，把传统的方法与从西方借鉴来的方法结合得相当圆融，不露痕迹。王国维《人间词话》的"境界"说，用的是传统的诗话、词话的方法，其话语体系是传统诗学的，但在思想方法上却深得康德、叔本华等西方哲人学说的启示。王国维正是以此种方式，开创了中国近代美学的新生面。这是很值得我们玩味的。

新范式建构的方法思考*

　　面对即将叩门而至的 21 世纪，我时常充满了一种不期然而然的惶惑：我们能为新世纪的中国古代文学研究提供一些什么？作为"跨世纪"的中青年学人，势所必然地要对学术发展担负更多的责任与义务．意识到这一点，对 20 世纪的中国古代文学研究状况，应该有所反思，其得其失，其利其弊，有所参究，有所领悟，会大有益于日后的学科发展的。学术研究中一个非常重要的因素就是方法问题，"工欲善其事，必先利其器"，"器"在研究中便是科学方法。在古代文学研究中尤其如此，这本来不是什么新鲜的话题，但却并非没有重提的必要。使我感触良深的是对"新方法"的估计与评价问题。时至今日，我们应该冷静地、理性地来认识这个问题，而不该是情绪化的、印象式的笼统评价，应该指出，20 世纪 80 年代国内一批青年学子在"方法论热"中用匆忙学来的一些"舶来"的新方法（如系统论、控制论、信息论、结构主义、新批评、解释学、现象学、精神分析学、原型批评等等）来研究中国古代文学，出现的很多成果，确实有"食洋不化"的弊端，当时一些成熟的学者所讥刺的"名词概念大换班"的现象，不仅存在，且很严重，来自学术界的一些批评意见是切中要害的，同时也是具有建设性的积极意义的。

　　从 20 世纪 80 年代到 90 年代的古代文学研究的成果与发展趋势来看，"方法论热"的意义是不可低估的，也是不应被"虚无主义"地对待的。引进外来的一些新的美学、文学的观念与方法来改变研究格局，更新思维方式，激活研究者的心理机制，这本身不但不是罪过，而且是时代的需要，历史的必然。当今世界发生了重大变化，自然科学得到突飞猛进的发展，人们的思想观念、方法体系也随之产生了重要变化。在文学领域，从内容到观念、批评方法都有了划时代的发展，这是人类智慧的新花。从总体上说，我

　　＊ 本文刊于《北方论丛》1997 年第 1 期。

们是应该从积极的方面来关注、学习、吸收。人类是在不断进展、不断发展的，新的观念、新的方法、新的理论体系，不是对以往东西的改头换面，不是简单的重复，不应以历史循环论的眼光来认识它们，而应看作是人类思想、人类智慧的发展，是人在更高的层次上塑造着的"人"。这是我们认识问题的基点。

具体到古代文学或中国文学史的研究上来看，从新中国成立以后，我们学术界主要是以社会学方法来从事研究，主要标尺是人民性、阶级性等。在这种背景下的古代文学研究取得了相当的进展，体现了时代特色，但同时确存在着严重不足，学术在很大程度上依附于当时的政治斗争，而时过境迁之后则显得尤为可笑。进入新时期以后，思想解放运动带来了意识形态领域也包括文学领域的根本变化，文学批评、文学研究如果刻舟求剑般地因循原来的一套观念、方法，则是与时代的进步格格不入的。人们把目光转向域外，学习、吸收、借鉴来自西方的一些新的思想体系，新的观念、方法，是时代的势所必然。80 年代文学研究界的"方法论热"，正是时代的必然产物。

但在古代文学研究领域中"新方法"的结果何以引起如此强烈的非议？简单的否定、蔑视都是不科学的，越是引人争论的问题可能越有其思想的价值，沿着人们所指责的焦点。我们可以考察其因果所在。

学者们指责运用"新方法"研究古代文学严生的主要弊端是：一，表层地使用外来的概念术语，而未能真正有学术上的突破，二是生搬硬套其方法所得结论不符合古代文学的实际情形，三是不根据研究对象的特质，而随意使用外来的方法，既缺少对某种特定方法的深入理解，也缺少对中国古代文学作为研究对象的全面把握、透辟认识。应该指出，这些指责有道理，切中其弊，而且多是有很高造诣，相当成就的学者的"知人之言"。

然而，通过这些看法我们也不难认识到这样一个实质性的问题：其弊端的产生不在方法理论本身，也不在于借鉴、吸收新的方法，而在于当日使用新方法的一些青年学者的急躁心态与自身知识积累的欠深厚，而古代文学的研究对象特质与学科性质，又决定了在这个领域里进行方法更新的艰难。

方法本身并无优劣可言，但对方法的选择、对方法体系自身的把握程度以及研究主体对于研究对象的了解程度，却决定了是否能以新的方法来实现学术上的突破。从研究主体来说，应该较为全面、系统地了解该方法的特殊性及其文化背景，加以选择运用，而当时作为使用的"新方法"进行古代文学研究先锋的主要是一批"初出茅庐"的青年学者（也有一些中年学者），他们急于求新、急于成功的心态较重。古代文学有非常深远的中华文化渊源，有内在、前后传承的意象系统、知识系统，而这些学者在缺少长时间的积累过程。从学科性质和研究对象来看，搞文艺理论的，多是把外国的理论介绍过来；现当代文学所研究的作家本身很多是直接地、有意识受西方思潮、方法影响的，因而，借助"新方法"也相对来说较易切合实际，而古代文学便不同了。在古代文学研究中运用"新方法"，应当是借助某种新的视角，从新的层面切入，不注意这个问题，便容易牵强附会，胶柱鼓瑟这几方面的因素造成了新方法使用中的种种弊端。

即便是这样，80年代使用"新方法"来研究古代文学，仍然取得了一些有价值的成果，产生了一些积极的效应。

而愈到后来，随着弊端的扬弃与思想的深化，"方法论热"带来的积极效应也就愈加显示出来，经历了这场思想方法洗礼的一代青年学者现已进入中年，执着的治学精神与勤勉的学习，使他们逐步成熟起来，而他们视野开阔，没有陈旧思想的惰性与束缚，一般来说，有较好的理论修养。这些年来，又多接受了老一代学者传统方法的心传（其中很大一部分人又去攻读博士学位，接受传统方法的训练），融新知旧学于一体，显示了雄厚坚实的研究实力，而80年代借鉴"新方法"的经历已化作了思维中的活性因素。

目前在古代文学领域中重新"皈依"传统方法（即国学方法，）成为有重要影响的思潮，其实这已经不是单纯的回归，而是在融合了新的思潮、观念、方法后的螺旋式发展。披览当前的古代文学研究成果，大而无当的东西，泛论、空论，主观化的东西几乎是难有立足之地了，优秀的成果（尤其好的学术论文）基本上都是从十分丰富、坚实的材料基础得出的结论，但又角度新颖，视野开阔。可以乐观地认为，一种新的学术范式正在形成之中。

在世纪之交，文学史研究的"转型"正在进行，新范式的建立有非常重要的意义，在传统方法与新方法的有机融合中形成更佳的范式，其中的关键在于研究方法的更新与科学化。这方面应该有明确的、自觉的意识。

文人心态的诗学维度*

在一个时代的精神结构中，文人心态是一个特定的、不可取代的层面。相对于社会意识形态来说，它是较为不确定的、流动的，也是较为活跃的、富于生命力的。把握一个时代的精神全貌，仅仅依据史书、官方文牍等是远远不够的。因为那些最能荷载时代和社会的活的精神的东西，恰恰不在于此，而更多地是在文学作品之中。

心态这个概念，具有很大的模糊性，难以确定它的边界所在。迄今为止，很多学者从心态角度来研究古代文学，有的专著、论文即以"心态"为名，但要真的为心态"正名"，却是"戛戛乎其难哉"。因为心态本身就是人们的主体世界那种内在的、变化着的、丰富多彩的样态。"心态"是一个综合性很强的概念，它是人的心灵世界中那些情感的、情绪的、意志的、思想的整合体，它包含了理性与感性的，意识与无意识的不同精神层面，它不是固定的、僵死的，而是活泼泼的，生生不息。举凡人的欲望、情志、意念都涵盖于其中。甚至可以把它视为心灵世界中无所不在其内的概念。但是从另一个角度来说，心态又不能看成一个没有任何基本倾向、没有主导因素的心理"大杂烩"，心态又是一个统一体、整合体，一个人的心态在一个特定的时段内、一个特定的境遇下，往往有着相对的稳定。如杜甫在长安十年时的那种"残杯与冷炙，处处潜悲辛"的心态，苏轼在贬居黄州时期那种以"人生如梦"为核心意念的心态，都是相对稳定的，有一个主导意念的，可又是活生生的、变化着的。心态就是这样一个矛盾体。

为什么我们以"文人心态"为话题呢？因为在正统的文牍中是很难见到一个时代那种活生生的精神众相的，而一般人的心态又是没有载体的情况下无由得知的。只有在中国古代的那些文人的许许多多的文学作品中，留下了心态的痕迹。而在这些文学作品中，以第三人称为叙述视角的小说、戏剧

---

* 本文刊于《新华文摘》2001 年第 11 期。

之类对作家的心态的映现尚属间接的、曲折的，而在那些直接抒写创作主体内心情感的诗歌（此处取广义，即中国古典诗歌的大家族中的主要成员如诗、词、散曲等都包罗在内）是最能映现文人心态的东西了。

感谢诗人们为我们留下了跃动着他们的情感、意志与欲望的那些撩人心弦的篇章，心灵的曲线如果不是在诗词的文本中划下了或明或暗的光影，我们又何由得知屈原、陶渊明、谢灵运、李白、杜甫、苏轼、陆游这些往古时代的文人们的心灵世界？心态固然是虚灵的，可它又是在诗词曲的精妙意象中得以物态化的。"春蚕到死丝方尽，蜡炬成灰泪始干"，那是一种怎样的爱的执着？"满地黄花堆积，憔悴损，如今有谁堪摘？守着窗儿，独自怎生得黑？"又是一种怎样的孤寂与凄苦？"肝肠百炼炉中铁，富贵三更枕上蝶，功名两字酒中蛇"，又是怎样的心寒齿冷呵！中国诗学最重表现性，"诗言志"也好，"诗者，吟咏情性"也好，都可说是中国诗学最基本的功能观。而诗词的意象创造，又是陶写诗人心曲的最佳方式，也是我们研究文人心态的最佳对象。

心态不唯是个人化的，也是社会性的。每个人有自己的特殊心态，一个时代亦有属于这一时代的普遍性心态。通过对一个时代文人群体的作品的考察，是不难发现具有时代特征的普遍心态的，这当然也是在官样文章中以及在论理性作品中所难见到的。个体的心态是最具体的，最活跃的，也是研究的切入口，而通过众多个体心态而考察而得出的对时代性的文人心态的认识，是个体心态的集约化与升华，也是洞照时代精神的中介。而古典诗词，则是研究文人心态的最佳载体与对象。关键是，我们不应满足于个别作家、诗人的心态描述，而应由此把握一个特定时代的精神律动。那在我们的视野中的特定时代的社会精神风貌，便不再是抽象的、干枯的、虚空的，而是宛如动脉中血的汩汩奔流，搏动在我们的眼前。

文学理念对古代文学研究之意义[*]

　　"古代文学思想与新世纪文学理念"，不仅是个有创意的命题，而且对于古代文学的开拓发展，有着很重要的现实意义。新世纪古代文学研究的出路在何处？"文学理念"这个问题的提出，给了我们以恰逢其时的启迪。

　　古代文学研究有着悠远的历史，有着十分雄厚的学科基础，有一批国学大师一级的人物，有数量众多的博士点，有薪火相传的学术传统，有一大批年富力强的学术新锐，有非常辉煌的研究成果，但到了当今这个时代，进入了21世纪的门槛之后，我们却不约而同地感到了不想遭遇却已遭遇的困扰，不想面对却必须面对的挑战，不想承受却又只能承受的压力。面对日益强大、越加红火的大众传媒、文化工业，人们的兴趣更多地在于即时的快餐式文化消费，而对古代文学所代表的传统文化愈加淡漠，对于视觉快感的欲求，相当大地冲击着中国文学所体现出的令人吟咏再三、思而得之的审美品味。现代科技的强劲势头也不能不使古代文学的昔日光环相形见绌，紧随着经济全球化奔涌而来的又是西方文化的大量进入。这些状况都是我们生存在新时代的古代文学学者所回避不掉的客观现实。古代文学这个"行当"在很大程度上失去了往日的尊荣与自得，不是什么值得大惊小怪的现象。我们的现实境遇如何？我们的心灵状态如何？古代文学研究的"前程"又如何？这些，确实是与我们密切相关的问题所在，自然也会深刻地影响着古代文学研究的发展与走向。

　　也许问题还不止于这些，古代文学领域自身也不无一些需要正视的危机。仅举一方面的问题来看：倘若把古代文学的研究对象、领域比喻为一种"矿产资源"的话，就对象本身来说，是很难增殖的。古代文学研究有一支庞大的队伍，有一大批博士生、硕士生。这个专业都要以古代的作家作品、文学现象等作为自己的研究对象，而且，无论是要当教授，还是要戴博士

　　* 本文刊于《中国文化研究》2002年第1期。

帽，都要有创造性的学术成果。从选题的角度来找"空白点"，靠研究不曾有人搞过的古代作家或文学现象来体现创新，确乎是越来越难了。如果说20世纪80年代以前，古代文学研究的对象集中在一些一流的"大家"，而80年代以后，则有了前所未有的开拓，几乎所有的"空白"都得到了填补，而且研究者们从新的研究角度和眼光，对以往人们不太关注的一些作家或文学现象作了较为深入的挖掘与阐释。如果仅就一个作家或一种文学现象是否曾经有人研究过的意义上说，那么，研究的"空白"可以说日益减少，也许很快就会出现"矿产枯竭"的局面。现在古代文学专业的博士生在选题上感到相当困难，就是一个明显的例证。与一些新兴学科相比，历史悠久、成果汗牛充栋的古代文学，其自身的"资源危机"也是一种客观存在。

然而，这能否得出古代文学研究没有出路、没有创新余地的结论呢？鄙见以为不能。固然古代文学研究的学者们很少有可能像当红的明星、主持人那样大红大紫，也很难如有些新兴的、实用的学科在当代的社会舞台上扮演叱咤风云的主角。倘若一定抱着这种期待，最好就不要来搞古代文学研究。从这个意义上说，古代文学的"边缘化"则是无须讳言的。但是，古代文学研究的前景并没有那么悲观，也并非没有生机和当代价值所在。在当代中国的人文教育中，古代文学有其不可取代的重要地位并占有相当大的份额；在"先进文化"的内涵中，有中国古代文学的重要因子；在当代人们的审美需求中，古代文学仍有其独特的魅力与神韵；在世界的文学格局中，中国文学是足可以与西方文学"二水分流"、"双峰并峙"的存在。但是，我们作为古代文学研究的主体，确实应该认真思索一下：如何使古代文学实现其当代的审美价值、文化价值和社会价值？如何使古代文学焕发出具有时代意义的生机？如何使当代的中国民族艺术、中华美学充填古代文学的质素，而有着浓厚的中国气派？"与时俱进"，对于古代文学研究来说，并非只是一种时髦或一个口号，而是有着切实的观念与方法的启示意义的。

在这样一个前提下，"文学理念"的提出就并非只是为了追求新奇，或者故作玄奥，而真的是可以作为推动古代文学研究前行的理论契机。拙意以为，古代文学的整体突破，并不在于材料的新发现，新材料的发现是"可遇而不可求"的事，是一种偶然；而新世纪对我们的要求当然不止于一些新材料的发现，而是古代文学的对新世纪文化格局的参与，对新世纪人的审美素质的作用，是新世纪人文科学研究思维的整体提高。于是，文学理念的更新，就成为一个具有重要理论价值的"杠杆"。

"理念"是什么？这是需要首先弄清楚的问题。在我的理解里，理念不是一般的概念，也不是一般的范畴，而是抽象程度至高的根本观念。"理念"这个词来源于西方哲学，在西方的哲学传统中，"理念"是精神实体。理念是一种概念，但是却又是远远高于具体概念的概念；理念是范畴，却又是比一般的范畴更为普遍、更为宏观的范畴。它是抽象的，却又有着质的规定性。在西方哲学史上，以"理念"作为自己哲学体系和美学思想的根本观念的思想家主要有柏拉图、康德和黑格尔。柏拉图是以"理念"作为美的事物的精神性的本体。柏拉图在《大希庇阿斯篇》中所说的"美本身"，就是"美的理念"。他说："我问的是美本身，这美本身，加到任何一件事物上面，就使那件事物成其为美，不管它是一块石头，还是一块木头，一个人，一个神，一个动作，还是一门学问。"① 柏拉图已表现出把理念本体化的倾向，美本身一定要先于美而独立存在。康德发展了柏拉图的理念论，而且强化了理念的主体性内涵。在柏拉图那里，理念带有明显的客观性质，正如康德所理解的那样："盖在柏拉图，理念乃事物本身之原型，非以范畴之型态仅为可能的经验之枢纽者。"② 理念在康德这里，也称为"理性概念"，有着超验的必然性。他说："我所谓理念乃指理性之必然的概念，对于此概念，无相应之对象能在感官之经验中授予者。此等理念乃纯粹理性之概念，盖因其视经验中所得之一切知识为由条件之绝对的全体所规定者。但此等理念非任意所制造者，乃由理性自身之本质所设置，故与悟性之全体使用有必然的关系。"③ 康德认为理念是以理性对杂多知识的综合，但它又是超验的，同时也是统领"悟性之全体使用"的。在黑格尔哲学中，"理念"是更为核心的概念。黑格尔一方面强调理念的绝对真理性，一方面又强调它的客观性意义。黑格尔对"理念"的界定是："理念是自在自为的真理，是概念和客观性的绝对统一。"④ 黑格尔又加以阐释道："理念本身不可了解为任何某物的理念，同样，概念也不可单纯理解为特定的概念。绝对是普遍和唯一的理念，这理念由于判断的活动特殊化其自身成为一些特定理念的系统，但是这些特定理念之所以成为系统，也只是在于它们能够返回那唯一的理念，返回它们的真理。从这种判断的过程去看理念，理念最初是唯一的、普遍的实

---

① ［希腊］柏拉图：《柏拉图文艺对话集》，朱光潜译，人民文学出版社 1963 年版，第 188 页。

② ［德］康德：《纯粹理性批判》，蓝公武译，商务印书馆 1960 年版，第 256 页。

③ 同上书，第 263 页。

④ ［德］黑格尔：《小逻辑》，贺麟译，商务印书馆 1980 年版，第 397 页。

体，但却是实体的发展了的真正的现实性，因而成为主体，所以也就是精神。"① 黑格尔又说："理念就是思想的全体，因此理念也就是真理，并且唯有理念才是真理。"② 在美学思想上，黑格尔最著名的观点就是"美是理念的感性显现。"③ 理念成为黑格尔美学的哲学基础。

由西方这几位大哲人的"理念"说我们可以看到，"理念"是超乎一般概念、范畴之上的精神实体，或者说是根本的观念，它是抽象的，又是有着规定的内容的。其实，卓越的思想家大多有着自己的"理念"，也就是代表自己的思想体系的元范畴。通过这些不同的理念，他们以不同的方式来解释世界，建构了自己的独特的思想体系。在思想史上能够开辟一个新的时代者，都有属于自己的新的理念作为时代的思想表征。如魏晋正始时期的玄学，王弼、何晏的"贵无"，就是开辟了一个思想时代的"理念"，明代的王阳明也以"心即理"的"理念"，开辟了一个心学的时代。有了这种不同于前人的理念，也就有了对世界的新的阐释方式。

文学理念，当然也不是一般的具体的文学观念，但却是有着特定的规定性的关于文学的根本观念。理念的创新与转变，意味着以一种新的范式与眼光来重新审视以往时代的文学"矿藏"，对那些旧有的材料作出具有时代意义的新的综合。哲学史是以理念的不断更迭向前推进的；文学史的开拓，同样需要文学理念的创新作为动力的。

文学理念应该是一个时代的精神凝聚，体现着新的审美价值观，同时，它又有着不同以往的阐释范型，对于古代文学研究来说，当以新的文学理念为其内在的动力源进入新世纪的文化结构之中。

---

① ［德］黑格尔：《小逻辑》，贺麟译，商务印书馆 1980 年版，第 398 页。
② ［德］黑格尔：《哲学史讲演录》，贺麟等译，商务印书馆 1983 年版，第 25 页。
③ ［德］黑格尔：《美学》第 1 卷，朱光潜译，商务印书馆 1981 年版，第 142 页。

中国古代文论的当代价值及其实现*

一　中国古代文论的当代价值

在新的世纪里，我们的文学理论体系应该如何建设？新的理论资源又在何处？文学理论的发展途径又在哪里？这些都是我们应该思考或者说必须思考的问题。一个从事文学理论研究的学者如果不在这些问题上有自己的明晰的认识和构想，将是无力承担自己应该肩负的历史责任的。

20世纪真是一个伟大的理论的世纪！出现了那么多哲学的、美学的思想流派，也极大地激活了中国的文艺理论。从80年代开始，西方各种哲学的、美学的理论，都对中国文学理论的固有观念产生了相当强劲的冲击，并成为很多学者进行文学批评的立足点和方法论。而中国本土的文学理论也得到了颇为充分的重视。在20世纪的最后几年中，文论界开展了一场"中国古代文论的现代转换"的学术讨论，并且取得了并不空泛的丰满成果，显示了中国古代文论作为当代理论建设资源的可能性和操作途径。从今天来看，这场讨论的意义是相当深远的，为我们在新世纪里探讨文学理论的发展提供了一个颇为有利的借鉴。

古代文论研究本身的前景也必然地将这个问题提到无可回避的地步。作为一个学科专业，古代文论的学者在当今这种全球化的浪潮中应该怎样自处？其自身存在的合理性又在哪里？发展的空间又在何处？等等，这些都是使我们的理论研究产生新生命力的契机所在。

我对"中国古代文论的现代转换"持这样的看法：这个命题的提出，其出发点自然是要发挥古代文论在当代文学理论建设中的重要作用，使当代文学理论建立在深厚的中国文化传统的根基之上，使中国的文学理论在面对

---

　　* 本文刊于《文学理论前沿》第2辑，北京大学出版社2005年版。

西方文论的强势渗透时葆有一份中华民族的文化自信。我认为，"现代转换"（或者是换一个什么别的命题）是一个长期的、不断演进的过程，不可能"毕其功于一役"。转换的方式与途径是多极化、多层面的，而不应该是单极的、一维的。所谓"转换"，就是要将中国古代文论中的有生命力的，有独特美学价值的话语、范畴、命题乃至于体系，以当代人的观念加以阐释，使之成为新的文学理论系统中的有机部分。我认为，其前提在于中国古代文论的特殊形态和美学气质。

一般的看法认为西方文论以思辨的严密性和系统性为其思维特色，其体系非常完整，范畴义界非常明晰，而且它的论证相当缜密；而中国古代文论则以直观的、感悟的思维方式为其特点，多是描述性、比喻性的，在范畴的内涵和外延上都缺少明确的界定。其实，这主要还是以形式逻辑的眼光来认识中国古代文论的结果。在我们看来，中国古代文论有其贯穿性的体系，如果就某一位文论家来说，可能其所表现出的体系性远不如西方文学理论家的理论观点那么明显，因为西方的美学家和文学理论家大都是有系统的哲学观点的，如柏拉图、亚里士多德，德国古典哲学时期的康德、黑格尔和谢林，乃至于20世纪的海德格尔、德里达、詹姆逊等，都是以其独树一帜的体系性见称的。但是中国的古代文论，是不是没有体系性了呢？情况远非如此！在我看来，中国的哲学、美学乃至于文学理论，恰恰是有着以中国文化背景为其根基的、贯穿的、流变的体系性的。从个体来看，这种体系性并不明显，而从整体以观，中国古代文学理论的体系性却是体现在两千多年来的文艺思想的诸家论述和流变之中的。这是我们认识问题的一个基点。这种与西方的美学和文学理论颇有不同的体系性，正是我们发现中国古代文论的当代价值和以古代文论为重要资源来建构新的理论大厦的依据所在。

从思想流派的角度讲，中国的传统思想以儒、道、释三家为其主干，又衍生出玄学、理学和心学等思想派别。玄学是儒、道融合的产物，而理学、心学则是以儒学为主，吸收了佛家乃至于道家的一些方法而形成的思想体系。儒家文艺思想是由孔子、孟子开创而一直到封建社会末端都在文艺领域内占有主流地位的意识形态，道家文艺思想则由老子、庄子开创，而其中的一些重要的文艺观念也是贯穿于整个封建社会始终的。佛家思想在东汉年间进入中国本土后与玄学相结合，开始对文学创作和评论产生影响，迄唐宋而至高峰，其后到明清时代甚或成为文艺思潮如明代李贽"童心"说、汤显祖的主情论和公安"三袁"的"性灵"说的哲学根基。儒、道、释这三个大的思想系统，既相互视为异己，又彼此交融，其文艺观念则形成了中国古代文论的最重要的三大脉络。这是我们所说的中国文论的体系性的其中一个意思。

　　从范畴的角度来看，中国古代文论则更具有贯穿的、流变的体系性质。中国古代美学和文论的范畴就个体的思想家或文论家而言，或许是并不系统的、具有论证性质的，这一点，似乎与西方的美学家、文论家迥然有异。西方的著名思想家、文论家所提出的重要范畴，往往具有鲜明的个性化色彩，成为其独树一帜的理论旗号。如克罗齐的"直觉"，什克洛夫斯基的"陌生化"，姚斯的"期待视野"，贝尔的"有意味的形式"，本雅明的"惊颤效果"，等等，都成为此一美学家、文论家的核心范畴，而形成了有别于其他人的理论核心。中国古代的文论和美学的范畴则多是由某一思想流派提出，由历代文论家、艺术家反复运用，踵事增华，从而成为贯穿中国文学理论史的一脉相承而又不断流入新的活力的范畴。这样就形成了其更具有贯穿的、流变的体系性质。中国古代文论和美学的范畴在这个领域中占有非常重要的位置，有非常丰富的内涵。范畴研究，在某种意义上，是中国古代文论研究最具前景的课题之一。在范畴研究方面，若干年来已经取得了不可小觑的卓越成就，尤其是蔡钟翔先生主编的《中国古典美学范畴丛书》，第一辑业已问世，第二辑也即将出版，这些著作对中国古典美学和文论的一些基本范畴作了系统的梳理。我们认为，对于中国的文学理论建设来说，范畴研究是目前最具有操作性价值的。而中国古代文论的范畴，大多数并非某一个文论家所专有，往往是为文学批评史上的许多文论家所运用，在长期的使用、阐释的过程中，这些范畴的含义得以不断地深化、丰富，并使其内涵越趋明晰、完整。其实，中国古代的文论范畴，在这样的形态里呈现出有更大的宏观背景的体系性，从而在中国文学批评的整体框架中以更具民族特色的面目得以凸现。西方的美学和文论范畴，往往有鲜明的个性化色彩，是美学家或文论家所独创的理论旗帜，其他思想家却很少沿此深入。中国古代的美学与文论范畴则是由某一思想流派提出，历经数百年乃至千余年而由许多艺术家、文论家踵事增华，从而形成了一以贯之的范畴。一些最为基本的范畴，历久而不衰且不断衍生新义，形成若干元范畴。作为文论范畴网络基本内核的元范畴如象、言意、形神等，都是如此。

　　如"形、神"这对美学的、文论的范畴，在先秦时期就已出现。形是指形体、身体，神即灵魂、精神。《庄子》内篇中提出"形变而神不死"的说法。荀子则提出"形具而神生"的命题。魏晋时期的慧远则明确提出"神不灭"论。著名画家顾恺之在其人物画画论中提出"传神写照"、"以形写神”的命题，则使这对范畴具有了美学的意义。这里的"形神"，已经不是单纯的形体和灵魂，而是指作品所描写的外在形象和内在气质。宗炳在《画山水序》中也提出"应会感神"和"畅神"的说法，则更多的是审美主体的精神境界。宋代苏轼在诗中写道："论画以形似，见与儿童邻。赋诗必此诗，定非知诗人。"① 主张以"神似"超越"形似"。南宋著名诗论家严羽论诗云："诗之极致有一，曰入神。诗而入神，至矣，尽矣，蔑以加矣！惟李杜得之。他人得之盖寡也。"② 这里的"入神"，则是指写作进入高度自由的巅峰状态。金代的王若虚则就苏轼的形神观发表这样的看法："东坡云：'论画以形似，见与儿童邻。赋诗必此诗，定非知诗人。'夫所贵于画者，为其似耳；画而不似，则如勿画。命题而赋诗，不必此诗，果为何语！然则，坡之论非欤？曰：论妙在形似之外，而非遗其形似；不窘于题，而要不失其题。如是而已耳。世之人不本其实，无得于心，而借此论以为高。画山水者，未能正作一木一石，而托云烟杳霭，谓之气象；赋诗者，茫昧僻远，按题而索之，不知所谓，乃曰格律高尔。不求是而求奇，真伪未知，而先论高下，亦自欺已矣。岂坡公之本意哉！"③ 这些对形神关系的论述，并非出于某一家，却形成了一个首尾贯穿的体系，也在不断融入新的内涵。另如"感兴"这个范畴，起源于"诗六义"中"赋比兴"之"兴"，其后在中国诗学史上形成了以"感兴"为创作方式的传统。关于比兴，历代学者从各种角度作了许多阐释，有些难见出其中区别，有的则能将"兴"的特殊内涵讲清楚。汉代经学大师郑众释比兴云："比方于物也。兴者，托事于物。"④ 掌握了比、兴与物的联系。而郑玄对比兴的解释则侧重于比兴的政治内容，他说："比，见今之失，不敢斥言，取比类以言之。兴，见今之美，嫌于媚谀，取善事以喻劝之。"⑤ 把比兴视为讽刺和颂美的两种不同手段。晋代的挚虞解释比兴说："比者，喻类之言也。兴者，有感之辞也。"⑥ 指出比是引同类事物为比喻，而兴则是有感之词。刘勰认为，"兴者，起也"，"起情者依微以拟议。起情故兴体以立"。⑦ 依微，就是依据微

---

① 李之亮：《苏轼文集编年笺注·诗词附9》，巴蜀书社 2011 年版，第 298 页。

② 郭绍虞：《沧浪诗话校释》，人民文学出版社 1983 年版，第 8 页。

③ （金）王若虚：《滹南诗话》卷中，人民出版社 1962 年版，第 68 页。

④ （汉）郑玄注，（唐）贾公彦疏：《周礼注疏》卷 23，见李学勤主编《十三经注疏》，北京大学出版社 1999 年版，第 610 页。

⑤ 同上。

⑥ （晋）挚虞：《文章流别志论》，见严可均辑《全晋文》，商务印书馆 1999 年版，第 819 页。

⑦ 范文澜注：《文心雕龙注》，人民文学出版社 1958 年版，第 601 页。

小的事物，兴即托物起兴。诗人从触发微小的事物来触发情思。而宋人李仲蒙对兴的解释着眼于物对心的触发作用："触物以起情谓之兴，物动情也。"① 使"感兴"的内蕴逐渐明确。

中国文论之"兴"的本质在于物对心的触发感通，所以，感兴一开始就建立在心物交融的基础之上。很多有关论述也许并未完全打着兴的牌子，却是完全在感兴论的范围之中的。如《礼记·乐记》说："凡音之起，由人心生也。人心之动，物使之然也。感于物而动，故形于声……乐者，音之所由生也，其本在人心之感于物也。"认为音乐的产生在心的波动变化，而人心的波动变化则是由外物引起的。音乐是外物感发人心的产物。《文心雕龙》的《物色》篇可视为感兴的专论："春秋代序，阴阳惨舒，物色之动，心亦摇焉。盖阳气萌而玄驹步，阴律凝而丹鸟羞，微虫犹或入感，四时之动物深矣。若夫圭璋挺其惠心，英华秀其清气，物色相召，人谁获安？是以献岁发春，悦豫之情畅；滔滔孟夏，郁陶之心凝；天高气清，阴沉之志远；霰雪无垠，矜肃之虑深。岁有其物，物有其容；情以物迁，辞以情发。"② 这里指出了不同的物候对于不同类型的情感的感发作用。唐代遍照金刚的《文镜秘府论》中有"感兴"一势："感兴势者，人心至感，物色万象，爽然有如感会。"③ 指出了感兴的基本内涵。宋明时期的文论家更多地重视"感兴"的创作方式。如宋代的叶梦得论诗云："'池塘生春草，园柳变鸣禽'，世多不解此语之工，盖欲以奇求之耳。此语之工，正在无所用意，猝然与景相遇，借以成章，不假绳削，故非常情所能到。诗家妙处，当须以此为根本，而思苦言难者，往往不悟。"④ 叶氏是从感兴论的角度来阐释谢灵运的诗，并且上升到诗的本体论来认识。南宋著名诗人杨万里极重诗的感兴，他认为："大抵诗之作也，兴，上也；赋，次也；赓和，不得已也。然初无意于作是诗，而是物是事，适然触我，我之意适然感乎是物是事，触先焉，而是诗出焉，我何与哉天也，斯之谓兴。"⑤ 明确揭示了感兴的内涵。从这些例子中我们不难看出，"感兴"是作为一个贯穿始终的文论范畴存在

① （宋）胡寅：《与李叔易书》，见《斐然集》卷18，中华书局1993年版，第386页。
② 范文澜注：《文心雕龙注》，人民文学出版社1958年版，第693页。
③ ［日］遍照金刚：《文镜秘府论·地卷》引，人民出版社1975年版，第41页。
④ （宋）叶梦得：《石林诗话》，见（清）何文焕《历代诗话》，中华书局1981年版，第426页。
⑤ （宋）杨万里：《答建康府大军库监门徐达书》，见《诚斋集》卷67，四部丛刊本，第6页。

于中国文论史上的。它的基本内涵是颇为清楚的，而在长期的流变中亦充填了新的意蕴。这不能不说是一种中国文论的体系性。

二　当代学者对古代文论的接受及阐释

古代文论，是中国历史上数千年来文艺思想、创作观念、批评标准、文类规范等的结晶，体现着中国的文化和哲学的深刻背景。从先秦一直到近代，以一种内在的生命力在发展着、延续着，对于中国的现当代文艺理论，有着内在的深刻影响。而且，现当代文学理论的各种思潮、观点，往往都与古代文论有着千丝万缕的联系。尤其是一些著名的文学家、美学家，他们的文艺观念，大都潜含着或呈现着古代文论的渊源和影迹。如闻一多、朱自清、梁宗岱等著名学者，其很多的文学观念都以古代文论的观点作为底蕴。朱光潜、宗白华这样的著名美学大师，都是在西方受的系统教育，但他们的国学渊源是一般人望尘莫及的。朱光潜的《诗论》，宗白华的《美学散步》，都是以非常深厚而显明的古代文论和美学思想与西方的相参融，从而提出自己的诗学和美学观念的。新时期以来，成为文学理论和美学旗帜性人物的学者，如叶朗、童庆炳、聂振斌和杜书瀛等，其美学和文论思想，也多以古代文论为其支撑。而他们的文学思想和美学理论，是中国当代的文学理论整体格局中非常重要的分支。

这对我们认识古代文论的现代转换，提供了关于接受主体的重要启示。古代文论的当代价值之实现，关键在于作为价值主体的当代学者。对于古代文论而言，他们首先是接受主体。古代文论的当代价值实现之可能，最为切近的一个条件乃是作为接受主体的当代学者，都是同一种族，都有中华民族的共同文化心理，对于属于中华文化的东西有一种与生俱来的认同感，在审美取向上，自觉不自觉地继承了中华民族的审美传统。古代文论一方面是中华民族的文学艺术的理性升华，一方面又承载着古代的文学家、艺术家的艺术体验。当代的文论和美学学者，即使是颇为谙熟西方文学艺术或研究西方文论和美学的，也仍然对中国的传统文学艺术有着远比西方人更深的理解和喜爱，何况是以国学为专业的学者呢？对于中国古代的诗词也好，小说也好，戏曲也好，书法绘画也好，中国学者的理解和欣赏水准当然是超过西方人的。

而就文字来说，中国学者用以接受古代文本和表达自己思想的文字，是与古人并无二致的汉语系统。虽有古今汉语之别，但这种差别，远远小于汉语和西语之间的距离。在词汇、语法和音韵等方面，古今汉语的一致性是根本的，和西语的区别则是本质的。语言的一致性和连续性带来了思维方式上的共同之处，当代研究国学的中国学者，对于古代汉语浸润多年，对于其中的文字、词义及其丰富义项乃至于思维习惯，都相当谙熟，可以达到自由的境界。这对古代文论的接受来说，自然是得天独厚的。

古代文论其实是集中了中国古代文学家、艺术家和理论家的直观艺术感悟和理性思维的产物，这一点，或许与西方的美学和文论有较大的不同。西方美学基本上是"自上而下"的，即从一些思想家的哲学体系中派生出来，往往与具体的艺术批评相距颇远。中国古代的文艺理论则基本上是从具体的艺术批评实践基础上升华而来的，其文艺思想的"意向性"是很强的，其批评话语有鲜活的生命力；同时，古代的文论家们又不停留在具体的鉴赏和批评层面上，而是上升到理性的高度。其最终指向是中国的哲理思维。中国美学中所讲的"技进乎道"，成为一个普遍适用的法则。如一些诗论家在对诗的评价中得出的是关于诗歌创作的本质特征，其抽象程度是相当高的。这种批评方式，在中国古代文论中是颇为普遍的。中国古代文论的学者，作为接受主体，对于古代文论的这种操作方式，是有其内在的习惯和秉承的。

古代文论要进入当代的文学理论建构，将其内在的价值转化为一种现实的存在，更在于学者的理解和阐释。阐释的基础是研究主体的理解。这种理解就是今天的学者对于古代文论的文本的意义的理解。西方近代著名的思想家和阐释学理论家狄尔泰认为，精神科学（也可以说就是人文科学）研究人和人的生活的意义，人有自己的心灵世界，有自己的历史。理解是进入人类精神生活世界的过程，历史也只有通过理解才能成为人的现实。就我们的话题来说，理解是我们对古人的文论文本的意义的理解，这种理解是我们与古人的对话。古代文论的文本其实是古人对世界和艺术的看法，也是古人的生命体验。如南朝的萧子显在论文章时说："文章者，盖情性之风标，神明之律吕也。蕴思含毫，游心内运，放言落纸，气韵天成。"① 他认为文学之作乃是"情性之风标"，也是人的生命体验的表达。明代著名戏剧家汤显祖说："天下文章所以有生气者，全在奇士。士奇则心灵，心灵则能飞动，能

---

① （南朝·梁）萧子显：《南齐书·文学传论》，见郁沅、张明高《魏晋南北朝文论选》，人民文学出版社 1996 年版，第 340 页。

飞动则下上天地，来去古今，可以屈伸长短生灭如意。如意则可以无所不如"①，认为文学创作之所以有生气，在于中国作家的性情之奇。这类看法在古代文论中比比皆是。由此可见，古代文论家对文学艺术的理解，也是对人的生命体验，而我们今天对古人的理解，则是以我们的生命体验和古人的生命体验互相沟通。狄尔泰的解释学理论，把意义和历史连接起来，这对我们理解古代文论有很深刻的启示。他通过使"意义"、"理解"与"历史"有机结合起来，使意义和历史具有了现实基础，获得了全新的视角。狄尔泰论述道："价值及历史价值和意图这样一些历史范畴，都是从体验之中产生出来的。但是，当正在进行体验的主体回过头来考察意义的时候，他已经使它在他的理解过程之中具有了表象，而这种做法则隐含着作为一个范畴的联系状态。无论各种联系什么时候在历史之中出现，无论在现实之中什么地方存在自由，我们都必然会运用意义这个范畴。只要生命存在于过去，并且已经进入了理解过程，那么，这里就存在历史。而且只要历史存在，它的所有各种变体就都包含着某种意义。只要一个个体代表着某种更加具有广泛性的东西，把这种东西集中起来，并且——可以说——使它在他那里完全变成具体的东西，那么，意义就会呈现出来。"② 现当代的学者有着属于自己时代的生命体验，而这种生命体验又与古人的生命体验形成互动的关系，于是，我们对古代文论的理解，就带上了当代的色彩。

　　理解之中已经包含了阐释，但真正要使古代文论的当代价值成为现实的存在，阐释表达还是非常必要的。古代文论作为阐释的对象，是一种历史性的存在，而对它的阐释，却又不能不包含着阐释主体的自我体验和自我理解，而非纯然的客观描述。阐释主体的自我体验和自我理解，已经包含了相当多的当代性因素。阐释之所以不可能是将文本的"客观"意蕴全然复原，原委之一便是海德格尔所说的"前理解"。海德格尔主张："解释奠基于一种先行掌握（Vorgriff）之中。把某某东西作为某某东西加以解释，这在本质上是通过先行具有（Vorhabe）、先行见到（Vorsicht）与先行掌握来起作用的。解释从来不是对先行给定的东西所作的无前提的把握。准确的经典注疏可以拿来当作解释的一种特殊的具体化，它固然喜欢援引'有典可稽'的东西，然而最先'有典可稽'的东西，原不过是解释者的不言自明、无

---

① （明）汤显祖：《序丘毛伯稿》，见《汤显祖诗文集》卷32，上海古籍出版社1982年版，第1080页。

② ［法］狄尔泰：《历史中的意义》，艾彦、逸飞译，中国城市出版社2002年版，第140页。

可争议的先入之见。任何解释工作之初都必然有这种先入之见，它作为随着解释就已经'设定了的'东西是先行给定了的，这就是说，是在先行具有、先行见到和先行掌握中先行给定了的。"① 这种"前理解"是阐释的前提和内涵。对古代文论的文本的阐释，是从阐释主体的"前理解"出发的解读。

作为阐释主体的当代学者，处在当代的社会环境、意识形态氛围和信息资源中，其知识结构、价值取向和文化视野都属于当代的。这些成为其"前理解"的重要内涵。带着这样的背景来阐释古代文论的文本，所作出的意义表达是将古人的生命体验和今人的生命体验融合为一的。

三　古代文论与西方美学的互参及补西方文论之不足

从我自己的体会来讲，中国古代文论中有许多非常丰富的理论蕴含，有明确的范畴表述，但要充分展示其美学价值，得到当代性质的阐释，则须借助西方美学的眼光来进行观照。中国文论的意义在今天看来，具有很大的包蕴性，需要我们以具有西方理论思维训练的眼光和方法来进行阐发，这对理解古代文论的意义是非常必要的。借用叶燮论宋诗之语来说是："譬之石中有宝，不穿之凿之，则宝不出。且未穿未凿以前，人人皆作模棱皮相之语，何如穿之凿之实有得也。"② 中西美学的相互映发是非常必要的。不言而喻，当代美学的主流话语是西方的，我们所运用的主要方法也是从西方借鉴来的。尤其是 20 世纪以来的文学批评基本上是在西方美学的背景下进行操作的，如存在主义、形式主义、新批评，或者现象学、解释学、接受美学，等等，都是来自于西方的思想进程中的。以西方的美学理论来与古代文论相互参融，可以使古代文论的范畴、命题及理论体系得到当代性的理解。同时，古代文论的一些话题，又可以裨补西方美学和文论的不足。中国文论的光彩也就显发于其间。

中国古代文论的范畴或命题，就表述方式来说有独特的魅力。具体而言，就是简洁明晰，其逻辑关系严谨而直接，并伴随着诗意的描写；这种特点，是与西方文论的范畴颇有不同的，甚至可以看作是超越于西方文论的。如刘勰《文心雕龙》的"神思"篇中论述文思的超越时空："文之思也，其

---

① ［德］海德格尔：《存在与时间》，陈嘉映、王庆节译，三联书店 1987 年版，第 184 页
② （清）叶燮：《原诗·内篇》上，见霍松林、杜维沫校注《原诗·一瓢诗话·说诗晬语》，人民文学出版社 1979 年版，第 9 页。

神远矣。故寂然凝虑，思接千载；悄然动容，视通万里。"非常简洁明确，其逻辑力量颇强。再如《物色》篇中的"赞语"云："目既往还，心亦吐纳。春日迟迟，秋风飒飒；情往似赠，兴来如答。"颇具诗意，其含义却非常准确，把文学创作的心理机制说得甚为清楚。另如南宋诗论家严羽论诗的境界说："夫诗有别材，非关书也；诗有别趣，非关理也。然非多读书，多穷理，则不能极其至。所谓不涉理路，不落言筌者，上也。诗者，吟咏情性也。盛唐诸人惟在兴趣，羚羊挂角，无迹可求。故其妙处透彻玲珑，不可凑泊。如空中之音，相中之色，水中之月，镜中之象，言有尽而意无穷。"①意蕴丰富而内涵明确，成为诗歌创作的经典命题。

以"审美观照"为例，"审美观照"这个范畴，在西方的美学中非常普遍地得到使用，如在黑格尔的美学论著中，"观照"就是一个特别具有美学色彩的范畴。但是西方美学并未对此作出过认真的、深刻的阐释，而恰恰是中国的哲学和美学，倒是很早就有了"观"、"照"的概念，而后又合成一个稳定的、完整的范畴。"观"本是佛教的重要修行方法，即以"正智"照见诸法。方立天先生阐释"观"的概念："众生主体以佛教智慧观察世界，观照真理，主体心灵直接契入所观的对象，并与之冥合为一，而无主客能所之别，谓之观；或主体观照本心，反省本心，体认本心，也称为观。观是佛教智慧的观照作用，是一种冥想，也即直观、直觉。"②"照"在佛教典籍中所见颇多，其义与"观"相近，然更近于"本质直观"。我们可以从佛教典籍中得见照之本义。南北朝著名佛教学者慧达在《肇论疏》中阐述道生的"顿悟"说时云："夫称顿者，悟语极照。以不二之悟，符不分之理。"③竺道生则说："未是我知，何由有分于入照？岂不以见理于外，非复全昧。知不自中，未为能照耶！"④"照"重在直观的方式和所悟真理的不可分性。禅宗更多地使用"观照"的概念，如六祖《坛经》中所说："用智慧观照，于一切法不取不舍，即见性成佛道。""故知本性自有般若之智，自用智慧观照，不假文字。""汝若不得自悟，当起般若观照。刹那间，妄念俱灭，即是自真正善知识，一悟即知佛也。"这里所说的"观照"，其中有两个含义：一是非名言概念而是直观的方式；二是观照主体应具的"般若智慧"。从西

① 郭绍虞：《沧浪诗话校释》，人民文学出版社1983年版，第26页。
② 转引自方立天《中国佛教哲学要义》，中国人民大学出版社2002年版，第1032页
③ 转引自汤用彤《汉魏两晋南北朝佛教史》，中华书局1983年版，第479页
④ 同上书，第476页

方哲学的眼光来看，审美观照必然是意向性的。现象学最基本的概念是"意向性"，它的含义是：意识活动总是指向某个对象。意向性作为意识的基本结构意味着，意识总是指向某个对象，总是有关某物的意识，而对象也只能是意向性对象。胡塞尔说："我们把意向性理解为一个体验的特性，即作为对某物的意识。"① 观照总是对某物的观照，不可能是没有对象的。而中国哲学中所说的"观照"，较之西方哲学中所说的"观照"，其含义是更为具体的和更具思辨性的。而借助于西方哲学的视角来看，则可以见出其更为深邃的意义，同时，又可以裨补西方美学的不足。

　　借助于西方美学的眼光或视角来阐释中国古代文论，在于互相的参融和比较，从而使双方的独特背景、特征及深刻内蕴得以发显，实现中西之间的对话。我们用不着对西方的哲学、美学亦步亦趋，但是西方的思想家们各有自己的思想体系和范畴系统，使其方法论和价值学的色彩显得颇为鲜明，非常突出。无论是德国古典哲学时期，还是20世纪的思想家们，哪怕是渊源直接的师承关系，如亚里士多德之于柏拉图，海德格尔之于胡塞尔，荣格之于弗洛伊德，前者都是后者登堂入室的弟子，而又都以"离经叛道"的精神自立门户，形成了自成一家的独特体系。他们为了更为明确地阐扬自己的思想体系，对自己的学说都予以精心的思辨和论证，而且尤为注重自己的主要范畴的独特内涵的内在建构，这就使得其思想意蕴非常明确，逻辑严密。比如，作为胡塞尔的老师，著名心理学家布伦塔诺已经经常使用"意向性"这个主要范畴，但其内涵在后来的胡塞尔手里，是发生了深刻的变化的。"意向性"的范畴，起始于布伦塔诺，具有明显的心理主义的色彩，而到胡塞尔手里则被改造成为一个现象学的元范畴。正如著名现象学家施皮格伯格在其《现象学运动》中所说："当胡塞尔把指向对象的意识的所指这个思想接受过来时，立即就抛弃了它们内在于活动中的这种思想。因此，只是在胡塞尔的思想中，'意向的'一词才获得指向客体这种意义，而不是客体内在于意识的意义。而且，只是从胡塞尔开始，这样指向的活动才被称为'意向'，并被说成是与'意向的对象'，即意向的目标有关。这两个词布伦塔诺好像从未用过。因此，从此以后'意向的'和'意向性'这两个词就代表具有意向所指这种关系性质。"② 施皮格伯格还指出了胡塞尔的"意向性"

　　① ［德］胡塞尔：《纯粹现象学通论》，李幼蒸译，商务印书馆1992年版，第210页

　　② ［美］施皮格伯格：《现象学运动》，王炳文、张金言译，商务印书馆1995年版，第156页。

范畴的四个特征：一是意向的"对象化"。这就是说，意向把那些作为（真实的）意识流的组成部分的材料归之于"意向的对象"。二是意向的统一。意向对象化功能的下一步就是使我们把各种连续的材料归结到意义的同一相关物或"极"上。如果没有这种统一的功能，那就只有知觉流，它们是相似的，但绝不是同一的。意向提供一种综合的功能，借助这种功能，一个对象的各个方面、各种外观和各个层次全都集中于同一个核心上。三是意向的关联。同一对象的每一个方面，仿佛都涉及构成该对象边缘的有关方面。四是意向的构成。就是《逻辑研究》第一版以后的这个时期，胡塞尔甚至于把实际构成意向的功能归之于意向。于是意向活动就不再被看作是预先存在的，而被看作是发源于活动的某种东西。意向活动的这种构成作用只有借助于胡塞尔称作意向分析的方法才能揭示出来。① 可见，"意向性"，在胡塞尔这里的内涵已大大不同于布伦塔诺所说的"意向性"，而且形成了非常系统且作为现象学的逻辑起点的元范畴。而在大多数西方思想家的体系中，其主要的理论范畴都是有鲜明的独创性的，区别于其他思想家的范畴，而这个范畴所给合的也是一个有独特体系的理论框架。如俄国形式主义文论家什克洛夫斯基所提出的"陌生化"（见其代表性的论文《作为手法的艺术》），弗洛伊德所说的"无意识"（见其《梦的解析》等论著），荣格所说的"集体无意识"和"原型"（见其《心理学与文学》等论著），本雅明所说的"惊颤"效果（见其代表性论著《机械复制时代的艺术作品》），都是这样独树一帜的核心范畴。

　　中国古代的文论，则较少这种具有很强的体系论证的范畴，而多有在历代相沿的使用中形成的一些源远流长的范畴或命题。如"气韵"、"情景"、"风骨"、"言不尽意"，等等。它们尽管都有自己的提出者、首倡者，尽管也有相应的义界阐释，但其意蕴往往并不止于初始时的范围，而是在其千百年的传承和运用中既保留了其基本的义界，又不断地增添着许多新的内涵。可以说，中国古代文论的相关范畴、命题，具有明显的开放性、延展性。它们的义界不是封闭的、固定的，是可以不断添加的，因而，就使其有了更多的生成的性质。这些文论所体现出的理论观点，又大都是在对具体作品的品评中提出的。如钟嵘的"滋味"说，是在其《诗品》中对五言诗的品评中提出的；"兴象"则是唐代殷璠在对盛唐诗人的评论中反复运用的。"意境"或"境界"更是许多的诗论家、词论家在其评论诗词、戏曲时使用的。因

① ［美］施皮格伯格：《现象学运动》，王炳文、张金言译，商务印书馆1995年版，第158页

此，与西方文论的"形而上"特点相比，中国古代文论则有着鲜活的创作根基。它们之所以具有当代的理论价值，也是有深厚的创作基础的。

从这些看法出发，我认为中国古代文论的一些方法或思想，可以裨补西方文论的某些不足，也可以使西方文论中那些以繁缛的、细密的论述来说明的问题，得到明晰而透彻的互证。

相对而言，西方文论和美学的思辨性颇强，围绕着一个核心范畴，进行严密的、反复的论证，有鲜明的逻辑力量。而它们往往是从其哲学体系出发演绎、衍生而出的，那种亲切的、从艺术创作中生长出来的、带着活生生的审美体验的东西，与中国文论相比就稍嫌不足。与之形成互补且能裨补于此的是中国文论那种鲜活的审美体验的话语方式。中国古代文论家和艺术理论家，基本上本身都是诗人、作家或艺术家，都有颇为丰富的创作实绩，他们对文学艺术的论述，很少有纯然的理论思辨，大多数都是在对文学艺术作品的审美感悟中，直接感发的，带有非常强的原生态性质和审美体验性。如魏晋南北朝著名诗论家钟嵘对诗的价值标准是："干之以风力，润之以丹采，使味之者无极，闻之者动心，是诗之至也。"① 这是建立在他对一百二十多位五言诗人的品评之上的。他认为五言诗与四言诗相比，在韵味上是远远超过后者的。在对诗人的具体品评中，他多次得到这样的认识。如论张协："词采葱蒨，音韵铿锵，使人味之，亹亹不倦。"评阮籍诗说："咏怀之作，可以陶性灵，发幽思。言在耳目之内，情寄八荒之表。"（均见《诗品》）唐代著名诗人刘禹锡提出的"片言可以明百意，坐驰可以役万景"和"境生于象外"② 这样著名的诗歌理论观点，正是基于诗人对诗歌创作的深刻体验之中。宋代大文学家苏轼，对散文的主张是："大略如行云流水，初无定质，但常行于所当行，常止于不可不止。文理自然，姿态横生。"（《答谢民师书》）此论是在对谢民师的文章评价中提升而出的。古代文论中的许多著名观点，是用艺术本身的形式表达出来的，如陆机的《文赋》，就是最显明的例子。刘勰的《文心雕龙》也是用非常优美的骈文形式来论述系统的理论问题。很多的论诗诗，也都集中体现了中国文论的审美体验性特点。如杜甫的"陶冶性灵存底物？新诗改罢自长吟。熟知二谢将能事，颇学阴何苦用心"（《解闷十二首》），就是大诗人杜甫对自己的诗歌创作体会的概括。

① 郭绍虞：《诗品集解》，人民文学出版社 1981 年版，第 33 页。
② （唐）刘禹锡：《董氏武陵集纪》，见周祖譔编选《隋唐五代文论选》，人民文学出版社 1999 年版，第 229 页。

与西方文论参照而言，中国文论的审美体验性特点是非常突出的，因而使人感到鸢飞鱼跃的生机和与艺术创作的直接相关性。

与之相联系的是，西方文论和美学理论，在一个元范畴或命题之下所作的论述是非常周延而细致的，所带来的问题往往使读者感到玄奥难懂。很多文艺理论或美学著作，都以深奥费解著称。那么，一个范畴或命题，在缺少阐释的情况下，就很难直接为人们所理解或获得明证性的存在。如荣格的"集体无意识"、"原型意象"，接受美学中的"视界融合"，海德格尔所说的"艺术的本质应该是：存在者之真理自行置入作品"等美学的、文论的命题，都需要有一大套阐释论证相跟随，我们才能理解其中的奥义。而中国古代文论艺术理论则展现出另外一种风貌，即提出了许多完整而明晰的命题，以非常简明、醒豁的语言形式，给人以一见难忘的深刻印象，从而在文学理论史和艺术理论史的长河中越发显示出它们的光彩。

这些文论或美学的命题，在语法上是相对完整的，而又以汉语的简洁突出了其中的意蕴。如孟子所说的"以意逆志"、"知人论世"，就对作家作品的理解和研究方法，揭示得相当清楚。"充实之谓美"，则将其对美的独特认识概括无遗。陆机在《文赋》中所说的"应感之会，通塞之际，来不可遏，去不可止"，将创作构思时的灵感状态提示得非常准确。刘勰所说的"神与物游"，指出在文学创作构思的契机在于精神与物象的关系。谈诗人对"物色"的表现为"以少总多，情貌无遗"，成为中国美学的重要原则。《神思》篇中的"窥意象而运斤"，则将文学创作中先是形成头脑中的审美意象，而后又以纯熟的艺术表现手法，将其写成文本的过程概括得非常精辟。在《隐秀》篇里，刘勰说："隐也者，文外之重旨也；秀也者，篇中之独拔者也。"隐即意在言外，秀则是篇中之卓越者。创作应该是二者的结合。在《比兴》篇中的"拟容取心"，则如张少康先生所言："'拟容'是对物象的描绘，而对物象的描绘并不只限于它的外表形态，也包括它的内在精神。而取心则主要是取作者寓于所拟之容中的心。"① 关于作家性情和文章风格的关系，刘勰说的这样一段话，是非常全面的："然才有庸俊，气有刚柔，学有浅深，习有雅郑，并情性所烁，陶染所凝，是以笔区云谲，文苑波诡者也。"（《体性》篇）以"才、气、学、习"来概括创作主体的因素，并提出了"各师成心，其异如面"的命题，指出了风格多样化的现实和根源所在。宋人欧阳修提出"诗穷而后工"的命题，揭示了诗人的人生际遇

---

① 张少康：《中国古代文学创作论》，北京大学出版社1982年版，第78页

与其创作成就之间的关系。黄庭坚提出了"以故为新，以俗为雅"的创作主张，苏轼提出"反常而合道"，宋人严羽提出"言有尽而意无穷"的诗学命题，也是一语道尽了中国诗歌美学的重要气质。在创作论方面，中国文论所提出的这些命题，非常丰富，这恰恰又是西方文论中所缺少的。古代文论中的这些命题，并不是像有些论者所说的那样，仅以直观或形象的方式见其特点，而恰恰是在中观层次上有着很高的抽象程度，但它们与具体的创作实践有不可剥离的内在联系，有很强的审美体验特点，有些论述是带有一点描述性乃至于比喻性的，并往往是在直接的艺术品评中升华出来的。如谢榛论诗所说："诗有天机，待时而发，触物而成，虽幽寻苦索，不易得也。如戴石屏'春水渡傍渡，夕阳山外山'，属对精确，工非一朝，所谓'尽日觅不得，有时还自来'。"① 王夫之论诗说："情景名为二，而实不可离。神于诗者，妙合无垠。巧者则有情中景，景中情。景中情者，如'长安一片月'，自然是孤栖忆远之情；'影静千官里'，自然是喜达行在之情。"② 这些都是较为典型的。论者从对作品的品评出发，而其提出的命题，有很高的抽象程度。虽然它们所关联的是中国古代文学的各个文类（尤以诗、词、小说、戏曲等为主），但其中提出的一些命题，无疑是带有相当大的普遍意义的。譬如"形神"问题，顾恺之所说的"以形写神"，其普遍意义是可以覆盖中外文艺创作的。再如"意境"论，作为中国文论的一个元范畴，其抽象程度非常之高，其美学内涵非常丰富，这当然是中国文论所独有的，而其对于世界文学艺术来说，同样是可以标示或说明很多作品的审美价值的。在作家创作和作品文本的层面上，中国文论都有相当多的范畴或命题，以其精思睿智指向某一方面的创作情况，如刘勰论创作心态时说的"陶钧文思，贵在虚静"，指出在进行创作构思时要有虚静澄明之心，这恐怕不是中国人创作所特有的问题吧！再如"偶然"，在西方文论中是很少为人所注意的，西方美学更为重视的是必然的作用，因而，也罕见其有关论述，只有黑格尔对此独有所见。黑格尔认为："美的对象里各个部分虽协调成为观念性的统一体，而且把这统一体显现出来，这种谐和一致却必须显现成这样：在它们的相互关系之中，各部分还保留独立自由的形状，这就是说，它们不像一般的概念的各部分，只有观念性的统一，还必须显出另一方面，即独立自在的实

---

① （明）谢榛：《四溟诗话》卷2，中华书局1985年版，第23页。
② （清）王夫之：《姜斋诗话》卷2《夕堂永日绪论内编》，见戴鸿森《姜斋诗话笺注》，人民文学出版社1981年版，第72页。

在的面貌。美的对象必须同时现出两方面：一方面是由概念所假定的各部分协调一致的必然性，另一方面是这些部分的自由性的显现是为它们本身的，不只是为它们的统一体。单就它本身来说，必然性是各部分按照它们的本质即必须紧密联系在一起，有这一部分就必有那一部分的那种关系。这种必然性在美的对象里固不可少，但是它也不应该就以必然性本身出现在美的对象里，应该隐藏在不经意的偶然性后面。"① 黑格尔其实还是非常强调必然性的，他作为理性主义的最大代表，这也是"必然"的。但他看到了在文艺创作中必然的存在方式应该隐藏在偶然性后面，这是黑格尔很了不起的地方。实际上，在文艺创作中，偶然性是一个客观存在而又必须引起高度重视的范畴，因为在创作的发生过程中，只强调必然就会陷入概念化的窠臼。中国古代的文论家高度重视"偶然"在创作中的重要作用，直接以"偶然"或"偶尔"来揭示创作之秘的就大有人在。宋代理学家邵雍论诗说："忽忽闲拈笔，时时乐性灵。何尝无对景，未始变忘情。句会飘然得，诗因偶尔成。天机难状处，一点自分明。"（《闲吟》）如宋代大诗人陆游说："文章本天成，妙手偶得之。"杨万里也说："酒不逢人还易醉，诗如得句偶然来。"（《冬至前三日》）明代诗论家谢榛也指出："作诗本乎情景，孤不自成，两不相背。凡登高致思，则神交古人，穷乎遐迹，系乎忧乐，此相因偶然，著形于绝迹，振响于无声也。"② 又说："渊明最有性情，使加藻饰，无异鲍谢，何以发真趣于偶尔，寄至味于淡然？"③ 明代诗论家胡震亨也认为："诗有偶然到处，虽名手极力搜索，亦不能加。"④ 明清之际大思想家王夫之论诗说："对偶有极巧者，亦是偶然凑手，如'金吾'、'玉漏'、'寻常'、'七十'之类，初不以此碍于理趣，求巧则适足取笑而已。"⑤ 清人吴乔论诗说："得句而难成篇时，最是进退之关，不可草草完事，草草便成滑笔矣。兴会不属，宁且已之；而意中常有未完之事，偶然感触，大有玄想奇句。"⑥ 这是直接用"偶然"、"偶尔"，这样的概念的。还有更多的说法是没有直接用"偶然"、"偶尔"的字样，但其实意思是与偶然完全一样的。如宋代诗

　① ［德］黑格尔：《美学》第1卷，朱光潜译，商务印书馆1979年版，第148页.

　② （明）谢榛：《四溟诗话》卷3，中华书局1985年版，第41页。

　③ （明）谢榛：《四溟诗话》卷2，中华书局1985年版，第23页。

　④ （明）胡震亨：《唐音癸签》，上海古籍出版社1981年版，第267页。

　⑤ （清）王夫之：《姜斋诗话》卷2《夕堂永日绪论内编》，见戴鸿森《姜斋诗话笺注》，人民文学出版社1981年版，第98页。

　⑥ （清）吴乔：《围炉诗话》卷4，四部丛刊本，第16页。

人戴复古说：“诗本无形在窈冥，网罗天地运吟情。有时忽得惊人句，费尽心机做不成。”（《论诗十绝》）这类诗说，不一而足，充分说明了中国古代文论对创作中偶然性契机的高度重视。这在西方文论中是很少见到的。看上去似乎没有思辨性的论证，但其实理性的抽象程度是很高的。

中国古代文论还有许多这样的理论观念，对于西方文论来说，是相当缺乏的。中国文论以其无比的丰富性和生成性对于文学艺术的创作层面、本体层面和接受层面，都有颇具理性光彩的概念揭示，因而是世界文艺理论宝库中的珍品。

自然，古代文论的这些命题未必有西方文论中的那些具有当代理论色彩的东西，但是，它们却能以非常明快的语言形式，言简意赅地表现出其中相通的思想。比如“诗无达诂”，就与西方的解释学、接受美学大有相通之处。“传神写照”和“澄怀味像”等命题，都可以阐明现象学美学的某种重要思想。然而，这些中国文论中的命题，如此简明而又具有内在的逻辑，包含有完整的观念要素，对于西方文论来说，实在是一种难得的裨补。越是能够借助于西方美学的眼光与观点来参融中国古代文论，越能发现其当代价值所在。

中国古代文论的存在状态相对而言，是颇为分散的，有些是处在潜在的理论层面的。那么，前面所揭明的那种贯穿性、流变的体系性，是包含在某种原生态的状貌之中的。中国古代文论的理论价值有待于发掘，有待于升华到体系的层面，乃是因为其还有许多深刻的、睿智的东西，包含在大量的序跋、书信、评点等材料之中。我们的文学理论家们已经以现代的思维方式和话语，阐释了、综合了许多有价值的范畴、命题，也作了很多历史性描述，如复旦大学王运熙、顾易生先生主编的《中国文学批评史》、七卷本《中国文学批评通史》，成复旺、蔡钟翔、黄保真先生著的《中国文学理论史》，张少康、刘三富先生著的《中国文学理论发展史》，陈良运先生著的《中国诗学批评史》等。还有一些是从范畴研究的角度进行综合性研究的论著，如张少康先生著的《中国古代创作论》，詹福瑞先生著的《中古文学理论范畴》等。还有一些论著是从理论体系角度对古代文论进行研究，如复旦大学的黄霖教授等人著的《原人论》，刘明今教授著的《方法论》和汪涌豪教授著的《范畴论》。而我以为，对于古代文论的当代价值的进一步发掘，以西方美学的眼光相参融、相阐发，是一种可操作的方法。

四　整合：古代文论研究的深化之路

古代文论作为学术研究的对象，应该是大有可为的。或许可以说，它比文学史研究具有更为丰厚的潜能，更具有转换为当代价值的因子。着眼于当代，乃至于新世纪的理论建设，我恰恰感到中国古代文论的思想冲力所在。在中国古代文论中去寻找发展文艺学的资源，不仅是可能的，而且是必要的。中国的文学理论建设在新世纪的发展也许尚未有具体的蓝图，但古代文论的内在生机和其现实的契机，乃是一种客观的存在。西方的哲学、美学，尤其是 20 世纪林林总总的思想流派，给了我们不同寻常的独特视角和方法，但这毕竟只能作为借鉴，而很难将对西方的借鉴作为中国的文艺理论建设的根本大计。21 世纪刚刚开始不及 5 年，目前所能见到的美学的、文论的方法论和流派，都在 20 世纪"现身"，且已为我们所熟悉。21 世纪会有多少新的观念问世，大概还需要我们拭目以待。无论怎样，我们的基点都不能仅仅建立在对西方的思想方法和观点的依赖上，中国独特的哲学基础和浓厚的文化背景，使我们的文艺思想有着不可替代的生命力。将基点建立在中华民族美学的牢固底座上，进一步提炼、整合中国文论中的材料，成为具有当代学理意义的观念、体系或范畴、命题，则可以看作并非权宜之计的策略。

中国文论和创作、欣赏都有着更为深刻的相关性，这是我们进行现代转换时所应看到的重要因素。古代和今天，在其创作的内容上固然有相当大的差别，但就创作方法和创作心理而言，则有许多共同之处。中国古代文论的很多范畴、命题及观点，都是在对作家作品的具体品评中提出的，一方面使人觉得不太具有严格意义上的理论形态，或者缺少正面的界定；另一方面，它们又具有生长于创作中的原生态的丰茸。在创作规律和创作心理上，是与当代相通的。而就文学思想的观念来看，就有更为广阔的空间可以开拓。一些我们过去不曾注意的材料，都可以从不同的角度得到观照。现在为了使古代文论中的丰富理论含量得以发现，最需要做的工作便是整合。

关于"整合"，我在这里借用杨维富先生所作的有关梳理。他在《中国当代美学研究的出路》一文中说："整合（integration）作为普通词语首先运用在数学（积分、积分法）和物理学（匹配），并已涉及部分和整体的关系。从哲学意蕴上运用'整合'一词最早要推英国哲学家赫伯特·斯宾塞（1820—1903）。他在论述进化论哲学原则时第一次使用了'整合'。随后，他又将之运用到生物学、社会学、心理学和哲学，从而使'整合'一词广泛应用开来。从根本上说，整合是一个哲学范畴。首先，整合是哲学辩证论中的范畴。它所涉及的是部分与整体、要素与系统、结构与功能、内部矛盾与外部信息等的哲学问题。整合从特定角度反映了这些关系的矛盾、同一性。其次从主体认识论看，人类全部的心理的、思维的、审美的等精神活动中都存在着整合的作用和整合的过程。"① 而我觉得，现在的古代文论研究的出路，整合是一个关键。

关于文学史或古代文论研究，常常有一种说法，就是"填补空白"。其实从研究对象的意义来讲，有多少真正重要的、有很高价值的东西不曾有人研究过、关注过呢？恐怕不多。所以仅仅以"填补空白"作为研究的出发点和价值取向，我以为是很靠不住的。如果能以很高的思辨能力和深厚的理论功底对那些典籍文献及作品进行整合性的把握，才可能使不会再增生的古代文论材料显示出新的意义。

如果从认识论的角度来说，整合也可以说与综合相近，就是思维把认识对象的各个要素、侧面结合为一个统一体。康德在其《纯粹理性批判》中非常重视综合的方法论意义。他认为，悟性的能力就在于将杂多的现象综合为统一的概念。康德说："我之所谓综合，就其普泛之意义而言，即联结种种不同表象而将其中所有杂多包括于一知识活动中之作用。其杂多如非经验的所与而为先天的所与（如时间空间中之杂多），即此综合为纯粹的。在吾人能分析吾人之表象以前，必先有表象授与吾人，故就内容而言，无一概念能首由分析产生。杂多之综合，乃首所以产生知识者。"② 康德所讲的综合，是认识论的，也是方法论的。世界现象是杂多的，而要形成主体的认识，必须采用综合的方法。这对我们来说，是甚有启示的。因为古代文论和文学作品中的文学思想，果真是特别具有杂多的特点，可以说是林林总总、各具形态的，而且是分散在古代典藏的汪洋大海之中，漫无涯际的。这种状态为我们的研究提供了无限的丰富性和可能性，同时也带来了很大的难度和伸缩余地。在我看来，古代文论浩如烟海的材料要想焕发出当代的光彩，首当其冲的就是采用综合或者说整合的方法。在中国古代文论研究中，这是尤其重要的。材料之杂多，恰恰是中国古代文论或文学思想的特征，而要使其具有当代的和理论的形态，是要经过提炼和整合的过程的。也就是研究主体从一定的观念出发，将杂多的材料披沙拣金，纳入到一个有机的体系之中。古代文

---

① 杨维富：《中国当代美学研究的出路》，《中国文化研究》2003 年第 1 期。
② ［德］康德：《纯粹理性批判》，蓝公武译，商务印书馆 1960 年版，第 85 页。

论的体系性并非想象化的虚构，而是客观的存在，这一点已如上述，但是它们多是处在潜在状态的，要使之具有当代的价值形态，就要对其进行提升，而这又要具有主体的视角和能力。所谓"整合"，是从研究主体的观念和框架出发来进行的。

五　当代学者从事古代文论研究的应有素质

中国古代文论完全可以在新世纪大有可为，乃至于成为文艺学建设的重要资源。但是它的前提是研究主体必须具备相当高的学术素养和思辨能力。中国古代文论的资源矿藏虽是丰富无比，但是如果没有具有深厚学养和当代学术意识的学者，是不可能实现它们的当代价值的。

治古代文论的学者应该具备颇为扎实而广博的文献版本学知识，同时还要有敏锐的审美感悟能力。这是不言而喻的。如欲将古代的文学理论著作和文学作品中的思想要素及美学品格提炼出来，就要有非常广泛的文献基础，乃至于对一般人所不知的一些材料也能了然于心，对其进行分析和综合，从中捕捉到一些具有理论意义的内涵。同时，古代的文学创作中包含着非常丰富的文学思想，体现着各种审美倾向，要使古代文论焕发出当代的光彩，首先要善于以很强的审美能力来把握作品中的文学韵味。仅仅是抽象的理论把握，是很难得到古代文学作品中的那些非常真切而又活生生的审美韵味的，也就很难与古人心灵相通。既然不能体味古人的情感世界，也就无从谈到古代文论中当代价值的显发。其实，要从古代文论中抉发当代人需要的理论资源，很重要的一点是与古人心灵的相通，理解古人的精神世界。这是古代文论学者必备的底功。我们往往可以从古代文学家的理论主张和创作中，感受到对我们新的文艺学建设很有借鉴意义的东西。所以，对古典文献的熟悉和对作品的细微的、敏锐的感悟，对于一个古代文论研究者来说，就具有同等重要的性质。

研究古代文论，必须有很高的哲学修养和美学理论功力，这样才能使自己具有将古代文论家和作家的文论主张及在作品中体现出的审美倾向抽象出理论命题的能力。对中国哲学和西方哲学，有一个通晓性的了解，并对其中若干重要的思想家有精深的把握，是古代文论学者能够实现"现代转换"的主体条件。为什么这样说呢？因为中国古代文论本身之所以富有鲜明的民族特色，之所以具有可以和西方文论"对话"和抗衡的地位，是因其有非常深厚的中国哲学的根基。儒家、道家和佛家，都有其迥异的思想体系，有其不同的范畴，因而，也都衍生出不同的文艺观念。如果只知道一些文论家的文学观点，而不了解其生长于其中的哲学背景，在对其进行整合的过程中就缺少依据。对于中国哲学史、思想史的系统了解，对于中国哲学的深刻濡染，会使其对文论观点的认识既深入腠理，又能升华到更高的层面。而且，很多哲学内在的问题，从哲学家的角度来看，是一个样子；而从文艺家的眼里去解读，又会有很多不同的意蕴。比如，"形神"问题本是哲学的内在问题，讲的是身体和灵魂的关系。佛家讲"神不灭"论，意思是人的肉体消亡了，而灵魂可以不死，可以转世，而顾恺之说的"传神写照"、"以形写神"，则是引申到人的精神气质。"妙悟"是佛家哲学的重要观念，指对佛教真理的终极体认，而严羽以之论诗，则是指对诗歌审美创造规律的把握与反思。但是，如果不能对它的哲学渊源有所了解，就无法得知它的原始意义，从而也很难说清它的当代价值。中国的哲学和美学并非如有些学者所论断的只是直觉的感悟性的思维方式，很多范畴和命题的抽象程度是相当之高的。如"物"的范畴，其抽象程度是高于西方哲学中的物质的范畴的。它既包含了自然事物，也包含了社会事物。另如《易经》中所说的"易，穷则变，变则通，通则久"，将事物的变化法则从根本上概括出来。魏晋时期著名的玄学思想家王弼所说的"以无为本"，将"无"作为万物之本，将其本体论的观点揭示得非常明确，说明世界万物的统一性在于无，证明无是世界的根本。可见，我们只有将中国哲学的主要精神和运思方式把握于心，才能真正了解中国古代文论的内蕴。

对西方哲学、美学的濡染也是非常重要的。西方的哲学、美学，是以论证的严密和系统化而著称，在理论形态上呈现为一种既定的完整性，而且尤其是以其思想的个性化魅力引人入胜。从中国人的眼光来看，也许西方的思想家时常失之于偏激，不像中国哲学那样讲究"中和"，但是这种偏激却对思想界有着更大的冲击力，也更能将自己的哲学观点推向极致。哲学家们的理论呈现出更为强烈的主体的角度和作用，为了将自己的理论立于思想之林，而对自己提出的核心观念范畴进行反复的、周延的阐述。如果为思想界的繁荣着想，这种哲学精神恰恰是颇为值得我们借鉴的。20世纪的中国文学理论深受西方哲学和美学流派的影响，整体来看，更多的是观点上的接受，借用西方的一些方法来说明和解释文学现象。我想我们可以从西方的哲学和美学中受到这样的启示：既在对古代文论和文学现象的阐释中强化个人的视角，更能见出我们的主体精神。

从研究主体的角度来看，加强对西方哲学和美学的濡染，其主要的作用也许并不完全在于在论著中引经据典，时常以康德、黑格尔或海德格尔、伽达默尔的话来提高文章的档次，而更在于通过长期的哲学修炼，强化自己的思维能力，尤其是一种原创能力。思想的原创是学者最为重要的能力，古代文论的研究尤其如此。仅仅是对古代文论的资料进行解读是远远不够的，因为解读本身就不可能是纯客观的。这与对资料的本义阐释并不是矛盾的，对于资料的字词句章及作者背景等的研究及解释当然要尊重历史的原貌，如果不是这样，那就失去了起码的科学态度。但是，对古代文论的整合与阐释要使其与当代的审美思潮相连接，并且对文艺学建设具有未来意义，我认为研究主体的思想原创能力当是最重要的。其实，古代文论的资源是不可再生的，但它却可以不断地产生新的意义和价值，其关键还在于研究主体的思想原创能力。在某种意义上而言，古代文论的资料还只是作为一种文化存在，其当代的意义与价值的实现，在于研究主体带有主体角度的阐释。仅仅具有古代文论和文学的知识是远远不够的，建立在文献基础上的思想整合和创造力是最重要的条件。对于西方哲学和美学的长期濡染和沉潜，尤其是对一些经典的研读与贯通，对于提高研究者的思想原创力是必不可少的。我认为这是古代文论研究在研究主体素质方面的根本出路。

六 强化对古代作家作为审美创造主体的研究

毫无疑问，中国古代文论的研究在文体论、创作论和鉴赏论等多方面都有许多成果，而我以为，要在当代文学理论建设中更多地发挥其当代价值，对作家作为审美创造主体的研究是大有可为的。从目前的研究现状而言，这方面还有待于进一步深入的发掘和建构。

在创作论中，中国古代文论与西方的"灵感"论、"天才"论有很大不同，也与"再现""模仿"的观念思路迥异，而是以心物感通的感兴论为其创作论的主线。《礼记》中的《乐记》篇就提出："凡音之起，人心生也。人心之动，物使之然也。"陆机在其文论代表作《文赋》中论述灵感时强调了它的偶然性因素："若夫应感之会，通塞之际，来不可遏，去不可止；藏若影灭，行犹响起。方天机之骏利，夫何纷而不理？"其中关键，也在于"应感之会"。钟嵘在《诗品序》中指出："气之动物，物之感人。故摇荡性情，形诸舞咏"，"若乃春风春鸟，秋月秋蝉，夏云暑雨，冬月祁寒，斯四候之感诸诗者也"。这类说法，都是诗人受外物变化感动心灵而生诗之灵感。诗之"六义"中的"兴"就包含了这种观念。"兴"是主体和客体的偶然触遇，宋人李仲蒙的解释颇能道出其"真谛"："触物以起情，谓之兴。"①唐代王昌龄《诗格》中所言诗之"生思"是："久用精思，未契意象，力疲智竭，放安神思，心偶照境，率然而生。"谈到了兴来的偶然性质。遍照金刚的《文镜秘府论》中有"感兴"一势："感兴势者，人心至感，物色万象，爽然有如感会"，也指出了心物之间的偶然感会。这种主客体的偶然感兴，在中国古代的创作论中是一条一脉相承的主线，作为创作灵感的契机，主客体之间的偶然应会，成为论者揭示的重点。其实，不仅是在诗论中，在画论、书论中，也多有强调这种感兴的。

　　强调偶然性的契机，在文学创作论的研究中有其重要意义和民族特色。在中国哲学的"天人合一"之背景下，中国古代的创作论特别强调人与造物的感通，人与自然的和谐，以之作为审美意象生成的主要原因。这一点，是与西方或强调模仿、再现，或强调天才、表现，都不一样的。应该说，中国的这种感兴论，是颇有当代价值的理论建构性的。但是，强调这种感兴契机者，往往忽略了作家的主体条件，或者说在这方面缺乏充分的论述。似乎只要在与自然、宇宙的融通中，谁都可以有幸获得这种创作感兴。其实，实际的创作当然不是如此。没有敏锐的审美感悟能力、高尚的人格修养、执着的艺术追求和精湛的艺术表现技巧，是无法成为优秀的作家，写出具有卓越的艺术成就的作品的。我个人觉得，对于作家的主体条件的论述是古代文论研究的重要部分，而且在当代文学理论建设中是有深刻的启示性的。但是，我们的研究工作还缺少对这方面的整合与建构。其实，古代文论中的有关论述，是有颇为丰富的积累的。在审美创造主体的研究方面，我们尚未有更为系统的整合，也缺少理论的升华。在这个向度上，还有非常多的工作可做，也是对当代文学理论建设的可以预见的重要贡献。

　　我们不妨随机地摘取几个相关的话题。如古代文论中的"文气"说，就是关于创作主体条件的重要内容。所谓"文气"，指作家那种充沛的创造动力。一方面指人体之气，这是自然物质性的，却是使创作达到高峰的基本条件。刘勰在《文心雕龙》中有《养气》篇，所谈即是为文章创作而生充沛的身体内气。刘勰云："夫学业在勤，功庸弗息。故有锥股自厉、和熊以苦之人。志于文也，则申写郁滞，故宜从容率情，优柔适会。若销铄精胆，蹙迫和气，秉牍以驱龄，洒翰以伐性，岂圣贤之素心，会文之直理哉！且夫思有利钝，时有通塞；沐则心覆，且或反常，神之方昏，再三愈黩。是以吐

---

① （宋）胡寅：《与李叔易书》，见《斐然集》卷 18，中华书局 1993 年版，第 386 页。

纳文艺，务在节宣，清和其心，调畅其气；烦而即舍，勿使壅滞。意得则舒怀以命笔，理伏则投笔以卷怀，逍遥以针劳，谈笑以药倦，常弄闲于才锋，贾余于文勇。使刃发如新，腠理无滞，虽非胎息之迈术，斯亦卫气之一方也。"刘勰在这里强调养气对文学创作的作用。"吐纳文艺"就要"清和其心，调畅其气"，这里所说的"气"，是指作家身体之气。而此前孟子所说的"我善养吾浩然之气"，则更多的是具有道德内涵，所谓"配义与道"，有着明显的道德指向。而曹丕在《典论·论文》中所说的"文以气为主。气之清浊有体，不可力强而致。譬诸音乐，曲度虽匀，节奏同检，至于引气不齐，巧拙有素，虽在父兄，不能以移子弟"，则是指作家的不同的气质乃至个性。这些都是影响作家创作的重要因素。

　　再如作家学养积累。刘勰在论创作的"神思"时说："是以陶钧文思，贵在虚静。疏瀹五脏，澡雪精神。积学以储宝，酌理以富才，研阅以穷照，驯致以绎辞，然后使玄解之宰，寻声律以定墨；独照之匠，窥意象而运斤。此盖驭文之首术，谋篇之大端。"① 指出"积学"是创作"神思"的基础。宋人更多地强调学问经籍对文学创作的作用。强幼安认为："凡作诗，平居须收拾诗材以备用。退之作《范阳卢殷墓志》云'于书无所不读，然止用以资为诗'是也。"② 文学创作本身并不是书本堆积而成，但作为文化底蕴、知识结构是不可少的。有没有这种广博而深厚的学问根底，对创作是有很大影响的。

　　再如"妙悟"。这本是佛家的重要概念，而宋人严羽以之论诗人的灵性。严羽以"妙悟"作为诗歌创作的重要关节。他说："大抵禅道惟在妙悟，诗道亦在妙悟。且孟襄阳学力下韩退之远甚，而其诗独出退之之上者，一味妙悟而已。惟悟乃为当行，乃为本色。"③"妙悟"在严羽这里成为他诗学的主要范畴，从他的论述中可以看出，是指诗人学养之外的主体的灵性，它是无法用逻辑和理性解释清楚的。所以严羽说："夫诗有别材，非关书也；诗有别趣，非关理也。"④"妙悟"之说，不止于严氏，而是具有普遍意义的概念。它存在于作家的主体素质中，虽然无法解释清楚，却又是客观存在的。

---

　　① 范文澜：《文心雕龙注》，人民文学出版社 1958 年版，第 493 页。

　　② （宋）强行父：《唐子西文录》，见（清）何文焕辑《历代诗话》，中华书局 1981 年版，第 447 页。

　　③ 郭绍虞：《沧浪诗话校释》，人民文学出版社 1961 年版，第 12 页。

　　④ 同上书，第 26 页。

　　清代诗论家叶燮以"胸襟"为其综合的主体因素。他说："我谓作诗者，亦必先有诗之基焉。诗之基，其人之胸襟是也。有胸襟，然后可能载其性情、智慧、聪明、才辨以出。随遇发生，随生而盛。"① 叶氏举杜甫为最为典型的例子："千古诗人推杜甫。其诗随所遇之境之事之物，无处不发其思君王、忧祸乱、悲时日、念友朋、吊古人、怀远道，凡欢愉、幽愁、离合、今昔之感，一一触类而起，因遇得题，因题达情，因情敷句，皆因甫有其胸襟以为基。如星宿之海，万源从出；如钻燧之火，无处不发；如肥土沃壤，时雨一过，夭矫百物，随类而兴，生意各别，而无不具足。"可见胸襟是决定创作的品位与个性的总的根基。叶燮指出了"胸襟"对创作的决定性作用："由是言之，有是胸襟以为基，而后可以为诗文。不然，虽日诵万言，吟千首，浮响肤辞，不从中出，如剪采之花，要是根蒂既无，生意自绝，何异乎凭虚而作室也！"② 指出只有胸襟高尚而广博的人，才能写出真正具有很高审美价值和社会价值的作品；否则，写出的东西必然是苍白无力的、没有根基的，无论作品的规模多大、数量有多少，都只能是"浮响肤辞"，没有感人的力量。因此，胸襟是作家作为创作主体最为重要的因素。而胸襟是一个综合性的、褒义的概念，指一个优秀作家所应具有的高尚的道德操守、"民胞物与"的人道主义关怀、执着而殷切的社会责任感和纵览古今的历史目光。在叶燮这里，"胸襟"是作家最根本的主体因素。

　　关于作家的主体能力，叶燮还提出了著名的"才、识、胆、力"之说。才指才华，识指识见，胆指勇气，力指笔力。这四种能力的融合，成为一个作家能够创作出精品的重要主体条件。在他看来，这四者是缺一不可的。他说："大凡人无才，则心思不出；无胆，则笔墨畏缩；无识，则不能取舍；无力，则不能自成一家。"③ 而这四者之中，叶氏认为，识是最主要、最核心的。因此他说："大约才、识、胆、力，四者交相为济。苟一有所歉，则不可登作者之坛。四者无缓急，而要在先之以识；使无识，则三者俱无所托。无识而有胆，则为妄、为卤莽、为无知，其言背理、叛道，蔑如也。无识而有才，虽议论纵横，思致挥霍，而是非淆乱，黑白颠倒，才反为累矣。无识而有力，则坚僻、妄诞之辞，足以误人而惑世，为害甚烈。若在骚坛，

---

　　① （清）叶燮：《原诗·内篇》下，见霍松林、杜维沫校注《原诗·一瓢诗话·说诗晬语》，人民文学出版社 1979 年版，第 17 页。

　　② 同上。

　　③ 同上书，第 16 页。

均为风雅之罪人。惟有识，则能知所从、知所奋、知所决，而后才与胆力，皆确然有以自信；举世非之，举世誉之，而不为其所摇，安有随人之是非以为是非者哉！"① "惟有识，则是非明；是非明，则取舍定。不但不随世人脚跟，并不随古人脚跟。"② 叶燮认为如果没有"识"，无论多么刻苦努力，都只能是极为平庸之人，不会有所作为。他讥讽说："且夫胸中无识之人，即终日勤于学，而亦无益，俗谚谓为'两脚书橱'。记诵日多，多益为累。及伸纸落笔时，胸如乱丝，头绪既纷，无从割择，中且馁而胆愈怯，欲言而不能言，或能言而不敢言。"③ 足见识对作家创作的重要意义。叶燮关于作家的主体研究在中国古代文论中是非常突出的，对于我们今天的文学创作来说，也是有深刻的借鉴意义的。

新世纪的文学理论建设对我们来说是一个值得深思的重要课题，也是一个有着多元选择的课题。没有必要用一种理论来"一统天下"。但我觉得，中国古代文论是大有可为的。这不仅在于古代文论研究需要找到自己在当代学术中的位置，而且因为我们的文艺理论的当代建构尤为需要古代文论作为重要资源。我们可以用西方的哲学和美学观念来阐释古代文论，古代文论也可以裨补西方文论的不足。中西文论的对话交融，恐怕是一个已然存在的客观趋势，只是我们应该把它做得更为深入。

---

① （清）叶燮：《原诗·内篇》下，见霍松林、杜维沫校注《原诗·一瓢诗话·说诗晬语》，人民文学出版社 1979 年版，第 29 页。

② 同上书，第 25 页。

③ 同上。

中介的寻求与打通：古代文论进入
当代文艺学之途径*

　　当代的中国文艺学，虽然不乏乱花迷眼的景观和车载斗量的论著，但若从理性的、自觉的方法论建设上来看，还是远非理想的。之所以这样说，并非仅是笼统地挑剔，而是觉得处在今天这个时代，我们有条件和能力使文艺学的学科建设有更为坚实的民族基础，有更为充分的理论资源，还应加上更为科学的、可行的方法论。

　　我们对当代西方哲学、美学、文论思想及方法的借鉴是完全必要的，但是，又不无遗憾地看到，我们的文艺学的理论建构，多以西方的美学和文论流派为自己方法论的支撑，因此，在合理地构建民族化的文艺学理论体系方面，至今还尚未形成自己的阵势。事实上，中华文化的传统和资源，是可以支持我们建构起更为完整、更为强大也更为富有理性色彩的当代中国文艺学理论的。作为理想化，我以为并非是不可能的。

　　关于"古代文论的现代转换"这样一个命题，已在20世纪末提出，在学术界引起过广泛的重视和争议，也有了很多相关的理论阐述。这个问题延续至今，说明了古代文论现代转换的可能性和真值。但是，这场讨论虽然趋近我们设想的目标，却又由于问题提出的出发点立场是古代文论范围的，也因为研究主体都是古代文学和古代文论学者，着眼点基本上是在于古代文论如何在当代发挥作用，较少从中国的文艺学当代建设的角度来观照，所以觉得还是有些"隔"的感觉，但毕竟是把这个问题大大向前推进了一步。我认为，中国的当代文艺学建设应该是谈论古代文论的出发点和着力点，如此，古代文论才能真正成为当代文艺学中活生生的、有机的成分。也就是说，我们可以真正在当代的学理阐述及艺术评论中充分发挥古代文论和美学思想的作用。在我的理想状态中，不是我们作为古代文论的专门研究来谈它

　　* 本文刊于《学术月刊》2006年第6期。

的当代价值，也不是在文艺学理论构架中专门开辟一部分来容纳古代文论及美学，这样做当然也都是可以的，而且也不失为一种持存中华文化中的文艺的、审美的理论传统的重要方式，但仍不免使人感到是为了古代文论的生存而刻意为之。我觉得有更为积极的立场可以把这个问题向前推进。

我在谈论这个问题时，基于这样的前提：中国当代的文艺学之所以难以形成能够与西方文艺学相匹敌的学理阵容，其原因有二：一是由于对西方的理论依傍太多，缺少自己的"骨骼"；二是没有用好、用足中华民族的理论资源。当代文艺学所面对的文艺现实和审美现状远比以往任何时候都更为复杂，这是我们应该清醒看到的。从学理的层面上，我们认真地思考过中国当代文艺学的本民族的哲学基础的问题吗？我们又在怎样的深度和难度上以我们民族的哲学和美学观念、方法来进行当代文艺学学理建构的尝试？我们也许有许多人、许多时候做过这种尝试，但往往是在结果并不理想的情况下就知难而退了。其实，"转换"也好，建构也好，一个无法回避的难题就是古今之间的中介问题。能否这样来看当代文艺学的学理建设或古代文论的研究进展：切实地解决古代文论和当代文艺学的中介难题，使很多具有中华民族的深厚的哲学基础及思维方式的古文论或美学的范畴、命题乃至方法，成为当代文艺学学理建构的有机部分，是将整个古代文论研究和当代文艺学向前推进的关键所在。如果说20世纪末叶，"古代文论的现代转换"是把这个问题提到了我们面前，而到今天，我们还能停滞在这个层面上吗？依我看，能否打通这一关，这是当代文艺学建构的关键，同时，也是古代文论研究整体提升的关键。

我没有这种奢望，即用古代文论或美学来涵盖乃至取代当代文艺学。无论谁做此种想法，都是过于天真或者说简单化的。时代不同了，文化背景、审美对象都早已是"斗转星移"了，如果真以为古代文论能够取代当代的文艺学理论，那就不免荒唐了。但是，古代文论和美学思想失去它们的生命力了吗？我是坚决持否定态度的。今人与古人之不同，自然是毋庸置疑，但与西方相比，中国人的民族性格、文化心理、审美趣味尚有明显的特色，这种特色是有深远的传统的。我们并非刻意去制造这种差异，而事实上，中国的文学艺术的辉煌，古往今来，都是建立在中华民族的文化渊源之中的。即便是当今的作者和受众，也是在本民族的审美心理基础之上进行创造和欣赏的。这样一个传统，这样一个氛围，这样一个场效应，在中国的文学艺术中是血脉相承的。我们谈论中国当代文艺学的学理建构，谈论古代文论作为当代文艺学的资源，是有着这个不言自明的前提的。

　　常常听到这样一种习见的观点，认为中国古代的文论缺少体系性和思辨性，是以直观感悟取胜。这种看法不无道理，却是相当表面化的，也是缺少深究的，但这种观点在相当普遍的范围里影响着人们对古代文论的价值判断，制约着古代文论和美学研究的深化。既然如此，这样一些直观的、零碎的感悟之言，能够担当得起学理建构的重任吗？这不是一个虚假的问题，而是人们对于古代文论的基本认识。在这个问题上，我已经表述过我的不同看法，现在为了阐明我对当代文艺学学理建构中古代文论与美学的作用的看法，我愿意再次申明我的观点：中国古代文论和美学思想，有着非常坚实而深厚的哲学基础，又有着鲜明的审美体验性质，一些重要的文论和有丰富美学价值的论著是具有高度的抽象属性的，如刘勰的《文心雕龙》、严羽的《沧浪诗话》、叶燮的《原诗》等。中国的文论和美学思想，有着整体的体系性；一些重要的范畴或命题，为其历史发展过程中，由诸多的文论家或艺术理论家反复运用，踵事增华，形成了流变的、不断丰富和扬弃的体系。如意境论、形神论、情景论等。这种有着多主体的参与、建构的体系性不同于我们所理解的一般的体系性。其中一些重要的命题或范畴，以其为核心，所形成的体系是贯穿于近乎整个中国文论史或美学史的首尾的。我曾经这样阐述中国古代文论的体系性质："中国古代的文论，则较少这种（指西方思想家的体系）具有很强的体系论证的范畴，而多有在历代相沿的使用中形成的一些源远流长的范畴或命题。如'气韵'、'情景'、'风骨'、'言不尽意'，等等。它们尽管都有自己的提出者、首倡者，尽管也有相应的义界阐释，但其意蕴往往并不止于初始时的范围，而是在其千百年的传承和运用中既保留了其基本的义界，又不断地增添着许多新的内涵。可以说，中国古代文论的相关范畴、命题，具有明显的开放性、延展性。它们的义界不是封闭的、固定的，而是可以不断添加的，因而，就使其有了更多的生成的性质。"① 这是我对古代文论的体系性问题的基本看法。这使我意识到历史的方法在我们对中国文论和美学观念的把握中是题中应有之义。

　　中国古代文论与美学思想是根植于中国思想史、哲学史的深厚土壤和历史渊源中的。如果说西方的美学大多是某位思想家、哲学家体系中的重要部分，如柏拉图、康德等，那么，中国文论和美学的一些重要范畴、命题的提出者则主要是文学家或艺术家，而很少是哲学家；但是，他们提出的范畴或

---

　　① 张晶：《中国古代文论的当代价值及其实现》，见《文学理论前沿》第 2 辑，北京大学出版社 2005 年版，第 277 页。

命题，却是与中国哲学史上的重要思想流派有非常深刻的联系的。反过来，一些哲学家的重要哲学观念或命题，也成为文论或美学的源头。比如，老子的"虚静"、"大音稀声"、"大象无形"，孟子的"我善养吾浩然之气"，庄子的"心斋"、"坐忘"，王弼的"言不尽意"，等等，都在中国文论史或美学史上成为重要的源头。而一些文论家提出的重要命题，如刘勰的"养气"、"神思"，宗炳的"澄怀味像"等，也都是从哲学中脱胎出来的。因此，中国古代的文论与美学观念，是与中国的哲学思想传统有着深刻的联系的。初看起来，不同的文论家、艺术家所提出的范畴与命题是各自独立的，其实它们之间往往是同根共生的关系。如刘勰所说的"隐秀"，司空图所说的"韵外之致"、"象外之象"，严羽所说的"言有尽而意无穷"，等等，都是有着共同的哲学根蒂的。另一方面，我们又要清楚地看到，中国文论和美学有着深刻的体验性特征，这也许是其与西方文论、美学最为明显的差异。就较为纯粹的文论和美学范畴、命题而言，其提出者大多数为深谙文学艺术创作三昧的作家、艺术家，有些人虽然并不以创作名世，实际上却是具有丰富的创作经验的。这些文论和美学的命题，是他们在深切的审美体验中生发出来的。宗炳所说的"应会感神"、"万趣融其神思"，李白所说的"清水出芙蓉，天然去雕饰"，苏轼所说的"随物赋形"，郑板桥所说的"眼中之竹，胸中之竹，手中之竹"，等等，都是从其文学艺术创作的审美体验中升华出来的理论命题。这种以作家艺术家审美体验为其基因的文论和美学命题，也许是缺少清晰的、严格的理论界定的，但它们有着普遍的开放性、生成性和理论活力。它们不是从抽象的哲学观念出发所做的推理、演绎，而是与非常丰富的创作实践息息相关的。

古代文论的这种哲学根基和它的体验特性，决定了其与当代文艺学建设的天然联系，是中国当代文艺学的活的资源。中国文艺学如果要想建构出具有中华民族特色的理论框架，一个不可绕过的途径，应该是从中国古代文论和美学中汲取思想资源。诚然，今天的艺术门类、艺术语言、创作方式，与传统的文学艺术都有相当大的不同。譬如，作为当代重要的艺术样式的影视文艺，就不可能脱离电子高科技，当代的绘画、雕塑创作也与古代有深刻的变化。但是，中华民族的审美心理和思维习惯，还有很多传承不息的东西，甚至还有许多发扬光大的地方。如中国的电视剧创作，其艺术品位和成就在世界范围内都是相当高的。之所以能够达到这样的水准，恰恰是以中国传统的小说叙事手法和审美心理习惯为其动力和依据的。再如，"有无相生"、"超以象外"的意境美学观念，在中国的文学艺术理论中是有深厚坚实的基础的，它非但没有在中国当代艺术中消弭，而且还在中国画、戏剧、艺术设计、舞蹈等领域中展现异彩。就此而言，在当代的中国文艺学理论建设中，古代文论与美学，理所当然地成为其最具光彩的部分。从这个意义上来说，我们不是在"抢救"古代文论和美学，甚至也无须刻意地进行从古代到现代的"转换"，而是要充分认识中国的传统哲学、美学在当今的文学艺术中的生命活力，珍摄之，升华之，这也许正是中国的文学艺术在世界艺术之林中展示民族风采的根基所在。我们的文艺学理论建设，是不是需要更多地从这个角度来考虑？

从中国传统的文论与美学观念，到现在每天都在进行文学艺术的创作与呈现，其间的内在联系，是当代文艺学理论建设应该关注的重要方面。我们的文学艺术能否以浓郁的民族特色在世界范围内卓然而立，并且产生具有永久艺术魅力的杰作，从理论上进行分析提升，是重要的渠道。

整合是我们在进行此种研究时的最重要的方法。虽然我们谈的是中国文论与美学的体系性质，但同时又不能忽略其表层形态的散在性。中国古代的文论与美学思想有相当大的部分是存在于序、跋、书信、碑记、铭文、题款等形式之中，要进行当代文艺学的理论形态的建构，当然不能以这样的面貌出现。事实上，文艺学的学理建构是文艺理论家们早已做过并且还在做着的事。我只是觉得我们现在可以从当代文艺学的角度对古代文论和美学的资料进行整合。没有整合也就无法使那些散见于各种文体中的资料上升到理性的结构之中。整合首先意味着对材料进行当代理念的阐释，这里当然是无法离开西方的思辨及诸种观念的参照的。

事实上，我们的思维结构中是不能剥离西方思维方式和逻辑建构的介入的。而我们要使古代文论和美学资料成为当代文艺学的有机部分，是必须做好整合这个环节的。整合就是理性的提纯与抽象，这个工作其实很多文艺理论家都做过的，有些还做得相当不错。我们现在进一步从当代的文艺创作的现状及理想状态出发，重新审视古代文论和美学的资料，体验和提升那些活在当代各种门类的文艺创作中的因素。而如在前面所说的"中介"问题，就成为关键所在了。寻找这个中介，打通这个中介，是今天的古代文论研究向前切实推进的至关重要的步履。

我能想到的中介因素，可以贡献于此的，有这样一个，那就是中国的传统哲学和美学的整体思维。我们应该看到，有一些重要理念在古代的文学艺术创作中的体现是有很多理论成果的，如果我们可以肯定它们在当代的文艺创作中是活着的，甚至是发挥了重要作用的，那么，它们是通过怎样的艺术语言形式来产生效果的？有的艺术门类，如国画、戏剧等，其艺术语言形式与古人有较大的继承性、延续性，但是当代的创作仍然也是有所变异的；另外如电影、电视等，是古代所未曾有过的艺术门类，其艺术语言形式也是未尝有过的，那么，如果肯定有中国古代哲学、美学的蕴涵的话，又是通过什么样的艺术语言形式取得独特的成就的呢？这是中国古代的哲学、文论和美学实现其当代品格的重要中介。

当代视域中的古代文论*

古代文学在我们的文化建构中是一种什么样的地位？或者追问古代文学与当代意识的关系，都是一种非常积极的学术思考。若干年前的关于古代文论的现代转换的讨论，也是出于同样的目的。在通常的看法中，古代文学和我们相距遥远，除了考试、读学位、评职称，好像在现实生活中古代文学已经很难有其栖身之地。而从事古代文学研究的学者，也大有"边缘化"的郁闷。这些都是毋庸置疑的现实，前面所举的几个学术命题，其实也是我们古代文学界对于这种境遇的学术化表达。对于这个纷繁的世界，我们发出自己的声音，寻找我们自己的坐标，传承民族的文化，教化新一代国人，自然会有我们的价值体现。

我想说的是另外的意思：古代文论对于我们这个时代，对于今天的社会生活，不是死的，而是活的。如果不是仅仅把古代文论当作一个专业，而是在当代社会生活和文化思考的立场上来看待古代文学，反而会觉得古代文大有"升值"的可能，作为古代文论的学者，也可以有更大的空间，甚至于有其他人所不可比拟的资本。比起那些数典忘祖、不知中华传统文化为何物的人来，具有深厚古代文学修养的学者，在当代生活中可以发挥更大的作用。但关键在于我们是不是能够以真正的当代思维、当代视域来看待古代文论。其实，在我们的文化建设和当代理论建构中，古代文学是不可或缺的重要资源，而且是可以生发出当代价值的资源。这些资源不是一次性的，消耗性的，而是可以不断再生的，不断增殖的资源。对于当代的艺术形态、话语方式、叙事模式以及题材来源，古代文学都是取之不尽、用之不竭的资源。当然，当代艺术许多种类都是以视觉的方式呈现，但是，古代文论的底蕴是时时都在其中闪烁的。比如，中国当代的电视剧创作，之所以具有广泛的观众群，具有令人喜闻乐见的艺术魅力，是与中国古代的章回体小说的叙事艺

* 本文刊于《江西师范大学学报》（哲学社会科学版）2008 年第 1 期。

术有着深刻的血缘关系的。当代的文艺学建构，对于古代文学理论的资源诉求也是颇为迫切的。我们的文艺学现在处于变动之中，其学科范围和学术理念都与原来的文艺学体系有相当大的不同。西方的哲学美学及文化学社会学的观点和思维方式，都对我国的文艺学的变革产生了非常广泛的影响，而我们自己建立起较为成稳定的文艺学体系则还有较大的距离。要建立起我们民族自己的文艺学体系，或者说能够适应并引导当代的文艺创作的文艺学理论，中国古代文论是可供我们撷取的"自家宝贝"。

中国古代文论看上去是凝定的、固化的，但实际上其中有许多活生生的东西，也富于可以生长的气质。从美学的角度看，中国古代文论具有非常丰富的美学内涵和审美品格，因此，也具备了延伸至今的可能性。中国古代文论虽然也有理论家的系统建构之作，如刘勰的《文心雕龙》等，但多数是出自于诗人作家创作体验和批评鉴赏之作。因此，中国古代文论的实践性和体验性是凸显于其中的。正是由此这点，中国古代文论中的情感要素与西方文论相比，也是其重要的特色。这就使得其与当代的艺术创作有着更多的相通之处。比如，中国古代文论中对于"感兴"作为创作动因的提出，对我们今天的艺术创作来说，可以有力地说明其优秀之作的发生机制，比之西方的灵感论和天才论都更有说服力，也更有当代的理论价值，完全可以作为中国文艺学理论建构的活性因子，作为创作论的现实内核。"感兴"的主要含义包含在宋人李仲蒙有关"兴"的界定中，其云："触物以起情谓之兴，物动情者也。"[1] 这其中有两个意思，一是感兴是创作主体与外物的偶然触遇。中国古代文论对于创作灵感的发生，不是用天才论来解释的，而是认为审美主体与审美客体的相互触遇之中，这是自然而然的过程。《文心雕龙·物色》篇说"春秋代序，阴阳惨舒。物色之动，心亦摇焉"，都是指文学创作冲动的发生机制，是外物对心灵的触发。唐代遍照金刚的《文镜秘府论》中有"感兴"一势："感兴势者，人心至感，必有应说，物色万象，爽然有如感会。"[2] 指出感兴是心物之间的感会。二是感兴是对主体情感的唤起。《文心雕龙·明诗》篇云："人禀七情，应物斯感。感物吟志，莫非自然。"刘勰对兴的解释就在于对主体情感的唤起，在《比兴》篇中，刘勰论述比兴说："故比者，附也；兴者，起也。附理者切类以指事，起情者依微以拟议。起情故兴体以立，附理故比例以生。"兴即起情，也即情感唤起。感兴

---

① （宋）胡寅：《与李叔易书》，见《斐然集》卷 18，中华书局 1993 年版，第 386 页。
② 卢盛江：《文镜秘府论汇校汇考》，中华书局 2006 年版，第 392 页。

的这两种意思，都可以作当代文艺学的有机内容。

中国古代文论的体系流变性和贯通性，是当代文艺学吸纳古代文论以建构新的框架的重要条件。很多人将古代文论与西方文论或美学相比，认为古代文论缺少体系性、思辨性，而只是以直观性、感悟性为其特征。其实这种看法并非全面。在我看来，这是以形式逻辑的眼光来认识中国古代文论的结果。我以为，中国古代文论是有其贯穿性的体系，仅就某位文论家而言，可能其理论的体系性远不如西方文论家的理论那样明显，因为西方的美学家和文论家大都是有系统的哲学思想的，如柏拉图、亚里士多德，德国古典哲学时期的康德、黑格尔和谢林，以及20世纪的海德格尔、德里达、詹姆逊等，都是以其独树一帜的体系性见长的。但是，中国的哲学美学乃至于文论，恰恰是有着以中国哲学和文化为背景的、贯穿的、流变的体系性的。从整体上看，中国古代文论的体系性却是我们却是体现在两千多年的诸家文艺思想的流变之中的。这种流变着的体系，最为突出地体现在某些文论或美学的范畴之中。中国古代的文论和美学范畴，多半是由某一思想流派提出，又经过历代的文论家、艺术家反复运用，踵事增华，从而成为贯穿中国文学理论史的一脉相承的范畴。在这个过程中，这些范畴或命题，被不断地注入新的活力，成为现在仍然具有生命力的东西。如意境的范畴，形神的范畴，"澄怀味像"的审美命题，等等，都在现实的理论领域中闪耀着独特的光彩。

我有这样的体会，中国古代文论的精髓，更多地内在于我们的文学艺术创作之中，我指的是当代文学艺术领域中的创作。这样的看法不知是否妥帖：西方的文论和美学观念，对于我们当代的文学艺术活动来说，可能在批评方面更为普遍地运用，而在创作领域，中国本土的文论和美学范畴、命题或观念，则在创作的各个畛域如小说、戏剧、诗歌、散文、电视剧本等，普遍地发挥着作用，并且产生着具有浓郁的民族风格和中华气派的审美效果。文学而外，依托于现代科学技术和大众媒体的诸种艺术门类，也都相当内在地以中国古代便深入人心的美学观念来进行创作。如小说和电视剧中的人物刻画中的点睛之笔，诗歌、绘画和书法中的虚实结合之法，电视片头的水墨效果，等等，都是古代文论和美学中的范畴、观念在艺术家的创作意识中发挥作用的产物。在很大程度上，中国文论和美学的观念，已经成为一种无意识的原型，潜移默化地在艺术家的头脑和艺术语言中存在并且不断地生发出来。

我还有这样一个理解，就是中国古代文论和美学思想，虽然不无形而上的层面，但更多的是在艺术表现层面的论述，当然也还有相当多的艺术发生层面的问题，却都是贴近创作体验的。如钟嵘论赋比兴云："故诗有三义焉：一曰兴，二曰比，三曰赋。文已尽而意有余，兴也；因物喻志，比也；直书其事，寓言写物，赋也。宏斯三义，酌而用之，干之以风力，润之以丹彩，使味之者无极，闻之者动心，是诗之至也。"① 正是从艺术表现的角度来阐释"赋、比、兴"的。陆机《文赋》论写作云："体有万殊，物无一量。纷纭挥霍，形难为状。辞程才以效伎，意司契而为匠。在有无而黾勉，当浅深而不让。虽离方而遁圆，期穷形而尽相。"是讲作家应该如何以切合事物特征的辞语来"穷形尽相"地描写对象的。刘勰云："是以诗人感物，联类不穷，流连万象之际，沉吟视听之区；写气图貌，既随物以宛转；属采附声，亦与心而徘徊。故灼灼状桃花之鲜，依依尽杨柳之貌，杲杲为日出之容。漉漉拟雨雪之状，喈喈逐黄鸟之声，喓喓学草虫之韵。皎日嘒星，一言穷理；参差沃若，两字穷形：并以少总多，情貌无遗矣。"② 此等之例，无法胜数。虽然很难用量化的方法来计算，但我们可以很自信地认为，古代文论中关于艺术表现的论述是分量最重的，这正说明了中国古代文论和美学的特质所在。但是，这些对于艺术表现方法的阐扬，并非停留在形而下层次上的，而是与中国哲学中对于宇宙造化的生命感的体验密切联系在一起的，因此使之又具有了超越意义。同时，也就与当代创作中的笔法与气质息息相通，或者说，当代的作家、艺术家禀赋了古代文论与美学的内在精髓。

由此看来，中国古代文论并非与当代的文学艺术相隔绝，确乎是活在当代的文学艺术创作之中。古代文论本身具有开放性和生长性，在我们表现当代生活的时候，在很大程度上是可以在艺术语言和表现方法上给我们提供帮助的。正因为中国古代文论这种与当代的文学艺术的内在因缘，所以当代的文艺学学理中不可缺少地有着古代文论的血脉。我们要做的是，把当代文学艺术创作中的民族美学基因加以考察，分析出其中有利于创造精品的成分，这是我们身处当代的学者的分内之事。

---

① 陈延杰：《诗品注》，人民文学出版社1980年版，第2页。
② 范文澜注：《文心雕龙注》，人民文学出版社1958年版，第693页。

中国古代论诗诗的理论特质[*]

在中国古代文学批评领域，论诗诗是一种独具魅力而又富于理论内涵的形式。与其他诗学批评方式相比，论诗诗不仅最具艺术气质，同时包含着渊深而广阔的阐释空间。从外在形态看，论诗诗似乎处于一种散在的状态，但从中又可以寻绎出某种内在的整体性，即一贯的诗学观念、鲜明的批评主体立场，以及系统的诗学价值标准等。

自唐代杜甫《戏为六绝句》开论诗诗风气之后，以诗论诗便成为中国文学批评的一种重要形式，金元时期元好问的《论诗三十首》更以大型论诗组诗的形式建构了中国古代论诗诗的里程碑。我们仅从郭绍虞、钱仲联、王遽常于1980年代初期编撰的《万首论诗绝句》中即可窥见这种独特理论形态的规模。更有意思的是，一些组诗标题直接效仿元好问，如王士禛的《戏仿元遗山论诗绝句》、袁枚的《仿元遗山论诗》、谢启昆的《读全唐诗仿元遗山论诗绝句一百首》、张晋的《仿元遗山论诗绝句廿四首》等。此种情形不仅说明元好问论诗诗影响之广，更可见出这种理论形态为论者喜爱程度之深。

然而，这种"以诗论诗"的理论形态，在思辨的、逻辑的现代理论形态面前，似乎有着与生俱来的缺憾，郭绍虞指陈道："因为论诗绝句，毕竟是文学批评中一种特殊体裁，它的本身有很大的局限性。由于是韵语，不可能像散文这般的曲折达意，于是常因文词晦涩而引起误解，此其一。又由于篇幅太短，不可能环绕一个中心问题而畅发议论，于是又不免因琐屑零星而不易掌握全篇的核心，此其二。"① 然而，没有缺憾的理论是不存在的，文学批评的形态本该是多样的。而正是这种理论形态的特质乃至缺憾，造就了

---

　　* 本文刊于《河北学刊》2009年第5期，与刘洁博士合作。

　　① 郭绍虞：《杜甫戏为六绝句集解·元好问论诗三十首小笺》，人民文学出版社1978年版，第85页。

其独特的批评深度和魅力。论诗组诗有着与诗话或评点相比更奇特的韵味和穿透力，而某些已成为诗史上的经典名篇则超越了诗论的范围，具有了穿越时空的哲理价值。

一　以辨体意识营构诗学系统

论诗诗是作者以自己的审美观念、诗学标准对诗歌史或诗人、诗歌流派、作品所作的价值判断。论诗诗大多是有具体的批评对象的，当然，也有一部分是泛谈诗学观念的。从表现形态上看，论诗诗集中体现了中国诗学特有的辨体意识。关于"辨体"这个概念，虽然学术界使用颇为普遍，但由于中国古代文论的思维方式和表述习惯，似乎罕有学人对此作出明确的界说。笔者认为，辨体即以某种文体的体制特征为客观依据，以批评主体的价值取向为取舍或评价标准，对文学作品进行文类归属判断、正变源流描述、价值高下评析以及风格真伪辨别的文学批评方法及其批评实践活动。辨体是中国古代诗文评论中很多作者普遍秉持的批评角度和方法论，在诗学中则以诗的各种体式特征和审美风貌为辨析依据，对诗史上不同诗人、诗派或作品的正变源流加以考察和批评，从而得出价值判断。即如明人许学夷所言："诗自三百篇以迄于唐，其源流可寻而正变可考也。学者审其源流，识其正变，始可以言诗矣。"[1]

论诗诗的成熟形态基本上都是组诗，从杜甫的《戏为六绝句》开始，论诗组诗的形式渐趋成熟，至元好问的《论诗三十首》臻于全盛，以至成为后世论诗诗的效仿对象。这种大型论诗组诗的形式之所以广为论者所用，其原因就在于单首绝句很难全面阐发作者的诗学见解，而大型组诗则能突破这一局限，一方面能够展示诗史风貌，另一方面可以辨体意识对诗史作出选择与判断。如果说大型论诗组诗为论者提供了纵横上下的诗史空间，那么辨体意识则使论者有了个性鲜明的论诗视角与褒贬尺度。

论诗组诗所展现的诗史风貌异常宏阔和丰富。以此而闻名于世的诗人大多在中国诗史上占有崇高的地位，他们有着深邃而宽广的目光，有着大气吐纳的胸襟，动辄以数十首的规模勾勒诗史、褒贬诗人、嗤点诗篇，非是偶然兴起或随意好恶，而是有着纵览千载的诗学眼光和史家气魄。论诗组诗之所以在诗学史或文学批评史上成为特殊的景观，是与其所展现的诗史风貌密切

---

[1]　（明）许学夷：《诗源辨体》，人民文学出版社 1987 年版，第 1 页。

关联的。对此，很多学者都有清晰的认识，郭绍虞甚至认为，可以将论诗组诗作为诗学批评史去读，他说："评论作家作品的大型组诗，涉及面广，自成系统，可以作为诗学批评史读。其中统论历代作家的，如元好问、王士禛、屈复、姚莹、况澄、朱庭珍、李希圣、邓镕诸家所作，可以作古代诗歌史或诗歌批评史读；专论一代作家的，如虞鈖、冯煦论六朝人诗，谢启昆、俞国琛论唐诗，焦袁熙、谢启昆论宋诗；还有专论金元明清的，这些都可以作为断代的诗歌史或诗歌批评史来读；论一个地区的，如论湖北诗，论四川诗，论广东诗，都可以作为地方文学史的重要参考资料；再如论女子诗，则可以作妇女史或艺文志读。"① 然而，大型论诗组诗的意义还不仅仅是诗歌史风貌的呈现，更在于诗人是以批评家的辨体意识来评价、选择诗史的价值判断。如果说诗歌史的框架给了诗论家一个广阔的视野，那么，辨体意识则给了诗论家以既有客观规定、又有主体尺度的视角。不论是元好问的《论诗三十首》，还是以后的仿效之作，都体现了诗史风貌和辨体意识的交融互济。

辨体在诗学批评中的功能非常重要，而且源远流长，魏晋南北朝时期钟嵘的《诗品》可以作为一个明显的开端，而后经唐、宋、金、元而臻于成熟，杜甫的《戏为六绝句》、戴复古的《论诗十绝》、严羽的《沧浪诗话》和元好问的《论诗三十首》是诗评中辨体的显例。在明清时期，诗学中的辨体批评达于全盛。高棅的《唐诗品汇》、胡应麟的《诗薮》、许学夷的《诗源辨体》、王士禛的《戏仿元遗山论诗绝句》、方东树的《昭昧詹言》等，都是诗学辨体中的杰作。

钟嵘的《诗品》辨析了五言诗的发展流变，并对120余位以五言诗创作著称的诗人，分上、中、下三品加以评骘，并在其序中指出五言诗与四言诗的不同体制特征："夫四言，文约意广，取效风骚，便可多得。每苦文繁而意少，故世罕习焉。五言居文辞之要，是众作之有滋味者也，故云会于流俗。岂不以指事造形，穷情写物，最为详切者耶！"② 宋代诗论家严羽具有强烈的辨体意识，从某种意义上看，其诗论经典《沧浪诗话》即是一篇典型的诗学辨体之作。严羽在《答吴景仙书》中申明其论诗宗旨说："作诗正须辨尽诸家体制，然后不为旁门所惑。今人作诗，差入门户者，正以体制莫辨也。世之技艺，犹各有家数。市缣帛者，必分道地，然后知优劣，况文章

---

① 郭绍虞等编：《万首论诗绝句·前言》，人民文学出版社1991年版，第4—5页。
② 陈延杰：《诗品注》，人民文学出版社1961年版，第1页。

乎？仆于作诗，不敢自负，至识则自谓有一日之长，于古今体制，若辨苍素，甚者望而知之。"① 其《诗体》一篇，则纯为辨体之论。明代诗论家胡应麟的《诗薮》，从辨体上对诗史作了体制流变的系统之论，其开篇处所云即是其大旨所在："四言变而《离骚》，《离骚》变而五言，五言变而七言，七言变而绝句，诗之体以代变也。三百篇降而骚，骚降而汉，汉降而六朝，六朝降而三唐，诗之格以代降也。上下千年，虽气运推移，文质迭尚，而异曲同工，咸臻厥美。国风、雅、颂，温厚和平；离骚、九章，怆恻浓至，东西二京，神奇浑璞；建安诸子，雄瞻高华；六朝俳偶，靡曼精工；唐人律调，清圆秀朗；此声歌之各擅也。风雅之规，典则居要；离骚之致，深永为宗；古诗之妙，专求意象；歌行之畅，必由才气；近体之攻，务先法律；绝句之构，独主风神，此结撰之殊途也。"② 明人许学夷积二十余年之力所作《诗源辨体》，可谓诗学辨体最为系统之作，对于各个时代的各种诗歌体式辨析甚明，而在其各卷中也多有自觉的理论揭示。如卷一中说："诗自三百篇以迄于唐，其源流可寻而正变可考也。学者审其源流，识其正变，始可与言诗矣。"③ 上述诸书皆为全景式的诗学辨体之作，其辨体意识的理论自觉性和诗体流变的系统性是昭然于目的。而论诗组诗所体现出的辨体意识并不亚于这些著作，只是在诗句表层的辨体色彩不如这些著作那么明显而成系统，但作者对诗人在某种诗体上的高下轩轾、意指和情韵的论析，别有一种辨体的作用。

杜甫《戏为六绝句》其六，虽在其末，却最能标明作者的论诗之旨，诗云："未及前贤更勿疑，递相祖述复选谁？别裁伪体亲风雅，转益多师是汝师。""别裁伪体"自是辨体。"伪体"是指那些同一体式之诗中貌似前贤而略无真性情者。中国诗史中诸种体式皆有公认为经典而为后世仿效承传、递相祖述者，如骚体之有屈原，五古之有陶、谢，七律之有杜甫等，后之诗人则因中有革，衍为源流，有正有变。辨体则是甄别正伪，而述其诸种体式在格调与精神上真正能够接续前贤之作，彰显其脉络所系。钱谦益《读杜二笺》："'别'者，区别之谓；'裁'者，裁而去之也。果能别裁伪体则近于风雅矣。"④

___

① 郭绍虞：《沧浪诗话校释》，人民文学出版社 1961 年版，第 252 页。
② （明）胡应麟：《诗薮》，上海古籍出版社 1958 年版，第 1 页。
③ （明）许学夷：《诗源辨体》，人民文学出版社 1987 年版。
④ 引自郭绍虞《杜甫戏为六绝句集解》，人民文学出版社 1978 年版，第 48 页。

　　元好问的《论诗三十首》既有宏阔的诗史气象，又有鲜明的批评指向，辨体是其最为突出的方法特征。其首篇阐明了诗人的辨体立场，极具气魄："汉谣魏诗久纷纭，正体无人与细论。谁是诗中疏凿手？暂教泾渭各清浑。"诗人有感于诗之"正体"罕有"细论"，慨然要以"诗中疏凿手"自任，使正体伪体泾渭分明。此即《论诗三十首》宗旨所在，也是贯穿始终的理论主线。正体与伪体相对，指风雅传统。翁方纲注曰："正体云者，其发源长矣。由汉魏以上推其源，实从三百篇得之。盖自杜陵云'别裁伪体'、'法自儒家'，此后更无有能疏凿河源者耳。"① 元遗山以明确的辨体意识来创作《论诗三十首》，即以论诗诗的形式来辨识正伪，疏凿诗史。值得注意的是，元遗山的辨体，不是仅从诗的某种体式要求出发，而是从整个诗歌发展的"正体"着眼，呈现给我们一个诗史的"剪影"。元遗山以"风雅"为正体之源，而对后世之诗抑扬褒贬，标准是能否继承和发展风雅精神。在他眼中，风雅正体应该是自然真淳且豪放刚健的，他对历代诗人及其作品的褒贬抑扬，均以这种正体观为尺度。如其四："一语天然万古新，豪华落尽见真淳。南窗白日羲皇上，未害渊明是晋人。"这首诗高度评价了陶诗，其"豪华落尽见真淳"则成为对陶诗的千古定评。"其七"称赏北齐斛律金所作《敕勒歌》："慷慨歌谣绝不传，穹庐一曲本天然。中州万古英雄气，也到阴山敕勒川。"最为人喜爱的是此诗的天然慷慨之音，其次是它的英雄之气。宗廷辅评之云："北齐斛律金《敕勒歌》，极豪莽，且本是北音，故先生深取之。"② 这首"北音"之作，天然豪莽，苍凉雄浑，为遗山所深深认同，而对于矫情虚饰、言不由衷的作品，遗山是反感至极的，如"其六"所云："心声心画总失真，文章宁复见为人。高情千古《闲居赋》，争信安仁拜路尘。"此诗以潘岳的矫情之作为"失真"的例子，加以辛辣的嘲讽，这正是遗山所指斥的典型"伪体"。元遗山论诗文"以诚为本"，这是其风雅正体的根基所在："诗与文，特言语之别称耳。有所记述之谓文，吟咏情性谓之诗，其为言语则一也。唐诗所以绝出《三百篇》之后者，知本焉尔矣！何谓本？诚是也！……故由心而诚，由诚而言，由言而诗也，三者相为一。情动于中而形于言，言发乎迩而见于远。同声相应，同气相求。虽小夫贱妇，孤臣孽子之感讽，皆可以厚人伦、美教化，无他道也。故曰不诚无物。夫惟不诚，故言无所主，心口别为二物，物我邈其千里。漠然而往，悠

---

① （清）翁方纲：《石洲诗话》，人民文学出版社1981年版，第231页。

② 郭绍虞：《元好问论诗三十首小笺》，人民文学出版社1978年版，第63页。

然而来，人之听之，若春风之过马耳。其欲动天地，感神鬼，难矣！唐人之诗，其知本乎？"① 这是元遗山关于"以诚为本"的正面表述。在《论诗三十首》中，诚与不诚，是元遗山辨体的基本标准。不诚，是伪体，在其贬抑之列；真淳诚挚者则作为"正体"而受到元遗山高度推尊。对于阮籍之诗，元遗山称赏谓："纵横诗笔见高情，何物能浇块垒平？老阮不狂谁会得，'出门一笑大江横'。"（其五）阮籍的《咏怀》，虽深曲含蕴，意旨微茫，但因出于真情而得遗山心仪。

元遗山的《论诗三十首》还以古雅高迈为正体，而将那些"俳谐怒骂"、险怪幽曲之作，都归在"别裁"之列。其二十三云："曲学虚荒小说欺，俳谐怒骂岂诗宜？今人合笑古人拙，除却雅言都不知。"对于那些"俳谐怒骂"的之作，予以明确贬损，而其二十八："古雅难将子美亲，精纯全失义山真。论诗宁下涪翁拜，未作江西社里人。"对于黄庭坚，元遗山还是赞许的，而对于江西诗派，元遗山是难以认同了。其原因就在于"江西社里人"既失古雅，又乏精纯。

王士禛（渔洋山人）的《戏仿元遗山论诗绝句三十二首》，是论诗组诗的又一巅峰。其中所显现的辨体意识更为强烈，也更体现了诗体的特征。王渔洋在其与诗学相关的论著中多处表述了论诗辨体的自觉，如"作古诗，须先辨体，无论两汉难至，苦心摹仿，时隔一尘，即为建安，不可堕落六朝一语。为三谢，不可杂入唐音。小诗欲作王、韦，长篇欲作老杜，便应全用其体，不可虎头蛇尾。此王敬美论五言古诗法。予向语同人，譬如衣服，锦则全体皆锦，布则全体皆布，无半锦半布之理，即敬美此意。又尝论五言，感兴宜阮、陈，山水闲适宜王、韦，乱离行役、铺张叙述宜老杜，未可限于一格，亦与敬美旨同。"② 《师友诗传录》和《续录》载王渔洋语，也多辨体之词。如论古乐府与五七言古体之别："古乐府五言，如'孔雀东南飞'、'皑皑山上雪'之属，七言如《大风》、《垓下》、《饮马长城窟》、《河中之水歌》之属，自与五、七言古音情迥别。于此悟入，思过半矣。"③ 又评七律云："唐人七言律，以李东川、王右丞为正宗，杜工部为大家，刘文房为接武。高廷礼之论，确不可易。宋初学西昆，于唐却近。欧、苏、豫章始变

① （金）元好问：《杨叔能小亨集引》，见《元好问全集》下卷，山西人民出版社1990年版，第38页。

② （清）王士禛：《池北偶谈》，中华书局1982年版，第273页。

③ （清）王夫之等：《清诗话》，上海古籍出版社1999年版，第132页。

西昆，去唐却远。元如赵松雪雅意复古，而有俗气，余可类推。"① 王渔洋
论诗绝句中的"五字清晨登陇首"（其二）、"挂席名山都未逢"（其四）、
"风怀澄澹推韦柳"（其七）等，皆是论五古名家之作。王渔洋对五古风格
的推崇，主要在于"羌无故实"的审美感兴和"风怀澄澹"的古雅。因此，
对于孟浩然、韦应物和柳宗元等诗人的五古之作评价颇高。王渔洋这段论述
亦能见其对五言诗的评价标准："或问'不著一字，尽得风流'之说。答
曰：太白诗：'牛渚西江夜，青天无片云。登高望秋月，空忆谢将军。余亦
能高咏，斯人不可闻。明朝挂帆去，枫叶落纷纷。'襄阳诗：'挂席几千里，
名山都未逢。泊舟浔阳郭，始见香炉峰。常读远公传，永怀尘外踪。东林不
可见，日暮空闻钟。'诗至此，色相俱空，正如羚羊挂角，无迹可求，画家
所谓逸品是也。"② 这种"羚羊挂角，无迹可求"的诗境，正是王渔洋对五言
文体的价值追求。再如，关于乐府诗，王渔洋在其九中说："草堂乐府擅惊
奇，杜老哀时托兴微。元白张王皆古意，不曾辛苦学妃豨。"他对于乐府诗的
创作，着眼于发展流变，因而对于唐代的乐府诗是相当肯定的，而不满于亦
步亦趋地模仿。王渔洋谓："汉、魏乐府，高古浑奥，不可拟议。唐人乐府不
一。初唐人拟梅花落、关山月等古题，大概五律耳。盛唐如杜子美之新婚、
无家诸别，潼关、石濠诸吏，李太白之远别离、蜀道难，则乐府之变也。中
唐如韩退之之琴操，直溯两周；白居易、元稹、张籍、王建创为新乐府，亦
复自成一体。若元杨维桢，明李东阳各为新乐府，古意浸远，然皆不相蹈袭。
至于唐人王昌龄、王之涣，下逮张祜诸绝句，杨柳枝、水调、伊州、石州等
辞，皆可歌也。"③ 王渔洋认为，乐府诗之变是符合规律的，是正体，唐代乐
府诗的创作，都在变化中体现出价值所在，而无须以拟作为尚。

无论是杜甫，还是元遗山、王渔洋，其论诗组诗都贯穿着某种论诗标
准，这样，则使看似各自独立的论诗绝句之间形成了内在的有机联系，成为
真正的整体。这也是论诗组诗的理论价值和诗史影响远远大于零散论诗单篇
的原因之所在。论诗组诗的标准，在很大程度上实则是作者的辨体意识。

二 以诗学立场进行情感批判

论诗诗以辨体意识建构起一个较为自足的诗论系统，这个系统不是一个

---

① （清）王夫之等：《清诗话》，上海古籍出版社1999年版，第133页。
② （清）王士禛：《分甘馀话》，中华书局1989年版，第86页。
③ 同上书，第151页。

纯粹理念的逻辑展开，而是以个人观点对诗人和诗作予以批评，从而成为其他理论著述所不可替代的论诗形式。与其他的论诗形式相比，论诗诗具有浓厚的情感色彩和强烈的指向性，由此而强化了其诗学批评性质。所谓诗学立场，是指作者面对诗史、诗坛所持有的一贯的主体倾向，作者以之评价不同的诗人、诗作就会产生鲜明的情感反差，从而激发了论诗诗中的活性因素。

　　如果将论诗诗同诗话等形式相比，后者所传达的理论信息较为复杂，而前者则相对单纯。这种单纯不仅表现在体制上，还表现在理论内涵上。也就是说，论诗诗能以精粹的诗句一语中的，豁然呈现诗家面目。以散文的形式论诗的诗话，适于逻辑性地展开论者的诗学观点，明确道出批评的指向；而论诗诗则更能发挥其情感的力度，以及诗歌便于记诵的优势，具有更为深远的空间。有的学者曾对论诗诗作过这样的评价："因为它琅琅上口，易记易传。例如反对摹拟，主张创新，在我国文学批评史上，有着悠久的传统。从刘勰《文心雕龙·通变》、萧子显《南齐书·文学传》，迄至清代袁枚《随园诗话》、叶燮《原诗·内篇》，无一不再三强调，反复阐明。只因散文不便记忆，时间一长，很少有人记住他们的原话了。而赵翼的一首论诗绝句：'李杜文章万口传，至今已觉不新鲜。江山代有才人出，各领风骚数百年。'以其浅近的语言与和谐的音调，就把'文律运周，日新其业'的道理，说得鞭辟入里，干净利落，使人读起来上口，听起来悦耳，记诵容易，传播迅速。再就是论诗绝句的作者，大多是造诣很深的诗人。他们有写诗的丰富经验，也有论诗的真知灼见，因而在用诗歌评论诗歌时，能够较好地做到理论与实践结合，内容与形式统一。一般说来，他们的论诗绝句，既有较大的理论价值，又有一定的艺术魅力。"① 这样，作者将论诗绝句的长处给予了客观的揭示。论诗组诗的代表性作品大都具有明显的意向性和情感性。杜甫的《戏为六绝句》其二云："王杨卢骆当时体，轻薄为文哂未休。尔曹身与名俱灭，不废江河万古流。"杜甫推尊"初唐四杰"，而对那些轻薄地讥讽"四杰"的人非常鄙视。这首诗肯定了"四杰"在唐诗流变中的地位，并指出了他们"不废江河万古流"般的不朽价值。元好问的《论诗三十首》其二云："曹刘坐啸虎生风，四海无人角两雄。可惜并州刘越石，不教横槊建安中。"遗山从其崇尚刚健雄浑的诗学观念出发，对于建安诗风非常欣赏。曹指曹植，刘指刘桢，被诗论家认为是建安诗风的代表。《沧浪诗话》称之为"曹刘体"。并注曰："子建、公干也。"曹、刘所代表队的建安诗风，是

---

① 吴世常：《论诗绝句二十种辑注》，陕西人民出版社1984年版，第3页。

以慷慨悲歌、刚健雄浑为特征，钟嵘《诗品》将曹、刘列在"上品"，评子建诗："骨气奇高，词彩华茂，情兼雅怨，体被文质，粲溢今古，卓尔不群。"评刘桢诗："仗气爱奇，动多振绝。真骨凌霜，高风跨俗。但气过其文，雕润恨少。然自陈思以下，桢称独步。"西晋刘琨，字越石，更是慷慨悲歌之士，其风以悲壮雄浑著称。《诗品》置之卷中，评之曰："善为凄戾之词，自有清拔之气。琨既体良才，又罹厄运，故善叙丧乱，多感恨之词。"其诗更多地体现了北方诗风的豪放悲凉。遗山对越石之诗非常喜爱，认为其如在建安时代，其诗不在曹刘之下。《论诗三十首》其十八云："东野穷愁死不休，高天厚地一诗囚。江山万古潮阳笔，合在元龙百尺楼。"中唐诗中韩、孟并列，谓之韩孟诗派。其实大有不同。孟诗穷愁蹇厄，气局狭促；而韩诗则刚方峭健，多具阳刚之美。遗山扬韩抑孟，对东野以"诗囚"称之，并认为其与韩诗相比，当在百尺楼下。其间轩轾，极为显然。

论诗诗中的情感力度，是与诗人所秉持的诗学立场有深切的关联的。如杜甫，对于诗歌发展有"集大成"的责任感与心态，以"不薄今人爱古人"为其诗学立场，因之对那些"轻薄为文"嗤点庾信和"四杰"者予以尖刻的讥讽，而对"初唐四杰"则高度肯定。南宋诗人杨万里，以"活法"为诗，主张在大自然的生命感中汲取诗思，因之对于江西诗派的"传宗传派"大为诋诮，其论诗诗云："传宗传派我替羞，作家各自一风流。黄陈篱下休安脚，陶谢行中更出头。"（《跋徐公仲省翰近诗》）"山思江情不负伊，雨姿晴态总成奇。闭门觅句非诗法，只是征行自有诗。"（《下横山滩头望金华山》）其对讲究"无一字无来处"的"江西诗法"是一种轻慢的情感态度。元好问对弘扬北方文化有着深沉的使命感，论诗崇尚豪放天然的美学情味，他在论诗诗中写道："陶谢风流到百家，半山老眼净无花。北人不拾江西唾，未要曾郎借齿牙。"（《自题中州集后五首》其二）其张扬北方文化的诗学立场又是何等鲜明。在论诗诗中，作者的诗学立场是其进行诗歌批评的出发点，也是激发其情感的动力因素，这是在论诗诗研究中所未尝有人关注的，在此予以揭明。

论诗诗作为诗学批评的一种主要的形式，在情感含量上最为突出，其理论效果也具有其他诗评形式所难以取代的张力。论诗诗情感批判的理论特质，主要是由批评主体的身份所决定的。论诗诗的作者本身便是诗人，他们更多地是将批评对象即诗或诗人当作一个感性对象去体悟、去品味，以诗人之心去对应，以诗人之眼去观照，以诗人之口去言说。论诗诗的情感色彩不仅难以避免，而且流注出充沛的势能。另一方面，论诗诗的作者并非一般意义的诗人，而是兼之以具有诗学价值系统观念的诗论家，其人既有敏锐的审美感悟能力，又有辨析毫芒的洞察眼光。而且，他们中的杰出者，又往往是领一代风骚的诗坛巨匠，能够站在时代的制高点上来总揽诗史，指点诗坛，杜甫、元好问、王士禛、袁枚、赵翼等莫不如是。作为独有的一种中国文学批评样式，论诗诗生长在中华文学艺术的沃土之中，禀承着中国美学的特殊气质，其上乘之作往往成为诗中经典，历千载而不衰，如杜子美《戏为六绝句》、遗山《论诗三十首》中的若干名篇即是。中国古代先哲对于"诗"的训释，颇能道出诗歌的本体性质。如刘勰所谓"诗者，持也，持人情性"①，他认为诗歌是葆有和表现人的情性的。持，《说文》训为"握也"，即是含蕴、把握。诗歌能够将人的内心微妙情感通过语言而获得审美形式，并且穿越时间和空间，获得恒久的存在。"诗人情性"这个诗学命题，是在《诗纬·含神雾》的"诗者，持也"的训释中加上了"持"的内涵或对象，也是对诗歌本体功能的美学阐释。而"诗人情性"并非泛化的情感，而是有着明确的意向性的。是以《诗大序》中说："诗者，志之所之也。在心为志，发言为诗。"志，可以视为具有明显的指向性的情感意志。《毛诗正义》释云："诗者，人志意之所适也。虽有所适，犹未发口，蕴藏在心，谓之为志。发见于言，乃名为诗。言作诗者，所以舒心志愤懑，而卒成于歌咏，故《虞书》谓之诗言志也。"② 情感的指向性或意向性，可以说是诗的一个本质特征。海德格尔曾借对荷尔德林诗的阐释，表达了他对诗的本质的看法，他说："这个诗句构成《追忆》一诗的结尾：'但诗人，创建那持存的东西'，凭借这个诗句，就有一道光线进入我们关于诗之本质的问题之中了。诗是一种创建，这种创建通过词语在词语中实现。如此这般被创建者为何？持存者也。"③ "持存"是将不断变化着的"存在"创建并保存下来，成为穿越时空的审美形式。这种思想与中国古远的"持人情性"的诗学本体观是如此地相通。论诗诗在体现诗的这种本质时则是最有代表性的。论诗诗基本上都有具体的感悟与评价对象，也就是诗史上的诗人、诗体或诗作。这些对象既是论诗诗作者的审美对象，又是其评价对象，诗人在论诗诗中表现出强烈的指向性的好恶情感，又借易于接受和记诵的诗的形式（多为绝句），使人受到强烈的感染和诗学批评的震撼力量。论诗诗作者作为审美主体的情感指向

① 范文澜：《文心雕龙注》，人民文学出版社 1958 年版，第 65 页。
② （清）阮元等：《十三经注疏》，中华书局 1980 年版，第 270 页。
③ ［德］海德格尔：《荷尔德林诗的阐释》，孙周兴译，商务印书馆 2000 年版，第 44 页。

和批判力度，在诗中得到了饱满的彰显。

在论诗诗中，有一个非常有趣的现象是其他理论形态所很少见到的，那就是"戏作"。杜甫的《戏为六绝句》就是以"戏"为标题，此后，以"戏"为题几乎成了论诗诗的一个传统。如钱谦益《与姚叔祥过明发堂，共论近代词人，戏作绝句十六首》、王士禛《戏仿元遗山论诗绝句三十二首》、查慎行《戏为四绝句呈西厓桐野两前辈》、沈德潜《戏为绝句》等。还有一些题目中虽没有"戏"字，但戏作的痕迹相当明显。有学者认为，这是"在评论他人文字时，先表示谦冲之怀"，或者认为"应该还有谐趣性、随意性的意思"。而在笔者看来，称论诗为"戏"，就排斥了理性局限，而采用可以自由发表个性评判及其形式，这本身就是要冲破理论话语的理性局限，将论诗这种思辨性活动还原为一种创作活动，追求诗与论的情感同构。一个"戏"字，一下子就打破了藩篱，凸显了诗歌本身的话语张力。所以，论诗诗大都不见道学面目，自取所爱，玩赏笑骂，皆是性情真言。后人批评元好问将杜甫的排比铺陈说成是"碔砆"，是"大言欺人"；批评他的"诗囚"、"女郎"等用语是"诋之过甚"。其实，这种偏颇尖刻的批判，正是论诗诗的魅力所在。

论诗诗作者以自己独特的诗学立场和观念，增加了论诗中的理论深度，也使论诗诗在中国文学批评史上占有了举足轻重的地位，如杜甫的"别裁伪体"、"转益多师"，王若虚的"文章自得方为贵"，元好问的"若从华实评诗品"等，都成为贯穿论诗组诗的价值尺度和评判依据。比起其他诗作来，论诗诗的价值取向及理论内涵都体现得更为集中和鲜明。然而，论诗诗的理论倾向是借其诗作透射出来的，这就与一般文章中的论述产生了不同的效果。诗的意象和韵律以及简省的文字，都使诗中的理论内涵有着弹性十足的理解与阐释的空间，论诗诗的理论张力也就凸显而出了。

三　以意象理趣实践诗性言说

论诗诗既是诗，也是论，其情感批判建立在由辨体意识所确立的批评标准之上，因而在根本上是以"论"为灵魂的。当然，诗歌这种艺术形式表现诗人的理性认识，是要与审美感兴及意象呈现相融合的。诗歌创作虽然忌讳抽象言理，如严羽所反对的"以议论为诗"，但诗歌的价值并不排除理性意义。甚至可以认为，很多诗作能够成为经典，能够穿越时空的阻隔，恰恰在于其中所蕴含的理性颖悟。笔者曾言："诗的功能并不止于表现人的情感，还在于诗人以具体的审美意象把不可替代的情感体验升华到哲理的层面。我们在古人的吟咏之中，不仅产生强烈的情感共鸣，而且，在更多的时候也得到灵智的省豁。许多传世的名篇，都在使人们'摇荡性情'的同时，更以十分警策的理性力量穿越时空的层积。诗歌以其幻象化的符号形式荷载了非常密集的情感容量，但是更为震撼人们心弦的又往往是在情感氛围中成为一盏明灯似的理性光亮！中国古典诗歌之所以具有其他艺术种类所无法取代的生命强力，其间以凝练形象的语言、丰富的情感体验所呈现的人生哲理，是其不可或缺的因素。"① 这种价值判断对于论诗诗不仅是适用的，而且也得到了充分的体现。论诗诗中最能给人留下深刻印象、最具有文学批评史价值、最能掣响于过去、现在和未来之间的，恐怕还是那些论诗诗中的精警之语，如杜甫的"不薄今人爱古人，清词丽句必为邻" （《戏为六绝句》）；"别裁伪体亲风雅，转益多师是汝师"（同上）；戴复古的"须教自我胸中出，切忌随人脚后行"（《论诗十绝》）；"有时忽得惊人句，费尽心机做不成" （同上）；王若虚的"文章自得方为贵，衣钵相传岂是真?"（《论诗诗》）元好问的"一语天然万古新，豪华落尽见真淳"（《论诗三十首》）。这些诗句以其理性的颖悟、智慧的洞察以及对于诗史独具只眼的睿思，成为千百年来文学思想的警策之言，早已超越了一般性的具体批评，升华为一种诗性哲学。甚至超出了诗学批评的范围，而成为文学思想的要义。但作为诗的一种类型，如果仅是理论的概括或枯燥的说教，无论如何都无法成为流传至今的名言。刘勰提出的"隐秀"的命题最能说明论诗诗的美学性质。其中有云："文之英蕤，有秀有隐。隐也者，文外之重旨也；秀也者，篇中之独拔者也。隐以复义为工，秀以卓绝为巧，斯乃旧章之懿绩，才情之嘉会也。"其赞语中又说："深文隐蔚，余味曲包。辞生互体，有似变爻。言之秀矣，万虑一交。动心惊耳，逸响笙匏。""隐"与"秀"是诗歌中两种彼此依存而又颇为不同的审美形态。"隐"是指"余味曲包"的"文外重旨"；而"秀"则是"动心惊耳"的思想颖悟。从论诗诗来看，上述例句都可以视为"秀"，但它们并非以理论的形态存在，而恰恰是通过诗的审美意象得以呈现的。这种诗学批评的精华，必以审美感兴作为前提条件，如果说是"以议论为诗"的话，则恰恰无法立于诗之园囿。真能具有历千年而不灭的诗学魅力，必须是以感性契机为触媒而得以升华的。也就是说，论诗诗在文学批评乃至于美学思想中成为有机的重要部分，首先在于其中的思

---

① 张晶：《美学的延展》，商务印书馆2006年版，第2页。

想敏悟，同时又以诗句的精警得以积淀并秀出。作为诗歌作品，它们不可能脱离审美意象，而其生成的契机，又是得之于感兴的。论诗诗的感兴生发，未必是外在的客观事物（如自然景物的变化或社会事物的触动），而往往是在对诗人篇什的阅读或品评中产生的。如金代诗人周昂论江西诗派的代表人物之一陈师道云："子美神功接混茫，人间无路可升堂。一斑管内时时见，赚得陈郎两鬓苍。"（《读陈后山诗》）正是由读了陈师道的诗所触发的。而元好问另有四首论诗诗直题为"感兴"，其中如"廓达灵光见太初，眼中无复野狐书。诗家关捩知多少？一钥拈来便有余。""好句端如绿绮琴，静中窥见古人心。阳春不比皇宫曲，未要千人作赏音。"认为诗家应悟最上乘之作，好诗如同"阳春白雪"，并不希求俗间认同。其中的诗学观念是由诗的审美意象表现的，而其产生的契机，由是出于感兴。

论诗诗通过审美意象来表现诗学观念和批评指向，如杜甫诗："才力应难跨数公，凡今谁是出群雄？或看翡翠兰苕上，未掣鲸鱼碧海中。"这首诗的诗学重心在于后两句，而其意象呈现也在于此。杜甫最为心仪是"鲸鱼碧海"的壮美雄奇，而认为"翡翠兰苕"的华美巧丽，与前者相比，已落"第二义"矣。论诗诗的意象呈现方式，大致可说有这样几种：一是"点穴法"，即一语击中某一家或某一派的要害，以直接达到作者的批评目的。如元好问以"诗囚"指孟郊，以"女郎诗"指秦观诗，以"鬼画符"指卢仝的险怪等。二是美喻法，即运用优美恰当的比喻，直观地呈现作者所要赞赏的批评对象，比如元遗山以"坐啸虎生风"比喻建安诗人的风采，以"豪华落尽"比喻陶渊明诗的本色；王渔洋以"冰雪句"、"冰雪情"比喻诗中的节义高格，以"瓣香"比喻后学对先师的敬仰等。三是"摄魂法"，即论诗诗直接采用所评诗人作品中最能呈现本质风貌的诗句，也可以说是灵魂之句来呈示作者的观点，如元遗山评李商隐云："'望帝春心托杜鹃'，佳人锦瑟怨华年。诗家总爱西昆好，独恨无人作郑笺。"这首诗不仅是对义山诗的化用或摘句，而且是以最具代表性的意象来呈现义山自己的隐晦寄托的风貌。对于论诗诗来说，意象呈现是不可或缺的。抽去了它们，论诗诗则无情韵可言。

论诗诗是中国古代诗学批评的一种重要形式，也是一种非常独特的形式。论诗诗的理论内涵异常丰富，也具有多种阐释的可能性，而它的呈现方式又是相当特殊的。论诗诗的作者既是批评家，也是诗人。论诗诗既是批评实践，也是艺术创作。好的论诗诗本身就是诗史上的经典篇什。作者以其具有鲜明主体立场的价值尺度褒贬诗人，疏凿诗史，目光如炬，笔力如椽，深入精微，辨析毫芒，使人们对其所论之诗人、诗作、诗派、诗史产生了强烈的印象，成为中国诗学批评史上的瑰宝。另一方面，论诗诗又是"诗"，它们有诗的激情、诗的意象、诗的韵味，精美的语言形式及其所包蕴的诗歌本身的渊源，使人们在隽永的品味中获得了诗美的享受。论诗之佳篇，思想和艺术的魅力都是永远的。

中国古代诗论的美学品性及美学学理建构意义*

一　当代美学学理建构的资源向度

中国的美学学理应该如何建构？美学学科发展应该走什么样的道路？这当然是不可能定于一尊的，但却是作为美学专业教师或学者不能不认真考虑的问题。目前美学领域的情况可谓是纷然杂陈，各种理论争相登场，尤其是"日常生活审美化"似乎已经成了美学研究的主要问题，而其他的美学理论则隐然退后了。这就带来美学学理发展上的断裂，而使当代美学流于浮泛而缺少思辨的深度。美学是要发展的，传统美学理论确实很难阐释和解决当代的审美问题。但是要以五光十色的日常生活作为美学建构的基本资源，浮光掠影地用后现代文化和消费社会理论来说明审美现象，是不足以在内部解决美学学理的当代建设的。

我在这篇小文中将中国传统诗论作为当代美学建设的重要资源，也许会引起很多同仁的哂笑，或以为这不过是"九斤老太"的心态，其实我的着眼点并不在于古代诗论本身，而是出自于对美学性质的理解。牵强之处也许难免，但却是一个特殊的视角。简而言之，美学的基本研究资源还应当是艺术，在今天传媒艺术成为最具人气的艺术形态的时代，艺术的内涵和外延发生了很大变化，在很多时候艺术与日常生活的界限也弄得漫漶不清，但由对艺术的审美经验升华出美学学理，仍然是美学发展的主要路径。从这种意义上来探寻古代诗论与当代美学的关系，就可以看到命题的真正价值所在。

致力于开发中国古代文论的现代价值，试图激活古代文论的生命力，这是当代的古代文论或古代文学学者们多年来的突围之路，所谓"古代文论

＊　本文刊于《文学评论》2009 年第 6 期。

的现代转换"，正是一个非常具有代表性的命题。我在此文中所表现出的初衷与思路，也许有意无意地与此有部分的重合。在这方面我坦诚地予以承认，因为"古代文论的现代转换"的争论，把问题提到了当代文艺学的课题之中，并使之大大向前进了一步，我自始至终都没有创造"惊世骇俗"的理论的能力和野心，只是想在不断地趋近之中打通一些东西。这当然也是需要一点勇气和自信的。

这种企图在很大程度上来自于我对文学与当代传媒的关系的研究、美学发展所亟须补足的要素等等。容我用寥寥数语简略概括而不作展开，以便使同仁理解本文的提问意义。

我认为文学与其他艺术门类虽然只是一种"家族相似"，但就其本质而言，文学是艺术的一种，其根本之点在于，文学与艺术都是以形式的创造力和完整性来激发人们的审美经验的，无论是文学还是艺术，创作主体（诗人、作家或是画家、音乐家等等）都是以其艺术形式的独特创造为其价值依据的，再则是艺术形式的完整性，无论是文学作品，还是艺术创作，必然是以其艺术形式的完整为其特征的，也就在这一点上，与日常生活相区别。再一点，从当下的文化研究学者的见解看来，似乎文学在电子传媒时代已经遭遇厄运，图像的泛溢使文学命运走向终结；而在我看来，当下的电子传媒并未使文学走向终结，文学恰恰是在与传媒艺术的姻合中焕发了新的生命力，并产生了许多新的文学样式。从美学学理的接续与发展而言，美学走到今天，在学理上产生了巨大的断裂，由社会学或文化学入主，在美学领域中大行其道的是视觉文化理论、消费文化理论、后现代文化理论等等，这些都为美学变革的社会因素做了令人信服的阐扬，但却未尝为美学学理自身提供多少有益的发展因素，或是使美学学理在新时代条件下向上提升。"日常生活审美化"之类的命题，是使美学走向泛化，但却无法使美学学理得到新的建构。那么，当代美学的学理建构究竟需要什么因素方可向上提升或开创进境？这个问题是有相当迫切的现实意义的，而非"一个针尖能站几个天使"之类的学院问题。我以为传统美学以其抽象与思辨建构起大厦，而当下的审美现实则是以"乱花渐欲迷人眼"的视像为主要对象，审美主体很难对其进行"静观"，也就无从进行抽象与思辨的学理提炼。西方传统美学的逻辑建构，对于当下的审美现实更多的是无所措手足，而听任社会学和文化学来入主美学庭园。"日常生活审美化"之类的命题，把那些无首无尾、流沙无形的泛审美现象呈现给美学圣殿，却无法抽象为具有时代刻度的美学学理。当代美学仍然需要在学理层面进行延伸与突破，而其学术资源又将安出？"古代文论的现代转换"是从古代文论研究的立场上来推进这个问题，但我以为，还可以从当代美学建设需要的立场出发来认识古代文论的价值所在。中国传统诗论，在古代文论中则是最具美学意义的，而且对于美学学理建构，可能会在思维方式等方面提供一些别开生面的建构资源。

二　古代诗论的美学品性

单就中国古代诗论来说，究竟它在何种意义上能够成为当代美学的资源？这个命题是否有着伪命题的危险？这里需要给出一个可以让人差强人意的答案。这就需要对中国古代诗论的美学品性加以抉发，并且指出其对于美学学理的裨补与建构价值。

应该看到，古代诗论本身并非美学理论，难以直接进入美学学理的构架之中。然而，中国古代诗论多数出自于对诗歌创作的品藻与体验之中，有着突出的审美体验性质。"体验"之于审美活动，是最为本质的状态，它是主体与客体的沟通，也是对主体与客体的超越。对于文学艺术创作与欣赏而言，体验是获得其中三昧的关键。西方思想家对于"体验"有颇为深刻的理解和阐发，从狄尔泰到伽达默尔，都系统论述过"体验"的意义。体验德文原作"Erlebenis"，源于"Erleben"，"Erleben"本义为经验、经历、经受等，而狄尔泰的"Erlebenis"一词却不同于一般认识论意义上的"经验"，而是具有本体论意义的、源于人的全体生命深层的对人生事件的深切领悟。正如王一川教授所指出的："因而对狄尔泰来说，体验特指生命体验，（英文常译作'life—experience'或'experience of life'）相对于一般经验、认识来说，它必然是更为深刻的、热烈的、神秘的、活跃的。——因为在狄尔泰那里，'体验'首先是一种生命历程、过程、动作，其次才是内心形成物。我们试用中文词'体验'译它，可以保持其动、名词特性，也带有'以身体之，以心验之'的亲身体验的含义。这样做可以同我们通常所谓'经验'概念区别开来。经验指一切心理形成物，如意识、认识、情感、感觉、印象等；'体验'则专指与艺术和审美相关的更为深层的、更具活力的生命领悟、存在状态。"① 王一川依据狄尔泰对"体验"的阐释，对体验和经验做了区别，这种区别是具有美学理论价值的，由此可以看出，体验与艺术、审美的创造历程是最为密切的。审美体验这样的概念，则进一步强化

---

① 王一川：《意义的瞬间生成》，山东文艺出版社 1988 年版，第 5 页。

了体验在审美活动中的本质属性。我们可以认为有一般体验与审美体验的不同，但是最能体现"体验"的突出特征和本质的还应是审美体验。在这个方面，伽达默尔明确地揭示了审美体验的含义，他说："审美体验不仅是一种与其他体验相并列的体验，而且代表了一般体验的本质类型。正如作为这种体验的艺术作品是一个自为的世界一样，作为体验的审美经历物也抛开了一切与现实的联系。艺术作品的规定性似乎就在于成为审美的体验，但这也就是说，艺术作品的力量使得体验者一下子摆脱了他的生命联系，同时使他返回到他的存在整体。在艺术的体验中存在着一种意义丰满（Bedeutungs-fulle），这种意义丰满不只是属于这个特殊的内容或对象，而是更多地代表了生命的意义整体。一种审美体验总是包含着某个无限整体的经验。正是直接地表现了整体，这种体验的意义才成了一种无限的意义。"① 无疑地，艺术创作必须有审美体验构成其最为本质的东西，没有审美体验也就无从谈艺术创作。中国古代诗论的作者们，基本上都有创作经历，即便不以诗人闻名于世，但其实都是能诗的。譬如宋代的严羽，虽不以诗人闻达，但现存的作品也有200余首。诗论的运思方式，也多是从对具体诗作或诗句的品鉴而升华的审美判断或理论命题。审美体验的色彩是颇为鲜明的。

但是，古代诗论所凝结的一些重要命题，却并非停留在体验的层面上，而是有着高度抽象的品格。这种抽象，所体现出来的不是纯然的逻辑抽象方式，而是由审美抽象和逻辑抽象相融合的思维方式及性相。而这种思维方式，对于当今美学的发展，也许会有重要的操作意义的。如果以艺术作为美学的主要土壤，那么审美抽象就是美学学理的可能性途径。我以为审美抽象可以导致两种结果：一种是在艺术创作中的意义蕴含，另一种则是美学理论的有关命题。中国古代诗论更多的是由审美抽象而升华的命题。

中国古代诗论，其出处颇为复杂。有的是出于思想家的经典之中，如《论语》等。有的是诗歌品鉴的专论，如钟嵘《诗品》等；也有相当多的是诗话、词话等专门论诗的著作，如《石林诗话》、《沧浪诗话》、《人间词话》等；也有的是诗人在作品中表达的诗歌美学价值观，如李白的"清水出芙蓉，天然去雕饰"等；还有一些以诗的形式来论诗之作，如杜甫的《戏为六绝句》、元好问的《论诗三十首》等，还有相当大一部分是在给他人写的序跋和书信中表述的对诗歌的评价。还有许多是通过对前人或他人的诗集作注的形式来抒写自己的诗歌观念的。其形式之丰富多样，是自不待言

---

① ［德］伽达默尔：《真理与方法》上卷，洪汉鼎译，上海译文出版社1999年版，第90页。

的，其理论价值当然也是大小不等的。但无论是对诗歌创作的"夫子自道"，还是对他人诗歌的品鉴评价，都是以具体的艺术创作为其生发基础的，其中的审美体验性质是其突出的特色。如专论五言诗的《诗品》，作者对诗的品鉴与评骘，都是建立在审美体验的基础之上的。如钟氏对陆机拟古之作的评价："文温以丽，意悲而远，惊心动魄，可谓几乎一字千金！"① 对刘桢五言诗的评价："仗气爱奇，动多振绝。真骨凌霜，高风跨俗。但气过其文，雕润恨少。"② 这些都是从对其作品的具体感受中得到的审美体验。而如杜甫所道为诗体会："读书破万卷，下笔如有神"，杨万里谈诗时所说的"山思江情不负伊，雨姿晴态总成奇。闭门觅句非诗法，只是征行自有诗"（《下横山滩头望金华山》），分明是从诗人自己多年的创作实践的深刻体验中所得出来的。《诗话》中评论其他诗人之论，也大多是从对其诗作的审美体验出发，如欧阳修论及同时两位诗友梅尧臣和苏舜钦的不同风格时所云："圣俞子美齐名于一时，而二家诗体特异。子美笔力豪隽，以超迈横绝为；圣俞覃思精微，以深远闲淡为意。各极其长，虽善论者不能优劣也。"③ 对苏、梅二位诗人的精当辨析是建立在对其诗的深切体验之上的。再如清人赵翼论诗中奇警以李白为特出，其云："诗家好作奇警语，必千锤百炼而后能成。如李长吉'石破天惊逗秋雨'，虽险而无意义，只觉无理取闹。至少陵之'白摧朽骨龙虎死，黑人太阴雷雨垂'，昌黎之'巨刃磨天扬，乾坤摆礴硠'等句，实足惊心动魄，然全力搏兔之状，人皆见之。青莲则不然。如'抚顶弄盘古，推车转天轮。女娲戏黄土，团作愚下人。散在六合间，濛濛如沙尘。''举手弄清浅，误攀织女机'，'一日三风吹倒山，白浪高于瓦官阁'，皆奇警极矣，而以挥洒出之，全不见其锤炼之迹。"④ 对以奇警风格著称的几位诗人进行辨析，都是由诗论家本人的审美体验为其依据的。

　　中国古代诗论中多有形象的、诗意化的表述，使人在审美化的感知中得到理论的启示，这种形象化、诗意化的表述，是出自于诗论家独特的审美体验，并以独特的意象表征其诗学趋向。在这个过程中，又贯穿着向美学高度的升华。《诗品中》引汤惠休评颜延之和谢灵运的风格差异："谢诗如芙蓉出水，颜如错彩镂金"，以此诗意的描绘来形容颜谢的风貌，成为经典之

---

① 陈延杰：《诗品注》，人民文学出版社1961年版，第2页。
② 同上。
③ （宋）欧阳修：《六一诗话》，见（清）何文焕《历代诗话》，中华书局1981年版，第267页。
④ （清）赵翼：《瓯北诗话》卷1，人民文学出版社1963年版，第4页。

论。宋人严羽评李杜诗："李杜数公，如金翅擘海，香象渡河。下视郊岛辈，直虫吟草间耳。"① 这是针对具体诗人的创作所作的诗意描述。而还有很多是对于诗歌艺术规律、风格的概括，也是基于作者的审美体验的。如唐代诗人王昌龄的"诗有三境"说："一曰物境，二曰情境，三曰意境。物境一：欲为山水诗，则张泉石云峰之境极丽绝秀者，神之于心，处身于境，视境于心，莹然掌中，然后用思，了然境象，故得形似。情境二：娱乐愁怨，皆张于意而处于身，然后驰思，深得其情。意境三：亦张之于意而思之于心，则得其真矣。"② 王昌龄的论述在意境理论史上有其独特的意义，而其对"物境"、"情境"和"意境"的阐释，则是在本人的诗歌创作的审美体验中生发的。唐代皎然在其诗论名著《诗式》提出"取境"说："夫不入虎穴，焉得虎子？取境之时，须至难至险，始见奇句。成篇之后，观其气貌，有似等闲，不思而得，此高手也。有时意静神王，佳句纵横，若不可遏，宛如神助。"③ "取境"在诗歌创作理论方面有其独到的见解，也有重要的理论价值，而皎然的"取境"之途，也是出于其对诗歌创作的审美体验的。在这方面，司空图的《诗品》可说是最为典型的，司空图将诗歌风格类型分为"雄浑"、"冲淡"、"纤秾"、"沉著"、"高古"、"典雅"、"洗炼"、"劲健"、"绮丽"、"自然"、"含蓄"、"豪放"、"精神"、"缜密"、疏野"、"清奇"、"委曲"、"实境"、"悲慨"、"形容"、"超诣"、"飘逸""旷达"、"流动"这样二十四种，而对每种风格类型的阐述，则是用四言诗的形式来作的。如"自然"一品："俯拾即是，不取诸邻。俱道适往，著手成春。如逢花开，如瞻岁新。真与不夺，强得易贫。幽人空山，过雨采苹。薄言情悟，悠悠天钧。""豪放"："观花匪禁，吞吐大荒。由道返气，处得以狂。天风浪浪，海山苍苍。真力弥满，万象在旁。前招三辰，后引凤凰。晓策六鳌，濯足扶桑。"这是《二十四诗品》对诗歌审美范畴的诗化描述。它们当然不是理论的诠解，而是用诗的语言，把此种风格的特征与境界写得惟妙惟肖。而作者对于诗歌风格类型的概括，是非常经典的美学范畴。

中国传统诗论还有很多是从对诗歌审美体验的诗意描述中直接升华出重要的诗歌美学命题，或者说是审美体验与命题概括的直接结合。此种例子甚多。如钟嵘《诗品》中所云："若乃春风春鸟，秋月秋蝉，夏云暑雨，冬月

① 郭绍虞：《沧浪诗话校释》，人民文学出版社1983年版，第177页。
② （唐）王昌龄：《诗格》，见张伯伟《全唐五代诗格汇考》，江苏古籍出版社2002年版
③ 李壮鹰：《诗式校注》，人民文学出版社2003年版，第39页。

祁寒，斯四候之感于诗者也。嘉会寄诗以亲，离群托诗以怨。至于楚臣去境，汉妾辞宫，或骨横朔野，魂逐飞蓬。或负戈外戍，杀气雄边，塞客衣单，孀闺泪尽，或士有解佩出朝，一去忘返；女有扬蛾入宠，再盼倾国；凡斯种种，感荡心灵，非陈诗何以展其义？非长歌何以骋其情？故曰：'诗可以群，可以怨'，使贫贱易居，幽居靡闷，莫尚于诗矣。"这段话论述诗歌创作的抒情功能，前面关于自然事物和社会事物的种种指陈，都是作者对诗歌的审美体验，而在后面提升出诗能够"使贫贱易居，幽居靡闷，莫尚于诗矣"的美学功能。宋代诗论家叶梦得则有："诗语固忌用语巧太过，然缘情体物，自有天然工妙，虽巧而不见刻削之痕。老杜'细雨鱼儿出，微风燕子斜'，此十字殆无一字虚设。雨细著水面为沤，鱼常上浮而淰，若大雨则伏而不出矣。燕体轻弱，风猛则不能胜，唯微风乃受以为势，故又有'轻燕受风斜'之语。至'穿花蛱蝶深深见，点水蜻蜓款款飞'，深深若无穿字，款款若无点字，皆无以见其精微如此。然读之浑然，全似未尝用力，此所以不碍其气格超胜。"①叶梦得通过对杜甫"细雨鱼儿出，微风燕子斜"，"穿花蛱蝶深深见，点水蜻蜓款款飞"等名句的细微品鉴，提出诗歌语言应"缘情体物，自有天然工妙"的理论观点。

三　古代诗论的审美抽象高度

在很多人的成见中，认为中国文论和美学思想，是偏于直观而缺少抽象的，长于具体感悟，弱于逻辑思辨；但从我看来，中国传统诗论在抽象思维都有着与西方文论不同的高度与特征。中国传统诗论（也包括在文学一般理论）中的抽象高度或许并不输于西方文论，而恰恰具有更为深刻的美学价值。如果说西方的文论与美学思想虽然有密切联系，但基本上又是分离的，中国传统诗论因其体验性质，而更多地将美学思想蕴含于中，在抽象思维上更显独特的概括力。陆机《文赋》论述诗文的创作思维过程："其始也，皆收视反听，耽思傍讯，精骛八极，心游万仞。其致也，情瞳眬而弥鲜，物昭晰而互进。倾群言之沥液，漱六艺之芳润。浮天渊以安流，濯下泉而潜浸。……收百世之阙文，采千载之遗韵。谢朝华于已披，启夕秀于未

---

① （宋）叶梦得：《石林诗话》卷下，见（清）何文焕《历代诗话》，中华书局1981年版，第431页。

振。观古今于须臾，抚四海于一瞬。"① 这段《文赋》之开篇，其实是概括了文学创作（特别是诗歌创作）的基本过程，一方面文辞极美，体现了陆机作为一代文学巨匠的才情；另一方面，在对创作思维过程的论述上是高度概括的。刘勰论述诗人心灵与外物感兴关系云："岁有其物，物有其容，情以物迁，辞以情发。"② "是以诗人感物，联类无穷。流连万象之际，沉吟视听之区；写气图貌，既随物以宛转，属采附声，亦与心而徘徊。……皎日嘒星，一言穷理，参差沃若，两字穷形。并以少总多，情貌无遗矣。"③ 在深切美好的审美体验中所进行的理论概括，是抽象程度极高的。"岁有其物，物有其容；情以物迁，辞以情发。"岁时变化带来物象特征，使诗人情感得到兴发，诗歌语言表现由此发生这样的诗歌创造感兴过程，概括得非常精要。"以少总多，情貌无遗"，则是对诗歌美学规律的高度抽象。皎然提出诗之"重意"："两重意以上，皆文外之旨，若遇高手如康乐公览而察之，但见情性，不睹文字，盖诣道之极也。"④ 诗的"文外之旨"，即是"但见情性，不睹文字"。明代诗论家谢榛论诗歌创作云："作诗本乎情景，孤不自成，两不相北。凡登高致思，则神交古人，穷乎遐迩，系乎忧乐，此相因偶然，著形于绝迹，振响于无声也。夫情景有异同，模写有难易，诗有二要，莫切于斯者。观则同于外，感则异于内，当自用其力，使内外如一，出入此心而无间也。景乃诗之媒，情乃诗之胚，合而为诗，以数言而统万形，元气浑成，其浩无涯矣。"⑤ 这段话既有对诗歌创作的切实体验，又有关于情景关系及创作形态的理论提炼，其美学价值是相当高的。这在中国传统诗论中是具有普遍的代表意义的。正因其出自于诗人或诗论家（诗论家本身大多也是诗人）对于诗艺的直接的、具体的审美体验，所以，这些论著内蕴着非常集中的美学价值；而中国传统诗论不走逻辑推论路径，是从对具体作品和创作形态的诗意描述中直接生发出诗学命题，这就使中国诗论所凝结出的命题，有着更鲜明的审美抽象的性质，同时又是与逻辑抽象相融合，它的最为突出的体现，还是以有充分的自明性和完整性的理论命题的形式产生和凸显。关于"审美抽象"。是笔者对于艺术领域的思维方式的一种概括，

---

① （西晋）陆机：《文赋》，见（南朝·梁）萧统选，（唐）李善注《文选》，商务印书馆1936年版，第350页。

② 范文澜：《文心雕龙注》，人民文学出版社1958年版，第693页。

③ 同上。

④ 李壮鹰：《诗式校注》卷1，人民文学出版社2003年版，第42页。

⑤ （明）谢榛：《四溟诗话》卷3，中华书局1985年版，第41页。

曾有专论加以阐述。我是将"审美抽象"作为审美领域的思维品格认识的，在《论审美抽象》一文中，我这样论及："在我看来，审美过程中是不可能没有抽象的思维方式的，它不同于逻辑思维的抽象，而是一种有着特殊概括与提升路径、并使审美活动获得意义的基本思维方式。为了与逻辑思维的抽象相区别，我将这种思维方式称为'审美抽象'。"① 我还将审美抽象和逻辑抽象作了区别："审美抽象指审美主体对客体进行直觉观照时所作的从个案形象到普遍价值的概括与提升。审美抽象与逻辑抽象的不同之处在于：虽然它们都是从具体事物上升到普遍的意义，但逻辑思维的抽象以语言概念为工具，通过舍弃对象的偶然的、感性的、枝节的因素，以概念的形式抽象出对象主要的、必然的、一般的属性和关系；审美抽象则通过知觉的途径，以感性直观的方式使对象中的普遍意义呈现出来，在艺术创作领域表现为符号的形式。"② 我在这里所侧重认识的还是在艺术创作的范围，而在理论的领域，我也可以认为，中国美学的范畴与命题，在相当多的场合也是由审美抽象而得来的，但其最后的产物，则是理论凝结的形态。诗论尤其是如此。易言之，由审美抽象而获理论命题，这是中国传统诗论的一个基本的致思路径。上面所引的这些例证，大都是这种情形。

由审美抽象而获致理论命题，往往有着自明性和完整性的特点。所谓自明性，指无须进一步论证、解释，就可以使人明确理解命题的含义。所谓完整性，是指在中国的诗学系统中得以凸显和经典化的命题，本身就是完整自足的，甚至在语法上都是一个完整的结构，而无须后缀、补充和演绎。自明性和完整性，只是两个角度的说明，其实在形态上是一致的。如王弼的"得意忘言"、"立象尽意"，刘勰提出的"神与物游"、"感物吟志"、"以少总多"，陆机的"诗缘情而绮靡"，刘禹锡的"境生于象外"，苏轼的"欲令诗语妙，无厌空且静"、"绚烂至极归于平淡"，李仲蒙的"触物以起情谓之兴"③，叶梦得的"缘情体物，自有天然工妙"，严羽提出的"诗有别材，非关书也；诗有别趣，非关理也"、"言有尽而意无穷"，王国维的"有境界自成高格"等等，都有相对完整的语法结构，并在中国诗学系统中形成了经典性的命题。这其实是与中国诗论由审美抽象而获致理论命题的思维路径密切相关的。

---

① 张晶：《论审美抽象》，《哲学研究》2007 年第 8 期。
② 同上。
③ （宋）胡寅：《与李叔易书》，见《斐然集》卷 18，中华书局 1993 年版，第 386 页。

　　古代诗论在中国美学的格局中，有着首当其冲的重要地位，有着非常独特的自身美感。很多诗论话语，就是用诗一般的辞采来表述作者的诗歌创作和欣赏中的美学观念，因其是来自于作者本人的深切审美体验，又加之作者的卓越才情，形成了诗论史上的一些经典篇章或自成一体的片断。这些诗论，有着与中国诗歌内在的相通性和一致性，给人以强烈的审美感受，诗论本身就发散着精光闪烁的魅力。其中所升华出的理论命题，则起着画龙点睛的作用。或许可以说，中国传统诗论有着鲜明浓郁的审美属性，与美学思想有着天然不可分割的渊源。与西方诗论相比，这个特征恐怕是不言而喻的。在语言形式上，很多诗论话语有着鲜明的韵律感和节奏感，其内容凝练而思想明晰，之所以能成为传世经典，是与这种语言美感直接相关的。如《今文尚书·尧典》中云："帝曰：夔！命汝典乐，教胄子，直而温，宽而栗，刚而虐，简而无傲。诗言志，歌永言，声依永，律和声。八音克谐，无相夺伦，神人以和。"这段作为中国诗学发端的话，不仅有着"诗言志，歌永言"这样的经典命题，而且有着光英朗练的节奏感和诗性美感。《左传·襄公二十九年》中季札论"颂"："至矣哉！直而不倨，曲而不屈，迩而不逼，远而不携，迁而不淫，复而不厌，哀而不愁，乐而不荒，用而不匮，广而不宣，施而不费，取而不贪，处而不底，行而不流。五声和，八风平，节有度，守有序，盛德之所同也。"陆机《文赋》："伫中区以玄览，颐情志于典坟。遵四时以叹逝，瞻万物而思纷。悲落叶于劲秋，喜柔条于芳春。心懔懔以怀霜，志眇眇而临云。咏世德之骏烈，诵先人之清芬。游文章之林府，嘉丽藻之彬彬。慨投篇而援笔，聊宣之乎斯文。"苏轼论诗云："所贵乎枯澹者，谓其外枯而中膏，似澹而实美，渊明、子厚之流是也。"（《评韩柳诗》）叶燮谈诗之"胸襟"云："我谓作诗者，亦必先有诗之基焉。诗之基，其人之胸襟是也。有胸襟，然后能载其性情、智慧、聪明、才辨以出，随遇发生，随生即盛。千古诗人推杜甫。其诗随其所遇之人之境之事之物，无处不发其思君王、忧祸乱、悲时日、念友朋、吊古人、情远道，凡欢愉、幽愁、离合、今昔之感，一一触物而起，因遇得题，因题达情，因情敷句，皆因甫其有胸襟以为基。如星宿之海，万源从出；如钻燧之火，无处不发；如肥土沃壤，时雨一过，夭矫百物，随类而兴，生意各别，而无不具足。"[1] 这些诗论篇章，语言、声韵和气势，都具有浓郁的美感，本身就可以说是美的文

　　① （清）叶燮：《原诗·内篇》下，见霍松林、杜维沫校注《原诗·一瓢诗话·说诗晬语》，人民文学出版社 1979 年版，第 17 页。

本，而同时又有颇高的诗学理论价值。它们不是纯然抽象的逻辑推理，不是凝固不变的理论教条，而是有着生香活色的美学升华。

　　当代美学的学理建设，不能割断与传统美学之间的联系，而应该是在以往的美学理论大厦的基座上的接续。从当代的审美经验来看，原有美学理论的很多观念或理论，都难以解释当下的审美现实，美学自身好像难乎为继；借助社会学、文化学的理论方法和现成概念，来指陈现在的审美现实，成为美学界的普遍现象。这大大拓展了美学的疆域，也从生成机制上阐释了当下的审美事实。但这并不能取代美学理论自身的生长。仅仅靠"日常生活审美化"这类的美学热点，是难以真正推进美学理论的提升的。"古代文论的现代转换"表征了古代文论研究进入当代格局的价值诉求，但还是给人以一厢情愿之嫌！美学的学理发展，换个角度来看，思维方式的创新是突破的可能性所在。如果站在中国的美学话语立场，传统诗论的思维路径和理论形态，就是很值得反思和借鉴的。

古代文论创新思维之我见[*]

一 对于学科现状的某种焦虑

作为一个古代文论和古代美学研究的学者，作为一名培养博士生、硕士生的导师，许多年来我都在思考：我们这个领域应该如何取得突破性进展？古代文论和古典美学研究的前景究属如何？盘桓在我心里的有欣喜，有困惑，也有焦虑。因为这些博士都是这个学科的未来中坚力量，从这些论文中可以蠡测到这个学科的现状和态势。

这些年来，每年的春夏之交都要应学界之约，审读若干篇文艺学和古代文论的博士论文，我自己指导的博士论文也要认真审读，当然也要校外的专家进行评议。因之对于这个领域的年青一代学者的研究走向有较为直观的感受，同时，也有很强的焦虑感，也更充满对创新思维的渴求。

除了古代文论、古代文学的博士论文，我也经常审读一般的文艺理论、美学、艺术学理论以及广播电视艺术学的博士论文。平心而论，古代文论或古代文学的博士论文在学术规范性方面，总体来说是颇为到位的，文献的发掘、征引和考释，论理的逻辑，大多数给人的感觉是过关的，有些是很过硬的。对于很多年轻学子的论著，我甚至是心存敬畏的，因为很多从事这个专业领域研究的年轻学者，其传统治学工夫颇为到家，其论著分量颇见厚重。从学术传统而言，可以说古代文论、古代文学专业可谓后继有人！我所焦虑的当然不在于此，而在于在"古"字号领域里创新精神的匮乏短缺！从普遍的意义上看，古代文论、古代文学的研究领域、研究对象得到了前所未有的拓展，很多以前涉猎较少的文学家和文论典籍，得到更多的关注和研究。然而，如果从整体的研究格局和美学价值的发掘来看，就显得"老套"者

* 本文刊于《中国社会科学报》2015 年 2 月 2 日。

多，创新者寡！

守正出新，应该是正确的学术理念。从古代文论或古代文学的学科性质而言，如果抛开了本学科的学术传统和基本治学方法而妄谈创新，连起码的文献考证、训释的工夫都没有，却动辄是文学史的几大规律，这种做法的教训特别深刻，在当年"方法论热"的时候曾经大行其道，现在看来真是幼稚可笑的。学术领域里的创新，甚至是颠覆，都应该是在尊重传统的前提下进行的，否则是不会得到学界的认同的。

然而，古代文论的创新要求是非常迫切的。其实各个学科的研究都必须创新，但其表现形态则有不同。比如当代文艺批评，不断有新的作品问世，当然也就随时都有新的评论跟进，文学作品、影视作品每天都产出，评论界也就颇为热闹。研究对象之新决定了研究之新；与之相比，古代文论和古代文学在研究对象或资源上的不可再生性，使得这个领域的创新形势显得异常严峻！学科的边界决定了"矿藏"是无法再生的，或者被认为是枯竭的。

攻读博士学位最关键的在我看来是选题，这是不言而喻的。选题在很大程度上决定了研究方法。作为博士学位论文，当然是应该具有重要学术意义的课题，不仅在研究对象上，而且在研究思维上，也应该体现出开拓性的价值。近年来就我所参与评审或答辩的博士论文选题来看，个案性的研究占了相当大的比例，在方法上和思维上陈陈相因者多矣。这里当然绝对没有否定个案研究的意思，而是以博士学位论文的标准来看，能够作为博士论文选题者，在数量上远不及当下层出不穷之博士生数量。如《文心雕龙》这样体大思精可以从不同的角度加以研究的对象毕竟很少，而且已有若干著名学者为我们留下了高山仰止的丰硕成果。而按着一般性的个案研究的路数，以中国古代某位文学家的文学思想为研究课题，大约是先研究其生平交游、社会文化时代背景等，再对其有关的文论文献加以阐释，并进行理论上的概括，指出其文论史上的贡献、地位，诸如此类。如果这位文学家此前并未有人系统地进行过研究，那当然是颇有分量、大有价值的博士学位论文，而本专业每届每年都有很多博士生要以论文拿学位，找这样的选题，就越来越难了。即便是能够从新的角度提出问题，在局部上超越以往的研究成果，但是"资源"的短缺和总体面目的沉闷，则是古代文论乃至其他"古"字号学科的普遍性难题。我多次在古代文论和古代文学博士论文的答辩会上半开玩笑地表达了这种隐忧：二三流的文学家我们也都吃光了，这以后就没的可吃了。

二 学科的价值体现和研究主体的素质要求何在？

对于古代文论的年青学者和博士生来说，打牢传统文史哲的治学方法基础，是非常重要的关键。能否客观准确地把握和阐释古代文论的文献内涵和意义，是从事古代文论研究的前提；同时，是否具有深厚的理论修养和敏锐的学术敏感，更是创新的主体要素。古代文论面对的是无法再生的研究对象，创新对于学科生存和发展来说特别必要的，同时，也对研究主体的素质提出了更高的要求。

相关的是研究对象的理论价值问题。博士生要拿学位，青年教师要评职称，评了教授还要当博导，写论文是基本的条件，还要在核心刊物上一定要发表多少篇以上，才有了参评资格。这就是学术界的现实！于是挖空心思找选题，就成了"重中之重"。一旦找到了还有哪位文学家或哪本书无人问津，或者是罕有论及，就欣喜若狂。经常有论者自诩或同道揄扬之为"填补空白"，其实是大可有所质疑的。在我看来，其所谓"空白"，多数是犄角旮旯处不太有学术价值的东西。之前那么多学者都视而不见，并非是缺少发现，或者功力不足，而是对象本身的价值匮乏。反用元好问论诗的话来说，就是把"碔砆"识为"连城璧"了。

这里就有一个古代文论作为一个学科的合理性的问题了。对于从事古代文论研究的学者个体来说，本专业的研究成果（论文、专著等）成为"进身之阶"，这当然是无可厚非的，当前的哪个学科也都如此。很多年轻学者为了在核心刊物上发几篇以上（授学位、评职称的底线要求）而努力，这都是可以理解的。"江山代有才人出"，学科的发展总是要后继有人，而后来者当然要求有作为学者的身份认同。"新人"的不断加入与"老人"的陆续退出，是学科延续的人事机制。我之所以将这个问题放在这个较低的层面上来谈论，其实是学术界的现实，——而且是很不理想的现实！因为相当大比例的博士生和教师，并非为学术理想而来，所以在核心刊物上发表几篇（作为评职称或拿学位的底线标准）论文，并非为了光大我们这个学科，而只是满足其基本条件而已。但是，作为学科的意义，作为人文学科的一个分支，当然不能"仅此而已"，而是要认识到在人类文明的进程中，在中华文化传统的不断继承和创新之中，在当下的文艺理论和美学建构之中，中国古代文论究竟有无意义？它的功能和作用是什么？

据实以告：我对古代文论作为学科的价值和发展从未悲观！也绝不是在

那种浅层功利的角度来看待它的。古代文论，不仅是中华文明传统的一部分，不仅是一种历史，它更多地活在当下！当代的文艺理论要打破固有的僵局，建构起具有中国特色的话语系统，古代文论的诸多文献可以提供取之不尽的资源。文艺美学在当代美学的格局中占有重要的位置担负着面向文学艺术的美学建构责任。其他如文化研究等，所面对的文化现象是相当广泛的，而非专门观照当代文艺的现实。我则认为，对于审美而言，文学艺术才是最为经典和最为深刻的。因而，我主张文艺美学在当代的美学发展中负有前瞻性的使命！文艺美学虽然"年轻"，但也隐隐感到已形成了某种定势，某种模式，也仍然有突破和超越之必要，才能真正不辱其使命。在我看来，文艺美学的发展和突破，在很大程度上把古代文论作为资源的。这不是"拉郎配"，也不是硬给古代文论安上一个"角色"，而真正是文艺美学升华到一个新的理论格局的主要途径。

我这么说并非凭空臆造或者"隔山打炮"，是基于对古代文论特质的认识。与西方美学家不同，古代文论家基本上罕见那种纯粹形而上的思辨家，而是从自己大量活生生的创作实践中产生的审美经验中提取或升华出来的。它的审美经验的含量，是大于西方美学的。同时，古代文论中的范畴或命题，有其不同于西方文论和美学的特殊形态，与艺术创作有更大的相关性和通约性。这对于当代的文艺美学来说，都是有着很强的易溶性的。现在看，古代文论的文本，有着相当大的阐释空间。我所指的并非是那种牵强附会的比较或者过度阐释，而是在深厚理论修养的评价观中所得出的认识。

三　何以能够创新的"我见"

相对于那些不断有新的研究对象、批评对象的学术领域，如当代文学、影视批评等，古代文论的创新之路显得尤为"行路难"，但又可以彰显你作为研究者的"英雄本色"。在当下的学术格局中，古代文论对当代的文艺理论和美学理论的建构是不可或缺的资源。在学理上进一步发掘古代文论的美学价值，是非常重要的创新途径。这对研究者而言，特别需要自身具有扎实的文献功底和美学理论修养。当然，相关的学科理论对于研究主体来说，也是可供借鉴的"他山之石"。

从美学角度来观照古代文论，以显发其理论价值，并提出作为文艺美学内容的命题，停留在个案研究的层面恐怕很难"到位"。这也许是对古代文论研究的更高价值诉求。不同的文论家和文论典籍，其作为理论的普遍性程度当然是大有差异的，要上升到普遍的理论层面，应该是在个案研究基础上的整合研究。我以为，对于现在的古代文论研究来说，整合研究不失为一个可行的方式。整合不是拼凑，也不是大而化之，而是在对通晓文献、阐释文献的基础上，提出具有普遍意义的命题。这特别需要研究主体的眼光、敏感和独特角度。清代学者叶燮论诗提出"才、胆、识、力"作为诗人的主体素质，其中又认为"识"是最关键的。我以为治学尤须有识！

　　说到这里，我觉得古代文论的创新思维不仅必要，而且可能。你如果把古代文论与当代美学隔离起来，或者把你研究的个案和整个学术格局隔离起来，你的治学方法，你的眼光，也只能是因袭的，同时在选题上感到捉襟见肘。前些年在古代文论界有一场"古代文论的现代转换"的讨论，也是想把古代文论与当代的理论建设融通为一，那些论述颇为启人心智，对于推动古代文论研究，起了明显的作用；而我在其中还是感到古代文论学者的内心焦虑，无非是担心古代文论被边缘化，话语权的声音越来越小。我则对此充满信心，也有底气，认为在文艺理论和美学的整体格局中，古代文论是不能缺席的，是必欲发挥其重新角色的作用的。前提则是作为古代文论学者的创新思维能力和对发扬中华文化的担当意识。具体到学术选题和著述，所谓创新，并非是西方某个观点、某种方法的简单嫁接，也非大而无当的空论，而是研究主体以其扎实的基本功和深厚的理论修养，抉发出古代文论文献的审美内涵，揭示出其贯通中外艺术的普遍意蕴，可以大有为于当代的美学理论建设，也就不会觉得古代文论的选题"戛戛乎其难哉"了。